赤地立新
王富仁先生学术追思集

李怡　商昌宝——主编

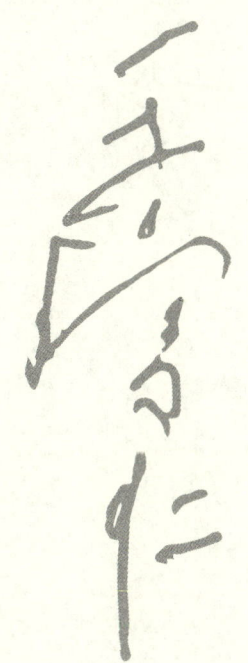

山西出版传媒集团　北岳文艺出版社
·太原·

图书在版编目（CIP）数据

赤地立新：王富仁先生学术追思集/李怡，商昌宝主编.—太原：北岳文艺出版社，2019.5
ISBN 978-7-5378-5899-1

Ⅰ.①赤… Ⅱ.①李…②商… Ⅲ.①中国文学－现代文学－文学研究－文集②中国文学－当代文学－文学研究－文集 Ⅳ.①I206.6-53

中国版本图书馆CIP数据核字（2019）第068659号

书　　名	赤地立新：王富仁先生学术追思集
主　　编	李　怡　商昌宝
责任编辑	庞咏平
装帧设计	张永文
出版发行	山西出版传媒集团·北岳文艺出版社
地　　址	山西省太原市并州南路57号
邮　　编	030012
电　　话	0351-5628696（发行部）
	0351-5628688（总编办）
传　　真	0351-5628680
网　　址	http://www.bywy.com
E－mail	bywycbs@163.com
经销商	新华书店
印刷装订	山西人民印刷有限责任公司
开　　本	787×1092　1/16
字　　数	472千字
总 印 张	33.25
版　　次	2019年5月第1版
印　　次	2019年5月山西第1次印刷
书　　号	ISBN 978-7-5378-5899-1
总 定 价	98.00元

王富仁(1941—2017)

王富仁，山东高唐人，中共党员，著名学者。中国现代文学研究会原会长，北京师范大学文学院教授、博士生导师，汕头大学文学院终身教授，中国作家协会会员，中国现代文学研究会、中国鲁迅研究会、中国闻一多研究会理事。主要学术研究方向为鲁迅研究、中国文化研究、中国现当代文学研究、中国左翼文学与文化研究，晚年致力于倡导中国现代"学术—文化"理念："新国学"。

如何纪念王富仁先生?

(代序)

李 怡

王富仁先生去世后,中国许多报刊都开设了纪念专栏,也有好些学校老师组织了学生阅读先生著作的读书会。对于今天的大学生、研究生而言,这种阅读基本上还是立足于自己的学习生活,将王富仁先生的学术作品,与自己的学业和知识的增长联系起来,这当然是有意义的,也是我们通常的一种阅读方式、求知的方式。不过,在我看来,纪念先生,或者说阅读先生的著作还有另外的方式,那就是努力将自己的生命与先生的生命感受结合起来,读出"文字背后"的东西来。

一般认为,这里的差异主要缘于我们关注目标的迥异。

我们往往强调一代与一代人有很大的区别,也容易将自己定位在差异性当中,就像以往总有同学会向我强调我们之间存在代沟,新一代人如何有了很大不同等等。但我们仔细想想,大家现在所认为的不同也许就像浮在空气中的尘埃一样,有些是PM2.5,有的是PM10,在有的城市是以煤灰为主,而在有的城市则可能是化学气体构成的,但实质却是一致。或者就如同我们置身某一间写字间,它的前身曾经是图书馆,摆放过一架一架的藏书,而不是现在我们看到的被分割后的一间一间的小房间。虽然，图书馆和办公室明显不同，但我们将所有的架子全部都抖搂干净，它们的骨架还是相同的。为什么要这样说呢？这里其实说明了一个问题，即我们做学术研究切勿随波逐流，而应该在不一样中看出一样，在一样中看出不一样。如果一味地随波逐流，那么我们将失去自我的主体性。而如果我们失去了思维能力的主体性，那么就如同那些尘埃颗粒，只能飘浮在大气中，无法认清自己，甚至不知自己是谁。

在今天，纪念王富仁先生、阅读先生的著述，重要的就不是某一种知识的增加，而是我们能够从中读出一种从个人生命出发的深刻的人生态度与治学方式，那才是王富仁对中国学术最大的启示。

这不是否认知识的重要性，而是说仅有知识是远远不够的，我们更应该发展壮大的是自己的情怀与精神追求。也就是说，我们的整个学术思想应该是深入骨髓、长在"肉"中的，从自身的人生追求中延伸出来的，而不是别人"给"定的。在学术研究中，如果我们一味地以功利的眼光来衡量学术研究和文学作品，以是否"卖"得出去、是否受人追捧为价值标尺，那么一旦这些预想的"成功"无法达成，我们很容易就陷入学术失望中，对学术研究失去信心。因为此种衡量方法非常脆弱，不堪一击，它始终等待着被别人认可、被别人评价。与此不同，如果你的学术思想根植在你的生命体系中，那么你时时会觉得有许多东西不吐不快，甚至不能发声都是内心的痛苦。如果大家有这样的状态，那么我们的学术研究才会更具有可持续发展的动力，才会有生生不息的力量。相反，一味地等着被别人挑选、被承认，你就将永远失去人生主动权。

当我们明白了这一点，再来纪念王富仁先生，再来重读先生的作品，就会发现，他的历史意义和价值是十分明显的。

在北京师范大学的追思会上，钱理群老师认为王富仁先生的学术风格体现着其理论建构的自觉性，而赵园老师则认为王富仁老师对文字具有极其敏锐、细腻的洞察力和感知力。我认为这两点在王富仁老师身上兼而有之。他的宏大的史的建构能力正是来自他丰富且独特的文学感悟，但是他之所以会对学科造成冲击，完全是因为他构筑了基于自身人生体验的庞大的学术体系，让你站在面前叹为观止、敬仰膜拜。不过有意思的是，最后他又会促使你忘掉这个体系本身。如同王老师提倡新国学，其实他从未想过如何解释古代文学，他提出新国学的概念就在表明一个"态度"：即中国现当代文学、中国现当代思想的发展，乃至于与中国现当代思想相关的外国文学作品也有权并可以被纳入国学的系统中。在文章中，王老师梳理了"国学"一词的由来，"国学"一词的产生最初具有其对抗性，它的诞生是为了对抗西方的文化。而王老师则呼吁我们不要在一个对抗性角度上来研究国学，更应该秉承一份包容的态度。什么是国学？只要能够表达现当代中国人的生存、思想和意志的都是国学，甚至我们今天中国人研究的英国文化也是中国的国学。这样的说法旨在予以中国现代知识分子的努力和创造应有的尊重和地位。其实王老师不怎么关心固定不变的结论性东西，他始终关心的正是态度问题。正如《中国反封建思想革命的一面镜子——〈呐喊〉〈彷徨〉综论》这本书，它的精华在于亮明一个姿态，即鼓励我们中国的学者不受前人的鲁迅研究结论的影响，而用我们自己的能力，从我们的感知出发建构起一套自己的体系。之所以这本书会对学科体系造成冲击，原因即在于他昭示了一种可能性，即我们也有权力来阐释鲁迅的可能。这就是一种与人生体验、与生命追求同在的治学方式。其中，与其说是知识增长的丰沛，不如说是生命发掘的深厚；与其说是治学的严谨，不如说是一种对自我生命的召唤。

意识到这份生命的"态度"，我们纪念先生、阅读先生就不要只盯住他的结论不放，而应该从中学会思考。可以这样认为，王富仁先生的研究向我们展示了其思维搭建的全过程，为我们学术研究提供了很好的思维示范。我们可以通过阅读王富仁老师的著作将自己的学术思想一点点搭建起来，最终完成自我的成长。在这里，我们甚至不应该被先生的一些结论性的话语，也就是他学术研究的"形"所束缚住，而应该深刻领悟到先生学术活动的"神"。如同他讲《鲁迅与中国传统文化》，虽然从很遥远的地方开始讲起，但是你听完之后不会觉得王老师是在东拉西扯。他虽然讲得很广，可他的逻辑运演始终是凝聚在鲁迅身上。在他的遗作《鲁迅与顾颉刚》中，前三篇始终没有涉及顾颉刚本人，到了第四篇才真正谈到。但他前面三篇的论述绝非无用功，而是详细阐述了中国现代知识分子群体的趣味分野问题，这也正是鲁迅和顾颉刚的根本分歧。王富仁老师的学术研究就如同纳米解剖刀甚至可能是"量子解剖刀"，他一点点地解剖出组织结构中的原子、分子，再一步步地上升到表面，让你看到他要论述的问题。他展示了思维从最原初的状态一点一点往上训练的过程。这就好比自行车打气，读王老师的著作不仅会激励你将"气"充起来，更教会你如何充气。如孟子所说"文以气为主"，也许当我们的内在之"气"逐渐充实起来之后，我们就能够触及王富仁学术思想中的更大的问题。

四川大学的姜飞老师曾在微信中这样描述王富仁先生的价值："王先生的研究，所谓反封建的镜子，所谓'五四'的四个关键词，所谓新批评、新国学以及各种随机的表达，非无可商之处，然而他的真诚、坚实和他的深刻、锐利为他赢得尊敬。在我们的时代，他是真正的学者。王先生的研究，是以学术的方式抒写他的正义激情和未来期许；王先生的学问，不是学问，而是诗，是激于血性和良知的愤怒让王先生成为诗人，王先生是不写诗的大诗人。"姜飞老师虽然和王老师有着代际差别，可却深刻地把握到了王老师的精髓。真诚、坚实、深刻、锐利，这四个关键词就是自我生命成长的四个特点。所以今天纪念先生，更有意义的是我们不要因为先生的一些随机表述而一叶障目，而应该深入理解他走过了一条那么坚实的、来自生命内在冲动的学术道路。

先生去世之后，各种回忆、追思不少，但在我看来，最有意义的还是认真总结先生的学术思想。商昌宝先生受北岳文艺出版社社长续小强博士之托，约我合编一部先生的学术思想论集，专门收录这些年来学界对先生的评述、研究，我觉得这是一件很有意义的事情。可能这就是第一本关于先生学术思想的研究论集吧，从中，我们不仅可以重温先生的思想历程，而且也是再一次"人生对话""学术对话"的机会：与先生一生的遭遇对话，与先生的思想对话。

我们（包括昌宝与我）这批人属于晚熟的一代，在上大学之前从未想过自己有重新思考未来的可能性。后来一进大学，可以说是轰炸式的思想扑面而来，我们的所思所想也是在上大学后发生了改变，大学对于我们而言具有启蒙的意义。其实我们现在用启蒙一词也是姑且用之，它远比18世纪启蒙运动的含义要复杂得多，对我们绝大多数而言，它意味着自己思想的丰富以及对自我的发现。王富仁先生的出现就在这样一个过程当中，成为我们发现自我、反思自我的领路人、思想导师。在纪念先生的今天，我们理当用更大的情怀和思想的坚守来面对当下，努力让先生的历史追问能够照亮未来。

2018年3月16日

目 录

——总论篇——

王富仁学术思想评述　　/ 刘　勇　李春雨　003
孤绝启蒙：持续与深化
　　——王富仁先生的精神面相　/ 李　怡　019
有思想有生命有灵魂的学术
　　——王富仁学术研究谈片　/ 王培元　030
王富仁与中国二十世纪晚期的启蒙文化思潮　/ 李　怡　048
固守与超越：王富仁新文学研究框架的双重建构
　　　　　　　　　　　　　　/ 刘　勇　陶梦真　065
"影响研究"如何深入？
　　——王富仁对中国现代文学研究模式的质疑所引起的思考
　　　　　　　　　　　　　　　　　　　/ 查明建　077
思想与激情
　　——谈王富仁的中国现代文学研究　/ 宋益乔　082
王富仁的"九十年代"　/ 李　怡　089

王富仁学术研究论略　　／李金龙　100
简论"王富仁现象"　　／袁向东　111

——鲁迅研究——

论王富仁《〈呐喊〉〈彷徨〉综论》
　　——兼谈陈安湖同志对它的批评　　／袁良骏　119
鲁迅小说研究视角的转换
　　——评王富仁的《〈呐喊〉〈彷徨〉综论》及其批评者的批评
　　　　　　　　　　　　　　　　　　／魏绍馨　138

鲁迅研究的历史批判　　／汪　晖　153
"回到鲁迅"之辨　　／邱焕星　177
略评《呐喊》《彷徨》的两个研究系统　　／刘川鄂　190
新时期鲁迅研究范式转型的开启
　　——王富仁《〈呐喊〉〈彷徨〉综论》论争之再思
　　　　　　　　　　　　　　　　　　／黄海飞　201
"鲁迅"：从新启蒙到世俗化　　／陈国恩　217
"每一个词语都是一扇大门"
　　——论王富仁的语言观及其鲁迅研究中的应用　　／谭桂林　223
"鲁迅怎么看我们"
　　——王富仁的鲁迅研究断想　　／张　克　241
王富仁的"呐喊"：中国需要鲁迅　　／宫　立　257
一部独特的鲁迅研究史
　　——读王富仁的《中国鲁迅研究的历史与现状》
　　　　　　　　　　　　　　　　　　／吴成年　262
鲁迅研究中的儒学阴影
　　——对于《中国鲁迅研究的历史与现状的一种解读》
　　　　　　　　　　　　　　　　／赵学勇　刘铁群　270

——"新国学"研究——

我看"新国学"
　　——读王富仁《"新国学"论纲》的片段思考　／钱理群　285
百年新文学的"传统"与"现代"
　　——兼论王富仁先生"新国学"理论构想的学术价值
　　　　　　　　　　　　　　　　／刘　勇　李春雨　299
不破而立：王富仁先生"新国学"研究片论　／康　鑫　318
鲁迅学与"现代国学"和"新国学"　／王卫平　328
"新国学"建构与中国现代文化
　　——关于王富仁先生《"新国学"论纲》的思考　／陈方竞　342
"新国学"与"红学"
　　——读王富仁《"新国学"论纲》札记　／梁归智　352
从坚守启蒙到倡导新国学
　　——王富仁近年来的学术走向　／康莉蓉　365

——其他研究——

召唤真正的"左翼文学"精神
　　——论王富仁的左翼文学研究　／康　斌　375
王富仁女性文学研究论略　／谭　梅　388
人生感受：王富仁作家作品评论的关键词　／陶永莉　400
王富仁和语文教育的两度结缘　／韩卫娟　412
漫议中国现代文学研究的学术品格
　　——关于王富仁《文化与文艺》的断想　／王德禄　418
《王富仁序跋集》读后　／范志强　426

"我的文学观"
　　——读王富仁及其《呓语集》　　/ 于慈江　437
客观性、主体性和现代性
　　——读"旧诗新解",纪念王富仁先生　　/ 姜　飞　481
论王富仁的古代文学经典解读　　/ 韩卫娟　0493
指掌之上论春秋:王富仁先生的中国文化研究　　/ 张　俊　499

附录:
王富仁先生学术记略　511

后记　/ 商昌宝　509

总 论 篇

王富仁学术思想评述

刘 勇 李春雨

王富仁以敏锐的眼光和坚定的勇气，在学术上做出了重要的突破，他所提出的"思想革命的镜子""回到鲁迅""新国学"等构想已经成为现代文学研究史上不可绕过的学术高点，并且对于现代文学学科本身的发展也有着突出的贡献。王富仁的研究原本都在按着他的学术设想在继续推进，2017年2月他还在接受访谈，讨论鲁迅研究、"新国学"等话题，但不曾想几个月之后，王富仁先生便因病骤然离世了，这让我们不得不在仓促之间面对王富仁将近四十年的学术遗产，人生的感慨和学术的领悟一齐涌上心头。

一、鲁迅研究的重大突破

学术研究的发展是环环相扣的，任何一个研究成果都不可能是一种纯粹的自我创造，而是站在学术链条上步步推进的。王富仁当然也不例外。但是，我们发现，在这样的学术链条中，他始终处于一个关键和特殊的位置上。王富仁提出的"思想革命的镜子""新国学"等命题，或许不是每个人都赞同，但任何一个研究鲁迅、研究现代文学的人都无法绕过去。特别是20世纪80年代他在博士论文中提出来的"鲁迅小说是中国反封建'思想革命的镜子'"这一论断,直到今天看来,在中国鲁迅研究史上仍然具有里程碑的意义。

在《中国反封建思想革命的一面镜子——〈呐喊〉〈彷徨〉综论》中,王富仁认真细致地总结梳理了以往鲁迅研究的重要成果。他一方面肯定了以陈涌为代表的"《呐喊》《彷徨》是中国反封建政治革命的镜子"这一论断所特有的时代历史价值和学术本身的价值;另一方面又清醒地看到:"当这个研究系统帮助我们从中国政治革命的角度观察和分析了《呐喊》和《彷徨》的政治意义之后,也逐渐暴露出了它的不足。"而"政治革命的镜子"这个研究系统最大的不足,就是它"与鲁迅小说原作存在一个偏离角"[1],它与鲁迅文学创作的初衷存在较大的距离。因而王富仁大胆地提出应该"以一个新的更完备的研究系统来代替"[2]它,并明确提出了《呐喊》《彷徨》"首先是中国思想革命的一面镜子"[3]这一具有划时代意义的论断。站在今天的角度,从思想革命来理解鲁迅似乎是应有之义,但是在20世纪80年代,王富仁的这一论断是需要有过人的眼光和惊人的胆魄的。他第一个跳出了长久以来确立下来的以"政治革命"视角研究鲁迅的框架,第一次从"中国思想革命"的视角全面地论述了鲁迅作品的"反封建"价值和意义,这不仅是一种学术研究的超越,更是一声打破思想禁锢的呐喊!

从"政治革命的镜子"到"思想革命的镜子",王富仁不仅开创了一个全新的鲁迅研究视角和系统,更是对后来的学术研究具有极其重要的方法论意义。应该看到,从"政治革命"视角研究鲁迅的框架不是一两天形成的,也不是毫无道理的,鲁迅不是一个单纯的文学家,他的特殊意义是伴随着中国社会革命发展诞生的,鲁迅研究也必然不会是一种纯粹的学术研究,它一定要和中国革命进程的方方面面牵连在一起。但是

---

[1] 王富仁:《中国反封建思想革命的一面镜子——〈呐喊〉〈彷徨〉综论》,北京师范大学出版社1986年版,第1页。

[2] 王富仁:《中国反封建思想革命的一面镜子——〈呐喊〉〈彷徨〉综论》,第5页。

[3] 王富仁:《中国反封建思想革命的一面镜子——〈呐喊〉〈彷徨〉综论》,第7页。

鲁迅毕竟是一位作家，文学创作是鲁迅的思考方式和生存方式，这才应该是我们理解和研究鲁迅的逻辑起点。虽然鲁迅的作品在政治革命方面具有不可忽略的重要意义，但事实上鲁迅创作的根本价值在于他是从思想启蒙的层面来影响中国社会革命进程的。因此，王富仁提出用"思想革命的镜子"来替换"政治革命的镜子"，不是一种随意的标新立异，也不是一种简单的反其道而行之，而是蕴含了王富仁对鲁迅研究的一个基本的逻辑思考：必须首先"回到鲁迅那里去"！否则就会出现对鲁迅的认识的偏离甚至误解和曲解。"回到鲁迅"也就是"回到文学本身"！这一重大命题对之后几十年的鲁迅研究、文学研究都有着重大的影响。王富仁曾在《我走过的路》中表示，自己这一代人既不如上一代有那么深厚的学问根基，又不像下一代那样接受新时期的思想，但恰恰是这夹在中间的一代，因为找不到"适于自己的文化面纱"，不得不"赤裸裸上阵撕斗"，从而扔掉了"这种主义""那种学说"，更加重视"各种主义背后的人"，因此"对于中国人的认识和感受，他们反而不如我们这一代人来得直接和亲切"，"所以，从人的角度讲文化、讲文学，就成了我们这一代人的共同趋向。这点'自我意识'对我后来学术研究的影响是非常巨大的。"①事实上，这种"自我意识"的苏醒不仅意味着王富仁个人学术研究的苏醒，也意味着鲁迅研究的重大转折，更是80年代整体学术环境的一种重新的焕发。党的十一届三中全会正本清源、思想解放，结束以阶级斗争为纲的时期，开启以经济建设为中心的新时代。而"回到鲁迅""回到文学本身"也是文学研究乃至整个学术研究回归正途的一个重要标志。

当学界盛赞王富仁"思想革命的镜子"说的价值和意义时，王富仁先生曾经亲口对笔者说过这样的话："人们都觉得思想革命的镜子如何重要，但在思想革命的镜子前后其实各有一个更加重要的东西，前者是《鲁迅前期小说与俄罗斯文学》，后者是《中国鲁迅研究的历史和现

---

① 王富仁：《我走过的路》；载自《王富仁自选集》，广西师范大学出版社1999年版，第3页。

状》。"笔者认为，这段话对理解王富仁在鲁迅研究方面的突出贡献有着非常重要的意义。前者是王富仁研究鲁迅的基础和突破口，后者则凝聚了王富仁在鲁迅研究上取得重要成就以后更加深刻的一些体会和感悟。《鲁迅前期小说与俄罗斯文学》是王富仁在西北大学的硕士论文，也是王富仁研究鲁迅的起点。鲁迅受到俄罗斯文学的影响，在鲁迅自己的翻译介绍、杂文随感甚至是小说创作中都有很明显的表现，所以在王富仁之前就有不少研究者注意到了这个问题，比如冯雪峰的《鲁迅和俄罗斯文学的关系与鲁迅创作的独立特色》等等，但这些成果大多是点到为止，用冯雪峰的话来说就是"画一个简单的轮廓"[①]，并没有深入探讨。王富仁大学学的是俄语专业，这种特殊的学术背景让他能够更加深入作品内部发现俄罗斯文学与鲁迅小说之间的联系，系统地展示鲁迅与果戈理、契诃夫、安特莱夫、阿尔志跋绥夫等俄罗斯作家在思想上的契合之处，而不是停留在外部一些艺术风格、表现手法的类比上。虽然王富仁曾表示过，硕士论文选择这样一个角度并没有太多的考虑，只是恰好兴趣（从小熟读《鲁迅全集》）和专业（俄语）的结合之作。但是在这篇硕士论文中，我们其实就能看到王富仁从一开始进入鲁迅研究的时候，就已经从思想上关注到俄罗斯文学对鲁迅潜移默化的影响，这为他后来提出"思想革命的镜子"打下了坚实的基础。

《中国反封建思想革命的一面镜子——〈呐喊〉〈彷徨〉综论》是王富仁鲁迅研究的奠基之作，也是新时期以来鲁迅研究的重大突破，但是再好的研究角度、再重要的突破也不能永恒，鲁迅研究仍然在继续，仍然需要对过去及时地总结和对未来准确地把握，王富仁的《中国鲁迅研究的历史和现状》就是他在鲁迅研究上取得重要成就之后对鲁迅研究的一种回顾和反思。在这部十五万字左右的著作里，王富仁对"五四"以来鲁迅研究的发展历程再次进行了高度的概括和深刻的思考，这种概括不仅仅停留在各派别的鲁迅研究是什么？更重要的是他们为什么会这样

[①] 冯雪峰：《鲁迅和俄罗斯文学的关系与鲁迅创作的独立特色》；载自《论文集》（第1卷），人民文学出版社1953年版，第118页。

研究？鲁迅与现代中国的发展紧紧牵连在一起，鲁迅研究与当代中国同样也牵连在一起！鲁迅研究各个派别与派别的差异究竟是什么？各个派别本身的发展与分化又是什么原因？这些既是王富仁对鲁迅研究的总结，同时也反映了王富仁对当代中国文化生态的审视和理解。甚至可以说，王富仁在这本书中很多观点要比《中国反封建思想革命的一面镜子——〈呐喊〉〈彷徨〉综论》要更加深刻。比如王富仁指出："事实证明，在此后的鲁迅研究史上，鲁迅研究的其他领域都会发生严重的危机，但唯有鲁迅小说的研究领域是不可摧毁的，而只要鲁迅小说的研究生存下来，它就会重新孕育鲁迅研究的整个生机。只要你能感受到鲁迅小说的价值和意义，你就得去理解鲁迅的思想，你就得去理解他表达自己的思想最明确的杂文，只要你理解鲁迅的前期，你就能理解鲁迅的后期，整个鲁迅研究也就重新生长起来。"① 王富仁治学风格一向稳健，很少说出如此激烈和绝对的话，为什么他要把鲁迅小说提到如此之高、如此之特殊的地位呢？就鲁迅一生的写作量而言，杂文显然比小说要更多，甚至占据鲁迅创作的首位，为什么王富仁不说鲁迅杂文研究领域是不可摧毁的？他又为什么说只有理解了鲁迅的前期，才能理解后期？我们认为这起码说明，王富仁对鲁迅的根本认识定位是，鲁迅是一个小说家、一个文学家，是一个思想型的文学家，一个具有革命精神的文学家，而并非主要是一个思想家和革命家。鲁迅整个创作的根本价值，首先体现在他前期的小说创作上。虽然鲁迅弃医从文的初衷并非是为了成为一个文学家，而是以文学为敲门砖唤醒沉睡的中国和国民，鲁迅创作大量的杂文，针砭时事，充满了战斗性和革命性，对中国革命和社会的发展有着巨大的作用，但我们并不由此就说鲁迅主要是一个革命家。鲁迅的根本价值，应当是他在小说创作中传达出的"国民劣根性"的深刻思考，应该是他为数不多的二十几篇短篇小说所蕴含的深厚的思想根基，是他对人生的探索和对人性的叩问。鲁迅比任何人都深沉地批判着、关注着、思索着我们这个民族的历史、现实和未来。鲁迅所有的深

---

① 王富仁：《中国鲁迅研究的历史与现状》，浙江人民出版社1999年版，第21页。

刻思考，所有的革命精神，都是通过小说等文学的形式而不是任何别的形式表达出来的，正因为此，鲁迅小说对中国现代文学的贡献是巨大而独特的。这一点，是王富仁之后展开所有鲁迅研究谱系的基本前提和原点，决定了他研究鲁迅的方式、趋向和根本价值，关涉到王富仁"回到一个什么样的鲁迅"去，也关涉到为什么鲁迅是"思想革命的镜子"，而不是"政治革命的镜子"等一系列根本性的问题。一个时期里，不少人都高呼过"回到鲁迅本身"的口号，王富仁先生对鲁迅小说的极其重视，告诉我们，"回到鲁迅本身"究竟应该回到哪里：应该回到鲁迅最有价值的小说创作中去，回到具有深刻思想和革命精神的小说家鲁迅那儿去！只有真正懂得了鲁迅小说的价值和意义，才能懂得鲁迅在中国现代历史乃至当下和将来的价值和意义。

二、文学史建构的独特思考

1996年，王富仁在《中国现代文学研究丛刊》第2期上发表了《当前中国现代文学研究中的若干问题》一文，针对当时学界存在的"革新"风气，以"保守"的姿态提出固守现代文学的研究范围，强调"五四"作为中国新文化和新文学起点的重要意义，明确表示不同意将旧体诗词、通俗文学纳入现代文学史的研究范围："在现当代，仍然有很多旧体诗词的创作，作为个人的研究活动，把它作为研究对象本无不可，但我不同意把它们写入中国现代文学史，不同意给它们与现代白话文学同等的文学地位。这里有一种文化压迫的意味，但这种压迫是中国新文学为自己的发展所不能不采取的文化战略。这里的问题不是一个具体作品与另一个具体作品的评价问题，而是一个引导现代中国人在哪个领域发挥自己的创造才能的问题；不是它还存在不存在的问题，而是一个它在现当代中国存在的意义和价值的问题。"[①]

[①] 王富仁：《当前中国现代文学研究中的若干问题》；载自《中国现代文学研究丛刊》1996年第2期。

对现代文学研究范围的讨论始终没有停息过。有学者提出，应该将旧体诗词和传统戏曲、台湾文学和流散文学写入现代文学史；有学者认为，中国现代文学研究应该去除少数民族现代文学的"无名"状态；还有学者强调，打通现代（成人）文学与儿童文学研究，对清末、民国的文学史进行一体性研究等等。其实，旧体诗词、通俗文学、海外华文文学等是否应该写入现代文学史，在本质上是同一个问题，学者们提倡将不同文学类型的研究纳入现代文学研究框架，是致力于拓宽现代文学研究外延的表现。那么王富仁为什么反对旧体诗词和通俗文学等进入现代文学史呢？王富仁强调"五四"作为现代文学起点的重大意义的这一立场似乎与50年代现代文学创立之初的研究者们更为接近，但王富仁又说，80年代以后，我们的研究规模和研究成果已经远超现代文学学科创立的时代。为什么在研究现状发生重大变化之后，他的文学观念没有相应革新，反而掷地有声地宣告了自己的"保守"立场，王富仁所固守的到底是什么？王富仁指出，很多研究者追求"新"，但他们只是学习一些"新观点""新结论"，并不学习这些观点、结论背后的独立思考和感受。这样的"新"是有时间性的，过了一段时间，"新"的自然就变成"旧"的，转而又要去寻找新的"新"。王富仁深知，一味地革新并不能促进学科的长足发展，所以他选择了固守，为学科之"固"而"守"，守的是现代文学的独立个性和深刻内涵，守的是学科在当下的立足与发展。

立足"五四"，守住学科的独立个性。80年代中期，钱理群、陈平原、黄子平提出了"二十世纪中国文学"的概念，这在当时是一个富有创见的重大命题，它打通了中国近、现、当代的文学史，还原了文学的本来面目，对文学史观念产生了重要影响。但王富仁却对此提出了自己的见解："'二十世纪中国文学'把新文化和新文学起点前移就大大降低了'五四'文化革命和'五四'文学革命的独立意义和独立价值，因而也模糊了新文化和旧文化、新文学与旧文学的本质差别。"[1]王富仁认为，"中国现代文学并不是所有中国文化思想的儿子，而只是'五四'

---

[1] 王富仁：《当前中国现代文学研究中的若干问题》。

新文化的儿子。"①"五四"是中国文学嬗变的临界点，在这个临界点上，中国文学发生了根本性的历史变化，语言的变革、思想的革新，带来的是与整个古代完全不同的风气，开始出现了现代的性质。"二十世纪中国文学"的概念的确在一定程度上使文学摆脱了政治话语的束缚，加强了文学研究的整体性和独立性，但它在消解"五四"政治意义的同时，也消解了"五四"重大的社会历史意义和它的实践意义，从长远来看是不利于整个学科发展的。所以，王富仁对"五四"的固守源于他对学科主体性的固守。"五四"赋予现代文学以独立的个性和品格，从而使整个学科得以保持无可替代的主体地位。

现代文学的学科个性具体表现为每个研究者的主体性。王富仁认为"文学作品的价值不是靠理性判断出来的，而是靠心灵欣赏出来的，理性上、理论上的变化是很快的，而欣赏趣味的变化是很慢的，是在一生一世的慢火焙烤中养成的"②。有的学者认为，这似乎过于强调研究者个人情感体验的重要性了，研究者的主体性要受到研究客体、价值标准及理论方法等的限制，应该在文学研究中实现个体性和群体性、理性判断和情感体验的统一。其实王富仁的学术研究因其逻辑缜密、思想深刻，向来是极富理性的。他用这种比较有倾向性的表达，其实是有所强调的。在现代文学的发展过程中，现实主义、浪漫主义、现代主义等等思潮流派在飞速地变化，我们时常受到某种流行思想的影响改变对作品的评价。王富仁强调，研究者不要急于给作品扣上一顶某某主义的帽子，也不要因为一种主义的流行强行解读一部作品，而是以情感体验和主观感受对作品进行初步的判断和选择，在理论的纷繁变换中始终保持自己的主体性，对作家如是，对研究者如是，对整个学科亦如是。

坚守"现代"，守住学科的深刻内涵。如果仅把"现代文学"的"现代"看作一个时间概念，那旧体诗词、通俗文学当然是发生于这一时间范围内的，也理应写入现代文学史。但是王富仁对"现代"有着更为深刻的解读：首先，现代是与传统相对立的一个概念，它"是在社会历史

---

①②王富仁：《当前中国现代文学研究中的若干问题》。

时间的维度上建立起来的,是与古典性、经典性、传统性等代表的在中国古代社会已经产生并被社会普遍认可的事物的性质相对举的"①。古代诗词是中华文化的一笔宝贵的财富,它的宝贵之处恰恰在于已经成为历史,成为中华民族的文化传统。现代新诗则是以反叛的姿态登上历史舞台的,它在形式和内容上都与古代诗歌有着明显的区分。当然,传统与现代的"对举"不是互相排斥的对立,王富仁曾说,传统就是当你身处其中的时候,你感觉不到它的力量,而一旦你离开,就能够真切地感受到它的存在。王富仁不否认传统与现代的传承关系,也不否定旧体诗词与新诗之间的历史联系,甚至可以说这种历史与传承是摆脱不掉的。但这不代表传统与现代之间的界限是模糊的,更不代表现代作家继续写旧体诗词,我们就要将旧体诗词纳入现代文学史,这与学科之名相关。

其次,"现代文学"的"现代性"有两个主要的性质和特征:"其一是批判性或曰革命性,其二是创造性或曰先进性。"②现代新文学在对旧文学的批判和革命中实现着自身的创造和先进,白话文运动已经明确地区分开新文学和旧文学,那么现代文学史就应该是有关新文学的历史,就应该是有关白话文学的历史。"现代文学"之"现代",不仅是社会历史意义上的时间概念,它还是一种区别于古代的现代性质和特征,它更是一种冲破束缚、解放自我的力量和能力。正是站在这样的立场上,王富仁固守着"现代"的内涵与性质,固守着"现代文学"之名。

着眼"当下",守住学科的现实关怀。作为一个现代文学领域的研究者,我们每个人都极为重视文学史的写作和研究。王富仁却提醒我们修正编写文学史的态度,他认为一直以来,我们不是不重视文学史,而是太过于重视文学史。研究现代文学的人这么多,如果每个人都写一本现代文学史,那文学史的数量就太多了,反而应该更重视史论和批评。"大家各自在自己能够发挥作用的领域发挥作用,并且互相影响,我们整

---

①②王富仁:《"现代性"辨正》,载自《北京师范大学学报》2013年第5期。

个中国现代文学的研究事业才会持续地发展下去。"①

王富仁强调文学史应该具有当下性："我们的文学史写作不是为了展示我们的学问的，而是向当代的读者介绍历史上的文学作品的。文学史不是写的内容越多越好，不是把我们读过的文学作品都写到文学史上去。我们是研究现代文学的，自然应当尽量多地阅读现代文学作品，但并不是所有的现代文学作品都有让当代读者阅读的价值。我们的文学历史越来越长，我们当代人背不动这么沉重的历史的包袱，这个历史的包袱是由我们这些专治文学史的人来背的。这是我们的工作，我们背着是为了别人不背。我们写到文学史上的应是为当代文学作品所无法代替的，当代读者仍有必要阅读的。"②有的学者质疑，文学史的"当下性"增强，那相应的"历史感"就会减弱，反而有失文学史的本质。但是说到底，文学史是文学发展的历史，它所讲述的历经岁月洗礼依然沉淀下来的作品，所以天然地具有一种纯粹的历史感。增强文学史的"当下性"并不意味着随便调整文学史的评判标准，而是要求我们更加严谨地思考、品评文学作品，给予作家作品更为公正的演说，思考更加严格地挑选作品。文学史写作是一项无法真正完结的活动，80年代中期，王晓明、陈思和提出了"重写文学史"的口号，其实"重写"文学史是学科发展的应有之义，是文学史研究不断延续和深化的常态。"持重"和"反思"应该构成现代文学史研究的双重底色，重写文学史应坚持在"反思"中"重写"，在"重写"中坚持"持重"的学术品格。

在现代文学研究领域，越来越多的学者强调旧体诗词、通俗文学入史的重要，一来是为了扩大研究范围，为现代文学争取一席之地，二来也存在为自己专攻的研究领域争取"合法化"的意图。但是一味地拓宽研究领域，把所有类型的文学都纳入现代文学的框架中，只是在膨胀这个边框，甚至会在一定程度上伤害到这个框架得以立足的基点和核心。王富仁在谈论现代文学研究框架的时候，采取的是一种固守的态度，这

---

①②王富仁：《关于中国现代文学史编写问题的几点思考》，载自《文学评论》2000年第5期。

个"固"不是"顽固"的"固",而是"牢固"的"固",通过"固守"现代文学的本质,打牢现代文学学科建立和发展的根基。

王富仁的现代文学史观不仅体现在他对于文学史核心框架的把握,还体现在他有一种宏观掌控的能力和气魄。王富仁曾在《中国现代文化指掌图》中提出要"弄一个像地图一样的东西"[①]。这个"指掌图",意味的就是在复杂中找到头绪,在头绪中还原细节;意味着要跳出问题看问题,既要看到"指"的线索,又要看到"掌"的丰富。更重要的是,这指掌之间的脉络是相通的,是关联的,是一种"活的"体系。特别是对于现代文学史上的各类社团流派,王富仁曾经做过一个相当生动的比喻,他在《河流·湖泊·海湾——革命文学、京派文学、海派文学略说》[②]一文中,用"河流""湖泊""海湾"三种形态,高度概括了革命文学、京派文学、海派文学三个流派的特征和生存状况。江河湖海,都是水,但又在形态、环境等方面呈现出极大的差异性。作家都是鱼,但在这三种不同形态的生态环境下,自然而然地呈现出了不同的创作倾向和特点。王富仁的这一阐述体现了两个层面的考量:一是通过"鱼"与"水"的关系,来看待作家与文学团体、流派的关系。鱼离不开水,但时刻受着水流势的影响,作家因为集结在一起发出更大的能量,但又因为这种"群体"性反过来受到牵制。二是通过"江河湖海"不同的形态来探测出革命文学、京派、海派三个流派在整个"水系"中呈现出的差别、联系和互动。

王富仁先生不仅具有史家的眼光,在对待他的研究对象时,他还体现出了高度的敏锐。王富仁特别善于将一个作家最有价值的特点抓住,又特别善于将这个作家与"伟大"的差距一针见血地披露出来。比如说他对沈从文的评价:"不容否认,沈从文是一个有才能的作家,甚至可以认为,就其自身生活经历的丰富,就其接触下层群众生活的广度,就其艺术尝试的多样性,就其创作产量的丰盛,他是较之鲁迅更有条件成

[①] 王富仁:《中国现代文化指掌图》,人民文学出版社2004年版,第2页。
[②] 载自《中国现代文学研究丛刊》2009年第5期。

为伟大作家的一人。但是,沈从文虽然对中国现代文学做出了他的不容置疑的贡献,在某种程度上也有民主主义的思想倾向,但他却远未达到堪称伟大作家的一列。"至于原因,王富仁指出:"因为他缺少一个为现代伟大作家所不能不具有的更深刻的思想,他远未脱出世俗现实生活和封建意识形态的无形束缚。"①而对于郭沫若,王富仁认为"他的最好的诗都是由诗人的主体与大自然或世界的外部、整体状态二者直接构成的诗。而当有具体的、有生命的人的直接介入,诗的整体美便常常被破坏,至少再也构不成那种热情澎湃、充满自由精神的诗的艺术境界了。"②对于冰心,王富仁曾把她列入"对中国新诗创作贡献最大的几个人"之一,甚至把她排到了"郭沫若、闻一多、徐志摩、冯至"之前,仅仅位列胡适之后。王富仁将冰心排到这样高的地位,不仅仅是从诗歌自身发展的时间逻辑来考虑的,更重要的是他关注到了冰心不同于郭沫若、徐志摩等人一个重要特点,那就是她写诗的目的"不在作诗",而是为自己那点"零碎的思想"找到了最诗意的表达,这种诗意不产自于泰戈尔小诗的诗歌形式,也不产自于中国现代白话的基础,而是从"冰心自身的心灵感受中产生出来的"。这恰恰是体现了诗歌自身发展最重要的逻辑。所以王富仁认为冰心的诗歌是"中国现代新诗发展史上第一种具有独立审美功能的诗歌形式"③。更重要的是,在以往的研究中,人们大多推崇冰心小诗的哲理化思想,但王富仁却认为"哲理性"不但不是冰心小诗的主要价值,反而是"最大的累赘",甚至是导致后来冰心创作越来越走向衰落的重要的原因,因为它远离了童心所带来的鲜活的世界感受和人生感受。可以说,王富仁对这些经典作家的评论是充满了真知灼见的。

---

①王富仁:《在广泛的世界性联系中开辟民族文学发展的新道路》;载自《先驱者的形象——论鲁迅及其他中国现代作家》,浙江文艺出版社1987年版,第338页。

②王富仁:《审美追求的瞀乱与失措——二论郭沫若的诗歌创作》,载自《北京社会科学》1988年第3期。

③王富仁:《中国现代新诗的"芽儿"——冰心诗论》,载自《北京师范大学学报》1996年第5期。

三、"新国学"理论的深远影响

近些年来,由于国学在社会上的不断高涨,"五四"新文学确实遭到了相当程度的冷遇。它不像传统文学各种"诗词大会""成语大赛"那样受到追捧,也不像当代文学时不时在国际上获奖的那般热闹,甚至它都不像它本身在20世纪80年代受到"新儒学"猛烈批判时那样获得足够的关注。我们不得不承认,现代文学正处于一个边缘化的境地。然而,对于现代文学本身而言,这或许正是一个新的发展机遇。一方面,新文学边缘化的过程恰恰是经典化的过程。冷一冷,静一静,沉一沉,文学才能回归文学本身,才能显现自身的价值。纵观世界,不管是艺术还是文学,成为经典的道路是孤独而漫长的,在这一过程中,一个冷静的沉淀过程是至关重要的;另一方面,新文学的所谓边缘化,绝不意味着它的弱化或消亡,相反正是在这种边缘化的过程中,我们越来越体会到"五四"以来的新文学新文化是难以替代的、难以复制的,甚至是难以超越的。

一个国家的国学一定是包含了一个国家从过去到现在全部的智慧结晶。这实际上是一个最简单不过的道理,但事实上存在着这样一种认识,就是将国学的概念不断狭义化,把它限定为古典文学、古代文化甚至某一个学科身上。如此一来,"五四"以来的新文学和文化就被挤压、被边缘、被排斥在这个"国学"范围之外。在这个背景下,王富仁提出的"新国学"构想,就显得尤为重要。

从2005年1月起,《社会科学战线》连续三期刊载了王富仁长达14.5万字的论文《"新国学"论纲》。在这篇厚重而系统的文章里,王富仁明确提出:"'新国学'不是一种学术研究的方法论,不是一个学术研究的指导方向,也不是一个新的学术流派和学术团体的旗帜和口号,而只是有关中国学术的观念。它是在我们固有的'国学'这个学术概念的基础上提出来的,是使它适应已经变化了的中国学术现状而对之做出的新的定义。"①按照王富仁的说法，现有"国学"定义存在着明显的局限，认为"五四"以后生成和发展起来的中国现当代文化，特别是由陈独秀、李大钊开其端的"中国现代革命文化"，以鲁迅为主要代表的"中国现代社会文化"，由从事外国文化的翻译、介绍和研究的学者与教授创造出来的"中国现代学院文化"都没有被包含进来。而这些文化，在经历了将近一百年的沉淀之后，理应成为"国学"的一部分。这是"新国学"最基本也最核心的观点。

"新国学"的提出引发了不少争议，有的学者提出，"新国学"的建构何其庞大，何其复杂。一个漫无边际的学科，是无法建构的。②作为一个成熟的学者，王富仁不可能不知道这个简单的道理。在笔者看来，王富仁并非是想要真的去构建起一个完整的"新国学"，而是要树立一种学术理念，建立一种"活"的体系。"新国学"并非是与"国学"对立的概念，因为"国学"就是"国学"，"国学"不分新旧，它是一个整体，但它是一个动态的整体、循环的整体，王富仁提出的"新国学"，就是提醒我们注意"国学"这个体系本身的动态性和循环性。

当然，现代文学研究者的这个身份让一些人认为，王富仁对"新国学"的建构，是在弘扬"国学"的大环境下为现代文学谋一条出路。同意者赞叹王富仁的煞费苦心，不同意者则认为，"五四"新文学的根本价值仍在于其"现代"意义，如果将"五四"纳入国学的考虑范畴会消解"五四"的现代意义③。不可否认，王富仁对"新国学"的建构，一定蕴含着他对新文学名归何处的深层思考，但如果说王富仁构建"新国学"的体系仅仅只是为了让新文学"名正言顺"，那也未必太兴师动众了。王富仁提倡的"新国学"，不是为了抹灭新文学的现代性，而是搭建一种传统与现代共存的学术空间。这既是一种对现代文学的坚守，也是一种超越。新文学以来的"现代"只有在古典文学的"传统"对照之

---

①王富仁：《"新国学"论纲（上）》，载自《社会科学战线》2005年第1期。
②参见江凌：《试论国学和"新国学"》，载自《山东农业大学学报》2006年第2期。
③陈国恩：《国学热与中国现当代文学研究》，载自《福建论坛》2008年第2期。

下，才得以成立。没有西学，何谓国学？没有传统，何来现代？"不是规定性的，而是构成性的"①，这正是"新国学"和传统"国学"的内在的质的区别所在。只有"构成性"的环境中，我们才能更加清楚地看到以新文学为核心的现代文学将被置于何种位置？现代文学与中国文学、现代文化与中国文化之间又是一种什么样的关系？曾经有研究者在挖掘出晚清"被压抑的现代性"后，认定"晚清时期的重要"，"先于甚或超过'五四'的开创性"②，甚至提出"没有晚清，何来'五四'"的说法。大陆在长期的研究和教学中确实存在对晚清文学不够重视的情况，作为古代文学的尾声、现代文学的先声，晚清文学在文学史中似乎很少得到过"正声"的待遇，这毋庸置疑是不合适的。但晚清是晚清，"五四"是"五四"，它们各自有各自的价值，二者之间的关系不能用"没有……何来……"的逻辑来解释。如果过于强调传统文化的"旧"，那么传统文化也会变得孤立和狭隘起来，失去了传承和发展的活力。相反，如果过于强调"五四"的"新"，那么"五四"这一起点同样也显得孤立化，失去了历史发展的土壤和根系，因此，传统和现代是一对相互构成的关系，传统文化、传统文学和新文化、新文学也是一对相互构成的关系。这种构成性，就是王富仁想要强调的"新国学"之"新"。

距离王富仁"新国学"的提出已经过去十几年了，围绕"新国学"的讨论仍在继续，与"新国学"相关的杂志、研究机构也仍然在继续致力丰富和实践这个理论。但一个显在的事实是，今天大部分致力于"新国学"理论建构和实践的仍然是现代文学研究者，传统国学的研究者似乎并不热情，更不用提被王富仁纳入"新国学"范围的数学、自然科学这些学科了，它们是否认同自己是"新国学"？这些问题目前来看仍然是不够明朗的，许多难点还有待深化。但一个观点的提出、一个理论构架的建构，是需要时间去沉淀的，需要实践去检验的，不是能马上就能实施的，也不是在一个人乃至一代人手上就能完成的。我们对"新国学"

---

① 王富仁：《"新国学"论纲（下）》，载自《社会科学战线》2005年第3期。
② 王德威：《想象中国的方法》，生活·读书·新知三联书店2003年版，第3页。

的理解还需要一段很长的时间，对它的实践可能需要更长的时间。

　　传统的建构是一种动态发展的形态，"国学"扎根于几千年的传统，但几千年的传统也是一年一年、一个时代一个时代累积起来的，"五四"既是中国现代性的重要开端，又是一种新的历史传统的定格，如果"五四"新文学新文化在今天不能被容纳，那么传统的构建、国学的发展也就成了一句空话。王富仁先声夺人，率先提出"新国学"的深刻含义正在于此，但斯人已去，如今的我们是否有足够的信心和底气，将"五四"以来的新文学新文化真正构建和发展"新国学"，这是历史赋予后辈学者的重要使命。而对"新国学"及其相关问题的继续深入的探讨，或许是对王富仁先生最好的纪念和最真切的敬意。下一步中国学术走向何方？值得我们思考，而王富仁的去世可以算是一个学术发展的节点。

　　　　原载于《中国现代文学研究丛刊》2017年第12期

孤绝启蒙：持续与深化
——王富仁先生的精神面相

李 怡

在对王富仁先生的追悼与缅怀中，高频率出现的词语是"启蒙"，的确，这可以说就是对先生毕生学术思想追求的精确概括。从《中国反封建思想革命的一面镜子——〈呐喊〉〈彷徨〉综论》到"鲁迅视角"下的中国现代作家研究、思潮研究，再到最近数年熔现代与传统于一炉的"新国学"研究，其实都折射出一种去除蒙昧、再认自我的精神，这就是我们通常所说的"启蒙"精神。"启蒙"（enlightenment）的本义是"照亮"，是以理性质疑外在的权威，重新确立人的价值和主体性。正如恩格斯对18世纪启蒙运动的评述："他们不承认任何外界的权威，不管这种权威是什么样的。宗教、自然观、社会、国家制度，一切都受到了最无情的批判，一切都必须在理性的法庭面前为自己的存在作辩护或者放弃存在的权利。思维着的知性成了衡量一切的尺度。"①或如康德所言："启蒙就是人从他咎由自取的受监护状态走出。受监护状态就是没有他人

---

① 〔德〕恩格斯：《社会主义从空想到科学的发展》；载自《马克思恩格斯选集》（第2卷），人民出版社1995年版，第355页。

的指导就不能使用自己的理智。"①"把自然想象成不服从知性通过自己的根本法则奠定为它的基础的那些规则：这就是迷信。从迷信中解放出来就叫作启蒙。"②20世纪80年代，王富仁以"思想革命"反拨已成权威的"政治革命"，可以说是以现代理性重塑中国现代文学研究的基础，"回到鲁迅那里去"其实就是"回到研究者独立的理性那里去"——这本来是学术的常识，却在极"左"的年代几乎被人所遗忘，难怪那篇《〈呐喊〉〈彷徨〉综论》如暗夜的闪电，划亮了新时期的思想天空，成为许多学人特别是年轻一代学人的"启蒙之光"。在今天，在学术训练"常态化""规范化"与"技术化"的时代，可能再难出现这种大范围的"群体启蒙"的惊喜了，唯其如此，王富仁曾经的开拓就尤显珍贵。

当王富仁以"回到鲁迅"的口号展开"思想革命"的大旗之时，这里所包含着的学术意义和文化意义都大大地超过了鲁迅研究本身。恰恰是在这两个经典性的理论口号当中，王富仁充分展示了中国新时期启蒙思想的巨大的历史性力量，而他作为一位自觉的启蒙学者也找到了真正的"自我"。任何新思想的提出从根本上讲都不是一种自足的运动的结果，而是与所有的"先在"碰撞和对话的产物。思想的"新"主要是指它对固有的思想基础所做出的超越性的"提升"，新思想之所以是有力量的也主要体现为它能够在固有的思想"先在"的罗网里为人们撕开一道通向未来的"缺口"。也就是说，这样的"对话""提升"以及"缺口"的撕开都主要不是在新的思想内部自我完成的，它必然意味着甚至也可以说是主要意味着对固有"先在"做出适当的调整和改造。启蒙，作为除旧布新这一伟大社会历史的最积极的实践显然比其他任何思想文化运动都更注重这样的"对话"事实。显然，较之于将鲁迅附着于外在的理论框架加以评述，"回到鲁迅"所强调的是从鲁迅作品及鲁迅思想体系自身出发来研究问题，较之于"政治革命"这一相对偏离于知识分子创造活动的理论标尺，"思想革命"重新提醒人们关注知识分子精神活动

---

① 李秋零主编：《康德著作全集》（第8卷），中国人民大学出版社2010年版，第40页。
② 李秋零主编：《康德著作全集》（第8卷），第306页。

的独立特质。

从那以后，"启蒙"便成为王富仁学术追求的内在灵魂。在王富仁的文字中，我们常常感到了一种全面反思和重建中国文化的宏大气魄。他仿佛总是在不断拔除和拭去我们习焉不察的种种蒙昧、阴霾和偏见，不断将一片片崭新的艺术空间铺展开来。

也就是说，在学术活动中，"持续启蒙"是王富仁的基本姿态。

问题在于，新时期以来的当代中国启蒙文化遭遇了严重的阻击，被质疑、被批判恰恰是20世纪90年代以后启蒙文化的历史命运。在这个时候，"持续启蒙"的王富仁显然是孤独的，但是最值得注意的，在于孤独以及孤独者的悲剧并不能真正概括王富仁的学术状态。因为，我们清楚地看到，正是在"启蒙文化"色彩暗淡的岁月里，王富仁展现出格外坚定的意志力。他不仅没有从思想启蒙的立场上退却，不仅没有通过对新思潮的迎合来顺应历史的"发展"，反而继续将理性的反思推进到了越来越多的学术领域，在不同的方向和层次中夯实"启蒙文化"的地基，一如他对鲁迅的评述："鲁迅作为一个中国的启蒙主义者的历史地位是不可忽视的，模糊了他的思想的启蒙主义性质，也就模糊了他与他的思想先驱者们的思想联系，模糊了他的思想的社会性质和民族性质，模糊了他的理性选择的清醒性和确定性。""他的生命哲学与西方存在主义哲学有着一系列共同的特征，但二者又是截然不同的。如果说西方的存在主义者高举着生命哲学的旗帜离开了18世纪的启蒙主义思想，鲁迅则高举着生命哲学的旗帜更坚定地站立在中国启蒙主义的立场上，并且义无反顾，把'五四'反封建思想革命的旗帜一直举到自己生命的尽头。"①

20世纪90年代启蒙"势弱"，其原因多样。一方面是西方启蒙文化遭受到了后现代后殖民理论的批判，其内在的缺陷被挖掘和反思，而"后现代"一度成为90年代中期中国文坛的"显学"，追捧者无数；另一方面则是中国知识界在主客观的社会形势中开始清算新时期的"西化"之路，盼望通过批判启蒙来洗刷"媚外"的原罪。当然，这两方面的反

---

① 王富仁：《时间·空间·人（二）》，载自《鲁迅研究月刊》2000年第2期。

思都更具有繁复的"理论"背景，展现了某种"自圆其说"的学术力量，而质疑、批判的对象也包括了王富仁当年的不无"反映论"痕迹的鲁迅小说"镜子"说、"还原"说。在90年代的学者看来，王富仁的"镜子"说颇为"机械"，而作为历史现象的鲁迅又是不可能真正"还原"的，承载着"思想革命"这一明确意图的鲁迅也似乎仍然是一个单纯化、简略化甚至主观化的鲁迅。

种种质疑显然有其理论上的"洞见"，然而王富仁却似乎并不为之所动。这绝非他的固执和保守，而是所有对启蒙的质疑逻辑都忽略了王富仁的启蒙追求其实是建立在一个更为磅礴的生命关怀、生命体验的基础之上，而不是欧洲19世纪启蒙文化那样单薄的"理性自信"，对生命的关怀与深入的体验从一开始就注定了王富仁将沿着启蒙之路走向一个意想不到的远方，质疑者根本没有发现一个深层的王富仁，与"洞见"联袂而生的果真是触目惊心的"不见"。

王富仁最早的学术活动是从跟随薛绥之先生写作鲁迅作品赏析开始的，这种以个人感受为基础的阅读欣赏活动引导他尝试通过感性的生命体验来贴近鲁迅的心灵世界。正是有了这一番的感性生命的应和，才最后导致了对鲁迅小说的重大发现——所谓"偏离角"——思想阐发与政治阐发的内在矛盾，"偏离角"的发现当然显示了他绝大的理论建构的勇气，但这一建构的前提却首先是他作为批评家的特出的感知能力。王富仁后来对新时期的启蒙派鲁迅研究的评述，其实就是他自己的学术基础："这时期鲁迅研究中的启蒙派的根本特征是：努力摆脱凌驾于自我以及凌驾于鲁迅之上的另一种权威性语言的干扰，用自我的现实人生体验直接与鲁迅及其作品实现思想和感情的沟通。"[①]的确，他的博士论文《〈呐喊〉〈彷徨〉综论》固然气魄非凡、逻辑严密，但人们同样会为书中那到处闪光的精细的艺术感觉而叹服，在关于《药》坟上花环的论述中，在关于《一件小事》的主题辨析中，在关于鲁迅小说文言夹杂的语

---

①王富仁：《中国鲁迅研究的历史与现状（连载十）》，载自《鲁迅研究月刊》1994年第11期。

言特征的剖析中……90年代以后，王富仁将较多的精力转向宏阔的文化文学研究。但与此同时，他也从未中断过对文学作品的感受和鉴赏，从《补天》《风波》到《狂人日记》，他不时推出自己细读文学作品、磨砺艺术感受的佳作；从《中外现代抒情名诗鉴赏辞典》《鲁迅作品鉴赏书系》到《闻一多名作欣赏》《中国现代美文鉴赏》，他似乎对各种各样的鉴赏工作满怀着兴趣。其欣赏范围甚至跨出了现代，直达中国古典文学。他连续不断地在《名作欣赏》杂志上推出关于中国古典诗歌名篇的解读，尝试着王富仁式的"新批评"，这些文字更自由更无所顾忌地传达了他的种种新鲜感觉。

到了20世纪90年代中期，王富仁对中国现代文学的研究模式提出了深刻的反省，他先后发表了《中国现代文学研究中的"正名"问题》和《对一种研究模式的置疑》两文。前者提出："迄今为止，中国现代文化研究，其中也包括中国现代文学研究，存在的最严重的问题就是基本概念的混乱"，"它的概念系统只是中国古代文化和西方文化各种不同文化概念的杂乱堆积"。[1]这里实质上是阐发了一种绝不同于当下许多文化研究工作者的崭新的思路，即无论是外来文化还是传统文化都不可能也的确没有成为现代人的基本生存原则，只有深入现代人的生命体验中去，才能找到真正属于他的文化选择；后一篇文章则将中西文化与知识分子个人的关系，描述为"对应点重合"，"重合"的基础当然还是个体生命的体验。[2]

正是这种生命深层的真切体验让王富仁格外清醒地意识到，一个文化思潮绝不能以单纯的理论的"新颖"的威力来证明其价值，能够确定其历史意义的只有它的现实针对性。王富仁指出："有更多的人是从这种理论自身的威力出发而去信仰这种理论的，似乎这种理论之所以在社会上发生了强大的影响是因为这种理论比原有的理论更'正确'、更'全

---

[1] 王富仁：《中国现代文学研究中的"正名"问题》，载自《北京师范大学学报》1995年第1期。

[2] 王富仁：《对一种研究模式的置疑》，载自《佛山大学学报》1996年第1期。

面'，似乎这种理论本身便有一种点石成金的力量。正像当前社会上很多人看到做买卖的赚了钱，便形成我做买卖也会赚钱或做买卖就会赚钱的幻象一样，这时的文化界也形成了一种只要掌握这种理论便一定会有文化建树的幻象。"①与此有别的是，"文学研究者的任何研究都要建立在一个一个文学作品的具体感受的基础上，如果自我对文学作品没有亲身感受，或有而不尊重它，不愿或不敢重视它，而是隔着一层屏障直接面对作为客观实体的文本，或者把自己的活生生的感受和印象搁置起来，把别人的现成的结论作为研究的前提，他的研究工作是根本无法进行的"。"文学研究中的种种名词概念，都是在对具体的、一个个的文学作品的实际感受和印象的基础上建立起来的，没有这种真切的感受和印象，这些名词也便成了毫无意义的空壳子，整个文学研究工作也就难以进行了。"②

作为一个无比自觉的启蒙者，王富仁不是将启蒙作为一面招摇的旌旗，一处坚守不移、傲视他人的成果的高地，而是将启蒙看作一个充满活力，能够不断介入现实、回答当下生存问题的思想的资源，而启蒙本身也处于被不断认识、不断开掘、不断敞露深层肌理与内在创造力的过程之中，它不是完成于18世纪的法国，不是取法于康德的思想，也不是结束于后现代的质疑，停步于西方马克思主义的批判，它与现代中国人的命运相遇了，重新面对了中国历史的问题，被新的知识分子所发现，再一次被注入了思想创造的能源。可以毫不夸张地说，王富仁的启蒙探索是启蒙文化一次空前的深化和发展，是在启蒙遭受巨大阻击的时代的一次思想"激活"与"重启"。

如果说《中国反封建思想革命的一面镜子》是在中国现代文学的格局中论证鲁迅的启蒙价值，那么《中国鲁迅研究的历史与现状》则是在整个现代中国文化的格局中发掘知识分子的启蒙精神。这是王富仁对20世纪90年代启蒙文化的第一次扩展性的推进。

---

① 王富仁：《文化危机与精神生产过剩》，载自《文学世界》1993年第6期。
② 王富仁：《文学研究的特性》，载自《文学评论家》1991年第6期。

《中国鲁迅研究的历史与现状》最早连载于《鲁迅研究月刊》，1999年由浙江人民出版社初版，2006年由福建教育出版社再版。从表面上看，这是王富仁从个人的学术理念出发，对20世纪中国鲁迅研究演化发展的一种梳理和概括。通过他简明而有力的叙述，鲁迅研究在20世纪中国呈现的四个主要阶段以及各自的内涵得到了深刻的展示，现当代鲁迅研究的基本问题及与中国社会文化发展的内在联系由此被深入挖掘。在这个意义上，我们可以说《中国鲁迅研究的历史与现状》就是一本简洁的鲁迅研究史略。但是，认真阅读我们可以知道，这一著作最终给我们留下深刻印象的却并不仅仅是历史的梳理，虽然它以历史的梳理作为自己的框架，更重要的意义在于，王富仁是以重新回到历史的方式为我们展示了他清醒自觉的学术理想：在对鲁迅的阐释中承接和发扬鲁迅式的启蒙精神。就像当年在鲁迅小说中提出"回到鲁迅"的口号一样，今天的学术史梳理更是"回到鲁迅"和"回到与鲁迅相关的中国精神史"，从中，他要重新勘探中国现代精神尤其是知识分子精神的"历史与现状"，从而为现代中国启蒙精神的发生、流变、转折、蜕变绘制历史的地图。

一部《中国鲁迅研究的历史与现状》，纳入了20世纪中国学者对鲁迅的研究，纳入了整个中国现代学术与中国现代知识分子精神流动的恢宏图景，对其中各种细节的勘探和回答就是对现代文化的反思和批判。王得后先生认为这篇长文首先打动了他的便是"作者的宽厚"[①]，其实，在历史现象理解的"宽厚"之外，给人留下深刻印象的更有王富仁思想坚守的立场。在《中国鲁迅研究的历史与现状》中，王富仁多次论及鲁迅作为"社会派"知识分子的独立价值，论及鲁迅研究中"社会派"与"学院派"的差异。所谓的"社会派"，就是以对中国当代社会现实的体验为基础而不是以某种时髦的理论为基础的知识分子群体，他们格外重视自身的现实生命感受与社会文化感受，将所有的学术追求、理论的建构都牢牢地建立在这一感受的基础上，所谓"启蒙"的历史使命就是由

---

①王得后：《序》；载自王富仁著《中国鲁迅研究的历史与现状》，福建教育出版社2006年版。

这些极具现实关怀的知识分子来承担的。在现代中国这个生存难题遍布、生存空间狭小，常有原欲态的生存，缺少个人的特操、缺少精神的信仰、无处没有做戏的"虚无党"的时空环境中，大概也常常是这些充满社会生存实感的知识分子触及着最有"质地"的真实。从王富仁对于"社会派"的阐发与激赏中，我们也分明地感受到了他自己的人生与文化取向，尽管他自己也依然生活在高等院校的围墙之内，还在继续地完成着一所学院所要求的"学术"。在20世纪90年代，王富仁的思想学术方式是以自己的理解为基础，完成着向"学院"之外的社会派精神的暗移。正如樊骏先生所指出，这里出现的是一个奇特的思想家，因为"一般学术论者中常有的大段引用与详细注释，在他那里却不多见，而且正在日益减少"①。王富仁这种逸出学院围墙，更广阔更自由地表达自己的愿望与他作为学院内知识分子的学术方式——对历史的理性叙述——形成了颇有意味的对照。他完成的是学院式的课题，传达的却是胸怀天下、心系苍生的社会忧患。在这个"消解启蒙"、自我"规范"的时代，王富仁却依然介入社会、拥抱启蒙，真可以说是一种来自"绝地"的"孤绝的选择"。绝地，险恶孤绝之地，当开启现代精神又远远没有完成的启蒙在当下的学术语境中遭遇了空前的消解，"绝地"可能就是一种形象化的描绘。身居绝地，还要继续自己的理想，这里需要更大的学术勇气与学术智慧。

如果说王富仁的文学研究贯彻着他"孤绝启蒙"的各个方面的努力，那么他人生最后几年所致力的"新国学"研究则是全方位确立现代文化历史地位和精神高度的探索，蕴含在这一现代文化中的根本精神就是现代知识分子"不畏威权""重估历史"的深远的理性，也就是王富仁以现代启蒙精神重照传统文明，再构现当代文化系统的最后努力。

"新国学"的主张首先是在《社会科学战线》上连载，同时又刊发于汕头大学《新国学》学术丛刊创刊号上，2006年的中国现代文学研究会

---

①樊骏：《我们的学科：已经不再年轻，正在走向成熟》，载自《中国现代文学研究丛刊》1995年第2期。

大连年会上,王富仁先生又做"新国学"的即席发言,引发了与会学者的热烈讨论。此前此后,《现代中国文化与文学》《文艺研究》《社会科学战线》《中国现代文学研究丛刊》等期刊都推出过专题讨论。除了对鲁迅矢志不渝的解读外,王富仁还从来没如此热忱地推广过自己的某一学术观点。那么,他如此执着的目的何在?是不是真如一些学者所担忧的那样,属于保守主义的立场后退呢?当然不是。王富仁对此的表述十分清晰:

> 过去我们仅仅将对19世纪以前中国文化的研究视为"国学",这就把"国学"的命脉变得越来越细弱、越来越狭窄了。试想,再过几个世纪,我们假若仍然仅仅将对19世纪以前中国文化的研究称为"国学",那时的"国学"在整个中国学术中的地位将如何呢?
>
> 中国知识分子对于我们民族的学术应该建立起一个新的整体的观念,从事学术研究的中国知识分子应该建立起一种彼此一体的感觉,对我们都是有重要意义的。
>
> 高等教育的持续发展,研究生招生制度的建立,社会群众对学术问题关切程度的提高,标志着中国学术已经进入了一个新的发展阶段,而这个阶段的特征应该是在全球化背景上重新形成开放的民族学术的独立意识,而重建民族学术的整体观念则是关键的一环。[1]

如何消除中国知识分子观念中的古今对立,在一个更具有整合力的文化大格局中重建民族学术,从根本上维护和巩固现代新文化的"国学"地位,这才是王富仁提倡"新国学"的初衷。倡导概念的内在逻辑依然根植于王富仁的启蒙理念:既是对"五四"以来现代文化(现代文学)合法性的高度维护,让现代文化的启蒙价值获得国家民族层面的认可,又是对曾经离经叛道、挑战权威的启蒙文化本身的深化和开掘。王

---

[1] 王富仁:《"新国学"论纲》;载自《新国学研究》第1辑,人民文学出版社2005年版。

富仁深刻地指出，现代文化的发展方向应该是"新国学"的基础，这样的学术是对古今中外各种"对立"关系的突破，"所有这些二元对立的文化框架和学术框架都几乎绝对地将我们分裂开来，彼此构成的不是互动的学术体系，而是彼此歧视、压倒、颠覆、消灭的关系"。"实际上，我之所以认为'新国学'这个学术观念对于我们是至关重要的，就是因为，只有这样一个学术观念，可以成为我们中国知识分子文化的、学术的和精神的归宿。"①在过去，我们的启蒙叙述也总是聚焦在一些重大的社会目标上，而启蒙之所以能够推动历史发展的根本缘由——文化的创造性——却往往为人们所忽视，从20世纪90年代中期开始，王富仁就重新反思和梳理了中国知识分子的启蒙史，从中探寻现代文化与中外文化交流发展的根本动能所在，他认为，在中国现代文化与中国现代文学发展中起关键作用的，并不是学习外国和继承传统的问题，而是中国现代知识分子自身创造力的发挥问题，中西文化与知识分子个人的关系，可以被描述为"对应点重合"，也就是说，是各自创造精神的契合与激发。②在《"新国学"论纲》中，他又进一步指出："学术发展的历史事实告诉我们，后一代知识分子若不通过对前一代知识分子的批判、否定、批评、修正或补充，后一代知识分子就无法建构自己的学术，甚至也无法创造新的学术成果。而假若他们不能建构自己的学术、创造新的叙述成果，前人的经验和知识在他们这里也只能是一些散乱的常识，一些不可靠的知识。不论是西方的文艺复兴，还是中国的'五四'新文化运动，都是通过反思、反叛传统而建构起自己的文化传统和学术传统的。"③这也就是说，现代新文化对传统的反叛和价值重估既是必不可少的，却又不是以颠覆和消灭传统文化为目标的，在根本的意义上，它们最终和业已历史化的"传统"一起沟通形成了中国民族学术的有机组成部分，并各自发挥着不可替代的作用。

王富仁对文化发展过程中"创造力"这一动力源泉的挖掘和提炼极

---

①③王富仁：《"新国学"论纲》。
②王富仁：《对一种研究模式的置疑》。

具开拓性，这样一来，"启蒙"文化就不再是欧洲18世纪的教条，不再局限于国外的理论表述，甚至也不止于"五四"知识分子的具体主张，它在新世纪的中国被再度激活，再一次有力地介入到中国当下的问题之中，其深层的内在构成——活力、张力及持续性的创造力得以凸显，激励人心。

当然，20世纪80年代的热烈已经退去，启蒙势弱的趋势已不可避免，王富仁绝地坚守、持续启蒙的努力不得不是孤独的。这一份深远的坚守，极容易淹没在当代学术"各领风骚三五年"的喧嚣之中。现实是，我们如此轻松地"告别"了1980，如此匆忙地走过了1990，从王富仁这样的思想坚守者身边滑过，在许多时候，我们都忽略了这位智者数十年如一日战士般追问启蒙的努力，也最终低估了他所揭示出的中国文化挣脱他者干扰，自我创造的巨大能力。

2002年，王富仁的《中国文化的守夜人——鲁迅》一书出版，其中，关于鲁迅与中国文化的论述已经展示了后来重构中国文化传统、重述"新国学"的思想脉络。如果说鲁迅是王富仁眼中的中国文化的"守夜人"，那么我们也可以说王富仁甘当中国当代学术文化的"守夜人"，守夜人孤独掌灯，绝地呐喊，可有回应否？

原载于《文艺争鸣》2017年第7期

有思想有生命有灵魂的学术
——王富仁学术研究谈片

王培元

一

　　王富仁的学术生涯起步于鲁迅研究，鲁迅研究堪称其学术研究的基石和主题。也许可以说，假如对他的鲁迅研究的特殊重要性估计不足，他全部学术研究的价值和意义也就无法得到说明。

　　他与鲁迅的"缘分"始于中学时代。当年父亲购得一套《鲁迅全集》，他便一卷一卷地读下来。虽有些文章还不大懂，但有些作品却使他产生了一种异样的感觉，尤其是杂文给他以刻骨铭心的快感。从那时起，他便走火入魔地喜欢上了鲁迅，也喜欢上了文学。王富仁是山东高唐人，生于1941年7月。1967年毕业于山东大学外文系俄文专业，1968年9月至1970年1月在山东沿海一个部队农场金口劳动了两年多，70年代初到了聊城，在四中做语文教师。在此期间，由参加薛绥之先生主编的《鲁迅杂文中的人物》编写始，他初步涉足鲁迅研究。

　　"文革"结束后，他于1977年考取西北大学中文系现代文学专业硕士研究生,师从单演义先生。毕业论文选择的是鲁迅前期小说与俄罗斯文学的比较研究,这是他一生鲁迅研究事业的正式开端。其论文《鲁迅前期小说与俄罗斯文学》后经修改补充,于1983年7月由陕西人民出版社出版,不但引起了鲁迅研究专家的关注,也吸引了比较文学研究界的目光,1991年曾获得中国比较文学学会颁发的"比较文学研究奖"一等奖。

1981年全国纪念鲁迅诞生一百周年学术讨论会筹备期间,会议学术小组在审阅遴选经各地初选后寄达的论文时,《文学评论》编辑部的王信先生发现了一篇题为《鲁迅前期小说与俄罗斯文学》的文章。他读后击案称赏,于是众人纷纷传阅,交口赞许。此文正是王富仁学位论文的"总论"部分。各地推选出的与会正式代表里并没有他,然而他却因此成了非正式代表而论文被选中的唯一者。会后从一百七十多篇论文中选出三十篇,编辑出版了会议论文选,王富仁这篇文章又被收入。他因而成为鲁迅研究界一颗冉冉升起的明亮的学术新星。

1981年他从西北大学毕业后,接着于次年考取了北京师范大学中文系现代文学专业博士研究生,导师李何林先生,副导师杨占升先生。1984年10月他的毕业论文《中国反封建思想革命的一面镜子——〈呐喊〉〈彷徨〉综论》顺利通过答辩,其摘要在1986年第3期、第4期《文学评论》杂志连续刊出,并经补充修改后于1986年8月由北师大出版社出版,引起鲁迅研究界和现代文学研究界极大反响。这一专著在鲁迅研究史上具有里程碑意义,也成为新时期中国文化界具有思想启蒙价值的一部标志性学术著作。王富仁顺利获得博士学位并留校任教。1989年晋升教授,1992年始任博士生导师。2002年赴北师大珠海校区中文系任教,2003年被汕头大学文学院聘为终身教授。2008年至2014年还受聘兼任四川大学教授、博士生导师。2016年春不幸罹患肺癌晚期,2017年5月2日在北京溘然辞世。

除鲁迅研究之外,王富仁的学术研究还涉及中国现代文学及思想文化领域。进入21世纪以后,他又提出了"新国学"的概念,主编《新国学研究》集刊。其学术著作主要有:《先驱者的形象——论鲁迅及其他中国现代作家》（浙江文艺出版社1987年版）、《文化与文艺》（北岳文艺出版社1990年版）、《灵魂的挣扎——文化的变迁与文学的变迁》（时代文艺出版社1993年版）、《历史的沉思——鲁迅与中国现代文学论》（陕西人民教育出版社1996年版）、《现代作家新论》（山西教育出版社1998年版）、《王富仁自选集》（广西师范大学出版社1999年版）、《中国鲁迅研究的历史与现状》（浙江人民出版社1999年版）、《中国文化的守夜人——鲁迅》（人民文学出版社2002年版）、《中国的文艺复兴》（广西师范大学出版社2003年版）、《古老的回声——阅读中国古代文学经典》（四川人民出版社2003年版）、《中国现代文化指掌图》（人民文学出版社2004年版）、《中国需要鲁迅》（北师大出版集团、安徽大学出版社2013年版）等。

此外，他未能结集出版的比较重要的学术著作还有：《老子哲学的逻辑构成》《老子的生命观》《孔子社会学说的逻辑构成》《孟子国家学说的逻辑构成》《庄子的生命观》《庄子的自由观》等系列先秦诸子思想研究文章，以及《樊骏论》《学识·史识·胆识——鲁迅与顾颉刚》等。

二

在山东大学王富仁学的是俄语，考进西北大学后的专业方向是鲁迅研究，《鲁迅前期小说与俄罗斯文学》便成了他第一部鲁迅研究专著。但真正确立其在鲁迅研究界举足轻重的学术地位的，还是博士论文《中国反封建思想革命的一面镜子——〈呐喊〉〈彷徨〉综论》（以下简称《镜子》）。读大学时他曾经计划研究契诃夫，已经着手搜集了大量的研究资料。而十年"文革"经历使他对鲁迅的思想文学悟解、体会得更深了。"鲁迅小说好像给我打开了天灵盖，使我开始看清了整个中国，看清了中国人和中国文化。"他觉得中国人都还是鲁迅小说中的人。[①]鲁迅的思想文学成了他的精神支柱，鲁迅给予他的内在精神力量比任何力量

[①] 王富仁：《我和鲁迅研究》；载自《中国需要鲁迅》，安徽大学出版社2013年版，第5页。

都更强大，也促动他更加关注现实社会人生、关注中国人的精神发展。没有这个背景，《镜子》的写作恐怕是不可能的。

此前学术界对《呐喊》《彷徨》的研究，是以陈涌《论鲁迅小说的现实主义》为代表的。陈文把着眼点放在鲁迅作品与中国民主主义革命的历史关系上，以毛泽东对中国各阶级政治立场的分析为思想理论框架，对鲁迅小说的政治意义进行全面阐发。而明确主张"首先回到鲁迅那里去"[①]的王富仁，发现这个20世纪50年代以后形成的鲁迅小说阐释系统，与鲁迅作品本身的历史内容和艺术呈现，以及鲁迅在"立人"和"改造国民性"思想追求主导下的创作意图，存在着明显的错位，因而也就不可能真正准确把握和深刻阐发《呐喊》《彷徨》的思想价值和艺术创造。鉴于此，王富仁从鲁迅的思想视角及其对社会现实的洞察出发，对中国民主主义的政治革命与思想革命做出了明确的区分，令人信服地论证了鲁迅是从中国反封建思想革命的角度，而不是从中国政治革命的视角，来观照和表现他所看到的现实社会人生，创作出《呐喊》《彷徨》的。这两部小说集首先是"中国反封建思想革命的一面镜子"，中国民主主义政治革命是由这面艺术之镜当中折射出来的。

相对于陈涌"政治革命"旧的研究范式，王富仁建构起了一个"思想革命"的鲁迅研究新范式。以"反封建思想革命的镜子"的视角为理论出发点和思想归宿，其博士论文对于《呐喊》《彷徨》的本体意义、意识本质、创作方法和艺术特征等几个方面，极为雄辩有力地进行了高度概括而又精细入微的分析阐释，呈现出一种纵横捭阖的恢宏理论气势和宏观整体的严密逻辑力量。从中分明可以看出以文学批评作"为真理而斗争的手段"[②]的19世纪俄罗斯革命民主主义批评家别、车、杜的影响。王富仁曾多次提到他对杜波罗留波夫的《黑暗王国的一线光明》

---

① 王富仁：《中国反封建思想革命的一面镜子——〈呐喊〉〈彷徨〉综论》，北京师范大学出版社1986年版，第9页。

② 〔俄〕尼·别尔嘉耶夫：《俄罗斯思想》，雷永生、邱守娟译，生活·读书·新知三联书店1995年版，第57页。

《什么是奥勃洛莫夫性格？》的激赏。此外，苏联学者叶尔米洛夫的《契诃夫传》《论契诃夫的戏剧创作》《陀思妥耶夫斯基论》，他也都读得熟稔于心。

然而《镜子》问世后，在学术界激起巨大反响的同时，也引发了一场不大不小的风波。几位前一代的教授学者不适当地将学术问题政治化，甚至把一顶"反马克思主义的鲁迅研究"的政治帽子，扣到王富仁的头上。于是他不得不被迫起而反驳，为自己从事学术研究的正当权利进行辩护，撰写并发表了《关于马克思主义方法论的几个问题》[①]一文。这个事件把王富仁卷进了中国社会思想文化斗争的漩涡之中，从根本上改变了他在学术文化界的境遇和环境条件，也使他由此开始了对现当代中国思想文化问题的观察、思考和研究。

此事对王富仁刺激甚深，他再也无法把自己当作一个"为学术而学术"的纯粹学者，超脱于现实，远离思想文化斗争。他深入思索了思想主义、学术话语与现实社会人生的关系，认识到无论什么思想主义，都不能成为衡量社会文化现实的永恒不变的标准和法则，都必须有益于中国人实际的生存和发展，有益于中国人对现代社会和现代世界的思考与理解。作为一个现代中国人，一个现代中国知识分子，在建构自己的学术话语时，必须说"人话"，说"现代中国人的话"。这些话语必须有益于国计民生，有益于中国的经济现代化、政治民主化和思想自由化。只有这样，现代中国人和知识分子才能形成相互对话和平等讨论的思想基础，学术争论不至于变成吵架和争斗。[②]

鲁迅既是一个卓越的文学家，又是一个伟大的思想家，王富仁是更重视其作为思想家的价值和意义的。这自然与他敏于也乐于关注和思考思想文化问题，以及关切中华民族的前途命运有关。20世纪80年代后期，他连续撰写了"鲁迅与中外文化论纲"三篇系列文章：《对古老文

[①] 载自《鲁迅研究动态》1986年第6、7期。

[②] 王富仁：《我走过的路（自序）》；载自《王富仁自选集》，广西师范大学出版社1999年版，第4页。

化传统的价值重估》《对西方文化的主动拿来》和《从"兴业"到"立人"》,还在1989年第2期《文学评论》刊发了《中国近现代文化发展的逆向性特征与中国现当代文学发展的逆向性特征》。实际上,在撰写《镜子》一书时,他就已经触及这个问题,只是未能展开论述而已。所谓"逆向性特征",是他对中西方历史文化发展进程的不同特点进行深入观察比照之后,做出的一个全新的概括:

  中国:洋务运动(只追求物质生产力的发展)→维新运动、辛亥革命(主要追求政治制度的变革)→"五四"新文化运动(主要追求思想解放)

  西方:文艺复兴(追求思想解放)→启蒙运动、资产阶级革命(追求政治制度的变革)→资本主义经济体制的确立、物质生产力的大发展

与此相对应,西方文学的发展显现出的是一种合乎规律的自然逻辑过程:从新的审美感受,到新的情感态度,再到新的理性认识;而中国文学的发展则往往采取与此完全不同的逆向演化的路径:由新的理性认识,到新的情感态度,再到新的审美意识。这就造成了在"慕外崇新"文化心态下中国文化与文学发展的一系列严重后果,如实践与理论的错位、基本文化概念的混乱等等,从而极大地影响近现代中国历史和文化的健康发展。

稍早于此文,王富仁发表的《两个平衡、二类心态,构成了中国近现代文化不断运演的动态过程》[①]一文,也是对中国近现代历史文化特有发展脉络的深入理论思索和独到发现。此文认为,介入国际体系之后的近现代中国与外部世界一直处于严重失衡状态,这就迫使中国知识分子为改变这种局面而对中国文化进行改造。然而,这种改造又往往只是从

[①] 载自钟敬文、何兹全主编:《东西方文化研究》(第5辑),河南人民出版社1986年版。

一个方面、一个部分入手，结果又导致了中国文化内部的不平衡。而另外一些知识分子则企图在维护现有社会状态不变的情况下恢复中国文化内部的平衡，但这却又加剧了中国与外部世界的不平衡。鸦片战争后的中国历史便在这种周而复始的运演中行进着，并产生了影响中国社会发展的三种不同文化心态：慕外崇新的文化心态、传统文化心态、中西融合的文化心态。这两篇文章虽然谈论的是历史发展、文化和文学以及文化心态问题，但实际上更加关注的则是其中所隐含着的中国近代以来知识分子的悲剧命运问题，思索的重心显然是为中国知识分子不同的文化追求开辟思想道路、寻找社会空间、发挥更加切实作用的重大时代课题。

20世纪90年代汹涌而起的经济大潮，对中国思想文化界、对知识分子形成了巨大的冲击，整个社会潮流为之一变。王富仁敏锐地感应着时代脉搏，撰写了《文化危机与精神生产过剩》①一文，从整个社会文化发展的角度冷静地对当时面临的文化危机进行全面把握和深刻透视。文章提出，文化的发展存在着周期性的危机，文化危机具有复苏、发展、繁荣、萧条等不同演化阶段，在每个不同阶段"大显身手"的是不同类型的知识分子。文化危机期固然是知识分子最艰难的时期，但以为知识分子的目标只是追求文化的持续繁荣发展，恐怕也是一种不切实际的空想。王富仁提出的看法是，中国知识分子的思想文化追求，应该建立在自己全部人生体验中最强烈、最难舍弃的社会愿景和精神诉求上，即使条件再艰难、环境再恶劣，也要咬紧牙关挺住并坚持下去，努力采用一切人类历史文化成果来充实、丰富和发展它。

21世纪即将来临之际，中国思想文化界有人曾提出了一个格外响亮的口号："21世纪是中国文化的世纪。"王富仁认为这个异常诱人的口号，具有"文化沙文主义"的性质，20世纪并不是美国文化的世纪，21世纪也不会是中国文化的世纪，文化是属于全人类的，是由各民族文化共同创建的，他们的关系是完全平等的，并不存在一个谁是世界老大的问题。为此，他发表了颇有新意和预见性的论文《影响21世纪中国文化

---

①载自《文学世界》1993年第6期、1994年第1期。

的几个现实因素》①,在世界文化格局的嬗变中展望21世纪中国文化的大趋势,并由研究生制度、中国社会的社会化、宗教意识、影视文化的发展,以及独子文化、多余人文化等五个方面,具体阐述了影响21世纪中国文化的社会现实因素。

王富仁专门谈论文化问题的文章,还有收入《中国现代文化指掌图》一书中的诸篇,如《完成从选择文化学向认知文化学的过渡》《中国传统文化与现代社会》《论当代中国文化界》等。他在研究鲁迅的同时,也思索着中国现代文化发展问题,这些文章都可以看出鲁迅思想,尤其是鲁迅启蒙主义思想的影响。2001年王富仁又提出了鲁迅是"中国文化的守夜人"的概念,并撰写了近十万言的长文《鲁迅与中国文化》②。这篇文章洋洋洒洒共计十二个部分,前面以大量篇幅对儒家文化、法家文化、道家文化、墨家文化、佛教文化、道教文化进行了富有深度的阐释和冷峻剖析,到最后才谈到了作为一个独立知识分子走上中国文化舞台的鲁迅及其文化抉择。在对中国的国民性及国民精神进行了长期观察和深思之后,形成了自己独树一帜的"立人"思想的鲁迅,"并不绝对地否定中国古代的任何一种文化,但同时也失望于中国古代所有的文化。中国古代没有一种文化是为鲁迅这样一个脱离开政治专制和文化专制体制的社会知识分子而准备的。他了解了中国古代的文化传统,同时也毅然反叛了中国古代的文化传统"③。——这,就是王富仁做出的无可争辩的总结。

他曾不止一次谦抑地谈到自己是学外文出身,中国现代文学知识是相对不足的。为了弥补这一弱点,他很注重对现代作家和诗人、对现代文学的重要问题的探求与考察。他研究过郭沫若、冰心和闻一多的诗,曹禺的戏剧《雷雨》和《日出》的人物塑造与思想艺术;他论述过冯雪峰的文学理论建树与无产阶级文学运动;他探讨过创造社的文学活动、美学特色及其所显示出的青年文化特征;他梳理过中国现代中短篇小说

---

①载自《战略与管理》1997年第2期。
②载自《鲁迅研究月刊》2001年第1—6期。
③王富仁:《中国文化的守夜人——鲁迅》,人民文学出版社2002年版,第140页。

发展的历史轨迹，还考察过中国现代文学的"现代主义"内涵。这些文章从题目上看，自然不属于鲁迅研究，但正如他自己所说，它们大都是更加贴近鲁迅的。尽管不像有的文章那样采取的是与鲁迅进行比较的形式（如他的鲁迅小说与茅盾小说、与郁达夫小说的比较研究），但实际上他是以鲁迅的思想观察别人、思考问题的。他说过，一个研究鲁迅的学者"无论写什么题目，都实际是在阐述一种观念，一种与鲁迅的思想有某种联系的观念"①。他研究现代作家、现代文学的文章大抵均可作如是观。

这类文章中，研究曹禺剧作的两篇《〈雷雨〉的典型意义和人物塑造》《〈日出〉的结构和人物》是最具代表性的。《雷雨》之所以能够保持经久不衰的艺术生命力，盖在于其通过典型人物的塑造，深刻地揭示了历史真实和生活真理。而主要人物周朴园的形象及其典型意义在剧中是最为关键的。他是旧中国畸形社会历史文化发展的一个"产儿"，是社会政治经济关系中的资本家与家庭伦理道德关系中的封建家长的怪诞组合，在他身上充分体现了中国传统伦理道德观念的虚伪性和残酷性。假若没有他的个性存在，女主人公繁漪就简直等于一个无耻透顶的"坏女人"，周萍、鲁侍萍等所有其他人物的刻画及其意义也便失去了依据。周朴园的形象塑造，不但深刻揭示了中国产业资产阶级一个非常重要的本质方面，而且以独特的方式表现了中国封建传统观念的顽固性，中国反封建思想革命的长期性和复杂性。《雷雨》的杰出意义即在于，它是稍晚于《呐喊》《彷徨》的一个历史时期中国城市中进行的反封建伦理道德的思想斗争的一面镜子。②

《〈日出〉的结构和人物》则紧紧抓住剧中无所不在而又并非一个具体存在的"金八"，细致而独具只眼地分析《日出》的总体思想意识结构。作者笔下的资本主义金钱势力，是被直接植入中国封建传统伦理道德关系中的金钱势力，这种势力使传统封建关系发酵并膨胀起来。在这样一个鲁迅曾经感到过恐怖的"无爱的人间"的现实面前，曹禺真切地

---

① 王富仁：《中国文化的守夜人——鲁迅》，第5页。
② 王富仁：《〈雷雨〉的典型意义和人物塑造》，载自《文学评论丛刊》1985年第2期。

感到了一种真正的大恐惧。潘月亭、李石清、黄省三、顾八奶奶等其他剧中人物，都是一些充满着单纯物质欲望的焦渴的人，他们对人的存在没有任何真挚的关切。他们虽不是金八，但同时又皆为金八。他们都是被金八这个思想精神的抽象的象征形象玩弄着的可怜虫，是被吃者，又是吃人者。曹禺极度憎恶他们，但又悲悯他们。金八是纯粹物质欲望的象征，"无爱的人间"的统治力量。而女主人公陈白露则是"爱"的象征，"人类爱"的追求者，然而最终在"无爱的人间"被毁灭。①与他在鲁迅研究中提出的许多新鲜学术创见一样，王富仁在这两篇文章中提出的见解和观点，都是具有独创性的、发人深思的。

"新国学"的概念尽管也引起过一些误解，然而这一在他生命最后十年间提出的概念，其实还是从鲁迅对待传统文化的博大包容态度中得到了很大启发的，实际上关系到如何看待中国文化的问题，涉及中国文化的整体观的问题。王富仁认为，倘若仅仅把中国古代的思想文化看作是"国学"，那么很难称得上是"完整的国学"，而且也将导致对"五四"新文化及其后的全部现代文化的排斥。所以应当破除中国文化古今对立的观念，建立起中华民族文化古今一体的宏大格局。"新国学"只有以"五四"新文化运动及其后的中国全部现代文化的发展方向为根基，才能真正"成为我们中国知识分子文化的、学术的和精神的归宿"②。

三

《鲁迅前期小说与俄罗斯文学》是王富仁第一部鲁迅研究专著，也被认为是新时期出版的第一部比较文学研究著作。这表明自学术研究一起步，王富仁的理论思维便显示出独异的特点。比较文学取决于研究者的思维方式，其特点是"通过纵向的或横向的、外部的或内部的、有形

---

① 王富仁：《〈日出〉的结构和人物》，载自北师大中文系编《学术之声》1989年第7辑。
② 王富仁：《"新国学"论纲》；载自《新国学研究》第1辑，人民文学出版社2005年版。

的或无形的联系，把两个或两个以上的作家、作品或文学现象，在暂时排除了他们之间客观存在的时空距离之后，重新组织在一个统一的思想框架中"①。事物间的联系是无限复杂的，具有多层面、多侧面的多种联系，研究者只有在发现研究对象之间存在"某种性质的联系"的时候，"比较思维"活动才有可能发生。而王富仁的研究绝不是那种只停留在研究对象有形、表面的一般联系的比较上，而是在更深的层次上着力探求作家间内在的无形的联系。他发现，越是更多、更细腻地感受和发现比较对象的联系和相同，也便能更多、更细腻地感受和发现对象间的不同和差异。从他的鲁迅与契诃夫、安特莱夫、阿尔志跋绥夫等俄罗斯作家比较研究的文字中，都可以清楚地发现这些特点。

尽管王富仁后来没有成为专门从事比较文学研究的学者，但是比较思维却已内化到他的理论思维方式之中。这其实也是一个思维空间的广阔性的问题。亦即研究者要在相关事物无限复杂的相互关联当中，在比较宽广的视野和纵横交错的时空中展开观察、思考与探究，从而发现研究对象的独异性特征。在这种开阔性的思维视野里，王富仁显示出一种超乎常人的理论分析力、思考力和概括力。据说他最初拟定的博士论题为《鲁迅与世界文学潮流》，②无疑这一题目是蕴含着视野和时空异常开阔的思维指向的。《镜子》一书，更是他这一思维方式及特点的有力证明。在他的笔下，《呐喊》《彷徨》作为"中国反封建思想革命的一面镜子"的独特价值和深邃意义，恰恰是在古今中外的历史社会、思想文化以及文学艺术的一个异常广阔的思维空间里，才得到了全面深入的阐释和雄辩有力的说明的。

王得后先生在为《中国鲁迅研究的历史与现状》一书所作序言中指出：王富仁的鲁迅研究已自成一家，但他并"不以鲁迅的是非为是非，不以自己的利害为利害，他力求客观而公平地写出历史状况及各派得

---

① 王富仁：《弗·伊·谢曼诺夫和他的鲁迅研究》，载自〔苏〕弗·伊·谢曼诺夫著《鲁迅纵横观》，王富仁、吴三元译，浙江文艺出版社1988年版，第8页。

② 金宏达：《我们的"读博"岁月——追怀王富仁兄》，载自《传记文学》2017年第6期。

失,不宽厚是做不到这一点的,尤其是对攻击过他的学派"。①似乎这不仅是一个宽厚与否的问题,还与王富仁的理论思维特点密切相关。他在此书中所概括的鲁迅研究派别大约有近二十个之多,各派之间的异与同、分化与发展、传承和斗争错综复杂,而他独能对各派别的特点、贡献及不足都给予客观公正的评价,就因为他坚持的是一种科学的"辩证思维"。他认为任何事物的发展演化,都是一种"否定中有肯定,批判中有继承,继承中有批判的复杂、浑融的发展历程"②。鲁迅对中国传统文化的价值重估,采取的是"整体性否定"的方式,但"整体不等于各部分之和,整体否定不是全部否定、全盘否定,整体肯定也不是全部肯定、全盘肯定"③。这种科学的辩证思维无疑更有助于把握研究对象的精神特质,而避免陷入形而上学的泥淖之中去。

20世纪80年代中期,王富仁另一篇具有代表性的论文《在广泛的世界性联系中开辟民族文学发展的新道路》④,在世界文学的大格局中考察梳理中国现代文学发生演进的整个过程,总结"五四"新文化运动对于外国文化与文学前所未有的认知态度及其历史经验,视野广阔,见解新异,引起学术同行的瞩目。一位与王富仁相识相交近四十载的学人,以清人沈德潜"其间忽疾忽徐,忽禽忽张,忽漴漾,忽转掣,乍阴乍阳,屡迁光景,莫不有浩气鼓荡其机,如吹万之不穷,如江河之滔莽而奔放"(《说诗晬语》)之语来概括王富仁论文给他的阅读感受,并以为其文"有一种摄人的气势,你一旦进入它的思想逻辑,就像被一股强大的气流所承载、所裹挟、所超度,随之跌宕起伏,不能自已"⑤。八九十年代王富仁一系列极富创见性的研究,获得了学术同行的普遍称许和认同,他

---

① 王富仁:《中国鲁迅研究的历史与现状》,福建教育出版社2006年版,第5页。
② 王富仁:《一颗渺小心灵的微弱蠕动(代自序)》;载自《文化与文艺》,北岳文艺出版社1990年版,第7页。
③ 王富仁:《一颗渺小心灵的微弱蠕动(代自序)》;载自《文化与文艺》,第11页。
④ 载自《中国现代文学研究丛刊》1985年第1期。
⑤ 罗钢:《长歌当哭——怀念富仁》,未刊稿。

也被视为鲁迅研究界及中国现代文学研究领域最有思想家和理论家气质的学者。

他的学术研究高屋建瓴，气势磅礴，眼界宽阔，思维缜密，善于归纳，精于论辩，勇于提出概念，立论新颖而大胆，具有严密自洽的逻辑结构，每每构建起一个具有强大逻辑力量和思想说服力的理论框架，一环紧扣一环地展开并推进论述，又每每喜作长文，具有一种滔滔汩汩、排山倒海的宏大气势，就像结构严谨、情感激越的贝多芬交响乐章一样感染着、征服着读者。有一次和王得后先生谈起来，他由衷感叹道：富仁之文近乎汪洋恣肆，真是一种"思想的自由运动"。

樊骏先生亦曾明确指出，王富仁"是这门学科最具有理论家品格的一位"，他惯于从社会历史的角度考察问题，总是对研究对象作高屋建瓴的鸟瞰与整体的把握，并对问题做理论上的思辨。他的笔下往往"阐释论证多于实证，一般学术论著中常有的大段引用与详细注释，在他那里却不多见……他不是以材料，甚至也不是以结论，而是以自己的阐释论证来说服别人，他的分析具有概括力与穿透力，讲究递进感与逻辑性，由此形成颇有气势的理论力量。他的立论，也往往是从总体上或基本方向上，而不是在具体细微处，给人以启示，使人不得不对他提出的命题或论证过程、方式，作认真的思考"①。而王富仁的思想、理论主要是从思考和认识鲁迅的过程中，自己归纳总结、概括提升出来的，绝非"邯郸学步""照猫画虎"的结果。如他提出的鲁迅对中国传统文化进行价值评估的主要角度和方法问题，关于中国古代制度文化的二重性问题，关于中国古代哲学与伦理学的关系及其两极分化和互补的问题，关于春秋战国时期文化与古希腊文化产生的不同历史条件及不同特征的问题，以及物质文化与精神文化的关系的问题，自然科学在整个文化系统中的作用的问题等等，都是如此。②

---

①樊骏：《我们的学科：已经不再年轻，正在走向成熟》，载自《中国现代文学研究丛刊》1995年第2期。

②王富仁：《一颗渺小心灵的微弱蠕动（代自序）》；载自《文化与文艺》，第11页。

王富仁的思想、理论和学术是深深植根于时代、人生与生命之中的。他一再说读懂鲁迅是在"文革"之后,"文革"时死了好多人,都死得稀里糊涂,但并也不明白自己为什么死的,别人也不清楚为什么把他拖入了死亡,其实这就是《狂人日记》里所写的"中国文化吃人"。这一"醒悟"把他的人生经历和生命体验,与鲁迅的思想文学息息相通地联系在了一起。"鲁迅决定了我的生命。"①他觉得自己这一生找对了鲁迅,找对了鲁迅的作品,找对了鲁迅的思想,也就找对了契诃夫、托尔斯泰和陀思妥耶夫斯基,找对了卡夫卡以及莎士比亚。假如没有找到鲁迅,这些人就都找不到。找不到鲁迅,也就没法谈论孔子、谈论庄子,没法从事文化与文学研究。可见鲁迅在他的人生、思想与学术坐标上,起到的是导航仪、定盘星的度量衡的作用。

生长于农村,经历坎坷曲折,艰难地挺过了"文革",谙熟人情世态,洞察世道人心,他觉得这是自己的一笔"财富"。有了这笔财富,就能够以对中国人的认识和感受为基点,从对中国人、中国人的文化心理的表现着手,对鲁迅作品进行一番深入的思考和研究了。②他的硕士研究生论文之所以选题为"鲁迅前期小说与俄罗斯文学",就因为俄罗斯文学是他一直熟悉和关注的,鲁迅小说表现的又是他生命体验最深的一些东西,做这篇论文"做的是我自己"③。而《镜子》这株参天的学术大树,更是牢牢扎根于他博大深厚的人生关怀和生命体验的沃土之中的。"努力摆脱凌驾于自我以及凌驾于鲁迅之上的另一种权威性语言的干扰,用自我的现实人生体验直接与鲁迅及其作品实现思想和感情的沟通。"④他所曾经概括的新时期启蒙派鲁迅研究的根本特征,也正是其"夫子自道"。

---

① 孙萌:《鲁迅改变了我的一生——王富仁先生访谈》,载自《传记文学》2017年第6期。
② 王富仁:《我走过的路(自序)》;载自《王富仁自选集》,第3页。
③ 孙萌:《鲁迅改变了我的一生——王富仁先生访谈》。
④ 王富仁:《中国鲁迅研究的历史与现状》,第192页。

在对鲁迅小说的思想艺术进行的卓越研究中,他充分显示出独异超群的敏锐艺术感受力和审美鉴赏力。如对《狂人日记》的艺术风格的精彩概括,对《风波》的情节的细密解析,对《药》的结尾的独到诠释,对《补天》的意蕴的深邃开掘,无一不是与他的生命体验以及对中国人文化心理的了解洞察相关的。按照他的理解,鲁迅正是"高举着生命哲学的旗帜更坚定地站在中国启蒙主义的立场上,而且义无反顾,把'五四'反封建思想革命的旗帜一直举到自己生命的尽头。其他的先驱者们的启蒙主义思想一直主要停留在理性教条的层面,一直没有上升到真正艺术的高度,而鲁迅的启蒙主义从'五四'时期就是艺术的,是与他的全部的生命体验融为一体的"①。他说:"鲁迅的思想是在他的内心感受和体验中自然生长出来的。"②他对鲁迅作品的悟解和体认,与自己的阅读感受和人生体验何尝不是完全契合一致的呢?

在王富仁那里,理性、理论并不是干巴巴的僵化教条,而是从感性、感受中提炼抽象出来的,二者是水乳交融地融为一体的。他曾指出:"什么是理性精神?只要在鲁迅所重视的人的全部创造过程中来理解,我们就会知道,理性精神绝不是脱离个人的欲望、情感和意志的一种纯粹的逻辑思维活动,它是由欲望、情感、意志的逐级转化而形成的,而且必然沉淀着人的欲望、情感和意志。"③近二十年前在对他进行访谈时他就直言:我的文学观念是从自己的阅读体验中来的,我对自己的文学感受是很执着的,无论我写出来的论文多么理性化,但都是我感受中的东西,谁要想通过一种评价来改变我从作品中感受到的东西,很难。对此,我是非常自信的。④他的阅读感受确实往往是极为个人化的,正由于他体悟得特别深、感受得异常强烈,所以做出的理性概括也常常是慧眼独具、卓尔不群的。

---

① 王富仁:《时间·空间·人(二)》,载自《鲁迅研究月刊》2000年第2期。
② 王富仁:《学识·史识·胆识——鲁迅与顾颉刚》。
③ 王富仁:《鲁迅哲学思想刍议》,载自《中国文化研究》1999年第1期。
④ 王富仁、王培元:《鲁迅研究与我的使命》,载自《学术月刊》2001年第11期。

在王富仁的笔下，现实关怀与学术诉求始终是融为一体的，其研究始终与时代和社会存在着明显的或潜在的"对话"性质。从他前两部鲁迅研究专著，尤其是《镜子》一书，到其后诸多鲁迅研究及其他文化与文学研究，乃至晚近的"新国学研究"，大抵如此，都是对于时代脉动、文化嬗变的精神感应的结果。有所感而作，有所为而发，具有一定针对性和指向性的，亦即福柯所说的那种"处在批判性反思和历史反思的交叉点上"①的学术，堪称"有思想的学术"，"有生命、有灵魂的学术"。对于王富仁来说，这是当之无愧的。

《镜子》作为新时期启蒙派鲁迅研究的标志性成果，及时有力地呼应了时代的文化精神，充分体现出新时期启蒙思想的巨大历史性力量，而王富仁作为一位自觉的启蒙学者也由此找到了真正的"自我"。较之于那种将鲁迅附着于外在的理论框架加以论述的思路，他提出的"回到鲁迅"的主张所强调的，不仅是从鲁迅思想文学体系自身出发来研究问题，而且还关涉"重返'五四'"的启蒙思想的巨大历史课题。"文革"结束后，从政治专制主义和文化专制主义解放出来，痛定思痛，认识到鲁迅对中国历史的最大贡献仍是由于他对国民性改造问题的重视，以及他对中国各种文化现象的富有独创性的表现和解剖，从而发现较之重点突出鲁迅对各个政治派别的态度的"政治革命"，"思想革命"的理论重心旨在突出鲁迅作为伟大的中国现代知识分子独特的历史作用和价值，更加重视和关注鲁迅对中国文化及其社会影响和精神遗存的解剖，不但极大地推进了鲁迅研究，而且使鲁迅研究与整个中国文化研究、中国社会的现代化演进密切结合起来，提醒人们关注知识分子精神活动的独立特质。其后王富仁对自己启蒙角色的认同越来越明确，在近四十年的学术生涯里他"靠思想生活"②，越发自觉地以鲁迅思想与精神的传人来意

---

① 〔法〕米歇尔·福柯：《什么是启蒙》，李康译，王倪校，文章来源于"阅读与思索1215"。

② 〔俄〕尼·别尔嘉耶夫：《俄罗斯思想》，生活·读书·新知三联书店2004年版，第57页。

识自我，以学术研究探索真理，把自己的生命奉献给了鲁迅研究及其他学术研究事业，直到生命戛然终止。

他说自己是被鲁迅改变了一生命运的人，鲁迅作品给了他生命的力量。对于鲁迅思想文学及其历史意义，他的评价始终非常之高，即使在"国学热"兴起后一片质疑否定鲁迅和"五四"新文化的声浪中，也毫不动摇。他坚定地指出："中国需要鲁迅，中国仍然需要鲁迅，中国现在比过去更需要鲁迅。"①像鲁迅在昏沉的暗夜里清醒坚韧地守护着中国文化一样，王富仁始终不渝地坚守着鲁迅和"五四"新文化的宝贵精神传统。他曾谈到，如果说胡适等现代作家作品构成了中国现代文化精神之血肉的话，鲁迅的思想文学就是中国现代文化精神之骨；没有了鲁迅，中国现代思想文化及文学的身躯就不可能挺立起来。在生命的最后时刻，依然公开申明研究、坚守和维护鲁迅就是自己的"历史使命"。②王富仁以《鲁迅前期小说与俄罗斯文学》一书正式步入学术界，他生前最后一篇学术长文是《学识·史识·胆识——鲁迅与顾颉刚》（此文系王富仁的"绝笔"，文末注明"2016年4月29日于汕头大学文学院"，5月初他便查出罹患肺癌），可以说，他的学术生涯以鲁迅研究为发端，又以鲁迅研究为归结。

然而他的维护鲁迅，并不是一味地"为维护而维护"，而是"首先回到鲁迅那里去"，"理解并说明鲁迅和他自己的主导创作意图"③，以学术研究为出发点和旨归，"维护鲁迅的文化价值和意义"，"维护中华民族的良知"。④《学识·史识·胆识——鲁迅与顾颉刚》考察的是现代学术史上涉及鲁迅与顾颉刚的一桩著名"积案"，在这一"绝笔"性质的学术长文里，他并不是仅仅为了评判两个人的是非曲直，从而为鲁迅"辨

---

① 王富仁：《中国需要鲁迅》；载自《中国需要鲁迅》，安徽大学出版社2013年版，第199页。
② 孙萌：《鲁迅改变了我的一生——王富仁先生访谈》。
③ 王富仁：《中国反封建思想革命的镜子——〈呐喊〉〈彷徨〉综论》，第9页。
④ 孙萌：《鲁迅改变了我的一生——王富仁先生访谈》。

诬",更不是只为"扬鲁抑顾",而是条分缕析、追根溯源,客观公允又具有说服力地揭示鲁迅与顾颉刚的矛盾分歧的文化意义,指出两人的矛盾分歧实际上是在两种文化观念的差异和矛盾中形成的,是鲁迅以"立人思想"为核心的现代文化观念与顾颉刚在接受教育过程中形成的中国现代学院精英知识分子文化观念的冲突。实际上,此文是站在前所未有的文化和精神高度上,对20世纪中国思想文化史的一些重大思想理论问题所进行的严肃思考与回顾总结。这是他的"绝笔"之作,也是他的一份宝贵的"遗言"。

在这篇长文的结尾王富仁指出:鲁迅"不是以一个学院精英知识分子的姿态,而是以一个'精神界之战士'的姿态立于中国现代文化史上的知识分子"。作为一个后半生在大学教书的鲁迅研究者,他虽然深感自己的鲁迅研究文章里躺着一个软绵绵的自我,而非一个铁骨铮铮的鲁迅;感到自己丧失了他喜欢的鲁迅那种大气和壮气,丧失了鲁迅那种俯瞰人寰的思想高度;鲁迅是站在高处看世界的,而自己是站在低处看世界的;鲁迅富有战斗精神,而自己却没有这种精神。然而,使自己的学术研究与现实社会人生与中国人的精神发展建立起血肉相连的关系,一直是他未曾放弃的执着追求、他心中的愿景、他所孜孜以求的人生境界。这恐怕也是他后来公开宣称"我是鲁迅派"[①]的根本原因吧。

2017年9月26日秋雨中于北窗下

原载于《上海文化》2018年第6期

---

① 王富仁:《后记》;载自《中国需要鲁迅》,第311页。

王富仁与"中国二十世纪晚期"的启蒙文化思潮

李 怡

> 所谓启蒙,是指人从自在的蒙昧中得到解放。
> ——康德《什么是启蒙》

引 子

每一个关心现当代文学研究的人大概都还记得《文学评论》上的那篇《〈呐喊〉〈彷徨〉综论》,从那以后,王富仁这个名字就越来越多地活跃在一系列的学术领域当中:鲁迅小说研究、茅盾小说研究、郁达夫小说研究、郭沫若诗歌研究、闻一多诗歌研究、比较文学研究、比较文化研究,甚至古典诗歌研究。虽然算不上有多么的频繁与火爆,但却是那样的厚实和富有穿透力,在他那似乎是越来越宽大的学术视野里,我们分明感到了一种全面反思和重建中国文化的宏大气魄。他仿佛总是在不断拔除和拭去我们习焉不察的种种蒙昧、阴霾和偏见,不断将一片片崭新的艺术空间铺展开来。所有这一切的努力连同他那篇曾经开启人心的《〈呐喊〉〈彷徨〉综论》一样都让我们频繁地联想到一个词语:启蒙。的确,王富仁已经与新时期以来的中国启蒙文化思潮深深地熔铸在了一起,他的整个学术活动已经成了影响中国20世纪最后二十年这一磅礴思潮的最动人的图画之一。

我将20世纪这最后的二十来年称之为"中国二十世纪晚期",这既是为了概括比"新时期"更长也更复杂的历史时段（一般认为"新时期"至90年代前后便基本结束),同时也是为了突出当下正愈来愈鲜明的世纪性主题。我们今天所面临的已不仅仅是一个结束"文化大革命"过去的问题,以怎样的方式走向新世纪、开拓中国文化的新前景召唤着更多的学人做出自己的审慎的选择,而事实上这也是包括"新时期"在内的整个20世纪最后二十来年所不得不面对的一个更重大的话题。

探讨王富仁的学术活动与这一独特的时代的意义深远的思潮的相互关系,即他是怎样走向这一文化选择,又是如何理解和投入其中,并且赋予其独特意义的,将不仅能够更深入地总结王富仁本人的学术成果,而且对整个中国学术活动的发展和文化精神的演进也有着不容忽视的启示意义。

启蒙之路

就如同"五四"新文化运动是在反抗文化专制、倡导思想自由这一点上与西方18世纪的启蒙运动产生了跨越时空的契合,并最终以扫除蒙昧的"启蒙"先驱姿态揭开了历史崭新的一页那样,结束"文化大革命"专制主义、再创中国思想自由的新时期也是首先以"启蒙"的大旗为自己开辟道路的;并且理所当然地,这一时期的启蒙文化思潮首先就体现为对中国文化运动初期启蒙思想及启蒙思想家的"重识",渗透于这些"重识"当中的,又是对"五四"启蒙思想家取法西方文化（特别是文艺复兴启蒙运动文化）的充分肯定。一时间,经过"文化大革命"磨难若有所悟的一些老一代学者和在"文化大革命"后成长起来的中青年学者都纷纷重温着"五四"之梦,"五四"一代新文化创造者的业绩不断获得"重评",而其中作为"五四"启蒙主义最重要的代表鲁迅则显然吸引了最多的目光。事实表明,在新时期的思想文化活动中做出自己独立贡献的学者许多都是从认识鲁迅、解说鲁迅起步的,或者至少也是对鲁迅有所涉猎。可以这样说，正是在对鲁迅及其他"五四"启蒙先驱的体察当中，中国新时期的启蒙文化得以形成和发展。

在前辈学者薛绥之先生的引导下，王富仁走上了鲁迅研究的道路。他从写作作品赏析开始对这位伟大先驱的思想有了越来越深入的体察，而完成于西北大学的硕士学位论文《鲁迅前期小说与俄罗斯文学》[①]则以打通鲁迅与西方文化内在联系的方式展示了一位启蒙主义学者最基本的"世界眼光"和开放姿态。不过，直到这个时候，王富仁还没有完全形成一位新时期启蒙学者的最独立的品格，尽管他此刻的比较文学研究已经与我们屡见不鲜的那些外在的空泛的"比较"大为不同了。

当王富仁以"回到鲁迅"的口号在他那篇著名的博士论文里展开"思想革命"的大旗之时，[②]或许当时不少激动不已的读者还没有意识到这里所包含着的学术意义和文化意义都大大地超过了鲁迅研究本身。而在继新时期"启蒙之后"出现的新一代的学者看来，作为历史现象的鲁迅又是不可能真正"还原"的，承载着"思想革命"这一明确意图的鲁迅也似乎仍然是一个单纯化、简略化甚至主观化的鲁迅。其实，恰恰是在这两个经典性的理论口号当中，王富仁充分展示了中国新时期启蒙思想的巨大的历史性力量，而他作为一位自觉的启蒙学者也找到了真正的"自我"。任何新思想的提出从根本上讲都不是一种自足的运动的结果，而是与所有的"先在"碰撞和对话的产物。思想"新"主要是指它对固有的思想基础所做出的超越性的"提升"，新思想之所以是有力量的也主要体现为它能够在固有的思想"先在"的罗网里为人们撕开一道通向未来的"缺口"。也就是说，这样的"对话""提升"以及"缺口"的撕开都主要不是在新的思想内部自我完成的，它必然意味着，甚至可以说是主要也意味着，对固有"先在"做出适当的调整和改造。启蒙，作为除旧布新这一伟大社会历史的最积极的实践显然比其他任何思想文化运动

[①] 收入王富仁：《先驱者的形象——论鲁迅及其他中国现代作家》，浙江文艺出版社1987年版。

[②] 后收入王富仁：《中国反封建思想革命的一面镜子——〈呐喊〉〈彷徨〉综论》，北京师范大学出版社1986年版。

都更注重这样的"对话"事实。例如法国启蒙思想家爱尔维修就认为，新判断的做出有赖于当下的印象与旧有记忆的"比较"，"一切判断只不过是对于实际经历到的或者保存在我的记忆中的两种感觉的叙述"①。显然，较之于将鲁迅附着于外在的理论框架加以评述，"回到鲁迅"所强调的是从鲁迅作品及鲁迅思想体系自身出发来研究问题，较之于"政治革命"这一相对偏离于知识分子创造活动的理论标尺，"思想革命"重新提醒人们关注知识分子精神活动的独立特质。无论是"回到鲁迅"还是"思想革命"，都大大拓宽了鲁迅研究的发展道路，甚至可以说是从本质上显示了新时期文学研究如何在自我否定中回到文学自身的轨道。在那以后，我们的确又听到了更多的"回到"之声（回到郭沫若，回到中国现代新诗……），以单纯政治革命的要求来理解中国文学的传统也不断受到了来自方方面面的挑战，这不能不说是得益于王富仁这两大经典性的概括。不管"启蒙之后"的鲁迅研究以及整个中国文学研究怎样窥破"思想革命"的框架的缺失，又怎样以自身的努力揭示着一个更加丰满的鲁迅和一段更加丰富的中国文学，我认为都已经无法改变这个事实，即冲破数十年间所形成的那道研究的樊篱，为新的自由的研究打扫"言说空间"的正是王富仁这样"启蒙的一代"。

我感到，在这之后的王富仁似乎对自己的启蒙角色有了越来越自觉的体认，他的文学研究越来越趋向于一个中心目标，即中国的现代化建设。他关于鲁迅小说与茅盾小说、郁达夫小说的比较研究，甄别了现代小说发展中的多种"现代化"理想；关于鲁迅与梁启超的文学文化选择的比较研究，又阐释了中国近现代历史发展中立于不同层面的历史人物之于文学与文化的不同理解以及他们的内在联系。②此外，在关于郭沫若诗歌的两篇专论里，王富仁还仔细剖析了郭沫若诗歌对中国新诗现代化

---

①〔法〕爱尔维修：《论人的理智能力和教育》；载自《十八世纪法国哲学》，商务印书馆1963年版，第495、537页。

②后均收入王富仁：《灵魂的挣扎——文化的变迁与文学的变迁》，时代文艺出版社1993年版。

建设的独特贡献以及复杂到驳杂的文本特征。①在以上的这些作家研究以及在此之前的《呐喊》《彷徨》研究中,王富仁都充分显示了他异常敏锐的艺术感受力和审美鉴赏力(比如他对郭沫若诗歌的细密解读几乎到了让人叹为观止的程度)。不过,值得注意的是,王富仁似乎无意在纯艺术的王国里流连忘返,更能引起他兴趣的是作家的精神结构及文化内涵。他对中国文学现代化建设的思考总是与他对中国现代文化建设的总体思考紧密地联系在一起,而且越到后来,他对从文化角度探讨问题的兴趣似乎越见浓厚了。如果说在《〈呐喊〉〈彷徨〉综论》里,王富仁还是在对鲁迅小说的把握和阐述中渗透着强烈的文化意识,那么在《鲁迅在中国文化史上的地位和作用》②一文里,鲁迅则是作为历史现象完整地与全部中国文化(儒、法、道、墨、佛及中国近代文化)互相融合、互相比照、互相说明;如果说王富仁以"思想革命"代替"政治革命"来重建鲁迅小说的研究系统,其初衷还主要是为了更准确地阐发鲁迅作品,那么在他的《中国鲁迅研究的历史与现状》③长文里,20世纪中国学者对鲁迅的研究又被纳入整个中国学术文化乃至中国现代文化的总体发展的恢宏图景当中。鲁迅研究是王富仁事业的起点,也是他的始终心怀眷眷的所在,由它所显现出来的王富仁学术走向,似乎本身就具有某种典型意义。在《两种平衡、三类心态,构成了中国近现代文化不断运演的动态过程》④中,王富仁运用文化分层理论(物质、制度、精神),深刻地阐述了中国近现代文化的这几大层面是怎样运演发展的,并进一步总结了这种运演发展的制约力量追求民族自身的内部平衡和追求世界范围的外部平衡,剖析了出现在这一运演过程中的三类基本心态拒绝现代化要求、慕外崇新与中西融合;在《中国近现代文化发展逆向性特征与中国现当代文学发

---

① 分别参见王富仁:《他开辟了一个新的审美境界》,载自《郭沫若研究》第7辑;《审美追求的瞀乱与失措》,载自《北京社会科学》1988年第2期。
② 载自《中国文化研究》1995年春之卷。
③ 载自《鲁迅研究月刊》1994年,全年连载。
④ 收入王富仁:《灵魂的挣扎——文化的变迁与文学的变迁》。

展的逆向性特征》①中；他比较了人的思想意识的变革在中西近现代文化与文学发展中的不同作用及其后果；在《创造社与中国现代社会的青年文化》②中；他阐述了关于中国现代社会年龄文化构成的重要观点；在《中国文化的亚文化圈及其在中国文化发展中的地位和作用》③里，他剖析了处于异域文化包围中的由侨居他乡的中国人所组成的"中国文化亚文化圈"；在《文化危机与精神生产过剩》④里，他将从经济发展周期理论中得到的启示运用于对文化发展的观照上，首创文化发展周期理论。

文化是人类全部物质文明与精神文明的总和，对文化问题的关注，往往更便于我们从一个更宽阔更富有整体意义的高度来进行历史的反省、价值的重估。思考文化、解读文化，这正是那些在"新世纪前夜"为社会进步而矻矻耕耘的启蒙主义者的豪情和胸怀。"每条新的真理，都像我所说过的那样，只是改善公民状况的一种新的方法。"⑤王富仁致力于文化研究的热忱，显然贮满了他作为启蒙思想家对"改善当代公民状况"的执着。

在进入90年代以来的学术研究中，王富仁对中国现代文化独特境遇及其发展状况的再思考取得了特别重要的成果。与我们在80年代所常见的那些大而无当的漫无边际的"文化论"不同，王富仁更加注意将恢宏的文化视野与中国自身所面临的现实问题以及学术研究本身所面临的现实问题以及学术研究本身所面临的某种困难紧密地联系起来，更加注意对包括研究者自己在内的固有思维方式、语言方式的再思考、再探索。这一努力不仅使他能够在"浮躁"的90年代中继续当风而立，卓尔不群，而且较之于自己过去的研究，也的确充满了某种自我超越的勇气，他关于比较文学和文学研究特质的系列论文，显示了一种重建中国比较

---

①② 收入王富仁：《灵魂的挣扎——文化的变迁与文学的变迁》。
③载自《张家口师专学报》1995年第4期。
④载自《文学世界》1993年第6期、1994年第1期。
⑤〔法〕爱尔维修：《论人的理智能力和教育》。

文学学派、重估文学研究的价值和意义的雄大气魄。①而最值得注意的则是《中国现代文学研究中的"正名"问题》②和《对一种研究模式的置疑》③两文。前者提出:"迄今为止,中国现代文化研究,其中也包括中国现代文学研究,存在的最严重的问题就是基本概念的混乱","它的概念系统只是中国古代文化和西方文化各种不同文化概念的杂乱堆积"。这里实质上是阐发了一种绝不同于当下许多文化研究工作者的崭新的思路,即无论是外来文化还是传统文化都不可能也的确没有成为现代人的基本生存原则,只有深入到现代人的生存实际中去,才能找到真正属于他的文化选择。这就需要我们今天的"正名","名的问题实质是一个自我的独立意识的问题,是承认不承认中国现代文化和文学独立存在的权利问题,是承认不承认中国现代知识分子有独立创造的权利的问题"。在后一篇论文里,王富仁又从文化与文学的关系上进一步论证了重视中国现代知识分子主体性的意义。王富仁提出,在中国现代文化与中国现代文学发展中起关键作用的,并不是学习外国和继承传统的问题,而是中国现代知识分子自身创造力的发挥问题,中西文化与知识分子个人的关系,可以被描述为"对应点重合"。这些观点不仅犀利地戳中了我们文学文化研究的偏差,而且本身也首次清晰而透辟地揭示了文化与人"互动"关系的基本内涵。回头观察王富仁《中国鲁迅研究的历史与现状》《创造社与中国现代社会的青年文化》等论文,我们便会知道,其实这种"正名",这种从文化主体的立场重识文化发展的思路,正是他近年来的一种相当自觉的学术实践。

在我看来,这种学术实践的意义绝不亚于他当年的《〈呐喊〉〈彷徨〉综论》。

---

①这些文章包括:《民族文学·比较文学·总体文学·世界文学》,载自《文学评论家》1991年第3期;《文学研究的特性》,载自《文学评论家》1991年第6期;《文学史·文学批评·文学理论·比较文学》,载自《青岛大学学报》1992年第1期;《论比较文学的中国学派问题》,载自《学术月刊》1991年第4期。
②载自《北京师范大学学报》1995年第1期。
③载自《佛山大学学报》1996年第1期。

理论家品格与体系精神

如果我们对王富仁正在进行的"正名"做一点意义上的扩展，即"正名"不仅仅是对多年来中国现代文化研究与文学研究概念系统的"拨乱反正"，它同样是指研究者应当具有一种独立不迁的主体意识。那么，"正名"实际上就是王富仁自走上学术道路以来就已经形成的一种意愿了，尽管这在最初未必是自觉的。樊骏先生在总结新时期以来的现代文学研究时说，王富仁"是这门学科最有理论家品格的一位"。"他的分析富有概括力与穿透力，讲究递进感和逻辑性，由此形成颇有气势的理论力量"。但与此同时，樊骏先生又指出："一般学术论著中常有的大段引用与详细注释，在他那里却不多见，而且正在日益减少。"①我想人们不难发现这样的描述对于王富仁是既准确又耐人寻味的。因为按照我们的"常识"，理论家的理论性常常就体现为他对大量理论成果的引用以及众多中外理论术语的娴熟操纵。王富仁不仅引文较少（材料引证和理论引证都较少），而且也很少使用那些颇具理论背景的名词术语，对于当下流行的一些当代文艺批评术语更是敬而远之，能够进入王富仁的论著的理论词汇主要还是那些已为中国批评家们使用了三四十年以上的近于"基本语汇"的东西，而就是这些语汇（如现实主义、浪漫主义）他也还在进行着自己的"价值重估"和"正名"。那么，王富仁的"理论家品格"又是通过怎样的方式来实现的呢？显然，是通过他自己高度的思辨能力和概括分析能力实现的，而这样的思辨和分析又常常出之以平易通俗的语汇。这就不能不促使人们重新思考这样一个问题，即理论家最基本的素质究竟应当是什么？是他对古今中外理论体系、理论术语的娴熟吗？似乎不是，因为任何一个理论家他所面对的和需要他解决的问题归根结底

---

①樊骏：《我们的学科：已经不再年轻，正在走向成熟》，载自《中国现代文学研究丛刊》1995年第2期。

都是世界本身的问题,对于丰富到复杂的世界本身而言,所有的业已存在的理论体系和理论术语都不过是业已存在的人们对于世界的各种不同感受的一种描述和概括,对于我们今天要解决的新问题而言,这些描述和概括固然会带来不少的智慧的启迪,但毕竟不是问题真正的所在,更不能代替我们对问题的感受和理解。因此,任何一个理论家最基本的素质并不是有"学习""收容"固有术语的能力,而是他应当具有与前人大不相同的感觉能力。恰恰是因为他对世界的感觉和理解之不同,才最终导致了他从理性的高度所进行的概括和分析绝不同于任何一个前辈学者。他的所有的理论创新,他的新的理论高度都是首先根源于他有了这样超敏锐的感觉能力。当一个忠于自己新鲜感觉的理论家认为当代与前代的许多理论术语都不足以表达自己的时候,他当然有必要尽可能少地染指这样的术语体系,但他这样做却丝毫也不会减少他自己固有的理性思辨才能、降低他的理性高度,所以说对一个哪怕是最最喜欢建构自己的理论大厦和最富有严密逻辑的推理才华的理论家来说,最基本的能力其实还是感觉,是他对世界能够拥有最新异的最与众不同的感觉。

或许王富仁也在私下里有过"不熟悉当代批评术语"的感慨,但纵观他踏上文学研究道路以来的全部学术成果,你将发现,与其说是这种"不熟悉"造成了他理论的欠缺,还不如说是这种"不熟悉"形成了他善于独立感受和独立思考的个性;与其说是这种感慨表明了他强烈的"补课"愿望,还不如说逐渐开阔的知识视野反而强化了他的"正名"意识,特别是进入90年代以后,你会发现王富仁也并不曾刻意突出他现在的"熟悉",倒是将他对学术活动的独立见解,将他对"感觉"的格外推重显示在了人们面前。显然,这个时候的王富仁已不是什么熟悉不熟悉的问题,而是面对学术究竟应当如何自我选择的问题。在《文学研究的特性》[①]一文中,王富仁提出了这样的深刻见解,似乎就是对自己一贯的"理论家品格"的最好说明:"文学研究者的任何研究都要建立在一个一个文学作品的具体感受的基础上,如果自我对文学作品没有亲身感受,

---

① 载自《文学评论家》1991年第6期。

或有而不尊重它,不愿或不敢重视它,而是隔着一层屏障直接面对作为客观实体的文本,或者把自己的活生生的感受和印象搁置起来,把别人的现成的结论作为研究的前提,他的研究工作是根本无法进行的","文学研究中的种种名词概念,都是在对具体的、一个个的文学作品的实际感受和印象的基础上建立起来的,没有这种真切的感受和印象,这些名词也便成了毫无意义的空壳子,整个文学研究工作也就难以进行了"。

王富仁曾经以他的"研究体系"而闻名,但事实上支撑着他这一"体系"的正是他与众不同的个人感受能力。没有他在阅读过程中对"偏离角"的发现就根本没有后来的什么"体系",而"偏离角"的发现则充分显示了他作为批评家的特出的感知能力。这正如王富仁在评述新时期的启蒙派鲁迅研究时所指出的那样:"这时期鲁迅研究中的启蒙派的根本特征是:努力摆脱凌驾于自我以及凌驾于鲁迅之上的另一种权威性语言的干扰,用自我的现实人生体验直接与鲁迅及其作品实现思想和感情的沟通。"①的确,《〈呐喊〉〈彷徨〉综论》气魄非凡,体系博大,但人们同样会为书中那到处闪光的精细的艺术感觉而叹服,在关于《药》中坟上花环的论述中,在关于《一件小事》的主题辨析中,在关于鲁迅小说文言夹杂的语言特征的剖析中……我们不断获得艺术领悟的快感!早在王富仁考上西北大学攻读现代文学研究生之前,他就在薛绥之先生的引导之下开始了鲁迅研究,而这些研究就是从鲁迅小说"鉴赏"开始的。"鉴赏",与一般的学术性论著的显著差别就在于它保留了更多的研究者自身的直觉感受。王富仁从"鉴赏"开始走向文学研究事业,这与他后来形成的特殊的理论家"品格"不无关系。我注意到,就是在他以后的宏阔的文化文学研究的同时,他也从未中断过对自己感受力、"鉴赏"力的训练,从《补天》《风波》到《狂人日记》,他不时推出自己细读文学作品、磨砺艺术感受的佳作;从《中外现代抒情名诗鉴赏辞典》《鲁迅作品鉴赏书系》到《闻一多名作欣赏》《中国现代美文鉴赏》,他

---

①王富仁:《中国鲁迅研究的历史与现状》(连载十),载自《鲁迅研究月刊》1994年第11期。

似乎对各种各样的鉴赏工作满怀着兴趣。最近两年,他又连续不断地在《名作欣赏》杂志上推出关于中国古典诗歌名篇的解读,这批被称之为王富仁式的"新批评"文字更自由更无所顾忌地传达着他的种种新鲜感觉,据王富仁所说,这其实不过是他试图转入中国诗歌研究的一种"前奏曲",在这里,充分尊重个体感受,从自己感受出发走向理性提炼的"理论家品格"又昭然若揭了。

我以为,在这一"理论家品格"中,启蒙文化的魅力也再一次地体现出来。启蒙敞亮的是专制主义的蒙昧,而蒙昧便意味着个人感知力的遏制和萎弱,在中国的"文化大革命"时代,遭受到最大摧毁的首先是个人的感受能力和感受的权利,在西方17世纪的新古典主义时代,个人的情感和感觉也被牢牢地禁锢在"理性"的压制之下。新时期中国启蒙时代的来临得追溯到一批抒写个人情绪的"朦胧诗人",接着又因为这一批诗人的独特的感觉而引发了整个思想界的争议和思考,这似乎已经暗示了启蒙文化自身的重要基础。同样,高举理性大旗的西方18世纪启蒙文化也将感性和个人感觉作为自己的理论依托。18世纪的这种理性也就与17世纪的僵硬有了质的不同,法国启蒙思想家拉美特利说得好:"我们愈加深入地考察一切理智能力本身,就愈加坚定地相信这些能力都一齐包括在感觉能力之中,以感觉能力为命脉,如果没有感觉能力,心灵就不可能发挥它的任何功能。"①

复活的感觉是理性思维的生命源泉,"一切都归结到从感觉到思考,又从思考到感觉。"②在启蒙思想家的学术活动中,新鲜的感觉与新锐的思想构成一对"互动"的力量。宋益乔先生曾将王富仁学术论著的特征概括为"思想"与"激情"的并存,我在这里也不妨稍稍做点补充,那似乎亦可称之为是感觉、激情与思想的并存。重要的是这种"互动"中的并存最终建构起的是一个生机勃勃的具有再生功能的思想"体系"。人们都注意到了王富仁学术研究的"体系"特征,但或许还没有完

---

① 载自《十八世纪法国哲学》,商务印书馆1963年版,第236页。
② 〔法〕狄德罗:《狄德罗哲学选集》,生活·读书·新知三联书店1957年版,第61页。

全意识到这一"体系"自身的灵动性和再生能力。虽然他曾经以"思想革命"的系统主动代替了"政治革命"的系统，但显而易见，他并不曾为维护自己这一系统的严密性而煞费苦心，他那严密的逻辑思辨力也没有被用来作为自我系统的永恒的证明，他更不曾因为自己系统的限制而失却了发现和肯定其他新思想的能力。相反，在其他年轻一代的新的研究成果出现之后，他立即予以重点的介绍和肯定，并从理性的高度自我解剖着自己研究的局限性。这种自我超越的勇气充分证明"体系"虽是王富仁学术研究的一个特点，但却肯定不是他最重要的最深层的本质，单纯从"体系"性上来认识王富仁的学术个性，就如同1987年围绕他的一场争论中有的论者断言他的思维属于先验的机械性的思维一样，其实多半是忽略了他最富有生命活力的底蕴。面对王富仁学术论著中那似乎充满了体系追求却又往往灵性四溢、生命喷射的文字，我几乎找不到一种更好的语言来描述这样的思维个性。最后，我还是想起了恩斯特·卡西勒这位著名的德国思想史家，在他描述启蒙哲学的经典性著作中，有过这么一些重要的判断："启蒙哲学不仅没有放弃体系精神（esprit systematigue），反而以另一种更为有效的方式发挥了这种精神。"只是，"启蒙运动不仅没有把哲学限制在一个系统的理论结构的范围里，没有把它束缚于一成不变的定理以及从这些定理演绎出来的东西，反而想让哲学自由运动。"①是的，就如同西方18世纪的启蒙文化既需要用理性的体系精神来建构足以代替旧传统的新文化大厦，同时又力图"屡屡冲破体系的僵硬藩篱"，不断让新的自由的思想得以孕育和发展一样，像王富仁这样中国新时期的启蒙学者也的确同时面临了"建构"和"自由"的双向选择，在历史转换的这个特殊时期，或许体系的诱惑与自由的冲动都是不可避讳的事实吧。

总之，王富仁充满了体系精神，但却不曾有过僵死不变的体系，如果说他的全部的学术研究也构成了什么"体系"的话，那么也只是18世

---

① 〔德〕E.卡西勒：《启蒙哲学》，顾伟铭、杨光仲、郑慧宣译，山东人民出版社1988年版，第3页。

纪启蒙文化式的体系而不是17世纪新古典主义的体系；是康德式的体系，而不是黑格尔式的体系。构成这种重要的区别的正是王富仁特有的富有创造能力的感觉和生命，不能明白这一层，似乎也无法理解启蒙文化追求的独特价值。

宽容与坚守

对僵硬的理论体系的突破实际上也带来了启蒙思想的宽容性。所谓思想的"宽容"，指的是对新异观念的容忍和理解，它不会因为其他思想的异己特征就予以排斥和打击，相反，倒更能从一个学术发展与文化发展的高度做出及时的中肯的评价。在这里，启蒙主义的鲜活的理性的确显示了"它的广大的应用洞彻的理解力"[①]。当王富仁以"思想革命"的研究系统完成了对"政治革命"研究系统的反拨之时，这其实并不像某些同志所想象的那样，是王富仁企图排斥和否定传统研究的学术地位。王富仁多次讲过"我与陈涌同志的不同，绝非在绝对意义上的对立，而是在我充分吸收了陈涌同志的创造性研究成果之后，从另一个不同的角度研究鲁迅小说的结果"[②]。这种学术意义的宽容在他的长文《中国鲁迅研究的历史与现状》里更是得到了充分的体现。王得后先生认为，这篇长文首先打动了他的便是"作者的宽厚"，"富仁不以鲁迅的是非为是非，不以自己的利害为利害，他力求客观而公平地写出历史状况及各派的得失。不宽厚是做不到这一点的"[③]。其实，与其说这种"宽厚"是一种待人接物的态度，还不如说是一种启蒙思想家特有的学术眼光和胸怀。早在当年的《〈呐喊〉〈彷徨〉综论》里，他就表述过这样的鲜明的启蒙意识："文学研究是一个无限发展的链条，鲁迅小说的研究也将有长远的发展前途，任何一个研究系统都不可能是这个研究的终点，而只

---

① 拉美特利语，见《十八世纪法国哲学》，第241页。
② 王富仁：《代自序》：载自《先驱者的形象——论鲁迅及其他中国现代作家》，浙江文艺出版社1987年版。
③ 王得后：《中国鲁迅研究的历史与现状·序》，载自《鲁迅研究月刊》1995年第9期。

能是这个研究的一个小的链条和环节。"①

基于对历史发展的这种"链条"性质的清醒认识，王富仁的学术"宽容"事实上就不是那种毫无原则、毫无主见的迁就和懦弱，而是站在历史发展的制高点上，努力为各种不同的文化现象寻找到它们居于历史"链条"中的应有之位，就像当年的法国启蒙思想家们那样，清理各种文化产品看来要比简单的否定和抛弃更有意义。这里也清楚地呈现着王富仁式的学术思维方式：他总是从一个具体的文学现象出发，庖丁解牛般地层层剖抉，步步推进，最后开掘出这一现象背后的文化精神、历史意蕴，从而在一个十分宏大的文化背景上予以"定位"，在这种学术思维的观照之下，不仅孤立的文学现象在广阔的时空中凸现了独特的意义，就是在常人眼中普通平凡的现象也内涵丰厚、意味深长起来，比如他对电影《人生》《野山》及农村题材影片的评论。甚至某些人一时还难以接受的东西，他也能够独具慧眼，发现其不可替代的文化意义，比如他对《废都》的评论。经过他的深入开掘、四方拓展之后，一种文学现象的内涵往往获得了远远超乎于旁人的"打捞"，以至一时间，真有点让人再不敢轻易涉足的味道！

宋益乔先生是王富仁最早的评论者，他当时曾提出过这样一个看法："王富仁的研究从'面'上看，涉及的范围不算广，但他却牢牢地抓住几个'点'，而且是极富思想意义的'点'。"②从那时（1986）到今天又过了整整十年，王富仁研究的"面"显然拓宽了许多，从鲁迅到茅盾到郁达夫，从小说到诗歌到电影电视，从中国到外国到古典，从文学到文化，不过细读他所有的这些研究成果，我又感到，他好像还是无意过多地展示自己在这些广泛的"面"上的知识，他涉足了众多的课题，但吸引着他的不是有关这些课题的丰富的知识性背景，而是它们各自所包

---

①王富仁：《中国反封建思想革命的一面镜子——〈呐喊〉〈彷徨〉综论》，北京师范大学出版社1986年，第9页。

②宋益乔：《思想与激情——谈王富仁的中国现代文学研究》，载自《文学评论》1986年第6期。

含的文化内蕴,正如前文所说,在透过具体文学现象揭示深层的历史文化意义这一点上,他的思维方式仍然是一以贯之的。与其说王富仁是要在"面"的驰骋上做知识的积累,还不如说是他继续在"点"的开掘上读解着精神世界的奥秘。这种似"面"而非"面",非"点"而是"点"的研究立场,在当代中国学术研究可谓别具一格。如此说来,王富仁多年以来学术研究一方面的确是在不断地演进发展着,但也依然存在着一以贯之的态度和方式,构成他作为启蒙学者的最基本的学术个性——这种透过具象看文化、点面结合、由小及大的思维习惯似乎始终坚持着,而这种坚持本身在当代的启蒙文化思潮中也是格外的特别。

启蒙,就如同这个词语在西方语言中的含义(照亮、开启光明)所显示的那样,带有某种时间交替上的"过渡"意味,它除旧布新的历史转换地位注定了它的命运多少有点令人遗憾:虽然启蒙的光辉映照着新世纪的黎明,但启蒙运动中所产生的具体思想结论却不能像它所显示的思想姿态与思维方式那样保持长久的生命力,曾经投身于启蒙文化运动的学人也未必都能保持长久而集中的热情。恩斯特·卡西勒在评述西方18世纪的启蒙文化思潮时就切中肯綮地指出:"启蒙思想家的学说有赖于前数世纪的思想积累,这一点是当时的人们没有充分认识到的。启蒙哲学只是继承了那几个世纪遗产;对于这一遗产,它进行了整理,去粗取精;有所发挥和说明,但却没有提出什么新的独创观点加以传播。"[①]活跃在20世纪晚期的中国启蒙思想家们又几乎都是在中国文化的封闭时期接受教育的。就知识储备而言,他们似乎还不能与西方的启蒙学者相比肩,就是与"五四"一代的中国启蒙先驱相比,也有一定的差距。他们新时期的启蒙活动是在改革开放刚刚起步的时候展开的,这时候与其说是古今中外的文化发展的丰富事实让他们做出了"启蒙"的选择,还不如说"启蒙"是他们从个性生存的要求出发所举起的武器。以后,随着国门的进一步打开,西方几个世纪以来的各种文化思潮纷至沓来,当他们最不熟悉的其实又是最渴望了解的人生哲学、生命哲学、艺术哲学以

[①]〔德〕E.卡西勒:《启蒙哲学》,第2页。

更亲切的方式呈现在眼前的时候,特别是当更年轻的一辈已经无所顾忌地转向更诱人的对艺术对人生的思考的时候,中国20世纪晚期的这一文化思潮实际上便开始出现了动摇,是中国的启蒙思想家们完全放弃了或否定了启蒙的理想,还是他们先前的相对单纯的启蒙理想当中,已经不同程度地渗入了较多的其他文化追求呢?比如,有的学者逐渐淡化着启蒙时代特有的文化建设(包括政治文化建设)的激进,转而在更细致也更平静的学院化学术活动中找到了自己的一方"净土";有的学者竭力从当代西方的艺术哲学中汲取营养,调整自己固有的知识结构,调整使得他们逐渐从启蒙主义的"文化之思"中摆脱出来,那丰富的属于艺术自身的问题好像吸引更多的目光;有的学者从当代西方文化"超越启蒙"的努力中洞见一片新意,甚至也开始了对中国启蒙文化思潮本身的"再思索"……

但恰恰是在这样一个让人无所适从的"文化的动荡"之中,王富仁又一次表现出了他特有的冷静。在《中国鲁迅研究的历史与现状》一文中,我们可以读到他对新时期启蒙文化派的相当清醒而深刻的反省。同样,在《文化危机与精神生产过剩》一文中,我们也读到了他坚定的选择:"中国知识分子发挥自己主观能动性的主要方式是更加充分地调动自己主观意志的作用,把自己的思想追求贯彻下去。"的确,在其他的一些启蒙同道纷纷转向的时候,王富仁似乎又成了一位相当"固执"的思想家。迄今为止,他依旧坚守着自己先前的立场,依旧将对文学现象背后的文化精神的不断发现,将点面结合、由小及大的思维方式,将中国文化现代化建设的这一系列的"启蒙事业"坚持着,推进着。这当然也不是说王富仁不曾为自己的学术活动增添新的内容、新的养分,而是说来自其他思潮的新内容仍然不可能冲淡王富仁追思和建设中国新文化的主导目标,也更不可能改变他的基本思维方式和清醒的角色体认。

毋庸讳言,这样的坚守或许会继续保留王富仁作为中国这一代启蒙思想家的某些"先天"的遗憾,不过,在我看来,清醒的缺陷无疑要比盲目的完满好得多,何况在历史无限伸展的链条上,谁又不是包藏着缺陷的"中间物"呢,谁又留得下真正的完满呢?20世纪的晚期,中国还在为建设自己的新文化而苦苦探索，扫除蒙昧，迎接新生的启蒙事业远远没有完成，在这个时候，一位思想家的坚守本身就具有无限深远的意义。

原载于《当代作家评论》1997年第6期

固守与超越：王富仁新文学研究框架的双重建构

刘 勇 陶梦真

20世纪80年代，王富仁以敏锐的学术眼光和坚定的学术勇气，开创了一个全新的鲁迅研究系统，即把鲁迅《呐喊》《彷徨》反封建的意义从"政治革命的镜子"转到"思想革命的镜子"，完成了鲁迅研究史上一次具有深刻意义的"超越"。而到了90年代，在诸多学者以一种开放、包容的姿态强调将旧体诗词、通俗文学纳入现代文学研究框架的时候，王富仁却"固守"着现代文学研究的传统框架，不同意将旧体诗词、通俗文学写入现代文学史。进入21世纪，王富仁再一次聚焦新文学研究框架，以"新国学"的概念拓宽传统"国学"的研究范围和视野，将"新文学"的研究框架融入"新国学"的研究框架，重构有关中国学术的观念。这是他在反思、总结中国学术发展历史的经验和教训之后完成的再一次"超越"。

在王富仁的学术研究中，"固守"和"超越"是两个重要的关键词，是他学术研究的两种姿态，包含了王富仁对现代文学学科深刻的思考和深沉的守护。他一方面"固守"着现代文学的深刻内涵，另一方面也为中国文化在当下和未来的发展寻找路径，力图完成又一个"超越"。

有意思的是，每当王富仁以"超越"的姿态提出重大学术创见的时候，赞同的人往往比较多；而当他流露出"固守"姿态的时候，他的观点引发的争议则往往比较多。

一、现代文学研究框架之争

1996年，王富仁在《中国现代文学研究丛刊》第2期上发表了《当前中国现代文学研究中的若干问题》一文，针对当时学界存在的"革新"风气，以"保守"的姿态提出固守现代文学的研究范围，强调"五四"作为中国新文化和新文学起点的重要意义，不同意将旧体诗词、通俗文学纳入现代文学史的研究范围："在现当代，仍然有很多旧体诗词的创作，作为个人的研究活动，把它作为研究对象本无不可，但我不同意把它们写入中国现代文学史，不同意给它们与现代白话文学同等的文学地位。这里有一种文化压迫的意味，但这种压迫是中国新文学为自己的发展所不能不采取的文化战略。这里的问题不是一个具体作品与另一个具体作品的评价问题，而是一个引导现代中国人在哪个领域发挥自己的创造才能的问题；不是它还存在不存在的问题，而是一个它在现当代中国存在的意义和价值的问题。"①

其实，关于旧体诗词与现代文学研究框架的讨论由来已久。1982年，唐弢曾专门针对现代文学史的编写问题发表意见，明确反对将旧体诗词写入现代文学史。他认为，尽管新文学作家创作了不少优秀的旧体诗，"但专章谈旧体诗，那不是现代文学史的任务"②。"我们在'五四'精神哺育下成长起来的人，现在怎能回过头去提倡写旧体诗？不应该走回头路。所以，现代文学史完全没有必要把旧体诗放在里面作一个部分

---

①王富仁：《当前中国现代文学研究中的若干问题》，载自《中国现代文学研究丛刊》1996年第2期。

②唐弢：《中国现代文学史的编写问题》；载自《唐弢文集·9·文学评论卷》，社会科学文献出版社1995年版，第379页。

来讲。"①而王瑶1987年在阐发中国现代新诗与古典诗歌关系的时候谈道:"'五四'时期的新一代作家大都能写旧诗,而且功力深厚,写得很好。"②以王瑶的观点为代表,学术界许多人也一直在关注新诗和旧诗的关系,主张"以新诗人的旧体诗拿来作研究的参照"③,主张"将现代新诗与现代旧诗统一考察"④。应该说,从中国现代文学的整体性研究出发,强调新与旧、传统与现代之间的历史关联,是正确的,无可厚非的。但我们注意到,王瑶只是从新旧关系的整体意义上提及旧体诗词,而没有明确表态旧体诗词是否应该写入现代文学史。在此应该明确区分的是,唐弢和王瑶两位先生谈的都事关旧体诗,但却不是一个层面的问题,王瑶谈的是新旧诗词的关系问题,而唐弢谈的是现代文学史的编写原则问题。

实际上,学术界也有一部分人主张旧体诗词可以写入现代文学史。一种观点认为,旧体诗词客观存在于现代文学发生发展的历史阶段,按照时间概念应该入史。还有一种观点指出,我们评价文学作品不能仅从立场出发,要看作品本身是否优秀,旧体诗词恰是新文学作家的优秀作品,按照艺术成就也应该入史。更有学者提出旧体诗词入史不仅具有合法性,而且具有紧迫性,认为我们不应该在旧体诗词是否入史的问题上纠缠,而应该进一步探讨旧体诗词如何高水平入史的问题。唐弢正是针对现代文学史编写这一特定的问题,明确认为旧体诗词不应该写入现代文学史。王富仁是赞同唐弢的观点的,而且两人的出发点和目标也是相同的:同样都是为了固守现代文学自身的研究框架。

与此相应的还有通俗文学是否写入现代文学史的问题。王富仁指

---

① 唐弢:《中国现代文学史的编写问题》,载自《唐弢文集·9·文学评论集》,第379—380页。

② 王瑶:《论现代文学与中国古典文学的历史联系》,载自《王瑶文集》(第5卷),北岳文艺出版社1995年版,第78页。

③ 刘纳:《旧形式的诱惑》,载自《中国现代文学研究丛刊》1991年第3期。

④ 李怡:《十五年来中国现代诗歌研究之断想》,载自《中国现代文学研究丛刊》1996年第1期。

出，中国现代文学尽管有通俗化的发展倾向，但仍然是雅文学，在"把原来的俗文学作品转化为雅文学作品之前，必须对它做出现代美学的和社会学意义的充分阐释，不能仅以作者面的广狭、影响的大小、有没有知识分子喜欢它而进行直接的过渡。在没有这样的充分阐释之前，不把它们作为中国现代文学史的正式入选作家是合理的，对其所体现的倾向取着一种压迫性的姿态也是合理的"①。王富仁之反对旧体诗词、通俗文学入史的态度，是非常明确的，甚至是比较强硬的。他先后采用了"文化压迫""压迫性的姿态"这类相对极端的说法，以此表明自己固守现代文学研究框架的立场和决心，这引起了学界的广泛关注和某种争议。有的学者认为，通俗文学的存在构成了对"五四"新文学先锋地位的衬托，在坚持"五四"启蒙精神的前提下，不妨扩大现代文学的研究范围，将通俗文学纳入现代文学史。在这种看法的影响下，关于通俗文学入史的探讨是比较积极的，也是比较全面而系统的。如有学者提出关注现代作家的市场意识以及将现代文学的起点前移等观点，都是从不同角度推进通俗文学入史的努力。

应该说，对现代文学研究范围的讨论始终没有停息过。在2016年中国现代文学研究会第十二届理事会"中国现代文学研究的拓展与深化"学术研讨会上，与会者针对扩大现代文学研究范围的问题进行了深入探讨。有学者提出，应该将旧体诗词和传统戏曲、台湾文学和流散文学写入现代文学史；有学者认为，中国现代文学研究应该去除少数民族现代文学的"无名"状态；还有学者强调，打通现代（成人）文学与儿童文学研究，对清末、民国的文学史进行一体性研究。其实，旧体诗词、通俗文学、海外华文文学等是否应该写入现代文学史在本质上是同一个问题，学者们提倡将不同文学类型的研究纳入现代文学研究框架，是致力于拓宽现代文学研究外延的表现。

王富仁的学术研究向来以突破和超越著称，为什么面对现代文学研究框架的问题却显得有些退守呢？他反对旧体诗词入史，反对通俗文学

---

① 王富仁：《当前中国现代文学研究中的若干问题》。

入史，强调"五四"作为现代文学起点的重大意义，仅从这些方面看，王富仁的立场似乎与50年代现代文学创立之初的研究者们更为接近。但王富仁又说，80年代以后，我们的研究规模和研究成果已经远超现代文学学科创立的时代。为什么在研究现状发生重大变化之后，他的文学观念没有相应革新，反而掷地有声地宣告了自己的"保守"立场，王富仁所固守的到底是什么？

二、"固守"：坚持现代文学的底色

王富仁指出，很多研究者追求"新"，但他们只是学习一些"新观点""新结论"，并不学习这些观点、结论背后的独立思考和感受。这样的"新"是有时间性的，没过一段时间，"新"的自然就变成"旧"的，转而又要去寻找新的"新"。王富仁深知，一味地革新并不能促进学科的长足发展，所以他选择了固守，为学科之"固"而"守"，守的是现代文学的独立个性和深刻内涵，守的是学科在当下的立足与发展。

固守"五四"，守住学科的独立个性。80年代中期，"二十世纪中国文学"概念的提出，对文学史观念产生了重要影响。它打通了中国近、现、当代的文学史，还原了文学的本来面目，是一个富有创见的重大命题。但王富仁却对此提出了自己的看法："'二十世纪中国文学'把新文化和新文学起点前移就大大降低了'五四'文化革命和'五四'文学革命的独立意义和独立价值，因而也模糊了新文化和旧文化、新文学与旧文学的本质差别。"[①]

王富仁认为，"中国现代文学并不是所有中国文化思想的儿子，而只是'五四'新文化的儿子。"[②]"五四"是中国文学嬗变的临界点，在这个临界点上，中国文学发生了根本性的历史变化，语言的变革、思想的革新，带来的是与整个古代完全不同的风气，开始出现了现代的性质。"二十世纪中国文学"的概念的确在一定程度上使文学摆脱了政治

[①][②] 王富仁：《当前中国现代文学研究中的若干问题》。

话语的束缚，加强了文学研究的整体性和独立性，但它在消解"五四"政治意义的同时，也消解了"五四"重大的社会历史意义和它的实践意义，从这一角度来看，是不利于现代文学学科的主体个性建构的。所以，王富仁对"五四"的固守源于他对学科主体性的固守。"五四"赋予现代文学以独立的个性和品格，从而使整个学科得以保持无可替代的主体地位。

现代文学的学科个性具体表现为每个研究者的主体性。王富仁认为"文学作品的价值不是靠理性判断出来的，而是靠心灵欣赏出来的，理性上、理论上的变化是很快的，而欣赏趣味的变化是很慢的，是在一生一世的慢火焙烤中养成的"①。有的学者认为，这似乎过于强调研究者个人情感体验的重要性了，研究者的主体性要受到研究客体、价值标准及理论方法等的限制，应该在文学研究中实现个体性和群体性、理性判断和情感体验的统一。其实王富仁的学术研究因其逻辑缜密、思想深刻，向来是极富理性的。他用这种比较有倾向性的表达，实际上是有所强调的。在现代文学的发展过程中，现实主义、浪漫主义、现代主义等等思潮流派在飞速地变化，我们时常受到某种流行思想的影响改变对作品的评价。王富仁强调，研究者不要急于给作品扣上一顶某某主义的帽子，也不要因为一种主义的流行强行解读一部作品，而是以情感体验和主观感受对作品进行初步的判断和选择，在理论的纷繁变换中始终保持自己的主体性，对作家如是，对研究者如是，对整个学科亦如是。

固守"现代"、守住学科的深刻内涵。如果仅把"现代文学"的"现代"看作一个时间概念，那旧体诗词、通俗文学当然是发生于这一时间范围内的，也理应写入现代文学史。但是王富仁对"现代"有着更为深刻的解读：首先，现代是与传统相对立的一个概念，它"是在社会历史时间的维度上建立起来的，是与古典性、经典性、传统性等代表的在中国古代社会已经产生并被社会普遍认可的事物的性质相对举的。"②古代

---

① 王富仁：《当前中国现代文学研究中的若干问题》。
② 王富仁：《"现代性"辨正》，载自《北京师范大学学报》2013年第5期。

诗词是中华文化的一笔宝贵的财富，它的宝贵之处恰恰在于已经成为历史，成为中华民族的文化传统。现代新诗则是以反叛的姿态登上历史舞台的，它在形式和内容上都与古代诗歌有着明显的区分。当然，传统与现代的"对举"不是互相排斥的对立。王富仁曾说，传统就是当你身处其中的时候，你感觉不到它的力量，而一旦你离开，就能够真切地感受到它的存在。王富仁不否认传统与现代的传承关系，也不否定旧体诗词与新诗之间的历史联系，甚至可以说这种历史与传承是摆脱不掉的。但这不代表传统与现代之间的界限是模糊的，更不代表现代作家继续写旧体诗词，我们就要将旧体诗词纳入现代文学史，这与学科之名相关。

其次，"现代文学"的"现代性"有两个主要的性质和特征："其一是批判性或曰革命性，其二是创造性或曰先进性。"①现代新文学在对旧文学的批判和革命中实现着自身的创造和先进，白话文运动已经明确地区分开新文学和旧文学，那么现代文学史就应该是有关新文学的历史，就应该是有关白话文学的历史。"现代文学"之"现代"，不仅是社会历史意义上的时间概念，还是一种区别于古代的现代的性质和特征，更是一种冲破束缚、解放自我的力量和能力。正是站在这样的立场上，王富仁固守着"现代"的内涵与性质，固守着"现代文学"之名。

固守"当下"、守住学科的现实关怀。作为一个现代文学领域的研究者，我们每个人都极为重视文学史的写作和研究。王富仁却提醒我们修正编写文学史的态度，他认为一直以来，我们不是不重视文学史，而是太过于重视文学史。研究现代文学的人这么多，如果每个人都写一本现代文学史，那文学史的数量就太多了，反而应该更重视史论和批评。

王富仁强调文学史应该具有当下性："我们的文学史写作不是为了展示我们的学问的，而是向当代的读者介绍历史上的文学作品的。文学史不是写的内容越多越好，不是把我们读过的文学作品都写到文学史上去。我们是研究现代文学的，自然应当尽量多地阅读现代文学作品，但并不是所有的现代文学作品都有让当代读者阅读的价值。我们的文学历

---

① 王富仁：《"现代性"辨正》。

史越来越长,我们当代人背不动这么沉重的历史的包袱,这个历史的包袱是由我们这些专治文学史的人来背的。这是我们的工作,我们背着是为了别人不背。我们写到文学史上的应是为当代文学作品所无法代替的,当代读者仍有必要阅读的。"①

有的学者质疑,文学史的"当下性"增强,那相应的,"历史感"就会减弱,反而有失文学史的本质。但是说到底,文学史是文学发展的历史,它所讲述的历经岁月洗礼依然沉淀下来的作品,所以天然地具有一种纯粹的历史感。增强文学史的"当下性"并不意味着随便调整文学史的评判标准,而是要求我们更加严谨地思考、品评文学作品,给予作家作品更为公正的演说,思考更加严格地挑选作品。文学史写作是一项无法真正完结的活动,80年代中期,王晓明、陈思和提出了"重写文学史"的口号,其实"重写"文学史是学科发展的应有之义,是文学史研究不断延续和深化的常态。"持重"和"反思"应该构成现代文学史研究的双重底色,重写文学史应坚持在"反思"中"重写",在"重写"中坚持"持重"的学术品格。

在现代文学研究领域,越来越多的学者强调旧体诗词、通俗文学入史,一来是为了扩大研究范围,为现代文学争取一席之地,二来也存在为自己专攻的研究领域争取合法化的意图。但是一味地拓宽研究领域,把旧体诗词、通俗文学、海外华文文学等都纳入现代文学的框架中,只是在膨胀这个边框,甚至会在一定程度上伤害到这个框架得以立足的基点和核心。王富仁在谈论现代文学研究框架的时候,采取的是一种固守的态度,这个"固"不是"顽固"的"固",而是"牢固"的"固",通过"固守"现代文学的本质,打牢现代文学学科建立和发展的根基。

三、"超越":重构中国学术的观念

从2005年1月起,《社会科学战线》连续三期刊载了王富仁长达

---

① 王富仁:《关于中国现代文学史编写问题的几点思考》,载自《文学评论》2000年第5期。

14.5万字的论文《"新国学"论纲》。该文的特殊之处在于大大拓展了原有"国学"的内涵，将现代文学及现代文学学术研究都纳入了"新国学"的范围。王富仁明确声明："'新国学'不是一种学术研究的方法论，不是一个学术研究的指导方向，也不是一个新的学术流派和学术团体的旗帜和口号，而只是有关中国学术的观念。它是在我们固有的'国学'这个学术概念的基础上提出来的，是使它适应已经变化了的中国学术现状而对之做出的新的定义。"①其"新"主要体现在把"国学"这一以往研究古代文化的概念延伸到了当代。王富仁认为，"五四"以后生成和发展起来的中国现当代文化，特别是由陈独秀、李大钊开其端的"中国现代革命文化"，以鲁迅为主要代表的"中国现代社会文化"，由从事外国文化的翻译、介绍和研究的学者与教授创造出来的"中国现代学院文化"，都应纳入"国学"中来。这是"新国学"最基本也最核心的观点。

"新国学"本身是一个内涵丰富的复杂概念，不能仅从表面来认识。有学者认为，这是王富仁站在他一贯坚守的"五四"新文学立场，对传统"国学"概念提出的新阐释。也有学者质疑，"新国学"的概念对"五四"新文学的意义有所消解，在某种程度上是王富仁从原有立场的倒退。这反映出部分学者对"新国学"的概念还有所误解，"新国学"的提出不是为了张扬或者消解"五四"新文学的历史意义，也不是要回归或者振兴传统文化，而是在新的时代背景下对旧有学术观念的纠正和超越，以此重构中国学术的整体框架。

超越传统"国学"的固定思维，建构动态的大民族学术观。长期以来，在中国文化的语境中，"国学"专指研究19世纪以前中国古代文学与文化的学术，而不包括中国的现当代文学与文化研究。这种"不包括"的一个重要原因就在于"五四"新文学的反传统姿态。"国学"被视为民族学术的指称，而现当代义化是在西方文化的影响下发展起来的，所以不应该属于"国学"的研究范围。如此一来，就把"'国学'的

---

① 王富仁：《"新国学"论纲（上）》，载自《社会科学战线》2005年第1期。

命脉变得越来越细弱、越来越狭窄了"①，王富仁强调，"新国学"的研究范围是构成性的，而不是规定性的，"民族语言"和"国家"就是构成"新国学"概念的两个重要因素。

当我们把"新国学"的概念理解为由民族语言和民族国家这两个要素构成的学术整体时，我们会发现，首先，"新国学"变成了一个动态发展的系统，只要我们的民族语言和民族国家还存在并发展着，"新国学"也就永远处在丰富和发展的过程中。另外，所谓"民族学术"的范围也大大拓展了。王富仁提出，用汉语言文字写成的研究成果都属于"新国学"的研究范畴，包括中国大陆、港澳台学者、海外汉学家等的研究成果；甚至中国学者用外文写成的研究中国文化或外国文化的著作，也在"新国学"的范围之内；包括各少数民族成员用汉语或本民族语言进行的研究同样属于"新国学"的研究范围。这样一个大民族学术观不同于传统"国学"对民族学术的定义，在极大程度上扩大了民族学术体系的规模。

对此，有学者反对，认为"一旦用'新国学'取代了'国学'概念，也就是用当代学术总汇取代'国学'的概念，'国学'的范围实际上就漫无边际了，从而'国学'这个概念也就不复存在了。"②王富仁采取的研究姿态是"以今化古"，从现当代文化背景出发，追根溯源，对古今中外的文学文化进行更具当下性和现实性研究。他的《孔子社会学说的逻辑构成》《老子哲学的逻辑构成》《从孔子到孟子》等论文从现代的视角研究古代先哲的哲学、社会思想，正是在这方面进行的一系列学术实践。

超越二元对立的研究模式，重构完备的中国学术框架。王富仁呼吁建立一个超越性的价值标准，在一个更大的统一体中认识到，"自我"的对立面实际上与"自我"共享着学术的价值和意义。他指出，"国学"这个概念是在中西文化的碰撞中产生的，在当时的社会背景下，中国的知识分子很自然地产生两种文化选择，其一是维护中国文化传统，

---

① 王富仁：《"新国学"论纲（下）》，载自《社会科学战线》2005年第3期。
② 江凌：《试论国学和"新国学"》，载自《山东农业大学学报》2006年第2期。

认为"国学"是中华民族之根；其二是接受、输入西方文化，认为"国学"是民族之累。如此形成的"中—西""新—旧"等二元对立的思维模式长期存在于中国学术史上，几乎把我们的学术和文化绝对分裂，彼此没有互动和沟通，一个学术派别的兴起一定要建立在对另一个学术派别的反对之上。王富仁提倡的"新国学"则体现了一种深刻的包容性，它用一种超越性的价值标准统摄"新国学"的发展，将一切学术纳入这样一个统一体中，为不同学术派别的发展提供了一个共同的思想平台。

这种超越性的价值标准不是一把标尺，也不存在任何先验性的规定，它"绝不意味着知识分子及其学术活动是没有任何独立的价值和意义的，也绝不意味着知识分子之间就没有必要进行任何形式的学术论争"[①]。任何一种学术派别、任何一个研究者在拥有自我价值的同时，也存在各自的限度，所以不同的学术派别、不同的学术观点之间难免会产生质疑和批判，这是正常的。也只有质疑和批判才能带来学术争鸣，才能实现学术的发展和繁荣。打破"二元对立"的思维模式，不同的流派尽管有着不同的文化追求，难以避免地发生争议，但是不会走向分裂和对立，而是能够在互动中争鸣，在争鸣中实现相互理解和长远发展。

超越社会实践的语言策略，提倡独立的中国学术品格。我们常说"实践出真知"，学术和实践在本质上是相依相存的，但我们不能将学术与社会实践完全等同起来。王富仁认为，社会实践充满了偶然性和不确定性，而学术研究则是在一个相对单纯的框架中进行的。实践活动的主导因素是"行动"，学术活动的主导因素是"语言"。在实践活动中，行动者对语言的运用常常是策略性的，力求将真实的意图掩盖起来，以迂回曲折的方式实现"成功"。所以语言在这个过程中起到的不是沟通的作用，而学术则是在语言的本质职能上运用语言，丰富语言，它是"独立于具体社会实践之外的一个民族语言的世界、民族知识的世界和民族思想的世界"[②]。王富仁强调，学术世界是一个独立的世界，它有自己独立的原则，这个原则就是"用学术的力量争取学术的发展"[③]。不同学术流

---

①②③王富仁：《"新国学"论纲（下）》。

派之间的相互质疑、相互争论并不会造成学术的倒退，但是一旦社会实践的力量介入学术研究，往往分化了学术和知识分子，破坏了学术研究格局的完整性。

王富仁对学术和实践的区分并不是忽略实践的重要意义，"学术是对现实实践关系的一种超越，但这种超越也是建立在对它的关切之上。"[①]正是出于对社会实践的关切，知识分子才能对自己的学术研究产生明确的价值和意义的感觉，才能更为坚定地保持独立的人格和学术品格。王富仁强调，知识分子人格应该是与学术共生的，他们对本民族现实实践的关切是超越个人利害关系的。在这个意义上，我们就更容易理解不同学术派别之间的矛盾和争议只是对社会矛盾不同角度的反映，我们研究不同的问题，持有不同的观点，但却共同构成了一个民族学术体系，共同构成了这个民族独立的学术品格。

距离王富仁"新国学"的提出已经过去十几年了，围绕"新国学"的讨论仍在继续。我们发现，关于"新国学"的理论建构不只是停留于王富仁在《"新国学"论纲》中提出的种种观点，它还在之后的讨论中被不断地丰富和完善着，除了主体性和学术体系的建构之外，还有"新国学"与全球学术的关系等等，这些都是与学科建设息息相关的根本问题，也都在广泛而深入的讨论中不断得到深化和拓展。尽管许多问题仍然不够明朗，许多难点还有待深化，但是"新国学"讨论的建设性价值正在不断凸显，对于我们今天讨论中国文学传统的历史建构仍有重要的启发意义。

谨以此文表达对王富仁先生的崇高的敬意和深切的怀念。

2017年6月9日于北京师范大学

原载于《文艺争鸣》2017年第7期。

[①]王富仁：《"新国学"论纲（下）》。

"影响研究"如何深入？
——王富仁对中国现代文学研究模式的质疑所引起的思考

查明建

治中国现当代文学而兼治比较文学，我国有不少这样身兼二任的学者。起因可能在于，研究中国现当代文学必然要探讨20世纪中外文化文学关系。而"要发展我们自己的比较文学研究，重要任务之一就是清理一下中国文学与外国文学的相互关系"（钱锺书语）。20世纪中外文学关系研究无可置疑地成为比较文学"影响与接受"研究的一个重要课题。二者的具体研究方法或有差异，但各自的学术成果或某一研究的深刻结论都应彼此注意、共享。因此，王富仁从中国现代文化文学角度撰写的论文《对一种研究模式的置疑》（以下简称《置疑》），对比较文学处于困境中的"影响研究"当有所启示。"邻壁之光，堪借照焉"。何况这"壁"还时有时无呢？

中国近、现、当代文化研究和中国现代文学研究中，人们常运用两种基本研究模式加以操作。"这种研究模式的基本特征是在中国文化与外国文化（主要是西方文化）的二元对立中考察中国近、现代文化暨文学的发展。"作者把其概括为"中国文化与西方文化二元对立的研究模式。"这两种模式在实际操作中又直接转化为"新与旧的二元对立模式"。"所谓新的,就是接受了西方文化影响的;所谓旧的,就是没有接受西方影响的中国固有的文化传统。"这种"新文化"与"旧文化"的二元对立模式由于研究者在价值取向、情感意向上的不同又演变为三种不同的分模式。这三种研究模式虽"使用着一个共同的文化模式",但由于各自虚设的理论前提不同,相互之间无法实现平等对话。虽有其合理的一面,但其矛盾和缺失之处也显而易见。这种二元对立研究模式在中西文化初始接触时(如从鸦片战争到五四运动时期),也许还可保持鲜明的确定性和典型性,但随着文化交往的频繁与加深,"这种模式的二元对立性质也就变得模糊不清了"。

作者认为,这种模式形成的原因是"对文化主体——人——的严重漠视",它表现为一种"文化目的论",漠视了中国近、现、当代知识分子文化选择的自由性,以及"每一个具体的人在自己的条件下需要做出怎样的选择"。

既然中国现当代文学的发展不只是中国现代作家在中国传统文化和西方文化二者之间做出的简单选择的结果,那又是在怎样的文化和文学的基础格局中发展起来的呢?作者认为,这个格局中包括三个因素:中国古代产生的各种文化成果;外国,特别是西方产生的各种文化成果;以及起关键作用的"作家个人的特点和他的文化或文学的实践活动",正是这决定了此格局的发展态势并转化为实际的历史发展。

《置疑》一文的核心是强调,在中国现代文学史上起关键作用的是中国现代知识分子自身创造力的发挥问题。认为中国文化传统和外国文化传统的继承,不是一种集体性行为,而是一个时期中国知识分子的纯个人性的选择:

> 在每个个体人的文化选择中,中国文化和外国文化的界限是极不明确的,中外文化的差别只在他们的阅读活动中才是相对明确的,一旦进入实际的文学创作,它们就在创作过程中溶解了。在每一个可资分析的创造品中,都同时有个人的、中国传统的和外国的三种因素同时发挥着自己的独立作用,但三者又是不可分的。

由此，作者提出了他的"对应点重合论"。

王富仁的观点对我们比较文学研究有哪些启示呢？

自中国比较文学全面复兴以来，中外文学关系研究这块领地开垦得最早，用力也最勤，虽结了一些果实，但与付出的努力不相称，收获不能算非常丰硕。大多数研究还只是搜罗中国现代作家受过西方文学影响这种事实联系的证据，然后千方百计从作品找印证，最后得出稍加改动即可套用在其他作家身上的几句"深刻的结论。"与二元对立模式一样，这种为人诟病的"X+Y模式"研究，也是"主要停留在以主观态度评论主观态度的层次上，"结论是预设好的，所要做的只是按需引证，忽视了具体的接受主体——作家——在具体文化环境，根据其特有的文学文化目的所做的选择，因此也就不能考察其如何创造性地接受过程。

影响研究需要实证，但实证不是研究的目的。更重要的是借助这些实证，探讨某一作家为什么接受了某种外国文化，其文化心理原因、美学追求是什么，以及如何将这种经过接受主体文化"期待视野"过滤后的影响，创造性地融化在创作活动之中。

接下来的一个问题是，如果找不到实证，能不能再做影响研究？实际上任何实证的搜罗都不可能是全面的。20世纪中外文化文学交流的频繁，中国现当代作家所面对的是整个世界文化和文学，并且自己也成为世界文化的一分子，"20世纪的中国文学是一种世界性文学"[①]。陈思和的这一观点，实际上是揭示了中外文学之间双向互动的关系。从这种意义上说，它纠正了过去单向性的影响研究，而凸现了如何、为什么接受外国文化这一向性。王富仁的"对应点重合论"观点在某种程度是与之契合的。

那么，既然外来文化与中国文化在每个特定作家的视域里已混融在一起，"模糊不清"，是否意味着影响研究的消亡？如果不是，又该如何研究？我们不妨重新审视一下"影响"的特定内涵，对"影响研究"做

[①] 参见总陈思和：《20世纪中外文学关系研究的一点想法》，载自《中国比较文学》1993年第1期。

一界说。

法国文学史家朗松对"影响"的界定是:"真正的影响,较之题材选择而言,更是一种精神存在。""真正的影响,……是凭借某些国家文学精髓的渗透。"①美国比较文学家约瑟夫·T.肖表述得更详切:"一位作家和他的艺术品,如果显示出某种外来的效果,而这种效果,又是他的本国文学传统和他本人的发展无法解释的,那么我们可以说这位作家受到了外国作家的影响。"据此分析,20世纪中国文学中有很多无法从本民族文学文化传统和作家个人因素无法解释的东西,说明影响确实存在,影响研究很有必要。但是,影响"又是一种渗透在艺术品中,成为艺术作品有机的组成部分,并通过艺术作品再现出来的东西"。②由于这种有机的渗透、吸纳,所以很难从实证的角度做出事实联系分析。但是,可以通过作品分析,探讨作家"在创作活动中如何把外来的因素和民族的传统以及自己的创造个性相结合,锻铸出崭新的艺术品"。③"影响研究的开始必然是对艺术作品发生学的研究。"④由于"世界性因素"的原因,影响研究应在比较文化层面进行,梵·第根所称之为"圆形研究"(王富仁的《鲁迅前期小说与俄罗斯文学》就是这方面一个成功的尝试)。在我看来,王富仁的"对应点重合论"与陈思和"世界性"观点,并不是对影响研究内在地消解或否定,而是彰显了影响研究的基域和应有的研究深度要求。

反观我们影响研究的具体实践,其之所以不尽如人意,主要还是偏离了影响研究本来的要求和目标。应该说,王富仁《置疑》一文的观点针对目前影响研究有一种启迪作用,为我们提供了一条新的思路。

---

① 转引自〔日〕大塚幸男:《比较文学原理》,陈秋峰、杨国华译,陕西人民出版社1985年版,第32页。
② 北京师范大学中文系比较文学研究组选编:《比较文学研究资料》,北京师范大学出版社1986年版,第119页。
③④ 陈惇、刘象愚:《比较文学概论》,北京师范大学出版社1988年版,第118页、第123页。

那么，未来的影响研究如何深入？谢天振在1994年的预期，可以说是切中时弊而仍具指导意义："未来的中外文学关系研究将不再仅仅停留在对事实关系的表面梳理与论证上，而将深入到接受者本身的接受基因、本身的世界性因素，以及产生相互影响的客观条件等的探索与揭示上。"[①]王富仁的文章似乎是站在中国现代文学文化研究角度对此意见的一种呼应。影响研究不是做得太多，而是很不够。影响研究仍大有可为！

原载于《中国比较文学》1997年第1期

[①] 谢天振：《中国比较文学的最新走向》，载自《中国比较文学》1994年第1期。

思想与激情
——谈王富仁的中国现代文学研究

宋益乔

　　王富仁是现代文学研究界一位有影响、有特色的新人。严肃的历史责任感，促使评论家总是注视着研究领域内思维空间最开阔的地带，对历史与社会宏观的思考与把握，又总能使评论家不断通过艰苦的探索获得新的认识和发现。与此同时，文章里又总是汹涌着一股不可遏止的渴望创造和发展的激情。深刻的思考与巨大的激情相结合，是王富仁现代文学研究的最基本特色。

　　王富仁的研究，从"面"上看，涉及的范围不算广，但他却牢牢地抓住了几个"点"，而且是极富思想意义的"点"。一般说来，研究课题本身并不能决定研究质量，但研究课题的选择却往往体现了研究者的好尚、兴趣、思路以及考虑问题的出发点。可以使人清楚地看出是什么样的问题激动、扰乱了研究者的心灵。

　　对鲁迅前期小说的研究，是王富仁近年来的研究中心。这是一个已由几代人辛勤开垦、似乎已成为一块熟透了的土层。正是在这里，王富仁提出了一个具有重大原则意义的问题。他认为，从20世纪50年代开始形成的"以对《呐喊》《彷徨》客观政治意义的阐释为主体的粗具脉络的研究系统"代表了过去研究的最高成果,有它的历史贡献,但同时也逐渐暴露了它的严重不足。他大胆地提出应该"以一个新的更完备的研究系统来代替"①。从对鲁迅前期思想状况和小说创作的总体性把握出发,他提供了理解鲁迅前期小说的一把新的钥匙,即认为鲁迅前期小说的独特思想意义就在于:它们首先是当时中国"沉默的国民魂灵"及鲁迅探索改造这种魂灵的方法和途径的艺术纪录,它们"是中国思想革命的一面镜子"②;王富仁以这个基本思想原则建立了他对《呐喊》《彷徨》思想内容及艺术方法艺术特征的分析。

假若我们打破已经习惯了的研究问题的方法和角度,就得承认,王富仁的这一提法是有价值的。过去,我们在讨论中国革命的时候,不注意区分政治革命和思想革命不同的规律和特点,虽然概念上还不至于把二者混为一谈,但在实际理解和应用上却存在将它们融合为一的趋向,甚至有以政治革命取代思想革命的现象。从客观原因来看,这与中国革命发展独特进程,与"五四"时期思想革命虽曾展开但却发展得不够充分有关系。从主观看,又与我们长期来受政治高于一切、先于一切、重于一切的极"左"思潮影响,不同程度地存在贬低思想革命意义的倾向分不开。这样,我们过去对鲁迅小说的考察,虽也能放在中国革命的历史发展中去研究,但这个革命通常却总是偏重于政治革命的一面,忽略了思想革命的因素。王富仁的研究冲破了传统习惯的拘囿,认为:中国思想革命的主题,在鲁迅小说中,"已经不仅仅是单纯的'时代烙印'了,在很大程度上,已经成了鲁迅意识到了的巨大历史内容和历史使命。在《呐喊》和《彷徨》中,鲁迅不仅以丰富的生活实感做基础,而且以整体性的理性思考做指导,把中国思想革命的问题做了广泛而深刻的艺术表现。"③这一基本命题,是王富仁所开辟的一个新的研究系统的基本观点及相关的多种立论,虽然并不为人人赞成,甚至还引起了争论,却无论如何不能不承

---

①王富仁:《〈呐喊〉〈彷徨〉综论》,载自《文学评论》1985年第3期。

②③王富仁:《中国反封建的一面镜子》,载自《中国现代文学研究丛刊》1983年第1辑。

认在鲁迅研究史上,这是一个跨度不算小的进步和提高。

重视对研究客体总体性的把握、本质性的探索,是王富仁的一个重要研究思想。所谓总体性把握,亦即宏观上的把握。哪怕研究对象是一个具体作家具体问题,他也总要把问题尽量铺展开来,或者干脆跳出论题之外,从宏观角度做全面巡视。在《鲁迅前期小说与俄罗斯文学》一书中,作者在进行鲁迅同具体作家的比较研究之前,首先把鲁迅小说同整个俄罗斯文学放在两国历史发展和社会现状的巨幅画面上加以比较,找出两者在主导倾向上的一致性,进而说明了鲁迅前期小说与中外文化遗产的多方面复杂联系之中,何以"与俄罗斯现实主义文学的历史联系始终呈现着最清晰的脉络和最鲜明的色彩"①的原因。论述到鲁迅与具体作家的关系时,作者也总是从总体性的把握出发,竭力避免陷入非主导倾向的细枝末节的纠缠中去。这本书总共与四个俄罗斯作家做了比较,细读以后不难发现,同果戈理的比较重在阐述鲁迅现实主义创作方向的确立;同契诃夫的比较主要从现实主义创作的美学原则入手;至于另外两个作家,安特莱夫和阿尔志拔绥夫,作者主要论述的是他们现实主义创作中某些表现手法对形成鲁迅前期小说冷峻沉郁风格的影响。

总体性把握论题的特点,在另一篇文章中也有很好的表现。王富仁认为,中国现代文学无可怀疑具有异常鲜明的民族性,但这一段民族文学发展的历程,却是在极其"广泛的世界性联系中"、在同外国文化、外国文学的密切交往中得以实现的。诚如有的研究者所说,生活在同一星球上的世界各民族,走着大体相似的社会发展路途,在精神领域,也存在包含有内在规律的相似性。然而,"不同国度的文学家,既与自己民族的文化传统血肉相连,又能够横越百代而发生灵犀相通的精神契合,能够远隔万里而进行情深意挚的精神交往。"②依据马克思主义的历史发

---

①王富仁:《在广泛性的世界性联系中开辟民族文学发展的新道路》,载自《中国现代文学研究丛刊》1985年第1辑。

②刘纳:《读〈鲁迅前期小说与俄罗斯文学〉》,载自《中国现代文学研究丛刊》1985年第1辑。

展观，王富仁的文章从世界各民族愈来愈互相接近的总体发展趋向；从中国新文化战线所面临的基本任务是反封建这一时代特征的高度，对现代文学的发生发展进行高度的理论概括。他指出，中国新文化革命的任务就是"直接利用外国文化以实现对中国封建文化的革新，并在具体的革新实践中将外国文化过滤、筛选并使之民族化"。正是根据这个基本估计，王富仁才在他的论证中得出了这样一个论断：就总体、主流、本质而言，外国文学对中国现代文学的影响，"是有利于而不是不利于、是推动了而不是阻碍了中国现代文学的健康发展"，从而澄清了长久存在的一些聚讼不休的观点。

对研究课题的总体性把握和实质性的深入挖掘，是一个问题的两个方面。王富仁的研究又总是能在对事物的宏观视野的覆盖下，准确地把捉住它的本质意义。随后对这个亮度最强的"光点"以及与它发生关系的各方面做深入的论证，这时，宏观的辐射一转而为微观的精探，而在这个范围较大的微观世界内又裂变为更多层次的微观世界。这诸多层次的"微观"都是有机的隶属关系，最后都被统摄在一个宏观的"眼睛"中。仍以《鲁迅前期小说与俄罗斯文学》为例，在具体阐述契诃夫对鲁迅前期小说创作的影响时，主要论证了这两位巨匠间现实主义创作美学原则的一致趋向。作者是在全面审视了鲁迅同整个俄罗斯文学的本质性联系后捕捉住这个问题的。在俄罗斯诸作家中，毋庸置疑，果戈理对鲁迅的影响是巨大的，带有某种根本的性质。这主要表现在鲁迅现实主义创作方向本身的确定、卓越的讽刺艺术以及悲、喜剧因素相结合的创作经验等方面。但客观地看来，当鲁迅现实主义创作趋于成熟之际，也正是他大体上摆脱了果戈理的影响之时。鲁迅渐趋定型的现实主义美学风格与契诃夫却显示出更大的一致性。王富仁通过比较，达到了这一具有本质意义的发现。他认为：俄罗斯文学发展的第二时期即19世纪中、后叶的契诃夫等艺术大师的创作，才"对鲁迅前期小说的影响带有更加深厚的特点。"[①]由于这一问题在相当大的程度上汇聚了鲁迅前期小说中现

---

① 王富仁：《鲁迅前期小说与俄罗斯文学》，陕西人民出版社1983年版。

实主义艺术手段的基本内容，内涵极为丰富，因而作者在文章中，围绕着它展开了全面细致的论证，他把问题的诸多层次层层铺展开来，然后在具体论述中，又竭力对每个层次都取得实质性的突破。

总体性把握问题的高度、本质性理解问题的深度，二者的结合，使王富仁的论著包含了较大的思想容量，表现出丰厚深沉的特色。他的论著，在对研究对象深入挖掘、不断有所发现的同时，总还闪烁着研究者个人具有高度原则意义的思想火花。在社会科学研究领域，一个新鲜的有价值的思想观点的提出，总是同时具有两方面的意义：（一）它是研究客体本身所固有的，具有研究价值的事物本身所包含的全部意义，是不会在一个时期甚或一个时代、几个时代被挖掘净尽的。它在某一个历史时期出现，而一旦形成一种历史现象后，它就被赋予某种永恒的品格，在世世代代的历史发展中发挥作用的。它是有限的，又是无限的，随着历史的发展，能在每个时代提供合乎该时代需要的思想营养。（二）学术研究中一种思想的提出，还是研究主体主观思想情志的表现。学术研究过程不是一个机械过程。在这一过程中，研究者不但通过自己的研究，使研究客体所固有的意义得以发扬光大；在这同时，也闪烁着研究者个人思想与智慧的火花。每一个研究成果，都是研究客体与主体相互融合的统一体。

在《中国反封建思想革命的镜子》一文中，王富仁提出了这样一个问题：在中国现代的历史上，谁最了解农民呢？他的回答是：毛泽东与鲁迅。然而众所周知，恰恰是在农民问题上，这两位历史巨人间却有着根本相反的看法和态度，毛泽东在一系列著作中，高度地肯定了中国农民在新民主主义革命中的巨大历史作用，而鲁迅，对农民给予的却是痛切、坚决的批判。

对于这个容易使人困惑的问题，王富仁的回答是：在农民问题上，毛泽东是对的，鲁迅也是对的。问题在于，毛泽东主要从政治家的角度，看到了农民在政治革命中的积极姿态和重要作用；鲁迅主要是从思想革命的角度，看到了农民问题在中国革命中的严重性。积极和消极，先进和落后，是中国农民在特定社会状态下形成的一个问题的两方面。

从政治革命看，农民是积极、极为活跃的力量；从思想革命看，农民又的确存在严重的精神弱点。王富仁在这里所表述的见解，除了能够加深我们对鲁迅作品的认识外，是否在对中国现代革命以至当代历史发展中某些复杂问题的认识上也能对我们有所启示呢？我想，答案应该是肯定的。

总之，王富仁的研究注重从纷纭复杂的琐屑资料中，归纳、抽绎出具有根本意义的思想原则。他摆在我们面前的，不是一团猬集的一般"观点"的灌木，而是一片庄严的矗然而立的思想的丛林。具有旺盛生命力，包蕴了巨大内容的理论原则，同生活之树一样，也是常绿不凋的！

当然，在闪爆着一串串思想火花的思考中，王富仁的论著也间或有不周或值得商榷之处。比如，在谈到前期创造社与西方浪漫主义美学关系的一篇文章中，把浪漫主义美学体系看成是与唯心主义哲学"相依为命"①，是否有些简单化的毛病，就值得考虑。

王富仁论著的另一个重要特色是，除了具有深厚扎实的理论基础和深入细致的科学分析外，同时还裹挟着一种充沛热烈的激情。他的研究鲜明地显示出真正有深度的研究，不是静止的观照，思维过程本身也是一个不断跃进不断发展的行动过程。它不是一片抽象的世界，而总是伴随着研究者的感情运动。

从迷乱和惶惑中区别方向，从谬论和错误中区别真理，从反思和瞻望中汲取力量；执着不倦地追求，响亮地提出问题并竭尽热诚地多方面解答它，是使王富仁的论著充满热烈激切情绪的主要原因。这种激情不仅表现在他大胆地提出了许多极有价值的重大问题，更在于他以饱满的热情论证了它，在于他那种"笔端常带感情"的论证方式。比如在谈到鲁迅小说创作民族性问题时，王富仁回顾了过去关于这一问题的研究状况，不满意地指出：过去一当谈到这个问题，"便总'是在'对话不说到一大篇''不描写风月''可以没有背景''白描手法'等几个有限的小圈圈里来回打转儿。这样我们还能在多大程度上衡量它的民族性内

---

①王富仁、罗钢：《前期创造社与西方浪漫主义美学》，载自《文学评论》1984年第2期。

容"①。接着,他便循着自己的思维方向把这个问题大大引申开来,做了全面细致的论证。同样,这一特点在论证《雷雨》中周朴园的典型意义时也体现出来。首先,研究者从根本上把捉住了周朴园作为"社会政治经济关系中的资本家和家庭伦理道德关系中的封建家长的怪诞结合"②这一基本性格特征,而后即通过细密周详的分析推理,把围绕人物基本性格特征的各个侧面全都凸现出来。既有突出的主导特征,又有丰满的全体印象。显然,这篇文章使我们对周朴园性格的认识又加深了一步。

由此可见,在烈火一般激情的驱迫下,不惮其艰苦执着的探求精神,确是王富仁论著的一个十分重要的风格。对每一个细部问题,他都不肯轻轻放过、浅尝辄止,而是力图把它深入下去探索,扩展开来论证,又归结到理论高度上去把握。整个思辨过程,有对论题深剖细镂缜密分析的理性深度,又始终充满了渴求论证臻于胜境的感情浓度。一摒过去理论性文章那种干干巴巴没有生气的通常面目,而具有一种对心灵有巨大撞击力量的可感受性,体现出一个改革时代的探求者对事业的神圣使命感和饱满热情。在这里,作者的感情并非表面体现在遣词用语之上,而是鼓荡奔腾于文章的深剖细镂、层层递进的论证之中。读这样的文章,容或会使人产生疲惫的感觉,但在文章所焕发出的巨大热情的鼓舞煽动下,又总是情不自禁地欲罢不能。这种内发式的潜在的感情激流,鲜明地体现了时代精神特征,也表现出新一代研究工作者勇于创造、变革的风貌。

1986年5月改定

原载于《文学评论》1986年第6期

---

①王富仁:《鲁迅前期小说与俄罗斯文学》。
②王富仁:《〈雷雨〉的典型意义和人物塑造》,载自《文学评论丛刊》第23辑。

王富仁的"九十年代"

李 怡

刚刚过去的20世纪90年代已经被证明是一个具有特殊学术意义的时代,一方面,整个中国的思想界、学术界都笼罩在了"知识贬值""知识分子文化边缘化""人文精神失落"等等前所未有的社会氛围当中,另一方面,在狭小封闭的思想学术界内部,一系列可以说是"声名显赫"的思想学说,特别是伴随着这些新锐学说而来的整个社会文化环境的巨大改换又极大地牵动、冲击着整个中国思想学术的固有格局,80—90年代的政治式交替有力地阻击了当时似乎是势不可挡的主流精神,使那个波澜壮阔、绚烂一时的80年代的思想大河陡然改道,之后便是明显的回返、动荡与转折,从"告别革命"到"市场经济",从"学术规范"到"后学"的异军突起,从"重估现代性"到"审判""五四",无论你有过怎样的思想追求与学术立场,在这样的一场社会与历史的漩涡当中都不得不开始自己紧张的观察和思考,选择、调整和回答似乎也成了不可避免的现实。

当然,我们各自的选择与回答是大相径庭的,正因为是这样的大相径庭,所以我们才格外看重这"九十年代"之于中国思想与学术的"特殊"意义,才格外重视在这场"事关重大"的思想流变过程中,一些曾经的思想代表的独特表现。

我曾经在"20世纪晚期的启蒙文化思潮"的背景上谈论过王富仁的思想与学术价值,[①]我以为,如果放在90年代中国学术思想变迁的这一角度上,那么王富仁的选择与回答同样是意味深长的,它不仅体现了一位80年代的卓有影响的思想家的独立姿态,而且还反照出了整个中国现代文学研究界乃至整个中国思想界的某些不一定为人所觉察了的本质性特征。

这就是我所谓"王富仁的'九十年代'"的意义。

80年代的王富仁,以"回到鲁迅"、恢复鲁迅小说反封建"思想革命"的主旨、重塑鲁迅作为反对封建专制主义的思想启蒙者的"本来面目"而享誉学界,作为当时新时期启蒙文化思潮的主要代表性学者,他关于鲁迅和中国新文化的一系列论述都相当明显地体现了启蒙文化所特有的那种除旧布新的"过渡性"特征,例如他对《呐喊》《彷徨》的"意识本质"的揭示还常常置于鲁迅对于"反封建思想革命"这一宏大"任务"的领会与完成中,且继续使用了颇具反映论色彩的喻象——镜子;同新时期的其他的启蒙学者一样,他的关于中国现代文学与现代文化现代化进程的论述也不时包含了对于"中国走向世界"这一过程的相对单纯的激赏,而进化论之于中国新文化观念的意义也获得了更多的肯定,其内在的复杂性似乎尚未得到充分的重视。

就是以上的这些启蒙文化思想的代表特征在90年代遭受了一系列新锐学说的激烈挑战。这里的"新锐",其主力是中国式的"后学"(它从根本上质疑了现代中国的"现代化"目标、自居于"世界"之外的"边缘"意识以及文化"进化论"的荒谬),其后盾是新儒家的民族主义立场与情绪,其友军是学院派的对于纯艺术理想的肯定和发掘,——面对这样的挑战,原本就从"文革"废墟中成长起来的中国启蒙文化明显体现出了一种的根基不稳、先天不足的状态,一时间,80—90年代之交的政治性"失

[①]参阅李怡:《王富仁与中国20世纪晚期的启蒙文化思潮》,载自《当代作家评论》1997年第6期。

语"竟演变成了启蒙自身的"失语",不少的学者开始从先前"激进"的启蒙行列中悄然告退,转而在其他更可能"恒久"的学术话题中寻找自己的位置,或者至少也需要在对于这些咄咄逼人的新锐学说的某种方式的顺应里求取自我的新的安稳,进步、进化、思想启蒙……这些新文化与新文学的曾经的"关键词"尽都灰头土脸,甚至羞于重提,争论似乎还在进行,但更好像是已经停止,因为旧有的讨论和立场都失去了先前的激动人心的魅力,讨论和不讨论都没有什么大不了的意义,种种的一切连同那些数量可观的也曾经活跃与激烈的知识分子们的"下海"、撤离与转行,都是那样让人无可奈何!

同样曾经置身于启蒙行列,同样曾经使用过一系列在今天看来大可质疑的"过渡性"理论术语的王富仁也进入了这个大回旋的90年代,所不同的在于,好像一跨过这时代的门槛他就以自己特有的冷峻拉开着自我与整个外部世界的距离。在一份影响不大的非纯粹的学术刊物上,他表达了对于这个年代的基本判断。就好像是这个时代的必然,也仿佛就是王富仁此时此刻的一种低调的悄然的人生姿态的象征,这番言语并没有得到学界的足够的重视,几乎就等于是他的自言自语,然而在一个十年已经结束的今天,当我们再次翻检着这些文字,却不能不为其中那些冷静的深刻而感叹!在这篇文章中,王富仁将自己从80年代的绚烂繁荣进入90年代的迷离无奈总结为一种文化发展的"周期规律",他不仅准确地概括了当下正在发生着的"文化危机"的重要特征(诸如文化上的悲观主义,知识分子开始自己软弱而散漫的反思,文化由雅趋俗,"为学术而学术"的追求以及文化界成员向着其他行业转化),而且更是深刻地从知识分子自身追求演变的角度分析产生这种"危机"的原因,为了让大家更多地了解这篇并未获得普遍重视却又特别重要的文章,请允许我在这里较多地引用其中的一段论述,王富仁认为,在前一个文化的发展上升期,知识分子是带着对于文化传统的真切感受和独立的文化取向进入"职业"的,"一般说来,他们的各种语言概念都有一种比较确定的内涵,他们与其说更重视自己的理论,不如说更重视这种理论背后的那种更具实质性的意蕴本身。"然而,随着文化的持续发展,一旦"职业"本身成为权威与物质收入的方式，那么这种理论追求也就构成了某种幻象：

  在这时，有更多的人是从这种理论自身的威力出发而去信仰这种理论的，似乎这种理论之所以在社会上发生了强大的影响是因为这种理论比原有的理论更"正确"、更"全面"，似乎这种理论本身便有一种点石成金的力量。正像当前社会上很多人看到做买卖的赚了钱，便形成我做买卖也会赚钱或做买卖就会赚钱的幻象一样，这时的文化界也形成了一种只要掌握这种理论便一定会有文化建树的幻象，而在这种幻象形成之日，也便是这种理论的危机之日，因为他们是带着各种不同的人生体验和感受理解并运用这种理论的，各种不同的乃至相反的人生体验和认识都被纳入同样的理论概念中来表述，这种概念的不确定性便加强了，各种名词概念像断了线的风筝，漫天飞舞。但这时的争论却更多是由根本不同的思想感情之间的差异造成的，理论的争论只起到自我诠释的作用而没有增加新的内涵，当各自都把自己的意见阐述出来，交流的梗阻便在这争论中形成了。

  ……

  在每一个发生着严重争辩的领域，对立双方都在当时的条件下尽其所有地发掘着文化的潜力，但很快便发掘尽，能说的话已说尽，不能说的话仍然不能说；对方能接受的话都已说尽，对方不能接受的话已经说得太多，如若对立仍难以交流遂告中止，梗阻随即形成。

  ……

  但是，在这时，由于文化的一度繁荣而扩大了的知识分子阶层仍然存在，一座庞大的文化加工厂还在惯性的作用下运转着。由于交流梗阻，这时的文化产品已经严重地失去了自己的读者：整个社会的嘴唇都被繁荣期的大辣大咸刺激得麻木了。一般的味道很难激起人们的食欲。所以这些仍在生产着的文化产品一时呈现着过剩的现象。过剩造成产品积压，流通领域积压的大量文化产品淤塞起来，当文化梗阻在印刷、出版、发行、销售的渠道成为主要趋势，文化危机就正式到来了。①

在这里，王富仁深入细致地揭示了"文化危机"内在表现：那是一种脱离了文化人真实生命体验的"理论的过剩"。失去了生命的真实，也就失去了相互理解的必要性和可能性，因而到处是空虚的膨胀的理论淤泥，它阻塞了我们正常的交流与沟通，败坏了我们精神需要的胃口。归根结底，"文化危机"的起点是文化人的学术、理论活动开始脱离了自己的真实生命体验，当人为自己创造的文化理论所异化，那么他最终也将丧失掉这种创造的欢娱、机会与环境。王富仁在阐释90年代之初的"文化危机"的时候，深刻地论述了所有思想学术活动的真正的神髓——个体生命的真实体验（即"理论背后的那种更具实质性的意蕴本身"）80年代以启蒙思潮为代表的文化的繁荣是因为有更多的学人把握这一神髓（虽然他们的理论概念还有某些可质疑之处），而90年代之初的危机同样也是由于较多的学人丢弃了这一神髓（尽管他们可能拥有了更多更新的理论的"武器"）。

那么，我们如何才能走过这场危机呢？王富仁在"中国的知识分子应当追求什么？"这样一个严肃的标题下再次重申："我们中国知识分子不论怎样崇高评价和借鉴中国古代的或外国的现成文化学说，但我们的思想基点却都应建立在我们自己的人生体验的一种坚不可摧的社会愿望上，它不是在别人的文化学说中得到的，而是在自我的、民族的、现实的（现实生活或文化生活）中建立起来的，没有这种确定不移的真诚愿望（不论它是大还是小），我们的所有文化都必将是软弱无力的，再广博的知识也救不了我们中国文化的命。""只要是建立在这种内心坚不可摧的社会性愿望和追求上的思想基点，我们就应在任何艰难的条件下都坚持它。""在文化危机期，中国知识分子发挥自己主观能动性的主要方式是更加充分调动自己主观意志的作用，把自己的思想追求贯彻下去。"

---

① 王富仁：《文化危机与精神生产过剩》，载自《文学世界》1993年第6期。

基于这样的对于文化危机的清醒认识和对于知识分子价值取向的自觉，王富仁在90年代的学术活动不仅没有在新锐理论的攒击之下退缩和"失语"，不仅没有因文化环境的混沌而意志疲软，相反，他比以往的任何时候都要尊重自我的真实生命体验，也格外珍视自己的主观意志的作用和独特的文化立场。

王富仁在90年代的思想文化活动大体上分作两个部分，一是继续沿着思想启蒙的道路思考，探讨中国现代文化与中国现代文学的发生发展规律；一是另辟蹊径，以更自由活泼的散文随笔的形式书写自己的人生与文化的感受。

作为第一个方面的思想文化追求，王富仁的代表性成果是著作《中国鲁迅研究的历史与现状》，论文《中国现代文学研究中的"正名"问题》《完成从选择文化学向认知文化学的过渡》《对一种研究模式的置疑》《创造社与中国现代社会的青年文化》《当前中国现代文学研究中的若干问题》《鲁迅在中国文化史上的地位和作用》《鲁迅哲学思想刍议》《时间·空间·人——鲁迅哲学思想刍议之一章》《中国现代主义文学论》等，仅仅从选题来看，似乎都是中国新文学与新文化的一些具体的学术问题的讨论，事实上，王富仁的视野和兴趣远远超过了这些具体的学术性结论，同80年代一样，他仍然是将这些文学与文化现象的细节与其背后的更为深远的文化演进的规律性探究联系在一起，他关心的往往不是作为"历史事实"的现象本身，而是包孕在这些现象之中的"文化与人""中国文化与中国人""中国现代文化的发展与现代中国人的特殊境遇"，是这些既呈现为历史但更加作用于现实的生存的难题，与80年代启蒙主义对于生存现实的相对单纯忧患与激情不同，90年代的王富仁在自己一以贯之的启蒙之路上格外突出了对于既有文化追求与既有思维方式的反思与探求，正是在进入90年代以后，王富仁多次强调了感觉、感受、生命体验之于创造活动的本质性意义，正是在90年代中期的"置疑"中（《对一种研究模式的置疑》），他突破了80年代所习见的中/西对立以寻找现代化之路的思维模式，努力以主动的"认知"取代被动的"选择"，这些深入的思考都生动地体现了他自我超越的勇气，真正地实践了他在《文化危机与精神生产过剩》中自我要求:"更加充分调动自己主观意志的作用。"

值得注意的在于,这样的反思与探求绝不是王富仁从启蒙立场的后退与变通,他并没有像"后学"家那样仅仅从理论上否定所谓中—西二元对立的思维模式就万事大吉,以为自己把握了点石成金的先进武器;对于王富仁而言,这仅仅是他深入思考的起点,所谓中—西二元对立的思维模式不过是自我丧失之后的表现而已,而更重要的则是如何解决近现代以来中国人自我意识丧失、主体失落的关键性问题,解决思维模式问题的关键并不在这一理论而在理论表述背后的人的精神与心理,如果不能意识到这一点,那么我们就很可能在批评二元对立的同时不知不觉地也掉进了这一思维的陷阱,中国的"后学"其实就是这样,因为他们就像王富仁所说的那样是从"理论自身的威力出发而去信仰"某种理论的,他们认为西方的"后学"理论比传统的任何理论(包括"二元对立")更"正确"、更"全面",更"有一种点石成金的力量",在中国的"后学"家眼里,80年代的学人乃至"五四"新文化学人,其主要问题不是主体精神不够而是因为他们仅仅掌握了已经"过时"的来自西方传统的思想,诸如"二元对立",诸如"进化论"等等,而中国的"后学"所掌握的则是更"先进"的西方思想——就这样,他们完全是落入了新的中—西"二元",新的"进化论"思维而浑然不觉,他们其实和20世纪中国文化人所存在的问题完全一样:迷信外在理论的"权威性"超过了对于自我与生命体认,在简单的中—西对立中进行脱离个人真实生命体验的被动的"选择"。

同样,思想追求、学术探索中个体生命意识的强化也最终构成了一个学科、一个学派的赖以存在的独立的基础,失去了对于这一独立基础的自觉意识,我们最终也许会失去支撑我们自己学术的独立的生存空间。明白了这一点,我们也就不难理解王富仁为什么会以如此坚决的姿态来回击新儒家对于中国现代文学的挑战(《当前中国现代文学研究中的若干问题》)。

王富仁一再强调从"选择"向"认知"的过渡,强调为整个中国现代文化与文学的发展"正名",因为"名的问题实质是一个自我的独立意识的问题,是承认不承认中国现代文化与文学独立存在的权利的问题,是承认不承认中国现代知识分子有独立创造的权利的问题。"(《中国现代文学研究中的"正名"问题》)他就是这样以返回个体生存权利与生命意义这一启蒙思想的初衷的方式实现着他对于启蒙精神本身的更加深入的开掘,同时也在自我意识的清理与组织中格外清醒地意识着自我的价值、作用和意义。正如他在阐述鲁迅哲学思想时指出的那样:鲁迅就是"高举着生命哲学的旗帜更坚定地站在中国启蒙主义的立场上,而且义无反顾,把'五四'反封建思想革命的旗帜一直举到自己生命的尽头。他的先驱者们的启蒙主义思想一直主要停留在理性教条的层面,一直没有上升到真正艺术的高度,而鲁迅的启蒙主义从'五四'时期就是艺术的,是与他的全部的生命体验融为一体的。"(《时间·空间·人——鲁迅哲学思想刍议之一章》)那么,什么又是启蒙主义的理性呢?王富仁精辟地提出:"什么是理性精神?只要在鲁迅所重视的人的全部创造过程中来理解,我们就会知道,理性精神绝不是脱离个人的欲望、情感和意志的一种纯粹的逻辑思维活动,它是由欲望、情感、意志的逐级转化而成的,而且必须沉淀着人的欲望、情感和意志。"(《鲁迅哲学思想刍议》)

在这里,王富仁对于启蒙、对于鲁迅的阐述实际上完成了他对于自我的全新的阐述,他90年代沿着启蒙之路的新的自我的掘进,难道不正是他所说的那种鲁迅式的生命的爆炸吗?鲁迅的"生命不是一条线,不是一个方向,而是具有空间性的规模的,是一种在生命连续性的大爆炸中形成的空间运动的形式"。"构成这五次生命大爆炸的主体原因在于鲁迅是一个认真的人,是一个厌恶苟且、鄙视巧滑、反对敷衍、正视现实、不阿谀、不媚世、不趋强、不附众、不人云亦云、不同流合污的人。""他的人生常常陷入精神的困境,常常找不到任何的精神出路。在这时,他是一个富于忍耐的人,他不会仅仅为了自己的舒服而去主动损害别个的生命和幸福,不会把自我的意志强加在别人的头上,这使他的生命收缩又收缩,逐渐收缩成一个潜藏着巨大势能的凝固的整体,但空间的压迫向来是没有止境的,而一当空间的压迫强化到他的生命体再也无法忍耐的时候,一当他必须坚持自我生存的权利和生命的价值,他的生命就会发生一次巨大的裂变,同时向四面八方爆炸开来,爆发成一个空间,一个宇宙。"(《时间·空间·人——鲁迅哲学思想刍议之一章》)

正是在这个意义上,我认为,《时间·空间·人——鲁迅哲学思想刍议之一章》是迄今为止最能体现王富仁90年代自我生命掘进的杰作,就是在这里,一个20世纪晚期的启蒙思想家与世纪初年的中国启蒙的先驱不仅在理性上而且更是在生命形态的展示上实现了动人的契合,王富仁不仅是潜入到启蒙精神的深处(个体生命的存在方式)阐述了这一思想追求的最具魅力的内核,而且更重要的还在于,他个体的生命在完成了对这一精神形态的崭新的领悟之后以前所未有的决绝和刚劲回答了十年以来几乎所有的对于启蒙、对于"五四"的挑战:关于近现代中国的发展与中西文化的关系,关于中国文化发展与世界文化格局的关系,关于进化思想与"五四"启蒙的关系,关于启蒙主义与个体生命体验的关系,关于中国启蒙主义内部的分歧及其在若干关键性问题上的不同的认识(包括对于鲁迅的认识),关于鲁迅文学活动特别是杂文创作的独特价值……当然这种回答不是以唯我独尊的方式实现对于其他文化追求的压制,而是公开地理直气壮地为启蒙家的生命与文化追求在现代的中国争得它应有的独立地位,是对于十年其他文化活动挤压启蒙的理所当然的回应,如果我们考虑到十年来中国启蒙文化在复杂的思想变迁的文化挤压下几乎哑然的事实,那么就不能不格外看重王富仁这篇《刍议》的意义!

在《中国鲁迅研究的历史与现状》等文中,王富仁借助"社会派"知识分子的定位将鲁迅的独立的精神状态与其他的现代思想家区别开来,所谓的"社会派",就是格外重视自身的现实生命感受与社会文化感受,而将其他的所有学术追求、理论的探讨都牢牢地建立在这一最基本的感受的基础上,"社会派"知识分子可能会缺少"艺术派"的浪漫与潇洒,不如"学院派"的沉稳和"公允",不如"先锋派"的新锐和灵活,当然也不会如"政治派"的逐时与红火,但在现代中国这个生存难题遍布、生命空间狭小,常有原始的生存,缺少个人的特操、缺少精神的信仰、无处没有做戏的"虚无党"的时空环境中，大概也常常是这些时刻具有社会生存实感的知识分子触及着最有"质地"的真实。从王富仁对于"社会派"的阐发与激赏中，我们也分明地感受到了他自己的人生与文化取向，尽管他自己也依然生活在高等院校的围墙之内，还在继续完成着一所学院所要求的"学术"。在90年代，王富仁的思想学术方式是以自己的理解为基础，完成着向"学院"之外的社会派精神的暗移。在樊骏先生看来，这里出现的是一个奇特的思想家，因为"一般学术论者中常有的大段引用与详细注释，在他那里却不多见，而且正在日益减少。"[①] 王富仁这种逸出学院围墙，更广阔更自由地表达自己的愿望在他90年代末期出版的四个散文随笔集——《蝉之声》《蝉声与牛声》《呓语集》《说说我自己》当中得到了比较充分的表现，请看这样的的妙语：

> 中国人好问：你到底站在哪一边？
> 我说：我站在我自己这一边！
> 假若人们再问：你自己这一边到底是哪一边？
> 我说：我自己这一边就是我自己这一边！
> 大概人们还觉得不踏实，会进一步追问：你自己的这一边是在左边还是在右边？是在东边还是在西边？是在南边还是在北边？
> 我则回答：如果你在我的左边，我就在你的右边；如果你在我的右边，我就在你的左边；如果你在我的东边，我就在你的西边；如果你在我的西边，我就在你的东边……
> 人们觉得我说得太不具体。
> 我则觉得我的回答比任何人的回答都具体可靠。
> ——《呓语集之八十九》

这就是王富仁的生命与生存的智慧，一个坚持着自己独立人格、坚

[①] 樊骏：《我们的学科：已经不再年轻，正在走向成熟》，载自《中国现代文学研究丛刊》1995年第2期。

守着自己生命与生存理想的思想家的睿智、刚劲和毅力,他就是以这样丰富的社会人生的感受为根据,走过了混沌和芜杂的90年代。

2001年新春于重庆北碚

原载于《中国文学研究》2003年第2期

王富仁学术研究论略

李金龙

一、"回到鲁迅"与"思想革命"学术范式的颠覆与重置

王富仁在学界崭露头角始于后来被誉为"新时期中国比较文学奠基之作"的《鲁迅前期小说与俄罗斯文学》一书的出版，但真正奠定其学术地位的则是其后续的一系列学术活动。针对新中国成立后用包括意识形态在内的各种条条框框扭曲、肢解鲁迅的混乱现象，他提出了"回到鲁迅"的学术口号，但面对当时重重禁锢的研究樊篱，鲜见学者有打破坚冰的学术胆略和勇气。王富仁的博士学位论文《中国反封建思想革命的一面镜子》则是第一次从理论到实践完整地诠释了"思想革命"的真意，展示了"如何回到"这一实践课题，一举扭转了用政治模式来研究鲁迅的意识形态范式，确立了以鲁迅的精神文化体系阐释鲁迅的新范式。此举影响巨大，不仅打破了鲁迅研究沉闷平淡、陈陈相因的局面，而且有力地推动了整个现代文学研究学风的变革，对促进中国现代文学研究摆脱凌驾于学术之上的权威话语的颐指气使，剥离非学术因素的掺杂、干扰起到了一定的作用，但这却遭到一些借意识形态套语所做的狐

假虎威式的批评，有人认为王富仁的研究"已经从根本上离开了马克思主义的轨道"，"用他的'研究系统'去代替'旧的研究系统'，实际上是对三十多年来的马克思主义研究传统的根本否定"，也是对马克思主义本身的根本否定。[①]"回到鲁迅"的提出，不仅仅是学术研究方法的正本清源，而且隐含着知识分子如何感知和认识现实世界的思维方式问题，这里面还包括如何处理研究者和研究对象的相互关系问题。首先，研究者要摆脱一切不合理的约束和成见，像鲁迅那样勇于进行自我反省和解剖；其次，面对研究对象本身，在全面了解研究对象的基础上借助问题的分析充分展现其独特性的价值，而不是削足适履地用已有的框架对研究对象进行扭曲或肢解。实际上，这是从事学术研究的基本要求，正像胡塞尔所说的"面对问题本身"，只有直面问题本身，才能真正洞察对象的存在本质，客观地揭示出对象存在的意义和价值。所以，张梦阳指出："从史的角度审视，仅这一举就具有重大的学术史价值。"[②]以此为开端，作者将自己对中国现代文学作品和知识分子的阅读和感知向更广的范围拓展，从曹禺、冯雪峰、郭沫若、茅盾、郁达夫到闻一多、冰心、许地山、巴金、老舍、朱自清等；从"维新派""洋务派"到"创造社"等，这些研究的出发点依然只有一个：通过一系列的清理和反思去除附着在文学肌体上的寄生物，使之回复原本的面目。得益于王富仁的洞见，学界逐渐响起了更多的附和之声："回到郭沫若""回到现代中国新诗""回到文学""回到……"等，这些日渐壮大的"回到"之声既表明首倡者的开拓性努力得到了广泛的认同，也说明学界在"纠偏"的层面上有了更大的进展，学术研究日渐向一度偏离的正常的学术思想文化轨道回归。

"学术史的发展实践证明，无论多么好的阐释视角都不可能是永恒的，发展到一定程度之后，就会阐释饱和与意义超载，如果不进行视角

---

①陈安湖：《写在王富仁同志的答辩之后》，载自《鲁迅研究动态》1987年第9期，第48页。

②张梦阳：《鲁迅学在中国，在东亚》，广东教育出版社2007年版，第135页。

转换与移位，学术就无法发展。"①作为打破鲁迅研究禁区的"第一燕"，正像自己意识到用社会政治视角来阐释鲁迅的弊端而主动进行转换一样，王富仁并没有认为自己的研究系统是囊括一切的万能模式，所以，他在《中国鲁迅研究的历史与现状》中对各种鲁迅研究学派（包括曾用各种手段攻击过自己的学派）进行了客观、公正的叙述与评论，一一指出其功过得失，期待鲁迅研究能有更高层次的进展，尤其是面对学界新人对自己的挑战与批评，他更是显得谦虚、诚恳，理性地反省自己的局限和缺憾，正如他自己所说："绝不以自己的论述限制或斫断向深层次空间作无限伸延的研究根须"，并"愿做起点，不愿做终点"。不乏自我超越的勇气和善能容人的雅量，正是王富仁这一代学者的可贵之处，这一点即使在他们成为执学界牛耳之泰斗时依然如是，在这种风气的影响与浸润下，有关鲁迅研究的高水平论著不断涌现，并相应带动了现代文学学科整体研究水平的进一步提高。

二、"新国学"：绘制新文化地图的建构基础

文学是构成文化系统的因素之一，文化研究是王富仁宏大学术版图的重要组成部分，他还有更大的学术构想："使鲁迅研究与整个中国文化的研究密切结合起来。"②《两种平衡、三类心态，构成了中国近现代文化不断运演的动态过程》《中国近现代文化和文学发展的逆向性特征》《中国传统文化系统功能刍议》《中国文化的亚文化圈及其在中国文化发展中的地位和作用》《中国传统文化与现代社会》《中国现代学术文化的几大分化》《中国近现代文化发展的基本线索》《"西方话语"与中国现当代文化》《中国现代学术文化的流变》《国家主义、无政府主义与中国现当代文化》《论当代中国文化界》《文化危机与精神生产

---

①张梦阳：《鲁迅学在中国，在东亚》，第135页。
②王富仁：《中国反封建思想革命的一面镜子——〈呐喊〉〈彷徨〉综论》，北京师范大学出版社1986年版，第183页。

过剩》等长文以高屋建瓴之势,对中国文化从整体上进行观照,不仅清晰地描述了中国文化内部的各种因素和流派互动、演变、分化、整合的过程,而且对中西文化的碰撞、因果关系进行了深入细致的分析,揭示出文化表象背后的民族文化心理,在对中西古今文化宏大格局的考量中,鲁迅成为勾连中国传统文化与现当代文化、中国文化与西方文化的中枢,"鲁迅并不绝对地否定中国古代的任何一种文化,但同时又失望于中国古代所有的文化。中国古代没有一种文化是为鲁迅这样一个脱离开政治专制和文化专制体制的社会知识分子而准备的。他了解中国古代的文化传统,同时也毅然地背叛了中国古代的文化传统。他得独立地前行,从没路的地方走出自己的路来"①。因此,鲁迅自然地成为反思与借鉴中国传统文化与西方文化,重估并构建中国现当代文化的思想基点。正是因为有了鲁迅、陈独秀、胡适这样一批思想者的努力,"五四"时期的新文化运动才成为中国文化涅槃蜕变的新起点。

  作为现代中国的知识分子,鲁迅那代人身上交织着中西古今文化的复杂因素,而中国历时久远的文化传统更多地表现出对人本性的压抑与桎梏。新文化的建构既不能简单摒弃中国既有的文化传统,也不能直接移植西方的文化模式,而必须在荆棘丛生的文化丛林中开辟出属于自己的文化路径,建构出既不同于中国传统文化也不同于西方文化的新系统。王富仁认为,在这种艰难的跋涉过程中,中国现代知识分子基本上已经完成了与整个世界文化的沟通与对接,将一个封闭的、停滞的、落后的旧文化系统变成了一个开放的、动态的、与世界文化同时发展着的新文化系统。但是,世纪之交的中国知识分子却认为以中国传统文化的解构与破坏为代价所换来的中国现代文化并未达到预期的应有高度,不仅在强势的西方文化面前相形见绌,而且与中国传统文化相比亦失色不少,故而他们或取西方文化立场主张对中国文化进行彻底的改造与清理,或取回到中国传统文化立场对中国现代文化予以否定。实际上,这不仅抹杀了中国现代知识分子们的努力,不可避免地形成了20世纪中国

---

① 王富仁:《中国文化的守夜人——鲁迅》,人民文学出版社2002年版,第140页。

的文化真空，而且由于观念上消除了中西文化碰撞、融合的调整缓冲期，造成了中国文化与西方文化的对立，从根本上阻碍了中国文化的发展。

那么，如何回答关于中国现代文化解构性的因素远远超过其建构性的一面这个问题呢？王富仁认为这是中国文化转型与发展的一个不可或缺的过程，新的文化样态的产生必须在对固有文化系统的解构基础上产生，没有这个解构过程，中国文化就无法成为开放的、动态的、新的文化系统。鉴于中国传统文化的强大与根深蒂固，要想瓦解其继续存在的文化基础就必然要付出巨大的代价甚至采取貌似极端的操作方式。鲁迅曾说过："中国人太喜欢调和折中，譬如你说，这屋子太暗，须在这里开一个窗，大家一定不允许的。但如果你主张拆掉屋顶，他们就会来调和，愿意开窗了。没有更激烈的主张，他们总连平和的改革也不肯行。"[1]这就不难理解新文化运动初期胡适、陈独秀、李大钊等人高举破坏的大旗，执意解构中国传统文化的激进一面了。我们应该深深感谢当年的文化先辈们为开拓新文化生长空间所付出的努力和代价，是他们甘冒天下之大不韪，以雷霆之势扫除了新文化发展的第一重障碍，催生了新文化的萌芽，实现了与世界文化的接轨，这就是"五四"新文化运动之所以成为中国现代文化生发的原点的根本原因，也是作者一贯坚持'五四'立场的根本原因。在面对中西文化碰撞后所造成的文化变局时，时人曾经作过多种努力，有提出"国学"与之对抗撷顽者，有以西式方法"整理国故"者，还有醉心欧美全盘西化者，事实证明这些都因缺乏坚实的文化根基而丧失了应有的文化活力，只有像鲁迅那样坚持中国传统文化血脉，整合古今中外优秀文化因子推陈出新才是建设与发展中国现代文化的合适态度。从这个意义上来说，国学也好，西学也罢，都不再是固定僵化的教条，而是可以按需取用的文化资源，这是中国文化持续发展的坚实基础。应该说，现代知识分子作为"历史中间物"的使命已经完成，接下来则是在新的起点上加快中国文化独立性、创造性建设的时期。遗憾的是，多数文化论者常常顾此失彼，不是抱残守缺、盛气凌

---

[1] 鲁迅：《鲁迅全集》（第4卷），人民文学出版社1981年版，第13页。

人，便是在西方文化面前丧失自信、自我贬低。所以，王富仁有针对性地提出"新国学"的理念，目的是赋予包括中国传统文化和中国现当代文化在内的中国文化一个整体性的框架，突出其包容性和建构性。与"新国学"相对的，则是"国学"。这个概念产生于20世纪中西文化冲突的大背景下，是为了体现中国学术文化的主体性而出现的历史性概念。时人曾说："欲存国魂，必自存国学始"①，其中文化民族主义倾向表露无遗，但作者并不主张一味抱残守缺、故步自封，他紧接着又补充道："国因时势而迁移，则学亦宜从时势而改变"，"对于我国固有之学不可一概菲薄之，当思有以发明而光辉之；对外国输入之学不可一概拒绝，当思开户欢迎之。"②说明他已经充分认识到世界文化发展大势，认为应该以辩证发展的眼光看待"国学"，同时以开放的态度对待外来的学术文化，绝不能因噎废食，丧失与世界文化对接的契机。遗憾的是，后人却对"国学"这一概念做了绝对化、凝固化的理解，章太炎的国学内涵"以音韵训诂为基，以周秦诸子为极，外亦兼讲释典"③则被奉为圭臬，而这样的理解仍然是将"国学"限制在中国古代文化史的范围之内。

平心而论，"国学"作为一个宽泛的文化概念自有其价值与意义，但绝对不能将它凝固化、实体化，20世纪初的学者早已认识到这个问题，许啸天说："中国莫说没有一种有系统的学问，可怜，连那学问的名词也还不能成立！如今外面闹的什么国故学、国学、国粹学，这种不合逻辑的名词，还是等于没有名词。"④这说明所谓的"国学"根本无法课以现代意义上的学科标准，它只能是民族文化的全部构成体，但可惜的是，至今仍有人不肯放弃这种徒劳的努力，力图通过重新阐释和界定使之成为相对具体的某一学科："国学的文献载体是经、史、子、集，国学的学术门类是义理、考据、辞章和经世之学。从学科分类的角度来看，我们认为，国学以国学研究作为一级学科，以国学基础（小学）、国

---

①② 师蕙：《学术沿革之概论》，载自《醒狮》1905年第1期，第33—44页。
③ 章太炎：《致国粹学报社书》，载自《国粹学报》1909年第10期，第132页。
④ 许啸天：《国故学讨论集》（上册），上海书店1991年版，第5页。

学方法、经学研究、诸子学研究、史学研究、集部研究、国学与宗教、国学与少数民族文化、国学与社会习俗、国学与出土文物、国学与海外汉学等作为二级学科。"①这并未从根本上解决学科系统性的问题，不过是把传统的小学、经学、史学等早已独立存在的学科改头换面塞到国学名下，不仅缺乏建构性，而且恰恰违反了科学思维的基本精神：若无必要，勿增实体，除了聊增噱头，实在于事无补。

纵观中国文化史，"国学"的历史就是不断发展、生成的历史，"作为中华民族学术整体的'国学'，在纵向的流程中，永远以积淀与生成两种形式存在并发展着"②。按照这样的发展逻辑，"五四"以前的中国知识分子所创造的学术文化不可避免地被吸纳成为其中的一部分，"五四"以后的中国知识分子所创造的学术文化也没有理由被排斥在外，否则就会中止这个生成、积淀的过程，甚至最终会导致"国学"的消亡。但事实上，由于"中国知识分子归属感的危机和自我意识形式的混乱"③，中国现当代文化与中国古代文化的裂变形成了事实上的绝对分裂和对立，这种分裂和对立肇因于中西文化的冲突，但并未随文化冲突走向整合而达致和谐与统一，而是一直延续至今，新中国成立以来的中国知识分子争先恐后转投革命怀抱的现象也并没有避免在表面的统一之下互相倾轧、攻讦的实质分裂。"国学"也被部分知识分子用来作为非难、攻击另一部分群体的借口和武器。因此，王富仁认为，"国学"理念已经难以体现出其作为中国学术共同体和中国知识分子同存共栖的归宿地的意义，"新国学"理念的提出恰恰可以解决这一问题，这一学术理念"可以成为我们中国知识分子文化的、学术的和精神的归宿"④。在这个学术共同体中，各种不同领域、不同思想、不同立场、不同观点的学术成果能够找到它们独立的价值空间，各种流派、群体的知识分子的努力也能够在文化创造的意义上建立起相互的联系，为当下的文化建设

---

①詹杭伦：《国学通论讲义》，中国人民大学出版社2007年版，第13页。
②许啸天：《国故学讨论集》（上册），第6页。
③④王富仁：《"新国学"论纲（下）》，载自《社会科学战线》2005年第3期，第98页。

发挥作用，各种类型的中国知识分子才能够真正意识到自我生存和研究的意义和价值所在。

三、"我站在我自己的这一边"：由自我体验出发的启蒙立场

"五四"新文化运动最为人所称道的就是"个人的发现"①，但"五四"之后本应该顺理成章的"个人"的成长与发展却因为历史的、现实的、文化的、政治的种种原因不得不停滞甚至倒退，标志着启蒙程度的个体主体性建构过程也随之戛然而止，代之而起的民族主体性、集体主体性几乎一面倒地压抑了个体性的萌芽，而这既抹杀了"五四"新文化所取得的成果和价值，也扼制了文化发展的动力和源泉。无论是中国古代社会的"超稳定结构"，还是西方中世纪的神学统治，它们存在的重要前提都是对个体的独立意识、情感意志、人性权利的消泯与禁锢，其目的则是实现对全体人民的宰制和奴役。直到西方的文艺复兴和启蒙兴起，历史才真正步入了人性意识觉醒的个人解放时代。康德早就提出：人类生存的意义只在于人类自身，因而自身就是最终目的。历史已经证明：人类社会一切活动和发展的具体载体和最终目的必然指向个人，而每个生命也都是在自我具体的体验和感知中感受生命的价值和意义的。与西方以科学理性反对外在的宗教迷信禁锢不同，中国的启蒙运动内涵更为复杂，人们不仅要摆脱外在的封建宗法桎梏，而且要与自身思想和肉体里积淀已久的纲常名教意识做斗争，就其持续性和艰巨性而言，后者远超前者，因为推翻外在的政体和社会组织形式可以通过政治变革来实现，历史已经证明中国人并不缺乏政治运动的能力和智慧，但一次次的政治变革最终结果却都与其初衷相去甚远。尽管有感于"革命——革革命——革革革命……"的荒谬与无奈，鲁迅依然坚持"立人——救国——改造国民性"这样的人生立场，并甘愿充当"历史中间物"的过渡角色。而要实现自我的蜕变与超越不仅需要具备鲁迅那样犀利的自我解

---

① 郁达夫：《中国新文学大系·散文二集：导言》，上海良友图书公司1935年版，第5页。

剖勇气，需要相应的社会政治经济文化语境，更需要持之以恒、贯彻始终的毅力和行动来排除来自把持着"国家""民族"等"大义"名分者的指责和干扰。事实也充分证明了启蒙在中国的艰巨性，中国的启蒙者面前还有很长的路。当人们意识到这一点的时候，历史已经悄然行进到20世纪80年代，当"改革""走向世界""现代化""思想解放"等一系列宏大命题众声喧嚣之际，王富仁却坚持以自我生命体验和阅读感受为研究起点，他批评现代文学研究的概念化、教条化："所有的研究活动似乎都是要为了证明一个与自我的实际人生追求没有直接关系的历史是非，而这种历史的是非却与他们人生经验中建立起来的是非观念毫无关系甚至取着对立的形势。"这明显已经严重偏离了学术研究的本意，他明确提出："任何研究活动，其目的都在增益人的认识，并且认识历史归根到底仍在于认识自我和自我存在于其中的现实的社会人生。"①要认识历史、认识社会人生就不能抛离个体的生命活动和心灵体验，所以必须重视个人："只有作为一个'人'，一个社会合法的'公民'，他们的价值才是不容忽视的，他们的生命才有必须尊重的理由。"②

"人""自我""自我生命""自我体验"等一直是王富仁学术活动中的关键词，他之所以走上鲁迅研究的学术道路也是源于自身的阅读体验而不是外部灌输的政治教条："我对文学的爱好并不是从要搞文学研究的意图出发的，我直接接触的是文学本身，从一开始，我就是一个文学爱好者，不是学问家。我爱好文学比较早，从初中二年级开始就喜欢读文学作品。在阅读文学作品的时候，我没有先入之见。当时读陀思妥耶夫斯基，我既不知道他属于一个什么流派，也不知道应该怎样评价他的思想。我读他的作品，哪个地方感动了我，我的印象就很深。当我后来搞研究的时候，我想到的首先就是文学作品，不是哪个理论、哪个学者的一个什么观点。"③而这种冥思独断式的研究不免招来"闭门造车"

---

① 王富仁：《中国鲁迅研究的历史与现状》，福建教育出版社2006年，第178页。
② 王富仁：《中国文化的守夜人——鲁迅》，第121页。
③ 王富仁、王培元：《王富仁教授访谈》，载自《学术月刊》2001年第11期，第101页。

之讥,"几乎从我开始进入鲁迅研究界,关于鲁迅就有了各种不同的议论,不仅老一辈的鲁迅研究专家对我们这一辈人的鲁迅研究产生过一些异议,而且新一辈的青年对我们的鲁迅观也有过种种嘲笑和批评"[1]。但王富仁坚持自己的立场不为所动,他认为:"我们中国知识分子不论怎样崇高评价和借鉴中国古代的或外国的现成文化学说,但我们的思想基点却都应建立在我们自己的人生体验的一种坚不可摧的社会愿望上,它不是在别人的文化学说中得到的,而是在自我的、民族的、现实的(现实生活或文化生活)中建立起来的,没有这种确定不移的真诚愿望(不论它是大还是小),我们的所有文化都必将是软弱无力的,再广博的知识也救不了我们中国文化的命。"[2]扎实、深入的生命体验和独到的人生感悟,使王富仁获得了比常人更为清醒的意识和犀利深刻的思维穿透力,这使得他常常可以穿越文化的幻象而发出前瞻性和预见性的呼吁。如在人人都为改革开放后的成就额手称庆的时候,他指出中国文化的逆向性发展特征,提醒国人不要过分乐观;针对欧美理论和学术范式蜂拥进入国内学界的状况,在人人竞谈走向世界的喧嚣声中,他提出应该警惕欧美学术话语霸权的问题,在貌似公正、客观、平和的学术操作中很有可能遮蔽了中国左翼文学的研究,而后来的事实充分证明了其论断的正确与睿智。正因为以自我独特的生命体验和社会人生感受为学术根基,王富仁的学术研究才饱含着生命活动深沉炽烈的激情;正因为能够坚守自我人生立场和不从流俗的思想品格,王富仁的学术研究才体现出理性思辨的严谨和犀利;正因为对个体具体的人生感悟的强化,王富仁的学术研究才体现出思辨的深刻独到与精细入微;正因为扎根于当下的文化语境,王富仁的学术研究才总能让人感受到恢宏阔大的气魄和视野,因而他博得学界前辈"最具有理论家品格的一位"的赞誉[3]。但无论

---

[1]王富仁:《中国文化指掌图·自序》,人民文学出版社2004年版,第2页。
[2]王富仁:《王富仁自选集》,广西师范大学出版社1993年版,第329页。
[3]樊骏:《我们的学科:已经不再年轻,正在走向成熟》;载自《樊骏现代文学论集》,人民文学出版社2006年版,第201页。

外界评价如何，他总能做到宠辱不惊，岿然不动。他说：

> 中国人好问：你到底站在哪一边？
> 我说：我站在我自己这一边！
> 假若人们再问：你自己这一边到底是哪一边？
> 我说：我自己这一边就是我自己这一边！
> 大概人们还觉得不踏实，会进一步追问：你自己的这一边是在左边还是在右边？是在东边还是在西边？是在南边还是在北边？
> 我则回答：如果你在我的左边，我就在你的右边；如果你在我的右边，我就在你的左边；如果你在我的东边，我就在你的西边；如果你在我的西边，我就在你的东边……
> 人们觉得我说得太不具体。
> 我则觉得我的回答比任何人的回答都具体可靠。
> ——《呓语集之八十九》

这是一位有操守、有追求的当代知识分子对自己立场的坦然自承，正如李怡所言："王富仁在90年代的学术活动不仅没有在新锐理论的攒击之下退缩和'失语'，不仅没有因文化环境的混沌而意志疲软，相反，他比以往的任何时候都要尊重自我的真实生命体验，也格外珍视自己的主观意志的作用和独特的文化立场。"[①]

原载于《肇庆学院学报》2012年第4期

[①] 李怡：《论王富仁的"九十年代"》，载自《中国文学研究》2003年第2期，第80页。

简论"王富仁现象"

袁向东

　　如果没有《〈呐喊〉〈彷徨〉综论》，王富仁在鲁迅研究界也许只能是一名小卒。1982年，更确切地说是在1985年，小卒终于过河了。这一年王富仁在《文学评论》上公布了自己在鲁迅小说研究中所取得的比以前更加完备的重大进展，提出了"《呐喊》《彷徨》是中国反封建思想革命的一面镜子"的命题。为鲁迅研究消得人憔悴的这位现代文学博士，顿时连同他的命题一起，成了鲁研界，甚至是整个文学研究界的热点。热情赞美者有之，斥之为离经叛道者亦有之，更有汪晖、钱理群等人以自己气势磅礴的理论和现代色彩强烈的研究成果宣布了王富仁所惨淡经营的系统的陈旧和浅薄。这位"乡下人"（王富仁自谓）在品味成功喜悦的同时，也感到了一丝不尴不尬的味道。所有这些，沸沸扬扬地出现在新时期的鲁研史上，形成了一种新奇的景观，我们姑且将之名为"王富仁现象"。随着当代学术思想的发展变化，这一现象已逐渐稳定下来，现在该是对"王富仁现象"进行评说的时候了。

一、文学反思所引起的思考

　　任何一种文学现象的发生、形成，都有其深刻的历史的、哲学的和文化的基础。王富仁之所以能够提出"鲁迅小说是中国反封建思想革命的一面镜子"的命题，是因为他对新时期中国社会、文学的反思思潮进行反思的结果，也就是说，只有在新时期的中国，王富仁才能以批判的精神反思新中国成立以来的权威的鲁研成果。

进入了新时期的中国，在经过了两年的徘徊、观望后，开始走向了"好像一切都翻了个身"的反思时期。人们的思想在思想解放运动中，特别是在真理标准的讨论中，获得了空前的解放。文学这根社会敏感的神经，在这方面表现得更为充分。在经过了两年的短暂的单纯的创作复兴之后，人们便开始了从理论上对文学本身进行深刻的反思。于是在王富仁的命题提出之前，文学界出现了三场大讨论、大论争：1979年初开始的"文学与政治的关系"大讨论，1980年开始的"关于马列、毛泽东文艺思想体系"的讨论，1980年出现的"关于朦胧诗"的论争。这些讨论和论争，对包括王富仁在内的年青学者们的影响，无疑是巨大的。他们面对着社会的冲击和文学的反思，开始反思自己的逻辑起点和研究方式，以此作为对已有成果超越的契机。

王富仁的《〈呐喊〉〈彷徨〉综论》就是他对这契机的自觉把握。他在这篇博士论文的第一部分，就用了"实践是检验真理的唯一标准"这一哲学基本原理，对新中国成立以来的鲁研成果进行了反思，并明确地表示要寻求一个"更完备的系统来代替现有的研究系统"，而"这个系统不应当以毛泽东同志对中国新民主主义政治革命具体规律的理论结论为纲，而应以鲁迅在当时的实际思想追求和艺术追求为纲"。从王富仁的这种认识思维模式中，我们可以清楚地看到当时社会反思和文学反思的影子，而这影子对王富仁来说是极其重要的，它不但给了王富仁超越前人的勇气，而且还给了他以超越的起点。也就是说，这种反思思潮对王富仁来说不仅仅是认识论上的意义，同时也是一种方法论。勤于思考的王富仁，在这种哲学思想的支配下，迅速地在"一切都像要翻了个身"的时代，找到了考察鲁迅小说的一个最基本的逻辑起点和人们最为熟悉的理论参照系。

"王富仁现象"就在这种反思中发生了。

二、对鲁迅本体的艰难回归

"王富仁现象"的内核是王富仁的鲁研成果。王富仁在对鲁研反思中寻找到的自己的逻辑起点是回到鲁迅本体,他响亮地提出了"回到鲁迅那里去"的口号,强烈地要求除去四十年来涂抹在鲁迅身上的一层厚厚的既定的形而上的思想和原则。这种从研究对象本身开始的原则,是马列主义经典作家们早已充分论述过的研究方法,但明确重申这个方法,对新时期的鲁迅研究来说却是至关重要的。

我们知道,鲁迅是一位思想型的作家,同时又是一位不以文学为最终目的的作家。他所以在"别求新声于异邦"时弃医从文,是因为他发现了文学在历史中的启蒙功用和价值。应该说,在鲁迅那里,文学原则和历史精神是紧密地联系在一起的,鲁迅的文学作品就是生长在文学和历史联结带的、充满着历史含义的参天大树上。而鲁迅在创作过程中又自觉不自觉地接受了中国古代散文的从文体到内容方面的影响,这又进一步地增强了鲁迅小说和其他创作的历史精神。鲁迅的这种文化品格和文化原型,使得鲁迅的研究者们强烈地感受到了历史对于研究鲁迅的重要性,特别是在毛泽东同志站在无产阶级革命战略家的高度上对鲁迅做了科学的评价之后,人们更加注重在鲁迅作品中与社会对应的描写部分了,以致有着非常丰富含义的鲁迅及其作品变得单一了,鲁迅研究也形成了一种历史注释学的趋向。

王富仁的"回到鲁迅那里去"的口号的提出,其在鲁研方面的意义就在于他提醒人们,虽然我们从既定的(也即先验的)原理出发,可能推导出一个非常完满的体系,但这个体系本身却存在着与研究对象相脱离的可能。鲁迅虽有着与历史联系紧密的特点,但其自身也是个历史,而历史是不能任凭简单的完满体系来取舍的,历史更不能假设。原有的鲁研体系恰恰存在着这种从既定的原则出发来假设历史的趋向。于是打破这种体系,重新认识对象也就成了人人心灵的渴望。

王富仁在把这种渴望转变为现实的过程中,却表现出了步履维艰的态势。其主要表现：第一，他忽略了研究者对研究对象的主体塑造。王富仁在回归鲁迅本体时，所选用的具体途径是社会历史的批评方法，这个方法本身并不存在着逼向对象本身的艰难的原因，只是王富仁在运用这个方法回归对象本体时，不自觉地将这一方法中的三个最重要的元素，即社会—作家—作品之间的关系，简单地处理成了类似形式逻辑学中的三段论的三个有着各自不同功用的判断，在其论述过程中，在阐释了社会大前提之后，顺理成章地认为，小前提和结论便都存在了。这个本身就不严密，甚至是含有逻辑错误的推理和论证，使得王富仁在回归对象本体时，不自觉地忽略了本体，忽略了对作为历史存在的作家和作品本身的更为深刻地挖掘。第二，王富仁不仅把社会反思和文学反思思潮作为自己命题提出的土壤，甚至还把社会反思的结果直接地作为自己思维命题的元素，他以接受社会思潮和文学思潮的结果来作为自己对反思思潮的一种表示。这样，就形成了由于社会思潮、文学思潮对思想启蒙的要求的影响，使得王富仁完全专注于鲁迅前期思想所表现出的浓重的思想启蒙色彩。也就是说，王富仁所要回归的鲁迅是他的命题所要求的鲁迅。正是由于上述两点，又形成了王富仁回归鲁迅的艰难态势的第三个表现：视对象为静态的历史。我们知道，作为一个具有现代意识的思想型的作家，鲁迅的思想在中国现代史上的急遽的政治变化中的转变，较之载着几千年封建思想重负的整个社会思想的转变，要迅疾得多，灵活得多。而王富仁由于侧重于对鲁迅进行以历史为大前提的逻辑推演，使得他忽略了鲁迅在创作《呐喊》和《彷徨》时的不同心态。在王富仁的论述中，鲁迅始终是一个以个性主义的人道主义者的姿态同封建思想搏斗的思想启蒙家，鲁迅的思想似乎是一个静化的绝对，呆板的宇宙。事实上，在《彷徨》的一些名篇里，鲁迅主要表现的是由于个性主义人道主义的失败而形成的自己的彷徨、寂寞和孤独，甚至是对个性主义人道主义的否定。王富仁在自己的回归鲁迅的路途中看到："《在酒楼上》则在另一个侧面表现出了个性主义精神的必要，它表明脱离开个性主义的战斗精神支持的人道主义在当时的社会环境中势必表现为温情的、软弱的人道主义，势必导致向封建主义思想势力的妥协。"在这里王富仁把吕纬甫的空虚，鲁迅的惆怅归结为缺少个性主义的人道主义所致。我们认为，鲁迅在这里并不是对个性主义的呼唤，恰恰是对个性主义的怀疑和否定。吕纬甫不也是曾经有着强烈的个性主义表现的激进者吗？他也有"议论些改革中国的方法以至于打起来的时候"，"我也曾记得我们同到城隍庙里去拔掉神像的胡子的时候"，但后来，他却失败了，变得颓唐起来。这些描写明显地表示出了作者对坚持单纯的个性主义便能达到战胜中国的封建主义的目的的怀疑，鲁迅也为此而感到寂寞和孤独。这篇小说一开始便给我们写出了一个漂泊于旅、孑然无友的"我"的孤独境地："一石居是在的，狭小阴湿的店面和破旧的招牌都依旧，但从掌柜以至堂倌却没有一人熟人，我在这一石居中也完全成了生客。"多么强烈的孤独感！鲁迅的这种孤独感是因对单纯的个性主义的失望而形成，尽管它充满了现代意识，但我们还是可以从鲁迅思想的发展变化这个层面上给予解释。这时的鲁迅思想已开始发生由单纯的思想启蒙到对政治途径怀有信心的转变了。在1927年4月8日他明确地说出了这种转变的结果："一首诗吓不走孙传芳，一炮就把孙传芳轰走了。"王富仁则出于对社会的重视，对命题的执着，忘却了研究对象本身的历史发展，于是出现了回归本体的偏离。后来王富仁对此似乎也有所察觉，如1986年发表的《两种平衡、三类心态构成了中国现代文化不断运演的动态过程》一文，就着重考察了研究对象的动态运演历程，这也许是对自己在鲁研中失误的一个补偿。

三、共时中的历时性冲突

在对王富仁的鲁研的批评中，最有诱惑力的是汪晖。汪晖对王富仁的直接批评是1988年在《文学评论》上发表的《鲁迅研究的历史批判》中进行的，这批判使"王富仁现象"最终完成。我们不想对江晖的鲁研本身做更深入的评说，只想就他们二人何以形成一种类似替代的关系做一番描述。

前面我们曾讨论过王富仁关于"鲁迅小说是中国反封建思想革命的

一面镜子"的命题是对思想解放运动和文学反思思潮的一种表示,一种接受。他对这种思潮的接受并未做更自觉的深刻理解,而汪晖则是在现代哲学的指导下,有意识地利用这思潮来表现他从鲁迅那里所读到的东西"历史中间物"。汪晖认为,"思想解放运动首先意味着对旧的意识形态的反叛",因为"意识形态用一种关于现实关系的想象性畸变来把握世界。"基于此,汪晖提出了自己的鲁研观:"鲁迅研究实际上就是要研究他所感受到的世界结构",也就是要理解鲁迅对"自身世界"的创造。不难看出,虽然王富仁和汪晖都出现在新时期的鲁研界,但他们的文学观却有着历史性的不同。简单地说,王富仁忠实地认为文学是一种反映,而汪晖则执着于文学是一种创造。这样势必造成了他们对原有鲁研体系的不同态度。王富仁是要调整原有体系,使之向他所认为的本体接近,汪晖则要否定包括王富仁的体系在内的原体系,以此来完成他的创造,来揭示"当代生活与鲁迅所批判否定的生活之间没有也不可能有彻底斩断的联系"。王富仁的鲁研还只是老实地把社会作为自己研究的一种推动力,汪晖则要借鲁研实现研究者干预生活的价值,正如他所说的"我自己,一面是站立在变迁的文化原野中来观察和审视那座古老而庄严的鲁学古堡,另一面又不免从那古堡的窗孔中忐忑不安地理解着这片生机勃勃的原野的混乱、无序和变化"。由此可以看出,王富仁和汪晖的根本冲突在于,是用近代的理性哲学精神审视鲁迅,还是用现代的批判哲学精神表现鲁迅,是文学描述历史,还是文学干预历史。看来这种冲突最终还得由历史来调节,这种调节的结果,便是"王富仁现象"的历史地位,"王富仁现象"在这种冲突与调节中从理论意义上完成了。

原载于《内蒙古民族师院学报》1991年第3期

鲁迅研究

论王富仁《〈呐喊〉〈彷徨〉综论》
——兼谈陈安湖同志对它的批评

袁良骏

一

20世纪80年代中期以来，学术领域的一批后起之秀蔚然崛起，他们功底扎实，治学刻苦，思想敏锐，才华横溢，他们是一支朝气蓬勃的学术生力军。我们虽然不敢说这支生力军的主力部队就在鲁迅研究领域，但我们却可以断言：鲁迅研究领域至少有这支生力军的一个重要方面军。这批年轻学者，一般说来，既在少年时代经历了十年浩劫，又在青年时代经历了拨乱反正，他们比较彻底地摆脱了"左"的思想束缚，因而也比较易于接受和掌握新的观念、新的方法，加之他们大都受过比较系统的科学研究的训练。这批年轻学者一崭露头角便出手不凡，短短数年间，竟奇迹般地为鲁迅研究事业贡献了一部又一部角度新颖、见解独到甚至卓然成家的大部头专著。他们理所当然地受到了整个鲁迅研究界的青睐和关注，毫无疑问，他们是鲁迅研究的希望和未来。在这批年轻学者中，王富仁同志也许是年齿稍长的一位。了解这一点，对我们评价他的鲁迅研究活动和论著也许不无裨益。

二

众所周知，鲁迅研究是从他的小说研究开始的。自从恽铁樵发表对《怀旧》的那些评点式赞语以来，七十余年间，关于鲁迅小说的研究论著可谓汗牛充栋。特别在新中国成立至"文革"前的十多年中，在马列主义、毛泽东思想的指引下，鲁迅小说研究更取得了突出的成就。正是在这一成就的基础上，20世纪70年代末80年代初，鲁迅小说研究又有了新的进展、新的突破。因此，假如说整个鲁迅研究已经被若干青年人视为畏途的话，那么，鲁迅小说研究尤其使他们不敢问津。但是，正是在这种情况下，王富仁同志大踏步迈进了鲁迅小说研究的领域。1983年，他出版了自己的硕士论文《鲁迅前期小说与俄罗斯文学》（陕西人民出版社，鲁迅研究丛书之一）；1986年，他又出版了自己的博士论文《中国反封建思想革命的一面镜子——〈呐喊〉〈彷徨〉综论》（北京师范大学出版社，以下简称《镜子》）。姑不论这两本论著的观点如何，仅就其著者的学术气魄而言，就很值得赞许和钦佩。《镜子》洋洋近四十万言，集聚了作者三四年的心血，尤为鲁迅研究史上的皇皇巨著。是的，不少同志不同意这本书的基本论断，不少同志认为书中充满了片面和偏激。但是，这难道不正是学术事业中的正常现象吗？古语云：智者见智，仁者见仁。西谚亦云：有一千个读者，就有一千个哈姆莱特。说的不都是这样一个道理吗？对于一部学术论著（创作亦然），交口称赞的事儿有吗？更何况在开放、搞活、各种学术见解十分活跃的今天？

三

既然分歧是客观存在，争论自然也就不可避免。特别是对《镜子》的基本论断，即认为《呐喊》《彷徨》不是一般的政治革命、社会革命的一面镜子，而是"中国反封建思想革命的一面镜子"，尤可以展开充分的讨论。人们可以向作者提出一系列的问题，比如，"中国反封建的思想革命"和中国反封建的政治革命、社会革命究竟是一种什么关系？这个思想革命是否是这个政治革命、社会革命的有机组成部分？反言之，有没有不包含思想革命的政治革命、社会革命？假如说《呐喊》《彷徨》仅仅是"中国反封建思想革命的一面镜子"，那么，它们和中国反封建的政治革命、社会革命的关系如何？还算不算一面镜子呢？《镜子》认为，只有将《呐喊》《彷徨》视为"中国反封建思想革命的一面镜子"才能正确认识它们的思想和艺术，但是，以前的不少学者并不这样认为，不也同样高度评价了《呐喊》《彷徨》的思想和艺术吗？又如何解释这种现象？如果说以前的关于《呐喊》《彷徨》思想、艺术的认识都不够正确或准确，那么，《镜子》的很多论断（特别在艺术分析方面）又为什么有着明显的借鉴痕迹呢？尤为关键的是，《镜子》认为新中国成立以后的论者们往往"以毛泽东同志对中国社会各阶级政治态度的分析为纲"，致使形成了一个"以对《呐喊》《彷徨》客观政治意义的阐释为主体的粗具脉络的研究系统"，这个系统虽有成就，但"还渐暴露出了它的不足"，因为"它与鲁迅小说原作存在着一个偏离角"。由于这个偏离角的存在，上述研究系统所描摹出来的《呐喊》《彷徨》的思想结构图式，"与我们在原作中实际看到的在构架上发生了变形，在比重上有了变化"。《镜子》还认为，"这个系统始终未曾在思想与艺术、内容和形式的辩证联系中把《呐喊》和《彷徨》的艺术研究纳入自己的研究系统中来，思想分析和艺术分析的彼此分离的二元观仍然是这个研究系统的主导倾向。"《呐喊》《彷徨》创作方法的研究在这个研究系统中基本上也是孤立存在的。那么，到底存在不存在这个"研究系统"？如果存在，它和《镜子》的描述有无出入？特别是，如果这个"研究系统"的"偏离角"的出现乃是导源于毛泽东同志对中国社会各阶级的分析，特别是他对农民阶级的分析，那么，这符合不符合这个研究系统的实际？又如何正确看待《呐喊》《彷徨》的艺术描绘和毛泽东同志阶级分析的关系？或者说，作家（特别是现实主义作家）深刻的艺术描绘可不可以达到政治家科学家结论的高度？分析这种联系是否就会造成"偏离角"？……

凡此种种，都大有深入探讨之余地。如果有谁从根本上驳倒了它，证明它是谬误，那么，它便成了正确的前导；而它的驳难者便成了正确本身。整个学术事业岂不推进了一步，如果我们无法从根本上驳倒它，而只能从局部上匡正它，那么，它便站稳了脚跟，它本身便成了贡献。这就是说，无论从哪个意义上，《镜子》都是值得欢迎的。

四

这样说，当然是不够圆满的。假如它是反马列主义、反毛泽东思想的大毒草，难道也要大家拍手欢迎吗？这里，我们自然想到了陈安湖同志对《镜子》的批评。

在陈安湖同志批评《镜子》的两篇文章（一见《文艺理论与批评》1987年第2期，一见《鲁迅研究动态》1987年第9期）中，并没有出现什么"大毒草"之类的字样。但是，他明确认为，《镜子》的基本论断背离了马列主义、毛泽东思想。在他看来，王富仁"已经从根本上离开了马克思主义的轨道"。他写道：

> 试一读他那篇著名的博士论文《〈呐喊〉〈彷徨〉综论》，在有关社会政治革命和思想革命问题、有关封建社会和资本主义社会的阶级统治问题、有关农民阶级的政治经济地位同他们的思想意识的关系问题、有关社会意识形态的变化发展的规律问题等等的结论，又有哪些不是从根本上背离了马克思主义的呢？

他还说：

> 在他的"研究系统"里并不存在什么"马克思主义方法论"，用他的"研究系统"去"代替旧的研究系统"实际上是对三十多年来的马克思主义研究传统的根本否定，也是对马克思主义本身的根本否定。

既然如此，说《镜子》是反马列主义、反毛泽东思想的大毒草，也就庶几"无愧"了！

遗憾的是，我们反复研读陈安湖同志的两篇文章，却找不到什么足以证明上述结论的有力论据。找来找去，无非是说《镜子》"反对以毛泽东思想为纲"。而《镜子》"反对以毛泽东思想为纲"的罪证又在哪里呢？我们遍翻《镜子》，所能找到的也无非是它的《引论》部分开宗明义就讲了这样两句话：

1. 从五十年代开始，在我国逐渐形成了一个以毛泽东同志对中国社会各阶级政治态度的分析为纲、以对《呐喊》《彷徨》客观政治意义的阐释为主体的粗具脉络的研究系统，……它与鲁迅的小说原作存在着一个偏离角。

2. 这个偏离角发生的根源则在于，这个研究系统是以毛泽东同志关于农民阶级在中国民主主义政治革命中的政治动向为纲来分析《呐喊》和《彷徨》关于农民阶级的艺术描写的，这样，便只能在从农民阶级革命性的首要前提下表现农民阶级所存在着的某些次要的、非主流的思想弱点，舍此则无法说明《呐喊》和《彷徨》的杰出的思想意义。

如前所说，对这个"偏离角"的有无，人们尽可以展开讨论。即使有，其根源是否即"在以毛泽东同志对中国社会各阶级政治态度的分析为纲"，或"以毛泽东同志关于农民阶级在中国民主主义政治革命中的政治动向为纲"，也大可怀疑或否定。但是，据此便说《镜子》反对以毛泽东思想为纲、背离马克思主义，则未免以偏概全，过于草率了。

首先，《镜子》的研究对象是鲁迅小说，并非中国的社会主义革命和社会主义建设，因此，赞同不赞同以毛泽东同志关于中国农民或关于各个阶级政治态度的分析为纲来分析《呐喊》《彷徨》，都并不构成什么不同的政治路线，充其量也只不过是一个学术论争。尽管这一论争牵涉到了政治家毛泽东同志，因而带上了一定的政治色彩，但归根到底这也不成其为政治斗争。如果分析鲁迅的《呐喊》《彷徨》（它们都写成于毛泽东思想尚在孕育的阶段！）要不要以毛泽东同志的某一方面的论述为纲都不容许讨论，那么，整个学术事业又将何以处置呢？小说，不过是一种艺术作品。阐发其思想意义，当然可以毛泽东同志有关的论述为指导（或"为纲"），但是，这绝非意味着，不以这些论述为指导就变成了"反毛泽东思想"。毛泽东思想是一个整体，即中国化的马列主义。通过鲁迅小说研究来达到反马列主义、反毛泽东思想的目的，即使是一个真正的反党分子，也未必会采取如此迂回曲折的道路。因此，给《镜子》扣上"反马列主义、反毛泽东思想"的帽子，显然是极不合适、极不妥当的。党的十一届三中全会提出实践是检验真理的唯一标准，对于文化研究与文艺批评来说，这也完全适用。"以××××为纲"之说，显然并不符合实践是检验真理的唯一标准这一正确思想路线。时至今日，仍在维护"以×××为纲"来分析鲁迅小说，岂非有意无意落入了"两个凡是"的泥淖？

其次，应该看到，毛泽东同志的某些具体论断，甚至马列主义老祖宗的某些具体论断，也都是可以研究、讨论和商榷的。马列主义之所以有生命力，就在于它禁得起批评和检验；马列主义要想永葆青春，也不能墨守成规，一成不变，而必须不断丰富和发展自己。对马列主义、毛泽东思想的这种研究、讨论和商榷，本身也不是政治问题，而是学术问题。对此，毛泽东同志曾有过十分精辟的论述。他在致刘少奇、周恩来等同志的一封信中，针对一位苏联友人对《新民主主义论》的某些批评，这样写道：

> 我认为这种自由谈论，不应当去禁止。这是对学术思想的不同意见，什么人都可以谈论，无所谓损害威信……如果国内对此类学术问题和任何领导人有不同意见，也不应加以禁止。如果企图禁止，那是完全错误的。[①]

---

① 《毛泽东书信选集》，人民出版社1983年版，第510页。

据此，《镜子》提出不要"以××××为纲"来分析鲁迅小说，又有什么"反毛泽东思想"可言呢？恰恰相反，那种不让人讨论、动不动就说人"反毛泽东思想"的意见，倒是根本违背毛泽东同志的上述正确意见的。

再则，说王富仁的"研究系统"里不存在什么"马克思主义方法论"，未免太过武断。至少，《镜子》对鲁迅小说艺术特色、艺术成就的很多分析，是努力运用了马列主义方法论的。对鲁迅小说思想内容、思想特色的分析稍为复杂，但也不好说完全不存在"马克思主义方法论"（这一点容后再谈）。"马克思主义方法论"并不是谁的垄断物，"不可得而私也"！动辄说别人的研究"不存在马克思主义方法论"，给人一种获得了"马克思主义方法论"专利权的印象，显得咄咄逼人，起码缺乏一种平等讨论的态度。

至于说《镜子》根本否定"三十多年来的马克思主义研究传统"，更要做具体分析。所谓"三十多年来的马克思主义研究传统"，到底何所指？需要加以准确阐述。三十多年来马克思主义的鲁迅研究成绩是巨大的、不容抹杀的。但是，"左"的教条主义、实用主义、庸俗社会学这些假马克思主义也严重干扰了马克思主义的鲁迅研究，甚至在十年浩劫中发展到了登峰造极的程度。因此，当我们论及"三十多年来的马克思主义研究传统"的时候，必须慎重行事，切不可将真正的马列主义与那些劣质赝品混为一谈。当我们批评别人否定"三十多年来的马克思主义研究传统"时，切不可将别人对假马克思主义的批驳当成对真马克思主义的否定。

陈安湖同志对《镜子》的批评中有很多正确意见，比如，他认为《镜子》"割断鲁迅小说同中国新旧民主主义政治革命的血肉联系"，认为《镜子》没有用发展的观点论述鲁迅的前期思想，认为王富仁同志在《关于鲁迅研究中马克思主义方法论的几个问题》一文（见《鲁迅研究动态》第6、7期）中，对中国传统文化的看法有误等，都是很有参考价值的。可惜的是，这些局部的正确意见都被纳入那个吓人的框架中去了。

五

　　《镜子》认为《呐喊》《彷徨》是中国反封建思想革命的一面镜子，这个基本论断并没有错。鲁迅，作为一位杰出的精神界之战士，作为一位伟大的思想革命家，他一生的奋斗业绩主要在文化、思想方面。他的《呐喊》《彷徨》，的确深刻反映了中国反封建的思想革命。在《镜子》一书中，著者从对封建等级观念的揭露，从对封建宗法观念的揭露，从对儒家思想的揭露，特别从对上述种种观念对劳动人民精神虐杀的揭露，论述了《呐喊》《彷徨》深刻的思想内容。这种论述，虽然并不都是《镜子》的创见，但是，较之以往的论述，的确有了极大的开拓和深化。过去，人们更多地从政治革命的角度，亦即从反映辛亥革命的角度来分析《呐喊》《彷徨》的思想内容和思想意义，缺乏对其所深刻反映的思想革命意义的全面与深入的开掘。从这个意义上说，《镜子》是做出了新的开拓的，对鲁迅研究是做出了贡献的。不承认这一点，一举抹杀《镜子》的探索和努力，这不是实事求是的态度。这样做，对鲁迅研究的未来也是极端不利的。

　　《镜子》以一半以上的篇幅，探讨了《呐喊》《彷徨》的创作方法和艺术特征，提出了许多独到的见解，做出了许多精辟的分析，对鲁迅小说研究的贡献也是显而易见的。不妨随手举一个很小的例子：关于《阿Q正传》的结构的论述。海外著名学者夏志清先生和司马长风先生，先后从不同的角度批评了这篇小说的结构布局，或说它"结构很机械"（夏），或说它的《序》"可以完全取消"，有些插科打诨的话，"尤其违反小说的要求"（司马）。毫无疑问，这些观点是完全不正确的。几年前，笔者曾经批评过夏志清先生的这一观点，指出他没有理解《阿Q正传》结构艺术之妙。但是，分析很不深透，说服力是不强的。《镜子》也批评了夏志清先生和司马长风先生的上述观点，但选取的角度和分析的精辟都远远超过了笔者，从而具有了更大的说服力。它写道：

任何一种艺术形式都必须从作品自身的艺术需要出发，假若它对于这种艺术需要是不可或缺的，我们就应当认为这种形式是好的、美的。只有这样，艺术形式才会在艺术需要的发展变化中不断丰富和发展。假若我们先有一个小说的写法应是怎样的固定概念，小说的表现形式便会僵化了。事实上，《阿Q正传》的整体结构布局，便应当是喜剧性由显向隐的变化和悲剧性由隐向显的发展，只有这样，才能造成两种旋律的和谐配合，并同时表现出阿Q悲剧性的一面和喜剧性的一面。

它还指出，《阿Q正传》看似松散的结构和插科打诨的笔调，"所造成的是读者的最大限度上的自由感"。所谓它的最后结构的不统一，正是一种小说所要求的"艺术需要"，是一种"更高意义上的统一"。因此，"《阿Q正传》的结构没有多少可指责的地方"。

难道我们能够否定这些分析的科学价值？难道我们能够不为著者所熟练驾驭的悲剧性、喜剧性隐显变化的辩证法击节赞赏？而类似的生花妙笔在《镜子》中还是可以举出不少的。

六

但是，《镜子》的确是一部瑕瑜互见的著作，它的确留下了许多可议之处。首先，它的基本论断就是相当偏颇的。

正如陈安湖同志曾经正确指出过的那样：《镜子》割裂了思想革命与政治革命、社会革命的必然联系，并使它们人为地对立了起来。事实上，在任何国家、地区和时代，思想革命总是政治革命、社会革命的先导，也是后者的有机组成部分。具体到鲁迅的时代（无论是辛亥时期、"五四"时期还是30年代），情况同样如此。就《呐喊》《彷徨》的具体思想内容来说，它所反映的当然不仅仅是反封建的思想革命，而是整个的社会革命和政治革命。《阿Q正传》所涉及的难道仅仅是思想领域的斗争而不是整整一个时代、一个社会吗？《故乡》中闰土的深刻悲剧究竟来源于兵、匪、官、绅的社会统治还是仅仅来源于闰土的精神麻木？丁举人、赵七爷、七大人、鲁四老爷之流难道不是一种社会政治力量的代表而仅仅是封建思想的化身？即使是知识分子题材的作品，鲁迅也绝没有把自己局限在思想革命的范围之内。吕纬甫、魏连殳的悲剧都不仅仅是什么思想悲剧，而是深刻的社会悲剧、时代悲剧。子君、涓生的悲剧，《幸福的家庭》中青年作家的悲剧亦无不皆然。即使鲁迅笔下的那些喜剧人物，诸如四铭、高老夫子之辈，他们也都是一定的社会政治力量的代表而不单纯是封建思想的化身。至于鲁迅对那些较早觉醒的知识分子的态度，当然不全是批判，但同样也不是单纯的歌颂。鲁迅诚然是一个思想革命家，但天下从来找不到一个为思想革命而思想革命的思想革命家，思想革命总是为政治革命、社会革命服务的。早在青年时代，鲁迅就把"立人"当成了自己奋斗的第一目标，而"立人"的目的，还是为了"大其国于天下"，思想革命还是紧紧围绕着政治革命、社会革命的。《镜子》充分揭示了《呐喊》《彷徨》在反封建思想革命中的重要意义，这当然是正确的、重要的，但是，抓住一点，不及其余，硬要将鲁迅笔下的思想革命和鲁迅笔下的社会革命、政治革命割裂开来甚至对立起来，这就从真理走向了谬误、从辩证法走向形而上学了。

为了使自己一言之成理，《镜子》甚至曲解了公然的事实。比如，它这样写道：

> "五四"时期是这样一个历史时期：它是中国政治革命运动的低潮期和间歇期，是中国思想革命运动的活跃期和高潮期，是以思想革命的方式对旧民主主义政治革命进行总结的沉思期，也是对将至的新民主主义政治革命进行思想准备的孕育期。

小学生都知道，爆发于1919年的五四运动，是因第一次世界大战结束后的"巴黎和会"引起的。作为胜利者的一方，中国代表在这次和会上提出了从战败国德国手中收回山东和取消日本强加给中国的"二十一条"的正义要求。这个要求不仅横遭拒绝，"和会"反而议决由日本接受德国在山东的各种特权,中国代表理所当然地拒绝签字。消息传来,全国震动,群情激昂,北京爱国学生数千人首先在天安门前游行示威,高呼"外争国权,内惩国贼"等政治口号,遭到了北洋军阀反动政府的残酷镇压。但是,这一伟大的爱国主义斗争迅速席卷全国,从而形成了全国性的政治革命高潮。究竟五四运动是否是中国新民主主义革命的伟大开端?这当然可以讨论。但是,它的政治革命色彩和性质却是至为明显。"五四"时期,明明是中国政治革命运动达到高潮期,而在《镜子》中,却成了所谓"低潮期和间歇期""沉思期"和"孕育期",只是所谓"思想革命运动的活跃期和高潮期",这怎么能够说得通呢?

作为《呐喊》《彷徨》仅仅是"反封建思想革命的一面镜子"的有力论据,是所谓这两本小说集中"没有明确的反帝主题"。的确,鲁迅没有在《呐喊》《彷徨》中专门写一篇或几篇反帝主题的作品。但是,这能说明什么问题呢?作家反映生活难道要根据反帝反封建的政治教科书来进行安排吗?难道非得要面面俱到、平均使用力量不可吗?作为一个腐朽的封建大国,鲁迅对封建主义痛斥针砭这是十分自然的。他当时未能塑造一个、两个帝国主义侵略分子的形象,这难道就能够说明《呐喊》《彷徨》的"思想意义和时代意义是残缺不全、半身瘫痪"吗?《镜子》认为,如果说它们是反封建思想革命的一面镜子,那就不存在"残缺不全"和"半身瘫痪";如果说它们是政治革命的一面镜子,那就要"残缺不全"和"半身瘫痪"了。显然,这是一种极为好笑的皮相之谈。问题的实质是:当时的中国是一个半封建半殖民地的社会,帝国主义列强通过他们的走狗封建军阀和其卵翼下的大大小小封建势力主宰着中国的命运。鲁迅将他的批判锋芒对准封建势力(当然也包括封建思想)就一点也不影响其反帝反封建的内容实质,丝毫也不存在所谓的"残缺不全"和"半身瘫痪",丝毫不足为盛名之累。更何况,像《阿Q正传》中的假洋鬼子形象以及"柿油党"的描绘,本身就有十分复杂的思想内涵呢!

皮之不存,毛将焉附。既然把《呐喊》《彷徨》仅仅作为中国反封建思想革命的一面镜子不能成立,很自然,所谓旧的"研究系统"和新的"研究系统"的区分也就失去了存在依据。如果说有什么旧的"研究系统",只能说那个系统对《呐喊》《彷徨》反封建的思想革命意义强调不够;如果说《镜子》代表了新的"研究系统",也只能说这个系统把《呐喊》《彷徨》反封建的思想革命意义强调得过了分——和反封建的政治革命、社会革命无形中对立了起来。这就是说,新、旧两个"研究系统"并没有什么本质的不同,它们只存在互相补充的关系,而不存在什么势不两立的关系。如果说旧的"研究系统"有什么"偏离角",那么,新的"研究系统"同样有"偏离角",只不过"偏离"的角度不同而已!

至此,《镜子》所批评的导致旧的"研究系统"出现"偏离角"的原因——毛泽东同志关于中国社会各阶级特别农民阶级政治态度的分析,也就必须加以重新认识。第一,中国新民主主义革命的历史至今没有否定毛泽东同志那些分析的正确性;第二,50年代以来一些鲁迅研究工作者运用那些分析、认识、评价、研究鲁迅小说与中国革命的关系,不仅不是什么过错,相反,还大大加深了人们对鲁迅小说思想内涵的认识,在鲁迅研究史上功不可没;第三,在运用毛泽东同志那些正确分析的过程中,确乎有偏差,有庸俗社会学和"左"的教条主义倾向,而且愈来愈严重,十年浩劫中发展到了登峰造极的地步;第四,在拨乱反正后,重新认识毛泽东同志的那些分析当然是应该的,但是,必须把研究者的认识水平方面的责任和那些分析区别开来;那些分析,正像马列主义的另外那些经典分析一样,仍然可以作为今天的鲁迅研究工作者分析、研究鲁迅著作的重要参考。

七

作为一部几近四十万言的皇皇巨著,《镜子》在另外一些精辟论述的同时,还提出了另外一些片面性、绝对化的论断。这些论断也大大影响了这部著作的科学性和完整性,十分让人扼腕!

《镜子》十分正确地指出:"在多数'五四'新文学作家对中国封建传统的揭露还停留在浅层次空间,还主要针对它的压制婚姻自由、实行家庭专制等等有限的外部表现形式的时候,鲁迅却已经深入到它的深层内在本质中去了。"而这个"深层内在本质",在《镜子》看来,主要是封建等级观念。这本来也是无可非议的。然而,在论述过程中,《镜子》却给人留下了一种无往而非封建等级观念的感觉。就连孔乙己的悲剧,也纯然变成了"封建等级观念的残酷性的见证"。《孔乙己》没有涉及封建等级观念吗?当然不是。但是,构成《孔乙己》主要矛盾冲突的究竟是什么东西呢?如吞噬孔乙己的究竟是封建社会制度(包括科举制度)、封建社会势力(如丁举人)和惊人的社会麻痹症还是一个封建等级观念呢?莫非孔乙己的死仅仅因为他触犯了封建等级观念吗?这样无限制地抬高"观念"的作用,显然反而降低了作品的思想意义。

在论及《呐喊》《彷徨》的创作方法时,《镜子》打破了以现实主义解释一切的传统观念,对其浪漫主义乃至象征主义因素做出了认真的分析和细致的探讨,这也是值得肯定的。但是,在具体论述中,又多有不尽妥帖处。比如,把鲁迅小说的抒情性、把多用第一人称都统统解释成浪漫主义,就显得过分牵强;而把《肥皂》中的肥皂、《药》中的乌鸦都解释成象征则简直变得滑稽了!

关于肥皂,《镜子》写道:

> 在《肥皂》中,"肥皂"构成了对新思想、新道德的象征,"皂荚子"构成了对封建传统思想和传统道德的象征。中国用传统思想和传统伦理道德洗了几千年,脖子上、耳朵后那积年的老泥还是洗不净,到头来还是一个极端贫穷落后的中国,现在是应该也必须用新思想、新道德洗一洗这积年老泥的时候了。

这样来理解"肥皂"的象征意义,实在太微言大义了!这恐怕是连鲁迅自己也始料不及的。至于乌鸦,象征意义就更加玄妙莫测了:"乌鸦"是有着复杂的象征意义的,它既代表着"希望",又象征着反封建的革命者。

"乌鸦"则是鲁迅当时所要求的反封建思想革命者的象征形象。一种正面反叛者形象的象征……它只能象征着正面的人或正面的社会力量。

"乌鸦"何以有这样"复杂的象征意义"？为什么它"既代表着'希望'，又象征着反封建的革命者"？为什么它一定象征"正面的人或正面的社会力量"？这都只能让人百思不得其解！在《药》中，乌鸦——这恶兆之鸟除了使小说结尾的气氛更加肃杀阴冷之外，哪里有这么多的象征意义？早在50年代中期，鲁迅研究界就有过一番关于乌鸦有无象征意义和象征什么的争论，结果，"象征"论大败亏输。想不到三十年后《镜子》不仅旧调重弹，而且做了恶性发展。这种庸俗社会学倾向和整个《镜子》的学术追求显得十分的不协调！

对《呐喊》《彷徨》的艺术成就，《镜子》做出了卓然不群的极具独创性的评价，它在全书中也是一个极有光彩的部分。然而，在这部分中也同样有一些完全可以避免也应该避免的片面性。其中，一个关键问题是《镜子》给人这样一种印象，似乎《呐喊》《彷徨》的所有艺术特色和艺术成就，都是时代、环境决定的。比如，《镜子》正确指出了《呐喊》《彷徨》有一种"故事情节的弱化趋势"，但它不把这看成作家的个人风格，而认为是"中国反封建思想革命的需要和鲁迅对中国社会意识形态状况的关注"。但是，在中国现代文学史上，"故事情节的弱化趋势"并不是一条普遍规律，鲁迅同时代的另外一些小说家便很注意故事情节的曲折生动，这又做何解释呢？莫非中国反封建的思想革命对这些作家作品没有提出"弱化情节"的需要吗？莫非这些作家不关注中国社会意识形态的状况吗？这显然是说不通的。

同样的观点还一再出现于另外的艺术分析中。比如，对鲁迅小说的叙述角度，必须"从中国反封建思想革命的角度"才能理解，而《呐喊》《彷徨》的喜剧性及其喜剧构成原则的形成，也"反映着中国人民对中国封建传统思想观念和道德观念的否定已经进入了喜剧形式的否定时期"。这样一来，"反封建思想革命"便成了《呐喊》《彷徨》一切艺术特色的总根源、总纲。"纲举目张"，只要抓住它，对一切艺术特色便都可以迎刃而解了。莫非一个"反封建的思想革命"真有这样大的神通？真有这样以不变应万变的应变能力？文艺学的常识告诉人们，艺术技巧、艺术特征和思想特色有关系，但后者并非前者的决定因素。否则，便无法解释具有同样思想特色的作家为什么却有艺术特色、艺术技巧的千差万别了。

特别让人无法首肯的是，《镜子》一而再，再而三地告诉人们：鲁迅小说的艺术技巧、艺术特色只能从反封建思想革命的角度才能解释，才能理解，如果从社会、政治革命的角度去解释、去理解，便要行不通了。鲁迅小说的艺术技巧、艺术特征，简直变成了"反封建思想革命"的孪生兄弟，如影随形，难解难分了。事实上，这是有意无意在宣扬艺术技巧、艺术特征的阶级性。而尽人皆知，艺术技巧、艺术特征，在通常状态下是根本不具备阶级性的。

谈到《呐喊》《彷徨》的艺术突破，谈到它与中国古典小说在艺术上的传承关系，《镜子》也发表了很多精辟论断。但是厚此薄彼的倾向、绝对化的倾向也表现得十分明显。比如，它认为，"在《呐喊》和《彷徨》中，中国小说的叙事角度首次得到了大解放、大丰富"，"中国古典小说一直只有一个单一的叙事角度"，"在中国，贯彻到底的悲剧性作品，亦即最终不以快感冲掉或冲淡悲感的悲剧性作品，自鲁迅始"；甚至《示众》的悬念处理，也成了"鲁迅之前的中国所有的小说、戏剧、散文的作品里所没有的"；如此等等。我们并不怀疑《镜子》著者的古典文学修养，但是，我们实在按捺不住对那些"首次""一直""所有"等绝对化评语的惶惴不安！莫非著者通读过浩如烟海的"中国所有的小说、戏剧、散文"作品吗？这大概不太可能吧？但著者为什么敢于把话说得如此不留余地呢？这恐怕就是绝对化的思想方法作祟吧。诸如"首次""一直""所有"之类一般说来还是不用或少用为宜，因为这种绝对化的认识往往缺乏充分的科学依据。事实上，对《镜子》的这些绝对化评价，用不着专攻中国古典文学的同志，一般对中国文学史稍有修养的人都不难找到破绽。作为一本鲁迅研究著作，也大可不必到古典文学领域去冒如此大的风险！

尤其不好的是，这种绝对化的结果，使著者有意无意地贬损了中国古典文学，从而也就不适当地抬高了鲁迅的造诣和贡献。这种厚此薄彼既不必要，也不科学，可以说有万害而无一利。

<h2 style="text-align:center">八</h2>

人们毫不怀疑《镜子》的学术深度，因此，它完全不必要在精辟的分析之外，再刻意求深和炫耀博学。遗憾的是，这些纯属治学态度的问题，也在《镜子》中一再出现了。

小说的人称问题，本来是一个十分简单的问题。但在《镜子》中，弄得很复杂、很玄妙。在谈到鲁迅小说的第一人称时，它写道：

> 在我们现在着重分析着的这类作品里，有着两种第一人称的写法：（一）单层次的第一人称；（二）双层次的第一人称。在单层次的第一人称里，又有两种形式：1. 作为外化对象的第一人称；2. 作为外化手段的第一人称。《伤逝》的第一人称是作为外化对象的第一人称……"我"是作为一个客观的独立人物而出现的，……《孤独者》的第一人称是作为外化手段的第一人称，"我"在小说里不是作为一个主要人物出现的……双层次的第一人称实际上是以上两种叙事方式的结合。《狂人日记》《头发的故事》《在酒楼上》运用的都是这种方式。第一个"我"起到的是外化作用，不是小说中的主要人物，……有了这个"我"的存在，第二个"我"（小说的主人公）便被客观化了……

第一人称就是第一人称，有什么"单层次""双层次"？第一人称的"我"或者是作品的主人公，或者是一个故事的叙述人和见证者，又分什么"外化对象"和"外化手段"？这样"外化"来"外化"去，岂不越弄越糊涂？真理是朴素的。有简明扼要的表述方式，就不要故意复杂化。《镜子》关于第一人称的上述论断，无论著者的主观意图如何，客观效果只能是将原本简单的问题复杂化。类似的例子还有很多。比如，谈到《呐喊》《彷徨》的环境再现，《镜子》将它归纳为四种主要方式：

（一）陈列式；（二）单向测试式；（三）双向测试式；（四）倒转式。无须看其具体区别，仅仅这几个"式"样就让人困惑不解：鲁迅是在写小说还是埋地雷？如果是写小说，那么，搞的是形象思维，脑袋里是血肉生动的人物和生活，哪来这么多枯燥无味的机械式样？

一位美国学者认为鲁迅小说的结构特点之一是运用"封套"。所谓"封套"，指的就是故意的重复和照应，"起着戏剧开场和结束时幕布的作用"。这样说，当然未无不可。《镜子》接受了这一说法，当然也未无不可。不过，它却将这个"封套"做了巨大的丰富和发展，成为如下六种：1."精神状态的封套"；2."场景的封套"；3."谈话的封套"；4."事件的封套"；5."动态的封套"；6."生命的封套"。最妙的是第六种"生命的封套"，"这是鲁迅常用的，也是最硬性的一个封套"。常用不常用，还好理解；"最硬性"，则不知是什么含义？莫非鲁迅小说的"封套"还有软、硬之分？最别出心裁的是《镜子》全书绘制了廿多个图表，其中，有方的，有圆的，有箭头的，有曲线的，也有连点成线的。如果这些图表有助于问题的分析，当然也不失为一种创造。遗憾的是，这些图表可以说没有一个是有用的，没有一个不是"添乱"的。真不知著者把它们放到书中是何用意？要说这一种故作高深文章，也许不为过分吧？！

九

在做了上述一系列的吹毛求疵之后，我们还不得不再饶舌几句，谈谈《镜子》的语言。这方面的毛病，也许不亚于上述任何一个方面。首先，让我们看看这样一段"妙"文：

> 上述《呐喊》和《彷徨》对孩子的两种不同表现，都根源于鲁迅当时"救救孩子"的意向中心。它的正的表现直接体现着相信中国社会思想进化发展的正面希望，它的负的表现直接体现着对中国社会思想进化发展的艰困性、长期性、曲折性的估计，这个意向中

心的颤动性和模糊性,给《呐喊》《彷徨》造成了一个极大的"表面张力",造成了它们的全部艺术表现的骚动感、紧张感,其中有极强烈的急欲挣扎出现实的外壳向未来突进的力,但鲁迅仍把这种力闷闭在现实的容器中,……

多么艰涩、费解!所谓"意向中心",不就是主要意图吗?所谓"正的表现"不就是"正面看","负的表现"不就是"反面看"吗?既然"正""负"都很清楚,为什么这个"意向中心"还有什么"模糊性"呢?而所谓"颤动性"又是什么含义?"表面张力"又是什么玩意儿?和下面的"突进的力"是否一个东西?而所谓"骚动感""紧张感""现实的外壳""现实的容器"之类又都做何理解呢?容我武断一句:著者自己也未必了然!

我们并不一概排斥在学术论著中运用新的概念、新的术语和新的表达方式,只要运用得当、有力,是可以使学术论著增加新鲜感的。但是,不能为用而用,不能不着边际地乱用,不能卖弄字眼和知识。否则,不仅无益,徒然有害。近年来,在一批有才华的青年学者的论著中,这方面的问题相当严重。他们不顾准确、鲜明的基本要求,追求模棱两可、似是而非,让人如雾里看花,摸不透其确切含义。而人们愈摸不透,似乎文章也就愈加高深。不客气地说,这叫作"无实事求是之意,有哗众取宠之心",是一种不良的学风和文风。据我所见,《镜子》的著者不是这样。但是,在一度对这种学风、文风趋之若鹜的情况下,他似乎也受了某种程度的影响。出现在《镜子》中的新名词、新术语、新概念,虽未成"爆炸"之势,但在某些章节,也已经相当惹眼。它们有属于数学方面的,有属于物理学方面的,有属于化学方面的,有属于金融方面的,有属于机械方面的,有属于航天方面的……诸如"层面""前项""后项""已知项""未知项""循环节""酸化""总换值""价值回扣""阴面""阳面""正极""负极"之类,应有尽有。总的看来,使用的必要性不大。有的则不知所云。比如,说革命一到未庄便被"酸化"了,即属此类。显然,这些词语的运用,并没有提高倒反而降低了《镜子》的学术价值。

《镜子》是一部富有理论色彩和思辨才能的学术论著,在鲁迅研究史上不可多得。然而,有一利亦有一弊,它的理论阐述部分显得有些堆砌一般性的理论常识,而在充分发挥思辨才能的处所,又显得过于汪洋恣肆而缺乏必要的节制。结果,导致不少章节过于冗长。全书压缩十万、八万字,也许会大大增强它的可读性。

十

上述这些吹毛求疵挑剔的,也许失之尖刻,这要请求《镜子》著者的谅解。但我衷心希望著者对这部见解独到、卓然成家的专著进行一次全面的修订和删改,大大提高它的科学性和完整性,使之在鲁迅研究史上永远立于不败之地。涉及陈安湖同志之处,也衷心希望得到批评、指正!

1987年10月于文研所

原载于《鲁迅研究月刊》1987年第11期

鲁迅小说研究视角的转换
——评王富仁的《〈呐喊〉〈彷徨〉综论》及其批评者的批评

魏绍馨

近来有人指出：在我们面前站立着两个鲁迅，一个是历史上有血有肉的鲁迅，另一个是鲁迅研究者笔下的经过种种描绘的鲁迅。这的确是事实（当然后者已经不止一个鲁迅了）。从道理上讲这二者应当是统一的，研究者笔下的鲁迅应当反映历史上鲁迅的真实面貌。可是，由于鲁迅思想与著作的博大精深且又经历了不同的发展阶段，由于研究者的思想认识与研究视角的种种差异，更由于国内鲁迅研究曾经走过一段曲折复杂的道路，就使二者一直存在着一定的错差。对于以《呐喊》《彷徨》为代表的鲁迅小说的研究尤其突出。1983年到1985年，王富仁同志先后在《中国现代文学研究丛刊》《鲁迅研究》和《文学评论》上发表了《论〈呐喊〉〈彷徨〉的思想意义》及其博士论文《〈呐喊〉〈彷徨〉综论》的摘要（全文已由北京师范大学出版社出版）。作者以"中国反封建思想革命的镜子"为题，概括了两本小说反映社会生活的独特视角和主要思想意义，并分析了由此而形成的表现方法方面的诸多特点。王文出现后立即受到学术界的重视与好评，认为这是鲁迅小说研究的一项新的突破。1986年以来，有些同志对王富仁的研究提出了尖锐的批评，不仅根本否定了王文，而且还指出了他在指导思想与研究方法上的重要错误。就我接触到的范围看，陈安湖与陈尚哲二同志相继发表于《文艺理论与批评》上的《鲁迅小说"研究系统"商讨》（创刊号）和《关于鲁迅小说研究方法的模式》（1987年第3期）就是其代表。本文也想就他们提出的问题谈几点意见。

一

自从党的十一届三中全会以来，由于批判了长期束缚人们头脑的"左"倾教条主义，鲁迅研究也和其他领域一样，在解放思想、开拓前进的形势下，取得了令人高兴的成绩。诸如鲁迅作为一个伟大思想家的独立思想系统，鲁迅作为一个伟大文学家的艺术独创性，等等，在各抒己见的研究中都有了新的开拓，因而也使我们对于鲁迅及其著作的认识比过去更加深刻、更加接近了客观真实。毫无疑问，王富仁对《呐喊》与《彷徨》的研究，也是其中的一部分。

在一个相当长的时间内，"文艺即政治"的"左"的文艺思潮，常常使人们忽视文艺反映生活的多样性（多层次，多侧面、多视角），忽视作家的主体作用及主观抒情性，忽视文学艺术的"个人创造性和个人爱好的广阔天地"，"思想和幻想、形式和内容的广阔天地"（列宁语），直接与间接地强调一切文艺家"都是政治家"，一切文艺作品都是"政治留声机"，多次批判所谓文艺的"非政治化"倾向。这种思潮当然不可能不影响到现代文学及鲁迅研究之中。鲁迅曾经很肯定地说过："要知道作品大抵是作者借别人以叙自己，或以自己推测别人的东西"，所以一切文艺作品无不是作者"个人的造作"（《怎么写》）。在谈到自己的小说创作时，他也说那"总不免自己有些主见的"，主要是"仍然抱着十多年前的'启蒙主义'"（《我怎么做起小说来》）。1925年，他虽然在强调改革国民性的同时，也初步认识到"改革最快的还是火与剑"，但是这一认识尚未居主导地位，尚未能反映到他的《彷徨》中去。所以说，和过去的鲁迅小说研究相比，王富仁的《〈呐喊〉〈彷徨〉综论》，的确使读者更清楚地看到了鲁迅小说的创作个性。

毋庸讳言，王富仁的鲁迅小说研究也有自己的不足与缺陷，甚至是明显的片面性。我以为其中最突出的就是他过分夸大了鲁迅前期思想及其透视和描写社会生活的独特角度的重要意义。

首先，王富仁认为鲁迅前期思想"是中国反封建思想革命的最锐利的思想武器，是中国现代社会思想意识发展的最完整、最集中的体现"，这是不正确的。而且他一方面承认鲁迅前期还不是一个马克思主义者，还存在着思想认识上的局限性；一方面又给他的思想加上一连串的"最"字，这本身就是个矛盾。况且用"中国现代社会思想意识"去表述"五四"以后中国社会中的最新思想，也是模糊不清的，不科学的。实际上，当时的鲁迅思想也是在新旧交替之中，本身存在着许多矛盾，因而常常感到悲哀、苦闷、寂寞与彷徨，甚至常常是在苦痛与失望中前进与抗争。以他所笃信的进化论来说，虽然可以在当时发挥反封建的战斗作用，但已经不是什么"最锐利的思想武器"。王富仁仍然按照进化论将中国社会生活中的各种矛盾，包括新与旧、先进与落后、正确与错误的矛盾，都解释为"幼者"与"老者"之间的矛盾与斗争。我想假如鲁迅地下有知，他是绝不会同意的。

马克思主义的历史唯物主义认为，任何社会的重要改革，具有决定意义的都是经济与政治制度的改革，文化思想的变革是前者的反映，又是为前者服务的。在封建旧思想、旧道德根深蒂固的旧中国，思想启蒙与思想革命具有特别重要的意义，但却不能以此代替政治与经济制度的根本变革。前期的鲁迅，对于思想启蒙与思想文化革命的认识是深刻的，但却未能深刻理解政治与经济制度变革的决定作用。王富仁同志把鲁迅前期以进化论为指导的"思想革命论"抽象出来，并如陈安湖同志指出的"过分地拔高它的性质"，在客观上的确是在宣传一种"政治革命无用论"。

其次，王富仁同志对《呐喊》和《彷徨》本身的艺术评价也常常陷于绝对化，不留任何余地。比如他认为这两本小说不仅是"中国反封建思想革命的最深刻、最完整、最精细的一面镜子"，而且也是"透视整个社会现实的最佳角度",对于社会生活的描写与反映具有"不可思议的精确性"。以作家对于农民的描写来说吧,由于"鲁迅最热烈、最深沉、最诚挚的感情,始终是倾注在农民身上",所以"他们的一切应该否定的方面",在小说中都"得到了最大限度的、最深刻的发掘和最痛切、最坚决的否定"。鲁迅的小说不仅反映社会生活的深度、广度、角度、精确度都是"最、最、最",而且还有"十分完美的艺术表现形式"。

鲁迅是伟大的,可是能否将他的一切都神圣化?鲁迅的作品是优秀的,可是能否把他的每一篇作品都"最佳"化?我们知道,茅盾一直对鲁迅及其作品评价很高,甚至曾经有人说他是在"捧"鲁迅,然而他并没有用许多"最"去评价鲁迅的小说。比如关于《阿Q正传》,尚未发表完就得到茅盾的热情赞扬,称之为新文学中的"杰作",可是直到1950年,他仍然说:"毋庸讳言,《阿Q正传》的画面是相当阴暗的,而且鲁迅所强调的国民性的痛疾,也不无偏颇之处,这就是忽视了中国人民品性上的优点。这虽然可以用'良药苦口而利于病'来解释,但也和鲁迅当时对于历史的认识有关系。"我以为茅盾这个分析与评价比王富仁的说法更为符合实际,更为科学。事实上,古今中外任何伟大的思想家与文学家,在他们的思想与著作中都不可能"最深刻、最完整、最精确"地反映现实,都不可免地存在着自己的局限性,历史的、阶级的,或认识的局限性。说到文学艺术作品的表现形式,即使是伟大的、杰出的作家,也只能做到"尽可能完美",而难于达到"十分完美"。鲁迅的小说也不例外。正如一个人的认识不可能穷尽真理一样,一个人的艺术创造也不易达到"完美无缺"。

王富仁同志还认为,一个历史时期的社会现实"仅仅存在着一个最佳的艺术表现角度",鲁迅的小说,也就是他那个时代"透视整个社会现实的最佳角度",并且他还用任何事物与社会都有一个"主要矛盾"的理论加以论证。我看这种说法也是站不住脚的。如果作家们都依此而行,公式化的作品就完全"合法"化了。每一个社会都有一个主要矛盾,但是却不应要求作家都去写这个主要矛盾,更不能要求作家从某一个角度去写这一矛盾。而应当允许并提倡作家从不同的侧面、不同的角度、不同的层次上去透视与反映社会生活，创造丰富多彩的文学艺术作品。透视与描写生活的角度并不能决定作品的好坏，正如题材并不能决定艺术的水平一样。

二

陈安湖与陈尚哲二同志为了证明《呐喊》《彷徨》是描写的"政治革命"，竭力把"五四"以前的鲁迅也描写成一个政治革命家。按照他们的说法，鲁迅早在日本留学的时候，就"加入革命组织"，"致力于推翻满清政府"的政治斗争，并且在资产阶级革命派与改良派的激烈论战中，"完全站在革命派一边"，倡导武装革命，力主民主共和制。他虽然相信并宣传进化论，但却自始就"同庸俗进化论没有什么共同之处"。这样的鲁迅怎么能只看到思想革命呢！而这些说法的唯一论据就是鲁迅1903年在《中国地质略论》中的一段话："谭人类史者昌言专制、立宪、共和，为政体进化之公例，然专制方严，一血刃而骤列于共和者，宁不能得之历史间哉！"可是，如果我们看看鲁迅的原著，就会发现这段话是被曲解了的（当然这曲解并非始于他们两位）。现在不妨把这段文字的启上承下全部引是过来：

> 盖以荒古气候水陆之不齐，而地层遂难一致。犹谭人类史者，昌言专制、立宪、共和，为政体进化之公例；然专制方严，一血刃而骤列于共和者，宁不能得之历史间哉！地层变例，亦如是耳。

读者一看便知，这段文字和文章的总题目一样，所讲的根本不是社会问题，更和"政治、革命"无关；而是在论述中国地质问题。它的中心议题是"地质分布"的情况极为复杂、极不平衡，举例来说就如同各国历史发展的极不平衡、社会改革的方法"遂难一致"是一样的。长期以来竟有不少人断章取义，单提出中间那段比喻大加发挥，而把这段文字前后的实质性内容全然弃而不顾。这本身就是鲁迅曾经批评过的那种

"最能引读者入于迷途的""摘句"法。

事实上鲁迅在日本留学期间,从来没有倡导过"政治革命"。最初,他曾经主张发展科学、振兴实业,仙台学医就是现身说法。不久他又主张从精神上"立人"。由"立人"而"兴国",而文艺就被他视为"转移性情、改造社会"的最好途径。所以1906年便截然弃医从文。他当时非但不主张"政治革命",反而对"政治革命"的理论与行动提出了多次批评。这都有他当时的著述为证:

  诚若为今立计,所当稽求既往,相度方来,掊物质而张灵明,任个人而非众数。人既发扬踔厉矣,则邦国亦以兴起。奚事抱枝拾叶,徒金铁国会立宪之云乎?(《文化偏至论》)

  木根剥丧,神气旁皇,华国将自槁于子孙之攻代,而举天下无违言,寂寞为政,天地闭矣。狂蛊中于人心,妄行者日昌炽,进毒操刀,若惟恐家邦之不蚤崩裂,而举天下无违言,寂寞为政,天地闭矣。(《破恶声论》)

这不是说得很清楚吗,"金铁国会立宪之云"的政治革命论,都是"抱枝拾叶",不能解决中国的根本问题,"进毒操刀"、武装斗争等政治革命的行动,只能使元气已丧的国家早日四分五裂,只有通过思想革命,解放人们的个性,才能由"立人"而"兴国",实现社会的改造、民族的复兴。是的,鲁迅在文章中的确尖锐批评了洋务派和资产阶级改良派,可是他对资产阶级革命派的批判不是更尖锐吗!关于当时革命派与改良派之争,在鲁迅看来双方都没有重视思想文化领域的革命,都没有抓着从精神上"立人"这个根本问题,他们的论辩正如"为匠者乃颂斧斤而谓国弱于农人之有耒耜,事猎者则扬剑铳而曰民困于渔父之宝网罟"(《破恶声论》)。他并没有,也决不会"完全站在革命派一边"(瞿秋白早已指出过),更不可能参加革命组织"光复会"。正在"光复会""同盟会"等革命组织在国内发动以推翻清朝政府为目的的政治革命的时候,鲁迅却呼唤"不和众嚣、独具我见"的"精神界之战士",全力从事思想启蒙与文艺运动,正如他的弃医从文、创办《新生》文艺杂志那样。可是一切都使他万分失望,《新生》流产了,"精神界之战士"并未出现,他的思想革命的主张没有在社会上引起任何反响。于是他只好在无限的寂寞与悲哀中回到了祖国。

陈尚哲同志认为,鲁迅回国之后曾经"积极参加"了辛亥革命的"准备工作",这是毫无根据的。事实是,他回国居在"靡可骋力"的情况下只好借学校教育以"自养",在极端苦闷的情况下"荟集古逸书"消磨时光,"以代醇酒妇人"。杭州与绍兴教育界的种种矛盾与争斗,更使他"心力颇瘁",而且"一思将来,足以寒心"。所有这些,在他与友人的通信中都写得清清楚楚。如果我们再看看他写于1911年"革命之前"的文言小说《怀旧》,更可以明白作者对这场以夺取政权为主要目的的政治革命的态度了。小说主要揭露与批判的对象是那位封建旧文化、旧思想的代表人物仰圣先生。他既以封建旧教育戕害与摧残青少年,又对革命怀着刻骨的仇恨。作者还特别指出,他的一切反动而又狡猾的伎俩都"从读书得来"。而那位在经济上虽"拥巨资"却并无恶迹的富户金耀宗倒是愚蠢无能之辈,为了自保,革命的消息一到,他就准备打出"顺民"旗来。在普通群众当中,一听到革命就想到了"长毛造反"中的烧杀掳掠。小说的基本思想是:要改造中国,最重要的是改造封建旧文化、旧思想及其代表者;武装斗争、暴力革命,如"长毛造反"那样,不会给社会带来真正的改革,不会给人民带来什么福音。这一认识当然是片面的,然而只有了解鲁迅当时的这一认识,才能理解他在回国之后到辛亥革命之前为什么如此苦闷与沉默。

作为早已献身于祖国与人民的解放事业、早已献身于社会改革的鲁迅,对于任何改革的胜利都会感到由衷高兴的。当武昌起义成功、各省纷纷响应、全国上下一片欢腾的时候,鲁迅曾经热情地迎接了绍兴的光复,并且发表了欢呼政治革命取得胜利的文章如《〈越铎〉出世辞》等。不过很快他就悲观失望于辛亥革命的夭折之中。而且经过这次革命的失败,使他更加具体地感到思想革命与改革国民性的极端重要性。1913年2

月8日，鲁迅在日记中有这样一段记载：

> 上午赴部，车夫误躐地王所置橡皮水管，有似巡警者及常服者三数人，突来乱击之。季世人性都如野狗，可叹！

这里可以清楚地看到，鲁迅感到可叹、可悲的，感到无限失望的绝不只是"政权没有真正的变革"、反动军警欺压人民之类，而是人性、人心之坏，即国民性之恶劣。这种痛感于改革国民性和思想革命的极端重要性，无疑也是鲁迅后来投身于"五四"文化革命的重要原因之一。直到1925年，他仍然坚持说"大约国民如此，是决不会有好的政府的"，"此后最要紧的是改革国民性"，"现在的办法，首先还得用那几年以前《新青年》上已经说过的'思想革命'……而且还是准备'思想革命'的战士"（《通讯》）。我们不能因为它有一定的片面性就从鲁迅的思想中抹去，正如不能因为它是鲁迅的言论就设法加以"拔高"一样。

三

在研究问题的方法上，我觉得陈安湖与陈尚哲二位也大有需要改进的地方。他们常常不是从鲁迅的小说出发，经过具体的分析，论证得出应有的结论，而是先摆出某种社会学、政治学或历史学的一般原理，然后再从鲁迅小说中去寻找证据。因而不自觉地犯了恩格斯早已批评过的毛病："如果不把唯物主义方法当作研究历史的指南，而把它当作现成的公式，按照它来剪裁各种历史事实，那么它就会转变为自己的对立物。"（《致保·恩斯特》）比如他首先摆出了这样一个"原则问题"："列宁在评价列夫·托尔斯泰时说过：'如果我们看到的是一位真正伟大的艺术家，那么他就一定会在自己的作品中至少反映出革命的某些本质方面'……列宁这里所说的'革命'难道是指思想革命么？当然不是，恰恰就是指政治革命。列宁说托尔斯泰是'俄国革命的镜子'，这也是指政治革命"。下边对这一原则的"具体运用"就是：鲁迅是伟大的文学家与革命家,"当然"要关心和反映人民的"政治革命"。当时的时代要求是"总结旧民主主义革命的经验教训,揭露导致此次革命失败的资产阶级的软弱性和妥协性,……引导中国革命走上胜利的道路",而"鲁迅在《呐喊》和《彷徨》里正是这样做的"。结论是有了,但不是从对作品的分析与解剖而来,是以三段论的形式逻辑从原则中推演出来的。

如果说陈安湖同志的文章一点没有涉及鲁迅小说的具体内容,那也是不公正的。只不过所涉及的具体作品多数是经过剪裁之后用以证明原则的。比如:革命的中心任务是夺取政权,"鲁迅在前期也没有忽视政治革命,而且把政权变革问题看成是决定性的问题,所以他在小说中描写辛亥革命的失败,首先就突出地强调了政权的没有变革。如《阿Q正传》就是这样"。《阿Q正传》描写的是什么呢?它"写赵秀才、老把总之流利用资产阶级的软弱性和妥协性混入革命队伍,最终由他们掌握了未庄和城里的革命领导权和地方政权,……这个政权并无根本变革的问题,不正是中国当时最重要的社会政治革命的问题吗?鲁迅这虽不是以最直接、最尖锐的形式反映出来了吗?"经过这一剪裁,小说以很大的篇幅写的阿Q的"优胜纪略""续优胜纪略""从中兴到末路","阿Q似的革命"等,全都不见了,单单剩下了一个政权问题,政治革命的问题。然而事实上这个政权没有变革的问题正是"阿Q似的革命"的必然结果。不了解阿Q的"优胜纪略",又怎样去理解"阿Q似的革命"?也就是说,如果我们不是从原则出发,而是从全部作品的实际出发,那就自然会看到,政权没有改变只是小说的结尾,只是没有思想革命、没有改造国民性的革命悲剧的必然的苦果之一。具体说就是,只要阿Q继续在"优胜纪略"中生活,未庄也就只能有"阿Q似的革命党",若只有"阿Q似的革命党"就不可能有政权的根本改革。即使阿Q似的革命成功了,如他在土谷祠的幻梦那样,也不会有革命新政权的建立。总之,小说形象地说明了这样一个道理:"最要紧的是改革国民性,否则,无论是专制,是共和,是什么。招牌虽换,货色照旧,全不行的。"(《两地书》)同样的,陈尚哲同志也是离开了小说的具体形象、具体画面,无中生有地说鲁迅在《阿Q正传》《药》《狂人日记》等作品中批判了辛亥革命"没有充分发动群众,没有真正推翻旧的封建制度",表现了"中国资产阶级无力领导中国革命走向胜利","中国需要重新进行一场新的社会政治革命",等等。按照这种逻辑,那简直可以任意发挥,如批判了辛亥革命没有建立工农联盟,没有依靠贫下中农,没有实行土地改革,显示出中国需要一场由工人阶级及其政党领导的从新民主主义到社会主义的大革命,等等。而且几乎对于所有描写辛亥革命时期社会生活的文学作品(不限于鲁迅的作品),都可以这样说,那还有什么意义呢?

陈安湖同志还认为,像《故乡》《祝福》等作品,所描写的也都是"中国社会政治革命的问题",因为它们都反映了由于"辛亥革命并没有丝毫改变农村的政权性质"而使农民过着"毫无自由和民主政治权利的生活"。陈尚哲同志也肯定地说,《祝福》描写了以"政权"为首的封建社会的四权对农民的压迫是"显而易见的事实"。所有这些解释使一般读者看了真会觉得莫名其妙的。谁能从《故乡》中找到闰土在为争取"民主政治权利"而斗争?谁能在《祝福》中找到政权对祥林嫂的压迫?《故乡》中曾经这样概括地描述了闰土的景况:"多子,饥荒,苛税,兵,匪,官,绅,都苦得他象一个木偶人了。"陈安湖同志为了说明这是作者在描写辛亥革命没有改变农村政权性质给农民带来的灾难,就切头去尾地说"在他头上作威作福的仍然是'兵匪官绅'"。其实鲁迅在这里描写的重点是多灾多难的生活从精神和思想上把闰土折磨成为一个"木偶人"了,而并非突出强调了他在经济上怎样受剥削、政治上怎样受压迫。

为了批驳王富仁同志的"反封建思想革命的镜子"说,陈安湖同志还夸大了这两本小说集的反对资产阶级知识分子的内容,认为作者"在许多小说中剖析了资产阶级知识分子的思想性格,批判他们的各种弱点。如漠视劳动人民,耽于不切实际的空想,逃避现实,禁不起艰苦斗争的考验,容易满足现状,对革命的动摇性和不彻底性等等……下边作为例证举出来的有《一件小事》《头发的故事》《在酒楼上》《幸福的家庭》《孤独者》《伤逝》和《弟兄》。面对广大读者,一定要说这些作品中的主人公都是资产阶级知识分子,都是作者无情批判的对象,只是剪裁一下恐怕不行,那只好另外加工改写了。

四

　　毫无疑问，和过去的强调政治革命相比，王富仁同志从反封建思想革命的意义上去理解《呐喊》与《彷徨》，是一次认识上的重大进步与深化。可是，他还未能充分注意小说中所表现出来的作家鲁迅的主观感受与内心体验。就是说，他主要是考察了作家按照思想革命的要求而对于社会生活的反映，仍然相当忽视作家长期的情感积累及其在作品中的表现。

　　关于《呐喊》的创作，作者在《自序》中曾说过，它与青年时代所做的"许多梦"及其带来的"寂寞"之感的回忆有十分密切的联系，"所谓回忆者，虽说可以使人欢欣，有时也不免使人寂寞，使精神的丝缕还牵着已逝的寂寞的时光"。而这一点却没有引起人们的足够重视，尽管作者主观上"不愿将自以为苦的寂寞"再"传染给"青年，然而作品中的寂寞与悲哀之感还是表现得十分明显的。有些地方还不自觉地表现了"安特莱式的阴冷"。如果说《狂人日记》《一件小事》《药》等写于"五四"高潮期的小说，还较多地表现出寂寞中的"呐喊"的话，写于"五四"退潮中的小说如《故乡》《阿Q正传》《风波》等，就更多地表现出作者由寂寞而悲哀、由悲哀而带来的某种前途茫然的失望情绪。《故乡》中的"我"在心绪悲凉中所想的："希望是本无所谓有，无所谓无的。这正如地上的路；其实地上本没有路，走的人多了，也便成了路。"这并非过去有些人解释的一种积极向上的奋斗精神，而恰恰是一种在看不到希望的情况下以进化论为指导的自我安慰。这只要和作家在"五四"高潮中所说的"什么是路？就是从没有路的地方践踏出来的，从只有荆棘的地方开辟出来的"（《生命的路》）加以对比。其所表现出的创作心境就十分清楚了。早在《呐喊》出版的时候，沈雁冰就从中看到了鲁迅的"悲观"，甚至说在《端午节》一篇主人公所发表的"差不多说"里，就看出了"作者所以始终悲观的根由"（《读呐喊》）。这当然未免有点言过其实。可是整个作品中所表现出的寂寞悲哀的心情是无法回避的。

关于《彷徨》，在出版的时候，作者就以屈原《离骚》中的诗句"路漫漫其修远兮，吾将上下而求索"作为全书的题词，后来他又写了《题〈彷徨〉》的四句诗："寂寞新文苑，平安旧战场。两间余一卒，荷戟独彷徨。"这些都可以窥见作者创作《彷徨》时的心境。离开了这一点，像陈安湖同志所说的作者在《彷徨》中主要是理智地批判资产阶级知识分子的"各种弱点"，或者像王富仁所说的作者既"否定离开个性主义的人道主义，同时更否定脱离人道主义的个性主义"，那都是把小说这种文学作品误认为是思想批判的论文。事实上，在当时的鲁迅还没有力量对于人道主义、个性主义或资产阶级知识分子的各种弱点进行清醒的、理智的分析与批判。如果能做到这些，他也许就不会有什么苦闷与彷徨了。鲁迅说过，他不仅时时解剖别人，更多的是更无情面地解剖自己。《彷徨》中的许多小说，既有对社会上各种人物的解剖，也包含着对自己的解剖。这种解剖是无情面的，也是"一时不容易了然"的，因而是充满矛盾与痛苦的。《在酒楼上》的"我"与吕纬甫，《孤独者》中的"我"与魏连殳，《伤逝》中的子君与涓生，不是都在不同程度上表现了作者的某种主观感受与内心体验吗？当然这些作品与郁达夫式的主观抒情小说不同，所以不能认为上述人物都是作者的化身。可是他们又的确是鲁迅在一定心境下的艺术创造，离开作者的创作心境，就无法深刻了解作品的具体内容。

过去我们往往有一种误解，总是认为只有客观反映社会生活的作品才具有社会意义，所以凡是名家的作品，包括鲁迅的作品，总是只从客观反映方面去解释。其实鲁迅并不这样看，他在青年时代就十分重视偏于主观表现方面的文学作品，认为"盖人文之留遗后世者，最有力莫如心声"（《文化偏至论》）。"五四"之后他由浪漫主义转向现实主义，但仍然注意在文学作品中"抒写自己的心"（《小杂感》），《呐喊》《彷徨》都是如此。散文诗《野草》是一本侧重于"抒写自己的心"的文学精品，这差不多是大家所公认的，其实与《野草》同时创作的《彷徨》中的许多小说，在思想感情上，特别是情感积累与内心体验上，都是与《野草》互通的。"五四"过后，鲁迅深深感到"苦痛是总与人生联带的，但也有离开的时候，就是当熟睡之际"（《两地书》），"人生最苦痛的是梦醒了无路可以走"（《娜拉走后怎样》），"造化所赋予人类的不调和实在太多，这不独在肉体上而已。人能有高远美妙的理想，而人间世不能有副其万一的现实……"（《出了象牙之塔》之后）。这既是他在辛亥革命前后寂寞悲哀中的实际感受，更是他在"五四"过后苦闷彷徨中的内心体验。这种感受与体验同时表现于《野草》与《彷徨》的创作中，只不过前者多寓于暗示与象征之中，后者需要借助于人物的描写或抒情性的叙述。这里不妨将《伤逝》与《影的告别》中的两段文字加以对照：

> 依然是这样的破屋，
> 这样的板床，
> 这样的丰枯的槐树和紫藤，
> 但那时使我希望，
> 欢欣。
> 爱，生活的，
> 却全都逝去了只有一个虚空，
> 我用真实去换来的虚空存在。
>
> （《伤逝》）

> 你还想我的赠品。
> 我能献你什么呢？
> 无已，
> 则仍是黑暗和虚空而已。
> 但是，
> 我愿意只是黑暗，
> 或者会消失于你的白天；
> 我愿意只是虚空，
> 决不占你的心地。
>
> （《影的告别》）

两篇作品的内容并不相同，可是这段文字所表现出的苦闷、空虚而又要做"绝望的抗争"的感情是相通的。

"在中国的民主革命运动中，知识分子是首先觉悟的成分。辛亥革命和五四运动都明显地表现了这一点，而五四运动时期的知识分子则比辛亥革命时期的知识分子更广大和更觉悟。"（毛泽东《五四运动》）从民族与国家观念的增强到自我意识的觉醒，是这觉悟的主要内容，但是当群众尚未觉醒、他们尚未与广大群众结合之前，在强大的封建旧思想、旧势力包围之中，知识分子普遍感到寂寞、悲哀、苦闷、彷徨，常常在痛苦中挣扎，在孤独中奋战。据当事人茅盾说，从"五四"到"五卅"，"苦闷彷徨的空气支配了整个文坛"。而鲁迅这时的思想情绪及其在小说创作中的表现，正是这一历史特征的具体反映。列宁称列夫·托尔斯泰是俄国革命的一面"镜子"，并非陈安湖同志所说的只是客观反映了当时的"政治革命"，而是说他的观点和学说中的矛盾正是"19世纪最后三十年中俄国生活所处的各种矛盾状况的表现"，"作为俄国千百万农民在俄国资产阶级革命到来的时候所具有的思想和情绪的表现者，托尔斯泰是伟大的"。同样我们也可以说，鲁迅思想感情中的种种矛盾及其发展变化正是20世纪最初的三十年中国社会生活中各种矛盾状况的表现，作为中国觉醒了的革命知识分子在民主主义革命时期的思想情绪的表现者，鲁迅是伟大的。如果我们也把《呐喊》与《彷徨》看作是一面"镜子"，它所反映的就不仅仅是"五四"前后中国先进知识分子反封建思想革命的历史要求，也包括他们觉醒之后暂时找不到新路的精神痛苦。

马克思早就指出：从前的一切唯物主义（包括费尔巴哈的唯物主义）的主要缺点是："对事物、现实、感性，只是从客体的或直观的形式去理解，而不是把它们当作人的感性活动，当作实践去理解，不是从主观方面去理解"（《关于费尔巴哈的提纲》）。过去的文学理论中的现实主义，也存在着同样的缺点。如果我们也注意从主观方面、从主客观方面的结合上去理解，就会看到一切文学作品都是作家的精神劳动的产品，都是作家在社会生活中的"感性活动"的创造物。如果我们能够了解一部文学史不单单是形象化的社会发展史,也是人类不断前进中的"灵魂的历史"(勃兰兑斯),那就会在鲁迅小说中有更多的发现,那就会对它产生更深刻的认识。

原载于《东岳论丛》1987年第6期

鲁迅研究的历史批判

汪 晖

"鲁学"犹如一座肃穆的"古堡",它以自身的辉煌历史和稳固的内部结构,屹立于急剧变化、纷纭复杂的现代思想和文学的原野。回想一下1981年纪念鲁迅诞生一百周年学术讨论会的盛况,回想一下1985年王富仁博士论文提纲发表所产生的广泛影响,人们不免感叹"鲁迅研究"现状的寂寞与冷落。有人不无揶揄地把"鲁学"说成是"古典研究",因为尽管认真而严肃的研究者不断地为这个"古堡"添砖加瓦,并激烈而执拗地争论着它的内部结构的合理性(如"政治革命"与"思想革命"问题),但这一切都并不包含着它曾经拥有的那种对未来与当代的自觉认识与判断,因而它无法参与当代思想与文化的最重要潮流。"鲁学"内部的分歧与辩驳由于不再构成与当代生活的对话关系,从而无情地被抛入"古典的"范畴。几年以前信心百倍地提出并得到广泛回应的"建立鲁迅学"的呼号,现在已淹没在各种名实未必相符的新思潮、新观念、新方法……之中。

"鲁学"似乎从"中兴"走到了"末路"。抱怨,叹息,既无可奈何又无济于事。耐人寻味的倒是,鲁迅这样一位丰富复杂、植根于中国历史与社会生活的巨人,为什么在"鲁学"中却失去了与当代生活一系列问题进行对话的能力?在我看来,"鲁学"的危机是和"鲁学"过去的辉煌的历史相联系的,"失落感"应当引起我们对历史的沉思,对自身矛盾的反省。这种沉思与反省并不是为了恢复"鲁学"的"显学"地位,因为相对的宁静也许正适合于建立鲁迅研究的现代学术品格,更有利于研究者独立地思考问题。

鲁迅研究与政治意识形态

独立地思考,这是现代思想和精神的最重要的特征。思考的独立性意味着思考者个体意识的觉醒,它怀疑存在着可以用来最终解释一切的唯一的、权威性的范畴。现代文化思潮的复杂性、矛盾性、多元性与旧秩序的统一性、稳定性形成了鲜明的对照:在统一的意识形态的笼罩下,人们在稳定的情况下用统一的观念体系去解释一切对象。而现在,正如一位哲人说的,这种稳定性与统一性已不复存在,我们所处的社会或许是有史以来唯一能容忍持续不断的认知增长的社会。当代思想界的"混乱"、文学界的"逆现象"恰恰隐含了对历史和现实的多元性的理解;既然是多元的、非统一的,人们就有理由充分地发挥自身独特的思考和情感体验,从不同的方面分别地趋近探究对象,面对现代思想的多元品格,任何单一的、无所不包的解释性理论都无一例外地呈现出它的梦幻性或宗教性。正如阿尔都塞说的,人们在这样一种权威性的意识形态中表现出来的东西并不是他们的实际生存状况即他们的现实世界,而是他们与那些在意识形态中被表现的生存状况的"想象关系"。这种关于世界的梦幻只能阻碍我们按照现实去看待现实。

应当指出,在人类思想的发展中,一切统一的、大全的解释性理论或作为规范的意识形态体系,都必然地具有强制性,都必然地依附于宗教的或政治的权威。在这种意识形态中,独立的个体不再能自由地思想,他必须而且只能按照这种意识形态的既定规范去解释他所面对的任何事物,因而解释的结论必然是先定的,是对权威意识形态的既成观念的论证。思想,这个只能遨游于自由的宇宙的鹰,在一统观念的笼罩下失去了自由和独立性。它除了默默叹息还能做些什么呢?

对新时期鲁迅研究局限性的思考，把我们引向了更早的时期，这个时期就时间来说并不遥远，但对生活于当今时代，并把多元性、独立性视为当然价值尺度的一代人却如此陌生，似乎已经相隔整整一个世纪。这是中国共产党人为建立新中国而进行艰苦卓绝的奋斗的时期，是建立新民主主义和社会主义政治权威的时期，同时也是为建立和巩固新的生产关系而自觉建构相应的意识形态体系的时期。鲁迅研究的最重要的历史传统与基本构架正是在这个时期形成的。那时，鲁迅形象是被中国政治革命领袖作为这个革命的意识形态的或文化的权威而建立起来的，从基本的方面说，那以后鲁迅研究所做的一切，仅仅是完善和丰富这一"新文化"权威的形象，其结果是政治权威对于相应的意识形态权威的要求成为鲁迅研究的最高结论，鲁迅研究本身，不管它的研究者自觉与否，同时也就具有了某种政治意识形态的性质。应当正视的是，新时期鲁迅研究正是在这个坚固的历史前提下展开的，鲁迅研究被认定"不仅关系到对鲁迅本人的学识和贡献的评价，而且关系到对中国新文化运动的评价以及对中国革命史的评价，关系到我们民族文化未来的前进道路"，"毛泽东同志对鲁迅的科学评价是经典性的论述，它曾经指导我们的鲁迅研究工作循着正确的方向向前发展和日益深化，今后仍然是我们从事鲁迅研究的指针"[①]。正由于此，党和国家的最高领导机构和它的各级地方组织都高度重视并积极组织了纪念鲁迅诞生一百周年的学术活动，鲁迅研究肩负着党和国家的意识形态规范的沉重任务。

毛泽东1937年在延安陕北公学鲁迅逝世周年纪念大会上的讲话和著名的《新民主主义论》明确指出："鲁迅在中国的价值，据我看要算是中国的第一等圣人"和"党外的布尔什维克"，即把鲁迅作为现代革命历史的"至圣先师"。"政治的远见""斗争精神"和"牺牲精神"[②]这三

[①] 梅益：《纪念鲁迅诞生一百周年学术讨论会开幕词》；载自《纪念鲁迅诞生一百周年学术讨论会论文选》，湖南人民出版社1983年版。

[②] 毛泽东：《论鲁迅》；载自《六十年来鲁迅研究论文选》（上），中国社会科学出版社1982年版。

个方面构成了中国第一代马克思主义政治领袖对"鲁迅精神"的理解，这种理解一方面联系着中国当时正在进行的民族民主革命的政治形势，即把鲁迅视为党的鲁迅、民族的鲁迅，另一方面又是作为普泛性的意识形态要求而不是独特的精神品格出现的。后一方面越到后来越加明显：鲁迅研究承载的政治意识形态使命，决定了鲁迅研究者对鲁迅精神理解上的分歧必然也就是一种政治意识形态的分歧。意识形态的特点在于，它总是使人自觉自愿地服从于某种至上权威，正如封建时代的人们对于"礼"的主观自觉地服膺。人的思想自由在意识形态的范畴内是被自觉、自愿、自由地奉献于一个更高的圣坛。因此，在政治意识形态制约下的鲁迅研究的一些更具学术性的现象就更加耐人寻味。

第一，一些对鲁迅精神有着深刻体验与理解的研究者，对于鲁迅精神中那些与特定政治意识形态体系不相吻合的独特而复杂的现象，自觉不自觉地忽略和持否定态度。他们通过与鲁迅的交往或阅读鲁迅著作而形成的感性经验，同他们先定的意识形态的价值判断存在着冲突，却总是用后者支配前者。例如，冯雪峰同志是一位对鲁迅有着很深理解的前辈，他直觉地感到那些指责鲁迅"悲观""虚无"的幼稚的马克思主义者没有理解鲁迅"正视黑暗"和执着现实的精神，但先验的判断却使他没有循此而去研究鲁迅精神的这种复杂现象及其意义，而是断言鲁迅对于"黄金世界"的否定是"没有经过深思""脱口而出的话罢了"，"跟他正在研究马克思主义理论的当时的向前发展的要求，是显然不相符的……"[①]在这里，孤独、寂寞以至悲观、绝望等在鲁迅精神中具有独特含义的思想范畴，就被做了先定的价值否定，于是，《野草》《彷徨》等作品的思想价值也就不可能得到深入的发掘。

第二，政治意识形态作为一种无所不包的解释性理论，构成了鲁迅

[①] 冯雪峰：《回忆鲁迅》，人民文学出版社1953年版，第13—14页。应当说明，冯雪峰在《论〈野草〉》中对此问题的分析稍有变化，但他仍然是用"个人主义"和"进化论思想"的局限来解释鲁迅对"黄金世界""绝望"与"希望"的态度。这篇文章始终贯穿的"积极—消极""悲观—乐观"的二分法是鲁迅研究中根深蒂固的分析模式，而划分和评价的尺度显然是从单一的政治意识形态要求出发的。

研究基本的分析和评价的工具和尺度。由此产生了两个结果：首先，鲁迅研究的基本构架是由这个先定的意识形态构架为基准，而不是由鲁迅自身的精神结构为基准；这个政治意识形态的一系列重大命题和思维逻辑，在鲁迅研究中构成了一种不是从鲁迅本体出发的、先验的体系，它的概念系统及其运思方式也就不免偏离了鲁迅独特的思想和情感形态，偏离了鲁迅思考问题的特殊角度。例如，根据陈涌同志对鲁迅小说的研究，《呐喊》《彷徨》无非是以形象的方式表述了毛泽东关于新民主主义政治理论的一系列命题，如资产阶级民主革命的致命弱点问题，中国革命的基本问题，农民问题以及与此相联系的阶级压迫、民族压迫和农民的政治反抗问题，中国革命过程中的妇女问题，小生产者和小资产阶级知识分子在革命过程中的软弱性、动摇性和妥协性问题，个性主义、人道主义的脆弱性问题，……由这样一些政治意识形态的基本问题建构起来的鲁迅小说的阐释体系必然也就具有其意识形态的权威性。这种政治意识形态的研究模式对自身矛盾的解释方式更清楚地证明了它的结论的先验性质：前期鲁迅被界定为一个革命民主主义者，而他在革命民主主义思想指导下的文学却包含了只有中国马克思主义意识形态理论才能提出的基本命题。对这种内在的逻辑矛盾的解释完全依存于对意识形态的权威性的论证："虽然鲁迅当时对无产阶级、对共产主义思想还不理解，但从这里我们便可以看到，鲁迅实际上是把'五四'的根本方向、为共产主义思想所决定的方向，作为自己的指导方向，并且对这方面表现着这样信任，这样坚决。这就表明，中国杰出的和优秀的革命民主主义的作家可能而且在中国的条件下必然把自己的活动逐渐融合到共产主义思想中去。从民主主义到共产主义，这是鲁迅思想发展的根本方向、根本规律。即使鲁迅在接受共产主义思想，在成为一个共产主义者之前，还需要经过一段复杂曲折的道路，经过一个摸索和怀疑的过程，但这个根本方向，是在鲁迅进入中国文学生活的第一天，便确定了的。"[①]

---

①陈涌：《论鲁迅小说的现实主义》；载自《六十年来鲁迅研究论文选》（下），中国社会科学出版社1982年版。

我们现在还来不及讨论这种典型的决定论的思想方式，它在新时期的鲁迅研究中也仍以不同的面貌或隐或现；这里首先涉及的还是鲁迅研究的意识形态构架产生的第二个直接后果：鲁迅研究在很大程度上成为对某种先定的"神圣"或"绝对"的论证，从而斩断了鲁迅精神与生活的那种深刻的批判性联系。

　　从政治意识形态的角度，把鲁迅的生活道路和精神历程简化为从民主主义到共产主义的"根本方向"和"根本规律"，也即意味着鲁迅研究的基本任务就在于对绝对的"方向"和"规律"的论证。鲁迅——这个不想论证任何东西的永恒性，却不懈地揭示现实存在的短暂性的人——恰恰成了某种"绝对"和"神圣"。由于害怕伴随社会主义从空想变为现实而产生新的变革内容，害怕鲁迅的那种顽强执着的批判和否定精神揭示出当代生活的暂时性和局限性，并成为鼓舞变革这种局限性的一个力量源泉，鲁迅的那种批判性的、否定性的文体被宣布为不适合于我们这个新时代的过时的东西，鲁迅的现实主义传统作为中国民主主义革命进程的文学论证或"镜子"是"清醒的""彻底的"，但它属于历史，属于过去，属于对旧时代的批判性总结；它们不再是生活力量本身，不再是一种不朽的革命性变革的力量；人们不是在世界的变动之中，在冲突的焦点之中，来解释那曾经是而且仍然是一种历史力量的东西。鲁迅研究在两个方面失去了它的意义和价值：一方面由于我们不是通过对鲁迅批判精神的认识来达到对自身的批判，不是从鲁迅那里发现当代生活与鲁迅所批判否定的生活之间的实际上没有、也不可能彻底斩断的联系，因而我们也就失去了对鲁迅精神的现实性理解；另一方面，由于我们不是从广泛的世界性联系和具体的生活过程中研究鲁迅全部精神结构和它的运动过程，研究鲁迅复杂的文化心理及其对生活的回应，而仅仅是在政治意识形态指导下研究鲁迅对他的直接目标的批判，研究鲁迅接受马克思主义的时限，这样我们也就失去了活生生的、丰富复杂的研究本体。在这些研究中，鲁迅一旦接受了马克思主义，似乎便走入了"神圣"和"绝对"，便不再有对自身、自身所属阵营，以至自身接受了的新思想的认识、批判和否定（也即发展），因为我们对于"神圣"和"绝对"绝对说不出什么东西来；在这些研究中，我们看到的仅仅是鲁迅对我们和我们的时代的"认同"——因为我们和我们的时代是马克思主义的、社会主义的。

因此，第三，在这种政治意识形态构架内，鲁迅的形象被"圣化"了。我不使用"神化"而使用"圣化"一词，是由于在鲁迅研究的泛政治模式中，鲁迅并不是作为一个救世主、一个与生俱来的英雄来描述的（那是帝王的形象而不是圣贤的形象），相反，人们仍然可以批评他的前期思想的"唯心主义"性质；被"圣化"的首先是他那"民主主义—共产主义"道路，而后才是这个作为意识形态的或文化的权威形象的"圣化"。应该说明的是，"圣化"不是指对鲁迅及其思想和艺术的高度评价，而是指按照权威的意识形态需要来塑造鲁迅；鲁迅作为中国近现代思想与文化的巨人，他的丰富性和深刻性确是他的同时代人难以企及的，他对中国历史、现实与未来的洞悉与描绘使他的著作成为了解与改造中国人及其社会的伟大经典。区分对鲁迅的高度的历史评价与"圣化鲁迅"无疑是必要的，尤其当有人在逆反心理支配下贬抑鲁迅的时候。事实上，"圣化"鲁迅不过是"圣化"那些与权威意识形态的需要相适应的东西，真正被"圣化"的与其说是鲁迅不如说是这种意识形态的权威性或实际的社会政治需要。总的说来，"圣化鲁迅"的结果有下述三个方面的表现：一是一切与这种权威意识形态需要不相适应的存在，无论其多么明显与重要，不是被抹杀，就是被歪曲。例如，鲁迅与20世纪现代文化思潮的精神联系，由于这一意识形态对西方现代思潮的全面的价值否定，成为鲁迅研究的禁区；鲁迅对施蒂纳、尼采、安德烈耶夫、阿尔志跋绥夫等人的深刻共鸣只是在"误解"的范畴内偶尔涉及，而鲁迅与高尔基等联系并不紧密的作家的关系，却得到显著的渲染。鲁迅精神和创作中的某些与意识形态需要不相吻合的部分，如《野草》所表达的种种情绪不是被完全无视，就是做价值上的否定；鲁迅对国民性问题的探讨，其实是鲁迅对群众精神病态的批判，由于不合意识形态对群众的基本评价尺度，或者被说成是前期鲁迅的局限性，或者被简单地"忽略"；相反，诸如"听将令"之类的说法则得到显著的渲染和发挥……二是在政治需要的前提下，反复征引鲁迅在特定条件下的某些思想和用语。他的言论被剥离开他的整个精神结构而作为抽象的准则，并实用主义地加以应用。这一点众所周知，记忆犹新，似已无须举例说明。三是"至圣先师"的意识形态品格，要求他成为一个偶像式人物，他的一切爱、恨、生、死、喜、哀等人的情感必须被纳入意识形态的范畴。于是，鲁迅作为一个活生生的独特个体消失在历史的天际，呈现在人们面前的仅仅是"民族英雄"的鲁迅、"阶级斗士"的鲁迅、"党的"或"党派的"鲁迅；除了阶级的民族的和党派的情感和思想而外，鲁迅不再有其他情感与思想。

鲁迅的"圣化"或偶像化是一个复杂的历史现象，对此做任何一种简单化的理解都得出片面的结论。毛泽东对鲁迅的评价包含了这位政治领袖对鲁迅的不乏深刻的洞见与理解，鲁迅自身的丰富性和深刻性是他在中国现代思想文史上占有重要地位的根本原因。讨论鲁迅的"圣化"问题并不意味着对毛泽东及其后的研究者的具体论断的全盘否定，更不意味着无视鲁迅的伟大与深刻。问题在于，鲁迅的"圣化"源于某种深远的民族文化心理，源于特定政治意识形态的需要。用鲁迅来替代他和他的同道打碎了的"至圣先师"的偶像，这本身就是对鲁迅和他的思想艺术的历史性讽刺。马克思在《德意志意识形态》中曾把意识形态与形而上学相提并论，他认为形而上学同伦理道德（亦指意识形态的其他形式）一样没有历史。①没有历史也即意味着永恒，即它无所不在、以其永不改变的形式贯穿于变迁的历史之中。永恒性意味着思想的停滞，因为思想总是在对不断变迁的现实做出回应的过程中产生的。它是变化的、独特的，融合着人们的独特的经验，因而思想不可能是永恒的，其中总是包含着某种局限。当人们不是从独特的生命体验，不是从变迁的历史中来理解鲁迅，而是从普遍的、永恒的意识形态来理解鲁迅，独立思考的权利就被剥夺了。不同个体笔下的鲁迅形象本应形成不同的、体现研

---

① 〔德〕马克思：《德意志意识形态》，人民出版社1962年版，第20页；参见阿尔都塞：《意识形态和意识形态国家机器》。

究者各自独特的生命体验的鲁迅形象，而在意识形态的覆盖之下，无论研究者们有怎样的分歧和争论，鲁迅的形象只能是单一的、绝对的、抽象的，甚至那些用来体现鲁迅的"人"的特点的东西，在这个形象身上也是苍白而缺乏活生生的个性的。

我不得不向那些严肃的研究者们致歉，他们在特定的时代条件下为鲁迅研究做了大量的、至今仍有重要价值的贡献。当我对鲁迅研究做一种历史性批判的时候，我无法一一叙述在鲁迅研究的历史前提发生了根本性问题的时候，他们对许多具体问题所做的分析和考证实际上为我们今天的思考提供了重要的基础。但是，如果重大的历史前提在发展的进程中丧失了自己的必然性、自己存在的权利、自己的合理性，一切隶属于、依存于这一历史前提的分析与判断，在总体的意义上，必然呈现出自身的片面性和不可克服的内在矛盾。

先定的前提与回到鲁迅本体

对历史现象或文本的理解本来就不是一个方法问题，它涉及的是人或人类的整个世界经验。正如伽达默尔说过的，理解活动是人存在的基本模式，而不是主体认识客体的主观意识的活动，那种狭义的文本理解和解释活动只是从这种本体论的理解活动中派生出来的。从这个意义上说，新时期鲁迅研究的突破主要不是由于解释方法的更新，如心理学、系统论等等的运用，而是由于我们对世界、现实和自身传统的全部经验发生了变化。与此相应，新时期鲁迅研究的局限性正来自这种经验变化的限度。

思想解放意味着对旧的意识形态权威的反叛。但是，在思想领域中，"反叛"不可能不是一个漫长而充满痛苦与矛盾的过程。既然人们无法在历史与传统之外，只能在历史与传统之内来理解历史现象，那么，无论这种理解在多大程度上"反叛"了自身的传统，我们也仍然可以发现这种"反叛"行为与自身的"反叛"对象之间的那种内在的微妙关系。鲁迅研究与政治意识形态的历史联系必然地使它在思想解放运动的初期处于活跃状态。因为思想解放运动首先意味着对旧的意识形态权威的怀疑、困惑与反叛；同时，鲁迅本人无论在身前还是身后，都曾与中国现代历史的重大的、需要重新审视的历史事件和历史人物发生联系，尤其是在意识形态的或文化的领域里。粉碎"四人帮"以后，围绕着"两个口号"的论争"左联"问题，瞿秋白、胡风和冯雪峰的平反，"第三种人"和"自由人"的再评价，中国现代文化名人如胡适、陈西滢、林语堂、梁实秋等人的重新认识……鲁迅一再地成为人们议论和研究的中心。应当提醒人们注意的是，鲁迅在这种场合之引人注目，仍然是和特定政治意识形态需要相联系的。因此，一系列具体判断的变迁与思维模式的内在延续构成了新时期鲁迅研究的重要特点：对传统的挑战与对传统的承袭使我看到了鲁迅研究者以至我们这个时代的深刻的精神冲突。

　　意识形态用一种关于现实关系的想象性畸变来把握世界。由于总是和现实的权威力量，如政治和宗教相联系，它的一系列命题和判断在某种意义上就是不可论证、也无须论证的真理。以这样一种先定的前提和判断作为立论基础的研究，无论比结论的现实尖锐性如何，都必将在科学精神与思辨理性的门前止步，都意味着研究者思维独立性的最终丧失。

　　不幸的是，新时期鲁迅研究在突破原有的对鲁迅的理解与评价的同时，仍然承续了一系列未加论证即作为前提使用的命题、概念和价值判断。更应引起注意的是，在一些重大的、具有某种突破意义的成果中，我们仍然发现了那种简单的决定论思维模式。其根本的特点是就它的先验性，它的概念与尺度的绝对权威性，它的概念系统与鲁迅自身的思想内容的分离性。这一切发生在人们试图与旧有的鲁迅研究的泛政治意识形态模式告别的过程中，发生在解放思想、建立新的、具有科学意义的"鲁迅学"的过程中，发生在人们的理性启蒙与自觉的时期，格外令人深思。我从下述几个不同的方面对此做扼要的分析：

　　第一，眼界的拓展与结论的先定。思想解放运动的重要功绩之一，就是使许多过去视为禁区的领域重新开放，过去"为贤者讳"的显著事实成为人们进行研究、取得突破的对象。新时期鲁迅研究的一些重要进展突出地体现在关于鲁迅与外来文化的历史联系和比较的研究之中。鲁迅与俄罗斯古典文学，尤其是鲁迅与安德烈耶夫、阿尔志跋绥夫、陀思妥耶夫斯基等在传统意识形态意义上被称为"反动作家"的关系获得了广泛的重视，而鲁迅与尼采这一复杂而敏感的课题一次次成为人们讨论的对象。鲁迅不再是一个孤立的巨人，而成为世界性联系中的巨人。但是，在这类研究中，存在着两种先定的结论。第一个结论涉及的是鲁迅与"反动"作家的关系，其立论的方式是伟大的革命民主主义者鲁迅为什么会接受诸如尼采这样的"反动"思想家的思维成果？因此，尽管人们承认存在着这样那样的承继关系，但论述的终点始终是辩解性的，即把所谓"本质的区别"作为研究的最高结果。这类文章的基本思维逻辑就是："历史的误解"→"特定条件下的影响与被影响关系"→"本质性的区别"→"最终的抛弃"。承认鲁迅与尼采的历史性联系，承认这种历史性联系包含着某种积极意义，这无疑是一个重大的进步，把这种历史性联系纳入鲁迅自身的思想过程与现实需要，从而分析二者的区别，这在理论上也不无道理。问题在于：全部立论建立在对两位思想家的政治意识形态的判断之上。因此，人们并没有去细致地分析尼采思想的实际内涵，没有以20世纪现代文化思潮这一广阔的历史文化背景上去透视尼采的多方面的、极其深远的意义，从而也就只能在相当狭小的范围内，以中国政治革命与思想革命为唯一参照，以意识形态判断为唯一尺度，对鲁迅接受尼采学说这一事实做出解释。这种研究部分地揭示了所谓"历史性的误解"的内涵，却没有展示出尼采思想在现代文化中产生如此广泛深远影响的深因，从而也就未能理解鲁迅与现代文化的精神联系。正是由于人们实际上仅仅是从政治意识形态的角度阐述问题，因而，后期鲁迅对于尼采的为数不多的社会学或政治学意义上的批评也就被理解为鲁迅对尼采的最终抛弃，而尼采的思维方式、精神气质以及渗透着尼采思想的现代西方文化对鲁迅的持久而深刻的影响则完全不能进入研究者的视野。同样的情况也出现在关于鲁迅与现代主义的关系，尤其是鲁迅与安德烈耶夫，《野草》与象征主义之类的研究论题中。"安特莱夫式的阴冷"在一些文章中只是作为个别作品的偶然的或个别的现象，而不是把它放在鲁迅整体精神结构和艺术体系中考察；《野草》的象征主义也常常只是被限定在艺术方法的范畴内考察，而不是把它放在20世纪现代文化与文学的广阔背景中来理解。结构主义认为，真正理解现象的唯一方式是把它们与更大的结构联系起来，事实上，理解一词本身就涉及事物与结构的关系。然而，当人们首先用政治性判断对研究论题做了限定之后，研究也就必然被局限在有限的范围内，因为超越政治意识的层面，上述的先定前提就必然遭到挑战。正是由于自觉不自觉地存在着这样一个相对恒定的政治意识形态判断，许多需要从不同的层面去分析判断的复杂现象就成了这种单一判断的牺牲品。例如在一篇总体相当不错的论文中，作者在分析《野草·复仇（其二）》所描写的"以死人似的眼光，赏鉴这路人们的干枯，无血的大戮"时，完全脱离开作品的独特的表现方式和这种象征性描写所隐含的深刻而复杂的精神现象，断言"这种'复仇'，显然并不能解决什么现实问题，旁观者既不能因此而觉悟，复仇者也给自己招致不必要的损失……在客观上反而增添了自己的寂寞感。"①孤独、寂寞、绝望、复仇——这类具有深刻心理内涵，又与现代文化思潮有着内在联系的精神现象，在单一的政治意识形态参照之下只能成为一种不必多加探究的否定性的精神现象。

  第二个先定结论则表现在时代性与民族性问题上，其特点就是把时代与民族的政治生活状态作为评判文学的尺度。在比较鲁迅与契诃夫、果戈理、托尔斯泰或其他文学家的过程中，人们实际上是按照时代的不同、意识形态的差异，而把鲁迅的思想和艺术凌驾于后者之上，其内在的尺度则是"革命民主主义""革命现实主义"对于"民主主义""批判现实主义"的政治先进性。王富仁在回顾自己关于鲁迅与俄罗斯古典文学的研究时说得极中肯："从表面看来，这似乎没有什么不对，但这种观念本身却是极其有害的。文学最不能放在机械论的范围中来研究，它是一个更为复杂的领域，假若我们简单地把鲁迅置于果戈理之上，我

---

① 《纪念鲁迅诞生一百周年学术讨论会论文选》，第330页。

们也就可以把赵树理置于鲁迅之上。"①应当指出，这种机械论与教条主义倾向和特定的权威意识形态的先定判断相联系。研究的最高结论是先定的，研究过程与研究目的并不意在发现新的东西，而只是用研究对象证实已有理论认识的正确性。与此相类似的问题，就是在分析鲁迅的文学作品时，不是从作品出发，而是根据"五四"前后中国社会性质（政治意义上的社会性质），并用革命民主主义所涵盖的鲁迅思想（在这里，作为政治哲学概念的革命民主主义同鲁迅思想画上了等号）来解剖人物以至艺术过程。关于这个问题，我在后面还将谈到。

先定的前提假设对于研究者来说经常是不自觉的，在先定的前提假定没有得到自觉的清算之前，任何具体的突破的意义都是有限的。然而，一切革命性的思维都是在局部变革中孕育成熟的。因此，当我们阅读新时期鲁迅研究的文章时，这些文章呈现的内在矛盾恰恰显示了思维的拓展。林兴宅、吕俊华同志尝试用系统论、哲学和心理学方法阐释《阿Q正传》，今天看来这些研究仍然显得生硬，虽然他们对阿Q现象的阐释增加了新的观照角度而显得丰富复杂，但在总的方面并没有突破原有结论的基本框架（这可能与论题的有限性有关）。然而，这种尝试确实使人们对一系列先定前提产生疑问，当人们意识到"阶级论"不能解释阿Q精神的一切方面时，合乎逻辑的思考将是：旧有的理论体系及其概念和命题能够完整地解释鲁迅吗？

第二，思维的深化与概念的贫乏。

当人们从旧的思想桎梏中摆脱出来的时候，终于获得了对鲁迅思想的独特性的认识。人们力图从鲁迅认识问题的特殊角度总结鲁迅的独特思想。然而，在相当多的文章里，人们实际上仍然用一些普泛性的概念，如革命民主主义、人道主义、马克思主义、社会主义、进化论的历史观、阶级论，……对鲁迅思想做一种所谓"本质性的"或"规律性"的界定，而这种"本质"与"规律"实际上仍然依存于特定政治意识形

---

① 王富仁：《先驱者的形象——论鲁迅及其他中国现代作家》，浙江文艺出版社1987年版，第2页。

态对中国现代历史进程的总结。这里涉及的是规律与普遍的解释语言的问题。西方17世纪哲学和科学的中心主题是寻找解释世界的普遍语言。人们通过对各个领域复杂事物的分解与界定，筛选和抽象出一些最基本的单元，然后按照统一的逻辑组合方式，构成起支配作用的根本规律。然而，例如按照普里高津的看法，今天应当彻底放弃这种把世界的全部复杂过程归结为几条基本规律的方法，人们应当寻找新的多样性的解释语言，寻找解释不同现象的特殊语言。①人类对世界的认识包含两个层面：一个层面是关于世界的论述，另一个层面则是关于世界的论述。鲁迅研究无疑隶属第二个层面，因此它必须重视对于鲁迅独特的语言概念的阐释。按照现代分析哲学的观点，"关于世界"与"关于语言"的区别并不是绝对的，因为世界就是人们描绘的那个世界，那个在特定的概念体系中存在的世界。考察鲁迅的意象和概念中的世界，也就是在考察世界。从这个意义上说，鲁迅研究实际上就是要研究他所感受到的世界结构，这个世界结构由于不同于别的思想艺术体系中的世界结构而呈现出自身的独特性。因此分析鲁迅的思想、分析鲁迅理解和接受这个世界并互相交流的概念的最好方法，就是研究它们在鲁迅自身世界中的实际应用。然而，即使是在新时期的鲁迅研究中，人们也习惯于沿用普泛性的政治哲学概念来研究鲁迅的思想和文学，而这些概念的内涵和外延均未加论证。概念的贫困在这里是和那种顽强的政治意识形态的研究模式相联系的。

用普泛性概念无法揭示鲁迅思想和艺术的独特性，这可以从三个层次加以说明：

首先，民主主义、封建主义、社会主义等政治哲学概念在马克思的学说中是对西方社会历史现象的总结，并有着相对稳定的内涵。当中国的马克思主义者运用这些概念分析中国社会和历史现象时，还没有来得及深入思考马克思关于"亚细亚生产方式"的提法。亚细亚生产方式意味着与西方社会结构的深刻差异。承认这种差异也就必然要承认人们必

---

① 参见李培林：《科学的"思辩"与新的理性》，载自《读书》1988第6期。

须用不同的概念体系或对现有概念体系加以注释性的改造来把握对象。东方专制的社会结构及其意识形态（礼教）与西方专制社会的区别，也就决定了东方革命者的革命对象与西方民主主义者的区别。正如俄国"革命民主主义者"的思想内涵与法国民主主义革命者在深刻的联系中又有着深刻的差异一样，中国现代革命的性质和它的思想体系必然也有别于西方与俄国的革命性质和它的思想体系。因此，用"革命民主主义"以至于"反封建"等术语尽管可以揭示鲁迅社会政治意识的某些方面，却没有呈现鲁迅思想的独特性，也没有呈现中国革命之不同于西方的特殊性。就鲁迅而言，他不仅早年发表过大量反民主的言论，而且在倡导"民主与科学"的"五四"时期，仍然对民主政体的基本形式议院持否定态度。在相当长的时期内，鲁迅并没有从政治哲学和社会体制的意义上谈论民主问题。因此，西方有些研究者按照他们对"民主主义"的理解而断言鲁迅是"反民主"的思想者。同样，"封建主义"这个概念也不是鲁迅的概念，鲁迅关于改造"国民性"、礼教"吃人"以及两种"奴隶时代"等等提法与政治哲学意义上的"反对封建主义"显然有所区别。如果我们不是对鲁迅自身的概念体系以及这些概念所反映的对象的特殊性加以考察而是直接套用政治意识形态的概念来说明鲁迅思想及其社会意义，必然出现概念系统与鲁迅思想内涵的分离性。

其次，在鲁迅研究中习用的大量术语常常既不是在鲁迅自己使用的意义上运用，也未得到科学的界定，例如人道主义、个性主义的概念，在一些文章中未加论证即投入使用。这两个隶属于同一体系的概念又经常作为对立的或矛盾的双方用以描述鲁迅思想，仿佛"个性"问题并非"人道"的题中应有之义。尽管有同志对此做了相当细致的分析、界定，但鲁学界仍然普遍地用这些不加论证的术语说明鲁迅。"鲁迅是一位人道主义者"的命题被广泛接受，然而鲁迅在什么意义上是一位人道主义者却没有得到深刻的理论分析，这一事实是和术语的科学性相关的。事实上，正如革命民主主义概念对于鲁迅研究而言曾是无须加以论证的先定前提一样，对许多人来说，人道主义在思想解放运动中也是人们的旗帜——一种无须加以论证的先定前提。1986年10月，在"鲁迅与中外文化"学术讨论会上，法国学者米歇尔·鲁阿曾就《鲁迅是"人道主义者"吗》为题，首先对作为理论的"人道主义"与作为意识形态的"人道主义"加以区分，认为在前者的意义上，鲁迅是站在反人道主义的立场上的，而在后者的意义上，鲁迅是一位伟大的人道主义者。鲁阿的分析借助于西方马克思主义的意识形态理论，其科学性是可以讨论的；然而她对概念的分析方式却值得我们注意。遗憾的是，人们对习用的概念并不愿意多加思考。像进化论、国民性等鲁迅经常使用的、具有独特内涵的概念也经常在一般的意义上使用，有的同志把国民性与阶级性作为对立范畴，也有人是用斯大林关于民族性的概念比附国民性概念。概念，是进行科学思维的工具，概念模糊必然导致思维的混乱，而当概念成为论证的先验前提时，结论的全部可靠性就失去了坚实的基础。

再次，鲁迅作为一位文学家，而不是营造严格体系的哲学家，他的思想表达方式经常是相当感性的，例如在《野草》的人生哲学体系中，他的一系列思想范畴是通过大量反复出现的意象呈现出来的，像"一切"与"无所有"，"希望"与"绝望"，"沉默"与"开口"，"生"与"死"，"天上"与"深渊"，"人"与"神"，"人"与"兽"，"地狱""天堂"与"黄金世界"，"停下"与"走"……正如一位研究者指出的：每一个有独创性的思想家和文学家，总是有自己惯用的、几乎已经成为不自觉的心理习惯的、反复出现的观念、意象；正是在这些观念、意象里，凝聚着作家对于生活独特的观察、感受与认识，表现着作家独特的精神世界与艺术世界。[①]当人们不是从这些独特意象的观察而是从一系列先定的、甚至未加论证的前提和概念来阐释鲁迅时，这个阐释体系的先验性质就是显而易见的事了。

第三，"回到鲁迅那里去"与决定论的思维模式。

只有当我们彻底地意识到我们的每一观点和术语的限定性的时候，我们才有可能建立科学的阐释体系。然而，正如我在前面已经谈到的，意识形态自身适应于现实，于站立在意识形态中的人来说，它的那些纲

[①] 钱理群的《心灵的探寻》就是从这个角度结构全书，上述看法见该书导论。

领性的信条似乎是一种不证自明的东西。因此，意识形态不可能具有那种包含了对自身的彻底的批判性。当人们没有从前提上思考问题，而只是对旧有的某些结论产生怀疑的时候，人们也就只能用更加复杂的丰富的方式来论证这个前提：从这个前提出发论证前提。新时期鲁迅研究在相当长的一段时间里也仍然停留在这样的阶段，那种把鲁迅视为"无所不包"的"圣典"的前提假定，使人们在相当细致、并在一定程度上具有"科学"形式的状态下，从各个领域重新塑造那个被政治运动玷污了的形象。研究者不是在人格平等的状态下审视鲁迅，而是匍匐在巨人的脚下瞻仰他的理念的光环。鲁迅对民间文学的贡献，鲁迅的书法艺术，鲁迅的美学思想，总之，鲁迅在他曾涉及的一切领域都被加以"圣化"。鲁学的丰富化与它的批判性的丧失，导致一些富于开创意义并在某种意义上包含了意识形态批判内容的著述，在整体的构架上无法摆脱先验的理念化的思维模式。例如刘再复同志的《鲁迅美学思想论稿》包含了对专制时代的僵化的文艺思想的批判性思考，但思考的结果仍然是把鲁迅的美学思想描述成了无所不包的体系。正如陈燕谷、靳大成指出的，读《论稿》让人感到刘再复思想拐杖的陈旧、不合用，他不是用马克思主义最宝贵的活的灵魂作为指导他研究的理论方法，而是借用或者说简直就是搬运现成的命题、公式和概念体系，以当时流行的观点为蓝本来分割鲁迅的有机的文艺观整体，把鲁迅的文艺美学思想写成了马列文艺思想的注释性的辅导材料。真、善、美的构架是作为一种先验理念而不是对象的原有结构出现的。刘再复对古今中外美学思想的有价值的考察，由于他的思维前提而只能成为论证这个前提的材料。

　　正是在这样的背景下，我高度评价王富仁在其博士论文中提出的"首先回到鲁迅那里去"的口号，它的革命意义就在于它力图否定鲁迅研究的先定的政治意识形态前提。王富仁第一次明确地指出：以毛泽东同志对中国社会各阶级政治态度的分析为纲，以对《呐喊》《彷徨》客观政治意义的阐释为主体的粗具脉络的研究系统，是一个变了形的思想图式，王富仁力图"回到鲁迅"的原初意图，并以这种原初意图作为自己的阐释基础。

然而"回到鲁迅那里去"的批判性是有限的，因为这一口号建基于这样一个假定，即研究者在认识过程中可以完全离开自身的历史性或自己的历史"视界"而直接进入鲁迅的"视界"。这样，这一口号意味着可以用一个客观的系统取代另一个主观的系统，而一切阐释都应当在这个系统的基础上进行。旧的意识形态的阐释系统就是在客观的、稳定的形式下分析鲁迅，它不承认自己的主观性与局限性，一切结论都具有终极真理的性质。王富仁在批判旧体系的过程中直观地提出这一口号，却没有深思这个口号在发展过程中可能出现的保守性质。正是在王富仁最富于革命性的地方，我们发现他的思维模式没有得到真正的革命性的改造。

王富仁的局限性不在于他的具体结论方面，因为任何一个结论都是从特定的角度做出的，从而它的适用范围，是不言而喻的事。王富仁的局限在于他的思维方法。我这里说的还不是他也是在未加科学分析的情况下直接沿用了旧体系的概念系统，从而在解析和逻辑推演中必然会出现不精确以至武断的地方，我所说的思维方法的局限更主要地体现在他的决定论的思维模式和由这种决定论方法建立起来的完整体系之中。

王富仁博士论文的庞大体系建立在双重因果决定关系上：时代的思想革命运动决定了作家的意识倾向，作家的意识倾向决定了作品的本体意义、意识本质、创作方法和艺术观念及技巧。在这个线性因果决定论的体系中，王富仁的逻辑推演是颇为严密的。然而，面对这样一个严密的体系，我常常想起恩格斯对黑格尔的批评："他不得不去建立一个体系，而按照传统的要求，哲学体系是一定要以某种绝对真理来完成的。所以，黑格尔，特别是在《逻辑学》中，虽然如此强调这种永恒真理不过是逻辑的或历史的过程本身，但是他还是发现他自己不得不给这个过程一个终点，因为他总得在某个地方结束他的体系。"[①]在王富仁的博士论文中，"思想革命"的命题是他论述的起点，又是他的论述终点，甚至连艺术方法及技巧都由这一命题支配，又反过来说明了这个命题。艺术创作的非常复杂的过程——它涉及作家的意识和潜意识，涉及历史的

---

① 《马克思恩格斯选集》（第4卷），第213—214页。

总体状态和偶然的生活契机，涉及文化传统与艺术传统的渗透和个别艺术作品的启发——在这里却成为"思想革命"这一"绝对理念"纵横捭阖的场所。由于"体系"的需要，他在这里常常不得不求救于强制性的结构，而那种毋庸置疑的线性因果逻辑的实际前提，却是将现实世界、作家精神结构和艺术创作过程的复杂性纳入一个单一的强制性联系之中。例如，他把鲁迅小说的创作方法——对应于思想革命的意识需要，创作方法首先被界定为"对话方式"，而现实主义是被视为进行思想意识改造的有效手段而"必然"成为"第一需要"。不能不说，这种"必然性"是在大量条件被省略掉之后的"必然性"，它造成了一种错觉：作家的社会政治意识乃是艺术过程的唯一决定因素。于是，在王富仁的体系中，鲁迅对浪漫主义的弃取也完全决定于为思想意识改造而进行对话的有效性。

王富仁的体系中有一种对"必然""规律"和"本质"的偏好，这种思维方法把存在范畴和意识范畴的大量"现象"作为"偶然的""非本质的"东西搁置一旁。像陈涌同志断言鲁迅的全部道路在他进入中国文学的第一天就已决定了一样，王富仁相信鲁迅的创作过程在他形成了反封建思想革命的意识趋向时也已决定了。因此，他们需要寻找的就是这种决定性的规律。《镜子》一书的思维逻辑可以概括为：反封建思想革命是《呐喊》《彷徨》产生的历史时期的"本质"，鲁迅那时的思想追求和艺术追求最完整、最集中地（合于本质地）体现了这个时代的本质需求，因而《呐喊》《彷徨》是中国反封建思想革命的一面镜子。这种思维逻辑把鲁迅小说仅仅看作是中国现代社会的认识论映象，并且把描述限制在与思想革命相联系的有限的现实与思想的范围内。从论文的第二章《论〈呐喊〉〈彷徨〉的意识本质》可以看出，作者关注的仅仅是进化论、人道主义和个性主义等所谓"意识本质"，而作家的经验的、感性的、文化心理的层面则显然属于非"意识本质"而不能进入研究视野。20世纪对"偶然性"的发现是人类思想的重大发现，波普尔对历史决定论的贫困做出了深刻分析，普里高津把规律、必然性视为偶然性汪洋大海中侥幸冒出的孤岛，尼采发现了人的主体意志作用，弗洛伊德把人的潜意识看作是人类意识的创造力和人类行为的深层动因，现代阐释学揭示了人类理解过程并不是简单的认识过程，即不是在认识过程中呈现客体的"客观规律"，而是对象"视界"与研究者"视界"的"融合"过程，"事物本身"所呈现的东西将按理解者"变化的视界"和研究者向对象问的不同问题而不同……他们的理论仍然需要历史的检验，但他们对偶然领域的发现无疑丰富了人类对世界和自身的理解，宣告了以探讨必然性为唯一任务的黑格尔式的决定论思想的重大缺陷。由于王富仁把"思想革命"视为"五四"的时代本质，从而在反映论的意义上他也就把鲁迅思想意识中与"思想革命"的基本思想相关的部分视为"意识本质"。这样，他实际上不可能从整体上、结构上来理解鲁迅的精神体系，也不可能呈现鲁迅精神结构的复杂性和矛盾性。例如，王富仁认为鲁迅的进化论思想体现了思想革命的根本规律，并进而分析进化论在鲁迅小说中的思想意义。然而，王富仁完全无视了鲁迅思想和体验中对历史发展过程的无处不在的"循环感""重复感"或"轮回"的体验；历史的过程仿佛不过是一次次重复、一次次循环构成的，而现实——包括自身所从事的运动似乎并没有标示历史的"进化"或进步，倒是陷入了荒谬的轮回。就欧洲而言，鲁迅在《文化偏至论》中把西方历史看成是"偏至"过程，甚至断言后来的物质文明与民主政治较之先前的社会构成了对人的更严重的压抑；就中国而言，从"想做奴隶而不得的时代"与"暂时做稳了奴隶的时代"的交替，到"刀"与"火"的相续，再到并无"王道""霸道"永存的判断，鲁迅总是在"似是而非"的历史中找到"古已有之"的"似非而是"。鲁迅抑制不住地将被压抑在记忆里的东西当作眼下体验来重复，而不是像人们通常希望的那样，把这些被压抑的东西作为过去的经历来回忆——支配着隐在心理的不是心理学中的"唯乐"原则或一般的重复原则，而是一种无法抹去的创伤感，一种总是被外表相异而实质相同的人与事所欺骗的感觉。这常常使鲁迅感到现实中出现的东西事实上不过是一段早已忘怀或永远不能忘怀的过去生活的反映，从而他不断地在自己的同时代人、朋友以至战斗伙伴的身上发现"过去"并未过去——无论在意识的、理性的层面，还是在潜意识的、感性的层面,鲁迅精神中都存在着一种反进化论的思维逻辑和情感趋向,并且构成鲁迅"看透造化把戏"的重要的尺度和结论。那么,这种反进化论的思维逻辑与进化论的思维逻辑在鲁迅的思想和艺术中又处于怎样的悖论式的或矛盾的关系呢?王富仁的"意识本质说"没有回答。又如,王富仁始终是在理性启蒙主义的层面描述鲁迅思想和小说的意义,因而他把"人道主义""个性主义"视为"意识本质";然而,众所周知,鲁迅的精神发展过程深受施蒂纳、叔本华、尼采、基尔凯廓尔、安特莱夫、阿尔志跋绥夫、厨川白村等人的影响,这些引导20世纪现代潮流的思想家和艺术家的非理性主义思想体系恰恰是和理性启蒙主义理想的破灭相联系的,理性主义、启蒙主义及其人道主义思想显然无法涵括他们的思想遗产,那么,这些非理性主义思想遗产与理性启蒙主义在鲁迅的精神结构中、在鲁迅的艺术世界中关系又如何呢?王富仁的"意识本质说"同样没有回答。

问题在哪儿呢?我认为,问题就在于那种决定论的思维模式,就在于王富仁对于所谓"本质"的先定判断,就在于"镜子"模式的单一参照系:从陈涌到王富仁,他们的小说研究无意于探讨鲁迅与现代文化思潮的复杂联系,无意于探讨鲁迅的文化心理在艺术中的呈现,因为这一切都在他们所理解的现代历史的"本质规律"之外。正是在这里,我们看到了王富仁与他的批判对象之间的思维模式上的内在联系。围绕着王富仁博士论文而引起的一次次争议恰恰证明了这种联系的政治意识形态性质:论争经常不是来自对鲁迅精神的基本理解,而是来自政治意识形态领域——是马克思主义的还是非马克思主义的?是毛泽东对中国历史的概括正确,还是王富仁的概括更切实际?

但是这一切并没有妨碍刘再复、王富仁的体系包括了以前的研究成果所不可比拟的巨大领域,而且没有妨碍他们在各自领域中发现至今仍给人启发的丰富思想。"体系"是暂时性的东西,只要人们不是停留在"体系"面前喋喋不休而是深入其中探寻革命性的思想,那么就必然超越"体系"的局限。刘再复的"性格组合论""主体性理论"就是从他对鲁迅美学思想的理解中产生和发展起来的,而他的《鲁迅成功的时代原因与个人原因》等文也显示了他对鲁迅的理解的深化。就我个人而言，我的极其肤浅的鲁迅小说研究就是在王富仁的启发之下进行的，不仅他对旧的研究体系的批判性概括使我洞察了过去，不仅他的革命性的口号和强大的理论气势给我以震撼，不仅他在宏观和微观方面对鲁迅小说的至今价值未减的分析给我以启发，而且甚至是他的"体系"的局限性也使我思考突破这种局限的途径，而这种局限性由他的"体系"的内在逻辑呈现出来，并用在他对自身的回顾和检查中得到了深刻的内省。如果不致引起人们的误解的话，我想套用恩格斯的说法：总之，传统的鲁迅研究在王富仁那里终结了：一方面，因为他在自己的体系中以最宏伟的形式概括了鲁迅研究的全部发展和它的局限；另一方面，因为他（虽然是不自觉地或半自觉地）给我们指出了一条走出这个体系的迷宫而达到真正地切实地认识鲁迅的道路。当然这将是一个荆棘丛生的过程，它不仅仅需要研究者知识结构的更新，还需要知识分子独立人格的建立和自由思想的形成，它不仅仅需要文化背景、政治背景的充分自由与宽容，而且还需要不同学术观点的毫不含糊的论争，它不仅仅需要专家们的探幽析微，还需要有更多的年轻人献身于这个历史辉煌又充满忧伤与痛苦的事业。一切都翻了个个，一切都刚刚重新开始安排，列宁如是说。

赫拉克利特的名言：一切皆流

鲁迅也有一句类似的名言：一切都是"中间物"。

"中间物"的思想动摇了一切权威的、无所不包的理论体系和先定原则的基础，从而建立在这个基础上的思维大厦摇摇欲坠。"每一时代的理论思维，从而我们时代的理论思维，都是一种历史的产物，在不同的时代具有非常不同的形式，并因而具有非常不同的内容"。①

1986年以来，特别是纪念鲁迅先生逝世五十周年"鲁迅与中外文化"学术讨论会以来，鲁迅研究的内部格局发生了深刻变化。第一，研

---

① 《马克思恩格斯选集》（第3卷），第465页。

究的目光越来越趋近于作为个体的鲁迅，从而鲁迅的复杂的意识冲突、文化心理结构的悖论特征及其在思维方式和艺术过程中的体现得到更多的关注，这种研究从根本上动摇了"至圣先师"的苍白形象，对于建立作为现实人的鲁迅形象有着重要意义。第二，把鲁迅与中外文化的联系置于重要位置，打破了以中国现实政治为唯一参照系的研究模式，人们从不同的方面、不同的理论视野观照鲁迅，形成了富有研究者个性的鲁迅形象。第三，由于人们是从现实的政治冲突、文化冲突、经济冲突的焦点之中理解鲁迅精神，鲁迅事实上已日益成为一种生活的批判性力量，鲁迅精神的现实性理解正在建立起来。由于时间贴得太近，也由于文章的篇幅有限，我无法展开对近期鲁迅研究的批判。我只想指出：（一）由于研究者知识上的限制和方法上的陈旧，大量的论文缺乏细致的实证分析和理性思辨，尤其是关于文化问题的一系列命题显得空泛、抽象；（二）由于研究者的现实感和批判精神对于研究过程的过度渗透，研究的批判性往往掩盖了深度的不足，例如，对鲁迅的文化批判的研究却往往没有深入地思考鲁迅与传统文化的极其深微曲折的联系。（三）新的理论体系和概念系统常常是在未加科学界定的情况下即进入研究过程，从而形成了一些新的似是而非的先定判断和先验概念。（四）一些研究者在宣称人格平等的同时，还没有以此为前提，建立起对于鲁迅的独立的批判眼光……

然而，鲁迅研究终究寂寞而宁静，它那辉煌的过去也许只能属于过去。它不再引起轰动，不再显赫一时。除了鲁迅研究的不成熟之外，这是否还意味着别的什么呢？当权威的解释体系瓦解之后，人们从完全不同的角度、层面、理论观点、研究方法出发探讨鲁迅，相互之间的歧异已经不再涉及对那种永恒的、神圣的、一统的观念体系的原则性态度，那么这种来自政治意识形态领域的轰动也必将销声匿迹。

我喜欢这样的寂寞与宁静。

然而我又憎恶那种没有辩驳、没有批评的寂寞与宁静。如果我们不再相互迁就以维持和谐，而是任性率真，在相互的歧异中体现各自的个性，那么我们就真正地向过去告别了。对我们来说，对历史的批判就是对自我的批判，因为我们不仅属于现在和未来，而且属于过去——那个漫长的、甚至未曾身历的过去！例如我自己，一面是站立在变迁的文化原野中来观察和审视那座古老而庄严的鲁学古堡，另一面又不免从那古堡的窗孔中忐忑不安地理解着这片生机勃勃的原野的混乱、无序和变化；批判的激情与忡忡之忧心缠绕着我的魂灵。

1988年8月4日于北京

作者附记：本文在酝酿和撰写过程中曾和吴予敏同志多次讨论，在此表示深深的谢意。

原载于《文学评论》1988年第6期

"回到鲁迅"之辨

邱焕星

"首先回到鲁迅那里去",是20世纪80年代中期王富仁在其博士论文中提出的著名口号,由于它的革命性意义,最终获得了学界的普遍认同,并进一步浓缩为"回到鲁迅",实际成为之后鲁迅研究的理论支点,以及研究者批判现实的重要武器,它给了倡导者如此强烈的鼓舞和自信,以致在不同的时期和不同的场合,我们经常听到"回到鲁迅"的强力呼吁。[①]但是,多数使用者对这个日渐不证自明的口号缺少足够的反思。事实上,这并非是一个清楚明白、无可怀疑的命题,可以以此作为整个知识体系的坚固基础。一个直接的表征就是,提倡者都在宣称"回到鲁迅",然而相互之间却陷入了混战状态,譬如2000年围绕着《收获》的"走近鲁迅"而产生的论争,王朔、冯骥才认为自己看到的才是真实

[①] 譬如王吉鹏:《"回到鲁迅那里去"——评钱理群〈心灵的探寻〉》,载自《中国现代文学研究丛刊》1989年第3期;郭业明:《"回到鲁迅那里去"——鲁迅教学研究之一》,载自《内蒙古师范大学学报》2002年第4期;靳新来:《重新回到鲁迅那里去》,载自《泰山学院学报》2006年第5期;孙琳:《回到鲁迅,走向当下——"纪念鲁迅诞辰130周年学术讨论会"纪要》,载自《文学与文化》2011年第4期;袁盛勇:《回到复杂而完整的鲁迅》,载自《学术月刊》2011年第11期等。

的鲁迅,然而朱振国、陈漱渝等人显然不这么看,更有第三方认为他们是各有凸显和遮蔽。

既有研究中对"回到鲁迅"命题进行过反思的,最早应该是汪晖的《鲁迅研究的历史批判》①,他一方面从政治视野肯定了"回到鲁迅"的"去意识形态"意义,另一方面指出口号的"批判性是有限的"。汪晖以伽达默尔的解释学理论为基础,从认识论的角度指出"回到鲁迅"以"思想革命"为起点和终点,具有先验论、决定论和反映论的缺陷,"实际上不可能从整体上、结构上来理解鲁迅的精神体系,也不可能呈现鲁迅精神结构的复杂性和矛盾性"。汪晖的批判既系统又富有理论深度,之后很长一段时间再未见到类似的文章,目前最新的批判是符杰祥的《"回到鲁迅"的方法论批判》②。他肯定了口号的启蒙诉求和知识分子立场,总体来看,是对汪晖的政治批判视角的深化,对口号的认识论困境则基本没有触及。③可以肯定,"回到鲁迅"这一命题的"复杂性和矛盾性",实际还远未被汪晖等人所穷尽,尤其需要指出的是,他们的批判虽有所见,实则更有所蔽。

元命题必须进行元理论批判,如果缺少了前提质疑,接受者必然会陷入低头拉车却忘了抬头看路的窘境。所以,基于"回到鲁迅"命题本身的重要性以及既往研究的状况,本文试图重新进行系统的再批判,思考的核心问题是:"为何要回到鲁迅?能否回到鲁迅?回到哪个鲁迅?"由此来呈现命题本身的意义及其固有的认识困境。

一、"启蒙论"——为何要回到鲁迅?

"回到鲁迅"命题的第一个关键词是"回到",这首先意味着对某种"偏离"的"拨乱反正",这种"乱"最初本是限定在学术研究范围内的。

---

① 载自《文学评论》1988年第6期。
② 载自《河北学刊》2011年第3期。
③ 符杰祥另有《"科学"性与"起点"说——"回到鲁迅"的启蒙内涵批判》(载自《东岳论丛》2010年第10期),基本观点与前文类似。

在王富仁之前，陈涌是鲁迅研究的代表人物之一，他将《呐喊》和《彷徨》时期的鲁迅定位为革命民主主义者和现实主义作家，认为"鲁迅的这种彻底的革命民主主义的思想反映在文学思想上，首先便是要求文学自觉地服从于政治、服从于中国的革命斗争"，所以"从民主主义到共产主义，这是鲁迅思想发展的根本方向、根本规律"。①陈涌的观念显然来自毛泽东关于鲁迅的权威论断，特别是他的新民主主义论，上承瞿秋白在《〈鲁迅杂感选集〉序言》中关于鲁迅从进化论到阶级论的经典论述。这种解读由于以毛泽东对中国社会各阶级政治态度的分析为纲，所以农民为中心的各被压迫阶级的状况成为分析的重点，知识分子和资产阶级革命则处于被批判的位置。

在王富仁看来，陈涌的研究"与鲁迅原作存在着一个偏离角"，所以，"这个研究系统不应当以毛泽东同志对中国新民主主义政治革命具体规律的理论结论为纲，而应当以鲁迅在当时实际的思想追求和艺术追求为纲"，为此新的研究口号应该是："首先回到鲁迅那里去！首先理解并说明鲁迅和他自己的创作意图！"落实到具体的研究上，王富仁的核心观点可以归结为一句话——"《呐喊》和《彷徨》不是从中国社会政治革命的角度，而是从中国反封建思想革命的角度来反映现实和表现现实的"，他认为鲁迅此一时期思想的中心是进化发展观、个人主义和人道主义，创作方法上以现实主义为主，兼有浪漫主义、象征主义，他最终颠倒了陈涌关于农民与知识分子关系的论述，认为鲁迅是"站在'孤立的个人'的思想立场上抨击整个社会的思想、批判'群众''多数'的愚昧和落后"，反映了鲁迅当时找不到出路的"苦闷、彷徨的心情"，所以作品整体带有"沉郁"的风格。②

王富仁的新解释体系的出现，用他自己的话来说，是"整体的研究系统"而非"局部的枝节"的改变，这是一种学术范式的革命性更替。

---

①陈涌：《论鲁迅小说的现实主义——〈呐喊〉与〈彷徨〉研究之一》，载自《人民文学》1954年第11期。

②王富仁：《〈呐喊〉〈彷徨〉综论》，载自《文学评论》1985年第3、4期。

"思想革命"对"政治革命"的取代，从方法论的角度看，实际是"以鲁解鲁"对"以毛解鲁"的反拨。陈涌"以毛解鲁"的目的，在于通过鲁迅"从民主主义到共产主义"的左转"飞跃"，印证毛泽东提出的中国近代史"从新民主主义到社会主义"的道路转换，这种"政治革命范式"不仅是抑前扬后，更是以后观前，试图从鲁迅前期思想中发掘出他后期的思想因子来。所以，王富仁的"拨乱反正"，其"正"不只在于回到"鲁迅"，更在于回到了"历史"的原初逻辑，进而实现了鲁迅研究重心的转换，将鲁迅前期作为研究的重点。

"思想革命范式"在将重心转回鲁迅前期的同时，其评价体系也随之发生改变，实际意味着重回"五四"启蒙和文化革命的立场，所以"改造国民性"和"立人观"就成为研究的核心理念，由此凸显了鲁迅的批判精神和知识分子的主体意识，正如有的学者所肯定的："'回到鲁迅那里去'的呼吁开启了新时期鲁迅研究'重写现代性'的进程，是有着启蒙运动的先声意义的。'回到起点'的启蒙诉求与'从鲁迅出发'的方法论意识实现了由威权主义到科学方法的自觉转换，尽管在建构替代性体系的实践中出现了新的困惑，它仍成功触及了更深层的知识分子认知与话语立场问题。"[1]

这个评价凸显了"思想革命范式"的新政治意义。实际上，"回到鲁迅"口号甫一提出，肯定者所着眼的即非学术意义问题，而是这个口号的现实批判功能。在汪晖看来，"它的革命意义就在于他力图否定鲁迅研究的先定的政治意识形态前提"，既然"鲁迅形象是被中国政治革命领袖作为这个革命的意识形态的或文化的权威而建立起来的"，那么，"回到鲁迅"进而"以鲁解鲁"，必然意味着对毛泽东思想的否定。[2]正是在"反思文革""告别革命"的意义上，"回到鲁迅"成为20世纪80年代"新启蒙运动"乃至国家现代化建设的先声。

"新启蒙运动"的纲领是由李泽厚提出的，他认为"救亡压倒启蒙"

---

[1] 符杰祥：《"回到鲁迅"的方法论批判》，载自《河北学刊》2011年第3期。
[2] 汪晖：《鲁迅研究的历史批判》，载自《文学评论》1988年第6期。

是中国现代史的一个缺憾，由此"而使封建主义乘机复活"，它就是披着社会主义外衣的"文革"，所以"新时期"便应当重回"五四"，展开一场"新启蒙"运动，从而为国家的现代化建设做出应有的贡献。①将"文革"视为"前现代"的封建主义，标志着现代化的解释框架对革命史模式的取代，其基本理念是：中国应该走向世界，而西方资本主义模式具有普遍性；现代化的主要障碍来自内力，因而中国现代化既要否定传统文化，也要扬弃传统社会主义。

不难看出，"回到鲁迅"构筑了一个以"五四"为顶峰的历史曲线，之前之后都错，唯独鲁迅站在最高点。所以，这是一个政治绝对正确的口号，它在价值层面上具有神圣感和合法性，任何对它的质疑都是对思想启蒙、知识分子精神、普世价值乃至现代化建设的否定，最终这个基于特定历史背景生成的口号，变成了福柯所说的"启蒙的讹诈"（the black mail of Enlightenment）。很显然，"回到鲁迅"是被"历史"规定了的，它的合法性来自国家倡导的现代化建设，它与20世纪80年代的主流政治话语形成了共谋关系，所以它并不具有符杰祥所言的"科学性"，实际是以一种新意识形态取代了旧意识形态，它告别了革命政党的"威权主义"，代之以知识分子的"威权主义"。

更须注意的是，"回到鲁迅"构筑的历史图像具有"非历史"的一面。如果说陈涌的"政治革命范式"错在"以后观前"，王富仁的"思想革命范式"，其弊则在"以前观后"，"回到五四""回到启蒙"的言下之意，是鲁迅后期不该"左转"倒向共产革命，这无疑是试图倒转历史，用假设代替事实。不仅如此，"思想革命范式"实则是一种文化决定论和内因论，认为中国近现代史的问题出在中国人自身，特别是思想文化的落后，这和"政治革命范式"描绘的历史图像完全相反。革命史观认为：近代中国灾难的根源是帝国主义、封建主义的反动统治，拯救中国的途径就是反帝反封建的政治革命斗争，所以中国近现代史是沦

---

①李泽厚：《启蒙与救亡的双重变奏》；载自《中国现代思想史论》，安徽文艺出版社1994年版。

为半殖民地半封建社会的向下沉沦过程,一是以中国人民为主体的反帝反封建的向上发展过程。

中国现代革命史和鲁迅道路转换的内在一致性,提供了现实的答案。回"故乡"的知识分子看到的是民众的蒙昧,而闰土、杨二嫂却提出的是经济的要求,掉头而去的回乡者,在苦闷彷徨之后,最终走上了革命救亡之路。所以,陈涌的"政治革命范式"尽管存在王富仁所说的"偏离角",却并非只具有意识形态功能,阶级分析的确能有效地解读出《呐喊》和《彷徨》的政治意义,而对鲁迅后期道路、革命精神和杂文的肯定,也能从鲁迅的文本尤其是他对《〈鲁迅杂感选集〉序言》的肯定中找到依据,更重要的是鲁迅以自身的"左转",表明了这是一种历史的选择,而并非是政治领袖基于意识形态的一种"想象"和"虚构"。与此相反,以西方文化为参照来改造国民性,实则割裂了革命和启蒙的联系,不了解近代中国只有建立新制度、新国家,才能进行更为有效的思想启蒙,离开了中国历史的这一基本特点,看似深邃的思想启蒙,就滑向了平庸的"教育救国论"。[①]

二、"符合论"——能否回到鲁迅?

很显然,"回到鲁迅"是一个基于20世纪80年代的特殊历史语境而生成的口号,其神圣性和反思"文革"以及改革开放的时代背景有直接关系。但是,"回到鲁迅"的时代合法性其实是有限的,因为相似语境下的"回到马克思"却有着相反的命运:50年代后期,南斯拉夫的"实践派"为了对抗苏联式的马克思主义,率先提出了"回到真正的马克思"的口号,但被视为教条主义而受到批判;中国直到90年代才公开讨论"重读马克思""回到马克思"问题,但张一兵1999年出版的《回到马克思》一书也同样受到了大量的批判而不是肯定。他被批判的一个重

[①] 参看彭明、程歗主编:《近代中国的思想历程(1840—1949)》,中国人民大学出版社1999年版,第265页。

要原因，就是违背了马克思主义"与时俱进"的精神，陷入了"教条主义"，因为在中国的现实语境里，强调"回到马克思"等于否定了中国特色的社会主义道路。

同为"以复古为新变"的托古改制，但"回到鲁迅"被视为肯定性的"新变"，"回到马克思"却被视为否定性的"复古"。同景不同命的背后，是中国当下语境的极度复杂性，虽然因为反思"文革"和改革开放，我们对历史的评价发生了变化，但对共产主义和启蒙主义的认识，并未以"文革"结束为界而截然二分，更多是交织杂糅在一起。事实上，"政治革命范式"和"思想革命范式"目前在社会上仍旧各有其受众，反映出不同群体关于现代中国历史走向及其选择的不同思考。这种所谓的"左右之争"，其最新版本就是"胡适还是鲁迅"的命题，折射出了当下中国关于改良—革命、自由主义—激进主义、独立知识分子—有机知识分子等等认识的分歧。

所以，"思想革命范式"对"政治革命范式"并非是一种现实取代，而仅仅是一种鲁迅观对另一种鲁迅观的否定，只是这种否定是以"客观性"的名义进行的。然而正如前面分析的，"回到鲁迅"同样是特定历史建构起来的口号，它看似回到了客观的"历史"起点，但实际是一种基于"当下"的"回到"。从解释学的角度看，所有的历史叙述都是后设性的，每种解释都是基于"当下"而对"历史"的重构，"思想革命范式"和"政治革命范式"这两种理解各有其历史的依据，也各有其认识盲区，不同意识形态之间并无真正的高下之分，只是理解的不同。

而在江晖看来，这两种理解其实都有问题，为此他提出了另一种关于鲁迅的解释体系，我们可以称之为"生命哲学范式"。汪晖在《反抗绝望：鲁迅及其文学世界》中，将鲁迅的思想源泉从18世纪的启蒙主义，挪到了19世纪末的西方现代思潮特别是存在主义那里，由此将研究的视野从前两种范式的"镜子"反映论，转向鲁迅的"主观精神结构的复杂性、矛盾性和悖论性"。他认为鲁迅的"自我的困境和思想的悖论"是"对启蒙主义历史观的否定"，鲁迅的精神结构是"历史的中间物"意识，人生哲学是"反抗绝望"，其小说形式是鲁迅精神分裂的外在反映。①生命哲学范式更着眼于鲁迅的世界意义,视鲁迅为"人类探索真理的伟大代表"和"真正反现代性的现代人物",这种范式在90年代成为研究的主导,无疑是解构启蒙、告别革命、走向全球化的语境折射。

既然每种范式都是"当下"理念的"历史"投射,那么"回到鲁迅"实际就成了一个伪问题,它不但未能解决旧的问题,实际还引发了新的困难,形成了新的"诠释学困境":是否可以存在对鲁迅的多种解释?不同解释的合法性何在?问题的根源,在于"回到鲁迅"命题有一个深层的认识悖论,即"历史性—当下性"的矛盾,二者实际是一体两面。

"回到鲁迅"表达了这样的认识理念:一是强调了理解对象的客观性,即对象具有不依赖于读者的客观意义;二是肯定了正确理解对象的意义是可能的,而读者的目的就是正确把握对象的意义;三是一旦读者理解产生了分歧,必须以文本自身的意义为基准。这种认识本质上实际是一种"符合论"的真理观,即把认识看成是对对象的客观反映,所以力求还原鲁迅自身的思想,强调"历史性"和"客观性",视研究的主观性为偏离鲁迅本体的错误行为。这种"以鲁迅为本体的研究",必然导致研究者主体性的丧失,进而失落了鲁迅的当下意义,使研究变成一种"僵尸的学问",更容易因对鲁迅本体的不同认识,而相互指责对方是"假鲁迅"。

"以鲁解鲁"实际设置了一个虚拟的解读主体,这个主体看似是"鲁迅",但在不同的"解读者"那里,这个"鲁迅"其实是因人而异的。正是意识到了这一点,现代解释学理论突出了解释者的中心地位,以及文本意义的开放性,指出解读实际是一个创造性的过程。这种对理解的当下性、主体性和多元性的强调,具体到鲁迅研究来说,是一种"以鲁迅为对象的研究"思路,即以"研究者"为中心,更强调研究的"主体性"和"当下性",视鲁迅为研究者主体视野中的一个"对象",其背后

---

① 参看汪晖:《初版导论》;载自《反抗绝望:鲁迅及其文学世界》(增订版),生活·读书·新知三联书店2008年版。

是一种"融贯论"的真理观,即把认识活动看成是人对对象的建构,是主体的自我理解对客体的投射。

所以,"鲁迅研究"应该是主体(鲁迅研究者)和客体(鲁迅)视域融合的产物,正如有的学者指出的:

> 因为诠释是如此主观与客观相互融合的,所以它不能用主客二分的模式去看待,诠释的历史性也是兼含两端的。既指形成于历史情境、时间范畴中的历史性文件,也指阅读者诠释者是站在他的时空环境和识域中(即他的历史性中)去进行理解。
>
> 这两者必须克服语言、时空的疏隔,才能获得识域的融合。因此,诠释者必须尊重文件的历史性,诠释经验必须受作品本文之领导,要敞开自己来了解对方。但诠释也不能完全依据并归准文件的历史性。基于诠释者的历史性,可知没有预设的诠释根本不可能存在。因此诠释若不开放文件的意义,不能让它与诠释者的存在及处境相关联,不仅是死的诠释,把《圣经》变成为古董,阅读只是尸体解剖;也是虚假的诠释,不符合理解活动的实况。①

正是从视域融合的意义上,"鲁迅研究者"和"鲁迅"有着等价的"探索者"的意义。鲁迅研究的真正意义,在于它让我们看到了不同时代、不同群体的人,是如何以鲁迅为媒介来理解世界和自我的,因而我们可以通过不同时代的研究者创造出的不同的鲁迅形象,一方面窥见"鲁迅"本身的丰富性和现实意义,另一方面也可以从这些形象的提出和变迁史中,窥见整个"社会"和"时代"的变迁。从认识论的角度看,不同范式都隶属于特定的时空,其意义和问题也都与此有关,所以即使是那些看似偏颇的认识,也自有其不可替代的意义,对于这些认识,我们特别需要"与立说之古人发于同一境界,而对其持论所以不得不如是之苦心孤诣,表一种之同情"。

---

① 龚鹏程:《国学入门》,北京大学出版社2007年版,第69页。

三、"本体论"———回到哪个鲁迅？

通过对口号的解释学分析，我们可以看到，王富仁所提的"首先回到鲁迅那里去！首先理解并说明鲁迅和他自己的创作意图！"是有道理的，这个"首先回到鲁迅那里去"不能随意缩减为"回到鲁迅"。这种简化和泛化脱离了提倡者的特定意指，制造出了新的难题。但是，王富仁的口号当中同样有它的"诠释学困境"，即是否存在一个固定不变的鲁迅本体？

由于理解的当下性、主体性和多元性，必然会产生出不同的鲁迅形象。既往鲁迅研究经历了政治革命范式—文化革命范式—生命哲学范式三次重大变迁，相应塑造了"革命民主主义者—启蒙主义者—存在主义者"三种鲁迅形象，既反映了研究者自我理解的变化，也反映了现代中国经历了"共产革命—反思'文革'—告别革命"三大时代变迁。三个形象都能从鲁迅文本中找到一定的依据，也能较好地解释鲁迅的某一个侧面、某一段时期和某一些作品，但其基本理念却又看似不可通约，以致"多个鲁迅"左右互搏、前中后期相互矛盾。

所以，当我们说"回到鲁迅"的时候，必然要问的是：回到哪个鲁迅？原因的形成当然和前述认识范式的不同有关。但是更和鲁迅自身有关，作为一个有一定生命长度的、历史中的"人"，鲁迅思想、文本、道路经过多次的转换和演变，这点和"两个马克思"是一样的。所谓"青年马克思"和"老年马克思"的对立，其实就是"人道主义的马克思"和"革命的马克思"的区别，这并非是人为制造出来的，而是历史的事实。正是由于鲁迅自身的复杂丰富性，决定了用一个简单概念来囊括鲁迅整体甚至是一部分的企图都会陷入"一元论"，出现"一面对多"的解释困境。问题的关键，就在于相信了现象背后存在着永恒的本质，这种"本质主义"思维对思想丰富的个体和富于感性的文学的损害，是显而易见的。

"回到鲁迅"设定了一个稳定不变的鲁迅"本体"，它不但难以囊括鲁迅复杂多变的一生，具体到"思想革命范式"来说，更是设置了一个在早年就已经形成的鲁迅原点，由于鲁迅此时即以形成改造国民性的"立人"观，他此后于是成了一个"不动之动"，他不断地启蒙别人，而自己的思想却是只有输出没有输入的，这自然无法解释鲁迅后期思想的左转。要解决这个问题，要么认为鲁迅是退步，要么强调鲁迅的"不变性"。

对鲁迅左转的否定，实际在他加入左联之时就已传开，譬如"投降说"、"名利说"、中共"打拉说"等等，持此态度的颇多熟悉鲁迅的人，像周作人就讥之为"投机趋时""老人的胡闹"①，苏雪林更认为"鲁迅之投身左联，非真有爱于共产主义也，非真信赤化政策为中国民族出路也，为利焉而已，为名焉而已"②。思想革命范式当然比这些认识要高明，但在认为鲁迅左转是退步这一点上，并无实质不同，所以他们最喜欢讨论左联乃至文革对鲁迅的利用。

强调鲁迅不变性的代表人物是日本的竹内好，他明确强调自己所关心的"不是鲁迅怎样变，而是怎样地不变"，在他看来，鲁迅是在北京的"蛰伏的时期"，"抓到了对他的一生来说都具有决定意义，可以叫作'回心'的那种东西"。这是一种"通过内在的自我否定而达到自觉或觉醒"的主体精神，是"鲁迅之所以成为鲁迅的原理"，但是竹内鲁迅是"想象中的这么一个鲁迅的形象"，竹内好自言"我只想从鲁迅那里抽取出我自己的教训"，他的目的是以鲁迅为方法，来批判日本近代化过程中的主体性丧失问题。③为此竹内设置了一个鲁迅思想的"原点"，并以此为中心，在不变性—变化性、主体性—被动性、文学性—政治性这些鲁迅思想的"悖论性质的内容"中，有意识地肯定了前者而忽视了后者，这不但否定了鲁迅后期思想的变化，也否定了鲁迅后期与政治、革命的

---

① 知堂（周作人）：《老人的胡闹》；载自《论语》第95期，1936年9月1日。

② 苏雪林：《苏雪林致蔡元培（稿）》；载自《胡适来往书信选（中）》，中华书局1979年版，第333页。

③〔日〕竹内好：《鲁迅》；载自《近代的超克》，李冬木、赵京华、孙歌译，生活·读书·新知三联书店2005年版，第29、39、45页。

紧密关系。竹内好甚至说："我看不出鲁迅文学的本质是功利主义，是为人生、为民族，或者为了爱国的文学。"①这无疑严重脱离了中国语境和鲁迅自身。

所以，对于"回到鲁迅"的"本质主义"思维造成的对鲁迅变化性的否定，我们必须有清醒的认识。鲁迅的思想和文学，是与具体的历史现实紧密相连的，他经历过几个政权，生活大起大落，要想对此进行合理的解释，提倡"回到鲁迅"不如提倡"回到历史"，回到鲁迅当初思考和实践的历史语境。

而正是在这一点上，丸山升的做法值得效仿，他特别强调要从中国的历史语境和鲁迅思想的实际发展中来研究鲁迅，对于"左转"问题，他一方面继承了竹内好的不变观，另一方面又吸取了瞿秋白的看法，特别强调不能忽视鲁迅后期的变化。他这样认为："我们说鲁迅'从进化论发展到阶级论'，但这并不是意味着从进化到革命，或者从非革命到革命的变化，而是就他对中国革命、变革的承担者和实现过程的认识的变化而言。"丸山升的说法，对理解鲁迅思想道路的转换，是极有启发性的。对鲁迅而言，文学革命、思想革命、辛亥革命、国民革命乃至共产革命，只是变革的承担者和实现方式的变化，一旦它们不能实现他期待的彻底变革，那他会继续期待新的革命方式，所以"马克思主义也不是终点；只是因为它多少能给当时中国的现实带来改变的途径，因此逐渐地引起鲁迅的注目"②。

作为一个特定时空中的个体，鲁迅的意义在于他提供的复杂性、不确定性和可能性，将鲁迅去历史化，设想存在一种不变的"鲁迅本体"甚至是"鲁迅精神"，就会出现柏拉图却不是柏拉图主义者的困境，由此导致鲁迅和历史之间的互动消失了。事实上，"对于'事物的形成'的

---

① 〔日〕丸山升：《日本的鲁迅研究》；载自《鲁迅·革命·历史——丸山升现代中国文学论集》，王俊文译，北京大学出版社2005年版，第343页。

② 〔日〕丸山升：《日本的鲁迅研究》；载自《鲁迅·革命·历史——丸山升现代中国文学论集》，第42、37页。

分析和对'形成了的事物'的分析，是存在很大区别的"①，历史发展具有很强的随机性和流动性，"人"和"时间"才是历史的重心，"过程"正是历史叙事的主干，研究者需要将人与事置于时间之流中加以动态的考察。否则，脱离原有的时空位置，以后来的认识框架先入为主，无非是对历史想当然的看法。

结语

综上所述，"首先回到鲁迅那里去"的正面意义，在于通过对原典的重新解释，将鲁迅从教条主义的"权威解释"中解放出来，从而为新的解释开辟道路。但是随着它泛化为"回到鲁迅"，其负面意义也逐渐暴露了出来，带有典型的启蒙论、符合论和本体论色彩，不但强化了思想启蒙的绝对价值，抹杀了政治革命范式的意义，更是制造了新的"诠释学困境"，抹杀了鲁迅本身的丰富性和历史解释的多元性。"回到鲁迅"的背后，有着一个"历史性—当下性"的悖论，真正的态度，应该是历史和当下、主体和客体的视域融合，而这也是鲁迅研究的真正意义所在。

最后想说的是，元命题的使用不能仅仅关注它的具体主张和实际应用，对于这类根本性的问题，首先要进行理论思辨，弄清楚它的基础和本质，缺少了合法性的思考，特别是前提质疑，单纯的现实关注必然会举步维艰却又不明所以。就像H.G.布洛克所说的：

> 正如大多数哲学谬论一样，困惑的结果总是产生于显而易见的开端（假设）。正因为这样，我们才应该特别小心对待这个"显而易见的开端"，因为正是从这儿起，事情才走上了歧路。②

原载于《鲁迅研究月刊》2013年第10期

---

① 李剑鸣：《历史学家的修养和技艺》，上海三联书店2007年版，第316页。
② 〔美〕H.G.布洛克：《美学新解》，滕守尧译，辽宁人民出版社1987年版，第202页。

略评《呐喊》《彷徨》的两个研究系统

刘川鄂

一

王富仁的《〈呐喊〉〈彷徨〉综论》（以下简称《综论》）在1985年的《文学评论》第3、4期发表后，立即在鲁迅研究界、中国现代文学研究界及其他文学研究领域引起震动。时至今日，仍觉新鲜，仍受启发，仍感到值得重视。《综论》对《呐喊》《彷徨》的思想内容做了质的规定，并以此为基点对其本体意义、意识本质、创作方法、艺术特征等方面重新做了综合性探讨，使王富仁的鲁迅小说研究成为一个相互作用相互联系，一个组织和被组织化了的整体，因而获得了"系统"的意义。

至此，《呐喊》《彷徨》研究形成了两个性质迥异的研究系统。一个是视之为中国近现代政治革命镜子的系统，着重阐发其客观政治意义，一个是视之为中国反封建思想革命镜子的系统，它立意于对作品本位意义的研究。前一系统形成于20世纪50年代并定型化以至延续至今，后一系统形成于80年代中期，它一诞生就较成熟。为了论述的方便，并仅就时间意义而论，我把前一系统称为旧系统，把后一系统称为新系统。旧系统以陈涌为代表，他作于1954年的《论鲁迅小说的现实主义》

一文在相当程度上影响了50年代至今的《呐喊》《彷徨》研究。新系统就是王富仁的《综论》所提出的。陈、王的论文建构了《呐喊》《彷徨》研究领域的两座大厦。

但他们并不是各自大厦的唯一设计者和建设者，而是在充分占有前人思想材料基础上将之创造性转化组合的工程师。回顾六十余年的《呐喊》《彷徨》研究史就可以发现，尽管观点各异、基点有别、范围不等，但主要有两种研究倾向。一种重视对其主体意义的挖掘，20年代的吴虞、周作人、茅盾、郑振铎等学者的论文大致如斯。另一种重视对其客观政治意义的阐发，三四十年代平心、欧阳凡海等人的论著大致如斯。但都是就两个小说集中的单篇、几篇或某一方面立论，不足以构成系统。（也有的研究双向并重，甚至将主客观意义混为一谈的，但毕竟只是少数。）对这两部小说集的研究就这样走了条从重本体意义—重客观意义—重本体意义的道路。

二

如王文指出，旧系统是个"以毛泽东对中国社会各阶级的政治态度的分析为纲，以对《呐喊》《彷徨》的客观政治意义的阐释为主的研究系统"。只要回忆一下中国现代文学研究的两位著名学者的著名论文就会同意这一概括。一篇是前面提到的陈涌的论文，在引用了毛泽东关于中国近现代革命的几段论述后指出，鲁迅小说反映了从1911年辛亥革命前后到1925—1927年之前这个历史时期。该文对这一历史时期的特点的概括主要是从政治革命的角度出发的。此后对鲁迅小说的分析则从这一角度展开。另一篇是王瑶的《论〈呐喊〉与〈彷徨〉》。此文在对作品进行详细分析之后得出了这样的结论："从辛亥革命到大革命之间的时代特点，它们都在鲁迅的作品中得到了深刻的反映。虽然他没有写工人阶级，但就他所描写的来看，就他对各种革命力量的考察来说，那结论是，中国资产阶级无力领导革命，知识分子必须克服缺点，改变个人奋斗方向，追求新的道路。农民身上则蕴藏着很大的革命力量，要取得革命的胜利,以上这些革命力量是必须有一个更坚强的领导力量的;鲁迅当时正在探索和追求这种力量。"这是旧系统得出的最有代表性最极端的观点。至少在鲁迅那些小说发表的年代和今天的读者中是难以从作品中读出这样的结论的。这些研究者走的是一条"背景→作品"的研究路径。让作品的意义俯就作品所反映对象的意义,将作品的内容与作品表现对象的背景内容画等号。

这个系统的核心就是视《呐喊》《彷徨》为中国近现代政治革命的镜子。它相对地强化了政治问题、政权问题、阶级属性问题在鲁迅小说中的重要性,相对地弱化了思想文化、意识形态问题的重要性。往往以政治革命理论去规范思想文化问题,用政治问题、政权问题的相对单纯明确性去规范意识形态问题的相对复杂性模糊性。这一核心观点使得旧系统表现出以下种种失误。

扬农民形象,抑知识分子形象,这是一大表现。由于视《呐喊》《彷徨》为政治革命镜子,因而对作品中不同阶级、阶层的人物的考察主要是对其是否属于革命力量的考察。农民的经济、政治地位这些在鲁迅小说中的次要方面被作为立论基点。因而阿Q的革命性被逐步拔高,祥林嫂、爱姑的反抗精神被过分强调。谈农民的弱点,总是过分注重统治阶级影响的一面,而较少谈及农民落后的自身原因(王瑶、何其芳曾涉及这一面)。比如《阿Q正传》主人公的突出特征是精神胜利法,而研究者格外强调其革命因素及小说对辛亥革命的批判。研究者无法回避阿Q是有严重弱点的农民这一事实,但不是从思想意识形态的特殊性去分析阿Q何以有弱点,而去探讨阿Q是否代表农民阶级的本质特征(在论者心中,农民的本质只有一个:革命)。由于精神胜利法是一种可耻现象,有的论者又强调说这种现象不仅农民有,统治阶级更多。这就无法完满解释鲁迅为何要把阿Q作为农民来表现,为何不去塑造一个有更多更典型的精神胜利法的地主阿Q。这样一来,长期被研究者视为文学形象理论支柱的典型论就失去了用武之地。此外,对鲁迅小说中的知识分子形象,由于这样的人物被后来的革命所否定,因而论者大谈其弱点。有的论者甚至连鲁迅对吕纬甫、魏连殳、涓生、子君的同情也不予承认。

第二种表现是把小说的背景描写当作小说重心。鲁迅小说中并非完全没有涉及政治革命问题，但这样的篇什不多，而且主要是当作人物活动的环境来处理的。《风波》以张勋复辟为背景描写闭塞中国农村各色各样人们的心理风波、思想风波而非政治风波。

《药》中夏瑜狱中斗争被当作伏线处理，是通过茶馆里不同茶客们由追问药源而谈及的，本意在于说明人们对革命的态度。这就从内容和结构方面保持了全文的连贯性。但在有些评论中，背景成了"主角"，伏线压倒了主线。《阿Q正传》后几章写辛亥革命换汤不换药的情景，这仍然只是背景，作者是为了表现辛亥革命中的阿Q精神胜利法的发展和特色。某些研究者指出鲁迅写阿Q是为了写辛亥革命，恰恰相反，鲁迅是为写阿Q才写辛亥革命。叙事性文学作品以描写人物为自己的使命，环境（社会环境、自然环境）只是人物活动的场所和依据而非描写的重心。这是现实主义小说创作的一个重要原则。《呐喊》《彷徨》通过人物活动折射中国政治革命（主要是辛亥革命）的历史。我以为它是中国思想革命的镜子，也可以说是中国政治革命的反光镜——如果一定要用"镜子说"的话。

第三种表现是将作品的本位意义与读者的欣赏效果混为一谈。明明是研究者自己理解的却往往表达为鲁迅"描写了""反映了""告诉我们""形象地告诉我们"之类的说法。对辛亥革命的种种批判、对资产阶级脱离群众的批判、对农民反抗精神和革命力量的肯定等内容，到底是鲁迅小说中的明确表现还是折射？如果小说中表现了那么进步的阶级观、群众观、革命动力观，为何在同期杂文中看不到？既然鲁迅小说中有如此明确深刻的认识（像有的研究者指出的那样，达到了毛泽东等共产党人通过几十年斗争实践认识到的高度），为何在杂文中未明说？如果说未在小说中指出是技巧，但未在杂文中说明又做何解释？进而我们如何理解《呐喊》《彷徨》的审美基调是沉郁冷静而非热烈明朗？

第四种表现是重《呐喊》而轻《彷徨》。《呐喊》《彷徨》是一个有联系有区别的整体。鲁迅自己指出过二者的区别：前者比后者热情，充满"亮色"，后者战斗的意绪冷得不少；但后者的内容更深刻，技巧更圆熟。由于《呐喊》较多地描写农民形象，而农民是革命的主体力量，鲁迅的农民题材小说就应受到更多重视。《呐喊》中部分作品的热情、乐观主义正好说明鲁迅的高度。旧系统正是按照这种逻辑把关注的重心放在《呐喊》中的。同时，对鲁迅描写知识分子题材的重要性估计不足，对鲁迅彷徨、苦闷的严重程度估计不足。旧系统不断地强化《呐喊》的"亮色"，不断地融化《彷徨》的"冷气"，须知鲁迅是先"呐喊"而后"彷徨"的。旧系统未对此做出充分解释。

第五种表现是重内容分析，忽视艺术分析。因为只注重阐发其客观政治意义，因而小说中凡是涉及政治革命的文字备受重视，没有紧密结合内容与形式、思想与艺术的关系分析作品。即使在那些探讨鲁迅小说艺术特色的论著中，主要地只是说明了鲁迅运用了哪些方法、技巧，未能很好说明何以运用那些艺术手法去反映中国政治革命。

总之，"政治革命镜子说"的实质是以政治意义取代文学本身的意义，以对作品客观政治意义的研究取代对作品本体的研究。它表明了研究者视政治为文学的内容，视文学为政治的形式这样一种错误的文学观。

旧系统的思想源泉之一是毛泽东对中国政治革命、阶级关系的论述。分析人物性格只从其所处的时代特点和阶级特点入手。该人物处于什么时代，就用毛泽东关于这一时代的论述作为尺度衡量其进步与反动，该人物属于什么阶级，就用毛泽东关于这一阶级的定性分析去规范这一人物的共性与个性。作为政治家、革命实践家，毛泽东的这些论述有其历史合理性，有其充足的存在理由；但从这一角度直接观照文化意识形态及文学作品时，就不得不把《呐喊》《彷徨》当作中国政治革命的镜子。这，首先犯了方法论错误。

旧系统的思想源泉之二是毛泽东对鲁迅的评价。研究者心中已有鲁迅是革命家、共产主义战士这样的定论，余下的问题是鲁迅的作品如何表现了鲁迅本人的这一形象。它只注重关于鲁迅的结论而忽视了鲁迅思想的发展过程。凡是毛泽东著作中涉及的与鲁迅小说中客观存在的类似现实图景，都要用来证明毛、鲁一致。毛泽东的论点使鲁迅小说定性，鲁迅的作品又用来证明毛泽东论述的正确。这从方法论来说，也是行不通的。

这两个思想源泉,一个明显,一个讳隐。前者如山泉奔向河道,给旧系统以血液,后者如洞中之泉暗涌,我们不能明显看到,只有在品尝河水之时方可咂出滋味。

三

王富仁在《综论》中建构的新系统,是在对旧系统的大量的但同时又是局部性的筛选爬梳的基础上,以总体崭新局部吸取的面貌出现在我们面前的。所谓总体崭新,是指它对《呐喊》《彷徨》的总体把握上否定了政治革命镜子说而立起了思想革命镜子说。前人对这两部小说集的中国思想革命的关系并非完全视而不见,但大都是把思想革命意义作为鲁迅小说的一个方面的内容,或者把思想革命内容与政治革命混为一谈。只有王文第一次明确划分了二者的界线,并将思想革命的内容作为《呐喊》《彷徨》的本体意义。因而它是全新的。所谓局部吸取,是指在他的具体论述中,尤其是对小说艺术特征的论述中,吸取了前人的不少研究成果。但王文不是对这些成果的照搬,它不是重复而是一次调整和改造,提炼其内核,使之服从于自己的新系统,使得旧系统中的某些具体论述与新系统的基本论点有更紧密的黏合性,从而获得了新的意义。王文从内容与形式、作品与意图、作品与效果的结合上将《呐喊》《彷徨》表述为始终连贯,前后整一的系统。

新系统不仅吸收了旧系统中的某些具体论述,它对创作方法和艺术特征的表述及所使用的有关概念,也大致属于原有文学理论的框架。就基本研究方法而言,二者也是一致的,都是社会历史的批评方法。二者的区别,根源于作者的社会历史观的不同,对中国近现代社会历史的认识和文学史理论的认识不同。因而我们对两个研究系统的判别首先是对其历史观的判断。

王富仁对中国近现代革命的理解,可以概括为两个革命和两种意识形态的理论。他首先分析政治革命与思想革命的联系与区别,指出各自的特点。其次划分了《呐喊》《彷徨》所反映时代的两种意识形态：封建传统的意识形态和现代的民主主义的意识形态；在此基础上指出鲁迅代表了后一种意识形态，批判了前一种意识形态。《呐喊》《彷徨》艺术地表现了这种批判，因而它们是中国反封建思想革命的镜子。

长期以来，我们把阶级斗争等同于历史，等同于人类文明史，并对阶级斗争做了较狭隘的理解，将之视为政治斗争，又将革命仅仅理解为政治革命、政权革命。这种认识不能涵盖丰富复杂的历史现象，也不能涵盖革命的全部内容。当然由于历史主题的需要，可能某一时期侧重于革命的某一方面。伟大的五四运动，其反封建的思想革命性质为历史主题所规定，鲁迅的笔深刻而又充分地表现了这一历史主题。他寻求别样的人们，他弃医从文，筹办文艺杂志，呼吁精神界之战士，他长时期沉默后的"呐喊"以至于一发不可收，无不表现了他对中国思想革命的追随。"五四"新文化运动，作为对辛亥革命的单纯政权变动的一种反拨，它的主旋律必然是反封建的思想革命，感召着追求中华民族出路的鲁迅。《呐喊》《彷徨》就是鲁迅追随时代和时代感召鲁迅的产物。

王文是运用"首先回到鲁迅那里去"的方法得出上述结论的。这种方法承认鲁迅是一个独立的世界，是一个独特的本体。它体现了"把问题提到一定历史范围内"这一历史唯物主义的绝对要求。旧系统不承认这一独特的本体，总是把它纳入一个既定的框架，因而它对鲁迅小说的研究与作品本身的意义发生了偏离。"首先回到鲁迅那里去"这一口号的意义，在于它抛弃了先接受对鲁迅的权威性定论和既有的关于鲁迅的定论再看作品的研究路径，就在于要纠正这种偏离。纠正的结果就是对原有系统的突破和新系统的诞生。

新系统并非一个十全十美的系统，它的不足之处也是显而易见的。它仍取"镜子说"，这种说法容易产生歧义，有被动意味，忽视了文学创造主体的主观能动性。尽管王富仁在具体论述中十分强调鲁迅作为一个独特的有创造性的主体的特征的，但这种概括至少是不够精确。此其一。其二，作者对政治家与文学家的关系、作用的理解难以服人。由于社会需要和个人主观原因，出现社会分工。政治家和文学家的职能不同，关注的重心也不同，但当他们处于同一社会背景面临相同相近的社会问题时，很可能从不同角度出发得出相近甚至相同的结论。这里不存在谁降低了谁的问题。（至于鲁迅小说中的内容是否与毛泽东的某些有关论述完全一致，那是另一回事）第三，作者提出"首先回到鲁迅那里去"这一十分正确的口号，但他的某些具体分析并非都是十分忠实地回到鲁迅那里去的。比如王文对《肥皂》《幸福的家庭》的分析，对鲁迅选取的典型人物是周围社会环境的试剂，愈能试出毒素愈是鲁迅着力描写的典型人物的说法，是否完全是鲁迅的原意？（限于篇幅，不具体分析）第四，作者把创作方法概括为作家面对不同的社会对象所采用的特定对话方式，多少降低了创作方法本身的意义，显得简单化。作者说："鲁迅认为任何对现实社会思想状况的有意或无意地美化，任何对传统封建思想实际影响力量的自觉或不自觉的过低估计，任何以理想取代现实，以理想修改现实的浪漫主义倾向……都有可能产生不良影响，都将使人们找到的不是一条切实可行的社会意识改造的道路。"引文中"浪漫主义倾向"前面的一连串限制性内容，难道属于浪漫主义倾向吗？如果是的，浪漫主义倾向何以会产生不良影响？难道这就是鲁迅对浪漫主义的理解吗？显然，作者对浪漫主义怀有偏见。

　　作为一种研究成果，我们应验证它与研究对象的吻合程度，看它是否准确地把握了研究对象。这是我们对两个系统进行评估的主要标准。如前所述，旧系统与鲁迅原作存在着一个偏离角，与鲁迅创作这些小说时的实际思想状况不甚吻合，也难与读者心目中的《呐喊》《彷徨》一一印证。新系统建立在首先回到鲁迅那里去的基础上，力图使那些"脱离开鲁迅当时明确意识到的内容的分析直接建立在鲁迅意识到的内容的基础上，作为它的继续延伸和必然归宿而存在"（王富仁语）。尽管王文在具体论述中未必尽皆如此，但做出了可贵的努力。它对《呐喊》《彷徨》的思想图式的描摹基本上是真实的。

　　对于新时期的文学理论、文学史研究来说，这部论著出现的意义，不只是其结论的新颖深刻，更重要的是它的态度和方法的可贵。回顾一下几十年的文学史研究和文学研究史，就不难承认本文所指出的旧系的弊端与失误,不仅仅存在于鲁迅研究界,整个中国现代文学研究及其他文学研究领域里也并不难发现。王文的出现,可以说是新一代研究者以鲁迅研究为突破口之一对旧有模式和方法的否定。由于王文研究对象本身的价值及在文学研究领域的重要性,它对新时期的文艺理论与批评,和文学史研究具有很大的启发意义。因此我们不难理解两年前《综论》的震动之大,余波所及其他研究领域的原因。

四

但是任何文学研究的方法都不是唯一正确的方法,任何文学研究系统都不可能穷尽研究对象的各个方面。《呐喊》《彷徨》的研究也不会到此止步。我们仍可以多层面多角度地对之进行探讨。这两个系统主要运用的是社会历史的批评方法。"只要文学保持与社会的联系——永远会如此——社会批评无论具有特定的理论与否,都将是文艺批评中的一支活跃力量。"①。因而对《呐喊》《彷徨》的社会历史内容的阐释也未到此止步。我们有理由对"镜子说"提出质疑,并对鲁迅这两部小说集做出更精确更周密的概括。本文对旧系统提出了一些批评,对新系统给以较多的肯定,但不同意以新系统"取代"旧系统的说法(这正是新系统创立者为自己提出的任务)。对文学作品客观意义的研究自有其存在的价值,它仍然不失为一种研究路径。客观意义是主体意义的辐射,文学作品作为一种精神主体释放的光和热远不是单调的。客观政治意义并不包含文学作品的全部客观意义,仅仅阐述这一意义是有局限的。我们应当提倡对《呐喊》《彷徨》的客观政治意义的继续研究,应当提倡对这两部小说集的其他客观意义的研究。

如果我们不局限于社会历史批评这一方法,对《呐喊》《彷徨》的研究还有很多新的课题摆在我们面前。

比较研究这种被广泛运用的方法,在《呐喊》《彷徨》研究中还未

---

① 〔美〕魏伯·司各特:《西方文艺批评的五种模式》,重庆出版社1983年版,第66页。

受到足够重视。运用这一方法，将它们与同时期其他白话小说进行比较，可以说明鲁迅对中国现代小说的独到贡献。将它们与中国古代小说进行比较，可以说明中国短篇小说这一样式的发展。将《呐喊》与《彷徨》进行比较，说明二者的不同特色，描绘鲁迅艺术探索的轨迹。运用影响比较方法，专门探索中外作家如何影响了鲁迅及鲁迅如何影响了同时代和后代作家，也是很有意义的。

如果说上述设想早已在鲁迅小说研究中露出端倪，那么从文体学、结构学、语义学的角度对之进行"文本"研究则是较大空白地带。研究鲁迅小说的文体风格、类型模式、结构演变、语言艺术，并说明中国小说如何完成由古典形态向现代形态的过渡，更是摆在我们面前的一大任务。这种内部规律研究，运用从形式到内容的途径，作为对长期以来的从内容到形式方法的倒转，也许能对鲁迅小说做出更准确更全面更深入的把握。须知离开了文学形式的内容，可以是哲学、政治、历史、伦理的内容，但绝不是文学的内容。这种方法是值得具有全新知识结构、深知文学三味的学人尝试的。

此外，精神分析的批评方法也是我们研究鲁迅小说奥秘的一把有效的钥匙。分析揣摩作品中蕴藏的作家个人的心理情绪，寻求作家的经历在作品中的表现，挖掘作家塑造人物形象时的微妙之处，是精神分析在文学研究领域的用武之地。文学创作是作家特定心境的产物，它不只是认识，不只是反映，包含有情感、想象、感知等多种因素。创作时并非时刻受理性规范，有一定程度的非自觉性。同时对文学作品的认识也就具有多义性、局部现象的测不准性。但我们过去的文学研究（包括《呐喊》《彷徨》研究）几乎完全无视这些特点。只谈作家意识到的内容，否认作家的无意识在创作中的作用，太规范，太理性。似乎不把鲁迅当作家，而当作善于运用文学技巧的哲人史家；似乎不把鲁迅《呐喊》《彷徨》当文学作品，而当作鲁迅有意写成的形象教科书、宣传品。

从这一角度来说，《文学评论》1986年第5期上发表的汪晖的《历史的"中间物"与鲁迅小说的精神特征》一文是值得注意的。它从鲁迅"中间物"意识这一角度把握作品的特征，将作品视为鲁迅心理中的展现。这是前人未曾注意的领域，读来饶有新意。但论者没有对中国传统文化意识在多大程度上影响了鲁迅做具体说明。此外，抛开人道主义、个性主义等民主主义因素谈"中间物"未必完全把握了"中间物"的历史特点。如果说，陈涌、王富仁是《呐喊》《彷徨》研究中的两个"作品—社会"的系统的话，汪文则有意把它们描述为"作品—作家"的系统。准确地、完整地描述这一系统，还需要更多地努力。

1986年8月初稿

原载于《鲁迅研究月刊》1988年第3期

新时期鲁迅研究范式转型的开启
——王富仁《〈呐喊〉〈彷徨〉综论》论争之再思

黄海飞

大约王富仁自己也没有料到,发在《文学评论》1985年第3、4期上的博士论文摘要《〈呐喊〉〈彷徨〉综论》会引发长达数年的论争。(本文将其定义为学术论争,原因有三:第一,持续时间较长,从1985年直到1988年,余波甚至影响到20世纪90年代的人事纠葛。第二,参加的刊物级别较高,先后涉及的刊物包括《文学评论》《文艺理论与批评》《鲁迅研究动态》等核心刊物。第三,参与的学者不少,且多为知名学者)之后,《文艺理论与批评》1986年创刊号上即发表陈安湖的批评文章《鲁迅小说"研究系统"商讨》,王富仁刚开始并没有回应,一年之后才发表长篇文章《关于鲁迅研究中马克思主义方法论的几个问题》,分上下两期在《鲁迅研究动态》上登载。此后《鲁迅研究动态》两年之内组织了数篇讨论文章,加上其他刊物上的文章①形成一场不小的学术论争，"在我国鲁迅研究界乃至整个文化界都引起了很大反响"②，"引起震动"③。这场论争持续了三年时间，当时鲁迅研究界、现代文学研究界不同代际的学者很多都卷入其中，如陈安湖、陈尚哲、王富仁、袁良骏、林志浩、魏绍馨、刘川鄂等都参与论争，陈涌虽未发表文章，却也牵涉其中。④从后来的学术史来看，这次论争可以说开启了新时期鲁迅研究范式的转型。"无论多么好的阐释视角都不可能是永恒的，发展到一定程度之后，都会出现阐释饱和与意义超载。如果不进行视角转换或移位，学术就无法发展。正是在这个时候，王富仁站了出来，勇敢地指出现有研究系统的'偏离角'，提

---

①参与论争的文章主要包括陈安湖：《鲁迅小说"研究系统"商讨》，载自《文艺理论与批评》1986年第1期；陈尚哲：《关于鲁迅小说研究方法的模式——与王富仁同志商榷》，《文艺理论与批评》1987年第3期；魏绍馨：《鲁迅小说研究视角的转换——评王富仁〈《呐喊》《彷徨》综论〉及其批评者的批评》，载自《东岳论丛》1987年第6期；王富仁：《关于鲁迅研究中马克思主义方法论的几个问题》，载自《鲁迅研究动态》1987年第6、7期；林志浩：《关于〈呐喊〉〈彷徨〉的评论与争鸣——与王富仁同志商榷》，载自《鲁迅研究动态》1987年第8期；陈安湖：《写在王富仁同志答辩之后》，载自《鲁迅研究动态》1987年第9期；刘川鄂：《略评〈呐喊〉〈彷徨〉的两个研究系统》，载自《鲁迅研究动态》1988年第3期；周光迅：《对有关〈《呐喊》《彷徨》综论〉的争论之管见》，载自《鲁迅研究动态》1988年第4期；李彪：《善意的批评有益的启示：读袁良骏对王富仁"镜子说"的评论》，载自《鲁迅研究动态》1988年第4期。陈尚哲：《谈谈鲁迅小说研究系统》，载自《文艺理论与批评》1988年第4期；刘炎生：《怎样评价鲁迅有关辛亥革命的小说——与王富仁同志商榷》，载自《南昌大学学报（人文社科版）》1988年第4期；陈安湖：《再谈鲁迅小说"新研究系统"》，载自《文艺理论与批评》1989年第2期。

②周光迅：《对有关〈《呐喊》《彷徨》综论〉的争论之管见》，载自《鲁迅研究动态》1988年第4期。

③刘川鄂：《略评〈呐喊〉〈彷徨〉的两个研究系统》，载自《鲁迅研究动态》1988年第3期。

④王富仁在一年之后才写文章回应，正是因为陈涌等在座谈会上将王富仁的观点与当时被批判的"全盘西化"的某些提法等同起来，王富仁不得不为自己辩护。见王富仁：《关于鲁迅研究中马克思主义方法论的几个问题》，载自《鲁迅研究动态》1987年第6期。

出了反封建思想革命的新的研究系统。"①这显然具有重大的学术史意义。然而，过去的研究集中于对王富仁影响的评议，而对于论争本身则较少关注。这一论争的焦点是什么？为什么会产生这些焦点？学术论争与大的政治背景有什么关系？三十年后，我们再度梳理这场学术论争的意义与启示何在？本文尝试从以上几个方面做一些探讨。

一、从"政治革命"到"思想革命"

王富仁在论文中开宗明义，表明自己的鲜明主张，指出"从50年代开始，在我国逐渐形成了一个以毛泽东同志对中国社会各阶级政治态度的分析为纲、以对《呐喊》《彷徨》客观政治意义的阐释为主体的粗具脉络的研究系统"②。这个研究系统在20世纪50年代至80年代这三十年间实际规定着《呐喊》《彷徨》研究的方向。但王富仁发现，这个研究系统与鲁迅原作存在着"偏离角"，它所描绘出来的《呐喊》《彷徨》的思想图示是变了形的，由此产生了一系列问题。如导致思想分析和艺术分析的二元分离而非统一，创作方法的研究也变得孤立而非综合考虑，甚至可能会对深入研究中国现代政治史、思想史和鲁迅小说产生障碍。王富仁认为有必要调整这个研究系统，"以一个更完备的系统来代替现有的研究系统。这个研究系统不应当以毛泽东同志对中国新民主主义政治革命具体规律的理论结论为纲，而应当以鲁迅在当时实际的思想追求和艺术追求为纲"。接下来王富仁提出了自己的研究观点，即"《呐喊》和《彷徨》不是从中国社会政治革命的角度，而是从中国反封建思想革命的角度来反映现实和表现现实的，它们首先是中国反封建思想革命的一面镜子，中国社会政治革命的问题在其中不是被直接反映出来的而是在中国反封建思想革命的镜子中被折射出来的"③。

---

①张梦阳：《中国鲁迅学通史》（上卷），广东教育出版社2001年版，第581页。
②③王富仁：《〈呐喊〉〈彷徨〉综论（博士学位论文摘要·上）》，载自《文学评论》1985年第3期。

陈安湖与其后的批评文章首先关注的也正是这一点。陈安湖直接从根本上质疑它"是不是一个真正的'新研究系统',在理论上是否真正站得住脚,是否有利于挖掘鲁迅小说的价值和意义"。陈安湖引用列宁的话来作为论据,认为还是要参照列宁评论托尔斯泰的话———托尔斯泰是"俄国革命的镜子",认为列宁这里所说的"革命"恰恰就是指的政治革命,"一个真正伟大的作家,他不但关心思想革命,而且以更大的热情关心政治革命。在他们心目中,思想革命和政治革命是不能分开的,而且思想革命必须服从于政治革命"。陈安湖强调"不能抛弃列宁的原则"。他又继续援引毛泽东在《新民主主义论》中的论述,说"鲁迅是一个伟大的作家,也是一个伟大的革命家和思想家。他的小说是适应中国从资产阶级领导的旧民主主义革命发展为无产阶级领导的新民主主义革命的时代要求的产物"。认为鲁迅的小说"主要就是揭露辛亥革命的弱点及其失败的必然性,揭露资产阶级的软弱性和妥协性,揭露他们对农民力量的漠视。他的这些描写客观证明了中国人民不能依靠资产阶级的领导完成反帝反封建的任务"。他认为"鲁迅小说反映了人民要求首先进行一场深刻而彻底的民主革命的愿望和要求,代表了中国资产阶级民主革命的方向"①。在陈安湖看来,鲁迅小说的思想生命力和艺术生命力、它们的价值和意义首先而且主要表现在这个方面。

陈安湖最后所得出的关于鲁迅小说的观点,实际是沿用了20世纪50年代至80年代主导鲁迅研究界的陈涌的观点,出处则是影响深远的《论鲁迅小说的现实主义——〈呐喊〉〈彷徨〉研究之一》。这篇经典长文,在一开始即将鲁迅定位为"一个伟大的革命民主主义和现实主义的作家",引用毛泽东对于旧民主主义时代的界定,指出"鲁迅的《呐喊》和《彷徨》正深刻地反映了这个时期的历史特点","鲁迅是现代中国在文学上第一个深刻地提出农民和其他被压迫群众的状况和他们的出路问题的作家"。全文分析了《呐喊》《彷徨》小说中的农民、资产阶级和其他小资产阶级知识分子,证明了鲁迅的小说是证实了毛泽东或列宁对于这

---

①陈安湖:《鲁迅小说"研究系统"商讨》,载自《文艺理论与批评》1986年第1期。

些阶级的科学分析，最后得出结论："鲁迅在'五四'和以后一个时期便以其深刻的艺术的现实主义的力量真实地表现了：资产阶级不可能领导中国革命走向胜利，农民的被压迫的地位是必然走向革命化的，他们是中国革命在农村里的真正的动力，但农民本身却具有他们的弱点，而知识分子呢？……当他们把自己'孤独'起来的时候，他们是软弱无力，毫无作为的……无产阶级这种力量……鲁迅在整个写作《呐喊》和《彷徨》的时期，还是没有找到，没有认识到的。"[1]无论从20世纪80年代，还是今天回头来看陈涌的这篇论文，都会发现一种模式，正如魏绍馨批评陈安湖、陈尚哲："他们常常不是从鲁迅的小说出发，经过具体的分析，论证得出应有的结论，而是先摆出某种社会学、政治学或历史学的一般原理，然后再从鲁迅小说中去寻找证据。"[2]在这种研究方法指导下，鲁迅的作品被最大限度地从政治革命的角度去解读，突出鲁迅的"伟大的革命家"的身份，很多时候往往陷入为论证而论证，从而扭曲作品，走上了过度阐释的歧路，这集中体现在对于阿Q的解读上。陈涌在文中将阿Q作为鲁迅认识到农民是中国革命的重要力量的有力证据，"正是在反映中国农民的最可悲的落后性的阿Q身上，鲁迅证实了他的这个看法"。这正是王富仁所指出的"偏离角"。

从陈涌以下主导前三十年的鲁迅研究模式的理论根基在于"文学自觉地服从于政治，服从于中国的革命斗争"[3]，这实质上是发源于毛泽东《在延安文艺座谈会上的讲话》以来的文学从属于政治的观念，"无产阶级的文学艺术是无产阶级整个革命事业的一部分，如同列宁所说，是整个革命机器中的'齿轮和螺丝钉'。因此，党的文艺工作，在党的整个革命工作中的位置，是确定了的，摆好了的；是服从党在一定革命时期内所规定的革命任务的"，在文艺批评标准上，也是"政治标准放在第一

---

[1][3] 陈涌：《论鲁迅小说的现实主义——〈呐喊〉〈彷徨〉研究之一》，载自《人民文学》1954年第11期。

[2] 魏绍馨：《鲁迅小说研究视角的转换——评王富仁〈呐喊〉〈彷徨〉综论〉及批评者的批评》，载自《东岳论丛》1987年第6期。

位,以艺术标准放在第二位的"。①这种文学观念与批评标准在文学"一体化"的过程中,日益激进、公式化与窄化。

陈安湖等所维护的正是王富仁所要破除和反对的,政治革命和思想革命争执的关键也正在此。王富仁将鲁迅研究从"政治革命的一面镜子"转换为"思想革命的一面镜子",高呼"回到鲁迅那里去",要破除和反对的正是将文学从属于政治,过分突出鲁迅"革命家"的身份,而忽略了他原本更主要是"文学家""思想家"的做法。

应该看到,王富仁的这种反思也只有在新时期才能出现,是在"文革"结束以后对于前三十年总的反思与思想解放思潮背景下展开的。"在王富仁的命题提出之前,文学界出现了三场大讨论、大论争:1979年初开始的'文学与政治的关系'大讨论,1980年开始的'关于马列、毛泽东文艺思想体系'的讨论,1980年出现的'关于朦胧诗'的论争。这些讨论和论争,对包括王富仁在内的年青学者们的影响,无疑是巨大的。他们面对着社会的冲击和文学的反思,开始反思自己的逻辑起点和研究方式,以此作为对已有成果超越的契机。"②而从学术史的脉络来看,王富仁的许多观点也并非横空出世,是既有继承也有发展。例如,对于新中国成立以后的研究中过分强调阿Q革命的一面,淡化其消极意义,王富仁指出,这与鲁迅原作的艺术构成在整体面貌上有很大的不同。这个观点应是受到了支克坚文章③的影响,但与支克坚不同的地方在于王富仁并不满足于在局部中谈论问题,不是以鲁迅否定阿Q的革命而与鲁迅赞成革命这样的观点对立,而是跳出简单的肯定与否定的评价,要求更换整个研究系统。由此可见,对于原有研究系统的突破从"文革"结束后即已开始,但都是局部的,王富仁则是第一次喊出要重新调

---

①毛泽东:《在延安文艺座谈会上的讲话》;载自《毛泽东选集》(第3卷),人民出版社1991年版,第865—866页、第869页。

②袁向东:《简论"王富仁现象"》,载自《内蒙古民族师院学报》1991年第3期。

③支克坚:《关于阿Q的"革命"问题》,载自《文学评论丛刊》1979年第4辑。文章发表后引发讨论和产生很大反响。

整整个研究系统,"以一个更完备的系统"来代替"现有的研究系统"。且不论"代替"的提法是否恰当(这成为此后批评的焦点之一),这一声振聋发聩的"呐喊"也是意义非凡的。

二、"反资产阶级"还是"反封建"

陈安湖在质疑完思想革命与政治革命孰轻孰重之后,又提出了一个争议的主题,即"反资产阶级"还是"反封建"?"鲁迅在反映辛亥革命的过程中对资产阶级的软弱性和妥协性的批判、对辛亥革命经验教训的总结这样一些对中国革命来说非常重大、非常深刻,并且影响非常深远的内容,并不属于反对封建思想的范围,而是属于反对资产阶级思想的范围。"①陈安湖认为鲁迅《呐喊》《彷徨》中对于知识分子的描写也是属于反对资产阶级思想的范围,与鲁迅对领导辛亥革命的资产阶级的批判是相通的;王富仁将鲁迅小说说成是"中国反封建思想革命的一面镜子"并不反映它们的实际情况,不是提高,而是贬低了它们的价值和意义。这里实际上包含了价值高低的判断,反资产阶级思想、批判资产阶级的软弱性是比反封建思想革命更有政治意义的,价值更高。在这里,"反资产阶级"和"反封建"是相对立的概念,林志浩的文章中也能找到呼应处。林文中批评王富仁:"反封建的思想革命(实际上是资产阶级启蒙主义)的指导思想,使他对鲁迅小说的分析,在某些地方也成了'一个变了形的思想图式'。"②林将反封建思想革命指认为"资产阶级启蒙主义",这在当时的政治语境中是很能使论争对手处于不利地位的。相对应的,魏绍馨则批评陈安湖"为了批驳王富仁的'反封建思想革命的镜子'说","夸大了这两本小说集的反对资产阶级知识分子的内容"。③

---

① 陈安湖:《鲁迅小说"研究系统"商讨》。
② 林志浩:《关于〈呐喊〉〈彷徨〉的评论与争鸣——与王富仁同志商榷》,载自《鲁迅研究动态》1987年第8期。
③ 魏绍馨:《鲁迅小说研究视角的转换——评王富仁〈《呐喊》《彷徨》综论〉及批评者的批评》。

王富仁之所以关注到"反封建",首先是与其观察到鲁迅的前期小说没有直接涉及"反帝"的内容有关。"中国的鲁迅研究者,自从20世纪20年代末开始,就主要着眼于中国的政治革命,鲁迅作品的价值和意义是从其与中国现代政治革命的紧密联系得到高度的肯定和热情的赞扬的。毛泽东将中国共产党领导的新民主主义革命的任务归纳为'反帝''反封建'两大任务,这在1949年之后的大陆鲁迅研究界,更成了一个不言而喻的指导纲领。"[①]另一重要的原因在于"文革"结束后国内的"反封建"思潮以及国家识形态的提倡。"当时的中国社会刚刚从'文化大革命'的废墟中走出来,连当时的政治领袖人物也大力倡导反对封建思想,这无疑也是支持我将自己的想法写出来的重要原因。"[②]根据已有的研究,最早提出从"反封建"角度反思"文革"的是史学界,著名历史学家黎澍较早地提出了反封建的问题。黎澍1978年底写就的《消灭封建残余影响是中国现代化的重要条件》,发表在1979年第1期《历史研究》上。他提出"人们多年来警惕地注视着资本主义复辟还不是主要的、大量的,真正复了辟的倒是从'五四'运动以来革命者前仆后继反了几辈子的封建主义。""不重视对有两千年历史的封建传统文化的批判,不坚决清除旧制度的残余,片面强调批判'资产阶级',特别是批判所谓'党内资产阶级',其结果必然是封建势力乘机在各个方面以各种不同的形式死灰复燃,暗中取代社会主义,还要冒充是最革命的。"[③]黎澍的文章产生很大反响,引发思想界热议,各地报刊发表了不少反对封建主义的文章,一时形成了一股批判封建主义的风潮。[④]但"反封建"进入中共领导视野,其中的关键人物则是中共元老李维汉。1980年6月19日,李维汉接受《人民日报》理论部汪子嵩、宁培芬的采访,提及此前李维汉曾向

[①②] 王富仁:《再版后记》;载自《中国反封建思想革命的一面镜子——〈呐喊〉〈彷徨〉综论》,中国人民大学出版社2010年版,第458页。

[③] 黎澍:《消灭封建残余影响是中国现代化的重要条件》,载自《历史研究》1979年第1期。

[④] 刘济生:《从反封建的提出到政治体制改革——邓小平与中国民主化进程的运作》,载自《内蒙古民族大学学报》2004年第6期。

邓小平建议,由邓小平出面来提倡全党反封建,因为"反封建的问题是党和国家带根本性的问题","从三中全会、四中全会到五中全会的决议,我都是拥护的。但有些问题实在想不通。为什么毛主席到晚年会造成这样大的悲剧,走向自己的反面?这问题怎样解释?"在李维汉看来,"我们的民主革命是要反帝反封建。反对帝国主义做得比较彻底,而反封建却只做了一半,而且是比较容易的一半。"在谈话中,李维汉联系历史和现实,指出封建残余是一个历史遗留问题,几位领袖都没有完成这个任务,在当下现实中表现为等级制、家长制、干部终身制、个人崇拜等多种形态,在历史中,"'文化大革命'彻底地深刻地暴露了封建主义对我们党的侵蚀,这是从各个方面都表现出来的大暴露。林彪、'四人帮'的纲领口号是'批判唯生产力论'等极左的东西,手段是封建法西斯主义。"[1]在这里,李维汉已经提出了将"反封建"作为反思"文革"的思想方向。邓小平采纳了李维汉的建议,在8月18日中共中央政治局扩大会议上,也就是著名的"8·18"讲话中将"反封建"上升为国家意识形态,"从党和国家的领导制度、干部制度方面来说,主要弊端就是官僚主义现象、权力过分集中的现象、家长制现象、干部领导职务终身制现象和形形色色的特权现象……上面讲到的种种弊端,多少都带有封建主义色彩。封建主义的残余影响当然不止这些。还有,如社会关系中残存的宗法观念、等级观念;上下级关系和干群关系中在身份上的某些不平等现象……""我们进行了二十八年的新民主主义革命,推翻封建主义的反动统治和封建土地所有制,是成功的,彻底的。但是,肃清思想政治方面的封建主义残余影响这个任务,因为我们对它的重要性估计不足,以后很快转入社会主义革命,所以没有能够完成。现在应该明确提出继续肃清思想政治方面的封建主义残余影响的任务,并在制度上做一系列切实的改革,否则国家和人民还要遭受损失。"在这篇讲话中,邓小平将"文革"归为"封建主义残余尚未肃清的表现",正式提出要"肃清

---

[1] 余焕椿:《一篇尘封二十多年的访谈录——李维汉建议邓小平反封建》,载自《同舟共进》2003年第2期。

思想政治方面的封建主义残余影响"，对于不可能不涉及的毛泽东的评价问题，邓小平很睿智地判定："毛泽东同志在他的一生中，为我们的党、国家和人民建立了不朽的功勋。他的功绩是第一位的，他的错误是第二位的。"①这些观点而后以党的文件固化，1981年6月27日通过的《关于建国以来党的若干历史问题的决议》中将封建残余作为"文革"发生的重要原因："中国是一个封建历史很长的国家，我们党对封建主义特别是对封建土地制度和豪绅恶霸进行了最坚决最彻底的斗争，在反封建斗争中养成了优良的民主传统；但是长期封建专制主义在思想政治方面的遗毒仍然不是很容易肃清的，种种历史原因又使我们没有能把党内民主和国家政治社会生活的民主加以制度化、法律化，或者虽然制定了法律，却没有应有的权威。这就提供了一种条件，使党的权力过分集中于个人，党内个人专断和个人崇拜现象滋长起来，也就使党和国家难于防止和制止"文化大革命"的发动和发展。"②

在这种国家意识形态的指导下，知识界积极跟进，李泽厚与王元化高举"新启蒙主义"的旗帜，金观涛、刘青峰合著的《兴盛与危机——论中国封建社会的超稳定结构》从学理上论证了封建主义长期存在的根基，影响广泛。从当时的文学评论也可以看出，③文学作品以反封建为突破口来揭示、反思"文革"，呈现出主题突出的特点。正是这种"反封建"思潮支持王富仁大胆提出新的研究系统。

然而，尽管王富仁看到了当时的政治领袖人物也在倡导"反封建"，多年以后他再度提起，其中也有着某种疑问——那为何他仍遭到质疑与

---

①《邓小平文选》（第2卷），人民出版社1994年版，第327—334页、第335、334页。

②中共中央文献室：《关于建国以来党的若干历史问题的决议（注释本）》，人民出版社1985年版，第28页。

③房德胜：《论当前文艺作品中反封建残余的创作倾向》，载自《学习与探索》1980年第5期；《反封建是当前文艺创作的一项重要任务》，载自《文艺理论研究》1981年第1期；缪俊杰：《封建主义的幽灵与时代意识的觉醒——读近年来部分反封建主题的小说》，载自《小说评论》1986年第4期。在这些评论里都能看到邓小平讲话及《关于建国以来党的若干历史问题的决议》不同程度的影响。

批评？这依然可从邓小平"8·18"讲话看出端倪。"反封建"既是一种对于"文革"反思方向的指引，也是一种限制与规定。邓小平强调在肃清封建思想残余时，"首先，要划清社会主义同封建主义的界限，决不允许借反封建主义之名来反社会主义，也决不允许用"四人帮"所宣扬的那套假社会主义来搞封建主义"。"不要又是一阵风，不加分析地把什么都说成是封建主义。"更为复杂性的一面在于，讲话在第四节的最后用较大篇幅来提醒："在思想政治方面肃清封建主义残余影响的同时，决不能丝毫放松和忽视对资产阶级思想和小资产阶级思想的批判，对极端个人主义和无政府主义的批判……必须把肃清封建主义残余影响的工作，同对于资产阶级损人利己、唯利是图思想和其他腐化思想的批判结合起来。"[1]这是胡乔木在给邓小平起草讲话时加上的。[2]此前在反封建讨论中，《人民日报》曾受到过很大压力。先是胡乔木出面阻止，后是中宣部一位负责人出面干预。这位负责人在一次会议上说：目前不单独提反封建主义，还是提反对封建思想残余和资产阶级、小资产阶级思想。[3]胡乔木与这位负责人的想法是一致的。1980年6月25日，胡乔木在给胡耀邦的信中说道："现在只提反封建主义，易放松反对资本主义唯利是图、损人利己和各种恶性腐化现象，也不妥当。"[4]中宣部印发了这封信并专门召开会议讨论，由此反封建的提法被暂时搁置，直到邓小平讲话再度提起。而由胡乔木、邓力群起草的"8·18"讲话稿能看出与上封信观点的一致性，都在强调反资产阶级的必要性。"波兰团结工会事件"发生后，胡乔木给胡耀邦的信中也在强调中国发生"波兰事件"的可能性，强调要注意"外来思想、经济、政治、文化影响"，对于当时因邓小平"8·18"讲话引起的肃清反封建残余以及政治制度改革造成了消极的

---

[1] 《邓小平文选》（第2卷），人民出版社1994年版，第335—337页。

[2] 张成洁：《胡乔木与1980年政治制度改革》，载自《炎黄春秋》2014年第10期。

[3] 余焕椿：《一篇尘封二十多年的访谈录——李维汉建议邓小平反封建》，载自《同舟共进》2003年第2期。

[4] 《胡乔木书信集》，人民出版社2002年版，第281页。

影响。1980年末的中共中央工作会议上，胡乔木给邓平起草的讲话稿中，更加强调反对"资产阶级自由化"。[①]这是"文革"后首次提出这一概念，开启了20世纪80年代数次反对"资产阶级自由化"的先声。1984年"清除精神污染"运动因为各种原因很快就结束了，但1987年"反对资产阶级自由化"持续时间较长。"《呐喊》《彷徨》综论"论争主要是在1987年、1988年，正是"反对资产阶级自由化"运动高潮时期，在这样一个背景下才能更好地理解论争双方各自侧重"反资产阶级"和"反封建"的提法。

三、"旧"与"新"

在以"思想革命"替换"政治革命"，"反封建"替换"反资产阶级"这两点上，论争的多数派是支持王富仁的，但在另一点上，几乎所有参与论争者都批评他，这就是其片面性与绝对化。反对方陈安湖、陈尚哲、林志浩等人一致批评王富仁的结论："《呐喊》和《彷徨》不是从中国社会政治革命的角度，而是从中国反封建思想革命的角度来反映现实和表现现实的，它们首先是中国反封建思想革命的一面镜子"，如林志浩的观点，这样逻辑推演下去，则必须用思想革命的镜子来代替政治革命的镜子，才符合鲁迅"实际的思想追求和艺术追求"，这就"把问题推向了极端，产生了片面性"。[②]尽管王富仁在论文中曾经提及鲁迅小说"所涉及的是绝不仅止于中国反封建思想革命的问题"，他也"绝不反对从中国社会政治革命的角度去分析他们的客观政治意义"，但具体论述时确实主要集中于思想革命，没有去探讨小说的政治意义，这就被抓住了漏洞。

袁良骏可谓王富仁强有力的支持者。对于陈安湖批评王富仁的基本论断背离了马克思主义和毛泽东思想——这在当时是很严重的政治错

[①] 张成洁：《胡乔木与1980年政治制度改革》。
[②] 林志浩：《关于〈呐喊〉〈彷徨〉的评论与争鸣——与王富仁同志商榷》。

误，袁良骏旗帜鲜明、有理有据地予以否定，认为陈安湖"以偏概全、过于草率"，局部的正确意见都被纳入那个吓人的框架中了。在这里，袁良骏将学术论争与政治论争分开，指出王富仁论文的研究对象是鲁迅小说，并非中国的社会主义革命和建设事业，因此是否以毛泽东的政治论断为纲来分析鲁迅的小说并不代表不同的政治路线，不能以反证法来下政治判断——这是陈安湖等喜欢用的论证方式，比如不按照毛泽东的政治论断为纲就是"反毛泽东思想"之类。袁良骏甚至大胆地提出：毛泽东同志的某些具体论断，甚至马列主义的某些具体论断，也都是可以研究、讨论和商榷的。可以说，袁良骏是为王富仁辩护最有力的一位，在很大程度上"保护"了王富仁。但爱之深责之切，袁文用一半篇幅为其辩护的同时，用另一半篇幅严厉地批评王富仁，意见也主要集中在片面性与绝对化上。袁良骏认为王富仁的基本论断有其偏颇性，在这一点上他赞同陈安湖的观点，"正如陈安湖同志曾经正确指出过的那样：《镜子》割裂了思想革命与政治革命、社会革命的必然联系，并使它们人为地对立起来……这就从真理走向了谬误，从辩证法走向形而上学了"。在表述上王富仁则有绝对化的倾向，论文中"反封建思想革命便成了《呐喊》《彷徨》一切艺术特色的总根源、总纲。'纲举目张'，只要抓住它，对一切艺特色便都可以迎刃而解了"。在这里，王富仁与其所反对的"旧系统"的思维模式并无二致，"旧系统"是"政治革命"决定一切，"新系统"是"反封建思想革命"决定一切，从一个极端走向另一个极端。因之，袁良骏指出了王富仁的"新研究系统"的问题，"如果说《镜子》代表了新的'研究系统'，也只能说这个系统把《呐喊》《彷徨》反封建的思想革命意义强调得过了分"，"新、旧两个'研究系统'并没有什么本质的不同，它们只存在互相补充的关系，而不存在什么势不两立的关系。如果说旧的'研究系统'有什么'偏离角'，那么，新的'研究系统'同样有'偏离角'，只不过'偏离'的角度不同而已！"[①]这

[①] 袁良骏：《论王富仁〈呐喊〉〈彷徨〉综论——兼谈陈安湖同志对他的批评》，载自《鲁迅研究动态》1987年第11期。

一点魏绍馨也发现了，"像陈安湖同志所说的作者《彷徨》中主要是理智的批判资产阶级知识分子的'各种弱点'，或者像王富仁所说的作者既'否定离开个性主义的人道主义，同时更否定脱离人道主义的个性主义'，那都是把小说这种文学作品误认为是思想批判的论文"[1]。年轻的学者刘川鄂在强烈批评"旧系统"的缺点、高度肯定王富仁"新系统"的同时，却也不同意"新系统"代替"旧系统"的提法。在刘川鄂看来，两者都是社会历史批评，仍各有其存在的价值，不宜全盘否定。[2]论争到最后，大家发现所谓"新""旧"系统本质上并无不同，它们有着同质的理论前提、思维模式，但关于这点大家只是提及，并未进行展开。

几乎与此同时，汪晖对"新""旧"研究系统都进行了批评与反思，深挖两种研究系统背后的思维方法，"我所说的思维方法的局限更主要地体现在他的决定论的思维模式和由这种决定论方法建立起来的完整体系之中"。他指出，王富仁论文的庞大体系建立在双重因果决定关系上：时代的思想革命决定了作家的意识倾向，而后者又决定了作品的意义、创作方法和艺术技巧。思想革命成为王富仁论述的起点，也成为他的终点，甚至连艺术方法及技巧都由思想革命决定。"从陈涌到王富仁，他们的小说研究无意于探讨鲁迅与现代文化思潮的复杂联系，无意于探讨鲁迅的文化心理在艺术中的呈现，因为这一切都在他们所理解的现代历史的'本质规律'之外。正是在这里，我们看到了王富仁与他的批判对象之间的思维模式上的内在联系。"[3]王富仁在批判"旧系统"、树立"新系统"的时候，却并没有摆脱"旧系统"的思维模式，仍旧在此窠臼之中。因而，他虽然高举反叛的旗帜，但对于原有系统并未真正打破。"在王富仁最富有革命性的地方，我们发现他的思维模式没有得到

---

[1] 魏绍馨：《鲁迅小说研究视角的转换——评王富仁〈呐喊〉〈彷徨〉综论》及批评者的批评》。

[2] 刘川鄂：《略评〈呐喊〉〈彷徨〉的两个研究系统》。

[3] 汪晖：《鲁迅研究的历史批判》，载自《文学评论》1988年第6期。

真正的革命性的改造。"①王富仁提出"首先回到鲁迅那里去",希望以此来否定鲁迅研究的"政治革命"论,这里的理论预设是鲁迅自身存在着一个客观的系统,研究者可以摆脱主观的意识形态世界,"回到"客观的鲁迅的世界,而且"首先"就意味着这是一切研究的前提、出发点,这与"旧系统"的思维模式是如出一辙的。但鲁迅的世界当然不是自足的客观的世界,研究者总会带上自己的主观视角,受到这种或那种意识形态的影响。事实上,"反封建思想革命"落脚点还在"革命"上,仍然是属于先验的理念,王富仁虽然提出了口号,但也并未"回到"鲁迅那里。

对于鲁迅研究进一步的突破来自汪晖的"中间物"的概念,"标志着鲁迅研究的重心从客体方面内移到主体方面,从而展现鲁迅作品的心理内容,是鲁迅研究从外向内移位的转折点"。②不仅如此,"中间物"的概念解决了鲁迅研究中众多悬而未决的难题,"中间物"意味着鲁迅个人是处"在进化的链子上",是过渡而非最终的状态,这样就解构了鲁迅的绝对神化与"圣化",打破了过去单一、静止、非此即彼的思维模式和阐释方法,再现了鲁迅丰富、复杂的多面性。"中间物"概念影响到钱理群的《心灵的探寻》、汪晖自己的《反抗绝望》、王乾坤的《鲁迅的生命哲学》,20世纪90年代以后更是被学界公认并接纳为阐释鲁迅的有效精神哲学概念。可以说,汪晖是继王富仁"首义第一枪"之后的又一冲决旧有研究系统与思维模式的"大动作"③者,正是在汪晖及其后的一批学者继续不断努力突破下,鲁迅研究界才真正走了原有的决定论思维模式的研究系统,在西方文学批评理论方法的导引下,逐渐走向了20世纪90年代的新视野。

三十年后,回头梳理这场影响深远的学术论争,关注论争的几个焦点及其产生的原因,我们发现其与20世纪80年代大的政治环境有密切的

---

① 汪晖:《鲁迅研究的历史批判》。
② 张梦阳:《中国鲁迅学通史》(上卷),第632页。
③ 张梦阳:《中国鲁迅学通史》(上卷),第633页。

关系，甚至可以说是与政治脉搏同步振荡，既因其而兴起，又因其受限。只有在新时期改革开放、思想解放的大潮中才产了挣脱"政治革命"论的呼喊。在国家意识形态倡导"反封建"的指引下，王富仁提出了"反封建"的命题，同时却也因国家意识形态的限制而受到批评。王富仁试图颠覆"旧系统"、建立"新系统"，但也终究落入"旧系统"的思维窠臼，"新""旧"系统本质上并无不同，完全突破则需要等到汪晖及其后来者的奋戈一击。

然而，无论这场论争述及王富仁论文中多少漏洞与不足，都丝毫不妨碍它在鲁迅研究史上的影响与地位，这是毋庸置疑的。可以说，他是新时期鲁迅研究范式转型的开启者。陈平原在回顾《二十世纪中国文学三人谈》时自谦地说道："或许，这就是人们常说的'八十年代学术'的特征：虽则粗疏，但生气淋漓。"①借用过来，王富仁的这篇论文当然并不粗疏，但确是生气淋漓。今天的学术精耕细作，却似乎缺乏20世纪80年代学术的那种淋漓的生气。因之，回首三十年前的这场学术论争，对于当下仍是自有其意义与启示。

原载于《鲁迅研究月刊》2017年第7期

---

① 陈平原：《小书背后的大时代——从〈二十世纪中国文学三人谈·漫说文化〉说起》，载自《读书》2016年第9期。

"鲁迅":从新启蒙到世俗化

陈国恩

"鲁迅是谁?"20世纪30年代初的瞿秋白和21世纪初鲁迅的孙子周令飞前后提出了这样的问题。他们的提问表明,鲁迅的形象在不同的时代、不同的人那里是不同的,而这又说明历史上存在的那个鲁迅与在批评话语中建构起来的"鲁迅"既有联系又有区别。就文学与20世纪中国关系的紧密程度而言,鲁迅在中国现代作家中无人能及。他的创作是"五四"时代精神的集中体现,对于他的研究又与20世纪中国的思想文化史乃至政治革命史联系在一起。不言而喻,鲁迅研究已经取得了丰硕成果,对鲁迅研究史的学术探讨也达到了相当高的水平,但这些仅是作为鲁迅研究的一部分来进行的,还算不上自觉地把鲁迅及鲁迅研究与20世纪的中国联系起来,思考中国思想文化史乃至政治革命史的问题以及鲁迅与这些问题的关系。我们借承担国家社科基金重点项目"鲁迅与20世纪中国研究"的机会,依据鲁迅与20世纪中国这种特殊的生成性关系,把"鲁迅"视为广泛、全面、深入地参与了中国现代历史建构的一种文化和政治符号,从他来透视现代中国历史和心灵问题,又从现代中国历史问题来反观和拓展鲁迅的意义。

新时期的鲁迅研究,随着社会的重大转型而进入了一个新的阶段。

当"继续革命"被以经济建设为中心所取代,思想领域的拨乱反正成为保证改革开放顺利进行的一个重要前提。鲁迅研究回应了这一时代要求,起到了解放思想的重大历史作用。

鲁迅研究相当长一个时期里被高度政治化,甚至成为政治斗争的工具,因此新时期鲁迅研究的一个突破口是"回归鲁迅"。回归鲁迅,是回归启蒙先驱的鲁迅,回归鲁迅作品的思想和审美价值,去除外加于鲁迅的过多的政治内容。但新时期初的"回归鲁迅",其实依然具有浓厚的政治色彩,不过不再是那种极"左"的政治,而是清理极"左"思想的政治。当王富仁提出把鲁迅研究从政治革命的视角转向思想革命的视角时,他其实是通过提倡鲁迅研究的新模式参与了思想解放运动。王富仁强调鲁迅小说的真正意义不是此前所认为的回答了中国革命的重大问题,比如革命的领导权问题、革命与群众关系的问题、辛亥革命失败的经验教训问题等,而是回答了思想革命的一些根本问题。思想革命和政治革命的区别,在于中国共产党领导的新民主主义革命强调党与群众的密切联系,强调人民的革命积极性,这些都是以旧民主主义革命的历史经验为参照的,所以用这个观点来研究鲁迅,就特别重视鲁迅笔下人物的潜在革命要求,重视辛亥革命领导者脱离民众从而导致革命失败的教训。反封建的思想革命,则是专注于民众的思想启蒙,尤其重视对农民在长期的封建思想桎梏下造成的愚昧和落后的批判,所谓"解剖沉默的国民的灵魂"。王富仁从思想革命的角度来研究鲁迅,超越了政治革命的视野,对鲁迅做出了与此前大不相同的阐释,提升了鲁迅创作的思想启蒙的历史意义。以阿Q为例,从思想革命的角度看,阿Q虽急切地要求改变现状,但他所理解的革命仅仅是财产的再分配和农民式的复仇,因而阿Q式的革命即使成功,也没有历史进步意义。这与政治革命视野中的阿Q形象有重大区别。在政治革命的视野中,人们更多地看到阿Q的革命要求,而辛亥革命的领导者没有予以重视,假洋鬼子甚至不许他革命。阿Q在革命发生后被判死刑,就象征着这一革命的失败。这样的观点在相当长时期里占绝对的主流地位,反映了无产阶级革命时代革命者对农民的基本看法。这种看法到了以思想革命的研究模式来研究鲁迅时,才发生了重大的转变,落后农民的思想改造问题才又一次被提到人们的面前。

　　研究模式的改变,包含着深广的历史内容。政治革命视角的理论依据是毛泽东的新民主主义历史观,改由思想革命的视角,并非对新民主主义理论的否定,而是调整了文学与政治的关系,即文学的价值不必全部从政治的方面体现出来,而是可以从思想的、道德的方面体现,当然更应该从审美的方面体现。因而人们看待和研究文学的态度发生了重大变化,不再执着于政治的标准,不再把文学与政治捆绑在一起,而是以开阔的眼光,从文学与历史和现实的更为广阔的联系中来思考文学的位置,更多地关注文学的思想和审美的价值。

　　改由思想革命的视角来研究鲁迅,也反映出人们拥有了更为开阔的历史视野,从而改变了对20世纪中国历史进程的理解,把思想革命的重要性提高到与政治革命同等的程度,并且重新阐释了思想革命与政治革命之间的关系。从这样的观点看历史,20世纪的中国实际上采用了思想革命与政治革命交替进行的形式。这种形式表明,如果没有思想革命解决人的自觉性问题,政治革命进程中就会出现"左"的或"右"的错误;但如果没有政治革命的推进,在中国民众普遍不觉悟而教育水平又普遍低下的条件下,思想革命不可能在短时期内依靠思想启蒙的手段来达成其启发民众觉悟的目的——阿Q读不懂鲁迅的小说,因而鲁迅用文学来开启民智的理想注定难以实现。当鲁迅发现启蒙运动收效不大或者无效时,他受到社会革命在实践中动员民众能力的启发,很容易接受新的思想,探索社会改革的道路,从思想文化方面参与中国革命的实践,成为一个"共产主义战士"。但历史的经验又告诉人们,社会革命采取武装斗争的形式和高度统一的集体主义思想路线,其中产生的或"左"或"右"的问题又必须通过新的思想启蒙逐渐加以克服,因而思想启蒙的课题并没有失效,它事实上到了新时期再一次被提上重要的议事日程。

　　显然,鲁迅研究的突破所涉及的不是一般的作家评价的变化,而是关系到对整个20世纪中国历史认识的变化和中国未来发展方向的选择,因而从思想革命视角来研究鲁迅在受到广泛好评的同时,也遭到一些学者的批评，认为背离了毛泽东评价鲁迅所遵循的原则。争论就像一个三棱镜，反映出那个乍暖还寒的转型时期人们错综复杂的思想状态，表明了要从僵化的思想中解放出来，根据新时代的条件提出新的问题，曾经是多么的艰难。在这样的背景下，通过鲁迅研究来强调思想革命的重要性，实际上为新时期的思想启蒙提供了一种历史依据，不仅对新民主主义革命和社会主义建设的历史有了新的认识，而且启蒙理性所重视的人的主体地位、人的价值和尊严得到越来越明确的肯定，人的独立性越来越受尊重。以此为基础，人们才得以更好地处理传统与现实的关系，处理政治与人性、政治与文艺的关系，放宽文艺批评的标准，使之更贴近人性的要求和审美的原则，从而解放了文艺生产力，促进文艺批评的繁荣和发展。不是说鲁迅研究本身直接完成了这些重大的思想课题，而是一些鲁迅研究者怀着使命意识，大胆探索，以鲁迅研究的形式参与并推动了思想解放运动，在相当程度上改变了人们对20世纪历史中许多重要问题的认识，对后来中国历史的发展产生了重要影响。

鲁迅研究的这一独特作用，本身也是一个时代的产物。20世纪80年代初，思想解放运动已经启动，但政治上的禁区依然存在，许多敏感的问题不便触及，而鲁迅是一个与中国共产党渊源很深、并且得到高度肯定的作家，从鲁迅研究领域着手探讨20世纪中国的重大问题，既可以绕开敏感的政治话题，比如"两个凡是"的禁区，又可以事实上对这个禁区里的一些重大问题进行反思和探索，为思想解放扫清障碍。正是在这一意义上，王富仁等人的鲁迅研究实际上是一种文化的、政治的研究。其出色之处在于把政治文化的研究和文学审美的研究有机地结合在一起，在文学领域探讨政治性问题，与哲学的、文化的乃至政治领域的探索一起，推动了思想解放运动。

不过更大的变化还在后面。进入90年代，市场经济迅猛发展，引起价值领域的深刻变化。人生的意义和个人成功有了新的标准，鲁迅研究开始失去以前那种政治整合的功能，越来越成为一个纯学术的问题。钱理群和汪晖对鲁迅精神结构的研究，王乾坤对鲁迅生命哲学的研究，都是趋向更为学术化的，他们所关注的其实主要还是知识分子自身的精神生活方式，他们想在世俗化思潮的冲击下捍卫人文知识分子的主体性，引领思想的潮流。这意味着鲁迅研究回归研究者个人所理解的鲁迅，不再把鲁迅当作一个政治文化的符号，而是作为一种精神生活的方式来理解，试图从鲁迅身上找到一种应对世俗挑战的精神资源，与他们自身对人生意义的理解和精神生活的追求联系在一起。鲁迅研究成了一份个人的志业，其意义也就从政治层面进入到文化的层面，其影响的范围缩小，深度则由此拓展。

但世俗化思潮同时又推动鲁迅研究向另一个方向发展，那就是解构鲁迅。1998年第10期的《北京文学》刊发了朱文等人的《断裂：一份问卷和五十六份答案》。朱文提问："你是否以鲁迅作为自己写作的楷模？你认为作为思想权威的鲁迅在当代中国有无指导意义？"新生代作家韩东、朱文、邱华栋、于坚等都做了回答，统计的结果是："98.2%的作家不以鲁迅为自己的写作楷模。91%的作家认为鲁迅对当代中国文学无指导意义。3.6%认为有指导意义。5.4%不确定。"韩东又特别强调："鲁迅是一块老石头，他的权威在思想文化界是顶级的，不证自明的。即使是耶和华，人们也能够说三道四，但对鲁迅却不能够。因此，他的反动性也不证自明。对于今天的写作而言，鲁迅也确无教育意义。"这即所谓"断裂"事件。2000年第2期的《收获》杂志发表了林语堂写于六十多年前的《悼鲁迅》、冯骥才的《鲁迅的功与过》、王朔的《我看鲁迅》。几篇文章的共同点，是以平视的眼光和反崇高的心态看待鲁迅。特别是王朔，说鲁迅光靠一堆杂文几个短篇是立不住的，没听说有世界文豪只写过这点东西。"早期主张'全盘西化'，取缔中医中药，青年人不必读中国书；晚年被苏联蒙了，以为那儿是王道乐土，向往了好一阵子，后来跟'四条汉子'一接触，也发觉不是事儿。"说鲁迅既不是作家，也不是思想家，充其量不过是一个愤世嫉俗者。葛红兵在他的《为20世纪中国文学写一份悼词》中认为鲁迅弃医从文与其说是爱国，不如说是学医失败。鲁迅的医学成绩很差，而且课堂笔记经常被藤野先生改得面目全非。

这些解构鲁迅的声音，其基本的方面是难以成立的，有太多的基于个人臆测的妄断，但它却是世俗化时代的一个标志，反映出这个时代价值领域的新变和存在的问题。如果说王富仁把鲁迅从政治革命神坛上拉下来，恢复他思想革命先驱的形象，那么这些人又把鲁迅从思想革命的神坛上拉下来，恢复他作为一个普通人的面目。显然，这反映了价值多元时代普通人的独立自主意识的强化，他们不再把自身的价值托付给任何偶像，而是让偶像按照自己的意志表达意义，他们希望鲁迅是个普通的人，与自己一样。贬低鲁迅，是为了获得在相当长时期里人们所不曾真正拥有过的个人权利，包括真正的自由地思想和想象的权利。但像长期受禁锢的人一旦获得自由就可能失去平衡一样，这种贬低鲁迅的声音是靠虚张声势来获得自尊的，细察起来，可以发现少了点健康、理性的文化底气，因此其本身即是一种时代病的症候，需要有一个新的调养过程，纠正其历史虚无主义的片面性。

我们这样来谈论鲁迅实际上贯彻了历史与文学相互印证的观点，考虑的是历史逻辑如何影响到鲁迅研究，鲁迅形象的变迁又如何折射出社会历史的问题。这是中国问题主导下的鲁迅研究，鲁迅研究中折射出来的中国社会历史问题。文学是人学，与人联系在一起。把文化研究和文学研究、审美研究和社会历史的研究结合起来，就比一般的中国问题研究更具有审美的特点，更接近人的心灵，又比一般的文学研究更具有历史的丰富性和厚重的文化内涵。

原载于《福建论坛》2015年第6期

"每一个词语都是一扇大门"
——论王富仁的语言观及其鲁迅研究中的应用

谭桂林

鲁迅在给许广平的信中曾经谈到过自己的一个苦恼，这就是做教授和做作家的选择。做教授需要理智，做创作需要激情，这是两种矢向相反的心力。一般说来，做教授和做作家还是可以兼而得之的，民国时期这种例子很多，今天的作家重回高校似乎也是一个时尚。但鲁迅却为此选择而苦恼，是因为他的内心与智慧上，这两种力量都非常强大，强大到非得把对方压倒不可的地步，所以，鲁迅后来终究去了上海做了一个自由作家。这两种心力的强大给鲁迅带来的影响就是，无论他写作还是问学，都会有一个强大的自我意志渗透浸润其中，形成精神上的自我徽章，无人能够重复。王富仁的学术研究是从鲁迅研究起步的，虽然他没有像鲁迅那样产生这种选择上的烦恼，而且一生走的还是学院派的学术之路，但是文学创作与文学研究这两种不同的精神与心力的活动，也曾经贯穿他的一生。他在读研究生的时候发表的小说曾经被《小说选刊》选载，他在中年时代出版了自己的散文诗集《呓语集》，前前后后也曾写过不少怀人叙事的散文。这些作品无论主题和表达都堪称上乘，只是多年来这些创作的价值和意义一直被王富仁的学术成就的光芒所遮蔽，还有待进一步发掘。笔者在此想要讨论的是，文学是语言的艺术，文学创作需要具备驾驭语言的能力，文学研究则需要对文学语言的鉴赏的能力，所以文学创作与文学研究这两种心力活动的交集，很自然地引发了王富仁对语言的自觉关注与重视。就像他的鲁迅与中国现作家的研究以其思想的深刻与问题意识的突出而深受研究者赞赏一样，王富仁的学术与创作中所呈现出的鲜明浓郁的语言意识和言语特点，也是我们应该予以关注的一笔精神遗产。

一

王富仁的鲁迅研究以其思想的深刻以及对鲁迅作品主题发掘的时代意义而著称，但是他接近鲁迅却是首先被鲁迅作品的语言所吸引。他曾经这样回忆过自己阅读鲁迅时的最初印象："现在回想起来，从初中一直到大学，始终没有放掉的，就是鲁迅。为什么喜欢他？他好在哪儿？我不知道。但一翻开鲁迅作品，它实在让我入迷，尤其是它那个语言。那种魅力，在别人的作品中是没法获得的。鲁迅的杂文好像很简单，但是你一接触它的语言，就觉得跟别人不一样。它唤起你心里的一种东西，你的心里确实是有感受的。不仅仅是你知道它好，而且是你感到它好。我喜欢它那种语言以及它传达的东西。那种东西我觉得是说不出来的。比如说，我也喜欢朱自清的散文，它的好处我能说出好多来，给学生可以分析得头头是道，但我从朱自清的散文中感受不到从鲁迅杂文中感受到的那种东西。所以，鲁迅杂文我一直读下来，始终没有放弃。'文革'结束后，涉及我要做下边的学问，考了研究生，因为我喜欢鲁迅小说。"①这段话有三层意思是很明白的，一层意思是，王富仁认为鲁迅的语言魅力是独一无二的，在别的作家那里是感受不到的；第二层意思是鲁迅的语言是有力量的，它能唤起你心里的一种东西，激起你的感

---

① 王富仁、王培元：《鲁迅研究与我的使命——王富仁教授访谈》，载自《学术月刊》2001年第11期。

受；第三层意思是鲁迅语言的妙处在于你喜欢它，觉得它好，但这种好好在哪里，为什么好，你未必能够说出来。当然，这种说法是王富仁在接受访谈时所做的一种多少有点夸张的描述，强调的是自己在最初接近鲁迅作品时那种震撼性的阅读感觉，并非真的指谓鲁迅的语言魅力不可道也不能道。其实，当他后来从事鲁迅作品的学术研究，面对鲁迅的语言特色不能不道时，他对鲁迅小说语言之分析是十分深入细致而且是独具慧眼的。

王富仁20世纪80年代的鲁迅研究，其中心观点乃是鲁迅小说是现代中国反封建思想革命的一面镜子，他在80年代关于鲁迅的方方面面的研究，不管是小说主题、人物、情节、情调的渲染、气氛的铺设、色彩的敷染，还是鲁迅与外国文学的关系，等等，其最终指向都是这一"镜子"说，语言的研究当然也不例外。王富仁对鲁迅小说语言现象的观察有一个十分突出的特征，就是对鲁迅小说人物的言说方式包括语气、语式、语调、语词的细致分析。王富仁认为，鲁迅从反映中国思想革命的要求出发，他着重塑造了两种类型的人物，一种是堕落的上流社会。在鲁迅的思想启蒙格局中，像赵太爷、赵七爷、鲁四老爷这类肉食者是没有前途的，他们既不是思想启蒙的对象，更不是思想启蒙的动力，他们乃是思想启蒙运动的阻碍力量。所以，对于这种人，"在表面堂皇的言语和行动的隙缝中窥探他们内心的卑劣欲望则是鲁迅塑造这类人物的主要艺术手段。在这里，语言和行动的描写具有举足轻重的地位。他们的言语一般较少，言少而重，没有感情的温度，透体的冷酷，多纯理性的判断，尤内在感情的真实表达，多命令句、判断句、少祈使句、疑问句、感叹句，反映着他们作为主人的专断与自信"[①]；王富仁特别以《祝福》中的鲁四老爷为例，分析了鲁迅在塑造这类封建礼教的"吃人者"所运用的语言功能。"在全部《祝福》中，鲁迅只给鲁四老爷这个人物设置了六句话的人物语言，共五十七个字，有两句只有两个字，一个四字句，最长的也只有二十个字。但这几句话都处于读者能够集中关注的

[①] 王富仁：《现代作家新论》，山西教育出版社1998年版，第35页。

地方。第一次是在祥林嫂死后：（略）试想，在傍晚的宁静时刻，在'我'用力辨听着内室喊喊喳喳的小声谈话而谈话乍止，'我'仍用力倾听，等待下面的话声时，突然传出了鲁四老爷的高声诅咒，对'我'这个小心翼翼地，怀着不安心情注视着有无意外变故发生的人，该是多么响亮、清晰得有些震耳的声音啊！这也有效地在读者的耳目中突出了这句话。而在这句话里，包藏着鲁四老爷那心灵的极端冷酷，这是对人的生命丧失的全然漠视，是对一个被他所代表的封建伦理道德吃掉的弱小者进行的鞭尸行为。少而酷，短而重，如冰谷上突起突落的一阵旋风，起时让人惊而不觉，落后方感寒意透骨。全句二十个字，被分隔成三节，二三节间是一个较大的停顿，如粒粒铅丸，坠落心田。"①

另一种人是下层社会的不幸人们，如祥林嫂、闰土、爱姑，等等。这些人是思想启蒙的对象，鲁迅对他们的态度是哀其不幸怒其不争。所以鲁迅写这类人物时往往写出他们言语方式上的木讷、言语态度上的沉默。其实，底层群众虽然少受教育，对文字的运用能力很弱，但是由于民间生存方式的接近自然以及民间日常生活的丰富、民间人物情感交流方式的清新，民间言说方式往往成为古代社会民族语言发展的一种动力。鲁迅不是不清楚这一点，在关于艺术起源的观点上，鲁迅就表示过赞同劳动产生艺术的态度，自称杭楥派，后来在关于大众语的讨论中，鲁迅以民众语言的生动有力表达过明确的意见。但在自己的小说人物塑造上，为什么把劳动者都塑造成语言的木讷者。对此，王富仁有深刻的分析，他从反封建思想革命的大局设计着眼，指出"封建思想和封建伦理道德的禁欲主义、抑情主义的长期统治，使劳动人民思想情感的表现长期受到摧残，这在他们的精神发展中造成了异常严重的损失。中国文字的繁难，劳动人民没有文化的落后状态，也使他们的语言表现力受到极大限制，而语言是思想的外壳，劣于语言表现即难于进行正常的心理思维活动。在中国文学史上几乎只有鲁迅才能如此深刻地体会到中国劳

---

①王富仁：《中国反封建思想革命的一面镜子——〈呐喊〉〈彷徨〉综论》，北京师范大学出版社1986年版，第319页。

动人民那寡言少语背后所隐藏着的深沉悲剧性,而这又经常被人们误认为是人民群众的高贵品德而错误地加以歌颂。人民应该有自我表现的权利,应该有自我表现的能力,这是鲁迅严峻地向我们提出的问题"[1]。这一分析从具体的言语方式上升到了文化剥夺与精神治理的社会政治高度,这无疑是对鲁迅创作意图的知己之言,也是对鲁迅小说人物言说方式设计构架的高度评价。

对于鲁迅小说的叙述语言,王富仁也这样描述过自己的阅读感觉:"鲁迅的小说语言有种滞涩感,一般句式较长,读来会使人觉得气力难接,而在长句式中又夹入极短句式,在长句式过程中储足的气力在突然遇到短句式时又会发生回噎,两种句式之间的转换没有固定的规律,使语言的整体像在坎坷不平的路上流着的泥石流,重拙而不畅快,起伏突兀而不平顺,在情绪感染上造成了强烈的沉郁感受。"[2]这种特点当然与鲁迅的表达习惯相关。但王富仁认为,鲁迅是最典型的"五四"人物,他的语言的凝练与含蓄更主要的原因还应是体现着鲁迅所处的那个时代的思维特征。他说:"《呐喊》和《彷徨》语言的凝练和含蓄,与它们整体的凝练和含蓄出于同一本源。语言是外部的思维,思维是内部的语言,语言的特征反映着思维的特征。思维空间的无限扩大,是伴随着我国闭关锁国状态的打破,伴随着接受全人类思想精神的成果和20世纪最先进的社会生产力造成的思想精神成果的可能性而产生的中国现代社会意识的代表着的重要思维特征。思维空间的广阔性带来了艺术联想的丰富性,艺术联想的丰富性带来了从有限中发现无限,从一点中看到全面的可能性。鲁迅的语言特征最充分地体现了现代中国人所应有的这种思维特征。紧紧抓住具有极丰富内涵的细节和极具表现力的特点,以可以唤起丰富联想的精炼语言和传神性能极强的词汇,简洁地画出事物和人物的神态,为读者留下多方面联想的可能性和根据自己的生活经验补充大量次要特征的余地,是鲁迅小说语言之能够达到高度凝练和含蓄的主

---

[1] 王富仁:《中国反封建思想革命的一面镜子——〈呐喊〉〈彷徨〉综论》,第344页。
[2] 王富仁:《现代作家新论》,第48页。

要原因。具有多义性象征意义的语言的运用,最突出地体现了《呐喊》《彷徨》语言的这种特征。"[①]同时,王富仁也充分注意到,鲁迅语言总体上的含蓄与凝练风格,同样体现着鲁迅从事思想启蒙的文化改革的策略。"我们还不难发现,鲁迅小说语言的凝练和含蓄,与鲁迅着眼于中国社会意识形态状况的表现还有更直接的联系。它决定了鲁迅不注重政治、经济细节的精细描绘,而更注重人物精神面貌的再现。中国古典文学以形写神,重在传神的传统,在新的思想基础上得到了鲁迅的发展、运用。"[②]

确实,古代小说以形写神,重在传神,这是中国小说从评书发展过来的一种书写传统。但是,古代评书重在叙事,而现代小说重在描写,小说作者在语言上的特色才充分地体现出来。在这方面,鲁迅曾说他写起小说来,靠的是读了几十本外国小说。王富仁在考察鲁迅的语言特色时,也特别注意到了鲁迅对外国文学经验的吸取,"鲁迅曾称赞陀思妥耶夫斯基说:'他写人物,几乎无须描写外貌,只要以语气、声音,就不独将它们的思想和感情,便是面目和身体也表示着。'同样的话也用于称赞巴尔扎克,他说:'高尔基很惊服巴尔扎克小说里写对话的巧妙,以为并不描写人物的模样,却能使读者看了对话,便好像目睹了说话的那些人'"[③]。以语气、声音、对话来写人物精神,来凸显作者的写作意图,这是西方小说的特点,王富仁在他的鲁迅语言研究中,突出鲁迅对这一西方经验的吸取与化用,一方面是这些特点确实能够贴切地说明鲁迅小说思想革命主题的表达策略,一方面也是为了说明鲁迅小说反封建思想革命的彻底性与整体性:鲁迅始终保持着对封建性文化的警惕性,即使在艺术形式上,鲁迅所用的也是从异质文化渊源中吸取的经验。

二

20世纪80年代中期,钱理群、陈平原、黄子平三人联名发表了《论

[①②] 王富仁:《现代作家新论》,第50页。
[③] 王富仁:《中国反封建思想革命的一面镜子——〈呐喊〉〈彷徨〉综论》,第338页。

二十世纪中国文学》的文章，提出了"二十世纪中国文学"的命题，这一命题的影响、意义在当代学术史上已有公论，在此不赘。这里要提出的是，这一命题把中国新文学出现的时间上限推到1898年的戊戌维新运动，这就有意无意地抹除了"五四"新文学革命作为中国新文学源头的意义。当学界都在为"二十世纪中国文学"这一命题的革命性与颠覆性而欢呼时，最早意识到这一命题对"五四"新文学革命意义的抹除并且公开表示他的忧虑与反对意见的，正是作者们的好友王富仁。到了20世纪80年代末期，由于寻根文学的兴起抱怨"五四"文学革命斩断了民族文学的根，再加上海峡对岸的新儒家文化思潮乘机重返大陆，在"五四"新文化运动80周年祭的时期里，对"五四"新文化运动的反思、批判乃至谩骂的声浪可谓甚嚣尘上。在这种思想文化的大环境中，只有少数学术界的精英分子挺身而出，为"五四"新文化运动评功叫好。王富仁也是这少数的学术精英之一，他发表的长文《论五四新文化运动》是当时阐述分析"五四"新文化运动的意义价值和局限最为系统与深刻的论文。可以说，从开始研究鲁迅起一直到他离世，王富仁都是"五四"新文化、"五四"新文学的坚定而有力的捍卫者。这种捍卫的姿态，在理论上当然主要是围绕思想革命、现代性转型等中心词来体现，但语言变革上的意义发掘也是王富仁的思考中的一个重要环节，值得学术界予以重视。

关于"五四"新文学革命的性质，当事人自己已经有不同的说法。胡适是语言形式革命论的始作俑者，而周作人则认为第一步是形式革命，第二步是思想革命，而第二步比第一步更为重要。后来对于"五四"新文学革命的评价几乎主要是循着这两条思路展开。王富仁是坚定的思想革命论者，他对于鲁迅的伟大意义的发掘，对于创造社的青春文化的评析，后来对于左翼文化与"五四"新文学关系的论述，都是从思想革命的角度来进行的。甚至到了新世纪，当他提出"新国学"的命题，当他参与"汉语新文学"概念的讨论时，他不得不面对"五四"新文学运动中的白话文的革新成绩时，他仍然认为："严格说来，受到白话文革新直接影响的是'宣传'，而不是'文学'。'新文学'也是在白话文革新的基础上发展起来的，但只有白话文革新还不足以造成真正意义上的文学革命。'宣传'是对一种语言形式的直接运用，而'文学'则是对一种语言形式的创造性运用。没有文学家个人的创造，任何一种语言形式本身都不可能自成文学。这在'五四'新文化运动与'五四'文学革命的关系中也可以得到有力的证明。胡适、陈独秀、钱玄同都是白话文的自觉倡导者和运用者，他们都能够写出一手明白晓畅的白话文，但严格意义上的文学革命却是通过鲁迅、周作人特别是鲁迅的文学创作成其事端的。在'五四'新文化运动中，胡适、陈独秀、钱玄同是其'先驱'；在'五四'文学革命中，鲁迅、周作人是其'主将'。二者相辅相成，但却不是同样一件事情，用'文白之争'只能说明'五四'新文化运动，却不能完全说明'五四'文学革命。"[①]

不过值得指出的是，王富仁虽然认为仅仅只有白话文运动还不足以说明"五四"新文学革命的性质，但他以自己独特的思考方式，从白话文的社会功能上充分肯定了这一运动对现代中国人的现代生活的形成所起到的决定性作用。他认为，"五四"新文化运动的重心虽然在思想革命，"五四"新文化运动的意义与价值也首先必须在思想革命的成果上予以体现，但恰恰是在思想革命的进程中，旧的思想传统、旧的文化因子最容易发生复辟，也最容易以借尸还魂的方式卷土重来，也就是说，思想革命的成果最容易坍塌，也最容易变形。倒是语言形式的革命成果迅速扩展开去，不仅深入地影响着人们的日常生活，而且固化下来成了"五四"新文学革命运动的主要标志。在《论五四新文化运动》一文中，王富仁指出："我们可以看到在五四新文化运动的诸因素中，最有力、最不可逆转的稳定性的因素却恰恰是这个白话文运动所确立的语言文字的改革。虽然后来屡有白话与文言之争的余波，但它却像一堵牢不可摧的高墙一样堵住了重返古代文言的道路。我认为，它所具有的潜在能量我们至今还是难以估量的，至少人们还没有注意到这样一些普遍的事实：它使一代一代的少年儿童和青年再也不可能首先在中国古代的文化典籍中获得自己最初的思维习惯和审美意识，它使文言成了他们有类于

[①] 王富仁：《新国学、文化的华文文学、汉语新文学》，载自《学术研究》2010年第8期。

外国语言的第二语言系统,并且永远与之保持着或显或隐的距离感,永远具有一种非自我的那种异己感,它使古代典籍中的东西都必须纳入到他们首先在白话文的诗文中形成的思维习惯、审美意识甚至思想观念的基础上来理解、接纳和运用,并同时进行取舍,甚至它的难度本身也疏离了现代中国人与中国传统文化的距离。在生存竞争日趋艰难与激烈的现当代和未来的中国社会上,它逼使传统文化必须在现代社会生活中取得自己的立足地,而不是依靠人们对它自身的敬畏心,即使如此,它再也不可能维持在古代社会那样的绝对统治地位,它将被日益丰富着的中国现当代文化和未来的文化、外国文化所冲淡。"①在这段话中,"第二语言系统""异己感""逼使"等概念的运用,从语言功能的角度上充分说明了白话文运动所取得的成效,也充分表现了王富仁建立在现代人的现代生活基础上对白话语言使用的自信力与自豪感。

当然,这种语言的自信力和自豪感的基础,除了对现代人的现代生活方式的充分信任,也包括王富仁对"五四"新文化运动的意义和价值的一种独特的认知。他认为,"五四新文化运动告诉我们的是:中国人要重新学说话,重新学听话。重新学习和建立中国的语言"②。这里的"说话"与胡适当年在探讨国语文学时所提出的"有什么话说什么话,话怎样说就这样说"的观念有所不同,胡适的意见还是"我手写我口"这一主张的白话阐释,强调的是手口言文的一致性,而王富仁所谓"重新学说话,重新学听话",不仅指的是手口如一,更重要的是强调作者的心口如一。他说:"我觉得,中国知识分子的最大悲剧在于:学一辈子话,说一辈子话,但替别人说话说得头头是道,但自己的话却说得糊糊涂涂。""替古人说,替外国人说,替未来人说,替在高位的说,替在低位的人说,但到应该替自己说话时,却说不明白了。大家都看不起鲁迅,因为鲁迅为自己说话说得明白。"③为了说明所谓"怎样学说话"的

---

① 王富仁:《论五四新文化运动》;载自《历史的沉思——鲁迅与中国现代文学论》,陕西人民教育出版社1996年版,第67页。

② 王富仁:《呓语集》,中国文联出版社2000年版,第215页。

③ 王富仁:《呓语集》,第246页。

含义，王富仁还举了一个例子："假若有人问我：中国文化的现代化应从哪里开始？我将这样回答：首先思考这样几个问题：我是谁？我是怎样的？我现在需要什么？我怎样才能得到它？对这样一些问题，每个人的回答将是不同的。一个人在不同的时候的回答也将是不同的。但只要这样不断地问下去，切切实实地问下去。中国将不知不觉间便会走向现代化。但千万不可这样问：他是谁？他是怎样的？他现在需要什么？他怎样才能得到它？"[1]在长期的封建社会里，文言文是封建统治者管理和驯化知识分子的工具，知识分子通过文言文的掌握获得一种做奴隶的资格，而统治者则通过科举、八股、制式等方式，代圣贤立言、文以载道等观念，将知识分子圈养、训练和提拔成家臣与奴隶。而白话文则是自己的日常语言，也是自己的生命体征之一，用海德格尔的存在主义语言观来看，就是自己生命的栖居之地。所以，归根结蒂，白话文的真正价值就在于开辟了一条说自己的话的通道，提供了一种说自己话的工具。"五四"新文学革命之后，中国现代知识分子弃用文言文，学做白话文，其实就是"重新学说话，重新学听话"的开始。用这一观点来论证"五四"白话文运动乃至"五四"新文化运动的意义和成果，较之纯粹地比较文言文与白话文之优劣长短，空乏地去讲语言文字之进化的道理，无疑更加痛切有力。

三

20世纪90年代中后期，王富仁在学术之余，将自己的一些零零碎碎的思绪用文学的形式记录下来，出版了他的散文诗集《呓语集》。这是当代文学史上一部其非凡价值尚未被发掘被认识的作品，里面包含着作者对思想、文化、语言、历史、习俗、生命等等的富有智慧的思考。在这本集子里，作者曾说："如果说人生有一百道大门，前九十九道你都可以在古代人留下的钥匙中找出一把合适的来将它打开，而最后一道门，

---

[1] 王富仁：《呓语集》，第257页。

则必须要用你自制的钥匙来打开。这最后一道大门才是你的智慧之门。前九十九道只是你的知识之门。"①这本《呓语集》没有引经据典，没有注释，也没有中心主题，没有逻辑线索，只有一个个从作者脑海里蹦出的断想，一道道从作者心灵之弦上弹出的情调。所以，这本《呓语集》与王富仁其他的著作完全不同，它就是作者为读者更是为自己开启的一道智慧之门。集子中对语言问题时有精彩灼见，非常明显的是，王富仁不是语言学家，他也无意于对语言问题进行纯粹的理论性思考，他的语言见解完全是现实文化生活的有感而发，与他自己的学术活动息息相关，所以从这些语言见解中，可以看到王富仁是怎样观察自己的生命与语言之间的碰撞遇合，也可以看到语言问题的思考是怎样引领着他的学术路径的发展。

归纳起来，王富仁在《呓语集》中表达出来的语言观念有如下两点最值得我们关注。首先，王富仁认为语言是有质变的。在传统的语言学理论中，语言随着时代的变化而变化，这是一种共识，但语言学者们往往只承认在一个民族语言的历史中存在着语言量和表达方式的变化，不认为一个民族语言体系会发生质的变化。王富仁在《呓语集》中明确地对这种语言发展观提出质疑："一个民族的语言会不会发生质变？"他的回答是肯定的，他说："你要承认一个民族的文化有质变，你就必须承认一个民族的语言有质变；你要不承认一个民族的文化有质变，你就不能承认一个民族的语言有质变。"王富仁是"五四"新文化运动的坚定的拥趸者，他坚信"五四"新文化是一种与封建旧文化传统完全不同质的文化体系，当然他也就是民族语言有质变的观念信奉者。对民族语言的质变方式或路径，王富仁也有自己的独到体验，他指出："语言的变化不仅表现在新词的产生、新的语法形式的出现和旧词的消亡、旧的语法形式的改变上，更表现在旧词意义和色彩的变化和旧的语法形式功能的变迁上。"譬如说，"'褒义词'向'反义词'的变化是语言的一种质的

---

① 王富仁：《呓语集》，第215页。

变化"①。当然，在学术问题上，王富仁能够固执己见，但他对于不同的观念一向持有宽容的心态，虽然坚定地捍卫自己的观点，但也绝不抹杀对手坚持自己观念的权利。只是在真理的阐释与坚持方面，王富仁最为器重的学术品格是真诚。这一态度，在他对语言的思考中也得到鲜明的体现。他说："文化上的保守派必然是语言上的保守派；文化上的革新派必然也是语言上的革新派；否则，他的保守和革新就是假的。继承传统的意义是：继续沿用传统的基本语言概念系统。发扬传统的意义是：在传统的基本语言概念系统的基础上继续丰富它。假若连传统的基本概念系统也抛弃了而又说继承和发扬了这种传统，那么，文化间的传承关系就没有一个确定的标准了。到那时，连马克思也可以被说成孔子思想的继承者和发扬者了。"②传统文化的基本语言概念系统是文言文，这二者是不可分割的，要做传统文化的保守者，就应该做文言文的保守者，说的是白话，写的是白话文，却说自己是文化的保守者，是文化传统的继承者，这种保守的态度就是假的，反之也一样。所以，这里说的是语言，其实批判矛头指向的是百余年来那些形形色色的假传统与假革新，也就是鲁迅当年所痛恶的"做戏的虚无党"与"吃教者"。

其次，王富仁十分重视语词自身的创造性功能。20世纪90年代，德里达的解构主义在中国批评界流行起来。解构主义理论以颠覆语词的延展意义为己任，在人类文明发展到知识膨胀信息爆炸的时代，语言本身与真理的距离越来越远，解构主义对语词繁殖给人类思想带来的遮蔽与扭曲的解放与颠倒，也确实激动着无数学术界的年轻与叛逆的心灵。在中国现代思想文化界，由于教条主义和机械主义的思维方式泛滥，不仅语词一直遮蔽和压抑着日常生活中的真实存在，而且语词本身也常常出现异化，无论内涵与外延都在冠冕堂皇地走向它原初意义的对立面。从解放思想、恢复语词的本真这一意义上，王富仁对解构主义的这种思想功能与效果是持肯定态度的，他在对语言的思考中也可以看到这种解构

---

① 王富仁：《呓语集》，第215页。
② 王富仁：《呓语集》，第216页。

主义观念的影响。譬如他认为,"有重复的语言没有重复的思想。任何一次的重复都使语言获得新的含义。对它的解读只能是对它自身含义的解读,与它原有的意义毫无关系"①。解构主义重视语词的创造性解剖,王富仁也认为,"每一个词语都是一扇大门。推开它,里面是一个崭新的世界。不推它,它是一堵墙,挡住你的视线。有的人一生都站在门外叫喊,没有推开过任何一扇大门,他们的语言是词典里的语言———这扇大门的门窗,而不是门里的世界"②。这些思考的意思与解构主义的中心观念是一致的,强调的都是解释主体的重要意义。但是,西方解构主义的弊端也十分显著,它把自己的精力集聚在语词本身,只注意语词本身的运动,而对语词相关的其他人类精神活动与文化创造则有视无睹,这种语言上的解构态度走到极端,就最终把理论本身变成了语言与智力的游戏。所以,王富仁在语言功能的思考中也对解构主义保持着足够的警惕。他不同意解构主义只在句子内部的对立与联系的格局中研究问题,他指出:"一个大句子的意义主要不是由它内部的各个词语及其关系构成的,而是与其他很多大句子的联系和区别中产生的。任何一个读者都不分析这个大句子的内部结构而在它的整体存在中便能感知它的意义。文学作品也是这样。文学作品是在诸多文学作品的联系和区别中获得自己的整个意义的,而不是由它的内部诸种联系和对立单独构成的。"③"句子是人类语言的最小单位,有小句子和大句子,但没有单词。所有的单词都是在一个句子中获得自己的意义的,它是被高度的简化了的一个小句子。'爸爸'是'他是我的爸爸'的简化,'祖国'是'这是我的祖国'的简化。作者的写作和读者的阅读用的都是句子而不是单词和短语。一次性地把握一个句子。文学研究是句法研究而不是词法研究。句法研究是外部研究而不是内部研究。形式逻辑的局限性在于它只解决语言内部的自身组织,而不是在语言与语言的外部对立或联系中

---

① 王富仁:《呓语集》,第253页。
② 王富仁:《呓语集》,第257页。
③ 王富仁:《呓语集》,第76页。

确定。"①这些论断的意思显然是，文学作品的解读，文学问题的研究，必须要在语词与外部社会与文化的对立与联系中进行，才能真正得到文学精神的真髓，才能找到解决或回答文学问题的方法。所以，针对90年代批评界解构主义的泛滥，王富仁语重心长地提出了警告："语言中的每一个词都像一个魔棒，它可以改变整个世界的形象。有些时候，整个民族，整个人类，都会掉到一个语言的陷阱里，不论它怎样挣扎，都没法从这个陷阱中爬上来。人类爬出自己的语言陷阱的方法是：造一个新词或给予一个旧词以一种全新的用法。但要小心，这个新词也可能成为一个新的陷阱。"②

也许正是这些语言学的思考，王富仁在新世纪中提出"新国学"概念，整体性地定位鲁迅与中国文化传统的关系的时候，他开始主动地从语言的角度来提出问题和思考问题。譬如，他在谈到"新国学"命题的语言表达方式时说："在我们现在的语言论中，语言文字只是思想感情的交流工具，是文化的载体。似乎我们的思想感情可以用民族语言进行表达，也可以用外国语言进行表达；我们的文化可以装在这艘民族语言的船上，也可以装在那艘外国语言的船上。但在章太炎这里，却把民族语言提高到了中国文化的'本质'的重要地位上。'古字至少而后代孳乳为九千，唐宋以来，字至二三万矣。自非域外之语，如伽、佉、僧、塔等字，皆因域外语言声音而造。字虽转繁，其语必有所根本。盖义相引伸者，由其近似之声，转成一语，转造一字，此语言文字自然之则也。于是始作《文始》，分部为编，则孳乳浸多之理自见，亦使人知中夏语言，不可贸然变革。'也就是说，中国的语言文字，是一个由最初极少的古字逐渐孳乳衍生而成的彼此构成的是一个完整的结构。每一个字词都与其他的字词有着特殊的关联，并形成自己繁多而又相对独立的意蕴与意味，中国语言文字所能表达的思想、感情、情绪和意味，是他种语言所无法完整地进行表达的，而他种民族语言所能表达的，中国语言文

---

① 王富仁：《呓语集》，第77页。
② 王富仁：《呓语集》，第258页。

字也是无法完整地进行表达的。如果没有这样一个独立的语言体系,就再也没有别的东西可以将中华民族如此紧密地联系在一起。中华民族的民族性首先就表现在中华民族语言文字的独立性上。实际上,直至现在,我们所感到的中国文化的危机,仍然主要是中国语言文字的危机,假若中国人不把自己民族的语言当作自己的母语,假若中国知识分子劣于用中华民族的语言文字表达自己的思想感情而优于用外民族的语言文字表达自己的思想感情,也就意味着中国文化危机和中华民族的民族危机的到来;假若中国人只能使用外民族的语言文字,而不再使用中华民族的语言文字,也就意味着中国文化和中华民族的解体。中华民族的民族性,首先孕育在中国的语言文字之中。"①

  王富仁曾有感于鲁迅研究界对鲁迅哲学思想的盲视,他从时间、空间和人的关系上广泛而整体地阐析了鲁迅的哲学思想体系。他指出:"西方知识分子的时空观仍然主要是在人对周围世界(自然、社会、人)的相对客观的考察中建立起来的,即使像弗洛伊德、柏格森、海德格尔、萨特这样一些非理性主义者、直觉主义者、存在主义者,仍然是立于'世界人'的立场上对人类的时空观念进行的探讨。他们是以'人'有统一的本质、统一的时空观念为前提的,各自的差异只是切入点的不同,而不是因为人与人的不同。这不是中国近现代知识分子时空观念的建构基础,更不是鲁迅时空观念的建构基础。中国近现代知识分子及其鲁迅的时空观不是在'世界人'的基点上建立起来的,而是在'民族人'的基点上建立起来的。不是在人与人都有相同的时空感觉的基础上建立起来的,而是在承认人与人之间的差异,也承认人与人之间不可能有完全相同的时空感觉的基础上建立起来的。前者讲的是我们人类应有什么样的时空观念,后者讲的是我们现代的中国人应有什么样的时空观念。这二者是不完全相同的。前者更重普遍性,后者更重独立性。"②王富仁的

---

  ①王富仁:《中国现代学术文化的流变》,载自《中国现代文化与文学》第1辑,2005年4月。

  ②王富仁:《时间·空间·人(一)》,载自《鲁迅研究月刊》2000年第1期。

这个论断当然有诸多原因的分析，譬如近代中国人的空间意识首先就是被民族的挨打的耻辱所唤醒的，等等。其中有一条论据值得我们关注的是，王富仁细致深入地比较和分析了中国人的时间、空间与人的关系在语言中的习惯表达。他说："在中国的语言中，没有像西方语言中的那种现在时、过去时和将来时的明确划分，因而中国古代人的'现在'的观念是极不明确的，特别是在文化发展中更是如此。对于他们，'现在'是什么？'现在'只是说话时的那一刹那，是在过去和未来这整个连线中点上的一个随时就可抹去的点，是随时就可以消失的东西。它像一条水流的前点，时时出现时时消失，对我们没有多么重要的意义。这种特点甚至一直影响到我们当代的文化。就在我写这篇文章的时候，报纸上看到这样一个标题：'孔子是中华文明的主要象征'。这在中国的语言中是常例，是屡见不鲜的表达方式，但在西方语言中，这种语言形式则是极少出现的，因为这句话中的'是'必须有现在时、过去时和将来时的区分，在一般的情况下，三者必居其一，也只居其一。"①

无论是"新国学"的命题的提出，还是鲁迅的时间意识、空间意识等哲学思想体系的阐发，王富仁的目的都在说明鲁迅与中国文化传统的断裂都是在自己的文化本源基础上（这个本源既包括思维方式，也包括民族母语的表达方式）断裂，而不是在外国文化本源上的断裂。所以这种断裂不是颠覆，而是创新；不是故作惊人之语，而是应时代要求的一种文化发展趋势。"就这个意义而言，说鲁迅思想与中国传统思想发生的是断裂性的变化并没有根本性的错误。它的错误在于把这种'断裂'视为一种不合理的文化现象，视为对中国文化独立性的戕害。实际上，任何民族文化的发展都是在这跳跃性的'断裂'过程中实现的。没有这种断裂性的变化，就没有文化的发展。这种'断裂'，在我们中国现代文化中就叫作'革命'。但是，这种'断裂'只是一种新的文化产生过程中的现象，中国文化迄今为止也不是，也不可能是仅仅由鲁迅一个人的思想构成的，甚至也不仅仅是由'五四'以后产生的新文化构成的。我们的图

---

① 王富仁：《时间·空间·人（一）》。

书馆里不仅仅有鲁迅的书,也不仅仅有'五四'以后出版的书;我们课堂里讲授的不仅仅是鲁迅的小说和杂文,不仅仅是'五四'以后的白话文作品,我们的城市里不仅仅有现代的建筑物,我们的农村里不仅仅有'五四'以后形成的新风俗,我们的政治结构不是按照鲁迅的设计建构起来的,我们的经济家不是按照鲁迅的思想进行经营的。我们的文化是一个极其庞大、极其复杂的文化结构体。鲁迅与中国文化的关系就是鲁迅在这样一个极其庞大、极其复杂的文化结构中与其他各种文化成分所构成的共时性的关系。就这个文化的整体是没有断裂的。中国文化至今还是中国文化,而没有变成美国文化或俄国文化。正像太阳天天发生着内部物质的裂变而太阳还是太阳一样。在这里,我们首先应当指出的是文化的超越性特征。文化,就其产生,有其特定的现实需要,但它一经产生,就具有了超越性。语言文字本身就是具有超越性的,语言文字作品超越了时间上的瞬间性和空间上的。"①

不管是恶意还是善意,在社会上总有一种这样的声音,批评鲁迅的语言过于尖刻,鲁迅的文化批判言词过于激烈。也许正是对语言功能效用的观察,对语言自身力量的局限性的反思,使得王富仁一有机会就要为鲁迅的所谓言辞激烈而辩护。他说:"时至今日,中国的知识分子大都还把鲁迅对儒家文化的批判视为过激的批判。实际上,这些知识分子有意无意地忽略了与法家专制政治制度结合在一起的儒家文化对一般社会群众和社会改革者的'过激'行为。慈禧太后对维新派的镇压,清王朝对孙中山领导的民主革命的镇压,张勋、袁世凯对民主革命的反攻倒算,段祺瑞执政府对徒手请愿学生的枪杀,1927年国民党政权对共产党人及无辜青年的屠杀,都是比鲁迅的'过激'言词'过激'千万倍的行为。所有这一切在中国都是受到儒家文化价值观念的保护的。即使林纾对新文化运动倡导者的攻击,中国当代知识分子站在政治立场上对'胡风反革命集团''右派分子'的批判,都带有实际的吃人性质,为什么偏偏觉得鲁迅对儒法合流的政治专制主义和文化专制主义的批判反倒是

---

①王富仁:《鲁迅与中国文化(一)》,载自《鲁迅研究月刊》2001年第2期。

'过激'的呢？在中国现代社会上，儒家的政治观念和思想观念已经成为阻碍社会发展和社会进步的主要政治力量和思想力量。鲁迅对儒家文化的批判反映着中国社会的社会化程度的提高和中国知识分子社会意识的加强，是在'人'的基点上重建中国文化的需要。其意义是不能低估的。"所以，王富仁对鲁迅的语言做了高度的评价："我觉得，鲁迅的话语是有力量的，因为他的语言本身就是一种誓言，就是一种行动。他在支撑着一个世界，他同时在爱，也是在憎。我觉得中国的鲁迅研究遇到了从来没有遇到过的最严重的危机。中国现代文化的绅士化的发展、才子化的发展、流氓化的发展，已经达到了从中国文化诞生以来从来没有达到的最高点，这就使中国的鲁迅研究遇到了从鲁迅诞生以来从来没有遇到过的最大的危机。这个危机既来自于外部，也应该来自于我们内部，所以说我们不要埋怨外部世界，中国鲁迅研究者自身也应该反思自己。通过自我反思，把处在这样最困难时候的鲁迅研究坚持下去。中华民族需要鲁迅，不能没有鲁迅。也就是说，中华民族不能光有一些绅士、光有一些才子、光有一些流氓，让他们占领我们的世界，鲁迅也要发出自己的声音。"[1]

原载于《西北大学学报（哲学社会科学版）》2019年第1期

---

[1] 王富仁：《鲁迅与中国文化（五）》，载自《鲁迅研究月刊》2001年第6期。

"鲁迅怎么看我们"
——王富仁的鲁迅研究断想

张 克

若是依据王富仁老师的为人为文，由我来妄议下他的鲁迅研究，自然也是可以的，原因之一在于他不会以身份、成就之类鄙夷每一位热爱鲁迅的普通人。谈起他来恐怕说"王老师的为人为文"比"王先生的道德文章"更接近他本人一些，这大概是我感受中他的真实存在，平民气胜于学者范，宽厚、亲切。更重要的，他始终如一地深切体认、发展着鲁迅的精神和思想，在他那真诚、朴实且别具启发性的研究里，对鲁迅感同身受的情感催生出了绵密的思想，思维的拓展又唤醒了更多的体悟，他那行文论说的率真和勇敢常常令人心向往之。他的研究不仅值得学术性的汲取，恐怕还将成为测量新一代研究者精神成色的重要思想资源。他曾对远离所谓上流京海文化界、已沦落至外省小校的卑微的当代鲁迅研究者乃至一般知识分子的悲哀与尊严有着动人的体察[①]。作为正粉墨登场的20世纪70年代鲁迅研究者的一员，本人恰恰正过活在相类的处境里。这其实也不足为怪，每个人都得为自己散在中国社会各处的生命

---

① 王富仁：《中国文化的几个层面———段国超先生〈鲁迅论稿〉序》，载自《宝鸡文理学院》2004年第5—6期。

负责，虽然和鲁迅一样，"我自爱我的野草，但我憎恶这以野草作装饰的地面"①。王富仁老师热爱鲁迅却不曾躲在鲁迅的背后唯唯诺诺，我们自不必猫在王老师的研究文章里掩饰属于自己的困惑，以下关于他的鲁迅研究的点滴断想，自然是立足于自己的问题意识的，只是限于篇幅也只能讲些梗概的东西了。

"鲁迅怎么看我们"

我愿意借用王富仁老师未必偏爱的大儒朱熹的那句"新知培育转深沉"来综括他的鲁迅研究。这里的"新知"，是指以鲁迅为杰出代表的中国现代文化里最宝贵的精神传统、思想追求熔铸成的"新知"；这里的"培育"既是指他的研究本身就是这一传统的传承和发扬，又是指迄今为止这一传统并不像时人想象的那样强大，反倒是常常被涂油抹粉、抽筋敲骨，依然需要用心"培育"乃至激动的争论，林林总总的以冷漠、温热乃至苛严的情绪对待这一传统的评说，虽然也提出了特定的问题，但在骨子里毕竟是隔膜的。"转深沉"的"转"既是指这一传统本身的生长性、转化性，也是指王老师作为研究者与社会思想变动高度同步的动态感，"深沉"则是一种渗透着理性的有风骨的深刻，有深度的风骨，它是鲁迅这一精神传统培育出的人格力量。

当初阅读时，王富仁老师的《中国反封建思想革命的一面镜子——〈呐喊〉〈彷徨〉综论》（以下简称《镜子》）给我印象最深的，还不是他那高度自洽的系统性研究范式多么高明，而是他那绵延不绝、层层皴擦、枝枝蔓蔓的文风。这文风恐怕到现在都令不少有深厚文言修养尤其有着咬文嚼字嗜好的同行头疼。奇异的是，在这涌动着情绪、裹挟着类比、直白着好恶的语流里，竟然流淌出了令人应接不暇的对于鲁迅作品无与伦比的真切感受。譬如：这是他讨论小说《在酒楼上》里的吕纬甫

---

① 鲁迅：《野草题辞》；载自《鲁迅全集》（第2卷），人民文学出版社2008年版，第163页。

的温情的一段文字："吕纬甫所表现出来的种种温情，就其本身而言，并无可以深责的地方，是在正常状态下的人之常情，但在当时的思想环境中，却成了沉埋吕纬甫的陷阱，这里的条条葛藤都把他拴住、捆住、缠住、绑住，把他牢系在封建现实关系的网络中，再也动不得、挪不得。"①这句子里的情绪以"但"字为界，由贴心的理解逐渐紧张乃至最后推向恐惧、窒息，与吕纬甫的生存轨迹却是高度熨贴的。再譬如，这是分析《孤独者》里的魏连殳的失败的文字："他的失败，不像吕纬甫那样是被封建传统势力的流沙掩埋了的一株灌木，也不像涓生、子君那样是被封建思想势力的巨浪颠翻的一叶小舟，而是被封建思想势力的狂飙摧折了的一株巨木。"②这论断一波三折的总体节奏是铿锵的，但这语流里充盈的却是发散性想象带来的三幅生动的生命景象图。对比之下，魏连殳的悲剧性命运愈加昭然可见。再看如下关于鲁迅本身的直白文字："只有在压迫者面前，鲁迅的面目才是可怕的，他会因神情紧张而脸色变得铁青，因用力而肌肉抽动、面目变形，但在我们这些贫弱者面前，他会同我们一起哭，一起叹息，一起诉说人生的艰难，一起袒露内心的矛盾，一起哀叹斗争的疲惫，一起在混茫的人生之途中困惑地辨识着每一条似路非路的东西摸索着前进。对我们，他不是审判者、训导者、指挥者，而是亲人和朋友。在他的意识中，不是他应当审判我们，而是我们，我们这些属于平民百姓的华夏子孙，我们这些对他来说属于未来的人们，应当审判他，审判他的一生，审判他的未经证实的言行和追求。"③这段话简直是一处炽热心曲的激流，热腾腾的、鲁迅的神情紧张点燃的是王老师的激越，一方面他热情地呼唤着我们一道去亲近鲁迅，另一方面似乎又迫不及待，隐隐的似乎要失去对我们的信任，转而又为鲁迅的身后命运嘘唏，在微妙心思的转换中，语言的闸门打开，郁

---

①王富仁：《中国反封建思想革命的一面镜子——〈呐喊〉〈彷徨〉综论》，北京师范大学出版社2000年版，第88页。

②王富仁：《中国反封建思想革命的一面镜子——〈呐喊〉〈彷徨〉综论》，第94页。

③王富仁：《中国反封建思想革命的一面镜子——〈呐喊〉〈彷徨〉综论》，第167页。

积的情感索性一股脑朝我们倾泻过来,并最终将我们拥抱、淹没。

王富仁老师的行文,正如他感受到的鲁迅小说那样,"感情的热焰包容着他的理性认识,他的明确的知性认识给他的感情的热焰续这燃烧不尽的柴薪。"[①]我以为不能领会王老师如此文风的力量和热度,恐怕是很难真正进入到他的研究世界里的。我们也的确要承认一个事实,中国文化强大的文言传统锻造的文章多非这样激切的湍流,多的倒是四六句顿挫的文字方塘,鲁迅称许的庄周那样的"汪洋恣肆,仪态万方",苏东坡被称道的"涣然如水之质,漫衍浩荡",毕竟是极少数卓越的生命才迸发出的异彩,即使鲁迅自己何尝不也认为自己的文章是"挤"出来的。有意味的是,王老师自己倒是常常感叹自己的文章究竟还是属于学院派的,和鲁迅作为一个伟大作家的传统还得分属两类,大概是认为学院派偏重于理论的推演而短于情感体验的凝结吧。他深以为憾、感受到差距的、也是他努力靠近的,其实正是全部鲁迅研究的基础,那就是对鲁迅这样一个生命个体的真实感受,由此出发才能展开对鲁迅的情感、愿望、意志、思索的评头论足。在王富仁老师的鲁迅研究里,希望建立的也是以鲁迅的文学尤其《呐喊》《彷徨》里的小说为根底的世界。它可以以情感的吸附力吸引到与鲁迅心灵相通的人,这是在社会政治、文化思潮频繁变迁后鲁迅研究的重生之源;与此同时它也以情感的真挚性测量着各类围观之人的真实心思。这和包括我自己在内的众多鲁迅研究者更倾向于以某种思想资源为凭依、寻找某种思想、心理支点撬起(翻)鲁迅的做法是决然不类的。在鲁迅研究史上,以"文学"而非思想作为鲁迅精神世界最深沉的所在,也不乏其人,如日本学者竹内好在《鲁迅》一书里也曾提出过鲁迅身上"文学家"与"启蒙者"的对立问题,但像王富仁老师这样执着的其实并不多见。他几乎把中国现代社会、文化发展的诸多命题都纳入了鲁迅文学世界里描述的种种人生图式中加以审视,例如他对《孔乙己》里鲁镇酒店格局的分析就是这样。他视这一格局就是迄今为止中国社会权力结构的文学性表达,自己就是当代的孔乙

---

① 王富仁:《中国反封建思想革命的一面镜子——〈呐喊〉〈彷徨〉综论》,第5页。

己而已,小说高度容纳了他作为当代知识分子最真实的私人情感和社会感受。①他的绝大多数研究都是如此,他是想借鲁迅的眼看清生活的世界,所以他的很多表达可以说都是在以自己的语言重新唤醒、推演鲁迅的感受和思致。他那激切、热烈、绵长的文风正是自己努力贴近鲁迅文学世界、感悟鲁迅文学世界里各种情感振荡的表征。每个研究者的性情自然是不同的,但恐怕也得承认,没有敏锐多感的体悟,在鲁迅作品的分析时是不可能写出这类随处可见的文字的,譬如:"鲁迅是以极其强烈、极其深厚的同情,以即将迸裂的心,以即将断弦的忍耐,来叙述魏连殳的悲剧命运的。"②再比如:"在《在酒楼上》的吕纬甫的悲剧是深沉的,浓郁的,它更多地唤起的是人们的忧郁的情思,而较少压抑着的愤懑。他是被琐细的温情蚕食掉的觉醒者的形象,在这一过程中他有着哀婉的叹息,但却无剧烈的痛苦,鲁迅对他的同情也由于这种性质而呈现着浓郁而不炽热的色彩。"③

王富仁老师自己是这样"体验"着研究鲁迅的,也是以这样的标准衡量鲁迅研究的,在他《鲁迅研究的历史与现状》一书里或礼赞或批评最多的就是鲁迅生前身后各色人等、研究者的真实人生体验。在这个意义上,他感受到的自己的学院派属性不利于理解"文学"的鲁迅的矛盾,这是有普遍意义的。也恰恰在这一点上,王富仁老师的鲁迅研究,的确如前文所说,"恐怕还将成为测量新一代研究者精神成色的重要资源"。反躬自省,恐怕当下不少所谓的鲁迅研究文字是既无"力"也无"心"的,甚至是反鲁迅精神的,是一种可悲的研究的变异,这是那些文字里唬人的权威腔调,浮夸的才子气,精明的大述小引套路(按王老师的说法,这是绅士、才子、流氓气)等等都无法掩饰的。

记得2006年在绍兴"纪念鲁迅120周年诞辰大会"上做总结发言时,王富仁老师曾说,鲁迅研究无非两个问题,"我们怎么看鲁迅"和

---

① 王富仁:《中国文化的守夜人——鲁迅》,人民文学出版社2002年版,第209—224页。
② 王富仁:《中国反封建思想革命的一面镜子——〈呐喊〉〈彷徨〉综论》,第91页。
③ 王富仁:《中国反封建思想革命的一面镜子——〈呐喊〉〈彷徨〉综论》,第92页。

"鲁迅怎么看我们"。他的研究表明，他是把"我们怎么看鲁迅"时是胡说八道还是言不由衷的标准放在"鲁迅怎么看我们"那里的。虽然，本质上他体悟到的鲁迅只能是他自己的鲁迅，是不可以霸道地成为普遍的鲁迅研究的标准的——这也是他常常既谦卑又豁达地承认的，但全部的鲁迅研究要接受"鲁迅怎么看我们"的诘问却是真切的，严肃的，不容回避。这个诘问其实是要确立我们研究者的品质和身位，老实说是巨大的精神拷问，我本人就常怀有"对他入迷又心怀恐惧"的感受。在他看来，他的研究要持守的立场是明确的，那就是"中国文化本位论"①。他的研究是有前提的，"鲁迅与中国文化的研究永远是一个有前提的研究，……我们这些生活在中国文化内部，身受着这个文化结构的束缚，希望中国文化继续朝着更加科学、民主、自由的现代化方向发展……"②我以为，王富仁老师确认的这些前提并非没有反对意见，譬如想以"基督信仰""儒家礼制"等等重新规划中国社会、文化的人就未必首肯。思想界的歧途与对峙是不可避免的，他的很多论说我们新一代鲁迅研究者自然不必盲从，争辩与挑战时有点"太岁头上动土"的张狂恐怕也是可以宽容的，但就鲁迅研究来说，尤其是对于"我们这些生活在中国文化内部，身受着这个文化结构的束缚，希望中国文化继续朝着更加科学、民主、自由的现代化方向发展"的研究者来说，他倾心热爱鲁迅的热情、意志、浸润着鲁迅精神的风骨是我们应感佩且传承的。离开了这些深厚沉实的精神动力，鲁迅研究者也许只会离鲁迅的精神越来越远，攀缘着各种精明的管道成为又一个成功的"做戏的虚无党"。

"我们怎么看鲁迅"

在各个时期，王富仁老师在鲁迅研究范式的更新上高度的自觉和探索的开拓性是引人瞩目的。最为鲁迅研究界熟悉的，莫过于《镜子》一

---

① 王富仁：《先驱者的形象——论鲁迅及其他中国现代作家》，华东师范大学出版社2014年版，第453页。

② 王富仁：《中国文化的守夜人——鲁迅》，第6—7页。

书以社会思想革命与政治革命对局,以两者之间的偏离角度为切入点,最终在二者异同之间的细致辨析中建立起了庞大的论述系统,颇有马克思的博士论文《德谟克利特的自然哲学和伊壁鸠鲁的自然哲学的差别》的方法论神韵。而在《鲁迅与中国文化》的长文里,他先以共时性的文化空间观念审视了"纯客观或流线体的文化历史观"的不足,然后以文化的创造性、超越性又将历时与共时,断裂与延续两者合二为一,建立了研究"鲁迅与中国文化"的文化空间架构、结构感十足。①其他具体问题的论述中每每也是先从调整人们习以为常的研究观念入手的,如《鲁迅小说的叙事艺术》一文很明确就是要以"文化分析与叙事学研究的双重变奏",实现以具体的分析取代传统叙事学偏好抽象的旨趣。②再譬如《中国文学的悲剧意识与悲剧精神》一文是以人的自由意志与宇宙意志的对局研究悲剧,以悲剧性的生活感受与悲剧性的精神感受的对局来讨论中国人的悲剧意识。③至于借用鲁迅对自己思想的自陈——"个人主义与人道主义的消长"那样的对局来分析鲁迅的作品更是自然晓畅,譬如:"假若说《在酒楼上》是对失去了个性主义骨架的人道主义的否定。《孤独者》则是对失去了人道主义枝叶扶持的个人主义的否定。但它们的否定又都不是简单的否定,而是在二者的消长情势中的相对的否定,其否定的对象都不是人物本身,而是导致觉醒知识分子发生这种思想变化的社会思想的现实状况。"④诸如此类的具体论述不胜枚举,不必赘引。可以说,无论从宏观还是微观,王老师都自觉地建立起了一个属于他自己的鲁迅研究的解释系统。

这一解释系统最显著的特点是,在不同论述层次上都建立起了一对对局的核心概念,以这一对核心概念的对立、差异、偏离、互相转化乃至在更高层次上的对立统一的运动逻辑构成思考、行文的骨架。对立概

---

① 王富仁:《中国文化的守夜人——鲁迅》,第2页。
② 王富仁:《中国文化的守夜人——鲁迅》,第149页。
③ 王富仁:《中国文化的守夜人——鲁迅》,第293页。
④ 王富仁:《中国反封建思想革命的一面镜子——〈呐喊〉〈彷徨〉综论》,第90—91页。

念的其中一个常代表着某一时期人们习以为常的解释角度，它在特定历史阶段、特定社会位置上自然有其合理之处。但随着它的覆盖范围日渐扩张，其内在的生命力却愈见枯竭，其合理性超出了边界后必然因脱离鲁迅的生命体验本身变得虚伪和言不及义起来。此时，人们或出于惯性还在继续使用这些概念但也因此了无新意、虚情假意乃至现出了残酷的吃人面相，或出于情绪上的厌恶对其嗤之以鼻，不屑一顾。其实，最需要的是在更高层次上理性地打捞它的合理性乃至宝贵的精神潜力，从而审定它的边界、安放它的位置、寻找它的更生。不如此而一味趋新，企图依靠万花筒一样的新词汇、时髦观念的轰炸、覆盖其实是另一种虚浮的表面功夫，究其根本也是不诚实的，这当然也是看重对鲁迅的感受、体验的王老师同样不以为然的。当然，王老师的尴尬在于，旧习惯浸透的人会固执地反感王老师的更动，《镜子》出版后对其偏离马克思主义理论的指控正是如此；他们实在批判错了对象，在王老师的研究中，他从来不鄙薄任何关于鲁迅的观念，总是努力揣摩其创造者、提出者真实的人生体会、问题意识，然后将其安放在鲁迅研究历程的适当环节和位置上，他是努力将知人论世的宽厚、真诚和社会理性批判的严肃性高度相结合的。其实若仔细思量，这不正是鲁迅本人在整个中国现代社会思想文化发展过程中开展文化批评的真实写照吗？

　　虚浮的趋新者自然也是不以为王老师有先锋性的，王老师自己的思想理论资源的确也没那么丰富、新锐和高明，他视19世纪的文学才是最有深度、广度的文学资源，虽然谙熟大多数马恩著作却连《资本论》都没看过，思想资源、现代艺术趣味的单一都是显豁的。他更仰仗的还是现实社会与鲁迅的精神世界之间双向激发的生命感受。王老师也不是很看重自己研究方法的抽象化和理论化，对概念的分类、使用也不那么的精密，只要能传达出他真实的感受和认知，他是更倾向于得鱼忘筌的，这和当下人文学术高度的科层化、刻意经营的品牌化潮流都是相逆反的。然而这种研究方法在鲁迅研究这里却是高度贴切的，与朴实的活泼和睿智相伴的是它强大的解释力量。何以能如此呢？那秘密是值得细细体会的。

我以为，王富仁老师的研究方法其实就是生命本真的"辩证法"，只是他没有大量援引辩证法的理论表述罢了。黑格尔以无比抽象的哲学系统写出《精神现象学》等著作后，辩证法的真意被封存在了晦涩的理论高墙内。王老师自己零星提到过精神辩证法，根据我的阅读印象他对马恩的一些引述里不乏辩证法的影子，但未见引述过《精神现象学》。当然，读不读黑格尔的《精神现象学》并不能成为是否具有辩证法精神的标准，鲁迅自己更喜欢的倒是敌视黑格尔的诗性的尼采。不过，熟读黑格尔的《精神现象学》，有助于对王老师乃至鲁迅的运思方式进行理性审视，这点阅读心得我倒颇想敝帚自珍。譬如，黑格尔讲到作为植物的花蕾到花朵的流动性时说，"它们的流动本性却使它们同时成为有机统一体的诸环节，它们在有机统一体中不但不互相抵触，而且彼此都同样是必要的，并且正是这样同样的必要性才构成完整的生命。"①的确，如若我们把整个中国现代文化作为一个正在发展的"有机统一体"，与鲁迅有各种差异、对峙关系的各类文化的代表人物也应该在他特定的位置上成为一个"环节"，情感上的好恶不能影响判断的理性，这其实正是王老师在考察鲁迅与中国传统文化、现代文化的各种人物时所主张的。

按照邓晓芒的研究，黑格尔的辩证法，究其根本是一对对立的概念构成的矛盾的运动，即作为矛盾双方的努斯精神与逻格斯精神之间既对立又互相转化形成的否定之否定过程。这里的努斯精神与逻格斯精神，在西方哲学的精密分析中自然有其复杂的意涵，如略而言之，其实就是人灵魂的超越性、自发性和语言、思维的规范性、一致性之间的矛盾，前者追求自由，后者强调必然性，但其实二者又必须互为基础，最终在"理性"中合而为一。②黑格尔在《精神现象学》里步步为营，层层递进，为我们展示了人类的精神从最简单的感觉开始，在自身的否定之否定（自否定）的不断新生中生成人的全部精神世界的过程。我在阅读时每有辩证法内在的精神（自否定）与鲁迅的精神特征可以相对照的强烈印

---

① 邓晓芒：《黑格尔〈精神现象学〉句读》（第1卷），人民出版社2014年版，第59页。
② 邓晓芒：《黑格尔辩证法讲演录》，北京大学出版社2005年版，第7—10页。

象，譬如，黑格尔说"精神的生活不是害怕死亡而幸免于蹂躏的生活，而是承担起死亡并在死亡中得以自存的生活。精神只有在绝对的支离破碎中把持住其自身时才赢得它的真理。精神之所以是这样的力量，不是因为它作为肯定的东西对否定的东西根本不加理睬，就像我们对某种否定的东西说这是虚无的或虚假的就算了事而随即转身他向那样；相反，精神之所以是这种力量，仅仅是因为它敢于面对面地正视否定的东西并停留在那里"①。我认为这可以看作是对体现鲁迅精神深度的散文诗集《野草》里的"野草""过客""死火""枣树"等意象的精神实质，对鲁迅"野草"式的生存哲学最深湛的哲学化阐释了。或者说，鲁迅精神世界内部的运动性本身是内蕴着"辩证法"的特征的，这才是王老师充盈着情感体验的辩证法的研究方法的源头。

这里需要为自己通过黑格尔《精神现象学》的哲学智慧审视王老师的研究范式乃至鲁迅的精神特征这样一种方法略做解释。如果说仅仅把黑格尔的思考定位成金科玉律，以此鞭打出鲁迅的浅薄以自高，那自然是可笑的。毕竟辩证法的内在精神是属于全人类的，不仅在中国的道家哲学、《易经》等文化典籍里有着相类的丰富的思想，重要的是在人们的现实社会生活里也不缺乏"辩证法"的生活智慧，这一点在深谙中国社会人情世故的鲁迅那里更是不在话下，各种揭露所在多有。从思维方法上，王老师的鲁迅研究中体现出的力量、深度与此多息息相关。但若是承认辩证法的成熟理论形态的确是由黑格尔完成的，对他精深的思考刻意拒绝怕也不是鲁迅主张的"拿来主义"的气度。鲁迅是不以诘问自己、批判中国传统文化的缺失为耻的，自己倒是愿意遍引人类精神世界的各路豪杰大德，如拜伦、达尔文、尼采、陀思妥耶夫斯基、克尔凯郭尔、耶稣、佛祖等等的眼光来审视自己和中国，晚年他更是欢迎真正的马克思主义者对自己展开批评。看来，"援引某种精神资源看鲁迅"这种看鲁迅的方式并非没有它的价值。其实这不恰恰是人类精神活动，尤其学术思想活动的常态吗？王富仁老师的鲁迅研究里，也是很强调比较

---

①邓晓芒：《黑格尔〈精神现象学〉句读》（第1卷），第280—281页。

的研究方法的,甚至在不同文化传统、人物之间进行同中之异和异中之同的比较,正是他无比娴熟的拿手好戏。

但的确他是不太强调理论本身的自足性的,他更重视的是在中国的境遇里某种表达的社会功能,恐怕对"援引某种精神资源看鲁迅"的方式也是疑虑大于信任。生活的经验、某类挟洋以自重的中国现代文化人物的表现,鲁迅的感受等都提醒着他,这种"援引某种精神资源看鲁迅"的做派是很容易催生出当代的"假洋鬼子"的,因为"援引某种精神资源看鲁迅"是很容易在这种精神资源与鲁迅之间建立起等级关系的。毕竟中国社会从其本质上还是一个用法家的法、术、势这套系统才能深切解释的社会;在这种境遇里,文化活动中的权力、等级关系导致的文化的变质,是一切有良知的中国现代知识分子都深恶痛绝、异常警惕的。鲁迅对中国社会的很多批判,王老师对围绕在鲁迅世界的各色人等的评价,常常首先就会考虑这种权力关系,反抗这种权力关系。从某种意义上,如果说在鲁迅自身精神世界的探讨中,王老师的研究方法主要来自生命本身的辩证法的话;那么在讨论鲁迅与社会的连接时,他首先要做的就是先理清、揭露这种权力关系,这在他对如梁实秋、陈西滢、胡适等留洋文化人的剖析中、在对中国现代文化现象的各种评论中都是异常清楚的,甚至会给人以一种常以鲁迅是非为是非的印象,尤其那些不从这种权力关系着眼而只从儒家式的私人道德的角度臧否人物的就更会如此认定。我本人高度认可这种"反用法家"的智慧——反抗权力、捍卫权利,并认为深入研究"鲁迅与法家的关系"应是鲁迅研究最为重要的内容之一。悲哀的是,除去王老师的研究、日本学者木山英雄的一篇短文《庄周韩非的毒》以外,其实并无太多切实的研究积累。

然而,我在理解王老师更强调"人生体验",尤其对中国社会、文化处境的真实体验的时候,也想依据辩证法的智慧指出,在生活中更真诚的体验、在行动中更理性的思索是中国社会的现代化同样需要的。而后者是必须援引诸如黑格尔关于辩证法的理论论述等全世界最杰出的思想资源才能得到磨砺和提升的。我们不是不需要而是浸润太少了,这才会使得"假洋鬼子"有了投机的空间。对于鲁迅研究来说,依据辩证法的精神，体验与思辨本是互为自否定的过程，体验经过思辨的测试才能成为凝结的理性而非易变的感慨，思辨接受体验的检验才能化为灵魂的沉实、意志的坚定。当然，对于新一代的鲁迅研究者来说，以理论资源的摆弄掩饰社会人生体验的匮乏、心灵的苍白是令人心伤的；以忠实于自我的感受为由封闭起来也不能算勇敢，最理想的状态当然是如王老师那样体验与思辨互相激发的才好，至于那些等而下之的操持着学术套话招摇于学术江湖的，不说也罢。

"我们"是谁？

以上挂一漏万地讨论了王富仁老师提出的"鲁迅研究无非两个问题，'我们怎么看鲁迅'和'鲁迅怎么看我们'"。我所说的"援引某种精神资源看鲁迅"并非王富仁老师没有意识到的鲁迅研究的第三个问题，它只不过是"我们怎么看鲁迅"的其中一种方式罢了，且有着自身易变质的风险。不过认真说起来，即使变质也并非研究方法本身的错，变质的只能是人，真正的问题出在"我们怎么看鲁迅"和"鲁迅怎么看我们"的"我们"身上。

"我们"是谁？

在回答"'我们'是谁"，更具个体性的"'我'是谁"这两个问题上，王老师自己讲过很多坦率的话，比方说自己只是一位公民，一个吃鲁迅饭的学者，一个教书的，一个窝窝囊囊的知识分子等等。或许有人认为这太不雅驯了，可如果我们在整个现实的社会权力结构中看"我们"，"我们"可不就是这样的吗？

其实，王老师的回答还是暗暗地以鲁迅为榜样的，他是自觉的"鲁迅党"的一员。那么，鲁迅又是谁呢？

"中国文化的守夜人"——这是王富仁老师"心目中鲁迅的样子"，"鲁迅是一个醒着的人"，"他是一个夜行者"，"鲁迅原本也是有条件趁机捞一把的，但他非但没有捞，反而把中国知识分子的那些小聪明、小把戏戳破了不少，记录了不少"①。这是我看到过的关于鲁迅之于中国文化、之于中国社会极朴实也极深刻，极诗意也极犀利的定位。在我看来，这几乎也是继毛泽东关于鲁迅的定位——"现代中国的圣人"之后唯一真正具有自身力量的定位了，因为这是回归到鲁迅作为一个知识分子而存在、发挥社会作用这一客观事实的定位，这可以说是王老师早年曾提出的"回到鲁迅那里"命题最动人的凝结。我在不少尊敬的前辈学者那里都能感到他们对鲁迅由衷的热爱，他们同样试图凝结出"心目中鲁迅的样子"，但结果却并不理想。要么沉溺于鲁迅的精神世界不能自拔，跟随、隐藏在鲁迅的身后被鲁迅巨大的阴影所吞没；要么采撷些鲁迅身上的各种零碎，咂摸味道独自取温；要么热情地把鲁迅拉到自己更喜爱的另一位国外精神巨人的身旁一同或明言或暗喻的礼赞，视之为中国的尼采、中国的陀思妥耶夫斯基、中国的高尔基、中国的耶稣、中国的苏格拉底……这些当然都属于鲁迅精神向中国知识分子群体渗透时的正常现象，"我们"对鲁迅的接纳未必全是以最具有鲁迅精神气质的方式进行的，有多少"鲁迅梦"就会有多少"鲁迅梦魇"，不足为怪。不过把鲁迅作为"中国文化的守夜人"加以定位，我以为是有着鲁迅精神的神韵的。受王老师的启发，我自己的理解是：守夜人最大的特征是必须清醒，这或许也并不是他始终乐意的，甚至有时是以之为苦的，然而这是他的职责，他的使命，也是他的价值。守夜人是更习惯于从黑夜看待世界的，白天的色彩斑斓在他这里均归于黑色，它们之间微妙的色差将会被捕捉，虽然也会有出现幻觉看错的时候。守夜人得不停地走动，在警惕小偷出没的同时也防止自己因疲倦而昏睡，因为一直清醒并非易事，对职责的热爱、意志的锻造一直持续着方可做到。比照鲁迅，他作为"中国文化的守夜人"的特点不是太清楚了吗？他是清醒的，也常以之为苦、烦闷。他习惯于把喧闹归于简约，喜欢从拆穿权力、等级把戏的角度看待世界，以至于被人骂为"刀笔吏"。他还不停地走动，关心、感应着社会生活中并无永恒价值的各种小细节，警惕着那里的瞒与骗。

---

① 王富仁：《中国文化的守夜人——鲁迅》，第1—5页。

不过，当我说鲁迅作为"中国文化的守夜人"的定位是基于"回归到鲁迅作为一个知识分子而存在、发挥社会作用这一客观事实"并非全然没有问题。因为，如果继续追问，对鲁迅作为"中国文化的守夜人"的定位是否能直接成为"我们"这些鲁迅研究者乃至更广泛的知识分子共同的定位呢？恐怕是不可以如此类推的。"我们"并不能以"守夜人"自居，虽然严格说来从社会功能上看理当如此。前文提及王老师提出了研究"鲁迅与中国文化"的前提，在我看来，"我们"的鲁迅研究恐怕还得有一个前提。这个前提就是："'我们'不是鲁迅。"这是句大实话，但这个事实首先提醒"我们"，鲁迅既属于作为知识分子群体的"我们"，又不完全属于"我们"，他以自己的全部生命活出了超越"我们"这个群体的风采，才成为孤独的"守夜人"。被他作为"守夜人"守护着的不仅仅是"我们"，他属于全体生活在中国文化里的中国人。这句大实话还提醒我们，如果没有"守夜人"的存在，如果"我们"自己没有习得一点"守夜人"的精神，其实"我们"是很容易走散的，甚至愚蠢地自相残杀起来的例子也比比皆是。王老师感慨中国现代知识分子迄今为止依然没有建立自觉的共同体意识，他创设"新国学"立意也在此，这是他禁不住的大声疾呼。我敬佩但谨慎对待王老师的呐喊，那原因很简单，那个叫权力的幽灵恐怕还常蛰伏在中国知识分子的心灵深处，有的恐怕已爬上了眉梢，那是"我们"所处的现实社会植入到"我们"身体内部的病毒，毒性不可小觑，发作起来是不以"守夜"为然的。更何况，"我们"要"守夜"就需要"夜行"的自由，品尝了自由的好处还想把它延伸到白天去，然而社会需要"我们""守夜"的原因却首先在于维护他者的秩序，是不许乱走乱动的。社会对"我们"的需要并不以"我们"的自由、感受为基础，与塑造秩序、等级的权力相比，"守夜人"的精神力量是微茫的，当然正因此，它也是宝贵的。

这里不揣浅陋想和王老师对照下我自己关于鲁迅的定位。我曾摸索着提出鲁迅的历史定位，我称之为"作为试毒剂的反讽者"[①]。这说法自

[①] 张克：《颓败线的颤动——鲁迅与中国文学的现代性》，上海三联书店2011年版，第239页。

然是和王老师从自己的生活感受中直接提取出的"守夜人"这一生动的形象不能相提并论，我的定位仅仅是功能性的。我尝试以古希腊社会以雅典为代表的城邦文明出现危机时，苏格拉底的出现及其特殊的思维方式与西方文明深刻的变迁这一关系相参照，来审视鲁迅在中国历史变动中的作用，这自然也是一种"援引某种精神资源看鲁迅"的方法。对于苏格拉底，意识到他的思维与历史变迁之间的关系并做精深研究的是鲁迅并不陌生的克尔凯郭尔，他称苏格拉底的思维方式为"反讽"，其精义是"通过提问而吸空表面的内容"，有着"无限绝对的否定性"。他认为在世界历史的转折点上必然会出现这种思维方式。我以为鲁迅的思维方式，身处的历史转折处境都和苏格拉底的情况有着相当的类似性，是可以相对照的。在写作此文的过程中，我并没有读到这次在王老师著作里发现到的一点类似的感触，他在考察周作人评论《阿Q正传》时提出的鲁迅的"反语问题"时说，这"接触到了鲁迅语言风格的主要特征，扩大开来，深入下去，就可以发展为'反讽'这个现代文论中的重要概念。似乎至今人们还没有从'反讽'的意义上解读鲁迅及其作品的整体意蕴。"[①]老实说，我在无意中恰恰是按照王富仁先生描述的这个递进的逻辑进入鲁迅研究的，我的结论是：鲁迅的历史功能就是"作为试毒剂的反讽者"而存在的。"反讽"是他的思维方式，"试毒剂"是他的社会、历史功能。其实，就是"试毒剂"，在王富仁老师那里也是可以找到相类的感触的，例如王老师在鲁迅作品中看到，"严格说来，鲁迅所选取的人物典型主要不是以自身存在价值的大小和自身行为的优劣为基准的，在很大程度上他们只是封建思想环境的试剂，谁能在更充分的意义上试出这个环境的毒性，谁都有可能进入鲁迅小说形象的画廊"[②]。鲁迅与他作品中的人物尤其是真诚的知识分子在精神上有着高度重合性，把这段话里作品人物与环境的关系置换成鲁迅与他所在的思

[①] 王富仁：《中国鲁迅研究的历史与现状》，福建教育出版社2006年版，第32页。
[②] 王富仁：《中国反封建思想革命的一面镜子——〈呐喊〉〈彷徨〉综论》，第238页。

想、社会环境的关系是同样成立的。

我举出自己关于鲁迅的历史定位与王富仁老师的相对照,并非想谬托知己。王富仁老师的"守夜人"更富诗性,也更温暖,他对鲁迅的情感也更宽厚。我的"作为试毒剂的反讽者"的说法拗口而冷冰冰,全无心肝,有些问题也没想清楚,例如"辩证法"与"反讽"的异同。这大概是包括我在内的新一代研究者的问题之所在,王富仁老师那一代的前辈由中国走向鲁迅,我们却是由鲁迅走向中国的。在前辈们常怀着对鲁迅的深情的时候,"我们"却狠心地首先把鲁迅当作一个问题,要经由对他的逼问才能探究我们并不深切了解的中国,这是很残酷又令人惭愧的,但也别无选择。因为鲁迅是为数不多的不会欺骗我们的人,只好从他这里入手。"把鲁迅当作一个问题"自然有先天的不足,但也应该被接纳为"我们怎么看鲁迅"的一种方法,我以为王富仁老师会乐见这样尝试的,其他的前辈也不必深恶痛绝,因为我们同样要接受"鲁迅怎么看我们"的诘问。

我当然也明白,在作为"试毒剂"试出社会思想处境的毒性这一功能上,和王富仁老师一样,"我们"都是"守夜人"鲁迅的子嗣。这是充满反讽的命运——"守夜人"的反讽,这自然是"我们"共同的悲哀,然而又何尝不是"我们"共同的尊严,一个鲁迅研究者的尊严。

原载于《晋阳学刊》2017年第5期

王富仁的"呐喊": 中国需要鲁迅

宫 立

复旦大学出版社"三十年集"系列丛书之《幸存者言》《春润集》《昔我往矣》,记录了钱理群、吴福辉、赵园的经历、感受、思索和体悟以及他们独特的精神姿态,让我得以了解我所尊敬的三位师长从事学术研究三十年的心路历程。如今又读到安徽大学出版社新近隆重推出的中国鲁迅研究名家精选集丛书之一《中国需要鲁迅》,虽然这本论文集未能把王富仁研究鲁迅的文章全部编入,但我们仍然可以把它当作一面镜子,来反观王富仁三十余年的鲁迅研究心路历程以及由此形成的独属于他的精神姿态。

王富仁在《历史的沉思——鲁迅与中国现代文学论》一书的自序中曾做过这样的表白,"假如有人问我,你最看重哪个中国现代作家?我的回答是毫不犹豫的:鲁迅!"的确如此,王富仁几乎把他一生的精力都献给了鲁迅研究。无论是写鲁迅,还是写其他什么题目,王富仁始终都在"阐述一种观念,一种与鲁迅的思想有某种联系的观念",他总是选择以鲁迅的眼光读人读史。

1981年,纪念鲁迅诞生一百周年学术讨论会在北京隆重举行。据王得后回忆,唯一一个不是代表而被选中了论文的,是王富仁。这一篇唯

——一个不是代表的论文——由"鲁迅诞生一百周年纪念委员会学术活动组"从173篇中选出30篇编入《纪念鲁迅诞生一百周年学术讨论会论文选》——是王富仁的《鲁迅前期小说与俄罗斯文学》。收入本书的这篇论文只是王富仁《鲁迅前期小说与俄罗斯文学》一书的总论。王富仁还通过对鲁迅与果戈理、契诃夫、安特莱夫、阿尔志跋绥夫的比较研究,阐释了为何"鲁迅前期小说与中外文学遗产的多方面联系之中,它与俄罗斯现实主义文学的历史联系始终呈现着最清晰的脉络和最鲜明的色彩"。

当然,写《鲁迅前期小说与俄罗斯文学》时的王富仁只算是在鲁迅研究界的新人,真正引起学界广泛关注的还是他的博士论文《中国反封建思想革命的一面镜子——〈呐喊〉〈彷徨〉综论》。本书所收的《〈呐喊〉〈彷徨〉综论》是他博士论文的"摘要",在《文学评论》1985年第3、4期一经刊出,就引起极大震动。他在这篇论文中提出我们应该"首先回到鲁迅那里去","首先理解并说明鲁迅和他自己的主导创作意图!首先发现并阐释《呐喊》和《彷徨》的思想个性和艺术个性!"他的主要观点是要区分中国现代社会的政治革命和思想革命,并把鲁迅放在中国现代思想革命的历史潮流中来理解和分析,《呐喊》和《彷徨》首先是中国反封建思想革命的一面镜子,中国社会政治革命的一系列问题都是在这个反封建思想革命的镜子里被折射出来的。王富仁此时的研究就是想努力摆脱凌驾于自我以及凌驾于鲁迅之上的另一种权威性话语的干扰,用自我的现实人生体验直接与鲁迅及其作品实现思想和感情的沟通。

李大钊在《危险思想与言论自由》中曾说,"思想是绝对的自由,是不能禁止的自由,禁止思想自由的,断断没有一点的效果。你要禁止他,他的力量便跟着你的禁止越发强大。你怎样禁止他、限制他、绝灭他、摧残他,他便怎样生存、发展、传播、滋荣,因为思想的性质力量,本来如此"。可谁能想到一篇博士论文竟然被某些人扣上了"反对马克思主义的鲁迅研究"的罪名,比如陈安湖在《写在王富仁同志的答辩之后》中就说,"如果用马克思主义来检验,我觉得确乎可以说,他已经从根本上离开了马克思主义的轨道"。可王富仁正如他的研究对象鲁迅一样,并非是可以随意就被吓倒的人,他有山东人的倔强脾气,他无视这种非学理的责难,继续他的鲁迅研究征程。

王富仁的专著《中国鲁迅研究的历史与现状》,结合他对中国社会和鲁迅研究的思考,简略地考察了中国鲁迅研究的历史状况和现实状况,梳理了中国鲁迅研究演变的历史脉络,并对鲁迅研究的前景做了概略性的预测。当然他对中国鲁迅研究的历史更多地侧重于论,而非史料的梳理和发掘。鲁迅既是文学家又是思想家,有的侧重于鲁迅思想家的侧面,有的侧重于鲁迅文学家的侧面,而王富仁坦言他更为重视鲁迅作为一个思想家的侧面,本书中所收的《鲁迅哲学思想刍议》即是证明。正如高远东所说,"鲁迅的文学是在文学者鲁迅与思想者鲁迅的关系中发生的,思想者鲁迅先于文学者鲁迅出现,鲁迅的文学则是二者结合的一种特殊形式。"不同的人阅读鲁迅的作品有不同的感受,不同的人眼里的鲁迅自然也就各有不同。王富仁继而又写了《中国文化的守夜人——鲁迅》,单从书名就可知他眼中的鲁迅在中国文化中的地位——始终清醒的"守夜人"。本书所收的《鲁迅小说的叙事艺术》《鲁迅与中国文化》即是对"中国文化的守夜人"这一观点的详细阐述。

大体勾勒完了王富仁鲁迅研究的轨迹之后,再对他的研究特色和行文风格做分析。关于这一点,已故的樊骏做过最精确而又最简洁的概括:"王富仁有良好的艺术鉴赏能力,但更多地从社会历史的角度考察问题,他总是对研究对象做高屋建瓴的鸟瞰与整体的把握,并对问题做理论上的思辨。在他那里,阐释论证多于实证,一般学术论著中常有的大段引用与详细注释,在他那里却不多见,而且正在日益减少。他不是以材料,甚至也不是以结论,而是以自己的阐释论证来说服别人,他的分析富有概括力与穿透力,讲究递进感与逻辑性,由此形成颇有气势的理论力量。他的立论,也往往是从总体上或者基本方向上,而不是在具体细微处,给人以启示,使人不得不对他提出的命题与论证过程、方式,做认真的思考,不管最终赞同与否。他是这门学科最具有理论家品格的一位。"不管是他的博士论文还是《中国文化的守夜人——鲁迅》《中国鲁迅研究的历史与现状》等研究专著,都鲜明地体现了樊骏所说的这一点。虽然王富仁是"最有理论家品格的一位",但他的文章明白如话，绝不是八股文式的"高头讲章"。钱理群的文字是富有激情的"堂吉诃德"式的呼喊，王富仁的文字则是老年人的"呓语"，虽然絮絮叨叨，但只要是认识汉字，能说中国话的人都可以读得懂他的文章。他的学术文字正如他每次报告的口头禅一样，是"闲聊天"式的文字。我认为最好的文章（不仅仅是学术论文）都应该首先做到"明白如话"，也许只有做到了"明白如话"，"每一个词句就像一个漆弹打出来，要击中人，在人的身上破掉，最好颜色再染进他的衣服"。

当然王富仁除了具备深厚的理论思辨能力，对文本细读的艺术鉴赏力也是不容忽视的。如本书中收录他解读的《狂人日记》《故乡》《从百草园到三味书屋》《学界三魂》《青年必读书》等篇章，尤以从语言的艺术角度对《青年必读书》的解读最为惊艳。鲁迅的这篇文章一直引起各种争议，存在各种误读和误解，这是笔者目前看到的解读《青年必读书》最为精彩的篇章。他说，"只要我们不以自己的先入之见轻率地对其进行否定性的判断，只要我们愿意理解鲁迅为什么会有这样的经验，我们就会更切实地考虑当今中国青年的社会环境和文化环境，就会更切实地考虑他们的实际需要，同时也会更切实地思考中国书和中国文化以及外国书和外国文化"，完全有能力"依靠自己的亲身感受和体验不断丰富这篇杂文的具体内容"。

鲁迅研究者的任务之一就是通过自身的研究让更多的人走近鲁迅，了解鲁迅，以至理解鲁迅。面对关于鲁迅的各种质疑，作为资深的鲁迅研究者，王富仁又会有什么样的反应呢？如章培恒所言，直到今天，鲁迅"仍是中国现代作家中具有最大影响的一个，但同时也是受歪曲、污蔑、攻击最甚的一个"。对于部分作家、学者非议甚至否定鲁迅及其鲁迅研究这一现象，王富仁在接受访谈时曾说这是正常现象，他认为，从某种意义上来说，鲁迅是一个"焦点人物"，鲁迅研究也是一个"焦点问题"，"对某一个焦点人物或焦点问题，每一个人都有发表自己观点的权利；同时，每一个人也应该承认别人发表自己观点的权利；同时，每一个人也应该承认别人发表自己观点的权利，而不能对别人的异议采取一种不能容忍的态度，或通过外在的力量来压制不同的意见"。但是他同时强调，"作为一个作家或者研究者，他对鲁迅及鲁迅研究的异议应该来自他对鲁迅及鲁迅作品的真实思考，而不应该是来自于他的某种主观需要，如通过发表对鲁迅及鲁迅作品的异议来泄私愤。"也就是说，"研究鲁迅应该从鲁迅出发，非议甚至否定鲁迅也应该从鲁迅出发，而不能从主观印象出发，更不能因为不能或不敢正视现实人生的实际问题便把目光转移到鲁迅身上，企图通过鲁迅来发泄自己对某些现实问题或现实人物的不满。"他在本书的前言《我和鲁迅研究》一文中，从外国文化研究、现代文学研究、中国古代文化研究、中国当代文学创作现状四个方面对非议甚至否定鲁迅这一现象之所以产生的文化背景做了细致的解读。

　　王富仁2011年在《文艺报》撰文《中国需要鲁迅》，说"关于鲁迅，我已经说过太多的话，至今仍然有许多话想说。我现在最想说的话是什么呢？我现在最想说的话就是：中国需要鲁迅，中国仍然需要鲁迅，中国现在比过去更加需要鲁迅"，因为鲁迅的思想就是"立人"思想，过去需要"立人"，现在需要"立人"，将来仍需要"立人"。记得康德曾说，"我们的时代是一个批评的时代，任何东西都无权逃避批评。如果宗教想以神权的名义，法律想以威权的名义逃避批评，那么只能加深人们对它的疑惑，从而丧失它们尊严的地位，因为只有禁得起由理性和自由所做的公开审查的东西，才是配享受理性的尊崇的。"因此，我相信时间将会证明，无论是鲁迅，还是王富仁的鲁迅研究，都能"禁得起由理性和自由所做的公开审查"，并且也值得拥有"理性的尊崇"。

原载于《出版广角》2013年第10期

一部独特的鲁迅研究史
——读王富仁的《中国鲁迅研究的历史与现状》

吴成年

王富仁先生曾将他这一代学人与他的学术前辈及后辈加以比较："从方法论的角度讲来，我们的爷爷辈和叔叔辈重视的是这种主义和那种主义，我们重视的则是在各种主义背后的人。我们的弟弟辈和侄儿辈，则成了新的主义的输入者和提倡者，他们的文化视野更宽广了，但讲的又是这种学说和那种学说，……对于中国人的认识和感受，他们反而不如我们这一代人来得直接和亲切，至少暂时是如此。"[①]在对人的问题的执着追问与审视中，王富仁带着丰富的生命体悟与深切的现实人生关怀，走进他的研究天地，奉献出一系列充满智慧、充满生命活力的研究成果，闪烁着思想的光芒，不断地给当前有些沉闷、过于注重学理、有意无意忽略思想个性的学术界带来不可抗拒的冲击力。他的《中国鲁迅研究的历史与现状》（以下均简称《中》，1994年《鲁迅研究月刊》分11期连载，后由浙江人民出版社1999年3月出版）以其思考的深广与圆熟，在思想水准上甚至超过他的曾产生巨大学术影响的博士论文《中国反封建思想革命的一面镜子——〈呐喊〉〈彷徨〉综论》，与汪晖的《反抗绝望》同

---

① 王富仁：《我走过的路》；载自《王富仁选集》，广西师范大学出版社1999年版，第3页。

为20世纪鲁迅研究领域中最富有思想深度与创意、并禁得起时间考验的学术经典。在这两部优秀的著作之间,《反抗绝望》对鲁迅精神的复杂性进行充满哲理思辨式的探讨,而在语言风格上显得略有些艰深与生涩,给普通读者阅读带来一定的障碍;《中》对鲁迅研究的错综复杂的历史与现状进行梳理与评述,语言风格平易流畅,用纯熟的语言传达出深厚的思考。正如王富仁自己所说的:"当一个评论家的语言概念至少在他自己的心目中是十分明确而具体的时候,他才能够准确地掂量出它的分量并正确地使用它们,发挥出它们传达思想和感情的职。"①

《中》给人印象很深的是高屋建瓴的气势与举重若轻的自信。鲁迅研究在长达八十年的发展过程中逐渐成为一门蔚为壮观的显学,而对这门显学发展历史的探讨,无疑是踏入一座令人生畏的迷宫。研究者在汗牛充栋的研究材料面前,要么被它们淹没以致迷失自我,要么驾驭它们凸现出研究主体的个性。王富仁凭借他对人与文化之间关系的辩证理解,即文化由人创造,又制约、影响着人的各项活动,②从文化心理这一独特视角观照鲁迅研究者进行鲁迅研究所依据的文化立足点,探索出不同的鲁迅观背后的不同组合方式的文化心理,这好比由浮出水面的冰山一角进一步探索出隐藏于水面之下的冰山主体部分,从而更通彻地了解整个冰山和浮出水面的部分。由于王富仁找到了文化心理这一他所擅长的切入点,故他在一大堆迷宫式的研究材料面前,丝毫不怵,具有"一览众山小"的气概,显得从容不迫、游刃有余,从而使他的创造力轻松自由地释放出来。

首先,作者的创意在于根据在特定时期各个具体分散的鲁迅观所赖以产生的相近、相类似的文化心理,综合出不同的鲁迅研究派别:奠基期的对立批评、青年浪漫派、社会——人生派;形成期的青年马克思主义学派(包括青年理论派、务实派、实践的政治革命家、精神启蒙派)、人生

---

① 王富仁:《中国鲁迅研究的历史与现状》,浙江人民出版社1999年版,第97页。
② 参见王富仁:《文化与文艺》,北岳文艺出版社1990年版,第24页。

——艺术派、英美派;毛泽东时代的马克思主义务实派、国家政治派、业务派;新时期的马克思主义政治派、业务派、启蒙派、人生哲学派、先锋派、英美派。这些不同派别的概括,从纵横两方面简明扼要、立体式地建构出鲁迅研究史。

书中以文化心理为立足点,对各派的鲁迅研究给予宽容的理解和有力的评价。如针对奠基期以成仿吾为代表的青年浪漫派的鲁迅观,作者认为成仿吾等人对鲁迅小说误评的根本原因在于不能理解、体会鲁迅所描绘的艺术世界,"他们没有感受到传统思想的压力并且也不想去感受了,他们没有陷入社会人生的旋涡并且也不必陷入了,因而鲁迅作品所描写的那个世界对他们是陌生的,他们只能用某些文艺理论的标准(如再现的与表现的,典型的与普遍的等等)对鲁迅小说的外观外貌进行衡量,从而失去了在鲁迅研究中做出有实质意义的结论的可能。"[1]在理解的基础上,作者没有苛责成仿吾,"因而我们不能把成仿吾的《〈呐喊〉的评论》视为他对鲁迅的攻击。同时我们也不能因为他不是有意攻击便认为他对鲁迅作品的研究做出了什么贡献。"[2]

再如对形成期的英美派的鲁迅观的分析评价,过去学术界习惯于从政治立场上、将英美派自由主义知识分子视作自觉维护国民党统治的御用文人来简单地否定他们的鲁迅观,而王富仁认为英美派是以从西方学来的文化理论和自己当时自足封闭的学院式的人生态度来认识鲁迅及其作品的,难免有理解、沟通的障碍,所以他对苏雪林在《与蔡孑民先生论鲁迅书》中出现的迄今为止对鲁迅施行的最激烈、最全面的攻击也持宽容理解的态度,并大胆地肯定其观点具有一定的客观存在价值,"她的这些观点也正是不少同类知识分子的观点,不过她更真诚些,更不顾及自己宽容中庸的道德外表,因而她把同类知识分子的看法公开发表了出来,为鲁迅研究提供了很多需要解决的有价值的问题,从另一个角度

---

[1] 王富仁:《中国鲁迅研究的历史与现状》,第12页。
[2] 王富仁:《中国鲁迅研究的历史与现状》,第13页。

讲对鲁迅研究的发展是有促进作用的。"①

在我们的印象中，毛泽东时代的鲁迅研究收效甚微，充斥着对流行政治口号的诠释和对同行的异己的政治批判。而王富仁细心地发现当时业务派的存在，并揭开蒙在他们身上的流行话语的外衣，肯定他们对鲁迅及其价值的曲折阐释和认识，并大度地认为所有这些人的所有著作都应视为学术派的鲁迅研究，因为"任何时代的知识分子都是在当时流行的话语的压力下生存并发展的，这一点连鲁迅本人也无法从根本上摆脱，重要的是每一个知识分子在自己时代所做的严肃、有价值的追求以及这种追求的有效性程度如何。"②

新时期的先锋派鲁迅研究花样繁多、更新颇快，的确难以分析，作者在肯定该派为中国鲁迅研究带来种种活力的同时，也指出该派在对西方研究方式方法引进时，热衷于追新逐异，忽视与国内鲁迅研究的对接，妨碍了自身以中国鲁迅研究的特殊实践丰富发展西方原有的方法论体系以形成自己独立学派的可能。作者的宽容理解和富有见地的评价来自他对研究对象文化心理的熟稔，即他善于体察每一派鲁迅观赖以产生的文化背景，在领会到不同派别为什么如此评价鲁迅及其作品之后，自然不难理解不同派别的鲁迅观并做出恰如其分的评价。

其次，王富仁在对鲁迅研究不同派别的文化心理深入分析的过程中，生发出很多关于文化及知识分子命题的精辟见解，形成对20世纪文化思想史和知识分子命运变迁史的自觉思考与阐释。这些议论似乎"旁逸斜出"，好像与鲁迅研究无直接关联，但仔细一想，莫不息息相关。对鲁迅进行评价与研究的正是各个时代颇有文化代表性的知识分子，不同鲁迅研究派别的生灭、分化与组合也客观地折射出不同的知识分子群体的文化特点和命运变迁；而不同派别对鲁迅的研究与评价正是参与和文化有关的活动，鲁迅研究逐渐成为20世纪文化中的显学，鲁迅观的变迁也在一定程度上典型地反映出20世纪中国文化的发展史。对20世纪中国

---

①王富仁：《中国鲁迅研究的历史与现状》，第76页。
②王富仁：《中国鲁迅研究的历史与现状》，第142页。

文化与知识分子的思考本身也深化、丰富了对鲁迅研究的探讨，对鲁迅研究赖以生存的文化环境有了深入、明晰的把握，才会有对鲁迅研究的真正研究。

在对中国20世纪知识分子的理解与评价上，《中》以鲁迅为重要参照，将鲁迅与20世纪其他的有代表性的知识分子加以比较。如同样是"五四"新文化运动的先驱，胡适代表着从文学革命的角度切入新文化运动的倾向，陈独秀代表着从思想革命的角度切入新文化运动的倾向，而鲁迅是把这两种倾向最紧密地结合起来、成为"五四"新文化运动和新文学运动的最杰出的人物。在随后的新文化阵营的分化中，陈独秀、李大钊转入实践的革命政治；胡适为代表的一派知识分子走向重学理轻实践的学术研究道路；鲁迅、周作人坚持着中国社会精神改造的目标，但周作人因自身性格的懦弱和迫于日益险恶的现实环境的压力而渐趋温和，削弱叛逆性，以至堕落为民族的叛徒。只有鲁迅在此后的生命历程中仍坚守着国民性改造的目标，不断寻找着扩大自己思想影响力的空间。又如与英美派自由主义知识分子相比，鲁迅所追求的理念是带着自己的生命体验、与自己的欲望、情感、意志相交融以至不可分割，而二三十年代陈西滢、梁实秋等英美派自由主义知识分子的理念仅仅是观念、学术式的，并未内化为生命中不可分割的有机组成部分，只是外在于生命的学理性的存在。

再如鲁迅与二三十年代的马克思主义政治派的差别，鲁迅在成为左翼知识分子中的一员之后，并未消融自己的思想独立性，以迁就客观上与自己思想观点存在分歧的左联领导人；而马克思主义政治派更多地以政治的组织原则对待自我和政治实践者之间的思想分歧，他们可以随时放弃自己的独立思想见解与文学见解来迁就、服从实践政治家的思想和政治组织的意见，这样为新中国成立后的社会悲剧和知识分子自身悲剧的发生埋下了祸根。

在对待外来文化思想的与众不同的立场上，鲁迅更体现了一位思想家所具有的独异个性，他是将不同的学说融入自己丰富的人生体验中从而不断深化、发展自己的独立思考，不像其他的众多的知识分子将自己的思考容纳、整合到一种权威的思想学说中并在这种思想学说的掩体下安身立命。鲁迅对中国思想发展的重大意义，正如王富仁所评价的："他为中华民族的思想发展做的是最基础也最具重要性的工作。他把中国人从各种思想理论的掩体中拖出来，使他们首先感到一种思想和精神的饥寒，正视自己，正视社会人生的矛盾，并进而在自我的真实的人生体验中建立自己真正的精神追求。这是一种精神归位的工作，一种克服普遍的人的异化现象的工作；任何真诚的、有价值的思想理论学说都必须有赖于这种需要而创立，也必须有赖于这种需要而接受。"①

通过对鲁迅与其他知识分子的对比，作者烛照出鲁迅身上为其他知识分子，包括后来肯定他的研究者、追随者所不具备、所缺失的诸多可贵精神，如批判性、独立性、对受迫害者的感同身受等，这些精神也正是当今我们处于学院内的知识分子所匮乏、所应汲取的可贵品格。鲁迅的精神高度为每一位要走进他的研究者提出了客观的挑战与召唤：只有研究者真正具备自己的独立思想并能与鲁迅的精神相通时，才有可能对他进行理解与阐释。

《中》还对在鲁迅研究的不同历史发展阶段出现的有关文化现象、文化格局、文化组合变动趋势等进行提纲挈领的评述，既有历史的总结性，又有现实的针对性。如在评价新时期人生哲学派的鲁迅研究时，作者积极肯定该派对鲁迅精神复杂性的分析，认为鲁迅的精神复杂性恰恰体现的是中国文化的包容性特征，而这种特征是带着宗经宣道传统的中国现代多数知识分子所缺乏的，也为在一个特定时期占统治地位的思想学说所排斥，以至中国出现这样的文化格局和发展趋势："一种学说因其特定的原因而压倒其他的所有学说成为与统治地位的思想，一时呈现出绝对真理的面貌，但在同时它也压抑了其他所有具有相对性真理的思想文化学说而更多地表现出自己的相对性。在这时，它越来越把自己的权威性伸展到无法起到认识作用反而足以造成破坏性影响的文化语境中去，以自己的荒诞性表现而显示其他所有思想文化学说的存在价值。其

---

① 王富仁：《中国鲁迅研究的历史与现状》，第55页。

结果必然是这样，占统治地位的思想因过多地占领了不适于它表现自己的作用的文化语境而受到人们越来越多的怀疑，受到压抑的思想却因自己潜在的能量而越来越受到人们的重视甚至崇拜，其他所有思想文化学说的发展则又是以绝对排斥这种占统治地位的思想学说为基本前提的……那种在排斥原来占统治地位的思想文化学说中起了最大作用的一种思想文化学说便以新的统治思想占领整个中国社会，从而把其他各种思想文化学说重新压抑在中国文化的底层，连它们自己原本具有的真理性也不再被人认识、被人接受。但它们又会像其他被压抑的思想文化学说一样等待着现在这种占统治地位的思想文化学说的自行溃灭……"①作者善于将不同历史时期产生的一些文化现象加以综合思考，探索出内在的联系。如20年代末的青年浪漫派开始贬低鲁迅后来推崇鲁迅，与"文化大革命"的青年由个人崇拜开始而以反对个人权威告终，都是出于同样的文化心理：中国青年在中国固有的文化中没有自己的独立空间，就企图借助于个人崇拜或否定一切权威的方式让社会意识到自己的存在。而中国社会这种习惯于按固有的权威衡量青年在新条件下的新追求的文化趋势，"为中国培养了一代又一代的青年浪漫派，把青年的旺盛的生命力投入到李逵式的盲目拼杀中去，然后又在反对他们的盲目中否定自我和整个社会的一切形式的生命力表现"。②作者在人们熟知的文化现象的背后敏锐地洞察到不容忽视的文化症结，引人深思。

　　王富仁基于对20世纪中国文化、知识分子及其文化心理的深刻理解，故能驾轻就熟地在约十六万字的篇幅中对鲁迅研究做出富有启示性的阐释。作者的出色探讨也为将来的鲁迅研究的深化与发展提供了方法论上的参考："鲁迅是在与各种不同文化思想的竞争中生存并发展起来的，仅仅学理的研究不足以挖掘鲁迅思想及其作品的内部潜力，甚至也无法真正读懂鲁迅的作品……只有鲁迅研究者真正进入了同鲁迅一样的思想追求过程，我们才会在各个不同的历史阶段随着不断变动着的社会

---

①王富仁：《中国鲁迅研究的历史与现状》，第209—210页。
②王富仁：《中国鲁迅研究的历史与现状》，第233页。

体验、思考、研究他的作品。"①

《中》是一部思想型的鲁迅研究史，同时也是一部20世纪中国文化、知识分子命运的剖析史，发掘出迄今为止我们所忽略、所回避的文化思想问题，促使我们与作者一起去思考、去面对。在这个思想贫瘠、缺乏思想家的时代社会，我们或许从王富仁、汪晖等思想型的学人身上看到一丝希望：纵使他们没有成为思想家，但他们至少是孕育、催生思想家的泥土。

原载于《鲁迅研究月刊》1999年第10期

---

① 王富仁：《中国鲁迅研究的历史与现状》，第243页。

鲁迅研究中的儒学阴影
——对于《中国鲁迅研究的历史与现状的一种解读》

赵学勇　刘铁群

中国的鲁迅研究至今已有八十多年的历史。但是，这一研究领域始终充满着各种思想观点的矛盾乃至斗争，从来都没有平静过。如何总结长期以来鲁迅研究的历史，开辟鲁迅研究的新前景，是当前一个迫切需要解决的问题。不少研究者在这方面做出了有益的尝试，其中王富仁先生在1994年《鲁迅研究月刊》上连续发表的《中国鲁迅研究的历史与现状》（计11篇）从新的时代高度和宽阔的文化背景上全面、深入地梳理并剖析了鲁迅研究的历史，并对今后的鲁迅研究做了预测。这是鲁迅研究的再研究课题中取得的突出成果。

王富仁把迄今为止的鲁迅研究划分为四个时期：从开始到1927年为第一个时期；从1928年革命文学论争到1949年中华人民共和国成立为第二个时期；从1949年到"文革"结束为第三个时期；从"文革"结束至今为第四个时期。这四个时期的鲁迅研究都有各自的成就和突破、失误和局限，王富仁站在一个比较客观的立场上对这些进行了深入的分析。从他对这四个时期鲁迅研究的系统分析中，我们可以发现这样一种现象：每个时期的鲁迅研究都有一些派别明显受到了儒家思想的影响，可以说儒学的影响贯穿了整个鲁迅研究的历史。当然,这并不是王富仁研究的目的,也不是他的重点分析所在。本文只是试图对王富仁的系列论文做这样一种解读,并按照他的分期顺序对这一现象做进一步的分析。

在中国的传统思想文化中,儒家思想无疑是最占有支配地位和主导地位的。由孔子集大成的儒家学说在两千多年来已经构成了中国传统文化的核心部分。它控制、主宰着整个民族的精神和命运,儒学文化因子已经深深地铸入国民的深层心理结构,成为支配人们思想与行动的潜在意识契机。

"五四"新文化运动实现了中国文化的根本革新,但是,思想启蒙的任务并没有完成,整个民族深层心理结构中儒家文化因子的隐性传承也无法从根本上割断。它依旧支配着20世纪人们的心理和灵魂。这其中当然包括相当一部分鲁迅研究者,他们在研究这位把批判的矛头指向正统儒学的思想家时,自身却往往陷入儒学的阴影之中,虽然不少研究者本人都没有意识到。有的研究者甚至还高举着反传统、批孔子的旗号、贴着新思想的标签,骨子里却是认真地贯彻了正统儒学的宗旨。从某种程度上说,儒学的阴影都或多或少或显或隐或直接或间接地给各阶段的鲁迅研究带来了思维上的局限和理论上的迷误。

一、儒家伦理观念的束缚使鲁迅研究无法上升到研究的高度

"文学研究、思想研究是对文学作品或某种思想学说的内涵与外延的阐发,因而传统的个人道德的赞扬和否定都不可能上升到研究的高度。"[①]而鲁迅研究中第一个时期以陈西滢为代表的对立派和第二个时期以梁实秋为代表的英美派自由知识分子在进行鲁迅研究时都身不由己地陷入了传统儒家的道德伦理观念中,对鲁迅及其杂文做出了歪曲的评价,进而走向了对鲁迅及其杂文的根本否定。

---

①王富仁:《中国鲁迅研究的历史与现状(连载一)》,载自《鲁迅研究月刊》1994年第1期。

以正统儒学为核心的中国封建社会伦理思想的主要特征是伦理与政治相结合，政治伦理化和伦理政治化。"它把调整封建社会人与人关系的行为规范作为衡量人的唯一的、最高的和固定不变的价值标准，人的善恶美丑完全是以其行为是否符合这种规范为主要尺度的"[①]。在中国封建社会里、伦理道德的统治具有关键性的意义，封建王朝可以更迭，而以儒家伦理思想为主体的伦理体系却贯穿于封建社会的始终，而封建伦理道德的总基础和总纽带是等级观念，它是以承认社会人的不平等权利为前提的。鲁迅引证《左传》中"天有十日，人有十等"的等级排列，认为中国社会就是一个等级森严的社会，上由至高无上的皇帝一统天下，形成一个宝塔形的巨大网络，"有贵贱，有大小，有上下"，"一级一级地制驭着，不能动弹，也不想动弹了"[②]。他激愤地指出"中国人至今还有无数'等'，还是依赖门第，还是依赖祖宗"[③]，"地球上不止一个世界，实际上的不同，比人们空想中的阴阳两界还厉害"[④]。对于不平等的社会等级观念，鲁迅是向来痛恨并给予无情批判的。因此，要求实现社会平等，一直是鲁迅伦理思想的一个重要组成部分。然而，在这个问题上，陈西滢和梁实秋等人却与鲁迅持着相反的态度。在女师大事件和"三一八"惨案中，"北京学生始终未曾超越民主体制下法律的许可而表达自己的社会要求和意志，相反倒是女师大校长杨荫榆、北洋军阀政府超越了法律许可的范围，用暴力镇压了和平请愿的学生"[⑤]。而陈西滢却沿袭了传统儒家的态度，认为学生无权反抗学校和国家，而学校和国家则理应约束学生。按他的思维方式，胜利属于有权有势者，支持无权无势的学生争取自由的鲁迅自然也要在道德上受到否定。以梁实秋为代表的英美派自由知识分子是直接学习西方新思想文化学说成长起来

[①] 王富仁：《先驱者的形象——论鲁迅及其他中国现代作家》，浙江文艺出版社1987年版，第31页。

[②] 鲁迅：《坟·灯下漫笔》。

[③] 鲁迅：《坟·论"他妈的！"》。

[④] 鲁迅：《且介亭杂文二集·叶紫作〈丰收〉序》。

[⑤] 王富仁：《中国鲁迅研究的历史与现状》（连载一）。

的，他们对世界新文化学说是最有发言权的。然而，当他们带着新思想文化学说回到自己的国土时，中国传统文化框架中的旧思想、旧意识又像幽灵一般缠绕着他们。他们的世界观和人生观的核心是文化精英意识，认为整个社会就是由他们这些少数的聪明而又有文化教养的人和广大的愚笨而没有文化教养的人组成的，梁实秋就侈谈"聪明绝顶的人"和"蠢笨如牛的人"，反对"男女平等"，赞同"贤妻良母"式的教育，这显然贴紧了儒家伦理思想和等级观念。他们的社会理想是求安定、讲秩序，反对广大群众由于经济政治压迫而进行的反抗斗争，这显然又暗合了传统封建专制主义"不撄"的理想。这样，"他们接受的新文化反而带上了严重的旧文化性质，他们在西方接受的文化教养反而有了鲜明的传统文化特征，最新的反而成了最旧的，最先进的反而成了最保守的"①。难怪鲁迅要感叹："每一新制度，新学术，新名词，传入中国，便如落在黑色染缸，立刻乌黑一团。"②在这种情况下，具有保守主义本质的英美派自由知识分子对要求实现社会平等和建立现代社会观念的鲁迅的态度自然是否定无疑的。

无法摆脱传统儒家思想束缚的陈西滢、梁实秋等人与鲁迅在世界观和人生观上存在着根本的差异。而在传统等级观念和封建礼教的制约下，人们彼此之间的心灵和情感是难以进行交流的，正如鲁迅所说的"我们人人之间各有一道高墙，将各个分离，使大家的心无以相印"③，"造化生人，已经非常巧妙，使一个人不会感到别人的肉体上的痛苦了，我们的圣人和圣人之徒却又补了造化之缺，并且使人们不再会感到别人的精神上的痛苦"④。承袭传统儒家伦理观念的陈西滢、梁实秋等人站在"高墙"的另一侧，当然无法理解被压迫者、无权势者的痛苦，也无法理解鲁迅的痛苦，更无法进入鲁迅的作品和精神世界，体验鲁迅的人生感

---

① 王富仁：《中国鲁迅研究的历史与现状（连载三）》，载自《鲁迅研究月刊》1994年第3期。

② 鲁迅：《花边文学·偶感》。

③④ 鲁迅：《集外集·俄文译本〈阿Q正传〉序及著者自叙传略》。

受。根本价值观念不同，又不在理解的基础上思考研究客体，使得他们离开了从社会人生的整体意义感受鲁迅作品的有效角度，而仅仅停留在个人道德的评判上，当然难以做出具有社会普遍意义的文学或思想的新发现，也难以对鲁迅作品的潜在意义做出独立阐释，更难以上升到一个研究的高度。他们是以自己的传统价值观念阻死了自己的研究之路。

二、独立性与主动性的丧失阻碍了鲁迅研究取得探索性的突破

从1949年到"文革"结束这一阶段的国内鲁迅研究是在一种文化整合的紧张气氛中进行的。中华人民共和国成立，也标志着中国马列主义文化思想的胜利，各派鲁迅研究几乎无一例外地在马列主义毛泽东思想的旗帜下被整合起来。马列主义毛泽东思想成了一切言论的最高指导方针，鲁迅的思想及创作的历史价值只能在马列主义毛泽东思想的价值体系中分析和评判。这样，在权威理论话语的支配和压力下，研究主体丧失了独立性和主动性，无法在鲁迅研究中取得探索性的突破。

在我国古代封建社会，以正统儒学为核心的封建传统文化束缚和钳制着人们的精神世界，人们被迫沉溺在封闭和禁锢的精神牢笼中，完全丧失了自由思想与活动的权利。在传统文化的价值天平上，个体的分量是微乎其微的，这种文化价值观念反映到社会政治伦理中，又表现为社会对个人、个性的无情打击和扼杀，个人只不过是实现政治、伦理价值的一种手段。"五四"是"人的觉醒"的时代，其主要标志就是对作为个体的"人"的价值的确认。"五四"文化先驱们极力张扬个性、鼓吹个体，希望广大民众从专制主义的精神牢笼中解放出来，确定自己作为"人"的独立价值和自主意识的存在。鲁迅鲜明地指出"掊物质而张灵明，任个人而排众数"[1]，把人作为高度自觉的主体放在至高无上的地位上，要求"人各有己""朕归于我"[2]；认为"其首在立人，人立而后凡

---

[1] 鲁迅：《坟·文化偏至论》。
[2] 鲁迅：《集外集拾遗补编·破恶声论》。

事举","国人之自觉至,个性张,沙聚之邦,由是转为人国"①。鲁迅把"人国"理想的希望寄托在"自觉至,个性张"的基础上,这与以人为中心的新文化观念的意识形态是相一致的。鲁迅所追求的思想启蒙,正是在中华民族进入现代社会后如何摆脱中国固有文化的束缚,重新意识自我和人生的问题,是一个警醒人们如何进行自我的人生选择和文化归位的问题。他急切地渴望和热烈地呼吁出现"真的人"②、"完全的人"③和"觉醒的人"④,反对封建专制主义思想对人们精神的钳制和摧残。

然而,鲁迅关于确立"人"的自觉意识和独立价值的呼声尚未得到实现就又受到了严重的束缚和禁锢,这种情形一直延续到新中国成立之后,并在"文革"达到了极致。"文革"的指挥者高举着马克思主义的旗帜,高呼着"批孔子"的口号,但这并不意味着传统封建专制主义思想的削弱。相反,他们是利用对传统文化的批判推行政治家个人的权威,在新的形势下培育了国民的奴性性格。这无疑是从根本上背离了马克思主义学说,而接近了中国传统文化中儒家学说的主旨,可以说是儒家学说的一种涂上了洋化色彩的翻版。在文化整合运动中推行的一元化政治思想形成了低沉的文化天空,而在低空中从事鲁迅研究的知识分子们的思想、精神、意志都受到了严重的扼杀与钳制,在研究活动中丧失了研究主体的独立性和主动性,又一次陷入了儒学的阴影。其主要表现在以下三个方面:第一,评价先于感受。批评家的首要任务是对作品有所感受,有所理解,然后才能进入研究和评论的阶段。文学批评是观念的表达,但却不能从观念出发。然而,这个时期却有相当的一部分鲁迅研究者违背了这种文学研究的客观规律,他们不是从研究对象的实际出发,把对鲁迅作品的独立感受与理解作为研究的基础,而是让一种非自

---

① 鲁迅:《坟·文化偏至论》。
② 鲁迅:《狂人日记》。
③ 鲁迅:《热风·随感录二十五》。
④ 鲁迅:《坟·我们现在怎样做父亲》。

我的观念先入为主,以毛泽东同志对鲁迅的崇高评价作为立论和评价的根据,以下级服从上级的姿态研究鲁迅。这样,随着时间的推移,人们对鲁迅的评价越来越高,赞美之词越来越多,研究活动走向了非自我化。第二,理论代替思考。任何一种理论、思想学说都是人们认识和探索世界的工具,一种思想不论多么伟大,都不能代替个人的独立思考。但是在领导意志和服从意识的支配下,这个时期的不少鲁迅研究者却放弃了理论运用的主动性,使个人的情感和思考都隐在了权威理论的背后,他们不是自觉地运用马克思主义、毛泽东思想考察作家的创作活动,而是把它当成了诠释各种现实政策要求的理论依据,用毛泽东文艺思想代替了自己的独立思考,成了毛泽东思想的机械转述者和宣传者。第三,总结代替探索。由于放弃了自己的独立思维和理论运用的主动性和自觉性,鲁迅研究者只是以当时作为马克思主义最高体现的毛泽东思想衡量鲁迅思想及创作的价值,一切符合毛泽东思想的就是有价值的,而不符合的就是没有价值的。这样,他们的鲁迅研究也就成了总结性的、同一式的,而不是探索性的、开拓式的。有关鲁迅研究的文章往往评价多于分析、赞颂多于论述,缺乏理论上的开拓。鲁迅研究被引向了对权威理论支配下的流行价值观念的简单诠释,丧失了对现实文化的批判性考察。

当然,我们并不否认这一时期的鲁迅研究在极艰难的条件下仍取得了不小的成绩,但同时也存在着严重的失误。任何研究活动,其目的都在增益人们的认识。但如前所述,由于研究主体独立性与主动性的丧失,这个时期鲁迅研究的认识职能消失了。研究者在对权威思想理论和革命政治领导的绝对服从中失落了自己和自己的历史责任,他们对内看不到一个真实的自我,对外看不到一个真实的鲁迅,"所有的研究活动似乎都是为了证明一个与自我的实际人生追求没有直接关系的历史是非,而这种历史的是非却与他们实际人生经验中建立起来的是非观念毫无关系甚至取着对立的形势"[①]。这种研究活动强化了政治性而消解了学

[①] 王富仁:《中国鲁迅研究的历史与现状(连载十一)》,载自《鲁迅研究月刊》,1994年第12期。

术性，把研究领域封闭在一个狭小的范围内。是他们的思想形式束缚了自己的探索之途，使鲁迅研究陷入了尴尬的境地。

三、以儒家文化为核心的传统文化的复兴对新时期鲁迅研究的影响

新时期的鲁迅研究是在中国大陆由封闭走向开放的历史潮流中重新起步的。灾难性的"文革"的结束为中国知识分子提供了一个"重新返回自我"的历史条件。鲁迅研究者们开始努力跨越凌驾于自我以及凌驾于鲁迅之上的权威话语的栅栏，摆脱政治对学术的束缚和干扰，力图站在自己的思想立场上，对鲁迅的思想及其作品做出独立的阐释。与此同时，对外开放引进了西方大量的新思想、新方法，打破了鲁迅研究的封闭局面，开拓了鲁迅研究者的视野。在这种相对宽松自由的文化氛围中，鲁迅研究取得了前所未有的成果。

但是，鲁迅研究中的儒学阴影并没有从此散去。在思想解放的同时，由于多种因素的促成，中国固有的各种传统思想文化又在社会上活跃起来，掀起了"国学热""新儒学热"。以儒学为核心的传统文化的复兴无疑要对新时期的鲁迅研究产生影响，其主要表现在以下两个方面：

第一，在文化还原过程中，不少鲁迅研究者又跌入传统文化的旧圈子，再次给鲁迅研究带来局限。王富仁把1949年到"文革"结束这个时期的中国文化史称为文化整合期，把从"文革"结束到80年代末的中国文化史称为文化还原期。在新时期的文化还原过程中，一些二三十年代鲁迅研究派别的观点复活了，而鲁迅研究活动也随之再次受到了传统儒学的羁绊，其突出表现是英美派自由知识分子和青年浪漫派的文化思想的复活。如前所述，30年代以梁实秋为代表的英美派自由知识分子在接受了西方的新思想学说后，由于历史与现实的原因又重新返回到以儒学为核心的传统价值观念之中。英美派自由知识分子的文化观在新时期复活后，这种向传统文化复归的倾向也不可避免地随之出现了。新时期英美派自由知识分子的传承者虽然走出了权威理论和流行话语的框范，在对鲁迅作品的艺术分析和鲁迅前期思想的研究中做出了重要的贡献，但

由于再次受到传统文化的束缚，他们的研究文章往往表现出肯定鲁迅的前期，否定鲁迅的后期；肯定鲁迅的小说和散文，否定鲁迅的杂文；肯定鲁迅的才能，否定鲁迅的道德。这些都没有走出其前辈的局限。主要由创造社、太阳社的青年知识分子组成的青年浪漫派在20年代就热衷于追逐最先进的思想目标，但是没有独立的文化空间，无法确定自己的文化原则，往往依附于别人的价值标准。这就决定了他们只有通过两种方式意识自我价值："一、把自我的价值寄托在一个公认的最伟大的人物身上；二、用社会公认的标准否定掉所有的权威，把自己提高到所有以往权威之上。"①20年代，他们以鲁迅祭自己的马克思主义战旗；在"文革"期间，他们又把毛泽东、鲁迅当作圣人、完人供奉。在"文革"的绝对化的个人权威告终后，各种不同的鲁迅观点浮出水面，青年浪漫派的文化思想也实现了还原。新时期的青年浪漫派在社会上公开表现出了一些对鲁迅的冷嘲式的否定，这种否定在表面上虽然与"文革"期间的个人崇拜不同，但深层实质却是一样的，"个人崇拜与否定一切权威实际上是出于同一种文化心理"②。从某种程度上说，他们在新时期对鲁迅的否定与在"文革"期间对鲁迅的崇拜一样，都有传统儒学的根源。新时期进行鲁迅研究的知识分子本想通过文化还原"重新返回自我"，寻找研究主体与研究客体的契合关系，但是，上述两方面已表明，一部分知识分子在文化还原中摆脱了"文革"中一元化政治思想统治的枷锁，却再次跌入了传统文化的旧圈子，他们在自救的同时也走向了自缚，历史让中国知识分子遭遇了一个连环套式的悲剧。

第二，"新儒家"的复兴带来了对鲁迅和新文化运动的否定，使鲁迅研究再次面临历史的考验。现代新儒家，是指"五四"以来形成的"以接续孔孟道统、复兴儒学为己任，以服膺宋明理学，特别是儒家心性之学为主要特征，为图以儒家思想为主体，吸收融合西方哲学，谋求中国社会和哲学现代化的思想派别"③。作为中国现代文化保守主义的主流

---

① ② 王富仁：《中国鲁迅研究的历史与现状（连载十一）》。
③ 韩强：《现代新儒学心性理论评述》，辽宁大学出版社1992年版，第1页。

派,他们的思想表现出一种明显的向传统回归的旨向,认为唯有孔子的人生态度才足以解决中国人的人生问题,唯有以"孔子的人生"为基础,新文化才能有一个新的结果。新儒家学派一开始就抨击"五四"思想启蒙运动,反对把封建传统道德规范说成"吃人礼教"。50年代的新儒家学者徐复观认为"五四"思想启蒙的发动者们大都"浅薄无根无实"并"数典诬祖",还认为鲁迅是个读书不多、成就甚微的"三流作家"①。80年代中期,"新儒家"在大陆再次兴起,以儒家文化为核心的传统文化获得了复兴。新儒家直接论及鲁迅的文字不多,但今天的鲁迅研究不能不注意"新儒学"。新时期以来,新儒家学者们继续批评以至否定"五四"激进的反封建道统和学统的文化革命精神,认为"五四反传统延宕了中国现代化的进程"②,造成了文化虚无主义,并把现代社会的道德滑坡归因于"五四"新文化运动的反孔批儒。"五四"新文化是儒教的对立物,而鲁迅又终其一生在做着儒学的批判和清理工作,因此在"新儒学热"中,作为"五四"经典的鲁迅思想及其著作难免要受到非难。新儒家学者余英时就指责鲁迅悲观、世故、复杂、刻薄,是"高度非理性"的人物,并攻击鲁迅作品"在文体风格上表现出一种流氓文风"③。这些歪曲、丑化鲁迅的观点已经引起了鲁迅研究界的注意。1995年5月以来,《鲁迅研究月刊》开辟了"五四精神与中国文化"的专栏,研究儒学的历史作用,"新儒学"的兴起及其评价问题,发表了不少有见地的论文。由鲁迅研究的专门性学术刊物来讨论"新儒学"的问题是很有意义的事情,参加讨论的多数学者都冷静、客观地分析了儒学的历史作用,批驳了某些新儒家学者对鲁迅的歪曲、丑化和诋毁。这些都表明"新儒学热"的冲击无法动摇鲁迅和"五四"新文化的历史地位,鲁

---

①转引自袁良骏:《"五四"·新儒学·道德重建》,载自《鲁迅研究月刊》1995年第6期。原载于《中国思想论集》及《续编》,台北时报出版公司1982年版。

②余英时:《从价值系统看中国文化的现代意义》;收入《中国思想传统的现代化诠释》,台北联经出版公司1982年版。

③参阅袁良骏:《为鲁迅一辩——与余英时商榷》,载自《鲁迅研究月刊》1995年第9期。

迅研究又一次经受住了历史的考验。

中国近现代以来的文化一直呈现着复杂的格局，反传统与复古主义交织在一起，如藤缠树般难解难分；新思想与旧观念错杂在一处，也如明山暗水般难以分辨。在这样一种文化格局中，正统儒学文化因子的隐性传承一直无法割舍。鲁迅在探讨"中国进化的情形"时认为"有两种很特别的现象：一种是新的来了好久之后而旧的又回复过来，即是反复；一种是新的来了好久之后而旧的并不废去，即是羼杂"[①]。用这种分析来说明中国的文化现象是再恰当不过的了。近一个世纪以来，包括马克思主义在内的各种西方文化不断涌入中国，冲击着中国的传统旧文化，但同时各种盲目称颂儒学（包括各种新儒学）的思潮也不断出现，以儒家学说为核心的传统文化已牢固地根植于人们的精神中，"并不废去"，且时时"反复"。陈旧的精神与传统的思想成了束缚新时代的幽灵，鲁迅研究也因此一次又一次也笼罩在儒学的阴影之下。鲁迅作为中国伟大转折时期的启蒙主义思想家，是中华民族思想文化的宝库。而我们研究鲁迅的目的是吸收鲁迅的思想成就，并超越鲁迅，但走过了八十多年风风雨雨的鲁迅研究并没有达到这样一个高度。在"五四"启蒙运动中，鲁迅始终以人的精神解放作为出发点来考虑一切政治和社会问题，对造成"畸形国民性"的封建主义旧思想文化进行了彻底的批判，而他批判的矛头又致命地指向了封建专制主义思想的核心——儒家文化。他把以正统儒学为核心的封建专制主义思想对广大人民的野蛮和残暴的践踏概括为"吃人"的势态，激愤地指出"所谓中国的文明者，其实不过是安排给阔人享用的人肉的筵宴"，并大声疾呼"扫荡这些食人者，掀掉这筵席"[②]，认为不扫除封建主义思想的根子，"国民性"的改造无法实现，新的现代化观念也无法树立。"保存旧文化，是要中国人永远做侍奉主子的材料，苦下去，苦下去"[③]。在中国思想史上批判儒家

---

① 鲁迅：《中国小说的历史的变迁》；载自《鲁迅全集》（第9卷）。

② 鲁迅：《坟·灯下漫笔》

③ 鲁迅：《集外集拾遗·老调子已经唱完》。

正统文化的任何一个思想家，都远没有鲁迅这样的认识深度。然而，鲁迅一直是个孤独的"呐喊者"，他早年就体会到了"叫喊于生人中，而生人并无反应"，"如置身毫无边际的荒原"①的痛苦。他不被同世人所理解，也难于被后世人所理解，鲁迅所批判的文化现象几乎都在他后世的社会舞台上重新上演，而他所批判的传统儒学的痼疾又时时缠绕在他的研究者身上，干扰甚至破坏了鲁迅研究的进程。这是怎样的一种悲哀？鲁迅的孤独就是整个中国新文化的孤独，鲁迅的痛苦就是整个中国新文化的痛苦。对于"五四"来说，思想启蒙仅仅是走出了关键的第一步，整个民族改造"国民性"和走向现代观念的思想革命还有一条漫长的文化苦旅。正统儒家学说中适应和维护封建专制主义统治的整个思想体系摧残了国民的精神，造成了畸形的"国民性"，无疑是应该彻底否定、批判的，遗憾的是直到当前，学术界和文学界仍有不少人在提倡新儒学。当然，我们并不否认儒家学说中也有一些积极的东西，而且鲁迅对民族传统文化也不是一概否定的。他曾明确提出："新的阶级及其文化，并非突然从天而降，大抵是发达于对于旧支配者及其文化的反抗中，亦即发达和旧者的对立中，所以新文化仍然有所传承，于旧文化也仍然有所择取"②，鲁迅本人也继承了孔子身上的一些优秀品格。但是，我们当前的任务是继续完成"五四"思想启蒙的使命，彻底摧毁封建主义思想意识对人们的有形和无形的统治，而不是复兴儒学，寻找"国粹"。在当前以任何新形式去提倡和复兴儒家学说都是与时代潮流相逆的，封建主义的根子牢牢地扎在人们的头脑中，正统儒学文化的因子深铸于国民的深层心理结构，这是阻碍我们整个民族前进的历史惰性力。长期以来，这种因袭的惰性力已经把我们的民族拖得太苦太累。今天，对于以传统儒学为核心的束缚国民精神的传统文化，对于死而不僵的封建主义，我们是唯恐弃之而不及，何需费力去恢复，去复兴，去寻根呢？而对于这些情况，鲁迅早有预见并深入进行解剖、反复阐述清楚了。如果我们的

---

① 鲁迅：《呐喊·自序》。

② 鲁迅：《集外集拾遗〈浮士德与城〉后记》。

鲁迅研究者能领会鲁迅的精神，理解鲁迅的"呐喊"之声，吸取他总结的这些结论，尽快摆脱以儒学为核心的传统文化的阴影，进入同鲁迅一样的思想追求过程，我们的鲁迅研究才能少走弯路，整个民族文化思想的发展才能尽快走上健康之途。

原载于《鲁迅研究月刊》1997年第12期

“新国学”研究

彼此学问考

我看"新国学"
——读王富仁《"新国学"论纲》的片段思考

钱理群

应该说"新国学"的概念，是很容易被误读的。我自己就曾经望文生义地认为，王富仁先生提出"新国学"，就是要站在他一贯坚守的"五四"新文学的立场，对传统"国学"进行"新"的研究与阐释，以和"新儒家"区别开来；我是赞赏这一努力的，只是因为不在兴趣范围之内，也是自己的学力所不及，就没有给予更多的关注。而一些年轻朋友却从另一个角度提出怀疑，以为这意味着王富仁从原有的新文学、新文化立场有所倒退。

但这都是误解，而且是不应有的。因为只要认真读一读他的这篇《"新国学"论纲》（以下简称《论纲》），这些想当然的"理解"就会不攻自破。可悲的是，我们却不愿意沉下心来读原文原著，弄清提倡者的原意，只凭借"想当然"而妄加猜测与评论。

《论纲》早就开章明义："新国学""不是一个新的学术流派和学术团体的旗帜和口号，而是有关中国学术的观念"[1]。这就是说，王富仁提

---

[1] 王富仁：《"新国学"论纲》；载《新国学研究》第1辑，人民文学出版社2005年版。以下引述王富仁的意见，均见此文，不再一一注明。

出"新国学"的概念，并不是站在某一个学术流派的立场上，而是立足于"中国学术"的全局发表意见。作为一个学人，王富仁当然有他的学术立场，如他在许多文章中所表露的，他是坚定的"五四"新文学派，用他在该文中提出的概念，他是属于"鲁迅、周作人为代表的社会文化派"的；而且在我看来，这一立场是不会变的。就在这篇《论纲》里，他也强调，"没有'五四'新文化运动，就没有中国现当代学术存在的依据，也没有我们这些从事学术研究的知识分子的存在依据"，但维护"五四"新文化运动传统，却不是他的《论纲》的任务。他提出"新国学"，是要重建中国学术的"整体性"和"独立性"，这是他的"新国学"的两个基本概念。因此，他所谓的"国学"，"顾名思义，是一个国家、一个民族的文化和学术"，是"中华民族学术"的同义语。他给自己规定的任务，是将"国学"（"民族学术"）内部，长期被视为"势不两立"的各个派别，"联系为一个整体"，建立一个"超越性价值标准"，也就是"在一个更大的统一体中"，建立"自我和自我对立面共享的价值和意义"。王富仁说："我把参与中国社会的整体的存在与发展的中国学术整体就视为我们的'国学'"。

这样，他的"新国学"就和传统意义上的"国学"区分开来。首先是外延的扩大：传统"国学"，始终把目光限制在"中国古代文化"的范围内，而"新国学"却是强调所有"用汉语言文字写成的学术研究成果，都应当包含在我们的学术范围之中"。同时，"中华民族内部的各少数民族成员用汉语和本民族语言对本民族文化或汉语言文化进行的所有研究，理应属于'国学'的范围"。概言之，王富仁是把"国学"理解为"由民族语言和民族国家这两个构成因素构成的学术整体"，因此，他强调，他的"新国学"的概念，"不是规定性的，而是构成性的"，这正是"新国学"和传统"国学"的内在的质的区别所在。传统"国学"是有"先验的规定性"的：不仅它是在"'中—西'二元对立的学术框架中与'西学'相对立的一个学术概念"，而且包含着一种先验的价值评价，一种必须"战胜""取代"以至"吃掉"对方的学术冲动。而这正是"新国学"所要超越的：它要避免绝对对立，希求建立"互动的学术体系"。

因此，在王富仁的新国学体系里，他所说的"学院文化""社会文化""革命文化"，以及各自内部的各种派别，都是在矛盾、论争中"同存共栖"的——正是在这个意义上，我们也可以说，王富仁的"新国学"概念，对他自己所坚守的"五四"新文化、社会文化立场又是有所超越的，从另一个角度说，也是一种包容。这其实也正是他的"新国学"概念和传统"国学"的关系：不是对立、取代，而是在其基础上的超越和包容。这同时决定了他的研究方法的特点：强调全局的、宏观的把握，着重于理论概括和整体归纳。而这样的研究，在当下中国学术界也是最易遭受非议，甚至是不合时宜的。其实，在20世纪80年代，也曾有过宏观研究的热潮。王富仁当时就是这一学术思潮的代表人物之一。我曾在一篇题为《我们所走过的道路》的文章里指出，"宏观、综合研究的兴起"是80年代"学科发展的内在要求"[①]。90年代以来，"人们批评'浮躁'，提倡'沉潜'，强调'继承'，主张下力气解决各学科的具体问题，这都是有意义和价值的"，但却走向了另一个极端，一味沉湎于具体对象的"微末的细节"，显示出一种"小家子气"。记得在90年代末，王富仁先生就在《〈中国现代新诗与古典诗歌传统〉序》[②]一文里提出批评，强调"总得有点理论深度，有个居高临下的气势，有个囊括一切而又能分辨出其不同等级、不同个性的框架"。我也写过一篇《我们欠缺的是什么》的短文，予以呼应，提出"我们不但要培养钱锺书这样的大学问家，也要鼓励有条件、有志气的年轻学者做'建立不同层次的思想、学术体系'的努力"，以为这是事关中国文化、学术长远发展的大局的。[③]我们的呼唤自然引不起什么反响。到了新世纪，鉴于浮躁的学风的变本加厉，我也曾呼吁要加强学术研究的文献工作，强调"史料的独立准备"的重要，但我同时指出要有"独立的理论与方法，独特的眼光，

[①] 钱理群：《我们所走过的道路》，载自《中国现代文学丛刊》2004年第1期。
[②] 李怡：《中国现代新诗与古典诗歌传统》，西南师范大学出版社1994年版。
[③] 钱理群：《读文有感——我们欠缺的是什么》；载自《压在心上的坟》，四川人民出版社1997年版，第196—197页。

强大的思想穿透力"，以史料见长的学者与以理论见长的学者，是应该互补的。①但在现实中，学术界总是跳不出二元对立的思维模式，结果就是王富仁在他的这篇《论纲》里所说，人们依然把"史料的收集与整理"和"观念的革新与理论的概括"对立起来，扬前而贬后，人为地将有不同的学术修养、追求，采取不同研究方法的学者分裂开来。我以为这也是"新国学"的概念遭到误解的另一个重要原因。在我看来，作为具体的学术观点，"新国学"自然有许多可议之处，但其所提出重建民族学术"整体性"与"独立性"，做"体系性"重构的任务，却是非常重要而及时的，其方法论的意义是不可忽视的。

在基本弄清了王富仁提出"新国学"概念的原意的基础上，下面我想从自己关注、思考的问题的角度，谈谈"读后感"。

王富仁在《论纲》里指出："直到现在，在中国的学者中仍然存在着对'五四'新文化运动的严重隔膜乃至对立情绪。"在另一处他又谈到了对"革命文化"的排斥和全盘否定。这正是我在观察当下中国思想、文化、学术思潮时所感到忧虑的。我在一篇题为《科学总结20世纪中国经验》②的文章里曾谈道："中国的学者至今还没有摆脱'非此即彼，不是全盘否定，就是全盘肯定'的二元对立的模式，而这样的思维方式在处理如此复杂的20世纪中国经验时，就几乎是无能为力的。或者更为重要的是，最近二十年，特别是90年代以来，在中国思想界和学术界盛行着两种思潮：或者认为中国的问题是在'割裂了传统'，因而主张'回归儒家'；或者以为对西方的经验，特别是美国的经验的拒绝，是中国问题的症结所在，因而主张'走英美的路'。把目光或转向中国古代，或转向外国（而且限于西方世界），却恰恰忽略了'现代'（20世纪）与'中国'，即使讨论现代中国学术和文学，也是偏重于亲近中国传统文化和西方文化的那一部分学者与作家。这样，真正立足于中国本土现实的变革，以

---

①钱理群：《史料的独立准备及其他》；载自《追寻生存之根》，广西师范大学出版社2005年版，第244页。

②钱理群：《科学总结20世纪中国经验》；载自《追寻生存之根》，第22—23页。

解决现代中国问题为自己思考的出发点与归宿的思想家、文学家、政治家反而被排斥在视野之外。"这里所讲的也正是王富仁所说的对"社会文化"和"革命文化"的忽视与排斥。这自然是有着深刻的社会、政治的原因的；而王富仁在《论纲》中，则从现代思想、学术发展的内在问题的角度，做出了他的分析，我由此受到了很大的启发。

前文已经提到，在王富仁看来，中国现当代思想、文化与学术发展的根本问题，是存在一个"先验的规定性"。本来，在现当代思想、文化、学术发展过程中，出现不断的分化和裂变，产生不同的思想倾向、学术观点，不同的价值标准，以至形成不同的思想、文化、学术派别，这都是正常的，相互之间的论争也是必然的，而且是思想、文化、学术的健康发展所必需的。但当把这样的分歧、分化、论争绝对化，形成诸如"中国文化—西方文化""旧文化—新文化""统治阶级文化—被统治阶级文化"这样的二元对立的结构和模式，并蕴含着先验的、不容置疑的绝对肯定与绝对否定的价值标准，如"新文化""西方文化""被统治阶级的文化"是先进的文化，是应该打倒一切、独占一切的文化，"旧文化""中国文化""统治阶级的文化"是落后、反动的文化，是应该被打倒、取代的文化，或者相反，等等。这样，正常的文化、学术分歧、论争，就变成了"一个消灭一个"的过程，思想、文化、学术的发展以某一学派"独霸天下"，以达到思想、文化、学术的高度"统一"为旨归，这就自然产生了严重的后果。

王富仁正从这一视角，对一个世纪以来中国思想、文化、学术的历史经验教训做了深刻的总结。他一再指出，事实上，现当代思想、文化、学术史上出现的各种流派，都有自己存在的价值，都对中国思想、文化、学术的整体发展，做出了自己的贡献，这都是没有问题的，应该充分肯定的，在这方面，《论纲》一文有不少相当精到的分析。但当这样的局部的合理性被历史的当事人和后来的继承者赋予绝对的真理性，并进一步发展到要将异己者"置于死地而后快"，就出了问题。问题的严重性在于，几乎是现当代思想、文化、学术史上所出现的每一个有较大影响的派别都出现过这样的独尊倾向。

如《论纲》所分析，"五四"时期的文化保守主义，如林纾，他的问题和失败，"不在于他企图维护的是中国固有的文化传统"，这样的维护是自有其意义的；问题是他"仍然把维护本民族文化传统的希望寄托在政治统治的权力上"，并且试图通过政治权力的干预、压制、扼杀刚刚兴起的新文化运动，以维护传统文化的一统天下。在这种情况下，新文化方面的奋起反抗，以争取自己的生存权，打破思想、文化、学术的垄断，自有其正当性与合理性，但当新文化已经取得了自己的历史地位，并成为主流时，却逐渐形成了"新—旧"二元对立的学术框架，这就同样压制了对立面的发展，也遏制了自身发展的生机。

学院派的问题也不在于它对学院文化的倡导与实践，相反，他们在这方面的贡献是相当突出的；问题在于他们试图将"学院教授的文化观念和思想观念作为唯一正确的、具有指导意义的、普遍的社会文化观念在中国社会上予以提倡和宣传"，这就必然引起反方向的文化反抗。

新儒家学派的问题也同样如此，他们本来在中国现当代思想、文化、学术结构中，承担着反对西方文化霸权的职能，自有其不可忽视的作用，但当他们产生"借助政权的力量将儒家文化重新上升到国家意识形态的庙堂的幻想，儒家文化也就对更多的中国现代知识分子的自由性和独立性构成了威胁，从而也会重新激起西化派知识分子对儒家文化的批判热情"。

事情就变成了这样："传统派被西化派逼到了'唯传统主义'的一极，西化派也被传统派逼到了'唯西化主义'的一极"，而西化派的某些人（当然不是全部）在"他们接受西方某种思想学说之后，就以这种思想在中国的代言人自居，不仅用它标榜自己，同时还用它攻击别人"。

而革命文化最初是以现代社会、政治、思想、文化、学术的"异端"的姿态出现的，它有一个争取生存权的艰难过程。因此，它也很容易着意地将反叛夸大为"打倒一切"。这或许还可以视为一种生存策略，但一旦革命实践取得胜利，并且将实践的胜利"仅仅归结于一种思想学说的胜利的时候，其他的思想学说就都成了有害无益的干扰因素"，于是，几乎是顺理成章地出现了"独尊"革命文化的思想、文化、学术格局。而这样的格局却造成了三个方面的严重后果：不仅非革命文化的发展受到压制，而且革命文化也因成为国家意识形态，并且和政治权力相结合而造成了自身的异化，同时，"任何将社会实践完全地纳入一个单一的学术研究的成果的企图，不论这个学术成果自身多么伟大，都将导致实践的失败"。

这就是我们必须面对的事实："独尊"或"追求独尊"已经成为中国现当代思想、文化、学术史的一个痼疾、顽症，一有机会，就会随时发作。而且，我们还必须追问：这是怎样造成的？我们应该从中吸取什么教训？

首先，我们应该反省的，是中国知识分子自身的精神弱点。记得80年代末，我就在一篇《由历史引出的隐忧》的文章里，提出中国知识分子的三大"劣根性"。"一曰'酋长思想'。即唯我独尊、独'革'，不容忍异己、异端，以滥用权力、锻炼人罪为乐。好独断，喜'定于一'，不习惯、不允许多元、自由发展。""二曰'二元论思维定式'。非此即彼，非白即黑，不是百分之百正确，就是百分之百错误，不是革命，就是反革命。把不同意见、不同选择极端化，只承认'你死我活'的绝对对立，不懂得、不接受'对立物互相渗透、补充'的观念。""三曰'嗜杀'倾向。周作人说，不珍惜人的生命，尽量地满足他的残酷贪淫的本性，这在中国，是一个根深蒂固的遗传病，帝王将相，学者流氓，无不传染很深"。文章结尾还说了这样一句："周作人将'知识分子'与'帝王''流氓'混为一谈，自然是对知识分子的大不敬；但我以为这正说明他对知识分子的病症看得很准——至少是中国的知识分子。"①不幸的是，现在已是21世纪初，也就是时隔近二十年后，这样的不容异己的独尊情结，这样的二元论思维，以至嗜杀倾向，仍然缠绕着中国的知识分子，帝王的"霸气"依旧，"流氓气"更足：这真是病入膏肓了。

应该反省的，还有中国知识分子的"导师"情结、"国师"情结。本来思想、学术的本质、本职，就是永远探索真理，不断进行质疑，但

---

① 钱理群：《由历史引出的隐忧》；载自《压在心上的坟》，第140—141页。

中国的学者却总有一种将自己的研究成果真理化的冲动，从不知自我质疑，因而习惯性地以真理的化身、真理的宣示者、垄断者自居，以训导芸芸众生，引领国家为己任。由此产生的，是将一己一派的思想、文化、学术"国家意识形态化"的冲动，希望借助政治权力，消灭异己，使自己成为"正统"，形成"法统"，进而达到思想、文化、学术的"大一统"。这样，将政治权力引入文化关系，"政治主体性的越界"，就是不可避免的，在某种程度上，正是这些希望"一统天下"的知识分子所追求的。其结果，就正如王富仁所分析的，"从根本上破坏了中国大陆知识分子之间的平等竞争关系，紊乱了中国文化内部的秩序，使中国文化的发展受到了极大的破坏性影响"，从根本上丧失了作为思想、文化、学术生命的独立与自由。

还应该指出，思想、文化、学术的独尊，是一把双刃剑，而且最终伤害的是自身。这是王富仁所总结的一个重要的历史教训："当一个学术领域或一个学术派别，不再努力了解、理解、包容对立面的合理性，并思考和回答对立面向自己提出的质疑，这个学术领域或学术派别也就没有了继续发展的动力资源。"这不仅会造成自身的僵化，而且如俗语所说，"真理往前跨一步，就会变成荒谬"，将自己的思想、学术观念绝对化，实际上就是一种自我扭曲，对自我观念有限的合理性的一种剥夺，最后导致自身的异化。

当然，对二元对立模式的批评，反对将"势不两立的敌对关系"引入思想、文化、学术关系，并不是要抹杀不同思想、文化、学术派别之间的分歧和论争。这也是《论纲》所要强调的："人类以及一个民族的学术向来是以差异的形式而存在的。没有差异，就没有学术"，而且学术的本性就是要"挑战常识，探求新知，改变人们的传统观念和认识"。因此，"学术的发展常常表现为后一代知识分子对前一代知识分子的修正、批判乃至否定"。"通过反思、反叛传统而建构自己的文化传统和学术传统"，这"其实是一种文化发展和学术发展的形式"。但这样的"修正、批判、否定"是一种有吸取的修正，有继承的批判，有肯定的否定，因而不同派别的思想、文化、学术的关系，"既是相互对立的，又是相互依存"的,是在民族学术的整体中"同存共栖"的。

我们现在所要做的,是建立一种健全的思想、文化、学术发展的格局和秩序。它要确立的原则有二:一是任何一种思想、文化、学术派别在拥有自己的价值的同时,也存在着自己的限度,它不是唯一、完美的,因此,自我质疑、自我批判精神是内在于其自身的;一是任何思想、文化、学术派别都需要在和异己的思想、文化、学术派别的质疑、批判、竞争中求得发展,但这绝不是相互歧视、压倒、颠覆和消灭,而是可以在论争中相互沟通,实现彼此的了解、同情和理解的,不是分裂,而是互动:"有差异,有矛盾,有斗争,又共同构成这个现代文化整体的有机组成部分",在学术整体中寻找并且获得"自己发挥作用的独立空间",在"将矛盾着的双方联系为一个整体"中建立"超越性的价值标准"。以上两个原则,也可以归结为一点,就是"各归其位,各得其所":每一个思想、文化学术的派别都得到应有的评价,既不肆意夸大,也不着意贬抑,并且在一个整体中实现、获得自己的意义和价值。

而要做到这一点,就必须有两个拒绝:一是只追求自己的有缺憾的价值,拒绝任何将一己一派的思想、文化、学术观念绝对化、正统化的诱惑;二是始终坚持用自身的思想、文化、学术力量获得自己的价值和发展,而拒绝任何非学术的力量对思想、文化、学术的介入。这样,才能根本保证思想、文化、学术的真正的独立性与主体性。

这就是我们在总结现当代思想、文化、学术发展史时所得出的历史经验教训。在我看来,王富仁提出"新国学"的概念,正是要促成这一健全的思想、文化、学术格局和秩序的建立。

而我更重视的,是它的现实的警示意义。因为只要看一看当下中国思想、文化、学术界的现状,就不难发现,我们依然是鲁迅所说的"健忘"的民族,知识分子也不例外,历史的经验教训对我们似乎不起作用,历史照样重演。这些年"振兴国学"之风日盛,尽管所说的"国学"还是传统意义上的国学,但如果不是炒作,而是认真地研究、传播,这自是有意义的,但有人却进一步提出"重建儒教的构想",以实现

"圣王合一""政教合一""道统政统合一"为"追求目标"①，这又是重温"借助政权的力量将儒家文化重新上升到国家意识形态的庙堂"的旧梦。鲁迅与胡适的关系，本来是一个不无价值的学术课题，王富仁在《论纲》里就有专门的讨论。他把鲁迅与胡适分别纳入"社会文化"与"学院文化"体系，在分析了他们的分歧的同时，又强调不能将这两类文化的对立"绝对化、两极化"。但在学术界和媒体某些人的热炒中，却掀起了一股"贬鲁尊胡"之风，其坚持的就是一种"先验的规定性"。他们把胡适认定为"制度建设"派，赋予"绝对正确"性，视为"唯一的方向"，而将鲁迅论定为"文化决定论"者，判为最终导致"文化大革命"的"罪恶的渊薮"：这不仅是典型的非此即彼的二元对立，而且也是走一条"一个吃掉一个"的老路。

只不过不同时期有不同的被"吃掉"（全盘否定）的对象：如果说历史上曾发生过学院文化、传统文化被"吃掉"的悲剧，那么，"三十年河东，三十年河西"，如前文所说，现在是学院派、传统派、西化派吃香，社会文化、革命文化被"吃掉"的时候了。从形式上看，是从一个极端跳到另一个极端，而内在的思想、文化、学术专制主义的逻辑是始终没有变的，依然是追求"独尊"和消灭异己的"大一统"。

因此，中国的现实的思想、文化、学术生态，距离王富仁向往、倡导的具有"整体性"和"独立性"的"民族学术"的理想还很遥远：正是在这个意义上，我们说，"新国学"是一个理想主义的概念，同时又是一个含有内在的现实批判性的概念。

"新国学"的理想主义，更表现在它对"精神归宿"的思考与呼吁。王富仁在《论纲》中，一再谈及"归属感的危机"，强调他"之所以认为'新国学'这个学术概念对于我们是至关重要的，就是因为，只有这样一个学术观念，可以成为我们中国知识分子文化的、学术的和精神的归宿"。在我看来，这是《论纲》的点睛之笔，也是"新国学"的点题所在。

我读《论纲》，正是读到这里而怦然心动。这些年我一直为"失根"

---

① 参见《中华读书报》，2006年1月3日。

的危机而焦虑不安。我退休后写的第一本《退思录》就命名为《追寻生存之根》,并且在一篇文章里谈到了在全球化背景下,我们"面临'釜底抽薪'的危险:当人们,特别是年轻一代,对生养、培育自己的这块土地一无所知,对其所蕴含的深厚的文化,厮守其上的人民,在认识、情感,以至心理上产生疏离感、陌生感时,就在实际上失落了不只是物质的,更是精神的'家园'"。"这不仅可能导致民族精神的危机,更是人自身存在的危机:一旦从养育自己的泥土中拔出,人就失去了自我存在的基本依据,成为'无根'的人",正是出于"这样的可以说是根本性的忧虑",我提出了"认识我们脚下的土地"这样的命题[①]。按我的理解,王富仁提出"新国学"也存在着这样的思想文化背景,这样的焦虑是全球化时代许多知识分子所共有的。只是寻求精神家园、归宿的具体途径各有不同。如果说我的目光转向地方文化、乡土文化,王富仁的视野则更为开阔:他关注的是"中华民族学术",而且是它的"整体性"。这样,他对"精神归宿"的思考,也更开阔,更具深度:正是在这一点上,给了我许多启发。在我看来,他的思考中,有以下三点,很值得注意:

一、他把重心放在"学术"上,这是最能显示他的理想主义的。在我看来,贯穿《论纲》一文的,不仅是王富仁对"新国学"的阐释,更有他对"何为学术"的思考和独特理解。但这是需要专文来讨论的,这里仅摘录一些我以为很值得深入讨论的观点。如他这样提出问题:学术"在全人类以及一个民族的生活中扮演着一个什么样的角色?"他的回答是:它所起到的作用是"理性地认识世界、把握世界",尽管这是一个"永远不可能最终达到"的目标,但在"这样一个目的意识的牵引下",人们会去努力认识那些时时干扰民族"心灵的安宁和现实选择"的有效性事物,正是这样的基本欲望要求,推动着民族学术的发展。他又进一步指出:在鸦片战争之后,干扰中国民族心灵安宁和现实选择的,就是

[①] 钱理群:《认识我们脚下的土地——〈贵州读本〉前言》,广西师范大学出版社2005年版,第152页。

"一个以狰狞的面目闯入我们视野的'西方'"。这样，认识和了解西方，以"取得在现代世界生存和发展的基本能力"，就成为"中国知识分子以及整个中华民族面前的主要任务"，现当代中华民族学术就是这样应运而生。因此，他强调"学术的真正价值和意义在于它是人类以及民族实现自我再生产的主要方式之一"，"一个民族的学术没有战胜一切的力量，但也有被任何力量所无法完全战胜的力量"，而民族学术的独立力量的源泉，就在于"民族的语言"，以及与之联系在一起的"民族知识体系""民族思想体系以及认知能力体系"。因而学术"从来不是纯粹个人的行为"，也"不能仅仅是一种谋生手段"，构成"学术事业的内在动力"是"对本民族社会实践关系的一种关切"，而"学术的价值和意义"又是"在对现实实践关系的超越中表现出来的"。正是这样的对民族实践的"真诚关怀"和对自我超越价值的"明确意识"，构成了从事学术事业的知识分子的"独立的人格"，也就是说，知识分子的人格是与学术"共生"的。因此，在王富仁这里，知识分子的精神归宿只能是自己民族的学术——这里所表露出来的学术责任感、使命感，以至神圣感，是动人的，却也给人以陌生感：现在，恐怕已经很少有人这样看待学术，这样痴迷于学术，将自己的全部生命意义与价值投入其间的了。这样的理想主义的学术理解和追求之不被理解，也是必然的。

二、王富仁所要寻求的精神归宿，是具有"整体性"的民族学术。如他自己所说，"经过一个多世纪的分化发展，从外部形式上已经具有了完整性的中华民族学术，需要在精神上也有一个整体的感觉，有一种凝聚力"。这也是他为自己的"新国学"的概念规定的任务：为中国知识分子构造一个有机融合，浑然一体的，而不是分裂的；相互沟通、互动，而不是相互敌对、消解的学术共同体，使其成为"属于我们中国知识分子群体的同存共栖的归宿地"。这样的归宿地显然具有更大的包容性，而且如王富仁所说，这是一个"变动不居的领域，不可能有一个凝固不变的、涵盖一切的、完全统一的理念化本质"，从而可以有效地避免将某一种文化（如"地方文化，乡土文化"，或"传统文化"）理想化以至美化的偏颇——这是寻找精神归宿时很容易落入的陷阱，我对此是时时警惕的。

三、在王富仁对民族学术的理解，以及他用"新国学"命名的作为中国知识分子"归宿地"的中华民族学术里，民族语言占据了特别重要的可以说是中心的位置，这是他的新国学的第一"构成性"要素。这是王富仁一再强调的，"学术，是一种语言建构"，"任何一个现代民族的学术"都是"由民族语言构成的一个相对独立的学术整体"。"在一个民族内部，要永远坚持民族语言的母语地位"，"从事文学艺术和学术研究的知识分子"，担负的是"发展民族语言的任务，通过掌握语言，运用语言不断积累知识和思想、不断产生知识和思想的任务"。因此，所要寻找的精神家园，在某种意义上，就是寻找民族语言——汉语家园，我们所说的"失根"的危机，其最突出的表现就是"母语的危机"。这一点也引起了我的强烈共鸣。其实，这些年，我之积极介入中小学语文教育改革，其中一个重要的内在动因，就是深感这样的母语危机，因此要从中小学母语教育入手。我最近和一些朋友对七年前编写的《新语文读本》重做修订，在《前言》中写道："在全球化与网络化背景下出现的'汉语的危机'，引起了许多关心中国文化和未来发展的有识之士的忧虑。我们正是由此而加深了对中小学语文教育和教育改革的认识，一是重新认识我们所进行的母语教育的意义，引导学生感受'汉语的魅力'的迫切性和重要性；二是重新认识加强学生正确、准确地运用汉语能力的训练，培育他们健康的言说方式，文明的语言习惯的迫切性和重要性"。我想，王富仁对中小学语文教育的关注和热情，大概也有类似的思想、文化背景。他这篇《论纲》有些论述，就包含了对母语教育的某些思考。

我们已经一再谈到了在我们讨论作为"中华民族学术"的"新国学"，以及相关的精神归宿的问题时，都有一个全球化的背景，

《论纲》也已经谈到，当我们在自己的民族学术的整体中获得自己存在的意义和价值时，"同时也获得了在世界范围内的价值和意义，因为中国也是世界的一部分，并且还是一个很大的部分"。这就涉及王富仁试图以"新国学"命名的"中华民族学术"和全球（东方世界和西方世界）思想、文化、学术的关系。由于《论纲》所讨论的是一个民族内部的思

想、文化、学术的建构问题，因此，对这一问题只是稍有涉及，而未做正面讨论和展开，这是可以理解的。但这却是一个不可忽略的问题，否则是会产生某种疑虑的。我之所以这样提出问题，是因为我在和韩国学者讨论王富仁先生的"新国学"概念时，他们就明确表达了这样一种疑虑：在中国大谈"大国的崛起"时，王富仁先生提出"新国学"，要"重建民族学术的整体观念"，这两者之间，是否存在着某种联系？根据我对王富仁先生思想的理解，我不认为这两者之间存在着类似的逻辑，但我认为韩国学者的疑虑，却是一个重要的提醒，就是我们在思考、讨论民族思想、文化、学术格局和观念的重建时，必须明确自身的界限。如王富仁所说，传统的"国学"观念中，是存在着"明显的排外主义色彩"的，那么，"新国学"明确地与这样的"排外主义"划清界限，也是题中应有之义。因此，我希望王富仁能再写专文，集中讨论"全球化背景下的新国学"，对以"新国学"命名的"中华民族学术"和"全球（东方世界和西方世界）学术"的关系，有一个更系统、深入的阐释。

原载于《文艺研究》2007年第3期

百年新文学的"传统"与"现代"
——兼论王富仁先生"新国学"理论构想的学术价值

刘 勇 李春雨

  传统是一个民族世代传承、累积的思想、艺术、道德、风俗、制度等等多方面的文化风貌。它不仅在动态中形成,而且还在动态中发展和变化。但"传统"的根本价值终究是要在"现代"的发展中实现的;没有积淀,传统无法形成,没有当下现实发展的需要,传统就无法承接和发展。现代是一个相对于"传统"的概念,它集中包含了科学、民主、创新等新型的文化形态,但任何一种"现代"都不是孤立地横空出世的,它的产生、发展都脱离不了"传统"的母体。正如今天我们弘扬国学、注重传统,不是为了传统而传统,而是基于当下社会现实的需要。"五四"以来开启的现代文化虽然近些年来遭到了一定程度上的冷遇,但无论如何,新文学和新文化经过一百年的发展,已经构成了自身的传统。在这样的背景下,王富仁先生提出"新国学"的学术构想,认为应该将"五四"以来的"现代"文化纳入国学的范围当中,表面上看,这是对传统文化与"五四"新文化关系的一种重构,但从根本上反映的是王富仁对传统与现代关系的深层思考。传统应该是一个动态的概念,它不仅存在于过去,更要立足于当下,并且还要在未来发展中继续建构。

"五四"以来的现代也应该是中国国学传统构建中的重要一环。

更重要的是,国学之所以是一国之学,不仅关乎历史性,更在于民族性,"五四"以来的现代文学与文化是否具有这种民族性?一个国家的文学与文化之所以被称为"国学"而不是"国故",不仅在于知识的积累,更在于精神的引领,"五四"一代人留下的文化遗产在今天是否仍然有引领我们前进的价值?国学之所以要"新",因为它指向的是未来,而非过去;新文学、新文化之新,是否改变了中国的历史命运,并影响着现在乃至今后的发展?如果这三个问题的答案是肯定的,那么"五四"新文学和新文化文化与国学在根本上就是相通的,传统与现代的关系就是相互转化而不是对立的,因而王富仁提出"新国学"的根本立足点就是成立的。

一、国学之"国",以何为本?

今天我们所说的国学,其实是一个很复杂的概念,之所以复杂,是因为这个概念是在不同的时期由不同的人、不同的理解以及不同的学科共同构成的。国学发展到今天,显然已经不是局限于研究中国传统学术的一个学科概念,甚至也不只是与"西学"对立的中国传统文化总称,而是一国之学。

首先,国学之"国",意味着它在具有历史性的同时,还具有民族性。文化是有根的,我们不仅生活在时代中,更是生活在文化中,一个民族的地域风情、思考方式、生活习惯最终都会反映到文化上来,最终形成民族自身独特的文化风貌和品格。因此,我们看到,日本有其唯美精巧,俄国显其苍凉磅礴,美国自由奔放,欧洲则慵懒优雅。几千年来,我们秉承的是仁义礼智信的伦理价值,信奉的是修身治国齐天下的理想信念,推崇的是"达则兼济天下,穷则独善其身"的人生哲学,还有天人合一的宇宙观等等,这是一代又一代凝聚我们民族发展的根基,也是千百年来华夏民族文化认同的文脉。

这种民族性在中国文化走向现代化的过程中,特别是在"五四"时期曾经遇到过一定的冲击和危机。但是我们不能说以"反传统"为文化姿态的"五四"新文化、新文学，否定了几千年传统形成的"民族根性"。恰恰相反，"五四"一代人的"反传统"从根本上来看是一种对民族性的集中反思，反思我们的文化究竟在哪里出了问题。鲁迅的一生，都在持续不懈地批判中国人与中国文化的缺陷，这种痛切的批判，恰恰来自鲁迅对中国最深沉的爱，而这种爱又与对中国社会现实的苦难和黑暗的忧虑紧密相连。他笔下的"狂人"，无论多么明显、多么深刻地受到果戈理、尼采、迦尔洵、安特莱夫等外国作家笔下各类"疯人""超人"的影响，但这些影响绝不是鲁迅笔下狂人形象塑造成功的必然原因，而那个必然原因，只能是鲁迅在受到上述种种影响的过程中，根据本民族的社会历史内涵加之自身的生活感受和内心体验而进行的再创造。鲁迅塑造的阿Q、闰土、祥林嫂等一系列农民形象，到今天看来都具有典型的意义。但从鲁迅的人生经历来看，他并非来自真正的农村，他的一生与农民的接触也非常有限。但为什么鲁迅是新文学里第一个将笔触深入到农民群体的作家？中国自古以来就是一个农业大国，农民占据人口的大部分，农村占土地绝大部分。无论从政治还是文化上看，凡是有眼光的人都不会忽视这一点。从毛泽东到鲁迅，从政治革命角度到思想革命角度，莫不如此。因此，在鲁迅这里，农民早已超脱于某一个甚至某一类的人物形象，成为他理解和描写"中国"的一个文化符号，农民身上的问题就是"老中国"在根本上存在的痼疾。鲁迅多次表明，塑造阿Q的形象，实为画出国民的灵魂，以拯救民族的命运。阿Q的精神胜利法，概括了极其深广的社会历史内容，是普遍存在于中华民族各阶层的一种国民性弱点，所以刻画阿Q也就刻画出了"现代的我们国人的灵魂"。同时，阿Q身上的这种性格弱点又远远超出了民族与国界的限制，它是整个人类人性的某些弱点的集合，不同民族的人，都能从阿Q身上看到自己的影子。

事实上，不仅是鲁迅，纵观大部分新文学作家，虽然他们的创作借鉴了诸如浪漫主义、现实主义甚至是现代主义等各种西方的创作手法，但他们描写的对象仍然是"乡土中国"。农村和农民的题材一直贯穿于整个现代文学的发展：左翼作家如萧军、萧红、叶紫、沙汀、艾芜、吴组缃等人的小说直面农村存在的种种危机，巴金、老舍虽然描写封建大家庭的黑暗、都市里的市民生活，但都包含了"乡土中国"的隐喻。茅盾对《子夜》的写作计划一开始抱着创作一部"白色都市和赤色农村的交响曲"①来写的，后来因为各种原因，只能缩小写作计划，将重点放在都市上，但茅盾仍然保留了第四章描写双桥镇农村的一部分。尽管不少研究者都认为这一章游离于整部小说之外，使得整部小说在结构上显得不协调。但是这一章对农村的描写是极其必要的，农村是茅盾审视都市演变过程中不可缺少的一环，不表现农村的状况，城市的发展就得不到完整的揭示。甚至可以说，没有农村这一章，《子夜》的城市的问题就无从谈起；没有这一章，《子夜》的结构就不完整。《子夜》有关农村描写的这一章是不可割舍的。看起来是结构上的不协调，实际上反映的是茅盾对乡村与都市整体关系的特殊思考。曹禺也同样如此，从《雷雨》《日出》到《北京人》，曹禺的剧作从来都是表现上层社会大家庭的生活，但创作于1937年的《原野》，竟然将故事背景设置在农村，虽然很多评论者都认为曹禺的《原野》农村不像农村，农民也不像农民，曹禺实际上所反映的还是人性和命运的问题。但即便是写人性和命运，曹禺毕竟是借助农村题材来呈现的。无论如何，曹禺在《原野》里对农村题材的选择与30年代当时的农村题材热潮有着某种关系。由此可以看到，现代文学中对农村乡土的集中观照，超越了作家的不同艺术主张和审美个性，超越了社团流派的立场和分界，成为新文学作家共同的精神面向。

其次，国学之所以为"国"学，而不是一人之学、一家之学，就在于它是有高度的，它是一个国家、一个民族的精神血脉，是支撑这个国家和民族生存发展的最基本的精神寄托。它可以被反思的，是可以冲破的，但却不可能彻底中断。一反就倒的东西，不是传统，更不是国学。

章太炎曾说道："夫国学者，国家所以成立之源泉也。吾闻处竞争之世，徒恃国学固不足以立国矣，而吾未闻国学不兴而国能自立者也。

---

① 茅盾：《〈子夜〉写作的前前后后》，载自《新文学运动史料》1981年第4期。

吾闻有国亡而国学不亡者矣，而吾未闻国学先亡而国仍立也。"[1]章太炎将国学提到一个如此高的高度，并不是一种夸大其词。中国几千年的发展证明，虽然朝代更改，政权更替，但在文化上中华文明从未断裂，一脉相承，就是因为我们始终传承和延续的是"国学"这一民族之根。即便是在反传统最为激烈的"五四"时期，面对"亡国灭学"的严酷现实和"亡国灭种"的严重局势，国学仍然保持着自身强大的发展势头。"五四"新文化运动以强大的冲击力荡涤着中国的历史和现实，新文学新文化以不可阻挡之势，批判旧文化旧文学，摧枯拉朽，开天辟地！但今天我们平心静气地看看，国学被打倒了吗？被摧毁了吗？不仅没有，国学反而以强大的凝聚力固守着传统文化的血脉。新文学阵营有《新青年》，有文学研究会、创造社、新月社、语丝社；所谓的旧文学阵营则有《国粹学报》《国故论衡》，还有"国学保存会""国学讲习会"等等。甚至有不少原先的新文学先驱如胡适等人，刚刚忙完新文学，马上又钻入"故纸堆"，做起"旧学问"来。郁达夫的自叙传小说写得别具一格，《沉沦》被视为现代文学史上第一部白话小说集，但他的旧诗词写得好也是一个公认的事实，郭沫若就曾这样评价过郁达夫："在他生前我曾对他说过：他的旧诗词比他的新小说更好。"[2]更重要的是，很多新文学作家在创作上所达到的高度很大程度是基于他们深厚的国学素养。《狂人日记》的历史价值并不在于它是第一篇白话小说。论白话程度，《红楼梦》比《狂人日记》更白话，《狂人日记》的语言魅力在于鲁迅文言文功底之扎实！在于鲁迅文白夹杂的功力之深厚！在于鲁迅对外国语言的吸取和运用之纯熟！这就使得《狂人日记》无论在内容还是形式上，都达成了现代与传统的深层联结！人们常说鲁迅难懂，难懂在哪里？一方面在于内容之深刻，另一方面也在于他语言表达上的晦涩，只看得懂白话而不懂文言文，不懂外语的话，就很难理解和领会到鲁迅文章的魅力。

---

[1] 汤志钧：《章太炎年谱长编》，中华书局1979年版，第215页。
[2] 郭沫若：《望远镜中看故人——序〈郁达夫诗词钞〉》；载自王自立，陈子善编《郁达夫研究资料》，天津人民出版社1982年版，第534页。

同样，在教育方面我们也能看到国学旺盛的生命力。朱自清、闻一多、废名等人都曾在大学里讲授过与新文学有关的课程。但千万不要认为这些新文学作家只传播新文学，只讲授新文学课程，他们也开设了很多古典文学课程，甚至所占比重更大，时间更长。朱自清1929年在清华大学开设的"中国新文学研究"第一次系统地将新文学成果引入了大学课堂。但没过多久，朱自清就把这门课停了，又开始讲"文辞研究""宋诗""历代诗选""中国文学史"等一系列古典文学课程。闻一多也是如此，1927年闻一多在国立北平艺术专科学校开设的课程是"外国文学史"，但等到1932年，他前往清华大学任教时讲授的几乎都是"诗经""楚辞""尔雅"和"中国文学史分期研究"等课程。废名在北大授课的讲义《谈新诗》，虽然是从《尝试集》开始说起，但处处穿插的是关于"元白""温李"的议论……

先锋之余又适时地向传统回归，这可能是很多"五四"先驱者一个共同的文化姿态。面对昔日共同奋战的同仁纷纷"转向"，鲁迅曾发出"两间余一卒，荷戟独彷徨"的感叹，这句话感叹的不是他自己一人撑起了新文学的天地，而是体现了鲁迅精神追求上特有的孤独感！多数现代文学史都将1921年之后新文学阵营的发展表述为一种"分化"状态。何为"分化"？为何"分化"？这绝不是鲁迅往左，胡适往右的简单分歧，而是蕴含着新文化在发生之际就不可回避的一个问题，那就是新文化与传统文化之间极其特殊而复杂关系。"五四"的一代，是过渡的一代，是极其特殊而复杂的一代。他们在传统文化的浸润中成长，这是后来成长起来的新一代作家不具备也不可能具备的文化资源，所以"五四"那代人比谁都更理解传统文化弊害的一面，也正因为此他们对封建制度和文化的批判才能够一针见血，他们对传统文化的"反"，不是一种单纯呼唤"新文化"的诉求，更饱含着对中国传统民族性的深刻反思。就鲁迅本人而言，他在一生从事新文化新文学的同时，也一生都在批判旧文化，而"批判"本身就是一种深刻的理解和反思，是一种重新的出发，而不是单纯的抛弃和背叛。这也是第一代新文学作家的作品在先锋之余更显深刻、厚重、凝练的根本原因。

第三，国学之"国"，指的不仅仅是传统之中国，更应该包含现代之中国、发展之中国。尤其是在一些特殊的历史关节点上，国学往往会生发出一种新的形态，这恰恰是国学具有生命力的表现，这说明它是能够转型的，是能够在古今之变的大格局中顺应时代潮流的。"五四"以来的新文学新文化就是这样的一种新形态。"五四"的"新"，就正在于它的历史坐标和定位，它是处在古今中外纵横交错的那一个交叉点上：几千年的文化传统从这一点开始发生本质性的变化，同时中外文化的大规模交流与碰撞也集中在这个点上。尽管人们对"五四"的作用与价值存在着某些认识上的分歧，但百年新文学新文化对中国人行为方式与思维方式的深刻改变，是不能否认的。中国的历史传统、中国的古代文化与古典文学，在这里都出现了一个根本性的转折。拿白话新诗来说，中国传统诗歌经历了几千年的发展，无论是审美还是思想上都已经呈现出高度纯熟的状态。与传统诗歌相比，胡适《尝试集》里的"两个黄蝴蝶，双双飞上天"确实稍显幼稚，但新诗写得再幼稚，它体现的也是一个新的方向，是旧诗无法取代的。这样的表达方式和语言体系即便还不那么成熟，它也确实完成了对古诗几千年来形成的强大表达惯性的反叛。"五四"的另外一个价值就是它开启了中国文化与世界文化第一次大规模的交流与碰撞。西方各个国家经历了几千年发展积累下来的文学作品、文艺思想、思潮流派在短短几年如洪水开闸般涌入中国，极大地开拓了国人的视野和眼界，真正打开了中国文化通向世界的门窗。最后就是"五四"对个人价值的发展和弘扬，在中国历史上是空前的。从此，个人不再附属于家庭、社会、民族、国家而存在，而是首先成为"人"本身，独立的个人受到了尊重，个人的价值获得了肯定，自由意志得到了普遍的认同。这是"五四"留给我们这个文化早熟的民族最大的精神财富。

对传统的反叛往往是创造与更新的重要手段，但想要获得长足的发展，最终还是需要在回归传统中得以实现。"五四"自身的发生发展进程生动地证明了这一点。就像刚刚前面所提到的，"五四"的新诗，是完全不同于传统诗歌的一个体系，但是无论再怎么新，诗体再怎么解放，它归根到底仍然是诗，它从本质上仍然还需要具备诗歌的内蕴和形式。不继承传统，不保持与传统精神的血脉相通，就难以真正保证新诗自身的价值及其发展的实力。郭沫若的诗告诉我们新诗是可以这样写的，而徐志摩告诉我们新诗是可以这样写好的，到了艾青和穆旦那里，中国的新诗已经向我们证明它是可以走向成熟的，既保持了中国古典诗词应有的韵律美，又有现代新诗自如奔放的活力，同时又有世界性的眼光和视野。诗歌是这样，整个国学的发展也是这样，只有在一次又一次的反叛与回归当中，国学才能获得生命力和持久性。文化的发展从来都不是线性的，不是一个取代一个的，更不是新旧截然分开的。旧传统里早孕育了新文化的因子，新文化的发展也延续着传统的支脉，你中有我，我中有你。

二、国学之"学"，以何为魂？

任何一个国家的国学得以形成首先需要的是时间的沉淀。唐弢先生等老一辈学者在谈到文学史构建的时候，都强调过五十年内无历史这样的意思，这当然只是一种粗略的说法，但不可否认，一个传统的形成，要经历时间的考验和历史的传承。但我们是否能说，时间的长短就是成为国学的唯一标准呢？显然不能，就像我们不能说旧诗都是好诗，新诗都是坏诗一样。这意味着国学的形成不仅意味着时间性，它从根本上来说是一种价值取向和判断。中华文化何其丰富，几千年来，我们不仅积累了音韵训诂、先秦文章、二十四史、唐诗宋词等看得见摸得着的文化成果，但如果仅仅是这些文章典籍，只能被称之为"国故"，而非国学。贯穿在这些文化典籍里的，是中国几千年来以何为本、以何为纲、以何为价值判断的精神和思想。国学所包含的对人生、社会和世界的看法、观点，即人生观、社会观、世界观，归根到底是实现人的价值——满足人主体的需要和精神追求。那么中国文化和文学的根本精神是什么呢？

不同于西方国家，中国人往往追寻的不是生命的终极信仰，而是当下的现实意义。对生命短暂、光阴易逝的遗憾都化为对现世意义的追寻上，由此形成了一种独特的价值观——生命不能虚度，要有实际意义。

特别是在儒家文化的长期影响下,这种意义主要就体现为一种为家国天下、为苍生黎民的抱负和志向。在这种语境下形成的中国文学,注定不可能是纯文学。对现实人生的关注,从来都是中华民族文学文化传统的重要一环。在中国古代,几乎所有官吏都能诗善文,又或者说,几乎所有文人的抱负都志在天下。这在其他任何一个国家都是非常罕见的。中国历朝历代的文学,从来都和政治、社会、伦理甚至经济的发展紧密相关。即便是魏晋南北朝这样一个玄学风行的旷达的时代,也有刘勰在《文心雕龙》指出"唯文章之用,实经典枝条",将文心指向"君臣得以炳焕,军国所以昭明"。这个精神传统就是国学之"魂",是国学得以传承、得以发展的重要因素。

而新文学与这个精神传统就是天然相勾连的。新文学得以发生的直接动力就是来自现实的召唤。因启蒙需要顺势而生的新文学,从一开始就饱含着中国传统文人"济世""救民"的精神和民族忧患意识,这与中国几千年形成的文化惯性在深层次上达到了统一。"五四"一代人四处奔走呼号,以思想界的先遣兵——文学为武器,拿起笔来救国救民于水火之中。因此我们看到,"五四"时期的文学论争虽然是由文学问题引发,最后往往超出了文学的范围,延伸到国家、社会、经济、民主等各个方面。"弃医从文"绝不仅仅是鲁迅一个人的选择,"五四"新文学的文学家中的很多人一开始都并非是学文学出身的,但最终为什么都走上了文学之路?正是因为他们身上那种中国古已有之的家国天下的使命感、天下兴亡匹夫有责的高度的责任意识,促使他们放下原来的专业,而走上文学之路。可以说,"五四"新文学的兴起,不是源于哪一个人或哪一些人的文学志趣,而是当时中国整整一代有识之士对民族命运的共同抉择。

鲁迅为什么被称为"民族魂"?为什么我们今天谈到很多问题总是无法绕过鲁迅?鲁迅一生的创作留给我们最大的价值是什么?其实我们可以从鲁迅为什么不写长篇小说来理解这个问题。这事实上也是学界长期讨论的一个问题。各种原因被考证和解读:忙于政治活动、演讲、授课,加上母亲患病需要赴京探视,时间仓促、精力不足甚至是英年早逝等等，但很明显这些都不是最重要的原因。一个显在的事实是，比起长篇小说，鲁迅更愿意写杂文，从1918年9月在《新青年》发表第一篇《随感录》，到逝世前一个月写下的《死》，鲁迅的杂文创作历时十八年，将近八十万字。无论是字数还是创作时间和精力，鲁迅对杂文的投入足以写成好几部长篇小说。这说明鲁迅对于长篇小说是"能写"却"不写"。至于原因就像鲁迅自己说的"我深恶先前的称小说为'闲书'，而且将'为艺术的艺术'，看作不过是'消闲'的新式的别号。所以我的取材，多采自病态社会的不幸的人们中，意思是在揭出病苦，引起疗救的注意。所以我力避行文的唠叨，只要觉得够将意思传给别人了，就宁可什么陪衬拖带也没有。"①没有什么"陪衬拖带"，直截了当地切入中国社会的问题和弊病才是鲁迅最为关心的。于是他用杂文作为投枪匕首介入社会现实，介入社会斗争，瞄准一个个中国现实存在的问题，从对传统与革新的理解，到农民问题、妇女问题的思考，从对国民性的批判到对民族命运的探索等等。今天看来，鲁迅写不写长篇，丝毫不影响他今天的价值与地位。就像冯雪峰在《关于鲁迅在文学上的地位》中对鲁迅评价的那样："鲁迅的巨大的艺术天才，显然担得起世界上最著名最伟大的那些创作长篇巨制之作者；但社会和时代使他的艺术天才取另一形态发展，但他的十余本杂感集，对于中国社会与文化，比十余卷的巨篇巨制也许更有价值，实际上更为大众所重视。"②

这里不得不特别提到茅盾，与鲁迅不写长篇小说相反，茅盾在中国现代文学史上的地位，主要是由他的长篇小说奠定的。我们常常说茅盾小说最大的价值是现实主义的创作技巧，是塑造出来的民族资本家和时代女性形象系列等等，但实际上，笔者认为茅盾小说最大的价值在于始终贯穿他多部作品的一个独异现象：就是他的小说创作往往处于一种

---

①鲁迅：《南腔北调集·我怎么做起小说来》；载自《鲁迅全集》（第4卷），人民文学出版社1981年版，第456页。

②冯雪峰：《关于鲁迅在文学上的地位》；载自《过来的时代》，新知书店1946年版，第29—30页。

"未完成"的形态。"未完成"几乎成了茅盾创作一个最大的特点,从《虹》到《霜叶红于二月花》《腐蚀》《锻炼》等等,茅盾笔下的长篇小说在情节上常常存在一种骤停的"未完成"现象,给人一种这一部长篇还没写完又开始写下一部的感觉。为何如此?作为一个小说家,茅盾难道不知道作品需要"完成"?又或者是茅盾没有能力去完成一部长篇小说?显然不是,这个问题实际上已经远远超出了创作方式的范畴,这在根本上反映的是茅盾作为一个知识分子的责任感。他写小说,不是为了艺术的完整,而是为了反映时代的问题,追踪社会的动向,从《虹》到《锻炼》,几乎一部一个主题,每一部都紧扣着当时中国社会的最新动态。但是在风起云涌的时代变动面前,茅盾想用长篇的叙事结构迅速地跟进时代变化,是很难做到的。所以我们现在看到茅盾的这些长篇小说在线索上有一定程度上的缺失,这种缺失在艺术上或许是一种缺憾,但是恰恰反映了茅盾作为一个文人知识分子对时事高度的关注和追踪,这种责任感甚至超越了茅盾作为一个作家在艺术完成度的要求。

"问题小说"的出现是现代文学史上非常独特的一种文学现象,这个现象迄今为止的意义在于,为什么我们讲"五四"、讲新文学,不能绕过这些看上去并不深刻、并不成熟的、只是提出问题而无法解决问题的"问题小说"呢?其中最有代表性的"问题小说"作家就是冰心。王富仁在《冰心诗论》中曾有这样的评价:"在20年代中国新文学的草地上,冰心比任何人都是一颗稚嫩的小草。"[①]但就是这样一位"稚嫩"的、成长于温馨富足家庭的大家闺秀,却成为现代文学史上最早写"问题小说"的作家。二十岁上下的冰心,为什么要写问题小说?她对社会问题有多少了解?又有多少理解?按照冰心的年龄和人生经历,她不可能对中国现实的"问题"有深刻的理解,更不可能提出解决问题的方式。相反,冰心在诗歌尤其是在小诗创作方面却具有天然的优势,家庭环境和成长经历使得冰心始终拥有一份难得的童心,这使她自然而然地与诗歌

---

① 王富仁:《中国现代新诗的芽儿——冰心诗论》,载自《北京师范大学学报》1996年第5期。

创作更为贴近。但冰心并没有把主要的精力和时间投入到自己最擅长的小诗创作上,反而执着地去表现中国社会的问题。为何如此?如果说用童真去写诗是冰心体验世界的方式,那么写"问题小说"就是冰心作为一个知识分子的责任。她要写问题小说是因为看到:"几乎处处都有问题。这里面有血,有泪,有凌辱和呻吟,有压迫和呼喊。"[1]于是,"把所看到所听到的种种问题,用小说的形式写了出来"[2]。因此她在《斯人独憔悴》里揭露着封建家长制的凶残,在《去国》里试图暴露军阀统治的腐败黑暗。在《庄鸿的姐姐》,她又努力地反映男女不平等酿成的惨剧等等。放弃最擅长的小诗创作而投身写作"问题小说",却又无力深入20世纪中国千疮百孔的"问题",最终使得冰心在文学史上与"大诗人"的名誉擦肩而过。

值得注意的是,当"五四""问题小说"创作热潮过去几十年后,又出现了另外一位自称"问题小说"作家的人,他就是赵树理。为什么这么说呢?就是因为赵树理作为解放区作家,他最先意识到一个看似平常,但却令人震惊的问题:这就是即便在迎来"解放"的"解放区",即便已经有了红色政权,人民已经当家做主,竟然包办婚姻仍然大行其道,小二黑和小芹的自由相爱依然困难重重,双方父母包办子女的婚姻依然那样理直气壮!这是很多人都感受到和认识到的问题,但并没有引起足够的警觉,甚至以为这很自然。在这个问题上恰恰说明封建思想意识的根深蒂固。赵树理敏锐地感知到这个"问题",并且认为这是一个重大的"问题"。自由是一个深刻的思想话题,启蒙更是一项艰巨的任务。鲁迅的《伤逝》等小说深刻说明了,封建思想意识不会因为一场新文化运动而消亡;赵树理的《小二黑结婚》等作品再次说明了,千百年来的封建思想甚至不会因为政权的更迭和时代的改变而消失。这正是赵树理"问题小说"最深刻的价值。包办婚姻在当下已经成为过去的话题,但从

---

[1] 冰心:《从"五四"到"四五"》;载自《冰心全集》(第5册),海峡文艺出版社2012年版,第475页。

[2] 冰心:《从"五四"到"四五"》;载自《冰心全集》(第5册),第476页。

鲁迅到赵树理，他们对封建思想意识顽固性的执着的揭示和批判，在今天依然有着非常现实的意义。在此应该提到，赵树理之所以问题意识特别强，一个很重要的原因就是赵树理的老家（山西晋城市沁水县）的戏台子上长期上演《杨家将》的故事，赵树理的母亲"一生之中别无嗜好，唯爱念佛与看戏，尽管一字不识，却能整本整本地背诵杨家将、岳家军的连台本戏。"[①]这种成长环境不仅让赵树理在日后的创作中吸取了民间艺术的表达方式，更重要的是民间故事中精忠报国、为国效力的精神传统深深地影响着赵树理，最终成为他创作生命的核心价值。用小说去解决问题，这成了赵树理文学创作的使命，赵树理不只是带着乐趣来创作的，他是带着使命创作的。他的作品不是单纯地迎合农民和适应农民，而是同鲁迅等"五四"那代作家一样，承担着启发农民、解决农村问题也就是中国的社会问题这样的强烈的社会责任。这是我们今天重新审视赵树理不能忽视的问题。冰心和赵树理的"问题小说"已经成为一个特殊的现象，这个现象远远超出了他们本人创作题材的范畴，而成为一代作家的创作宗旨甚至是人生志向的选择。

事实上，中国新文学的主流从来就不是纯文学。新文学发展过程中的诸多流派、社团，不论它在诞生的时候以何种形式出现，但最终都将与中国社会发展的洪流紧紧地牵连在一起。中国现代文学史上的"浪漫主义"真的就那么"浪漫"吗？即便是曾经推崇卢梭、歌德、拜伦、雪莱、海涅在文坛上"异军突起"的创造社，也很难说他们就是浪漫主义流派。我们很容易找到它们与西方浪漫主义文学的"似"，也很容易发现它们之间的"不似"。"似"在于人物塑造的借鉴，在于结构设置的模仿，甚至在于主题思想的相似，"不似"在于在创造社自我的情感、欲望、爆破力、扩张性，并非是为了表达自我而表达，而是与封建文化伦理纲常的另一种反抗方式，这就从根本上决定了创造社在后期的转变。郁达夫除了《沉沦》还有《广州事情》，郭沫若除了有《女神》，还有《请看今日之蒋介石》。从这个角度上来看，"纯文学"在中国几乎是没

---

①戴光中：《赵树理传》，北京十月文艺出版社1987年版，第16页。

有的,这也是"五四"新文学继承中国文学传统的一个重要方面。"五四"之初的浅草社、沉钟社吸取西方"世纪末"的精髓,为自己的创作增添了一抹颓废、感伤的痕迹;李金发向法国象征主义诗歌的学步;30年代新感觉派小说、心理分析小说对日本、欧美现代派小说形式的借取等等,都体现了中国作家努力体验"现代主义"的尝试。从某种程度上说,它们的确是一种"新声",但他们不可能担起中国文学转型的重任,因此也不可能成为中国现代文学的主流。

三、国学之"新","新"在何处?

1982年,王富仁在北师大考取了著名鲁迅研究专家李何林先生的博士研究生,他的博士论文《中国反封建思想革命的一面镜子——〈呐喊〉〈彷徨〉综论》以"中国反封建思想革命"的全新视角阐释鲁迅小说,在1986年由北京师范大学出版社出版之后,在学术界引起了很大的震动。在今天看来,这一研究成果仍然在中国鲁迅研究史上具有里程碑的意义。在这篇论文中,王富仁认真细致地总结梳理了以往鲁迅研究的重要成果,他一方面肯定了以陈涌为代表的"《呐喊》《彷徨》是中国反封建政治革命的镜子"这一论断所特有的时代历史价值和学术本身的价值,另一方面又清醒地看到:"当这个研究系统帮助我们从中国政治革命的角度观察和分析了《呐喊》和《彷徨》的政治意义之后,也逐渐暴露出了它的不足。"而"政治革命镜子"这个研究系统最大的不足,就是它"与鲁迅小说原作存在一个偏离角"[1],它与鲁迅文学创作的初衷存在较大的距离。因而王富仁大胆地提出应该"以一个新的更完备的研究系统来代替"它[2],并明确提出了《呐喊》《彷徨》"首先是中国思想革命的一面镜子"[3]这一具有划时代意义的论断。

---

[1] 王富仁:《中国反封建思想革命的一面镜子——〈呐喊〉〈彷徨〉综论》,北京师范大学出版社1986年,第1页。

[2] 王富仁:《中国反封建思想革命的一面镜子——〈呐喊〉〈彷徨〉综论》,第5页。

[3] 王富仁:《中国反封建思想革命的一面镜子——〈呐喊〉〈彷徨〉综论》,第7页。

站在今天的角度，从思想革命来理解鲁迅似乎是应有之义，但是在20世纪80年代，王富仁的这一论断是需要有过人的眼光和惊人的胆魄的。他第一个跳出了长久以来确立下来的以"政治革命"视角研究鲁迅的框架，第一次从"中国思想革命"的视角全面地论述了鲁迅作品的"反封建"价值和意义，这不仅是一种学术研究的超越，更是一声打破思想禁锢的呐喊！应该看到，从"政治革命"视角研究鲁迅的这个框架不是一两天形成的，鲁迅的特殊意义是伴随着中国社会革命发展诞生的，但是鲁迅毕竟是一个作家，文学创作是鲁迅的思考方式和生存方式。虽然他的作品在政治革命方面具有重大的意义，但事实上鲁迅创作的根本价值在于他是从思想启蒙的层面来影响中国社会革命进程的。王富仁对《呐喊》《彷徨》研究的新视角，其意义远远不止于研究鲁迅本身，他实际上提出了必须首先"回到鲁迅"这一重大命题。"回到鲁迅"也就是"回到文学本身"！党的十一届三中全会正本清源，思想解放，结束以阶级斗争为纲的时期，开启以经济建设为中心的新时代。而"回到鲁迅""回到文学本身"也是文学研究乃至整个学术研究回归正途的一个重要标志。因此，从"政治革命镜子"到"思想革命镜子"，王富仁不仅开创了一个全新的鲁迅研究视角和系统，更是对后来的学术研究具有极其重要的方法论意义。而这种方法一直贯穿于王富仁自己一生的学术研究当中，尤其是晚年提出的"新国学"构想，更是反映了他对于传统文学与现代文学如何共存、中国文学应该以一个什么样的新的趋势向前发展的深层思考。但不曾想"新国学"的理论构建还未完成，王富仁先生就在几个月前因病骤然去世，给我们留下了深深的遗憾和无尽的思虑。今天，当我们关注到传统与现代、国学与现代文学这个难点和热点问题的时候，就不得不提到王富仁先生的"新国学"构想。人们将以继续推进王富仁先生未竟的学术构想，来表达对他永远的敬意和怀念，这可能是王富仁先生所没有想到的，同时也应该是他最愿意看到的。

近些年来，由于社会各界对国学的高度热情，"五四"新文学确实遭到了相当程度的冷遇。它不像传统文学各种"诗词大会""成语大赛"那样受到追捧，也不像当代文学时不时在国际上获奖的那般盛况，甚至都不像它本身在20世纪80年代受到"新儒学"猛烈批判时那样获得足够的关注。我们不得不承认，现代文学正处于一个边缘化的境地。然而，对于现代文学本身而言，这或许正是一个新的发展机遇。一方面，新文学边缘化的过程恰恰是经典化的过程。冷一冷，静一静，沉一沉，文学才能回归文学本身，才能显现自身的价值。古今中外，不管文学还是艺术，成为经典的道路是孤独而漫长的，在这一过程中，一个冷静的沉淀过程是至关重要的；另一方面，新文学的所谓边缘化，绝不意味着它的弱化或消亡，相反正是在这种边缘化的过程中，我们越来越体会到"五四"以来的新文学新文化是难以替代的，难以复制的，甚至是难以超越的。

一个国家的国学，一定是最传统的，也一定是最新鲜的。它一定包含了一个国家从过去到现在全部的智慧结晶。这是一个最简单不过的道理，但事实上存在着这样一种认识，就是将国学的概念不断狭义化，把它限定为古典文学、古代文化甚至某一个学科。如此一来，"五四"以来的新文学和新文化就被挤压，被边缘，被排斥在这个"国学"范围之外。在这个背景下，王富仁提出的"新国学"构想，就显得尤为重要。

从2005年1月起，《社会科学战线》连续三期刊载了王富仁长达14.5万字的论文《"新国学"论纲》。在这篇厚重而系统的文章里王富仁明确提出："'新国学'不是一种学术研究的方法论，不是一个学术研究的指导方向，也不是一个新的学术流派和学术团体的旗帜和口号，而只是有关中国学术的观念。它是在我们固有的'国学'这个学术概念的基础上提出来的，是使它适应已经变化了的中国学术现状而对之做出的新的定义。"[①]按照王富仁的说法，现有"国学"定义存在着明显的局限，认为"五四"以后生成和发展起来的中国现当代文化，特别是由陈独秀、李大钊开其端的"中国现代革命文化"，以鲁迅为主要代表的"中国现代社会文化"，由从事外国文化的翻译、介绍和研究的学者与教授创造出来的"中国现代学院文化"都没有被包含进来。而这些文化，在经历

---

① 王富仁：《"新国学"论纲（上）》，载自《社会科学战线》2005年第1期。

了将近一百年的沉淀之后，理应成为"国学"的一部分。这是"新国学"最基本也最核心的观点。

"新国学"的提出引发了不少争议，有的学者提出，"新国学"的建构何其庞大，何其复杂。一个漫无边际的学科，是无法建构的。①作为一个成熟的学者，王富仁不可能不知道这个简单的道理。在笔者看来，王富仁并非是想要真的去构建起一个完整的"新国学"，而是要树立一种学术理念，建立一种"活"的体系。"新国学"并非是与"国学"对立的概念，因为"国学"就是"国学"，"国学"不分新旧，它是一个整体，但它是一个动态的整体、循环的整体，王富仁提出的"新国学"，就是提醒我们注意"国学"这个体系本身的动态性和循环性。

当然，现代文学研究者的这个身份，让一些人认为王富仁对新国学的建构，是在弘扬"国学"的大环境下为现代文学谋一条出路。同意者赞叹王富仁的煞费苦心，不同意者则认为，"五四"新文学的根本价值仍在于其"现代"意义，如果将"五四"纳入国学的考虑范畴会消解"五四"的现代意义②。不可否认，王富仁对新国学的建构，一定蕴含着他对新文学名归何处的深层思考，但如果说王富仁构建"新国学"的体系仅仅只是为了让新文学"名正言顺"，那也未必太兴师动众了。王富仁提倡的"新国学"，不是为了消除文学的现代性，而是搭建一种传统与现代共存的学术空间。这既是一种对现代文学的坚守，也是一种超越。新文学以来的"现代"只有在古典文学的"传统"对照之下，才得以成立。没有西学，何谓国学？没有传统，何来现代？"不是规定性的，而是构成性的"③，这正是"新国学"和传统"国学"的内在的质的区别所在。只有"构成性"的环境中，我们才能更加清楚地看到以新文学为核心的现代文学将被置于何种位置？现代文学与中国文学、现代文化与中国文化之间又是一种什么样的关系？曾经有研究者在挖掘出晚清"被压

---

① 参见江凌：《试论国学和"新国学"》，载自《山东农业大学学报》2006年第2期。
② 陈国恩：《国学热与中国现当代文学研究》，载自《福建论坛》2008年第2期。
③ 王富仁：《"新国学"论纲（下）》，载自《社会科学战线》2005年第3期。

抑的现代性"后，认定"晚清时期的重要，""先于甚或超过'五四'的开创性，"①甚至提出"没有晚清，何来'五四'"的说法。大陆在长期的研究和教学中确实存在对晚清文学不够重视的情况，作为古代文学的尾声，现代文学的先声，晚清文学在文学史中似乎很少得到过"正声"的待遇，这毋庸置疑是不合适的。但晚清是晚清，"五四"是"五四"，它们各自有各自的价值，二者之间的关系不能用"没有……何来……"的逻辑来解释。如果过于强调传统文化的"旧"，那么传统文化也会变得孤立和狭隘起来，失去了传承和发展的活力。相反，如果过于强调"五四"的"新"，那么"五四"这一起点同样也显得孤立化，失去了历史发展的土壤和根系，因此，传统和现代是一对相互构成的关系，传统文化、传统文学和新文化、新文学也是一对相互构成的关系。这种构成性，就是王富仁想要强调的"新国学"之"新"。

距离王富仁"新国学"的提出已经过去十几年了，围绕"新国学"的讨论仍在继续，与"新国学"相关的杂志、研究机构也仍然在继续致力丰富和实践这个理论。但一个显在的事实是，今天大部分致力于"新国学"理论建构和实践的仍然是现代文学研究者，传统国学的研究者似乎并不热情，更不用提被王富仁先生纳入"新国学"范围的数学、自然科学这些学科了，它们是否认同自己是"新国学"？这些问题目前来看仍然是不够明朗的，许多难点还有待深化。但一个观点的提出、一个理论构架的搭建，是需要时间去沉淀的，需要实践去检验的，不是能马上就能实施的，也不是在一个人乃至一代人手上就能完成的。我们对"新国学"的理解还需要一段很长的时间，对它的实践可能需要更长的时间。

传统的建构是一种动态发展的形态，"国学"扎根于几千年的传统，但这几千年的传统也是一年一年、一个时代一个时代累积起来的，"五四"既是中国现代性的重要开端，又是一种新的历史传统的定格，如果"五四"新文学新文化在今天不能被容纳，那么传统的构建、国学的发展也就成了一句空话。王富仁先声夺人，率先提出"新国学"的深刻

---

① 王德威：《想象中国的方法》，生活·读书·新知三联书店2003年版，第3页。

含义正在于此，但斯人已去，如今我们是否有足够的信心和底气，将"五四"以来的新文学新文化真正构建和发展成为"新国学"，这是历史赋予后辈学者的重要使命，而对"新国学"及其相关问题的继续深入的探讨，正是对王富仁先生最真切的纪念和最崇高的敬意。

2017年5月初稿
2017年8月修订
2017年9月再改

原载于《北京师范大学学报》，2017年第6期。

不破而立：王富仁先生"新国学"研究片论

康 鑫

王富仁先生提出的"新国学"概念，源于已有的"国学"一词，因此很容易让人望文生义，以至于对它产生误读。先生曾说："在来汕头大学的时候，我提出了'新国学'这个学术概念，至今响应者寥寥。我的中国现代文学研究同行和一些研究西方文化的专家学者认为我是在搞'复古'，搞'倒退'，而研究中国古代文化的专家和学者则认为我是在与'国学'唱反调，是从根本上反对中国古代文化研究。当然，因为人微言轻，更多的人认为它不值得一哂则是更重要的原因。"①从这段话可以看出，"新国学"一词常常被误读的境遇，以及先生在倡导"新国学"时孤绝的学术姿态。当然，学术界关于先生"倒退"的质疑也并非毫无缘由。因为，熟悉中国现代文学的同行都知道在过去的20世纪，以革命、反叛姿态、启蒙立场走上历史舞台的许多"五四"时期的知识分子在之后的生命历程中都不约而同地、以不同方式回到了传统。那么，晚年王

---

①王富仁：《让尘封的历史成为鲜活的文化——张惠民〈人间一度"春秋"——《左传》今读〉序》，载自《汕头大学学报》2013年第2期。

富仁先生的学术立场是否也是如此?

先生的长文《"新国学"论纲》中提出:"'新国学'不是一种学术研究的方法论,不是一个学术研究的指导方向,也不是一个新的学术流派和学术团体的口号,而只是有关中国学术的观念。它是在我们固有的'国学'这个学术概念的基础上提出来的,是使它适应已经变化了的中国学术现状而对之做出的新的定义。"[1]王富仁先生晚年精诚致力的"新国学"研究是先生整体学术思想的重要环节。之所以说它是环节,是因为"新国学"研究既不是先生从启蒙立场的倒退,也不是放弃现代立场而去复古,它依然是先生一以贯之的现代启蒙立场的发展。环节之所以是环节,意味着它本身的接续、连接特征。"新国学"的提出并不意味着先生要去"调和古今",以成一家之言;也不意味着先生试图完成一个宏阔的学说体系的构建。恰恰相反,只有看到"新国学"研究所展现的开放性和未完成性,环节的重要性才能彰显。具体来看,王富仁先生"新国学"研究工作的展开则是两路并进,殊途同归。一方面,先生从"新国学"概念的阐释出发,梳理中国文化发展的脉络,在承认新旧文化存在一个断裂性传承的前提下,试图为中国现代文化与现代文学找到合理的历史定位;另一方面,先生立足"新国学"的视角开启了对先秦诸子原典的重新阐释。这种对原典的阐释既不是对"圣人"言论再注解,也不是把原典纯粹地对象化去研究,而是在回到自我生命体验后与先贤展开一次次超越时空的对话。这两方面研究工作的开展都指向了一个目的,理清中国文化的发展脉络,还原中国学术的本来生态,建构中国学术的整体观念。

一

每一个新概念的提出必然有特定的现实背景,即便是在"国学"一词诞生之初,不同派别、持不同立场的中国知识分子在使用"国学"概

---

[1] 王富仁:《"新国学"论纲(上)》,载自《社会科学战线》2005年第1期。

念时,其背后的价值指向也常常有巨大差异。回顾20世纪之初的国学思潮,由"国学"一词反观"新国学"的提出,王富仁先生以不破而立的论证方式,以原有的"国学"概念为基础,并从其内部突围出来,为中国现代学术发展寻找到了自我更生的动力。

传统学术文化被冠以"国学"之名,实起于20世纪初年。当时,近代以来渐趋输入的西学,已汇为一股强势的思想潮流,社会影响日益扩大,受其濡染的新一代知识分子莫不以其为救国强国的利器。但是,也有另外一些知识分子担忧"西化"过盛,将使民族文化更趋衰颓,最终必然导致本民族特性的磨灭,由此发出了"保存国粹",以维护民族生存和发展根基的呼吁。于是,晚清以来思想界新旧学之争、中西学之争,传统与现代之争波澜迭起。在这些论战中,站在激进派立场上的新派知识分子对传统文化发动了空前激烈的批判,认为中国近代以来的衰弱,传统文化特别是孔子为代表的儒家文化负有不可推卸的责任,中国的生存和强大,不仅需要变革其经济和政治制度,也需要做出文化方面的根本改变。而另外一些文化保守主义者则认为,未来中国文化的发展,绝不能离开本土的传统,文化发展永远是在新旧相承中实现的。由于现实社会的贫弱状态和儒家文化在年深日久中暴露出来的种种弊端,似乎都在增强反传统论的依据,使文化保守主义的观点在这场论争中始终处于明显的弱势,也使"五四"运动以后传统文化的边缘化更加成为一种定势。然而,就在这样的情势下,作为传统文化符号的"国学"却在学术界成为不少知识分子的关注点。

当时学术界对国学的关注主要来自两个阵营。首先,来自成员颇为复杂的文化保守阵营。他们主要包括晚清以来的"国粹派",代表性人物有章太炎、刘师培、黄侃等;在东西文化问题论战中被称为"东方文化派"的杜亚泉、章士钊、陈嘉异;被称为"学衡派"的代表人物梅光迪、胡先骕、吴宓、柳诒徵;"现代新儒家"的代表熊十力、梁漱溟,以及其他一些传统色彩更浓的前清遗老和旧派等。他们或开办书院、国学讲习会,或借助报刊,或亲临大学讲台,以各种方式弘扬传统文化,坚信传统文化在现代社会仍具有现实生命力。其次,以胡适为代表的新派人士，虽不赞同传统文化在现代社会仍具生命力，但主张要对它进行客观的研究。1919年12月，胡适在《新青年》发表《新思潮的意义》，提出"整理国故"的主张。他认为，"国故"是指"过去种种，上自思想学术之大，下至一个字、一支山歌之细，都是历史，都属于国学研究的范围。"[1]在研究方法上，胡适主张向欧美、日本学术界借鉴经验。"我们现在治国学，必须要打破闭关孤立的态度，要存比较研究的虚心。第一，方法上，西洋学者研究古学的方法早已影响日本的学术界了，而我们还在冥行索途的时期。我们此时应该虚心采用他们的科学的方法，补救我们没有条例系统的习惯。第二，材料上，欧美日本学术界有无数的成绩可以供我们的参考比较，可以给我们开无数新法门，可以给我们添无数借鉴的镜子。"[2]

通过上文简述可知，当时学术界新旧两派在国学所指涉的范围上并无分歧，多认为是西学大规模输入之前中国固有的学术文化。但是新旧两派对国学的研究态度、立场、方法、目的却相去甚远。胡适所倡导的"整理国故"，与20世纪初国粹派的"保存国学"已有明显不同的指向。受到现代科学主义思潮影响，胡适更强调一种相对客观冷静的学术研究。国粹派则意在通过保存民族文化以对抗外来文化的入侵，具有鲜明的政治倾向。

二

王富仁先生倡导的"新国学"较之于已有的"国学"概念，具有完全不同的内涵和指向。2005年《社会科学战线》连续三期刊载王富仁先生的长文《"新国学"论纲》。同年5月，《新国学研究》第一辑由汕头大

---

[1] 胡适：《中国哲学史大纲》；载自《胡适文集》（第6册），北京大学出版社1998年版，第183页。

[2] 胡适：《〈国学季刊〉发刊宣言》；载自《胡适作品集》（第7集），远流出版公司1986年版，第10页。

学新国学研究中心编辑，人民文学出版社出版。2006年7月，藉借新媒体的传播优势，"新国学研究"加盟乾元国学社博客圈。同年10月，中国现代文学研究会第九届年会在大连召开，王富仁先生关于"新国学"的大会发言引起与会者的热议。随后，《社会科学战线》开辟"新国学"专栏，《文艺研究》推出专题讨论，《中国现代文学研究丛刊》刊登学术界相关研究论文。

首先，"新国学"研究所要做的并不是对学术研究领域的拓疆工作，而是以现代启蒙立场呈现中国学术体系本来的样貌，试图提供一种对现代知识体系全新的思维方式。中国的学术经过长期发展，已经有了巨大变化。如果以"五四"新文化运动作为中国现代文化的发端，那么这个曾经稚嫩的、富有朝气的"新文化"已经走过了百年的历史。一百年的沉淀、积累，使"新文化""新文学"成为中国文化、中国文学传统的接续。在王富仁先生看来，原有的"国学"概念已经不能涵盖全部的中国学术。"1949年之后，'国学'这个概念只在港台和海外华文学者之间使用着，直到'文革'结束之后才重新出现在祖国大陆，但直到现在，这个概念仍然沿袭着原来的用法，这就有意与无意间将整个中国现当代文化的研究排斥在'国学'之外，把整个中国文化的内涵和意义凝固起来，把理应具有更大互动性能和更大发展潜力的中国学术体系分裂成了各部相关且相互掣肘的几个板块，由此形成的学术观念也有严重的缺陷，影响着中国学术的正常发展。"[①]除了中国传统文化，"五四"以来形成的中国新文化，都属于中国文化的范畴，都应该作为学术研究的对象。"新国学"就是为了适应中国学术发展的需要提出的，它将中国文化视为一个整体，是包括中国古代学术和中国现当代学术在内的中国学术的总称。

另外，正是因为传统本身所具有的延续性，"新国学"概念的提出也指向了"国学"一词的有限性。传统文化缺少了与现代文化的互动，它的活力也会大打折扣。正如先生所说："过去我们仅仅将对19世纪以

---

① 王富仁：《"新国学"论纲（上）》，载自《社会科学战线》2005年第1期。

前中国文化的研究视为'国学',这就把'国学'的命脉变得越来越细弱、越来越狭窄了。试想,再过几个世纪,我们假若仍然仅仅将对19世纪以前中国文化的研究称为'国学',那时的'国学'在整个中国学术中的地位将如何呢?"①"假如说过去的'国学'是一种纵向的构成方式,并且一旦构成就中断了它的命脉,'新国学'则是一种横向的构成方式,但这种横向构成的'国学'却同时是一个不断丰富和发展着的动态的过程。"②"但当我们将'国学'理解为由民族语言和民族国家这两个构成因素构成的学术整体的时候,我们就会看到,'国学'从我们的民族语言和我们的民族国家产生之时起就若隐若现地出现了,此后,特别是在春秋战国之后就形成了一个连续流动的整体,蜿蜒至今,虽有变化,却无中断,只要我们的民族语言和民族国家还存在着并发展着,我们的'国学'也就不会停止自己的生命,也就永远处在丰富和发展的过程中。"③"新国学"从中国学术整体视野出发,作为一国、一民族的学术文化,不独过去存在,现在存在,今后还将继续发展,它为我们呈现的是一个开放的学术体系。在这个流动不居、持续发展的学术生态中,现代知识分子也将找寻到自我安身立命的广阔空间。"中国知识分子对于我们民族的学术应该建立起一个新的整体的观念,从事学术研究的中国知识分子应该建立起一种彼此一体的感觉,对我们都是有重要意义的。"④显然,先生要做的工作是立足于中国现代文化,建立起一套证明其合理性的体系。这种思想层面的自觉,使中国现代文学与文化找到了进入中国思想历史的契机。在启蒙已经远去的今天,以启蒙为核心的中国现代学术文化如何在历史发展的链条上找到自己的位置成为一个迫切需要思考的问题。"新国学"的提出,恰恰是王富仁先生对现代启蒙合法性危机的回应,也是他捍卫启蒙立场的坚毅姿态。

---

① ② ③ 王富仁:《"新国学"论纲(下)》,载自《社会科学战线》2005年第3期。
④ 王富仁:《"新国学"论纲(下)》。

三

　　王富仁先生重视对文化原典的阅读，他认为只有抛开空洞的理论推演，回到研究对象本身，才能更好地理解这些伟大思想家出现的历史语境及其独立的价值。"中国传统教育可议之处甚多，但有一点则是值得重视的，就是它指导学生阅读的都不是教师自己的研究著作或当代人编写的教科书，而是文化的原典。到了宋儒，在佛家文化的挤压和影响下，开始重视'理'，重视文化的'理念'，但直至那时，他们都没有以自己的'理'、自己的'理念'代替对文化原典的阅读，而只是将自己的'理'，自己的文化'理念'贯注到对文化原典的阅读和阐释中。"①在对先秦诸子思想的阐释中，王富仁先生强调回到独立的人的立场上来，强调研究者和研究对象的平等对话，体现出鲜明的现代立场。"在鸦片战争之前，在西方文化还没有作为一个整体的文化形态呈现在中国知识分子面前的时候，中国知识分子是把孔子作为圣人进行崇拜的，是把《论语》作为'经典'进行解读的"②。也就是说，从严格的意义上来说，那时的解读者还不是研究者，他们还不具有研究者的主体性。"鸦片战争之后，面对一个整体形态的西方文化，当时的儒家知识分子直接把孔子思想投入到抗衡西方文化的中西文化的'战争'之中，但是，他们忽略了一个基本的事实，那就是孔子思想不是在反对西方文化的过程中形成的，在中西文化对立的思想框架中根本无法确定孔子思想的本质特征和实质意义。实际上，他们维护的并不是孔子思想本身，而是自身知识体系的残缺性和思维空间的狭隘性。"③原典是用来阅读和体认的，不是用来标榜所谓文化立场的，将"国学"从中与西、传统与反传统二元对立框架中释放出来，把自我的生命体验注入先贤们对世界、对生命的认识

---

① 王富仁：《简谈"文化回归"》，载自《文艺争鸣》2008年第7期。
② 王富仁：《孔子社会学说的逻辑构成（上）》，载自《文史哲》2006年第2期。
③ 王富仁：《孔子社会学说的逻辑构成（上）》。

中，在这一过程中，获得的将是研究主体与研究对象之间跨时空的对话。"只要我们重新回到自己的立场上来，我们便很容易发现，即使我们读了《论语》，即使《论语》对我们有很大启发，我们也不是什么都明白了、什么都知道了，我们还得不断地充实自己。我们的一生，应该是不断'出去'，又不断'回来'的过程。'出去'是为了觅食，回来是为了'消化'。当前社会上所说的'文化回归'，好像一当'回来'，就不准备'出去'了。对于同学们来说，是很危险的。"①只有回到自我的主体性，原典才能内化为个人生命观的构成性因素，才不会凌驾于个人价值之上；只有回到自我的主体性，原典才有别于消逝了温度的、纯粹的研究客体，才能为我们提供介入现实生命的力量。

回到经典，对先秦原典进行重新阐释，承认现代学术框架的现实性，并以此重新打量历史，是王富仁先生本人"新国学"研究的理论之一。在这一研究思路下先生进入了与先秦诸子思想的对话。比如，在《孔子社会学说的逻辑构成》长文中，先生认为："孔子'仁'是这种整体关怀上构建自己的思想学说；在'家''国'同构的社会关系中孔子重视'孝''悌'；'法'体现了权力关系、'礼'体现了人与人之间的合作关系；孔子重视礼和礼治意图在于强调合作关系而淡化和消解权力关系，以改善人类和人类社会的整体存在状况；孔子思想的出现，标志着中国历史的存在和发展状况不再仅仅是政治权力，而是政治权力和文化权力构成的对立统一关系的合力。"②这样王富仁先生就为孔子的思想和现代社会学研究搭起了一座桥梁。王富仁先生认为，孟子思想由四部分组成：一、政治人性论；二、王道论；三、仁政论；四、士论。继而他认为："孟子思想学说则主要讲的是'为王之道'，所以孟子的思想学说主要是一种国家学说。"③恰是在这一点上，作为儒家文化代表性思想

---

①王富仁：《简谈"文化回归"》，载自《文艺争鸣》2008年第7期。
②王富仁：《孔子社会学说的逻辑构成（上）》。
③王富仁：《孟子国家学说的逻辑构成——从孔子到孟子（一）》，载自《西南民族大学学报》2006年第5期。

家的孟子与孔子区别开来；也恰是因为这一点，孟子成为支撑儒家文化传统的重要支点，并由此构成了儒家文化的自足性。"他的'具有中国特色的'民主思想不但激励着中国古代那些真正关心民间疾苦的知识分子在专制政治的环境中仍能不断发出人性的声音，在一定程度上制约着中国专制主义政治的恶性发展，同时也是中国近现代知识分子能够接受西方民主思想影响的根基之一。"①这样王富仁先生为孟子思想和现代国家学说搭建起一个交流平台。王富仁先生对庄子颇为激赏。《庄子的平等观——庄子〈齐物论〉的哲学阐释》一文认为："庄子《齐物论》讲的是如何看待世界上各种不同的'物'（"物个体"）的问题，其实也包括不同知识分子的不同思想学说的关系问题。《齐物论》既是庄子的认识论，也是庄子的文化论，还是庄子的存在论。他所说的'齐'（'平等'）是各种不同的'物个体'和各种不同的思想学说在存在论意义上的'平等'。"②《庄子的自由观——庄子〈逍遥游〉的哲学阐释》中认为："庄子以其之'道'提出了人的精神自由的问题，并在此基础上区分了精神世界的心灵自由和物质世界的行为自由以及与之相联系的绝对自由及相对自由，提出了人的四种不同的精神境界。与此同时，庄子在《逍遥游》中还广泛涉及了自由的人生价值观念与政治功利性的人生价值观念、精神世界的真实性与物质世界的真实性、事物的精神价值和实用价值等一系列哲学命题，构筑起内涵丰富的精神自由的观念，并成为其整个人生哲学体系的思想基点。"③这样王富仁先生为庄子思想开出了自由、平等之路。从这一逻辑链条上，我们可以清晰地看到先生对"五四"文化精神内核的把握。

以上这些阐发均是王富仁先生晚年以"新国学"视角做的具体研

---

① 王富仁：《孟子国家学说的逻辑构成——从孔子到孟子（四）》，载自《西南民族大学学报》2006年第8期。

② 王富仁：《庄子的平等观——庄子〈齐物论〉的哲学阐释（上）》，载自《社会科学战线》2009年第6期。

③ 王富仁：《庄子的自由观——庄子〈逍遥游〉的哲学阐释》，载自《河北学刊》2009年第6期。

究，毫无疑问，这些观点不无可议之处，但它让我们看了王富仁先生"新国学"研究对中国学术现状深切的体认和对中国学术未来的期待。近年来，随着体制外"国学热"的出现和体制内部分高校和机构开设国学院或国学专业，"国学"这一词再次成为人们关注和讨论的焦点。但是，我们更应该看到，近现代建立起来的中国现代学科框架也是中国学术传统的一部分，有其历史合理性和巨大惯性，而当今大学另建"国学院"也存在把"国学"和现代学科再次隔绝的危险。如果是这样，把国学经典潜移默化地融入现有学科框架中，让"国学"与现代文化、现代学术在相互激荡中获得新生，不失为一种更合理的思维方式。2014年开始，中央高调提出"文化自信"，并以中华优秀传统文化作为对其阐释的重要内容之一，这使得已经略显疲态的"国学"再一次得到了新助力。可见的未来，"国学热"还会长久的继续下去，它会深深的影响我们的学术话语体系、社会文化生态，甚至是官方意识形态构建。反观当下纷繁复杂、众声喧哗的"国学"声浪，王富仁先生倡导的"新国学"显示了他对中国现代学术生态的深切体认，这种独异的姿态越发显示出它的价值和意义。

鲁迅学与"现代国学"和"新国学"
王卫平

对鲁迅的评论与研究,从1913年4月《小说月报》第4卷第1号刊登主编恽铁樵对刚发表的文言小说《怀旧》的评论《焦木附志》开始,至今已经走过了一百年的历程。经过整整一个世纪的积累,鲁迅研究已蔚为大观,从评论、研究,到鲁迅学的提出与建构,鲁迅研究已走向了学术研究的高原。"据不完全统计,从1913年到2012年国内共发表关于鲁迅的文章31030篇,国内共出版关于鲁迅研究的著作1716部。"[①]这个数字是中国文学史上任何一个个体作家的研究都不能比拟的。这还不包括国外汉学界以各种语言研究鲁迅的论著。与此同时,鲁迅研究也遇到了问题、瓶颈与困惑,比如,对鲁迅的不断诋毁与颠覆、重复研究、过度阐释、牵强附会的解说等等。如何冲破瓶颈,走出困惑,纠正问题,超越以往而进入新天地、新境界,成为摆在鲁迅研究者面前的严峻课题和繁重任务。条条大路通罗马。在这里,笔者提出:将鲁迅研究、鲁迅学提升到现代国学的高度,也许是其确认身份、明确地位、提供归宿,从而提升鲁迅研究的思想质量和学术含量的重要一途。

---

① 葛涛:《薪火相传:百年中国鲁迅研究的回顾与前瞻》;载自王富仁著《中国需要鲁迅》,安徽大学出版社2013年版,第10页。

一、从"国学""现代国学"到"新国学"

什么是国学？按照王富仁的解释："'国学'，顾名思义，是一个国家、一个民族的文化和学术。"①国学作为一个学术概念，兴起于20世纪初，兴盛于20年代。章太炎、钱穆、胡适等都对国学有过阐释，他们大体上把国学解释为中国固有的、传统的文化和学术。相对于"新学"来说，它指"国学"，相对于"西学"来说，它指"中学"。它以经、史、子、集为核心，以"儒学"为重点，涵盖文学、史学、哲学、文献学、考古学、语言学等学科。90年代，大陆国学热再度掀起，一直持续到当今。在台湾，国学持续受到重视。

什么是新国学？按照王富仁的解释，"新国学"是与原有"国学"相对举的，但却不是相对立的，它是在原有"国学"概念的基础上提出来的。2005年，《社会科学战线》从第1期始，三期连载了王富仁的长达14.5万字的论文《"新国学"论纲》，作者缕述了中国现代学术文化产生与发展的历史，指出现有"国学"存在着明显的局限，即没有把"五四"以后生成和发展起来的中国现当代文化纳入其中，而仍以中国古代文化为研究对象，这是不完整的"国学"。作者特别强调："由陈独秀、李大钊开其端的中国现代革命文化，以鲁迅为主要代表的中国现代社会文化，由从事外国文化的翻译、介绍和研究的学者和教授创造出来的大量学术成果，都没有纳入'国学'这个学术概念之中。"这种"将整个中国现当代文化的研究排斥在'国学'之外"的做法，其危害在于"把整个中国文化的内涵和意义凝固起来，把理应具有更大互动性能和更大发展潜力的中国学术体系分裂成了各不相关且相互掣肘的几个板块，由此形成的学术观念也有严重的缺陷，影响着中国学术的正常发展。"这样的"国学"是残缺的，是不完备的。由此王富仁提出"新国学"这一概念，他明确说明，"'新国学'不是一种学术研究的方法论，不是一个学术研

---

① 王富仁：《"新国学"论纲（下）》，载自《社会科学战线》2005年第3期。

究的指导方向,也不是一个新的学术流派和学术团体的旗帜和口号,而只是有关中国学术的观念。它是在我们固有的'国学'这个学术概念的基础上提出来的,是使它适应已经变化了的中国学术现状而对之做出的新的定义"。这样,"新国学"的概念必然具有重大而深刻的学术意义,一方面,它改变了传统"国学"的凝固和不完整的格局,使之成为一个既包括中国传统文化,又包括中国现当代文化的整体——新国学。另一方面,它为中国现当代文化和对之进行的学术研究做了有力的正名并提供了学术的和精神的归宿,对"国学热"以来的"厚古薄今"是一种有力的反拨。正像王富仁在文中所说:"我之所以认为'新国学'这个学术概念对于我们是至关重要的,就是因为,只有这样一个学术观念,可以成为我们中国知识分子文化的、学术的和精神的归宿。因为只有在这样一个学术观念中,我们才能发现和认识自己的存在价值和意义,也能发现和认识与我们从事不同领域的学术研究活动或具有不同思想倾向、不同学术传统的中国知识分子的存在价值和意义。"不仅如此,《"新国学"论纲》的价值和意义还在于深刻反思了中国文化、学术在从古代走向当代历程中诸多的经验与得失,从而为中国文化和学术在当下和未来的发展寻找资源和路径,这是更深远的意义。

王富仁不仅提出"新国学"的理念,还在汕头大学成立了"新国学研究中心",创办了《新国学研究》辑刊,旨在重建中国学术的整体观念,并在第1辑重刊了《"新国学"论纲》。《新国学研究》至今已出版了11辑(先由人民文学出版社出版,后由中国书店出版)。与此同时,四川大学中国俗文化研究所也编辑出版了《新国学》,出至第9卷(巴蜀书社出版)。这表明,"新国学"并没有停留在理念和倡导,而是已经付诸实践了。

王富仁《"新国学"论纲》发表后,引起了学界的关注,不少学者撰文呼应,表示赞赏。这其中,既有现代文学、鲁学界的学者,也有红学界的学者。当然,也有人担心,认为,既然"新国学"的学科构成如王先生所说的包括以下四个部分:(1)原有的"国学";(2)中国现当代诸学科;(3)数学、自然科学研究领域;(4)具有现代逻辑系统的诸学科。那么,"一旦用'新国学'取代了'国学'概念,也就是用当代学术总汇取代'国学'的概念,'国学'的范围实际上就漫无边际了,从而'国学'这个概念也就不复存在了。"①

针对这种担心,王富仁又在《文艺研究》2007年第3期发表了《"新国学"与中国现代文学研究》,进一步阐发了"新国学"以及与中国现代文学研究之关系。他解释说:"在20世纪初年'国学'这个学术概念产生之时,尚不存在这个学科(指中国现代文学),而在20世纪50年代这个学科产生之时,大陆学术界也不存在'国学'这个概念。这样,中国现代文学学科就与'国学'这个学术概念失之交臂,被'历史地'遗留在'国学'之外。""但当'国学'这个概念重新出现在大陆学术界,中国现代文学学科与中国古代文化研究诸学科的地位就发生了根本性的变化。'国学'不但是一个学科的名称,同时也是一个价值体系。它是作为中华民族文化的主体结构而存在的,是体现中华民族文化总体特征的文化整体,也应是中华民族文化精神的渊薮。那么,中国现代文学学科还是不是中华民族文化主体结构中的一个组成部分呢?还体现不体现中华民族文化的总体特征呢?还有没有中华民族文化的精华存在呢?所有这些问题,在'国学'出现在大陆学术界之后,都成了悬浮在中国现代文学学科的上空而无法得到明确回答的问题。""曾几何时,整个中国社会都把文化改革的希望寄托在作为它的尖端的中国现代文学学科,特别是鲁迅研究上,而现在,整个社会都把自己的怨恨发泄在中国现代文化和中国现代文学,特别是鲁迅的身上。"这是不公平的,也是不合理的。王富仁认为,"中国的20世纪是一个空前伟大的世纪,20世纪的中国文化是一种空前伟大的文化,20世纪的中国文学是一种空前伟大的文学。正是在20世纪,中国文化完成了一个极其危险、极其艰难、也极其伟大的转变,完成了一个从春秋战国以来中国文化的最伟大的转变。"在这个转变中,"使中国首先产生了一个足以与当时世界各国的杰出文学家相媲美的文学家鲁迅,一个不论在哲理的深度还是在艺术创新的能力上都

---

① 江凌:《试论国学和"新国学"》,载自《山东农业大学学报》2006年第2期。

不亚于萧伯纳、罗曼·罗兰、高尔基、德莱塞、夏目漱石等世界级作家的文学家鲁迅"。因此，鲁迅学理应是国学的重要组成部分。不仅如此，在王富仁看来，"所有中国现代文化的学科、中国现代的科技文化、中国现代的翻译文化、中国对外文化和外国文学的研究，分明都在中国当代学术中发挥了和正在发挥着自己的独特作用，它们不包括在我们的'国学'中又能包括在哪个国家的'国学'中？""有人会说，这样的'新国学'不就成了一个无边无沿的概念了吗？那它又有什么实际的意义呢？实际上，'国学'就应当是一个包括中华民族古往今来的所有文化现象的研究及其成果的概念，小了，就不是'国学'了，就有了排他性了，就将一些学术门类排斥在中国学术之外了。"这是王富仁的基本观点和学术观念。他还认为"'新国学'不是一个永久性的概念，当我们都以这样的观念理解'国学'的时候，'新国学'这个概念就没有实际存在的必要了。到那时，只有'国学'，而没有'新国学'"。眼下，"新国学"能否取代"国学"，成为学人普遍的学术观念，不仅取决于现当代文化学术界，更取决于原有的国学界能否接纳你，这显然需要时日，需要长期的努力。

　　应该说，"新国学"的提倡和言说，并非自王富仁始。早在1995年，著名红学家周汝昌就在《北京大学学报》第4期上发表《还"红学"以学——近百年红学史之回顾》（重点摘要），文中指出，不能仅仅从小说意义解读《红楼梦》，应把红学提升到"中国文化之学"。到了1999年，周汝昌在接受访谈时，进一步将红学定位于"新国学"。他认为，"中华大文化还有经史子集形式之外的载体——这就是《红楼梦》。红学是中华文化震动世界的三大高峰和三大显学之一。甲骨学代表了中华早期文化造诣；敦煌文化，可包括南北朝、隋唐这个极不寻常的文化历史大阶段；《红楼梦》，可包括宋元明清这一大段历史的文化精神实质。三者都代表了一个重要时代历史文化发展的辉煌遗产"。《红楼梦》更是一种前所未有的精神境界文化状态的神奇表现。《红楼梦》是理解中华文化的总钥匙。从中国学术发展的本质看，红学应定位于'新国学'。"这比王富仁的"新国学"要早。当然，在具体的阐释上，周汝昌远没有王富仁系统、深邃。在内涵和外延上也与王富仁的观点有所不同。他的设想是"可将此一新国学的起点划在1949年新中国成立——所谓'新国学'之新，取义于此；若从新国学的'学'字着眼而定质定位，则又以1978年十一届三中全会以及改革开放新时期之正式展开为实实在在的起点。这是两重'新'的历史含义。"为什么称之为"新国学"？是否妄立名目，多此一举？周汝昌的解释是："我们传统的国学，是经史子集、孔孟老庄……"并不包括红学，"只有把这门又专又普的'新国学'重视起来，也正视起来，方能出现红学的更新更好的局面——得有个基本认识，得看出个光明方向，等有个高瞻远瞩的总号召，大家也方能团结努力，不断做出贡献，新而又新"①。在这里，周汝昌精辟地揭示出了将红学定位于"新国学"的缘由、必要性以及价值和意义。其实，鲁学何尝不是这样呢？2001年，鲁迅研究专家彭定安在《鲁迅学导论》②中提出鲁迅学是中国"现代国学"的核心内涵之一，"鲁迅学和其他研究中国现代社会和学术文化的学科一起，和中国现代哲学、史学、文学、艺术等等一起，构成中国国学的现代版"。早在1981年，彭定安就建议：创立鲁迅学，不仅阐明了创立鲁迅学的必要性和具备的基础、条件，也搭建了鲁迅学的理论框架，而把鲁迅学上升到现代国学是其发展的必然结果。

二、为什么将鲁学提升到"现代国学"的高度

为什么将鲁学上升到现代国学的高度？鲁学有没有进入国学的资格？现今鲁迅学已经被看作国学之一部分了吗？尤其是传统的国学界有没有普遍承认你？接纳你？这既关乎鲁迅学本身的去向和发展，也关乎对"五四"以来中国现代文化、现代文学和现代学术的确认问题。

自20世纪八九十年代以来，伴随着国学、新儒学、文化保守主义、

---

①龙协涛：《红学应定位于"新国学"——访著名红学家周汝昌先生》，载自《北京大学学报》1999年第4期。

②中国社会科学出版社2001年版。

现代性的讨论等在中国的兴起,"五四"新文化、"五四"新文学遭到了问责甚至否定,这可以追溯到海外学者林毓生的《中国意识的危机》和王德威的《被压抑的现代性》。他们认为,"五四"新文化运动和"五四"新文学运动是全盘反传统的,从而造成了中国文化的断裂,造成了现代性的被压抑,甚至把"五四"和后来的"文革"相提并论。这种思想蔓延以来,成为90年代以来中国现当代思想史、文学史研究的一种趋向。这就造成了对"五四"以来新文化、新文学、新学术的漠视、轻视甚至蔑视。20世纪末对鲁迅的诋毁与此密切相关。甚至说鲁迅是"文化大革命"的精神资源,直到今天仍有人说鲁迅是中国思想文化的负面资源等等。

其实,正像严家炎所说:"国学实际上有两个传统:一个是几千年的老传统,一个是近百年来形成的新传统。这两个传统至今未能融合的一个重要原因,是因为存在着对新传统——即'新国学'的很大误解,诸如认为'五四'新文化运动是靠所谓'打倒孔家店''全盘反传统'起家的;'文革'受'五四''全盘反传统'的影响等。"事实远非如此。"'五四'虽有偏激,但并不'全盘反传统'。"①对此,严家炎阅读了全部的《新青年》(从《青年杂志》到《新青年》),对"五四""全盘反传统"问题进行了有力的考辨和纠正。②事实上,"近百年的历史积淀,'五四'已经形成了自身的文化传统。""摆在我们面前的其实有两种传统,一种是中国古代优秀文化传统,一种是以'五四'为代表的现代文化传统。这两种传统其实并不相悖,二者之间有密切关联,而且彼此呼应,成为我们共同的精神遗产。"③很多学者都看到了"五四"以来现代文化、文学和学术这一新传统问题,除了王富仁、严家炎,还有温儒敏、杨义等。温儒敏针对"当今对现代文学传统的轻视或无视",提出

---

① 严家炎:《从"五四"说到"新国学"》,载自《甘肃社会科学》2007年第1期。
② 参见严家炎:《"五四""全盘反传统"问题之考辨》,载自《文艺研究》2007年第3期。
③ 林淡之:《大国学术的正大气象——读杨义新作〈现代中国学术方法通论〉》,载自《文学评论》2009年第5期。

"现代文学传统及其当代阐释"问题。他说:"说到传统,一般人总是非常惯性地就想到古代的传统,很少还会顾及现代。""如果说古代文学是一个'大传统',相对而言,现代文学还只是个'小传统'。""但是,无论承认或不承认,现代文学作为一种新传统已经无孔不入,无处不在,渗透到了社会生活的各个方面,正在影响和制约着我们的思维方式。""最明显的,是以白话文为基础的现代文学语言的确立,这也是现代文学区别于古代文学的最重要方面。"①温儒敏十分重视现代文学作为新传统资源的利用以及在当代价值重建中所发挥的作用。如果说温儒敏强调现代文学传统的话,那么,杨义更看重现代中国学术传统。他在悉心研读了严复、梁启超、王国维、胡适、鲁迅、周作人、陈寅恪、傅斯年、顾颉刚、钱穆、俞平伯、朱光潜、冯友兰、宗白华、吴宓、钱钟书、季羡林等现代权威学者的大量学术著作之后,撰写出版了学术力作《现代中国学术方法通论》②。书中"通过扎实细致的学理分析,通过上升到哲学层面的理论整合,通过对现代学术方法的系统整理,充分展示了中国现代学术,以及现代文化所取得的不愧于古人的骄人业绩"③,总结了现代学人做学问的一般规律和方法。

上述这些现代文化、现代文学、现代学术中的精华以及由此形成的新传统,理应纳入现代国学的范畴,成为重要组成部分,包括鲁迅学在内。但是,由于两千多年传统的惯性,以及期间所取得的辉煌成就,再加上国学的虚热和厚古薄今,"新传统"只在该学科内得到了认同,在该学科外还没有得到充分认同。外界,尤其是传统国学界是否承认?是否接纳你为现代国学,恐怕还是个问题。我们把鲁迅学上升到现代国学的高度,恐怕也面临这样的问题。

然而,越是这样,越表明提倡它的必要、重要和不寻常的意义来。

---

①温儒敏:《现代文学传统及其当代阐释》,载自《中国现代文学研究丛刊》2008年第2期。

②山东教育出版社2009年版。

③林淡之:《大国学术的正大气象——读杨义新作〈现代中国学术方法通论〉》。

我们一定要为"五四"以来的中国现代文化、现代文学、现代学术明确身份、确认地位、找到归宿。尤其要把鲁迅学上升到现代国学的高度，因为鲁学无疑是中国现代文化、现代文学、现代学术的精华部分，无疑经过了近百年的成熟发展。而它的去向和进一步发展，也无疑关乎它的未来。然而，事实上，即使在鲁迅学科内部，恐怕也见仁见智，莫衷一是。我们说鲁学是现代国学时，是否有底气？是否有足够的信心？鲁迅研究专家郑心伶在谈到鲁迅学的创立与发展时，说："'鲁迅学'无疑将成为真正的国学之一。"他预测，到21世纪后期鲁迅学"将牢牢屹立于国学之林。"①言外之意，鲁迅学现在还没有成为真正的国学之一。所以，我们要不断呼吁，不断努力，重振现当代文化在中国学术中的地位，继续深化鲁迅研究，继续构建鲁迅学的学术体系，提升鲁学的学术地位。

　　鲁学和红学一样，完全有资格定位于国学，它也和孔学、儒学、甲骨学、敦煌学一样，都属中华文化的精华，都以深度、广度和高度令国人赞赏，引起生生不息的研究，并产生了世界影响。和红学一样，鲁学的百年历史也反映了学院文化、革命文化、社会文化、思想文化的复杂交织与纠缠。鲁学经过李何林、王瑶、唐弢、彭定安、林非、袁良骏、张梦阳、张福贵等几代学者的努力，从最初的研究基础，到鲁迅学的提出和命名，从鲁迅学的学科搭建，到鲁迅研究范式的总结，从鲁迅研究资料的系统整理，到鲁迅学通史的详细编撰，已经具备学科的完整格局。尤其是张梦阳独著的四大卷、二百多万字的《中国鲁迅学通史》，全面地反映出鲁迅学的深度、广度和高度，也是任何一个作家的研究史都不能比拟的。如果说，"五四"以来的中国现代优秀文化、文学、学术应该纳入国学的序列，那么，首先应该确认的就应该是鲁学。因为鲁学代表了现代文化、文学、学术的峰巅、精华和根本，从广泛性来说，它涵盖了文化、文学、学术；从深刻性来说，它探寻的是国人、民族、国家的拯救与出路，探寻的是国人的魂灵、人性的深度、世界人的理想，

---

① 郑心伶：《鲁迅探寻——鲁迅研究发微》，中国窗口出版社2013年版，第72—73页。

寻求的是立人和人的现代化之路。"学术研究归根结底解决的是人类或一个民族、一个人对世界、社会、自我的理性认识的问题。"[1]认识鲁迅就是认识中国历史（从古代、近代到现代）、中国社会、中国文化、中国人；理解鲁迅也就是理解中国历史、中国社会、中国文化和中国人。这是鲁学的"主脉"，是没有止境的。正是在这个意义上，鲁迅文本和鲁学研究具备了最富魅力的中国文化"代表"的资格，它的实力、潜力、它的精神引领，要比新儒家、"学衡派"、文化保守主义等强大得多，深刻得多。所以，鲁迅学才获得了最本体性"国学"的资格。

我们之所以将鲁学提高到现代国学的高度，不是标新立异，也不是在国学中争地夺位，而是现代文化学术发展演化的必然，是鲁学发展演化的必然。同时，也有利于打通鲁学以及中国现当代文化与中国古代、近代文化，与红学的联系，国学也增加了新的内涵、新的力量，否则，国学就会封闭起来、凝固起来，就会愈来愈萎缩，与现实愈来愈脱节。只有把鲁迅学这门现代国学正视起来，重视起来，鲁学方能出现更新、更好的局面。

三、对"新国学""国学"内涵和外延的修正意见

周汝昌、梁归智等古代文学学者认为红学是"新国学"，王富仁等现代文学学者认为中国现当代文化和学术也是"新国学"，他们对"新国学"的内涵和外延理解的并不相同。如前所述，王富仁对"新国学"的学科内涵设想为四大部分，既包括原有的国学，也包括中国现当代的所有学科和领域，从人文科学到社会科学再到数学和自然科学研究领域，囊括一切，无所不包。于是"新国学"也就等同于中国古今的学术总汇，这种漫无边际，实际上也就消解了国学。所以，在提出的当时就有人提出异议。这的确值得商榷。因为一旦什么都是"新国学"，也就等于

---

[1] 梁归智：《"新国学"与"红学"——读王富仁〈"新国学"论纲〉札记》，载自《社会科学战线》2005年第6期。

什么都不是"新国学"了。它的漫无边界，无形中也就消解了"新国学"乃至"国学"的经典性、崇高性和重要性。削平了"新国学""国学"的门槛，那样的话，周汝昌、梁归智等论证的红学应定位于"新国学"，我们所论证的鲁学应是现代国学的内涵之一也就毫无意义了，它们自然是"新国学"，无须论证了。所以，不能将"新国学"的内涵和外延理解得如此漫无边界。

周汝昌认为，"所谓'新国学'，以我之见，是指中华民族在走向伟大复兴这个新的时代背景下重建民族文化和民族精神的根基性的学术研究。"[①]这话是说"新国学"要体现民族文化和民族精神，同时还具有"根基性"的特点，因此，绝不是所有学科、领域的研究都具有这样的内涵和特点。在周汝昌看来，"国学"首先应是中华文化之学，其次是它的影响，"从地域之广大，研究者数量之巨大，内容（文化层面）之富厚丰盈，对此学深切关注的极大普遍性（从最高学府到街道、单位、家庭的各式'红学小组'）等等方面来看"，这样，红学"就足以'国学'之名而无愧了"[②]。这是非常在理的见解。笔者认为，"国学"也好，"新国学"也罢，既然叫"国学"，就应该能够代表国家的学问，它往往是独一无二的，具有世界影响的，具有经典性和深邃性，且属于中华文化之学，具有文化内涵和文化精神。因此，并非中国"五四"以来所有的学问、所有的领域都具有这样的特质，当然也就不能都纳入"新国学"的范畴。那么，没有纳入"新国学"的学科、领域，就没有存在的理由和价值了吗？当然不是，它们照样属于中国的学问，包括在中国学术之中，照样占有自己的一席之地，只不过不能成为"国学"而已，像中国现代科技文化、中国现代翻译文化中的一些寻常的、庸常的内容。"国学"更多的应该指具有国界、具有独立的民族国家性、能够提供价值理性的人文文化。这样看来，前面引述的王富仁对"国学"的定义也应该修正，它就不应该仅仅是"一个国家，一个民族的文化和学术"，而应该是指能够

---

① 龙协涛：《红学应定位于"新国学"——访著名红学家周汝昌先生》。
② 周汝昌：《新红学——新国学》，载自《山西大学学报》2002年第2期。

代表一个国家、民族的、具有价值理性和经典意义的、又具有相当影响的文化和学术，它具有"国粹"之意。

关于"新国学"这一名称也值得深入思考，其命名是否恰当？是否无懈可击？是否容易造成误读、误解？钱理群就曾指出："应该说'新国学'的概念，是很容易被误读的。我自己就曾望文生义地认为，王富仁先生提出'新国学'，就是要站在他一贯坚守的'五四'新文学的立场，对传统'国学'进行'新'的研究与阐释，以和'新儒家'区别开来；""而一些年轻朋友却从另一个角度提出怀疑，以为这意味着王富仁从原有的新文学、新文化立场有所倒退。"①还有一种误解，即把王富仁所说的"新国学"仅仅理解为"五四"以后的"新传统"，取其"新"字，并不包括以前的"旧国学"，和"旧国学"是对举的。一说到"新国学"，人们很自然地就想到"五四"以后的"新传统"，很少会想到或者根本想不到它还包括原有的国学。尽管这都是误解，而且是不应有的，但同样引起我们的深思。周汝昌、梁归智所说的红学是"新国学"，这个"新国学"显然也是不包括"旧国学"的，因为"新国学"是和"旧国学"相比较、相对举而存在的，后来的是"新的"，原有的就是"旧的"，"新的"怎么还会包括"旧的"呢？从这个意义上说，"新国学"无法取代"国学"。同时，"五四"以来形成的新传统称为"新国学"；"五四"以前的《红楼梦》也称为"新国学"，这也容易造成逻辑上的混乱。这样考虑，我认为，中国近百年形成的新传统，与其叫"新国学"，不如叫"现代国学"，因为它和现代的历史是同步的。本文称鲁迅学为现代国学就出于这种考虑，它是沿用了当年彭定安的说法。这时的"现代国学"，当然是不包括传统国学的。这样，国学的整体应该包括"中国固有的国学"（传统国学），包括未纳入传统国学（经史子集、儒学等）的"红学"，也包括"五四"以来新传统的"现代国学"。国学既是一个整体，又是阶段的组合，可以进行打通研究，也可以分阶段研究。红学、

---

①钱理群：《我看"新国学"——读王富仁〈"新国学"论纲〉的片段思考》，载自《文艺研究》2007年第3期。

鲁学都是国学整体中的部分。

将鲁学纳入国学，既有利于鲁迅研究，也有利于打通现代文化与古代文化的联系。作为现代国学的鲁迅学，应更注意把它上升到中华文化之学、学术之学进行研究。"由于鲁迅主要成了一个文学家，他的语言更是文学的语言，因而，我们对现代学术史的考察中往往有意无意地忽略了鲁迅在中国学术史上的地位和作用……"①比如，对《红楼梦》的研究，周汝昌尊鲁迅为红学大师，而对胡适却颇有微词，这说明鲁迅在红学方面的造诣和精深见解。而鲁迅的社会文化（包括与左翼文化的关联）、思想文化、精神文化也是国学界所轻视的。鲁迅的最清醒，从不随波逐流，鲁迅的怀疑精神，鲁迅的灵魂拷问等，在国学的格局中都应有一席之地。再比如，对鲁迅译文的研究仍是薄弱环节。鲁迅生前学过英文、俄文，精通日文、德文。他先后翻译了14个国家105位作家的作品，还写了大量的评介性的文章，涉及21个国家的166位作家。2008年出版的、由北京鲁迅博物馆编的《鲁迅译文全集》共8卷300多万字。对这300多万字的研究，自然也是鲁学、国学的应有之意。

鲁学研究中存在的重复研究、过度阐释、牵强附会的解说，在国学研究中同样存在。有学者说："重复阐释本身具有两个重要的意义：第一，显示出问题的重要性；第二，显示出价值的恒定性。经典的形成必须要有反复和重复的阐释过程，没有这个过程就很难成为经典。"②这是有见地的。学术创新要求避免重复，但文化承传、精神承传又要求重复、重申，甚至反复强调。回想对经典的阐释，从"六经"之学到老庄之学，从儒学、新儒学到红学，哪一个不是重复阐释呢？不断地重复它们，才证明它们是经典，是国学，经典是需要不断阐释的。同理，对鲁迅精神、思想的当代价值转化与生成、对鲁迅资源的当代意义与当代价值重建，为什么近年来不断被学术界重提？这本身就说明这一问题的重

---

① 梁归智：《"新国学"与"红学"——读王富仁〈"新国学"论纲〉札记》。
② 张福贵：《鲁迅研究的三种范式与当下的价值选择》，载自《中国社会科学》2013年第11期。

要性、经典性和恒久性。周汝昌说："要想了解中华文化，若从孔、孟、老庄、五经四书、四库四部读起，对今日年轻人（尤其外国人），那太难了，最好的（简捷的）办法是先读《红楼梦》。"[1]王富仁说："中国需要鲁迅。越是在一个躁动混乱的时代，越需要一个沉静倔强的灵魂。""我们二十岁以上的中国人，在读完《论语》之后，不妨再抽上一个月的时间读一遍《鲁迅全集》，或许不是一点益处也没有的。"[2]两位学者分别代表了红学和鲁学研究的重镇，他们的话道出了曹雪芹和鲁迅对古典国学和现代国学所做出的卓越贡献。

原载于《鲁迅研究月刊》2014年第11期

---

[1]龙协涛：《红学应定位于"新国学"——访著名红学家周汝昌先生》。
[2]王富仁：《中国需要鲁迅》，第199—200页。

"新国学"建构与中国现代文化
——关于王富仁先生《"新国学"论纲》的思考

陈方竞

"国学",顾名思义,是一个国家或一个民族的文化和学术的总称。"国学"在根本上是文化的,学术是在文化基础上建立起来的。如果我们不局限于中国而着眼于整个世界,会清楚地看到,"国学"是现代国家民族主义诉求的直接表现,是"现代民族国家"意识形成并强化的文化要求。如18世纪末华盛顿和他的战友们发动并领导的推翻英国殖民统治的革命,在1776年发表了被马克思称为人类历史上"第一个人权宣言"的北美《独立宣言》,宣告了美国这个现代民族国家的诞生,整个北美独立战争的过程,就是美国借助欧洲文化传统重建本民族文化根基的过程。1838年,爱默生在《论美国学者》中明确提出建构美国"国学"的要求,他认为这是民族精神得以确立的根本保证。"国学"建构具体体现在与爱默生同时代的思想启蒙家的大量著述中,其中重要的一部是班克罗夫特竭毕生精力完成的十卷本《美国史》,使美国文化获得了独立形态,标志了美国"国学"的诞生。时至今日,整个世界的经济一体化潮流以及在此基础上形成的"全球化语境",使更多的国家或民族愈益突出地感受到西方强势国家的强势文化对本民族文化的挤压,愈益急迫地意识到负载着本民族精神的"国学"建构的重要性。可以韩国为例,在金大中执政期间,韩国出现了普遍的学习汉语的热潮。他们学习汉语,是要通过对中国古代典籍的重新认识,来理解和研究本民族的历史和文化,使本民族的历史和文化真正获得独立形态,以实现本民族"国学"的独立建构。

我们需要认识体现民族意识和民族精神的"国学"建构的意义,我们更需要充分认识作为文明古国的中国近现代以来的"国学"建构的重要性,但中国的历史和现实决定了"国学"建构的某种特殊性。我认为,认识这种特殊性,对于我们理解王富仁提出的"新国学"[①]与前述一般意义上的"国学"的联系和区别,是十分重要的。

北美《独立宣言》问世的年代,中国这个文明古国还在沉睡中。"现代""民族""国家"这些词汇是在1840年西方列强迫使中国打开国门后才出现在中国语言文字中的,但这并不意味着中国形成了"现代民族国家"意识。基于"现代民族国家"意识提出建立"国学"的,是辛亥革命时期的革命家和国学大师章太炎:"夫国学者,国家所以成立之源泉也。吾闻处竞争之世,徒恃国学固不足以立国矣。而吾未闻国学不兴而国能自立者也。吾闻有国亡而国学不亡者矣,而吾未闻国学先亡而国仍立者也。"[②]他把重建"国学"看得比国家兴亡更为重要。1906年在《东京留学生欢迎会演说辞》中,他提出当务之急的两件事:"第一,是用宗教发起信心增进国民的道德;第二,是用国粹激动种性,增进爱国的热肠。"[③]显而易见,他提出的重建"国学",就是要重铸民族灵魂,与他作为革命家为建立现代民族国家所付诸的实践相一致。我认为,王富仁的"新国学"建构,就是建立在对章太炎的"国学"的深刻认识和理解之上的。首先,"新国学"是在章太炎的"国学"基础上提出的,二

---

① 王富仁:《"新国学"论纲》,载自《社会科学战线》2005年第1—3期。

② 章太炎:《国学讲习会序》;原载《民报》第7号;转引自汤志钧《〈国学概论〉导读》,见《国学概论》,上海古籍出版社1997年版。

③ 《章太炎政论选集》,中华书局1977年版,第272页。

者在重建中国人的主体精神这一根本之点上是一脉相承的。其次,"新国学"与章太炎的"国学"对中国人主体精神的重建,又一致地表现出精神和文化寻根的主导意向,都是直接针对中国正统文化的核心部位溯本求源,立足于中国书面文化产生之初的状况重建中国文化。

王富仁的"新国学"更是针对19世纪末以来持续百年的"西学东渐"提出的,是在一个更为广阔的视域中体现了与章太炎相一致的中国文化发展思路,如《"新国学"论纲》所述:"中国文化的现代发展归根到底还必须表现在中国文化这个核的变化上,表现在中国正统文化的变化上,西方文化的影响如果无法带来中国文化这个核心部位的变化,它就只是中国固有文化传统的新的构成成分,起到的是加强中国固有文化传统的作用和意义;西方文化如果能够促进中国文化实质性的发展,这种发展归根到底也还是中国正统文化的发展,而不是西方文化这种外来因素的自身扩张。我认为,迄今为止中国近现代文化真正有实质意义的发展,都是通过重新回归传统的形式具体表现出来的,而在西方文化直接影响下所取得的暂时的发展和变化,则往往带有浮面的、虚矫的特征。一次次的文化回潮都会把这些发展的泡沫分流出去,而剩下的还是在这个过程中正统文化自身发生的那些微末的变化。"①在这里,我们可以看到"新国学"与章太炎的"国学"的联系与区别,这更是通过鲁迅对章太炎文化变革观的继承和发展表现出来的。鲁迅1907—1908写的那一组论文,就是在对章太炎思想的直接继承基础上的一种真正发展,即他以"立人"为根底提出:"外之既不后于世界之思潮,内之仍弗失固有之血脉,取今复古,别立新宗,人生意义,致之深邃,则国人之自觉至,个性张,沙聚之邦,由是转为人国。"②假若说鲁迅与章太炎在革新中国文化以重建中国人的主体精神上相当一致地体现了"取今复古"的变革取向,那么,可以看到,章太炎所重在"复古",主要从中国历史文化原初时代追寻恢复中国人主体精神的思想文化资源,鲁迅则不仅"复

---

① 王富仁:《"新国学"论纲》。
② 《鲁迅全集》(第1卷),人民文学出版社1981年版,第56页。

古"，更重"取今"。他的"取今"与"复古"不是二元对立，而是相互补充和推动，是着眼于中西文化发展历程的整体比较以重建中国人的主体精神。假若我们认识到鲁迅与章太炎在"取今复古"上的联系与区别，可以看到"五四"新文化运动正是在鲁迅开拓的革新中国文化方向上发展起来的，是以"立人"为宗旨创造中国现代文化，以实现中国正统文化核心部位的真正变革，体现了中国文化"核"的变化。

"新国学"对章太炎的"国学"的富有实质性意义的发展，体现在"新国学"是以"五四"开创的中国现代文化为根基建构起来的，这根源于"五四"新文化倡导者具有了章太炎所不具备的中西文化整体比较的视野和观念。那么，"五四"新文化倡导者的中西文化整体比较观是怎样形成的？这对于中国现代文化的发生和发展具有怎样的作用？由此而产生的中国现代文化怎样体现了中国文化的真正发展？分析这些问题，显然可以深化我们对王富仁提出的"新国学"的认识。

陈独秀是通过"反传统"推动中国现代文化产生的。在过去的阐述中我们更多注意的是他"反传统"的具体内容，常常忽略他的"反传统"是在对中西文化整体概括和比较中产生的。在王富仁看来，陈独秀的中西文化整体比较的视野和观念在中国文化的发展中更具有革命性意义，反映出他的思维方式和论述方式具有的整体概括特征，如王富仁所分析，这种整体概括的思维方式和论述方式是对先秦思想学说创造方式的"复活"和"发展"："在传统儒家的思想学说中，实际上已经发展起了从整体上感受和把握研究对象的思维方式，儒家提出的'君臣、父子、夫妇'三种人际关系实际上就从整体上概括了传统封建社会的全部人伦关系，儒家为处理这三种人伦关系所提供的基本原则同时也是处理当时全部人伦关系的基本原则，但由于后儒走上了注经、解经的道路，这种从整体上独立概括研究对象的能力反而逐渐衰退。西方文化的出现，中西文化比较思维的发展，在像陈独秀这类中国现代知识分子身上重新复活并发展了这种思维方式和论述方式。陈独秀的整体概括能力是在中西文化的整体比较中重新建立起来的，是在革新中国固有文化传统的目的意识下被运用的，所以具有极其强烈的否定性、批判性和革命性,在反对旧文学、提倡新文学,反对旧道德、提倡新道德的"五四"新文化运动中发挥了极其重要的作用,并以其鲜明性成为"五四"新文化运动的思想旗帜。"①显然,"五四"新文化倡导者重新建立起来的这种思维方式和论述方式,反映了中国古代文化与西方文化在他们的视野中第一次以各自独立的整体面貌呈现出来,具有了整体比较的可能,而中西文化整体比较观的形成对于中国现代文化的开创和发展,是至为关键的。

中国古代文化较之中国现代文化的一个根本性不同,就是这是一种"完成时"的文化,是在整体上已经衰竭了生命力和创造力的一种书面文化传统。那么,这种状况是怎样出现的呢?中国古代书面文化是适应古代社会专制统治的需要发展起来的,这一以宗经传道为主旨的文化在几千年发展中与中国古代社会相适应,自上而下浸润于整个社会生活而具有了广泛的社会性。当中国社会自唐宋以后愈益走向封闭和专制,古代书面文化传统发生了自身无法克服的蜕变,逐步沦为皇权统治的工具,是以其特有的文化方式维系着整个社会专制的运转,实现了马克思所说社会的上层建筑与经济基础之间的高度统一。这应该是20世纪80年代中国历史研究中曾经提出的"中国封建社会超常性延续"这一特殊现象出现的主要原因。假若我们认识到中国古代书面文化与古代专制社会在整体上相契合建立起的是一种"超稳定结构",就不难理解为什么在中国历史中出现的短暂的元代和历时近三百年的清代,少数民族对汉族的统治并没有使以汉族人为主体创造的这一书面文化传统发生断裂,相反,如我们所看到,正是蒙古人统治的元代延祐年间(1314—1320),朝廷明令以朱熹的《四书集注》开科取士,并自此迄至清末,沿袭不变,而清代在时至今日的一些学者看来,又是以汉族为主体的古代书面文化最为昌盛的时代。因此,提出中国古代书面文化的"超稳定结构",体现的是对中国古代文化的整体思考和概括。我认为,这对于我们认识中国文化的革新和发展是十分重要的。在中国历史上,魏晋时代为反对汉代独尊儒

---

①王富仁:《"新国学"论纲》。

教而崇尚"药、酒、女、佛",晚明公安派、竟陵派为挣脱宋明理学的束缚竭力张扬人性解放思想,所以都未能改变中国古代书面文化以宗经传道为主旨的"超稳定结构",一个主要原因就在于,中国古代文化仅仅是以"部分"而非"整体"呈现在这些变革思潮的提倡者的视野中的。他们据以反抗的思想文化资源与"超稳定结构"所具有的全部思想文化力量是极不相称的,带来的只能是古代文化"整体结构"内部的"部分"调整。但是,当辛亥革命后,康有为作为最早面向西方的杰出的维新派知识分子,1912年提出尊孔子为教主,定孔教为国教[①],继之袁世凯的称帝、张勋的复辟帝制,情况发生了根本的变化,这说明古代书面文化的"超稳定结构"具有的思想文化力量并没有因为清王朝的覆灭而丧失,这种情况为"五四"新文化倡导者改变以汉文化为正宗的"反清复明"意识提供了可能,为他们不局限于"部分"而从几千年历史中获得对中国古代书面文化传统的"整体"认识提供了可能。

西方文化同样是适应整个社会的发展要求建立起来的,与时至清末中国文化与社会的关系一样,历经数千年发展的西方文化也形成了自己的稳定结构体系,但西方文化在西方社会中的意义与中国古代文化又有不同,如果说时至清末的中国古代书面文化更趋于"封闭性",那么西方文化历经文艺复兴特别是19世纪的发展具有了更多的"开放性"。这主要根源于古希腊文明建立在欧洲那块版图上诸多"城邦制"国家的社会结构之上,这带来的是"社会民主"的基因,是欧洲文化能够在古希腊文明基础上得到更大发展的根本保证。同时也应该看到,孕育欧洲文化的源头古希腊文明的地中海(爱琴海是其一部分),地处欧、亚、非三洲大陆的交接带,这是与"四壁绝缘"的"老中国"不同的,我们可以通过考古学和古历史学发现古希腊文明与古埃及文明、古巴比伦文明难以割裂的联系,法国17世纪思想家帕斯卡尔对此更深有感触,曾颇为风趣地说古埃及女王克拉利佩特拉的鼻子如果短一点,整个欧洲文明与欧洲历史就有可能被重写。我认为,这更是针对以意大利为中心的欧洲文艺复兴

---

①康有为:《孔教会序》,载自《孔教会杂志》第1卷第2号。

的得以发生提出的。如我们所看到，欧洲文艺复兴不仅真正焕发和发展了古希腊文明的生命力和创造力，而且是通过重新建立起来的科学与宗教相统一的基础而使这一古文明在欧洲文化中得到了更大发展的。这种发展更是历经启蒙运动而在19世纪的西方实现的，由此而带来的西方文化与西方社会在整体上相契合形成的难以更易的"稳定结构"，是一种更具有生命力和创造力的文化结构，是能够不断克服自身社会症结的文化结构，适应并推动了西方社会不间断的文明进步。如果我们认识到这一点，是不难理解为什么19世纪中叶中西文化绝缘状态的打破出现的是"西学东渐"，为什么"五四"的中西文化整体比较对于中国现代文化的开创具有首要的意义。

具有各自"稳定结构"的中国古代文化与西方文化是两种不同性质和特征的文化类型，是在各自的社会文化语境中生成发展起来的，同时也是在彼此相互隔绝的状态下生成发展起来的。当历经各自历时性发展并具有各自"稳定结构"的中西文化，在1840年后共时性呈现在中国知识分子的视野中时，西方文化无疑是需要植根于中国文化语境中的中国知识分子"客观化"感受和认识的一种文化，"客观化"感受和认识形成的前提，是必须把西方文化作为一个有别于中国古代文化的"整体"来感受和认识。这就是说，当1840年后中国人几乎只能别无选择地听任西方文化对这个文明古国的社会文化冲击和润染时，与前述中国古代文化一样，西方文化是以"部分"还是以"整体"进入力图革新中国文化的中国知识分子的思考中，意义是迥然不同的。

由于鸦片战争及其后的一系列丧权辱国条约的签订，闯入中国人视野的"西方"首先是一副狰狞的面目，伴随而来的是"华夷之辩""体用之争"，如何认识中国文化与西方文化的关系，是洋务派、维新派以至革命派持续半个多世纪争论不休的话题。为此，中国付出了惨重的代价。只有在"五四"，在一批以留学生为主体的新文化倡导者的视野中，"西方"才以其在整体上迥异于中国古代文化的面貌得到客观正视——这种正视又与前述中国古代文化以其整体面貌进入他们的思考中是内在相联系的。

我们至今对"五四"新文化倡导者所进行的文化批判和社会批判仍然存在着严重隔膜以至对立情绪。实际上，"五四"新文化倡导者与1840年后力主改革的几代知识分子包括提出建立"国学"的章太炎的根本不同，就在于在他们的思考和认识中，中西文化真正以各自在整体上具有的迥异面貌获得了整体比较，他们的文化批判和社会批判就是由此出发的。在这方面，陈独秀在《青年杂志》上发表的《敬告青年》《东西民族根本思想之差异》《吾人最后之觉悟》等文章，不仅标志着以他为代表的新一代从国外留学归来更关心中华民族和中国文化发展的知识群体的出现，而且他对中西思想文化进行的整体比较，直接针对的就是1840年以来以"部分"而非"整体"认识中西文化关系的种种观念。

"五四"新文化倡导者通过中西文化整体比较创造中国现代文化，显然不是对中国文化的断裂，而是对中国文化的一种真正发展。在这里，认识一下他们革新和发展中国文化的思考和实践，是十分必要的。首先，新文化倡导者对中国古代书面文化的认识趋于整体化或者客观化，这同时又是一种异己化。诸如胡适提出"整理国故"而展开的"国故学"研究，他的《白话文学史》《中国中古思想史长篇》《戴东原的哲学》等，还有他对中国古代小说的研究，与此前的中国文化研究和认识的一个根本不同，就是这是一个有着独立体系和脉络的文化整体，与他认识中的西方文化相一致，是需要进行客观化学术研究的对象，因此，他更重视研究"科学方法"。正是通过这样一种研究，中国古代书面文化在整体上具有了进入中国现代学术文化中得到研究深化的可能。鲁迅终其一生致力于中国古代文化典籍的整理，他还有《中国小说史略》《汉文学史纲要》等研究著作，他更是通过杂文表达自己对中国文化的独立思考和认识，他显然与胡适在研究方法上有所不同，但把研究对象作为相对独立的整体进行研究则是一致的。我们正是在鲁迅的研究和认识中更清楚地看到，正是中西文化的整体比较使他在研究中严格区分着中西文化的不同，即他从不套用西方文化概念和范畴认识中国文化，更是着眼于中国正统文化和正统文学在近现代整体变革基础上的发展而展开的，使我们切实认识到中国文化的发展不是西方文化这种外来因素自身扩张的结果，而是中国文化和中国文学产生之初就内在具有的生命力的复苏，这更是通过"五四"中西文化整体比较实现的，并且可以在"立人"的基础上得到更大的发展。

其次，新文化倡导者在把中国古代书面文化作为相对独立的整体进行研究的基础上，更为强烈地表现出寻求中国文化主体精神发展的主观愿望。诸如胡适提出的"整理国故，再造文明"，他作为博士论文所写的《先秦名学史》，还有他1918年完成的《中国哲学史大纲卷·上》，与章太炎相一致追溯到中国书面文化的原初形态，都是对春秋战国时期不同思想学说的重新梳理和认识，同时这也是对书面文化的一种整体重构和改造，以从中获得中国文化发展的精神动力；鲁迅也有与此相近的回溯，如他的《中国小说史略》从"神话与传说"谈起，他在《汉文学史纲要》前四章中对春秋战国时期出现的散文和诗歌的正本清源，都是要说明中国文学发展中精神蜕变的根源。他显然更重视通过中国文化原初形态，追寻其在书面化发展中失落的主体精神，以实现现代中国人的主体精神重建。但他并不认为这是可以通过对中国古代书面文化的考证、整理和重构实现的，这是他与章太炎和胡适的不同，反映出他作为一个思想家和文学家的特殊深刻之处。他1908年在《破恶声论》中即指出中国文化的书面化发展出现的"本根剥落""种性放失"，"五四"时期进一步提出："便在中国，只要心思纯白，未曾经过'圣人之徒'作践的人，也都自然而然地能发现这一种天性"，"这离绝了交换关系利害关系的爱，便是人伦的索子，便是所谓'纲'"①。这是鲁迅进入与世界的广泛联系后重新建立起的中国文化革新和发展之"纲"，是他之"立人"的根本所在，这更是通过与延续至清末的书面文化传统的断裂表现出来的。而在他的文学创作中有更为突出的表现，如他的《故事新编》立足于自我生命体验重新感受和认识被书面文化遮蔽的中国历史和中国文化，感受和认识中国人身上潜在的并未受到正统文化淫染的精神因素，从中发掘中华民族和中国文化"固有之血脉"。他更重视中国文化内在具

---

① 《鲁迅全集》（第1卷），人民文学出版社1981年版，第133页。

有的主体创造精神在现代中国的延续和发展,而将此寄希望于那些"切切实实,足踏在地上,为着现在中国人的生存而流血奋斗者"[①]。鲁迅终其一生的全部研究和创作更是立足于这个要求和目的之上的,在他看来,中国现代文化只有从此出发才能得到更大的发展,这同时也是中国文化的真正发展。

原载于《社会科学战线》2007年第1期

[①]《鲁迅全集》(第6卷),人民文学出版社1981年版,第589页。

"新国学"与"红学"
——读王富仁《"新国学"论纲》札记

梁归智

周汝昌先生来信说，《社会科学战线》上面有一篇关于"新国学"的长文，自己眼睛不行了，无法细阅，要我读一读。周先生对这个论题感兴趣，是因为他将红学定位于"新国学"[①]。

王富仁先生说，"新国学"不是一种学术研究的方法论，不是一个学术研究的指导方向，也不是一个新的学术流派和学术团体的旗帜和口号，而只是关于中国学术的观念。从长远来看，这种思路是有意义的。如果把"国学"只限制为"五四"新文化运动以前的中国传统文化，随着时间的推移，"国学"会愈来愈萎缩，会与现实生活愈来愈脱节。所以，从总体上，我赞同王富仁先生的"新国学"思路。我想要做一点发明的，是接续周汝昌先生和笔者曾经主张的将"红学"定位于"新国学"这一老话题，或者也可视作对王先生宏论的一点引申和发挥。笔者在《对"红学"应定位于"新国学"的一点理解》[②]中曾经说，中西文化

---

① 《北京大学学报》1999年第2期刊登龙协涛的《红学应定位于"新国学"——访著名红学家周汝昌先生》，即正式提出了这一命题。

② 载自《淮阴师范学院学报》2003年第6期。

的认同纠葛，其实还紧密关涉着一个迫切的现实问题，即中华民族需要一种有民族特色的文化精神作支撑，也就是解决所谓灵魂信仰的危机失落、精神价值的悬置虚脱问题。这也是一个世界性的问题，但在当代中国似乎格外紧要。我所意指的"新国学"主要是在这种"文化故乡、精神家园"的意义层面上立论的。

王国维与《红楼梦》

王富仁先生认为王国维没有像很多中国知识分子那样闭上眼睛不愿看到中国固有文化传统的衰弱，也没有像很多中国知识分子那样以欣赏的态度看待自己民族及其文化的危机，是属于用感情拥抱着自己的民族和自己的民族文化的知识分子。如果深入一步观照的话，这些评价王国维的话移之于曹雪芹其实更合适。曹雪芹比王国维早了一百多年，却以其天才的早慧敏锐地察觉到中国传统文化即将面临的危机，并以卓绝的悲剧艺术表达了这种危机意识，同时，更是"情感感受层面的"，"自幼就把中国文化作为一种具有最高价值的文化"，"属于那种用感情拥抱着自己的民族和自己的民族文化的知识分子"。

王国维写了第一篇研究《红楼梦》的近现代意义上的学术论文《〈红楼梦〉评论》，但这是一篇存在根本缺陷的论文，没有区分曹雪芹原著和后四十回续书"两种《红楼梦》"而"混论"之，因而所谓"真正能够感受并体验到《红楼梦》的杰出美学价值"其实是一个不精确的判断。笔者早已论述过，"两种《红楼梦》"的争持本身反映了极为复杂的中华文化内在的矛盾机制，隐藏着中国人之"国民性"的蜕变与新生的斗争，即"传统"自身的纠缠与革新，这里面涉及对真、善、美关系的看法，悲剧实质的认同，历史、伦理、审美观、哲学观等具有根本性质的文化心理问题。比如，续书《红楼梦》所完成的"黛死钗嫁、宝玉出家"的故事，从表面上看来，似乎打破了传统的"光明尾巴""大团圆"的俗套，故而自王国维以来就予以赞美，但这个"悲剧"究其实还是一个符合中国正统观念的伦理性质的悲剧，"好人"与"坏人"，"善"与

"恶"都清楚分明，与古希腊的"命运悲剧"大不相同。而曹雪芹原著所写"忽喇喇似大厦倾""落了片白茫茫大地真干净"的悲剧则比较接近古希腊悲剧，超越了伦理层面而进入了哲理层面，体现了中华文化一种凤凰涅槃式的自我超越和升华。此外如曹雪芹原著在婚恋观、女儿观、价值观等方面都突破了传统，王国维则仍然囿限于后四十回的模式……从一种更深入更本质的层面上观照，王国维其实并没有后来居上，他和曹雪芹达到的高度还是有相当距离的。

章太炎与曹雪芹

王先生说章太炎"是在本民族文化传统中获取其思想动力的。这种思想动力不是某种新的经验、新的知识、新的思想学说，而是一种独立不倚的主体精神"，并分析说这是由于章太炎从少年起就脱离了科举考试的道路，这是他能够将清代的实学完全从宋明理学乃至整个传统儒学中独立出来，提高到"国学"高度的一个重要原因……

这很有见地。不过我们又可以看到，对章太炎的点评移之于曹雪芹同样合适。曹雪芹是通过《红楼梦》的创作而实现了章太炎对"国学"的整合和分析，他更是在本民族文化传统中获取自己的思想动力。对中华传统文化，他同样是"有肯定也有批评"，而之所以能达此境界，关键在于曹雪芹具有"一种独立不倚的主体精神"。如果说章太炎的"主体精神"得益于他少年起就脱离了科举考试的道路，曹雪芹则由于少年起就经历了由"百年望族"而一败涂地的非常遭遇。王先生论章太炎，把民族语言提高到了中国文化"本质"的重要地位上的分析就更有意思。中华民族的民族性，首先孕育在中国的语言文字之中……这些论说其实在曹雪芹的《红楼梦》中能够得到更为彰明的体现。在《〈红楼梦〉研究的意义——世纪之交检讨红学》[①]一文中，笔者就说曹雪芹"精气骨血直接通向了先秦诸子所代表的中国文化的黄金时代"。曹雪芹的朋友敦敏、敦

[①] 收入《箫剑集》，山西教育出版社2000年版。

诚把曹雪芹比作阮籍、刘伶，这不正与章太炎独标魏晋文章如出一辙吗？曹雪芹以《红楼梦》这个空前绝后的艺术文本回答了"中国文化是什么样的文化的问题"，应该说比章太炎的理论述说更具体、更生动、更深刻。曹雪芹的《红楼梦》是民族语言体现中国文化的"本质"这种论断最有力的证明。正如周汝昌所说："我们中国人的思想、感情、性格、观念（宇宙、人生、道德、伦理……）、思维、感受、生活（衣、食、住、行）、言谈、行动、交际、礼数、文采、智慧……无一不可从这部书中找到最好的（忠实、生动、魅力、精彩）写照"，因此曹雪芹和《红楼梦》是"一把进入中华文化之大门的钥匙"①。总之，红学其实应该更接近章太炎为代表的在古文字学基础上发展起来的国学传统，这是由曹雪芹和《红楼梦》本身所具有的内涵和特点所决定的。红学的核心和要义应该是以研究者自己独立的感受和理解对研究对象进行具体的阐释和评价。研究者可以接受中国古代文化传统和西方文化传统的不同影响，但在红学研究中，个人的现实人生感受和体验应该起到关键的作用，研究成果也应该带有强烈的个人化色彩。

鲁迅、胡适红学观的启示

王先生说鲁迅的思想与章太炎的思想有着更本质的联系，章太炎重视的更是人的精神上的独立。由于鲁迅主要成了一个文学家，他的语言更是文学的语言，因而我们对现代学术史的考察中往往有意无意地忽略了鲁迅在中国学术史上的地位和作用……从王先生的结论再往前推进一步，则是曹雪芹通过《红楼梦》所传达的思想内容正是"人的主体性""中国知识分子的主体精神的重建问题"，而由于曹雪芹更主要是一个文学家，《红楼梦》的语言更是文学的语言。其实，从曹雪芹与《红楼梦》切入，几乎所有中华文化的纠缠都能找到一个聚焦点，包括鲁迅和

---

① 龙协涛：《红学应定位于"新国学"——访著名红学家周汝昌先生》，载于《北京大学学报》1999年第2期。

胡适这两位"五四"新文化运动主将的种种矛盾、是非、正误。

学术研究归根结底解决的是人类或一个民族、一个人对世界、社会、自我的理性认识的问题，但这种认识却无法脱离认识主体对认识对象的具体感受和体验，没有了这种确定的感受和体验，也就没有了认识对象的明确性和实现认识过程的主观基础。曹雪芹的《红楼梦》正是这样一个贴近"人的精神感受和体验"的中华文化的卓越文本。正像王先生说鲁迅及其开创的现当代文学传统一样，《红楼梦》和红学研究同样是：虽然不可能代替任何一个派别的学术研究，但它却通过自己的精神感受折射出为任何一个具体的思想学说所不可能完全涵盖的丰富的文化内容。正像鲁迅的文学创作一样，《红楼梦》的阅读和研究，即使在理性思想的启迪意义上，也不亚于中国近现代任何一个具体的思想学说和学术派别。这一视点在鲁迅和胡适的红学观上得到了最生动有趣而发人深省的体现。众所周知，胡适是"新红学"开山祖师，他的主要贡献是引进了西方的"科学方法"，考证了"作者和本子"。但他对《红楼梦》的文本却没有进入的能力，自我表白说"差不多没有说过一句赞颂《红楼梦》文学价值的话"，认为曹雪芹不过是一个"满洲新旧王孙与汉军纨绔子弟的文人"。

胡适的根本问题就出在他的"西学本位"立场。胡适对中华传统文化评价不高。1929年，胡适发表《中国今日的文化冲突》，主张"全盘西化。一心一意走上世界化的路"。胡适做中国古代文化典籍的整理与考证，其目的和宗旨是："整理国故，只是要还他一个本来面目，只是直叙事实而已，使人明了古文化不过如此。粪土与香土皆是事实，皆在被整理之列。"①反观鲁迅，他没有搞过专业的红学研究，却在《中国小说史略》和杂文中多次谈到曹雪芹和《红楼梦》。鲁迅接受了胡适的考证结论，说明鲁迅对"科学方法"的认同，但他同时超越了胡适，就是对曹雪芹和《红楼梦》具有精神气质方面的深度感受和理解。他往往三言两语，就能对曹雪芹和《红楼梦》的精神实质直捣埃下。

---

①见朱洪：《胡适大传》，安徽人民出版社2001年版。

这在"语言"这一最本质的问题上同样得到体现。郜元宝对"鲁迅风"和"胡适之体"的比较很能说明问题:"胡、鲁文体最触目的差别在于一为现代型专家语言,一为传统型通儒语言……作为汉文学渊薮的文章,始终是鲁迅小说不容漠视的文化背景,他的语言也因此而比胡适具有更多的凝聚性……'胡适之体'往往只能照顾到真理光亮的一面,'鲁迅风'却能够表达真理本身的复杂性。"①由于胡适和鲁迅对中华文化特别是语言文字的感受和理解之差异,引导出他们对《红楼梦》版本认同的参差。鲁迅在著作中引到《红楼梦》原文,都据比较接近曹雪芹原著的戚蓼生序本《石头记》,胡适虽然以考证版本起家,却对文本的优劣缺少辨别能力,反而推广被改坏了的程乙本《红楼梦》。

鲁迅在中国文化的发展史上属于"五四"新文化阵营,但在学术传统上则与从古文学派发展而来的章太炎的国学传统有着一脉相承的连带关系。虽然西方文化和中国古代的非正统文化在起动中国文化的现代变迁中受到鲁迅的高度重视,但在感受和评价文化的方式上他则仍然继承着章太炎的传统。百年来的红学研究,学派繁多,争论不休,其中最本质的问题其实就是大多数研究者不具备章太炎——鲁迅的治学立场和视野,缺乏独立不倚的主体精神。以前的索隐派、评点派用忠、孝、节、义、言道载志、温柔敦厚、中庸和平等中国古代文化的价值标准对《红楼梦》进行阐释和评价,后来的维新派则用西方的概念名目往《红楼梦》上面套,从王国维的叔本华哲学,到后来的"现实主义"和"典型形象",现在又是"叙述学""原型批评"等各种西方理论模式,不一而足,结果引发了"百年误读《红楼梦》"的学术悖论。

中国的具体文化成果必须首先在中国文化的语境下得到感受和理解,而不应当用西方某派某家的标准予以衡量。也就是说,中国知识分子对于自己的文化创造要有自己的独创性,至少应该有自己的独立性。有了这种高屋建瓴的观照,胡适倡导的"五四"白话文革新在红学中的复杂纠缠才能得到更为清晰的认识。随着书面文化的普及和中国社会化

---

①郜元宝:《在语言的地图上》,文汇出版社1999年版。

程度的提高，中国古代也逐渐发展起了一套非正统的书面语言，以通俗读物在社会上逐渐流传并丰富着的。中国古代小说、戏剧在这个话语体系的形成中起到了关键的作用，但其影响却不仅仅局限在小说、戏剧上。这套语言更能体现作者个人的情感情绪体验以及各种不同的实际生活经验，更能实现作者与其读者的思想或情感的交流。胡适所说的白话文，就是在中国古代这样一个话语体系的基础上提出来的，它为中国现代文化的普及和发展提供了一个新的语言载体。但是，如果认识仅仅到此为止，那还是不够的。这就是前面所提到的对"两种《红楼梦》"两种白话文的认同差异所反映出来的深刻文化矛盾。胡适提倡白话文，却又把白话文绝对化了，在某种程度上割断了它与传统文化的血肉脐带。只有鲁迅，才创造了真正脱胎于传统而不失其神韵精粹的白话文，即"胡适之体"和"鲁迅风"之区别。

胡适用杜威的实验主义考证《红楼梦》的作者和版本，自然是科学思维方式和研究方法论意义上的思想革命，建国后毛泽东发动的批判俞平伯和胡适"新红学"的政治运动，自然也不乏"社会政治意义上的思想革命"的因素，而周汝昌在一定程度上继承鲁迅的衣钵，对《红楼梦》思想和艺术内容的考证与阐发，实质上是直通"国民精神发展意义上的思想革命"的。从胡适开创的"新红学"，到批俞批胡的政治运动，到周汝昌倡导"红学应定位于'新国学'"，百年红学演变的"脉络"和"理路"其实与王富仁先生描述的"新国学"之变迁息息相关。

新儒家与红学

林毓生说："自由、理性、法治和民主不能经由打倒传统而获得，只能在传统经由创造的转化而逐渐建立起一个新的、有生机的传统的时候才能逐渐获得。"[①]但在这里有一个具体问题，即中国传统在什么条件下、由谁、为什么以及怎样才能实现创造性的转化？西化派以西方文化

---

①林毓生：《中国传统的创造性转化》，生活·读书·新知三联书店1988年版。

的现代发展为基础,以进化论为其立论根据。新儒家学派以中国传统文化为基础,以文化民族主义为其立论根据。胡适是一个西化派,所以他赞成陈序经而反对新儒家。西化派漠视了中华文化的精彩华粹,而新儒家的民族文化本位主义同样是不全面的。新儒家的学者们致力于"创造性转化"的民族文化传统,主要局限在儒家代表的传统的伦理基则那一条中华的"主脉",而很少顾及《诗经》《楚辞》为首的艺术型文采风流的那另一条中华文化的"主脉",即使从儒家本身而言,也忽视了张祥龙所谓孔子以诗境为人生"终极境域"的向度,即儒学本身中的"诗意"层面。事实上,艺术型文采风流才是中华传统文化更为本质的内容,精神气质层面的内容,也是不与被普遍认同的现代文明中的价值观念如民主、人权、自由等发生直接冲突的部分。红学研究其实从这样一个切入点上才获得了最本体性的"新国学"的资格。

一方面,《红楼梦》以它的"情"文化对儒家的"仁—礼"文化做了"创造性转化",更对宋明以来的"理学"文化做了根本性的修正。过去所谓《红楼梦》的"反传统""反封建",其本质内容其实就在这里。另一方面,也是更重要的方面,是曹雪芹以巧夺天工的艺术造诣达到了传统文化"文采风流"的极致,提供了一个光芒永远不会减退的审美文本,并由对这个文本的阅读、评论和研究引申出一门既有学理和思想深度又能得到社会普遍关注的学术。正是在这个意义上,《红楼梦》文本和红学研究具备了最富魅力的中华文化"代表"的资格。它的潜力和实力,实在要比新儒家、"学衡派"等强大得多。

一切学术理论在思想的向度上都可以归源到哲学。在当代学者面前,有两个主要的哲学知识体系:新国学研究的知识体系,中国古代的哲学知识体系。当代学者大都是努力以自己的方式沟通东西方哲学,并且主要是用西方哲学的概念来重新阐释和解读中国哲学。这两种不同的哲学概念体系之间,如何实现有效的会通,是一件相当困难的事。这种阐释的困境在《红楼梦》研究历史中表现得最为突出,即用各种西方的思想理论、文艺批评范畴来分析小说文本时会发生许多问题。"自传说"与"文学虚构","典型形象"与"意境人物",作者与读者的关系……《红楼梦》解读中的许多冲突，追根溯源，都与现代的读者和研究者的知识结构特别是感受方式已经不能如鱼在水一般了解中国古代文化有关。胡适和俞平伯的差异，周汝昌和胡适的"恩怨"，周汝昌和当代其他红学研究者的参差……撇开具体的人际纠纷，从知识结构、思维方式、感知方式等方面，其实都可以在这种思想文化的本原矛盾中获得观照和解释。

三种文化在红学中的纠缠

王富仁先生分析中国现代的三种文化：学院文化、革命文化和社会文化。这三种文化的不同向度也表现为红学史中的各种纠缠。

从1949年到"文革"结束前的那个历史时期，革命文化发展成的政治文化深深地影响了红学的发展。通过批判俞平伯《〈红楼梦〉研究》而引渡到对胡适思想的批判，实际反映着毛泽东对中国现代革命文化与中国现代学院文化的差异和矛盾的意识。考证始终是红学里面的主流和正宗，这是学院文化占主导地位的象征。另一方面，《红楼梦》中确实蕴藏着深刻的文化思想资源，在某个层面，它可以与革命文化潜流暗通，而在另一个层面，它又可以与社会文化碰撞出火花。这就是为什么毛泽东会对《红楼梦》评价那么高，又往往拿它说事，甚至将它化为一种政治思想斗争的工具，如1954年的批判运动和"文革"中的评红热；以及为什么周汝昌尊鲁迅为红学大师，对胡适却颇有微词等等。这些看似纷纭难解的红学现象，其实都可以从三种文化的错综复杂的关系中找到某种解释。

而红学中的"滞后"和怎样"突破"等问题，也与三种文化的交缠有关。学院文化的基础是知识，赋予知识以系统性的是逻辑，特别是形式逻辑。《红楼梦》却同时是一部奠基于感受性的文学杰作，因此红学中考证为主的学者们仅仅从"形式逻辑"出发，就往往要发生失误。在红学的各种争论中，无论是曹雪芹的家世祖籍问题，还是《石头记》和《红楼梦》的版本认同问题，以及"二稿合成"和"脂批本乃伪造"等种种说法，都与这种形式逻辑的偏执有关。

王富仁先生比较西方的文艺复兴和中国的"五四"新文化运动之同异，认为：文艺复兴从根本上就是一个社会文化运动，它不发生于宫廷，也不发生于神学院，而是首先在社会文化领域发生，而后才进入了学校教育领域。中国的"五四"新文化运动则不是发生于中国"社会"，而是发生在北京大学这个高等学府，发生在学院教授和学者中间。中国现代社会文化、中国现代革命文化、中国现代学院文化都在学院教授和学者中间发生，参与者都是学者和教授，但大多数都不是革命家和文学艺术家。这样，学院文化的标准就成了他们唯一共同的标准，以学院文化的标准阐释社会文化和革命文化就成了那时最有影响力的批评模式。"新红学"的开山祖师是学院派的胡适，而不是社会文化派的鲁迅，应该说这是影响到后来近百年红学发展走向的一个关键性的"历史的偶然"。此后红学发展的种种艰难曲折，"成功"与"挫折"，都可以从这里深入而发掘出有别有意味的文化历史内涵。学院文化中的是和非是知识论意义上的，革命文化中的是和非是实践论意义上的，而社会文化的建构基础则是个人性的。作者寻找的是表达自己心灵的方式，是能够引起他假想中的读者对象阅读趣味的方式，是能够加强读者对自我的了解、理解和同情的方式。读者则是以自己的方式感受作品和评价作品的，能否与一个作品发生心灵上的共鸣，不是根据任何先定的标准，而是取决于该作品与其心灵的关系。所以，社会文化归根到底是社会不同成员间实现心灵沟通的一种文化渠道。其创作和接受，都是纯粹个人性的；其文化的性质，又是社会性的。以纯粹属于个人的感受、体验、想象、认识为基础，实现社会不同成员之间的心灵沟通，构成不同社会成员之间的精神互动关系，这就是社会文化与学院文化、革命文化根本不同的建构基础。

正是这种不同的建构基础，使红学研究在学院文化派胡适的主导下，走上了一条充满悖论的发展道路。胡适不是具有高度理性思维能力的哲学家，不能达到不用自己的理性标准要求文学艺术的创作，因为胡适不能像康德、黑格尔、马克思对社会文化的独立建构基础和独立价值体系有比较充分的理解。因此，在胡适的主导下，《红楼梦》的阅读和阐释以"科学方法"为标榜，而偏离了"心灵沟通""精神互动"这种最根本的原则。当毛泽东代表的从中国现代革命文化转换而成的中国当代政治文化主体性的加强与中国当代学院文化、中国当代社会文化主体性的削弱，成为1949—1979年那一时段中国文化总体格局的主要特征时，红学的悖论呈现出一种更加扭曲的形式。批判《〈红楼梦〉研究》的广大参与者不是出于对《红楼梦》这部古典名著的关切，而更是出于对自我政治命运和学术地位的关心。此时，批判者已经不想主动了解、同情和理解被批判者，甚至也不想得到被批判者的了解、同情和理解，他的批判更是写给与他同样的批判者看的，彼此竞争的不是对对象的认识，而是对被批判者精神的打击力度，其学术的价值和意义也就不复存在。而1979年以后的新时期，则是学院文化卷土重来，具体表现为考证再度成为红学的主流。同时，政治文化主体性也还在发挥着作用，与学院文化复杂地交织在一起，20世纪80年代以来红学界一波又一波的争吵纠纷正体现出这种特点。无论在哪一个历史时期，鲁迅代表的社会文化的感受主体性都没有机会在红学领域扮演主角。这正是暗承了鲁迅精神的红学界的"独行侠"，周汝昌成为红学的一个"异数"并总是与"红学界"发生冲突的根本的社会文化原因所在。

　　政治权力一旦被引入正常的经济关系和文化关系，不但政治权力会瓦解正常的经济关系和文化关系，同时经济关系和文化关系也会瓦解正常的政治关系：由"双赢"变"两伤"。这种将政治权力引入经济关系和文化关系中的现象是政治主体性的越界行为。而其后果，则是使某些知识分子在自觉与不自觉中就不再独立地面对世界、社会人生和人类文化，不再用自己的心灵感觉、感受、理解自己的研究对象，而只是将自己的研究对象纳入一种权威理论的框架中，通过表面的对照而对研究对象做出极其简单的或是或非的所谓"客观"评价。这种思维形式对我们学术事业的发展所造成的破坏影响甚至超过革命大批判本身，因为它根本不是研究性的思维方式，在这种思维形式中永远不可能从研究对象中发现出别人所未曾发现的东西。这种不是研究的研究，造就出的是不是知识分子的知识分子，在红学界同样造就了一些不是《红楼梦》真正研究者的红学家。

"西学热"的出现，使中国知识分子再一次感到了失去自我主体性的危险。这一次不是失落在国家意识形态的主流话语中，而是失落在西方大量现成的理论学说中。西方现代社会是在西方历史和文化传统基础上演变发展而来的，中国现代社会则是在中国历史和文化传统的基础上演变而来的，彼此有着相通乃至相同的特征，但在这相通乃至相同的特征背后涌动着的却是相异乃至相反的文化潜流。"全球化"给中国社会带来了前所未有的繁荣和发展，但也给中国社会带来了前所未有的震动和危机。"西语热"提高了新一代知识分子的外语水平，但也造成了部分人对本民族语言的轻视；"西学热"加强了中国知识分子对"西学"的了解和对西方人文化心理的理解，但也造成了对"中学"的漠视和对中国人文化心理的隔膜。相反相成，"国学"这个概念再一次出现在中国内地，酝酿出了一个新的"国学热"。现代热——西学热——国学热，这就是"文革"结束后中国文化、中国学术演变的三部曲。正是到了"国学热"出现，新时期中国学术复苏的过程才告正式完成。不过不能不强调，传统的"国学"中更本质更重要的内容是"文采风流"的那一条"主脉"，而体现这一条主脉的最杰出文本就是曹雪芹的《红楼梦》。红学应定位于"新国学"，理路就在于此。

民族学术的力量源泉何在呢？就在于这个民族的语言，以及与这个民族的语言联系在一起的这个民族的知识体系，还有与这个民族的知识体系联系在一起的这个民族的思想体系以及认知体系。用民族语言的力量参与民族语言的交流，用民族知识的力量参与民族知识的交流，用民族思想的力量参与民族思想的交流，这是每一个个体的知识分子参与"新国学"这个民族学术整体的唯一途径和方式。学术的独立性就是用学术的力量争取学术的发展。《红楼梦》是民族语言的最佳范本，也是与我们这个民族的语言联系在一起的这个民族的一个知识体系，以及与这个民族的知识体系联系在一起的这个民族的思想体系以及认知体系的一个体现，更是这个民族语言所成就的最富有魅力的感受体系的一个象征。对《红楼梦》的读解和研究，也是我们参与民族学术整体，在民族学术整体的复杂关系中意识自我学术研究活动的价值和意义的一个最好的途径。所以，红学应定位于"新国学"。

很多学科在直接的社会实践中是永远找不到自己的位置的，但它在人类以及一个民族的学术发展中则是不可或缺的。红学、《红楼梦》研究，正是这样一个学科。在学术领域，向来是存同求异的。异是在不同概念框架之上建立起来的不同的知识体系。对红学应定位于"新国学"这一提法，亦可作如是观。

原载于《社会科学战线》2005年第6期

从坚守启蒙到倡导新国学
——王富仁近年来的学术走向

康莉蓉

一

　　王富仁先生首先是因为高举"反封建思想革命"的旗帜而闻名于中国现代文学研究界的，在那以后，坚守启蒙、坚守"五四"新文化传统就一直是他的主要思想立场。这一立场在遭遇了20世纪90年代"重估现代性"与"审判""五四"的汹涌浪潮之后不仅没有退缩和改变，反而以更加鲜明而富有激情的形式宣示出了研究者坚定的意志。在《当前中国现代文学研究中的若干问题》①这篇引起众多讨论的长篇论述中，王富仁表达了当时关于"五四"新文化传统面临消解的最深切的忧虑："一个否定'五四'新文化运动的文化思潮已经蔓延到政治、经济、文化各个领域，并且还在继续发展中。""在这里，我们必须保守，必须像一个人保守自己的生命一样保守住'五四'文化革命和文学革命的合理性。"直到今天，大约还会有人对他的忧虑不以为然。然而，不管我们学科的

---

①载自《中国现代文学研究丛刊》1996年第2期。

其他学者已经有了多少自我修正，王富仁先生依然固守着他的启蒙立场，对于中国现代文学史写作的若干修正性意见（旧体诗、通俗文学等等），王富仁也引人注目地一再表达了明确的拒绝，体现出最不容妥协最旗帜鲜明的"五四"新文化立场："五四新文学的一个重要作用就是把现代白话文的文学上升到了中国雅文学的高度，把它作为中国文学发展的主要形式。在现当代，仍然有很多旧体诗词的创作，作为个人的研究活动，把它作为研究对象本无不可，但我不同意把它们写入中国现代文学史，不同意给它们与现代白话文学同等的文学地位。这里有一种文化压迫的意味，但这种压迫是中国新文学为自己的发展所不能不采取的文化战略。这里的问题不是一个具体作品与另一个具体作品的评价问题，而是一个引导现代中国人在哪个领域发挥自己的创造才能的问题；不是它还存在不存在的问题，而是一个它在现当代中国存在的意义和价值的问题。中国国粹派的一大误区就是总是希望在提倡国粹的形式下保存国粹，实际上正是他们，不断地给国粹以毁灭性的破坏。""相近的情况还有通俗文艺的问题。中国现代文学是社会的文学，它有其向通俗化发展的倾向，但它是雅文学而不是俗文学。中国现代雅文学和俗文学的区别在于文学意蕴的高低优劣，而不在于它是否易懂易读。为什么赵树理的小说不是俗文学而是雅文学？因为他的作品的意蕴能在毛泽东文艺思想的价值系统当中获得社会意义的说明；为什么大多数鸳鸯蝴蝶派小说和黑幕小说不是雅文学？因为它们在中国现代美学和文艺学说中找不到对于它们的社会价值和美学价值的崇高意义的说明，这些作者也大都不以美学的和社会意义的追求为自己的创作目的。他们的创作以单纯迎合读者阅读趣味（不等同于我们所说的美学趣味）为目的而取得更大的经济效益。对于这样的文学，中国现代文学史也具有一种压迫性。这种压迫性是为了保证中国现当代文学的严肃性，它体现着文学目的与经济目的之间所必然存在的矛盾和斗争。在更多的情况下，使单纯以经济为目的的文学作品不能同时也获得高雅文学的权威意义，这样才能保证创作家的分流不至于只涌向趣味文学阵营。"正如有学者曾经指出的那样，王富仁先生的这一立场，在喧嚣和变幻的90年代中国文坛上，格外突出和值得注意。①

然而，在进入新世纪以后，王富仁又隆重提出了"新国学"的重要主张。这一主张首先是在《社会科学战线》1—3期上连载，同时又刊发于汕头大学新近创办的《新国学》学术丛刊创刊号上，其中的基本观点又以《中国现代学术文化的流变》为题刊发于四川大学学术丛刊《现代中国文化与文学》创刊号上。这一主张引起了国内学界的相当的关注，《社会科学战线》由此形成了"新国学"专栏，连续刊发了学界的讨论文章；2006年中国现代文学研究会大连年会上，因为王富仁关于"新国学"的即席发言而又形成了会议的新的热点。《文艺研究》2007年3期推出专题讨论，《中国现代文学研究丛刊》2007年4期也继续刊登了刘勇等学者的深入思考。我们注意到了这样的情形：一方面，王富仁还从来没有如此热忱地推广过自己的某一学术观点，作为学术概念的新国学究竟在王富仁的学术思想脉络中承担了怎样的意义，的确值得我们思考；另一方面，由于"国学"这一概念使用本身的历史复杂性（包括新时期以来中国传统学术也不时有以"新国学"为题标示自己的努力——如四川大学就创办有《新国学》丛刊），因而如果我们仅仅从表面含义上加以认识，也会产生许多歧义甚至困惑不解：作为新文化捍卫者的王富仁是不是要像现代中国的许多知识分子一样，最终返回到传统文化的旗帜之下呢？学界已经传出了这样的怀疑，特别是在得知王富仁已经撰写发表了孔子、老子、孟子等"经典"人物的系列论文之后，这样的怀疑就更加浮出水面了。正如钱理群先生在《我看"新国学"》一文中所说："一些年轻朋友却从另一个角度提出怀疑，以为这意味着王富仁从原有的新文学、新文化立场有所倒退。"②

这些都不得不加以细察和辨析。

---

①李怡：《王富仁的"九十年代"》，载自《中国文学研究》2003年第2期。

②钱理群：《我看"新国学"——读王富仁〈"新国学"论纲〉的片段思考》，载自《文艺研究》2007年第3期。

二

在我们看来，王富仁先生的"新国学"理念具有相当独特的内涵和指向，远非过去我们所熟悉的那种"传统—反传统"的二元思维所能够概括。

首先，新国学不是对传统国学的新的拓展和新的研究，而是根本上改变固有思维方式的一种努力，而这种思维方式归根结底也不是关于"国学"如何研究的方法论意义的思维方式，而是对现代知识框架如何重新建立、现代知识分子如何真正确立现代文化合法性的根本性的证明。新国学不是为了在具体研究中如何刷新固有的"国学"，而是建立一种以现代立场为根本的全新的文化之学、知识之学。它的基本动机不是为了在价值观念上返回到"古代"，而恰恰是为了"屹立"于当下。它的基本方法不是汲取于传统，而是继续向时代和世界开放。它的基本目标不是为了"复兴"传统，而是真正有力地捍卫"现代"。正如王富仁先生所说："过去我们仅仅将对19世纪以前中国文化的研究视为'国学'，这就把'国学'的命脉变得越来越细弱、越来越狭窄了。试想，再过几个世纪，我们假若仍然仅仅将对19世纪以前中国文化的研究称为'国学'，那时的'国学'在整个中国学术中的地位将如何呢？""中国知识分子对于我们民族的学术应该建立起一个新的整体的观念，从事学术研究的中国知识分子应该建立起一种彼此一体的感觉，对我们都是有重要意义的。""高等教育的持续发展，研究生招生制度的建立，社会群众对学术问题关切程度的提高，标志着中国学术已经进入了一个新的发展阶段，而这个阶段的特征应该是在全球化背景上重新形成开放的民族学术的独立意识，而重建民族学术的整体观念则是关键的一环。"①

不仅是宏观的理念，就是从在"新国学"旗帜下发表的其他关于中国传统文化的研究论述中，我们也可以清清楚楚地读出王富仁的"新文

---

① 王富仁：《"新国学"论纲》，载自《新国学研究》第1辑，人民文学出版社2005年版。

化"立场与现代思想基础。他对老子哲学是有所欣赏的,但同样清醒地剖析了老子所无法解决的一个充满欲望的现实世界的问题:"人类并没有在自己创造更大的物质财富的过程中享受到更多的精神上的幸福。老子的哲学无力改变人类这样的生存状态,但它对我们重新思考我们的历史、我们的社会、我们的文化教育,仍然是有重要的借鉴意义的。"[①]对于孔子的伟大和思想史意义,王富仁也颇有赞词。不过,这样的赞扬从一开始就与古代的"圣人崇拜"与现代的救世幻想划开了距离:"在鸦片战争之前,在西方文化还没有作为一个整体的文化形态呈现在中国知识分子面前的时候,中国知识分子是把孔子作为圣人进行崇拜的,是把《论语》作为经典进行解读的。也就是说,从严格的意义上来说,那时的解读者还不是研究者,他们还不具有研究者的主体性。""鸦片战争之后,面对一个整体形态的西方文化,当时的儒家知识分子直接把孔子思想投入到抗衡西方文化的中西文化的'战争'之中,但是,他们忽略了一个基本的事实,那就是孔子思想不是在反对西方文化的过程中形成的,在中西文化对立的思想框架中根本无法确定孔子思想的本质特征和实质意义。实际上,他们维护的并不是孔子思想本身,而是自身知识体系的残缺性和思维空间的狭隘性。"[②]他将孔子之于中国古代社会的意义比拟为鲁迅之于中国现代社会的意义,鲁迅被称为现代中国的孔子,在这样的比拟中,王富仁所要肯定的依然是一个知识分子对于时代和社会的创造性贡献与承担精神。创造、承担,这不正是"五四"文化启蒙的巨大意义吗?

总之,在王富仁先生那里,新国学的倡导不是与先前坚守启蒙相互对立的,关注传统文化不是对启蒙的放弃,而是在新的时代对"启蒙"问题的进一步思考和回答,是从现代知识学的框架中确立启蒙成果的新的努力。

---

① 王富仁:《老子哲学的逻辑构成》,载自《新国学研究》第2辑。
② 王富仁:《孔子社会学说的逻辑构成》,载自《新国学研究》第3辑。

三

当然，提出"新国学"主张毕竟不等同于过去那样简单地维护启蒙，因为，其中包含了王富仁对90年代以来"五四"启蒙传统面临的种种重大挑战的思考的新的回应方式。

在80年代前期，启蒙的叙述往往是在简捷的"反封建"逻辑中进行的。但是，如此政治色彩很强烈的论述却不时掩盖了我们对"知识"本身问题的揭示。"新国学"的论述是在现代知识论的立场上进行的全新的展开。王富仁先生反复指出，"新国学"不是一个排斥性的概念，它恰恰是为现代中国知识分子的生存发展确立一个宽广的空间；这样的"确立"不再是政治意义与经济意义的，而是回到知识分子安身立命之本——学术中来。"学术之所以与人类以及一个民族的其他社会事业有所不同，就是因为它在人类以及一个民族之中，具有为其他社会事业所没有的独立力量，也能发挥其他事业所无法发挥的独立作用。"借助"新国学"的倡导，王富仁为"学术"做了全新的正名。众所周知，自20世纪90年代以后，"学术"的飙升是作为"政治"思维下降的重要结果。然而，简单的"去政治化"就如同过去简单的"政治化批判"一样，也许本身就包含了我们对现实社会问题的忽略和冷漠，学院派学术活动的"学术"究竟该有怎样的意义，这并不是一个容易解决的问题。在王富仁看来，提出知识分子的学术立场，既是从过去那种政治立场的"回归"，同时并没有放弃一个知识分子应有的社会关怀："学术是对现实实践关系的一种超越，但这种超越也是建立在对它的关切之上的。没有关切，就不须超越；有了关切，才有超越的愿望和要求。"在这里，王富仁对当下学院派学术的批判态度十分明显。作为一位常常以"社会派知识分子传统"自诩的学人，王富仁对"学术"的理解可谓是对90年代以来现代文化传统面临的挑战的最有力的回应。

过去，启蒙的叙述往往体现出鲜明的"二元对立"思维，即对某种启蒙文化的倡导必然要以对相反倾向的反对为前提。新国学体现了一种新的深刻的包容思想：将一切学术和知识纳入"现代文化"的框架当中，这就为我们不同思想倾向的知识分子找到了彼此对话和沟通的"思想的平台"。这是一种突破"二元对立"思维的新的包容，但却不是丧失自己立场的无原则的宽容，它的立场始终都相当清晰：维护和发展现代文化的新的传统。王富仁先生进行了相当深刻的反思："在过去一个多世纪的过程中，我们的文化包括我们的学术是分而又分的，各自有各自的价值标准，各自有各自的评价系统，假若没有一个超越性的价值标准，我们之间任何一点微小的差异就会导致我们之间的分裂，而一旦分裂就没有了一体的感觉。""所有这些二元对立的文化框架和学术框架都几乎绝对地将我们分裂开来，彼此构成的不是互动的学术体系，而是彼此歧视、压倒、颠覆、消灭的关系。""实际上，我之所以认为'新国学'这个学术观念对于我们是至关重要的，就是因为，只有这样一个学术观念，可以成为我们中国知识分子文化的、学术的和精神的归宿。"同时，"这绝不意味着知识分子及其学术活动是没有任何独立的价值和意义的，也绝不意味着知识分子之间就没有必要进行任何形式的学术论争。"①

过去，启蒙的叙述往往太多地集中于一些社会文化目标的叙述中，如民主、自由、个性解放、人道主义等等，而作为新的文化建设的根本问题即人的创造性却没有获得集中的关注，因而现代文化如何能够在千年传统面前确立自己始终是一个语焉不详的问题。王富仁的论述恰恰是紧紧地抓住了这一点并予以全面的彰显。他论述的不仅仅是现代知识的流变，更是现代知识分子的创造力如何真正发挥的重大问题："学术发展的历史事实告诉我们，后一代知识分子若不通过对前一代知识分子的批判、否定、批评、修正或补充，后一代知识分子就无法建构自己的学术，甚至也无法创造新的学术成果。而假若他们不能建构自己的学术、创造新的叙述成果，前人的经验和知识在他们这里也只能是一些散乱的常识，一些不可靠的知识。不论是西方的文艺复兴，还是中国的"五

---

① 王富仁：《"新国学"论纲》。

四"新文化运动,都是通过反思、反叛传统而建构起自己的文化传统和学术传统的。"①这就是说,知识分子的创造性不仅关乎文化发展的未来,其实也从根本上影响了我们对于过去的历史与传统的"整合"。与人类思想史上的许多精神遗产一样,启蒙文化的传统也不仅仅是18世纪的一系列现实目标,"开启智慧与理性"应该是其深远的依然具有生命活力的指向,这一指向理所当然地也需要我们对人类及各民族生存问题的新的揭示,需要我们对各种异质思想文化的新的回应。正是在这个意义上,我认为王富仁先生的"新国学"理论就是在新的历史条件下对现代启蒙文化的坚守和发展,他以对十余年来质疑启蒙、质疑"五四"文化传统的有力的回应为基础,再一次体现了启蒙文化之于当代中国文化建设的有效性,同时也以回应中的丰富的思想深刻地证明了这一文化自身具有的"可持续性发展"的广阔的前景。

原载于《渤海大学学报》2008年第1期

---

①王富仁:《"新国学"论纲》。

其他研究

召唤真正的"左翼文学"精神
——论王富仁的左翼文学研究

康 斌

时至今日,我们谈论起"左翼文学"这个话题时仍然心情复杂。论其势起,既有反抗专制、争群己幸福之宏愿,亦具砥砺情操、创新文学表达之匠心。若将"五四"新文学运动视为"一种以超前的社会理想和激进的断裂态度实行激变的先锋运动"①,那么左翼文学倒很有几分"先锋中的先锋"之象。对社会和文学具有双重革命性的左翼文学,本应也曾经是极具活力的一种文艺力量,但在20世纪日新月异的历史突进过程中,左翼文学却最终丧失了自己的活力和创造性。尽管20世纪左翼文学阵营庞大,创作成就也有目共睹,但其造成的不良结果也是显而易见的:不仅左翼阵营的创作陷入窘境,整个文艺领域的表达空间也日渐逼仄,题材单一、人物质直、情感粗粝以及无法呼应现实的乐观,势必难以承载悲天悯人的道德情怀,更有可能成为极"左"思潮的情感催化剂和豪言加工厂。

也许正是因为这成绩和这局限都如此显著,才让历史的亲历者、见证者和我们这些后来的追思者既想告别,又想铭记,既想了断,又不断

---

①陈思和:《试论"五四"新文学运动的先锋性》,载自《复旦学报》2005年第6期。

捡起。不过，相比于我们的欲言又止、顾此失彼，王富仁从来都是左翼文学精神的拥护者和捍卫者。他清醒地认识到"30年代左翼文学的批判精神，是带有鱼龙混杂的性质的"①，也不否认"左翼文学中确有一些概念化的作品"②，但他始终高扬左翼文学"反对文化专制主义"的批判精神，将"30年代的左翼文学"视作"整个中国现代文学学科的精神支柱"，并成为"重构中国文化总体格局"的重要推动要素。③

当然若要讨论左翼文学，有必要对20世纪80年代新启蒙主义思潮对左翼文学的消解和90年代以来"再解读"思潮对左翼文学的误解，先做一番简单的清理工作。唯有如此，我们才能真正体会到王富仁的左翼文学研究，乃是瞄准问题、有的放矢。

"文革"结束后，总结"文革"历史教训成了思想文化界的首要任务。70年代末，历史学家黎澍先后发文《评"四人帮"的封建主义》《消灭封建残余影响是中国现代化的重要条件》，将"四人帮"的所作所为定性为封建专制主义，并将消灭封建残余影响视作中国社会主义现代化的重要条件。这是历史学家个人的一己之见，更是转折时代的共同呼声。今日观之，当能发现所谓"封建"的指认自有委婉曲折之处，其对现存社会制度的情感不舍和理念维护显而易见，但"专制主义"的批判仍然掷地有声。只是问题在于，"封建专制主义"的概括力超越了最初的时空设定：如果承认历史具有延续性，如果承认历史的延续性在50—70年代的历史情境中体现得更加显著的话，那么"封建"和"专制"的指认，就不再仅仅局限于"文革"，也自然能够前溯到"十七年""延安时期"甚至"三十年代"，而时常与这些时代的革命政治同步的30年代的左联文学、40年代的延安文学、新中国的十七年文学也都难逃"封建专制"和"现代化对立面"的嫌疑。既然封建专制依然，那么思想启蒙的大旗当然应当再次揭起。在此简洁却粗阔的二元对立基础上，李泽厚著

---

①③王富仁：《"新国学"与中国现代文学研究》，载自《文艺研究》2007年第3期。

②王富仁：《当前中国现代文学研究中的若干问题》，载自《中国现代文学研究丛刊》1996年第2期。

雄文《启蒙与救亡的双重变奏》。此文主旨其实并不在"双重变奏",而是观念鲜明地提出"救亡压倒启蒙"。在这一图示中,"革命战争却又挤压了启蒙运动的自由思想,而使封建主义乘机复活"[①]。也就是说,在与封建主义的某种暧昧结合中,革命文学压倒了启蒙文学,或者说左翼文学压倒了"五四"文学,从此启蒙精神长期处于失落失语状态。如此必然能得出推论:要实现"五四"文学和启蒙文学的回归,不仅要清算封建主义,也必须对革命文学和左翼文学进行再评判。如果容忍某种必要的简略,我们可以说经过80年代的新启蒙主义思潮,一部分人收获了"左翼文学作为一种压抑性文学力量"的共识,并赋予了被压抑的自由主义文学、市民文学以重要的文学史地位;而在80年代中期"纯文学"和"重写文学史"浪潮裹挟下,一部分人更翻转了以左翼文学为主流的文学史观,将曾经被压抑的文学样态奉为正宗;他们进而在90年代市场经济的大背景下,在"告别革命"的文化喧嚣中,在西方文学和文化偶像前,频频向左翼文学挥出了"躲避崇高"的手。

与此同时,我们也听到了对左翼文学直截了当的赞誉之词。进入90年代,文坛热闹却也缺少具有统摄力量的时代"共名",知识界日益分化的局势难以回头。面对纷繁的社会现实,一些知识分子试图从对"革命中国"(1949—1976)的检讨中,获取应对和解决现实难题的思想资源和实践路径。以汪晖《韦伯与中国的现代性问题》《当代中国的思想状况与现代性问题》等文章为代表,鲜明地亮出"反现代的现代性"这一概念,以期反转新时期以来基于启蒙立场对"革命中国"所做的"前现代"定性。这一思潮在文学界也有回响。一些学者并不满意"重写文学史"思潮对左翼文学所作的"价值翻转"。他们汇聚在"再解读"的旗帜下,对"重写文学史"进行"重写"。如有研究者将延安文艺理解成一场具有"文化革命"性质的"反现代的现代先锋派文化运动"[②];有研究者

[①] 李泽厚:《启蒙与救亡的双重变奏》;载自《中国现代思想史论》,安徽文艺出版社1994年版,第44页。

[②] 唐小兵:《代导言》;载自《再解读:大众文艺与意识形态(增订版)》北京大学出版社2007年版,第6页。

试图从社会主义文学实践中看到其"对'五四'现代性的超克"①;也有研究者认为1942—1976年的文学"不但不是'五四'新文学的中断,而是'五四'新文学的逻辑发展",具有"'反现代'的'现代'意义"②,并提出"十七年文学""文革文学"才是"新时期文学"真正的"精神、知识、文化背景"③。

王富仁的左翼文学研究可谓横站在"新启蒙主义"思潮与"再解读"思潮中间进行两面作战,指出那些批评的过甚其词,点破那些褒誉的不得要领。

被李怡誉为"孤绝启蒙"④者的王富仁当然是"五四"启蒙精神的拥护者。事实上,当我们反复重申在"重返五四"的旗帜下,中国现代文学学科更新了旧有的文学观念时,我们很难无视王富仁的前引之功。正是他以《〈呐喊〉〈彷徨〉综论》一文率先将鲁迅文学价值的解读范式,从"政治革命"拉向了"思想革命",并通过强调回到研究对象自身,重新厘定了中国现代文学研究的价值判断标准,显示了知识分子现代理性和独立精神的重要性。显然,王富仁对鲁迅展开新的论述并不是为了否定鲁迅,也不是单纯换一个角度来肯定鲁迅,而是要在更符合文学自身特点的基础上彰显鲁迅的真正价值。如其所言,"文革"期间"鲁迅走在金光大道",并非现代文学和鲁迅的光荣,因为这样的鲁迅,只是被"作为一个亡灵被当时的权势者祭拜着,但祭拜的也不是他的思想和文学,而是别人加在他身上的所谓对毛主席革命路线的忠诚和热爱。"⑤

---

① 贺桂梅:《"民族形式"建构与当代文学对五四现代性的超克》,载自《文艺争鸣》2015年第9期。
② 李杨:《抗争宿命之路——"社会主义现实主义"(1942—1976)研究》,时代文艺出版社1993年版,第314—315页。
③ 李杨:《没有"十七年文学"与"文革文学",何来"新时期文学"?》,载自《文学评论》2001年第2期。
④ 李怡:《孤绝启蒙:持续与深化——王富仁先生的精神面相》,载自《文艺争鸣》2017年第7期。
⑤ 王富仁:《当前中国现代文学研究中的若干问题》。

同理，他号召研究非左翼作家，也不是出于某种情绪上的义愤——那些过去被压抑的，今日反过来要其压抑别人——而是为了挖掘非左翼文学真正的文学史意义。所以他反对革命文学史观主导的文学史，也不赞同非革命的文学史观主导下的文学史："由于历次的政治运动，冤枉了好多人，我们的文学史也不敢写他们作品了。'文化大革命'后，被冤枉的人都平了反，于是我们又感到应该为他们在文学史上平反昭雪。"①但比较而言，王富仁对非左翼文学的文学史位置，主要还是从公民表达权的角度，从任何一种文学类型都有资格获得研究机会的角度予以认可的。如其所言："我们把徐志摩，把沈从文，把张爱玲，把这些非左翼的作家的价值突出出来，那当然是有价值和意义的，因为他们是被文化专制主义驱逐出文化圈的一批人，但是这样的驱逐是不应该的，因为他们也是中华民族合法的公民、合法的阶层，对他们的专制实际上也包含着对我们的专制。"②

并非王富仁看不到非左翼文学的光芒。比如在晚近的一篇文章中，王富仁直截了当地夸赞了30年代以周作人、沈从文、朱光潜、李健吾、李长之、林徽因、何其芳等为代表的京派文学的巨大成就，并指出它"不能仅仅从革命政治立场的角度得到充分说明"③。只是，王富仁并不希望做一个和谐中允的研究者，也不以中正平和为文学价值之皈依，他不但反对在左翼文学和非左翼文学之间做翻烙饼式的价值反复，而且毫不掩饰对左翼文学强烈的个人偏好。从表面上看，王富仁强调鲁迅文学是中国"思想革命的一面镜子"，这体现了以"再现"为中心的现实主义对其的深刻影响；但是读其书文，文学的"表现"传统其实占据着更重要的位置。在他看来，文学应该是作者内心真实体验的表达，而文学研究也必须基于研究者的现实体验和阅读感受。文学既然被目为心动之象和不平之鸣，那么"赤诚"与"力量"，则成为王富仁衡量文学价值的两

---

① 王富仁：《关于中国现代文学史编写问题几点思考》，载自《文学评论》2000年第5期。
② 王富仁：《今日研究左翼文学的意义》，载自《中国现代文学研究丛刊》2006年第2期。
③ 王富仁：《河流·湖泊·海湾》，载自《中国现代文学研究丛刊》2009年第5期。

根最重要的准绳,而30年代的左翼文学最深得其心。

所谓赤诚,并非秉承一般美学意义上的"言志抒情"传统,而是指在一个宏大的中华民族现代文化结构中表达某一类人真实的、强烈的却又被遮蔽、被忽视的情感体验和生命诉求。王富仁将"五四"以来的中国文化分为三个大板块:一是现代革命文化,二是现代学术文化(有时也称学院派文化),三是现代社会文化。①三种文化,虽非泾渭分明,但自有清晰差异所在,不能彼此替代。三种文化中,又以现代学术文化对今日学术思想界影响最巨,甚至被视为"文化"本身。问其缘由,在以胡适为代表的学院派知识分子多留学英美,而英美自"五四"以来长期被视为政治强大、经济发达、文化先进的国家,所以学院文化具有较高的社会地位和民众威望。但与一些人刻意压低鲁迅和左翼文化的价值的同时刻意抬高非左翼文化的地位不同,王富仁直言胡适为代表的学院派知识分子的一大局限,那就是很容易将自身的"学术活动或文化活动","涨大为唯一体现中华民族希望和前途的东西,并认为自己的文化就是现代中国唯一的文化,自己的价值就是现代中国唯一的价值"②。这就形成了王富仁最不愿看到的文化遮蔽和文化霸权现象。而显然学院文化不可能感受社会上所有人的内心世界,不可能解决社会上所有的问题,尤其不能代表和体现中国社会较低阶层求生存、求温饱、求发展的生命意志和精神需要。王富仁虽身在学院,却对学院文化的利弊深有体会,对学院化的人生抱持着高度的警惕,其以自己为例反省到:"我们将被放在社会的吊篮里越来越高地挂起来,成为学者、教授、名人,而组成现实社会的则是另外一些人,他们还得为自己现实的追求去做各种形式的斗争,身上沾满泥浆。"③这"另外一些人"是"社会上活跃的知识分子""从事写作的最不安定的群体"④;是"不属于处于权力斗争漩涡里的政

---

① 王富仁:《"新国学"论纲(上)》,载自《社会科学战线》2005年第1期。
② 王富仁:《"新国学"论纲(中)》,载自《社会科学战线》2005年第2期。
③ 王富仁:《现代文学研究展望》,载自《天津社会科学》1994年第2期。
④ 王富仁:《关于左翼文学的几个问题》,载自《中国现代文学研究丛刊》2002年第1期。

治家或革命家，不属于在现代经济体制内部进行着经济竞争的实业家，不属于在社会生活中上没有找到自己固定的社会位置、还没有稳定的物质生活保障和自我表现的自由空间的中下层知识分子，更不属于在温饱线上挣扎的底层广大社会群众"①。这其中相当一部分人"生命意志和精神需要"，恰恰是作为社会文化和革命文化结合地带的左翼文学努力想要表达的。

在对端木蕻良的研究中，王富仁以最具体贴切的案例展示了学院文化对其他文化造成的压抑和遮蔽，以及左翼文学对这种压抑和遮蔽的揭示。在长文《三十年代左翼文学·东北作家群·端木蕻良》中，王富仁盛赞萧红、萧军、端木蕻良、骆宾基等东北作家"不是在现实人生之外旁观人生，在社会智商评判人生，而是在人生之中感受人生、体验人生、表现人生的"，因而"在30年代的各个文学流派中，最没有假道学气也没有才子气的文学作品几乎首推东北作家群的作品"。然而，他发现面对东北沦陷，以胡适为代表的学院派虽不可谓不爱国，但却始终将东北问题看作是一个只需要和只能靠政权去解决的政治问题。"在他的言论中，我们感受不到那些沦落到了生命绝境的底层人民的情感和情绪，感受不到作为一个人对另一些人的生活命运和精神命运的感同身受的同情和理解。"然而正是在学院文化的无力之处，左翼文学提供了东北作家群"表达自己独立生活感受、社会感受和精神感受的文化的空间"，"没有拒绝他们偏激的情绪和粗粝的声音"②。

真实的表达已经蕴含力量，前述东北作家的"偏激"和"粗粝"已经足以带来阅读者的心灵震撼。但此处所谓"力量"，不仅代表着一般美学意义上的"崇高"风格追求，更意味着在现实层面对"文化专制主义"说"不"的勇敢决绝。

我们经常遭遇这样的尴尬：否定左翼文学的人当然不承认左翼文学

---

① 王富仁：《"新国学"论纲（上）》。

② 王富仁：《三十年代左翼文学·东北作家群·端木蕻良》（1—4），载自《文艺争鸣》2002年第1—4期。

的艺术价值，可奇怪的是连支持左翼文学的研究者也不看好左翼的文学价值。因为左翼文学具有强烈地将文艺审美诉诸政治实践和现实变革的意志，所以有研究者就干脆认为："企图从纯文学的角度来提高左翼文学意义的想法显然和左翼文学的本质相违背。"①但王富仁这次又在学术界蹑手蹑脚的时刻发出了孤绝之声。从微观层面上，他以充满浓郁的民族精神和民族意识的东北作家创作为证质疑了上述观点："只要不以他们的政治态度，而是依其文学作品本身的价值和意义感受来衡量他们的作品，他们就一定是较之林语堂、施蛰存低一个等级或几个等级的作家吗？"②从宏观层面上，他认为"作为一种独立风格的追求，在题材的开拓、力美的创造、社会历史意识的注入、与民族命运同步起伏发展的感情情绪、长篇小说新的结构模式的试验、新的新诗形式的创造等等一系列方面，都是为其他文学派别所无法代替的。"③

在诸多特点之中，王富仁特别强调左翼文学的"力美"。此处的"力美"并不是对左翼文学革命性和政治性内容的委婉掩饰，也不是用思想内容分析代替美学分析，而是真正确证左翼文学"崇高"的美学价值。美学中的崇高，既指数量的庞大、体积的巨大，更指力量的强大，它力求"展示主体征服和掌握客体的坚强意志，表现了主体由弱到强所付出的艰苦卓绝的斗争与努力，显示出巨大潜力和坚强斗争精神的种种行为"④。姑且不论鲁迅对摩罗诗力之倡导、对绝望之反抗；不论丁玲、沙汀、张天翼、叶紫、艾芜、吴组缃等作家对"革命罗曼蒂克"的克服，对底层困苦和现实黑暗的正视；不论胡风、路翎等人对"主观战斗精神"的强调；即以不那么逼肖的左翼作家萧红为例，当她将底层民众如蝼蚁一样的生死展现于我们眼前时，当权者和学院派所构建的美好和谐

---

①冯奇：《左翼文学话语的性质和功能》，载自《中国现代文学研究丛刊》2002年第1期。
②王富仁：《三十年代左翼文学·东北作家群·端木蕻良》（1），载自《文艺争鸣》2002年第1期。
③王富仁：《当前中国现代文学研究中的若干问题》。
④尤西林：《美学原理》，高等教育出版社2015年版，第239页。

的幻象便一击即破。当学院派主张平和、反对激进时，当文坛充斥着青春感伤和个人苦闷时，当"任何带尖刺的东西，任何富有震撼力的激情，任何与我们平静生活的要求不相符合的东西，都会在我们的心灵中引起一种恐怖的回忆，一种不舒服的感觉"①时，王富仁就从左翼文学对社会矛盾的强烈感受，从其粗糙鲁莽而又生气淋漓的笔触，辨析出了学院派的小气、个人主义的娇弱和世俗生活的平庸。所以借用康德的话说："我们愿意把这些对象称之为崇高，因为它们把心灵的力量提高到了超出其日常的中庸，并让我们心中一种完全不同性质的抵抗能力显露出来。"②

然而，在确证"力美"之后，我们还要问"力量"从何而来？仅仅只是个人自觉渺小，而在胸怀和文笔上有所超越？王富仁给出的答案是：因为左翼及左翼文学"反对文化专制主义"。这是对萨伊德念兹在兹的知识分子批判传统的呼应，更是鲁迅所揭示的"不顾厉害""对社会永不满意"，"所感受的永远是痛苦，所看到的永远是缺点"并"预备着将来的牺牲"③的中国"知识阶级"血脉在王富仁身上的传承与生发。

左翼文学与"批判性"和"反抗文化专制"的关系，在一些人眼中是不存在的甚至是不可思议的。他们认为左翼文化是主流文化，是主流意识形态，是针对非左翼文化的带有霸权性质的压迫性力量。在王富仁看来，这显然是未经辨析得出的轻率之论。他在90年代就提出："三四十年代的左翼文化系统，是那时反对文化专制主义的主要文化力量，因此它也承担着文化专制主义的最大压力。"④不过此时，他还是从学院文化的局限性分析入手，认为学院派知识分子无法起到为中国广大知识分子争取更大自由空间，所以理论幼稚的左翼文化只能独立追求存在与发

---

①王富仁：《三十年代左翼文学·东北作家群·端木蕻良》（1）。

②〔德〕康德：《判断力批判》，邓晓芒译，人民出版社2004年版，第107页。

③鲁迅：《关于知识阶级》；载自《鲁迅全集》（第8卷），人民文学出版社2005版年版，第227页。

④王富仁：《当前中国现代文学研究中的若干问题》。

展的权利。在2002年,他通过精准定位"主流文化"判断标准,深化了关于"社会霸权"和"文化霸权"的讨论。他指出"主流文化""是一个社会在特定的历史阶段被普遍视为合理性、合法性的文化……所以它的生产和传播是不会受到政治、经济法权的抑制、压迫和摧残的,并且在一定条件下还会受到政治、经济法权的自觉的或不自觉的保护。"①在其他场合探讨"主流意识形态"时,王富仁还指出所谓"话语霸权"必须符合两个条件:"第一,它必须和政治权力直接结合;第二,它必须和经济的权力结合。"主流文化和主流意识形态的判断标准一经提出,30年代的左翼文学和左翼文化的非主流性也就廓然而出。正因如此,王富仁才将"在黑暗当中摸索,冒着被专制的危险、被杀头的危险、坐牢的危险"的30年代的左翼作家,看作是在争取政治民主和思想自由道路上的勇士和战士。一边激赏他们身上承载着的"反对文化专制"的真正的左翼文学精神,一边以左翼作家为参照批评包括自己在内的当代学院派知识分子是沉浸在"和平的温柔乡"中的"懦夫"。②

王富仁进一步指出,正是立足于左翼文学的"反对文化专制"特质,中国现代文学学科才得以建立。他指出:现代文学的"批判性"和政治革命的"革命性"在左翼文学身上得到了最充分的体现,虽然这种结合内含着种种问题,但20世纪上半叶的大陆思想文化发展路线,毕竟沿着陈独秀、李大钊、鲁迅到左翼文学再到延安文艺这些重要坐标和节点延伸出来。③详以言之,随着工农革命的胜利,围绕着鲁迅和左翼文学,郭沫若、茅盾、周扬、丁玲、夏衍等左翼作家和巴金、老舍、曹禺、郁达夫、冰心等同情左翼的作家,以及反抗独裁政治的闻一多、朱自清等具有"同路人"性质作家等大量作家作品,都得以在被组织进以左翼文化和文学为主导的中国现代文学史叙述。而上述大多数现代作家作品却在台湾成了禁书,所以,中国现代文学学科只能在大陆而不是在

---

① 王富仁:《三十年代左翼文学·东北作家群·端木蕻良》(1)。
② 王富仁:《今日研究左翼文学的意义》。
③ 王富仁:《当前中国现代文学研究中的若干问题》。

台湾建立起来。

那么接下来的问题是，为何"反文化专制"力量会变成一种"文化专制"力量？如何理解"反文化专制"的左翼文学对非左翼文学的专制，对左翼文学内部差异性力量的专制？这是被"新启蒙主义"思潮夸张的历史事实，还是对"再解读"思潮倡导的"反现代的现代性"的无视？

面对上述问题，王富仁在《关于左翼文学的几个问题》一文中极富创见地指出，必须重新思考"左翼的构成"，进而重新思考那些加诸于"左翼文学"身上的种种评判是否实至名归。环顾当下文坛，善跟西潮，侈谈理论，喜用新词，但有些研究并不注重种种名词概念的历史语境、种种理论思潮的对话目标。而"左翼文学"乃是此类研究误解和苛责的重灾区。王富仁认为我们必须从横的内部差异和纵的时代流变两个方面，明确认识到笼统使用"左翼文学"带来的理论危险。从横的层面来说，王富仁指出"左翼文学包含四个层次"：坚持社会批判的独立知识分子鲁迅；马克思主义理论为表，鲁迅式的独立精神为里的胡风等人；依照革命与否来评判人事价值的李初梨、郭沫若、成仿吾等人；依照政治领导来决定自己理论倾向的周扬等。可以看到王富仁设计的这四个层次，以鲁迅为高点，文学性力量逐级减弱，压迫性力量依次增强，而他显然倡导鲁迅和胡风式的文学形态。从纵的层面来说，王富仁指出广义的"左翼文学"可以分为三个阶段：30年代的左翼文学，40年代的延安文学和"十七年文学"，并认为其中存在一个左翼文学精神逐渐消解的过程。他说："到了40年代，在解放区文艺里左翼文学就受到了一种压制"，"在40年代的抗日战争当中，左翼文学被民族主义所消解"，到了50年代，"胡风的被整肃标志着中国左翼文学的最后消解"。结合前述主流文化和主流意识形态的评判标准，我们便能理解王富仁何以做此分段之说：延安文学阶段，政治经济权力和领袖思想已经在限制左翼文学的独立性，校正左翼文学的批判指向；而进入1949年后，左翼文学在更强大的政治经济权力掌控下，以丧失真正的"左翼文学精神"为代价，获得了一个"主流文学"的假象。

今天，许多人认为左翼文学力量带头创造了那样一个思想高度集中、文学高度规范、作家高度组织化的文学格局。王富仁的解释显然说明，左翼文学并非天然具有霸道狭隘的基因或者必然走向自噬噬人的命运；也不是说其他文学力量就放弃了基于自身的社会、文学理想对未来所做的想象和设计。实际上，左翼文学的正统地位和规范性力量，是其"时代影响力"在40—50年代之间的一次集中性爆发，更是凭借"政治权力"对文艺界进行整合的成果。经此整合，左翼文学从主导性文学力量变成了新中国文学本身。而且，因为左翼文学内部仍存分歧，加之政治权力对国际国内阶级斗争形势及其在文艺界的反映做出极为严重的估计。这作为唯一存在的"新中国文学"，在无休止的阶级斗争情势下，成为60年代思想再整合的对象。也正是因为有政治权力的介入，使得主导型的文化文学力量"不再努力了解、理解、包容对立面的合理性，并思考和回答对立面向自己提出的质疑"，进而"从根本上破坏了中国大陆知识分子之间的平等竞争关系，紊乱了中国文化内部的秩序"①。

由此可见，"再解读"思潮对于20世纪40—70年代文学具有"反现代的现代性"的定性是多么的虚妄。尽管他们视野开阔、理论娴熟，并自陈"深受詹姆逊'永远历史化'的观念的影响"，还试图"把文学作品放到更为复杂的历史语境和文化建构的过程之中"，希望对"革命中国"进行批判性的反思。但"抽掉具体的语境、具体的文艺实践和经验这个层次上的东西之后"，无视左翼文学内部如此巨大的构成性差异和阶段性差异，如何能找到"20世纪中国革命的冲动和它的运作逻辑"？②由此可见，像新"新启蒙主义"思潮那样把50—70年代的文学僵化归结为左翼知识分子一己努力之结果，或者认为左翼文学自20年代后期就已经开始推进文学一体化，这也真真高估了左翼文学本身的力量。面对历史的荒诞、文化的荒芜和文学的凋敝，如果我们还只是向左翼文化和左翼文学

---

① 王富仁：《"新国学"论纲（下）》，载自《社会科学战线》2005年第3期。
② 唐小兵：《再解读：大众文艺与意识形态（增订版）》，北京大学出版社2007年版，第260页。

要理由、讨正义，这要么是拒绝理性，要么是自欺欺人。职是之故，我们才更理解何以王富仁如此强烈地拥护并捍卫30年代的左翼文学了，因为它身上负载了真正的"左翼文学精神"。

　　文末简言，王富仁的左翼文学研究的重要之处在于：承认非左翼文学的文学价值，但更认同左翼文学的"反文化专制"特质；承认学院文化的理性成熟，但更认同左翼文学正视现实、为劳苦大众发声音争权利的赤诚勇敢；承认左翼文学在发展过程中走向了初心的反面，但不赞同将30年代左翼文学与延安文学、十七年文学混为一谈，更反对无视左翼文学精神的失落，为40—70年代文学赋予没有事实依据的美誉；承认现代文学与现代政治革命的交织并起，并由此在中国文化总体格局的重构中得以产生并获得了相对顺利的发展，但坚决反对将文学文化和政治权力混为一谈，拒绝经由政治经济权力获得的虚妄的文化、文学荣耀。而更为重要的是，王富仁的左翼文学研究，不只是矛头向人，也蕴含着更多的自我解剖和批判；不只是总结历史经验教训，也敞开向更广阔的时空，对着中国当下文化界的封闭自嗨、苟安舒适、虚火无实、柔软脆弱等痼疾，掷以从鲁迅处拿来的匕首和投枪。斯人已去，故纸留存，我们仍能聆听到伟大心灵的回声！

王富仁女性文学研究论略

谭 梅

王富仁从事女性文学研究是偶然中的必然。说偶然，是因为他涉足女性文学研究是因给朋友、学生的著作作序开始；说必然，是因为作为一个关注"当代公民状况改善"的启蒙思想家，"偶然"之后必然注意到仍是弱势群体的中国女性，尤其是底层妇女整体的社会命运和文化处境。从1987年3月在《名作欣赏》发表为女性评论家钱虹编著的《庐隐集外集》而写的论文，即《谈女性文学——钱虹编〈庐隐外集〉序》，到2017年2月刊登在《中国妇女报》的文章《华人女性：东西方性别文化解读新符号》，王富仁在这近三十年的学术研究生涯中从未间断对中国女性文学的思考与研究。毫无疑问，鲁迅研究一直是王富仁毕生学术研究的核心。但是，在以鲁迅思想为核心的新文化视角下对中国女性文学进行研究，尤其是对中国当代女性文学研究进行反思也是王富仁学术研究中的一个不能忽略的维度。

一、细读文学作品

正如李怡在《孤绝启蒙：持续与深化——王富仁先生的精神面相》一文中所概括的那样，王富仁的学术活动是从作品赏析开始，"这种以个人感受为基础的阅读欣赏活动引导他尝试通过感性的生命体验来贴近"研究对象的心灵世界。①

王富仁对中国女性文学的研究也是以文本细读作为研究基础。在20世纪90年代初，王富仁在《名作欣赏》上发表了一系列旧诗新解的论文。其中，对李清照的代表作《声声慢·寻寻觅觅》进行的"新批评"，即《内感与外感 情绪和结构——李清照词〈声声慢（寻寻觅觅）〉赏析》，十分引人注目。此前对这首词的解读大多聚焦在双声、叠韵和叠字等艺术技法的探讨上，至于抒情诗人无限蔓延的愁绪，多数论者的分析都点到为止。梁启超也只笼统地形容为"那种茕独凄惶的景况，非本人不能领略，所以一字一泪，都是咬着牙根咽下"②。可是，这股愁绪到底是什么呢？它又从何而来呢？王富仁运用敏锐的感受能力，通过对文本的仔细分析为我们提供了一个可靠的解读。实际上，李清照在找寻什么，大概连她自己都不知道，这"说明她丢失的不是某件具体物事，不是物质的实利，不是可以明言的东西，而是一种精神的失落，一种生活意义的丧失。"③因此，王富仁认为富有才智、抱有理想的李清照寻寻觅觅而又无法排解的愁绪应该就是"找不到施展自己才智的任何机会，找不到发挥自己生命力量的任何社会空间，找不到证明自身生命价值的任何方式，她执着地在寻找着但却又连自己也不知道自己在找什么？怎样找？"的无奈之情。④从某种层面上讲，这其实就是中国古代女性从狭窄的生存处境中生发出来的不明所以而又切实感受到的生命困惑，李清照用一段灰色的情绪将之准确地表达了出来。同属于旧诗新解系列的还有《主题的重建——〈孔雀东南飞〉赏析》和《〈木兰诗〉赏析及其文化学阐述》。前者通过对焦仲卿妻凉薄婚姻生活的剖析，向我们揭示了中国古

---

①李怡：《孤绝启蒙：持续与深化——王富仁先生的精神面相》，载自《文艺争鸣》2017年第7期。

②梁启超：《中国韵文里头所表现的情感》；夏晓虹编《梁启超文选（下集）》，中国广播电视出版社1992年版，第21页。

③④王富仁：《内感与外感 情绪和结构——李清照词〈声声慢（寻寻觅觅）〉赏析》，载自《名作欣赏》1992年第10期。

代妇女婚姻的实际情形，以及在这样的婚姻生活中，中国古代女性撕裂的精神状态。"她经常用赞扬的语汇表达自己对对方的不满，用顺从的方式表示异议，以尊敬的言辞表示蔑视",①尽管没有爱情，而丈夫却始终都会是她的生命符号；后者否定了花木兰是一个典型的英雄性格的女性形象，通过对作品的文化学阐释，王富仁认为该诗作者旨在用木兰"蓬勃而又自然的生命力"来反衬"汉文化，特别是在汉族上层社会、文人阶层、女性群体中早已变得式微了的木兰的精神特质"②。

王富仁对中国女性文学作品的细读不仅限于古代文学，他更关注中国现、当代女性社会命运的转折以及她们的应对与彷徨。面对两千多年家国同构的中国社会对女性身心极大的压制与束缚，王富仁认为中国女性独立意识的艰难生长主要有三种模式，即萧红模式、丁玲模式和张爱玲模式。通过对萧红《生死场》和《呼兰河传》的揣摩，王富仁认为萧红的作品"之所以表现出某种程度的融情入理、情理交融的特征，不是因为她们已经具有了……西方女性的独立承担能力，而是因为她们仍然是睁大着女学生的好奇的眼睛而观看着这个由男性独占的现实世界的，她们在校门内所体验到的令自我感到鼓舞、奋发的独立性（女性），现在则成了她们悲剧感受乃至悲剧命运的根源，她们面对这个家国同构的现实社会是束手无策、无所作为的"。③在《中国现代新诗的"芽儿"——冰心诗论》一文中，王富仁指出家庭的温馨孕育了冰心"童心"的心灵状态，而在这种心灵状态下的写作不仅让她"为自己零碎的思想找到了适宜的表达方式"，而且"使我们看到了五四文化传统在中国是怎样落地生根"。④可以说，萧红和冰心各自对这个世界的感受是大相径庭的，王富仁却敏锐地发现她们殊途却同归于崇尚个人独立意志的"五四"旗帜

---

① 王富仁：《主题的重建——〈孔雀东南飞〉赏析》，载自《名作欣赏》1992年第8期。

② 王富仁：《〈木兰诗〉赏析及其文化学阐释》，载自《名作欣赏》1993年第6期。

③ 王富仁：《从本质主义的走向发生学的——女性文学研究之我见》，载自《南开学报》2010年第2期。

④ 王富仁：《中国现代新诗的"芽儿"——冰心诗论》，载自《北京师范大学学报》1996年第9期。

之下，她们身上都较为强烈地体现出了中国女作家由女学生向社会女性转化的特征。较之萧红的"无能为力"，丁玲却是奋力向前的。王富仁通过对丁玲创作道路的观察，认为丁玲模式揭示出如果一个现代女性"不安于自己的无所作为，就必须走出自己、走出女性，而在一向由男性独占的现实世界上找到自己的位置，找到自己存在和发展的空间"[①]。但是，这又必须以部分甚至完全放弃女性立场为代价，转而遵守由男性主导的现实社会的价值标准。这也是很多论者批评丁玲作品中话语系统、思想脉络和艺术脉络不统一，其作品中宝贵的女性意识让位于革命意识的深层缘由。在《"一个使徒的磨折"——丁玲延安时期的政治磨难及心灵历程》一文中，王富仁从具体的历史语境出发，仔细思辨后进一步指出丁玲的女性意识并没有泯灭，只是在避开中隐藏得更深，因为文学作品"诚"的前提是作家心灵的"自由"，如果心灵不自由，作家就不可能做到完全真诚。而丁玲也由于身陷知识分子、女性意识和政治信仰的多重纠葛中，饱受使徒般的精神折磨。如果说萧红和丁玲还敢直面惨淡人生，王富仁则犀利地指出张爱玲却走了一条更"屈从于现实社会、屈从于男性文化的道路"[②]。这不仅是因为"《小团圆》的出版，将张爱玲与胡兰成的这种微妙的两性关系暴露无遗"[③]，更重要的原因在于张爱玲总是站在现代女学生的思想高度上，游刃有余地俯瞰着还没有获得社会身份只是作为自然人存在的小市民女性，并对在现实社会中挣扎着求生存谋发展的社会女性几乎充耳不闻。有意思的是，在《也谈"改革，就得换老婆吗？"——影片〈野山〉观后》一文中，王富仁发现男主人公禾禾"审美感情的变化落后于他的经济行动"，原因在于"秋绒属于传统女性的美，桂兰则属于现代形式的美。对于桂兰的美，并不是普通的胃口可以吞下的"，因此禾禾始终停留在对前妻秋绒的情感阴影中，而对现在的妻子桂兰似乎仅仅是一种恩情。[④]结合张爱玲的选择，这似乎从另一个角

[①][②][③] 王富仁：《从本质主义的走向发生学的——女性文学研究之我见》。

[④] 王富仁：《也谈"改革，就得换老婆吗？"——影片〈野山〉观后》，载自《当代电影》1986年第5期。

度说明，在中国的历史文化语境中，"聪明"的女人们也在掂量走得太快太远迎来的可能是在两性情爱世界落空的无情现实。

对中国女性文学作品的新解及其对作家心灵结构的洞察，展现了王富仁作为评论家博古通今的知识储备和非凡的感知能力。同时，回到中国的社会现实和文化现实，回到中国女性的历史处境和中国女性本身来设身处地地感受、理解和阐释中国女性命运及其文学作品的研究方法，让王富仁深切地意识到了长期以来用西方女性主义理论直接分析中国女性问题及其文学作品所造成的严重"偏离"。而正是对这一系列"偏离"的发现和思考，促使了王富仁对中国当代女性文学研究进行深入反思。

二、对当代女性文学研究的反思

可能有读者会马上提出异议，前文提到的《声声慢·寻寻觅觅》、"冰心的小诗"和《生死场》等作品毫无疑问是属于女性文学研究的范畴；但《孔雀东南飞》《花木兰》和影片《野山》等非女作者作品也能纳入女性文学的研究范畴吗？这就涉及如何界定"女性文学"这一概念的问题，而王富仁对中国当代女性文学研究的反思就从这里开始。

什么是"女性文学"呢？在学界这一直是个有争议的概念。谢玉娥《女性文学研究——教学参考资料》一书与贺桂梅《当代女性文学批评的一个历史轮廓》一文对此概念的源流、相近概念的区别以及不同学者的观点做了较为详尽的梳理。综合各家说法，对"女性文学"大致有三种界定：一是仅仅指女作家的作品；二是泛指所有描写女性生活的文学作品，当然也包括男作家的作品；三是指具有鲜明女性意识的女作家创作的文学作品。可见，大家的分歧点之一在于是否将男作家描写女性生活的作品纳入女性文学？而解决这一个问题的关键又在于如何理解女性文学这一概念的内核，即女性意识。笔者认为王富仁1987年3月在《名作欣赏》上发表的《谈女性文学——钱虹编〈庐隐外集〉序》一文对上述问题进行了较为深入的论述和解答。遗憾的是，这篇文章在中国当代女性文学研究中并没有引起足够的注意。在该文中，他一方面认为女作家的作品不仅能最深入地表现女性意识,而且也应该无所争议地成为女性文学研究的重点;另一方面,他也指出一个作家的基本素质就是具有对象化的能力。也就是说,除了女作家,男作家也能表现女性意识。"在漫长的男性中心的社会历史上,文学也主要是由男性创造的,那时女性的意识较少有可能通过女性作家的作品反映出来。倒是在一些男性作家的笔下,女性意识得到了更充分的表现。"①比如,"《红楼梦》中薛宝钗和林黛玉、袭人和晴雯、尤二姐和尤三姐这些女性形象,都以独特的审美特征出现在了人们的面前,我认为,从一个特定角度来说,是曹雪芹的对象化能力提高的结果,这种对象化能力的提高,带来了男性作家对女性的更多的理解和更精确的描写,在这些女性形象的描绘中所体现出来的女性意识,是未必比像许穆夫人、蔡文姬等女作家的作品中为少的。"②

到了现代,情况稍显复杂。正如前文所言,刚刚浮出历史水面的女作家为了获得社会的认可,必须遵守浸透着男性中心的社会价值观念和文学观念。这样,"越是女性作家,越是不便于或不敢于公开表现当时文化环境中认为不合理的甚或丑恶的心理特征,而越是不敢于公开表现这种独特的心理特征,其作品的女性意识越不能得到更充分的体现。相反,倒是男性作家由于自己的特殊地位,敢于更直露地表现女性的心理活动,较少为女性掩盖社会所公认的'丑恶'的角落"③。因此,王富仁认为如果将能否表现"女性意识"作为是否属于女性文学的判断标准的话,那么,凡是对传统男权思想文化持一种具有女性立场的反思态度、肯定与张扬女性解放的男作家作品理应纳入女性文学的研究范畴。这样,不仅可以观察男作家从古到今对女性认识的变化轨迹,而且还利于在全部的历史文化语境中考察女性生活及其历史演变。2007年4月,在《一个男性眼中的中国当代女性文学研究》一文中,王富仁又补充了对这一问题的思考。他认为"女性意识"并不像许多论者所说的那样清晰明

---

①②③王富仁:《谈女性文学——钱虹编〈庐隐外集〉序》,载自《名作欣赏》1987年第3期。

白，而是一个随着女性文学发展不断变化的意识。它既可能因社会的变化不断进化，也有可能不停地循环往复。并且，女性意识在任何一个历史阶段都会或有所侧重或有所遮蔽，它都不可能完完整整地呈现出其全部内容。比如，"在中国女性文学研究中，我们所说的'女性意识'，还主要是城市青年女性的意识，是以这类女性的现实人生感受和体验为标准的。这是因为中国现代文学的接受对象至今仍然主要是城市青年，而'女性意识'的全部内容却绝对不能仅仅局限在这样一个年龄阶段。"①因此，王富仁提出应该以发展的眼光看待"女性文学"内涵和外延的变化，而对"女性文学"的界定应该是我们研究的终点，而不是我们研究的起点。

随着对"女性文学"这一概念的深入理解，王富仁洞察到了当下女性文学研究中的积弊。在《女性文学研究：广阔的道路》一文中王富仁指出，在女性文学研究发轫之初宣扬女性主义思想、抨击男权主义，这是可以理解的。但是，"当一个新的文化领域已经建立起来，它与固有文化传统直接对立的意义就基本消失了，至少是淡化了。我认为，中国的女性文学研究也面临着这样一个研究路向的变化问题"②。的确，随着批评实践的推移，沿用三十多年的女性文学主流研究范式日益暴露出明显的局限性，以致女性文学研究在整体上遭遇瓶颈。其中，较为显著的问题之一在于固守二元对立的思维模式。除了从文化领域自身运动规律的角度质疑二元对立的思维模式之外，在《一个男性眼中的中国当代女性文学研究》一文中，王富仁又另辟蹊径，提醒学界务必注意"文学"自身的特征。与让人强行服从的霸权话语不同，文学话语是令人感动的话语。因此，"真正意义上的文学，不论是男性文学还是女性文学，与政治霸权、经济霸权都是毫无关联的。在这个意义上，女性文学是在参与过往主要由男性从事的文学活动的过程中产生的，而不是在反对男性文学的霸权地位的过程中产生的。在它产生之后，它自身的成长和

---

①②王富仁：《一个男性眼中的中国当代女性文学研究》，载自《文艺争鸣》2007年第9期。

发展同时也推动了人类文学事业的存在与发展，为人类的文学提供了男性作家所不能提供的文学范例和文学空间，而不是推翻了由男性作家创造的文学范例或占领了男性作家能够发挥自己创造才能的文学空间"①。从这个角度上讲，女性文学与男性文学不仅不是相互对立的，而且还是相互发明和互相促进的。

较之二元对立思维模式的僵化，王富仁认为直接套用西方女权主义理论对女性文学进行本质主义阐释，这对中国女性文学的危害或许更大。在《女性文学研究：广阔的道路》一文中王富仁谈到，由于直接借鉴了在西方经过较长时间发展、已经演变得比较成熟的女权主义理论与方法，中国女性主义文学研究在初期发展势头十分迅猛。但是，在迅速发展之后，中国女性主义文学研究常常又因黏滞于西方理论的本质主义规定，而走上自我异化的道路。这导致中国女性文学研究在具体的批评实践过程中常常得出不能让人信服的、似是而非的研究结论。究其更为深层的原因，在《从本质主义的走向发生学的——女性文学研究之我见》一文中，王富仁指出西方女权主义理论是在西方现实条件下为解决西方女性自身所遭遇到的问题而提出来的，而中国女性问题的成因和解放之路与前者有着根本的差异。从女性文学发生发展的轨迹来看，"如果说西方女性文学在整体上自始至终都是沿着一条'向自我''向女性'的道路发展的话，迄今为止的中国女性文学则是沿着一条'向他者''向社会'的道路发展的"②。因此，西方女权主义理论既无法阐明中国女性所遭遇到的问题又不能对中国女性文学的发生发展做出合理的解释。如果中国女性文学研究继续直接套用西方女权主义理论，不但会把问题越弄越复杂，还会陷入越来越不利的局面。

有鉴于此，王富仁指出中国女性文学研究必须自己理出中国女性解放和女性文学发生、发展的头绪。一方面，"暂时离开女权主义文化理论和女性文学的本质主义规定，而回到对中国女性解放运动和女性文学

---

①王富仁：《一个男性眼中的中国当代女性文学研究》。
②王富仁：《从本质主义的走向发生学的——女性文学研究之我见》。

发生、发展情况的具体考察中"①；另一方面，"女性文学研究要通过不同的文学作品具体摸索和探求各个女性作家对自身的感受和理解，摸索和探求一个时代、一个民族女性作家自我意识变化和发展的大势"②。只有这样，中国女性文学研究才能将自身的情况讲得头头是道，让老百姓从相信老规矩到信任新道理；也只有这样，中国女性意识生长的历史轨迹才会被清晰地勾勒，继而才谈得上如何切实提高。王富仁也将这些思考运用到他指导的博士生毕业论文的选题和写作之中。比如，张莉《浮出历史地表之前——中国现代女性写作的发生》是从发生学的角度考察中国现代女性写作；王翠艳《女子高等教育与中国现代女性文学的发生》是从女子高等教育的角度探讨现代女性文学的发生；邓如冰《人与衣：张爱玲〈传奇〉的服饰描写研究》是回到女性本身的角度来研究张爱玲的文学作品；笔者《现代男作家叙事中的女性形象研究》则是基于民国时期两性文化的复杂性，分析现代男作家对女性理解力的变化及其对女性意识的表现。

对中国当代女性文学研究的反思展现了王富仁作为理论家的非凡洞察能力。一方面他通过抽丝剥茧层层深入的方法，由表及里地指出了中国女性文学研究存在的问题及其形成的原因；另一方面他在中、西女性解放和女性文学发生发展之路的差异比较分析中，拨开了萦绕在研究者内心的迷雾，继而理清了中国女性文学的研究思路。从某种程度上讲，他为中国女性文学研究如何转化为更有效的社会文化的思考指明了方向，从而打开了更为广阔的研究空间。

三、一个女性文学研究领域中男性研究者

2007年9月，王富仁在《文艺争鸣》上发表了一篇名为《一个男性眼中的中国当代女性文学研究》的论文。从这个题目可以得知，他特地

---

① 王富仁：《从本质主义的走向发生学的——女性文学研究之我见》。
② 王富仁：《一个男性眼中的中国当代女性文学研究》。

强调了自己在中国女性文学研究领域中的"他者"身份，笔者认为这其中透露出来的信息是值得注意的。在这篇长文中，王富仁着重分析了男性文化的复杂性。从史前到唐代这一漫长的历史时期，伴随着国家产生而产生的文化是比较纯正的男性文化，因为它主要是以"武力对武力、生命与生命的直接冲撞"①为主要表征的。王富仁指出，"这种文化，已经带有十分鲜明的霸权主义的特征。但这种霸权主义，在原初的意义上，还不是男性对女性的霸权，而是男性对男性的霸权，男性中强者对弱者、统治者对被统治者的霸权。从男女两性关系的角度，与其说体现的是男性对女性的压迫，不如说是男性对女性的保护。"②从宋代到清末，"中国政治社会开始呈现出'文'盛'武'衰的特征。就其整体特征，是男性霸权主义文化的衰退与女性情爱文化的胜出"③。折射到文学中，"英雄美人"的讲述模式式微，取而代之的是"才子佳人"讲述模式崛起。白面书生或许更能体会女性的生存感受，但在更多的情况下却选择了加强对女性的束缚和压迫。但是，"在任何历史时期，都不可能是所有男性的意识都属于男性霸权意识，所有女性的意识都属于被压迫、被禁锢的女性意识，在存在着男性对女性的统治的地方，也一定会存在着女性对男性的统治。"④"五四"新文化运动之后，两性文化呈现出更为复杂的情况。面临民族危机，鲁迅、陈独秀和胡适等新文化知识分子一方面倡导重拾早已失落的雄强的纯正的男性文化，另一方面在全社会呼吁解放妇女，共同推进社会进步。王富仁认为，"弱化了自我本质的中国古代知识分子是在强化自我对女性的权力意志的前提下意识自我的男性本质的，'五四'新文化的倡导者则是在强化自我对外部世界的权力意志的前提下意识自我的男性本质的，因而他们的自强愿望与同情并支持女性权力意志的觉醒并不矛盾。"⑤至此，通过对男性历史文化脉络的梳理，王富仁的"他者"意图已十分明显。他毫不避讳自己的"他者"身份，是希望通过这种真诚而善意的言说方式，提醒仍持有二元

---

①②③④王富仁：《一个男性眼中的中国当代女性文学研究》。

⑤王富仁：《一个男性眼中的中国当代女性文学研究》。

对立思维的女性群体，在漫长的历史时期，男、女两性之间的合作是远远多于对抗的，尤其是近现代以来，以鲁迅文化思想为核心的新文化已经应时而生，女性既然有着和男性相同地推进文化现代化的诉求，那么女性在谋求独立的道路上选择和志同道合的男性群体合作是应取之法。

  同时，我们也发现，王富仁也常常利用"他者"身份的优势对男性群体进行"谆谆劝告"。在《谈女性文学——钱虹编〈庐隐外集序〉》一文中，他不仅指责漠视女性意识和女性文学独立价值的社会心理，而且细致地分析了这一社会心理的不合理之处。一方面，男性意识和女性意识是互为因果、密不可分的，如果女性意识没有得到更大的发展，那么男性意识发展所能达到的高度也是有限的。比如，在男作家独秀的古代文学中，几乎没有出现像鲁迅《狂人日记》中的"狂人"形象即为明证。另一方面，女性意识能发展到何种程度，除了女性自身精神意识要提高之外，还取决于整个社会对女性意识的理解力和认可度能达到何种程度。因此，王富仁认为整个男权社会应该清晰地认识到，"研究女性意识的特性，提高作家对女性心理特质的理解和感受，便成了一种历史的需要和文学的需要"。因为，"女性意识的发展绝非仅仅是女性的任务，也是整个社会意识发展的标志，女性文学的发展也不仅仅是女性作家的任务，而是整个文学事业发展的需要。"①在《男人与女人 中国与美国》一文中，王富仁又以美国女性的解放之路为参照，进一步论述中国男性在中国女性解放之路上的应有之责。由于中、西方女性解放和女性文学发展道路有着根本不同的特点和路向，因此，在中、西方社会中男、女两性各自承担的女性解放任务也不尽相同。如果说，在西方社会中女性自古就拥有的"社会人"身份，这足以让她们通过自身的努力实现自立自强的奋斗目标，那么，在家国同构的中国社会，男性必须帮助由历史造成的仍然滞留在"自然人"身份的女性摆脱旧的伦理道德束缚进入社会，她们才能取得独立抗争的力量。对此，王富仁用了一个十分形象的类比来进行补充说明，"我们中国当代的男人（特别是知识界的男

---

  ①王富仁：《谈女性文学——钱虹编〈庐隐外集〉序》。

人）更像丁玲《莎菲女士的日记》中的苇弟，而西方的男人则更像这篇小说中的凌吉士；西方女性主义涉及的更像是莎菲和凌吉士的关系，而中国的女性主义涉及的则更像是莎菲和苇弟的关系。不难看到，在莎菲和凌吉士的关系中，莎菲是关键，莎菲的独立性必须靠莎菲自己来争取，而在莎菲和苇弟的关系中，莎菲的问题就不仅仅是莎菲一个人的问题了，而是莎菲和苇弟两个人的问题。"①

当然，王富仁不停地变换发声的立场，绝不是想当一个和事佬来模糊问题，而是一个拥有深厚人道主义精神的启蒙思想家的人文情怀和学术眼光的生动体现。他的多角度论述不仅让中国女性解放和女性文学问题的来龙去脉更加清晰，而且背后还蕴藏着更深广的文化忧思。他在《女性文学研究：广阔的道路》一文中谈到，尽管女权主义文化理论和女性主义文学理论一直在批判过往以男权主义为核心的人类历史文化，但是它们仍然有重要的建设性意义。因为"它们的全部努力都在于通过自身的生成与发展而改变人类文化发展的固有方向，而不是为了否定过往人类文化历史的存在价值和意义。"②可以这样说，女性文化文学流派追求的最终目标是建设一种新的人类文化观。而这种新的人类文化观"是超于男女两性的简单对立的，它既不等同于自然主义的男性观和在以男性权力为中心的社会历史上形成的男权文化观，也不等同于自然主义的女性观和在以女权为中心的意识中建立起来的女权文化观，而是一种在过往人类文化史上一直处于缺位状态的'第三性'观。这是它的社会性，也是它的超越性。"③显然，王富仁如此提炼和归纳对女性文化文学流派的最终追求目标，目的在于打破长期以来盘踞在人们思想中的二元对立观念。这正如他在人生晚年致力于提倡消除古今对立的"新国学"一样，希望学界把研究力气用在真正应该被扫除的文化褶皱里的顽疾上，从而在更具有整合力的格局中推动现代文化的建设。

---

①王富仁：《男人与女人 中国与美国》，载自《东岳论丛》2011年第4期。
②③王富仁：《女性文学研究：广阔的道路》，载自《博览群书》2010年第3期。

人生感受：王富仁作家作品评论的关键词

陶永莉

读王富仁的作家作品评论往往有一种愉悦的审美体验。时而泛舟大海，惊心动魄；时而夜听风雨，思绪万千。他能使读者沉醉其中，和他一起感受作品的美，也能让读者走出作品，与自我的现实人生联系起来，进入深层次的反思。这不同于一般的学术论文，读者读到的不仅仅有学术，还有自己的人生。这样的评论有着巨大的魅力，其根源即"人生感受"。无论是20世纪八九十年代的鲁迅、茅盾、郁达夫、郭沫若、闻一多、冰心等研究，还是本世纪的端木蕻良、老舍等研究，"人生感受"一直贯穿在王富仁的作家作品评论中。

一

这里的"人生感受"是指作家的生存感受、生命体验及其在作品中的体现。王富仁在评价作家作品时非常重视作品对作家的人生感受的表现。如果说"回到鲁迅"意味着不再以凌驾文学之上的权威性批评标准为准绳而回到作家作品自身，那么"人生感受"就是回到作家作品自身后的具体出发点。

感受是一种把握世界、观照世界的方式。每个人都有自己的人生经历，都有自我的人生感受。感受人生的角度也往往因人而异。冰心生长在一个温馨的家庭，这个家庭保护了她的童心，虽然她在小诗写作时已进入了青春期，但在她的内在感受中，她仍然是一个孩子，她以童心的方式来感受世界——一个充满着新鲜活力的纯真无邪、天真烂漫的世界——冰心的小诗就是对这个世界的呈现。[①]与冰心的温馨家庭环境不同，鲁迅出生在一个衰败的家庭里。作为长子，他较早担负起家庭对外的各种杂务，感受到了人心冷暖、世态炎凉。"对家庭的责任感和对社会环境的整体感受"是鲁迅思想的特色。郁达夫也出生在一个衰败的家庭里，但作为家中的幼子，得到了相对较多的照顾。他从"个体自我和个体人的幸福追求"的角度感受人生。如果说鲁迅的小说是从"民族生存和发展的整体出发、从个社会文化和国民精神的改造出发"对当时的社会人生的艺术表现，那么郁达夫的小说则是从"个体自我的幸福追求出发、从个体社会成员的幸福追求出发"来表现社会人生。[②]从个体的角度看，不同的人感受有所不同；从整体上看，不同的时代、民族的集体感受也有所不同。以"大海"为例，中国古代的诗人以感受陆地山川的方式来感受大海，他们诗中的"大海"常常呈现出一种陆地般的"静穆"的审美特征。相比之下，现代诗人郭沫若感受世界的情感方式发生了根本性变化，他以新的"自由精神"感受"大海"，他感受到的"大海"甚至世界是汹涌澎湃、"常动不息"的，呈现出一种动态美。[③]

茅盾认为"作家自我的主观感受是不可靠的，他不应以自我感受世界的方式去把握世界、观照和表现对象，而要客观地、正确地反映现实，就应当学习社会理论，分析研究社会问题，通过理性认识的途径去

[①] 王富仁：《中国现代新诗的"芽儿"——冰心诗论》；载自《现代作家新论》，山西教育出版社1998年版。

[②] 王富仁：《从两个不同的角度进行的人生开掘——鲁迅和郁达夫小说思想意义的比较研究》；载自《现代作家新论》。

[③] 王富仁：《他开辟了一个新的审美境界——一论郭沫若的诗歌创作》；载自《现代作家新论》。

了解和发现事物的客观面貌",也就是说,"通过否定或部分否定主体感受的方式去理智地把握世界"①。面对茅盾这样否定主观感受的情况,王富仁指出,认识与感受一样,都是把握世界、观照对象的方式,前者的态度是"科学的态度",后者的态度是"艺术的和审美的态度",一个现实主义作家如果"离开了自身感受人、把握人的真实情感基础,而仅仅以理性上以为应该如此的标准决定对人的去取和臧否,其结果必然会导致人物表现的偏狭化和苛责化。"②在茅盾的小说中,茅盾的客观理性认识与他的主观人生感受、情感体验常常矛盾着:在早期的《蚀》《创造》《自杀》《一个女性》等小说中,二者的矛盾不显著,还可以相互加强;从《虹》《路》到《三人行》前者加强,后者被严重削弱;在著名的《子夜》《腐蚀》《霜叶红似二月花》《农村三部曲》《林家铺子》等小说中,其矛盾更加尖锐。当茅盾离开自己独特、深刻的人生感受而仅仅追求认识上的正确时,他就"落入一般社会科学的窠臼"③,其小说的艺术成就就大大降低。

王富仁不仅将"人生感受"作为回到作家作品自身后评论的具体出发点,还将其作为衡量文学成就大小的标准。在他看来,文学艺术"在何种程度上表达了自己内在的真实的生活感受和人生感受,直接标志着他的文学成就的大小","一个作家内在的心灵感受与他的作品的关系就是衡量他的作品成败得失的唯一标准"④。以作家的人生感受为核心,结合作品的阅读与研究情况,王富仁将作家分为四类:第一类作品因权势地位获得生前的社会声誉,在身死后不再被人阅读与研究;第二类作品

---

① 王富仁:《从思想革命到政治革命——鲁迅小说和茅盾小说的比较研究》;载自《现代作家新论》,第117页。

② 王富仁:《从思想革命到政治革命——鲁迅小说和茅盾小说的比较研究》;载自《现代作家新论》,第108、69页。

③ 王富仁:《从思想革命到政治革命——鲁迅小说和茅盾小说的比较研究》;载自《现代作家新论》,第116页。

④ 王富仁:《文事沧桑话端木——端木蕻良小说论(上)》,载自《中国现代文学研究丛刊》2003年第3期。

因模仿而具有一定的艺术形式，但与作家自己的人生经历和人生体验没有任何直接的关系，在身死后读者和研究者较少；第三类作品是作家自己的人生经历和人生体验的表现，且具有他人无法代替的独特的艺术风格，具有一定的阅读和研究价值；第四类作品不仅是作家自己的人生经历和人生体验的结晶，有自己独特的个性，还反映了时代精神与普遍人性，被一代代读者、研究者阅读与研究。如鲁迅属于第四类作家，端木蕻良属于第三类作家。

"人生感受"是王富仁开展作家作品评论的关键，也是我们进入王富仁作家作品评论的一把钥匙。"人生感受"如此重要，是因为它具有发生学意义：一方面，作家个人的文学创新离不开新的人生感受、人生体验；另一方面，一个时代一个民族的新的文学产生离不开新的人生感受、人生体验。中国现代文学不同于中国古代文学、外国文学，其根本之处在于中国现代的作家有不同后者的独特的人生感受、人生体验。以诗歌而言，中国诗歌在唐代达到顶峰，此后开始走向衰落。如果说宋代还能另辟蹊径，"以文为诗"，那么明清几乎只能陈陈相因，甚者祭起"复古"的大旗。他们虽然创作了大量的诗歌，但无论是意象选取，还是情感体验都与前人极为相似，很难有新意，无法形成自己独特的艺术风格，也无法从本质上与唐诗区别开来。在王富仁看来，诗之为诗，在于它是语言的艺术，一个民族的诗歌是对一个民族语言的潜力的重新开发，诗人"有不同于他人的独立的情绪感受和思想感受，需要以完全独特的语言形式表达自己完全独特的情绪感受和思想感受"[①]；与此同时，诗人不是为"诗歌"寻找语言形式和表达形式，而是为自我的人生感受寻找新的语言。人生感受是中国现代诗歌发生的关节点。在这样一个意义上，王富仁重新评价了冰心、郭沫若等人的诗歌。在评论冰心时，王富仁将重点放在冰心小诗写作时的心灵状态"童心"上，指出冰心小诗的意义在于"以童贞之心重新面对现实世界和周围的一切事物"，"激活

---

① 王富仁：《中国现代新诗的"芽儿"——冰心诗论》；载自《现代作家新论》，第158—159页。

我们对世界感觉"。①在评论郭沫若时，王富仁从"主观感受"和"物象"两方面重新分析了《女神》的审美境界，切中其"新"与"时代的精神"的内核，指出郭沫若《女神》的意义在于以新的自由精神感受大海，大海又赋予这种自由精神以外在表现形式，开辟了一种新的审美境界。②冰心、郭沫若等现代诗人的情感感受方式、感受的对象与中国古代诗人有了根本的差异，也与外国诗人不尽相同。与中国古人的差异，使其诗歌成为"现代"诗歌；与外国诗人的不同，使其诗歌成为"中国的"诗歌。

中国现代小说亦如此，像鲁迅这样的中国现代作家，他们的人生感受方式、感受对象也发生了根本变化，他们是在对社会人生的新的感受和体验的基础上创造了自己的文学作品的。总之，"中国的新文学既非直接产生于中国古代的文学传统，也并不直接产生于西方文学的影响，而是像古今中外所有具有独创性意义的文学作品一样，直接产生于文学家自身对现实社会人生的真切的、深刻的人生体验和人生感受。"③

二

王富仁曾说，"我的鲁迅研究是根据我对鲁迅的感受了解进行的，而不是根据时代潮流的需要进行的"④，也不是为了成名成家。换句话说，王富仁的鲁迅研究是与他的生命体验、人生感受息息相关，密不可分。如前所述，"人生感受"指作家的生存感受、生命体验及其在作品中的表现，此外，"人生感受"在王富仁这里还有另一层含义即研究者

---

① 王富仁：《中国现代新诗的"芽儿"——冰心诗论》；载自《现代作家新论》。
② 王富仁：《他开辟了一个新的审美境界——一论郭沫若的诗歌创作》；载自《现代作家新论》。
③ 王富仁：《中国现代文学批评略说》，载自《北京师范大学学报》2011年第3期。
④ 王富仁：《我和鲁迅研究》；载自《中国鲁迅研究的历史与现状》，福建教育出版社2006年版，第239页。

的生存感受、生命体验及其在研究中的体现。只有将这两层含义结合起来，才能完整理解王富仁的作家作品评论。

王富仁之所以重视"人生感受"，与他的人生经历、学术历程有关，也与时代处境、历史经验有关。用他自己的话说，在人生经历和人生体验方面，他能够达到"博士研究生毕业的水平"[①]。"第三代"学人在走上学术道路之前，有过丰富人生经历。他们普遍在"文革"前完成大学教育，然后到基层从事中小教育工作，或其他文化工作，目睹一次又一次的政治运动或身陷其中，看清了中国人的内心欲求、内在情感关系，摸清了中国人的文化心理。与他们的上一代人或下一代人相比，王富仁认为：他们的学问根基没有上一代人深厚，思想负累比下一代人沉重；上一代人重视各种"主义"，他们则重视主义背后的"人"；下一代人讲各种"学说"，但"对于中国人的认识和感受"却不如他们"来得直接和亲切"，所以，从"人"的角度讲文化，讲文学，成了"第三代"学人的共同趋势。[②]在研究方法上，"第三代"学人也呈现出较多相似之处，从作家作品论入手，从系统阅读作家作品开始学术起步，作家作品论多半是他们的一部专著，如王富仁的鲁迅研究，陈平原的林语堂研究，陈思和的巴金研究，王晓明的沙汀、艾芜研究，许子东的郁达夫研究，凌宇的沈从文研究等。这不仅仅是个人的学术选择，还与20世纪80年代初期中国现代文学界的学术氛围有关。"文革"结束后，中国现代文学研究急需端本正源，肃清流毒，"平反""重评""填补空白"成为首要任务，以作家为具体对象，从作品切入，论某某作家，论某某作品成为最常见的研究方法，直到80年代中后期，才逐渐降温，被后起的文学史理论研究、宏观研究取代。王富仁的学术起步是跟随薛绥之先生写作鲁迅作品赏析，然后考入西北大学在单演义先生的指导下做鲁迅研究。他曾

[①] 王富仁：《自序》；载自《古老的回声——阅读中国古代文学经典》，四川人民出版社2003年版，第3页。

[②] 王富仁：《我走过的路（自序）》；载自《王富仁自选集》，广西师范大学出版社1999年，第2—3页。

对此阶段的研究做过非常严格的自我反思与自我批评,"我的热情全部贯注在要用研究对象证实我已有理论认识的正确性上,我只是要把我固有的观念黏附到研究对象上去。不难看出,这正是典型的教条主义方法,正是地地道道的机械论"①,存在着忽视研究对象的特性、从先在的理论出发的问题。但从鲁迅作品赏析开始的学术起步仍有不可忽视的一面,因为它还呈现出这样的特征:以自我感受为基础,用自我的现实人生体验来贴近鲁迅的心灵世界,实现与鲁迅及其作品的情感沟通与交流。一方面立足于自我的人生感受和体验,另一方面用心灵去感受作家作品。这成为王富仁作家作品评论的一大特色。即使在中国现代作家作品研究热降温之后,王富仁仍坚持以此为出发点,写出关于闻一多、冰心、端木蕻良等高质量高水准评论文章。

如果说学术研究的核心是发现问题、解决问题,那么远离现实世界,缺乏对实际人生的敏锐感知力,就很难发现真正有价值的学术问题。学术研究离不开研究者自我的人生感受,人生感受是其发展的重要助推力。"文革"结束后,现代文学研究在"平反""重评""填补空白"中确立了新民主主义标准,一部分民主主义作家、自由主义作家重新进入研究视野,研究取得了一定的成绩。然而,作家评论的逻辑仍是以"革命性""进步性"为标准,还是未脱离政治评判的框架,政治制约依然存在。王富仁从鲁迅开始突破,"在自己的文化环境中感到严重的自我失落并产生了以自我的真实生活体验独立地思考自己的文化环境的时候,才发现鲁迅对中国文化的分析和批判是异常深刻的"②。可以说,王富仁是在以自我的深刻的现实人生感受为基点解读鲁迅,才发现了鲁迅小说研究中的"偏离角"问题,提出了新的研究系统——"思想革命",冲破了"政治革命"的束缚,推动了学术发展。正如李怡评价王

---

①王富仁:《自我的回顾与检查(代自序)》;载自《先驱者的形象——论鲁迅及其他中国现代作家》,浙江文艺出版社1987年版,第4页。

②王富仁:《中国鲁迅研究的历史与现状(连载十)》,载自《鲁迅研究月刊》1994年第11期。

富仁学术思想时所指出，"'体验'与'感受'的意义在于引导我们的'问题发现'，而'问题发现'归根结底就是生命的发现，自我生命的发现才能成为一些思想发动的原点。"①实际上，学术热点的产生也离不开研究者的人生感受，王富仁指出，"一代又一代的文学研究者是在不同于前代人的全新的文化心理结构的基础上感受并思考我们的文学历史的，他们面对的也是不同于前代读者的全新的一代读者。这就有新的感受、新的理解，并且要用新的语言与自己的读者相沟通。"②与以各种西方理论阐释中国现代文学形成的"繁荣"景象相比，只有立足于中国人自己的现实人生体验与感受的研究才更可能接近思想发动的"原点"。

王富仁说，鲁迅是他人生的指路者，鲁迅跟他的生命直接联系在一起。我们因此在阅读他的鲁迅研究时，总能感受到他的人生、他的感受，并为其所震撼。然而，在所谓学术越来越"规范"的90年代以后，学术研究与研究者的生命几乎没有什么直接联系，学术研究只是一种职业，一份工作，很难在研究中感受到研究者的人生。王富仁常常对自己的学生说，你得让自己的研究和自己的生命发生联系，要让你的生命参与到你的研究中，要使你的研究对你的个人生活、对你个人的成长有意义。③王富仁给学生最大的启发往往不是学术，而是对自己的人生、自我与生命的重新认识与思考，是要促成自我个性的全面伸张，是要让自己成为自己的主人，是要建立自己的独立性、尊严感以及生命的意义。④这样的"人生"导师在当下浮躁的学术环境中是弥足珍贵的。

---

①李怡：《生命体验、生存感受与现代中国的文化创造——我看"新国学"的"根据"》，载自《社会科学战线》2005年第6期。

②王富仁：《热点从何而来》，载自《浙江师范大学学报》2002年第4期。

③张莉：《他是勇者——怀念我的导师王富仁先生》，载自《文艺争鸣》2017年第7期。

④李怡：《启蒙告退的今天，我们如何阅读王富仁——在西川读书会上的发言》，载自《汉语言文学研究》2017年第3期。

三

概括起来，在王富仁这里"人生感受"有两层含义：一是作家的生存感受、生命体验及其在作品中的表现；二是研究者的生存感受、生命体验及其在研究中的体现。它们不是决然分离的：一方面，研究者需要借助作家作品来感受自己，"作为一个人，总想感觉到自己，感觉到自己心灵中的东西，而感受别人，感受别人的作品，又是感受自己、感受沉埋在自己心灵深处的思想、感情和情绪的唯一途径"①。研究者对作家作品的感受与理解实质上也是对自我的感受与理解。那些伟大的作家作品往往能触动一代代研究者的阅读兴趣和思考热情，使研究者"能够借助他们的作品把自己尚处于朦胧状态的人生感受和人生体验明确化起来，强烈化起来"②。另一方面作家也需要研究者用其人生经历和人生体验重新激活他们的作品。人生感受和人生体验在作家与研究者之间流动，使他们相互理解，相互尊重，达到精神与情感的交流与沟通。

以"人生感受"为评论核心，王富仁的作家作品评论还具有以下特点：

第一，感受作品，尊重作家，从作家作品自身出发。王富仁指出，"文学研究者的任何研究都要建立在一个一个的文学作品的具体感受的基础上，如果自我对文学作品没有亲身感受，或有而不尊重它，不愿或不敢重视它，而是隔着一层屏障直接面对作为客观实体的文本，或者把自己的活生生的感受和印象搁置起来，把别人现成的结论作为研究的前提，他的研究工作是根本无法进行的。"③所以，敏锐的艺术感受力必不可少。比如，历来研究者在肯定闻一多对郭沫若《女神》"新""时代

---

①王富仁：《自序》；载自《古老的回声——阅读中国古代文学经典》，第2页。
②王富仁：《文事沧桑话端木——端木蕻良小说论（上）》，载自《中国现代文学研究丛刊》2003年第3期。
③王富仁：《文学研究的特性》，载自《文学评论家》1991年6期。

的精神"的经典评价的基础上少有实质性的推进。王富仁敏锐地感受到郭沫若诗歌中的"大海"与中国古代诗歌中的"大海"的不同:郭沫若的"大海"是一个浑融的整体,"蓬勃着无穷的力",能使你沉醉其拥抱之中,一起波涛起伏,一起共振,忘掉一切狭隘实利,蝇营狗苟,感受一个更纯净、更崇高的自我,像大海那样宽阔、自由、充满生命活力,郭沫若在中国诗歌中注入了真正的"海的精神"。这才切中了《女神》"新"与"时代的精神"的内核。王富仁这种异常敏锐的艺术感受力还充分体现在如《狂人日记》《药》《风波》等鲁迅作品及其他作家作品的分析上。另一方面,不同作家的作品给人的文学感受是不同的,即使同一作家的不同作品,其感受也不尽相同。从作家作品自身出发,也就是从这些不同的文学感受出发。建立在这些不同的文学感受基础上的文学研究便是对作家个性的认可,更是对作家的尊重。"你做了木匠,我就按木匠的标准评论你;你做了铁匠,我就按照铁匠的标准评论你"①。

第二,以作品感受为基础,从作品中提炼概念,形成体系。王富仁指出,"文学研究中的各种名词概念,都是在对具体的、一个个的文学作品的实际感受和印象的基础上建立起来的,没有这种真切的感受和印象,这些名词也便成了毫无意义的空壳子,整个文学研究工作也就难以进行了。"②"浪漫主义"是西方文学批评家在对拜伦、雪莱、华兹华斯等这类作家作品的感受基础上建立起来的,"现实主义"是在对巴尔扎克、列夫·托尔斯泰等这类作家作品的感受基础上建立起来的,"现代主义"是在对卡夫卡、普鲁斯特、詹姆斯·乔伊斯则等这类作家作品的感受基础上建立起来的,……西方文学批评概念是在西方文学批评家对西方文学作品的实际感受的基础上建立起来的。与此同理,对中国文学作品的批评也是要建立在对中国的文学作品的实际感受基础上,而不是直接横移西方的这些文学批评概念,比如用巴尔扎克式的"现实主义"很难

---

① 王富仁:《写在前面的话》,载自《现代作家新论》,第1—2页。
② 王富仁:《文学研究的特性》。

说明鲁迅小说的"现实主义",用惠特曼式的"泛神论"很难说明郭沫若诗歌的"泛神论";也不是直接移植中国古代的批评概念,比如李贽的"童心"就不能说明冰心的"童心"。以鲁迅为例,王富仁在他的著名博士论文里,以阅读感受为基础,从鲁迅的主观创作意图和《呐喊》《彷徨》的客观社会意义中归纳出"思想革命"概念,建立起了新的"思想革命"系统以取代了旧的"政治革命"系统,构建了庞大而严密的论说体系。如果说作品感受体现了王富仁异常敏锐的艺术感受力,那么体系构建则体现了他超强的逻辑思辨力。

第三,在历史比较中评价作家作品的思想艺术个性与历史价值。"对一个事物的认识,是从此事物与它事物的区别开始的。所谓'它',即是'它的特性''它与周围事物的区别'。"①说鲁迅是现实主义,茅盾也是现实主义,其实是没有真正认识鲁迅与茅盾。王富仁对鲁迅与茅盾做了比较,得出鲁迅的现实主义是以表现社会思想意识的状况为旨归,以人的精神解放为基本价值标准观照和表现社会人生的,是以启蒙主义或文化革命为主要思想旗帜的现实主义;茅盾的现实主义是以反映社会历史的外部变化为旨归,以社会解放和政治革命的需要为基本价值标准观照和表现人生的,是以社会政治解放为主要思想旗帜的现实主义。从历史的角度看,它们是在中国现代社会历史的统一进程的不同历史阶段产生的相互联系而又有严格差别的两种形态的现实主义小说,且都做出了不同的贡献,产生了各自的影响。又如,王富仁在鲁迅与郁达夫的比较中发现其不同的艺术特征:鲁迅是从民族生存和发展的整体出发、从中国国民精神的改造出发感受并表现人生的,而郁达夫则主要从个体人的幸福追求出发感受并表现人生的。

有人将王富仁的作家作品评论称之为王富仁式的"新批评"。其实,这是误解。虽然他说过"我相信,新批评终能解决以旧有方法不易解决的问题或实际感到又说不清楚的问题"②,也用过一些新批评方法解读屈

---

① 王富仁:《文学研究的特性》。
② 王富仁:《旧诗新解(一)》,载自《名作欣赏》1991年第3期。

原、曹操、陶渊明、李白、杜甫、王维、李商隐、白居易、苏轼以至鲁迅等人的旧体诗词。然而，王富仁的作家作品评论自始至终寄托了他对自我、对社会的思考与情感，有一种生命的厚度。即使那些最具有新批评式的《旧诗新解》，也是他在自我的实际思想追求与当下的社会思想潮流产生较大距离时的彷徨、苦闷之作。如此有生命厚度的作家作品评论无论如何都会撑破局限于文本内部结构的"文本细读"。这样的评论带给读者的不仅仅有审美体验、审美愉悦，还有人生感受、人生思考。这样有生命厚度的评论无论在哪个时代都能令人动容。

王富仁和语文教育的两度结缘

韩卫娟

王富仁和基础语文教育产生关联主要在两个时期：大学毕业后在中学任教语文学科、1997年末语文教育大讨论后参与语文教育研究。

前一个时段是1969年到1978年，他从山东大学外文系毕业后，在聊城三中和德州四中担任语文教师。关于这段经历，他在回忆薛绥之先生的文章中提到，70年代初期，学校要求他讲一次公开课，他不愿意"讲那些'是可忍孰不可忍''踏上一只脚'一类的'批判文章'"，也不愿意"讲那些'万寿无疆、万寿无疆''永远健康、永远健康'一类的'致敬信'"[①]，而是选择了自己印象深刻的《记念刘和珍君》一文，并参考了薛绥之编的讲义，讲了一堂《记念刘和珍君》的公开课。

在访谈中他也提到，"从我自身的个人经历来说，我在"文化大革命"当中在中小学教书的时候，只有两个人的作品是可以教的，第一个是鲁迅，第二个是毛泽东，但那时候教学秩序不那么健全，自由度较大，我一学期当中重点讲的就是鲁迅，《祝福》我曾经讲了三个星期，其他的好几课合为一课，让大家读一遍课文，解释一下字词，

[①] 王富仁等著：《薛绥之先生纪念集》（内部印行），1985年，第118页。

这就完了。"①

从这两段描述中，我们可以看出当时的教学环境与王富仁的教学风格。"文革"时期的教材内容有浓重的时代烙印，刨除宣传"文革"的政治小说、传达领袖意志的指令文章、歌功颂德的致敬文章，具有文学性的是鲁迅作品和毛泽东诗词——"在那个时候，鲁迅作品就是整个现代文学，毛泽东诗词大多是旧体诗词，其他的课文就不是文学了，这样一来，鲁迅在我们心目中的地位自然是非常高的，鲁迅支撑了整个中国文学的大厦，"文革"期间那些政治口号类的文章是不能算文学的。我们这一代人，不管是自己的成长过程当中还是教学过程中，鲁迅是一盏灯，我们之所以能够进入到文学界来进行文学研究，跟鲁迅在我们心目中的地位、与鲁迅对我们的指引是根本相连的。"②中学语文教学经历推动了他和鲁迅的再度接近。王富仁多次提到，自己是在初中时候读完的《鲁迅全集》，那时对鲁迅不过是感性层面的了解，"文革"时期阴差阳错地被分配去教中学语文后，他将教学的主要精力放在讲读鲁迅作品上，反使得自己渐渐深入到了该作家的精神内核中去。

虽然文革教育有其荒谬和混乱之处，但当时没有严密的考核系统和教学进度安排，教师处理教材时有较大的"自主性"。这体现在王富仁身上，就是他认为好的内容，比如《祝福》《记念刘和珍君》，就尽情尽兴地讲个够；认为不好的内容，就粗略教读一遍。同时，中学语文教学的特点是完全以课文为中心，这直接锻炼了研究者解读作品的能力和意识，也为此后一系列经典重读文章的写作奠定了基础。这种"任性"的教学方式，也使得王富仁在日后教学体制日渐严密，甚至僵化的状态下，仍然强调教师可以通过对文本的深入解读，获得一定的自主空间。在此后语文教育的讨论中，他也是屈指可数地较为关注"教师主体性"这一术语的研究者，这使得他和那些缺乏基础教育背景、仅将教改视为

---

①②见韩卫娟博士论文《论现代文学学人对语文教育的介入——以王富仁、钱理群、温儒敏为中心》（北京师范大学2016年中国现当代文学专业博士学位论文）的附录一《心中装着青少年的成长——王富仁访谈录》。

大学成果向中小学普及的讨论者，拉开了距离。

王富仁再一次与中学语文教育密切接触，是在1997年末语文教育大讨论后。在这次大讨论中，中学教师王丽——之前是北师大的教育硕士，因为一篇《中学语文教学手记》声名大噪——受《北京文学》委托，走访了一批名家学者，请他们发表对当前的语文教育意见。王富仁是受访人中的一位，在进入纯学术研究二十多年后，他再度对中小学语文教育表示了自己的关注。这种关注有着明显的因为时代变迁所引发的个人感触交织在其中。

首先，身为鲁迅研究者，王富仁已经深切感触到，鲁迅在中学语文教育中变得日趋边缘和尴尬。对于王富仁这一代人来说，鲁迅意味着一种文学的精神和力量，他的精神是中国知识分子的脊梁，他的作品是黑暗年代中唯一的幸存。但改革开放后，大量作家重新进入了我们的视野，鲁迅作品因为时代因素造成的垄断性被打破，多元的阅读选择也造成了多向度的思考可能。到了20世纪90年代，"贬低鲁迅"甚至成为一种潮流，研究界对昔日作家的再发掘和重新评价，往往从对鲁迅的批评和质疑开始。鲁迅在文坛上广博而复杂的人事影响力再次成为人们关注的焦点，只是评论者往往取和"文革"时期相反的立场。评论者的代系因素可能是这种转变的重要原因，如以王朔为代表的60年代的作家群体和更为年轻的一代。王朔认为"各界人士对他（鲁迅）的颂扬，有时到了妨碍我们自由呼吸的地步"[①]。在他们看来，鲁迅是一个精神偶像，他的长盛不衰源于官方的倡导，社会要想真正实现精神的自由，就应该能够批评或摒弃鲁迅这个标志。自然，这不是新的论点，对鲁迅的批评和质疑早在20世纪二三十年代就已开始，终其一生，他都在面对着诸如"青年导师""思想界之权威""左联盟主""堕落文人"等诸多头衔和指责，死后又辗转于"民族魂""当代圣人""旗手"之类的褒奖中。20世纪60年代出生的一代人，因为其幼年经历，他们对充分意识形态化了

---

① 王朔：《我看鲁迅》；载自王朔《知道分子》，北京十月文艺出版社2012年版，第117页。

的鲁迅形象极端反感，他们反鲁迅，在某种程度上，是反对僵化体制并展现个人思想的姿态。1978年后，国家进行现代化建设对知识人才的需要与国民语文水平的低下构成了尖锐冲突，此后一直到2001年新课程改革开始，语文教育一直非常强调工具属性和教化作用。比如，1986年《全日制小学语文教学大纲》《全日制中学语文教学大纲》颁布，在之前大纲的基础上进一步强调了语文教育的工具性，对阅读和文章训练的要求是"能阅读一般政治、科技读物和文艺读物，正确领会词句的含义，理清文章的脉络、层次，把握文章的中心思想和写作特点"①。在这样的背景下，鲁迅作品也成为讲解字词句篇的工具。而鲁迅作品的语言处于从文言到白话的转换时期，并不完全契合现代汉语的表述规范，鲁迅作品的思想内蕴丰厚，在"划分段落大意、总结中心思想"方面不易操作，鲁迅"难学""难懂"，成了中学生的"三怕"（一怕文言文、二怕写作文、三怕周树人）之一。在固化的教育体制和社会上"贬低鲁迅"风潮的影响下，"文革后"出生的一代人与鲁迅的感情更加疏离，鲁迅甚至成了这批中学生最厌恶的作家。这些学生没有系统阅读过鲁迅的作品，与"文革"时期成长起来的一代类似，他们反感的其实是将鲁迅加以神话的语文课本中的阐述体系，鲁迅只是一个宣泄口；另一个必须考虑到的因素是，中学生正处在反叛的青春期，"红领巾教学法"般讲解鲁迅作品的僵化方式，会引发他们绝对化的排斥。

上述情况对于王富仁等鲁迅研究专家来说，自然会感慨万千。昔日那位性情至真睿智至极的鲁迅，是他们抵抗黑暗年代并确立自己人生路径的导师，而今，在年轻一代的眼中，他却成为精神压迫的象征。作为研究者，有责任改变这一乖谬的现象，进而去改变人们思考问题的方式，让年轻一代真正可能从"文革"思维中解脱出来，这正是王富仁等人介入到基础语文教育中来的动因。

其次，立足自己专业对相关领域发言，这也是中国现代知识分子的

---

①课程教材研究所：《20世纪中国中小学课程标准·教学大纲汇编》，人民教育出版社2001年版，第477页。

传统。从晚清"五四"那代知识者开始,他们就试图将中国的现代转型和民族复兴纳入文化重建的框架中。严复、梁启超、胡适、鲁迅等人,陆续成为精神界的领袖。他们"高调"谈论文化的方式和再造中国的使命感,也成了后世学人效法的楷模。在经历了"文革"时期"臭老九"的跌落和新时期之初"广场意识"的再度高扬后,20世纪八九十年代之交的社会动荡和90年代市场经济所带来的"一切向钱看"的诱惑,使得这代有着浓重"五四"情节的知识分子经历了过山车式的起伏,最终被圈禁在校园之中,对社会发展的介入能力大为减弱。语文教育大讨论,及其更早的人文精神讨论(1993—1994)很大程度上成为他们重返社会中心的契机。余英时等人认为知识分子是"社会的良心","人类的基本价值(如理性、自由、公正等)的维护者";祝勇认为"社会的进步除了仰仗纯粹的思维成果之外,更依赖作为人类智慧代表者的知识分子的整体道德——我们习惯将此称为社会责任感。"[1]人间情怀、社会良知,这都成为一个真正意义上的知识分子的标准,或者说,他们必须具备的社会属性,用王富仁的表述则是"好说话"——"作为一个知识分子,不论在什么时候,不论在什么情况下,总得要说点什么,写点什么。知识分子就是说话的,一句话不说了,一篇文章不写了,也就不再是知识分子。"[2]在《语文教学与文学》中,他又强调说:"我这个人太好说话,懂得的也说,不懂得的也说。"[3]"懂"与"不懂"在这里不仅仅是自谦之词,它意味着与知识者退守校园的进程相同步的,学术制度规范的强化及学科壁垒的出现,"好说话"则成为知识者在社会责任感的驱动下,跨界发言的姿态。

此后,王富仁为语文教育界写作了一系列极具问题意识,让人耳目

---

[1] 祝勇:《被思想惊醒》;载自王小波等著《知识分子应该干什么:一部关乎命运的争鸣录》,时事出版社1999年版,第1页。

[2] 王富仁:《古老的回声——阅读中国古代文学经典》,四川人民出版社2003年版,第5页。

[3] 王富仁:《语文教学与文学·后记》;载自《语文教学与文学》,广西教育出版社2006年版,第226页。

一新又为之一震的研究论文,以"教师主体性"为核心,以"情感教育"为落脚点,建构了一个宏阔的分析框架,改变了语文教育研究长期以来停留在随笔感悟与经验介绍的局面。

漫议中国现代文学研究的学术品格
——关于王富仁《文化与文艺》的断想

王德禄

　　作为一门独立的、系统的社会科学学科，中国现代文学研究可以说是与共和国同时诞生的，经过五十多个春秋，现在也已步入它的中年了。步入中年的一个重要标志，就是一支包含多层面多分支，富于整体特色和个性特色的研究队伍的形成。在五十多年的风风雨雨、春播秋收中，这支队伍随着现代文学研究格局的科学化、研究领域的深广化和研究方法的多样化而逐渐迈向成熟。其间，由于现代文学自身发展的曲折性和阶段性形成的客观差异，同时也由于研究者自身的研究素质、研究个性和研究方法形成的主观差异，而使这支队伍呈现出不同层面并由此形成了前后相续的若干群体，恐怕也是自然的和公认的事实。这些研究者群体是由以上所说的客观差异与主观差异而形成的自然凝聚。自然，它们都不是单一性的集合，而是多样性的统一。

　　如果以上所论不至于悖谬的话，那么笔者认为，建国五十多年来现代文学研究队伍的第一个群体形成于20世纪五六十年代，作为现代文学研究的拓荒者和最早的辛勤耕耘者，他们结束了现代文学研究解放前的支离破碎状态，第一次从整体上使中国现代文学研究走上科学化道路，显示出它作为一门独立学科的丰富内涵和深刻意义,并规范了中国现代文学研究的基本框架(这个框架至今还发挥着它的制约作用)。他们的许多富于思想深度与个性特色的研究成果,几乎触及了中国现代文学这座巨大冰山所有露出水面的峰尖,有的还显示出向深层突进的趋势。这个群体有着基本一致的理论导引、思维走向、价值尺度和批评方法:他们都力图遵循马克思主义的一般原理和关于文艺的基本理论,追求一种单纯、明确的思维方式,选择强调现实意义与社会功利的价值尺度,采用社会历史学的批评方法,对现代文学现象进行解释和评价。应该说,这个群体对中国现代文学研究马克思主义方向的确立和科学研究方法的确定,对现代文学研究基本格局的建构,是有着不可磨灭的贡献的,现代文学研究的一切后继者是不应当忘记他们的。但毋庸讳言,由于建国后政治生活和精神领域中的不正常因素,使人们的精神生活(包括文学研究这种复杂的精神劳动)不能不受到影响和制约。这就表现为:在坚持马克思主义一般原理和文艺基本理论的同时,多少忽略了文学现象的复杂性、特殊性以及理论与实际真正契合的艰巨性;在追求单纯明确的思维方式的同时,多少忽略了思维方式的多向性、灵活性;在普遍采用社会历史学批评方法的同时,多少忽略了研究方法的多样性。自然,这些缺憾是不能苛求当时的研究者的,因为任何人都不能超越自己的时代和环境。当然,后继者面对现代文学研究最早的耕耘者用辛勤汗水浇灌的丰硕成果,在深感敬佩的同时又深感不足,也就是可以理解的了,因为更深刻、更完善境界的渴望和追求正是文学研究自身深化发展的内在推动力。

与第一个群体形成鲜明反拨意义的是近些年出现的第三个由年青学者组成的研究者群体。这里所说的"反拨",并非简单的、表层次上的反其道而行之,而是文学研究在根本目的、内在价值、思维特性等深层次上的推移和更迭。他们一般具有较为开阔的视野和较为活跃的思维,力图建立属于自己的新的研究框架和从更贴近文学的角度研究现代文学,从而在研究成果中时或表现出一种逼人的睿智,闪现出某种开阔性和深刻性;但是,他们也暴露出致命的弱点,即他们自身的理论装备并不完善，往往以外来的思想观念、思维方式和价值标准作为自己构筑中国现代文学研究体系的唯一参照物，他们对学术研究现代性的追求有时是以历史感的部分失落为代价的，对文学研究特殊性和自立性的强调又使他们忽略了对某些文学研究基本原则的把握，因而在他们的研究成果中也时或出现非科学的偏颇乃至失误，而暴露出学术品格的不成熟性。在中国现代文学研究史上，具有承上启下独特地位和自身鲜明特色的是第二个研究者群体，它形成于党的十一届三中全会以后的20世纪80年代初期，其主体是一批经过十年浩劫和生活磨炼已届中年的研究者。他们有着特殊的但又大致相同的人生经历：在经过了对文学的向往和破灭、对生活的挣扎和追求之后，又重新迈上了文学研究之路，对于他们来说，从事现代文学研究不仅仅是一种职业和志趣的重新选择，简直是一种生命的真正注入。和前两个群体的研究者都有所不同，他们虽也曾和上一代研究者一样较为系统地接受了马克思主义一般理论的熏陶，但他们开始研究工作时正值中国改革开放之际，时代要求他们在更为清醒和自觉的层次上来运用和发展这些正确的东西；他们虽然也和下一代研究者一样敏锐地感受到世界的八面来风，并敞开了虚心接纳一切新东西的心胸，但他们同样要求自己在更清醒更自觉的层次上去理解和把握这些新东西。因而可能在某些上一代研究者看来，他们似乎缺少些"稳健"，而在他们之后某些更年轻的研究者看来，他们似乎又不够"激进"，然而他们既不自卑，也不自傲，既不趋时，也不裹足，他们虚心吸取着上一代和下一代研究者的长处以充实自我，使自己的研究品格走向成熟的目标——活跃的，但不是浮躁的；坚定的，但不是滞重的；审慎的，但又是进取的；虚心接纳的，但又是独立不倚的——以塑造一个富于探索活力和创造机制的自我。自然，他们并不是完美无缺、通体和谐的，他们时而感到自己缺乏上一代研究者深厚精深的知识根基，时而感到自己缺乏下一代研究者迅捷明快的感受能力，有时为自己理论的不够彻底而苦恼，有时为价值取向的难以抉择而困惑，这是因为任何追求都伴随着痛苦的精神搏斗，意味着对自我的艰难的超越。但作为一个充满矛盾而又充满活力的研究者群体，他们的每一步扎实而勇敢的行进，都显示着自身独特价值的存在和现代文学研究未来的生机——对研究品格的现代性与个性化的追求。

一、作为这个研究者群体的一个有力代表，便是王富仁

王富仁，这个解放后我国自己培养的中国现代文学专业的第一个博士，这个来自鲁西南"极偏僻、极落后的一个极小的村落"，从四十岁的人生中途迈上现代文学研究之路的身材羸弱单薄、鬓边已抽白丝的"半老头"，在研究生涯开始后短短的几年时间里，就以他富于独创性的丰硕研究成果引起了国内外的注目。对他的许多观点，人们可能赞同，也可能反对，但不可能无视它们的存在，因为它们具有一种迫使你重新审视研究客体和研究者自我的逼人力量。摆在我们面前的这本《文化与文艺》，便是其中的一种。

《文化与文艺》是王富仁对文化现象与文艺现象思考的结晶。其中大多数文章写于20世纪80年代"文化热"炽烈之时，这种独特的文化现象自然纳入了作者的视野，但作者无意像当时的许多研究者一样，对"文化"进行抽象玄虚的纯理论探讨。他对文化的关注有两个鲜明的指向：一是集中于对中国近现代这个特定阶段文化发展规律的探讨；一是致力于对具体文艺现象中文化意义的挖掘。在收入集子的几组文章中，笔者感到最有特色的是关于鲁迅研究和评论当代电影的几篇。他们所论述的都是具体特定的文艺现象，但却都放到巨大的文化背景上去进行深入底蕴的挖掘，显示出开阔与纵深的结合。在他看来，鲁迅研究不但是一种中国文化现象，而且是一种世界文化现象，因此应该一方面把鲁迅文化思想作为理解中国近现代文化的一条基本线索，另一方面把鲁迅文化遗产作为世界文化的一个组成部分，参与对世界面临的共同问题的解决。在这种新视角的观照下，鲁迅的许多曾被反复引用诠释过的思想观点在作者笔下焕发出新的意义。在《喜盈门》《山民》等几部当代影片的评论中，作者透过表面的轰动效应发现了深藏在影片中的旧的文化意识、伦理观念、道德标准的残留。作者在更巨大也更深刻的文化背景上，从对具体文艺现象的清醒审视中,触及人的现代化的一个重要方面——对文化的自觉。关于这些文章观点是非得失的深入探讨评价,不是笔者这篇短文所能承担的,而且,对某些具体观点是非得失的臧否抑扬,无论对作者抑或读者来说,都是远非重要的东西。对笔者来说,最感兴趣的是深藏在这些文章中而又时时闪现出来的鲜明的作者"自我"——他的独特的研究品格,而且笔者认为,这种品格不应当仅仅属于王富仁个人。自然,对一个作者研究品格的体认和描述,是见仁见智的事情,可能深得其味,也可能隔靴搔痒,笔者则希望能成为一次与作者心灵的契合与对话。

二、王富仁研究品格的特色之一是敏快的现代意识与沉重的历史体验的融合

对一个现代研究者来说,现代意识是他研究生命的支点。现代意识,并不是一个固定的单一的概念,它综合了现代社会各个阶段科学技术、社会生活的发展所导致的人们对世界的最新认识,在总体上反映了现代生活中人们思想观念的最新信息。在现代意识的多元汇合中,自然,马克思主义思潮是对人类现代生活影响最大的思潮,马克思主义思潮在世界范围内的发展与演变是现代意识中最引人注目的现象之一。但现代意识也是特定历史阶段的产物,是它所承继的历史文化遗产与现代社会生活激发的最新认识的结合;因此现代意识并不是割断与历史联系的漂浮在现代生活上空的无所依傍的浮云,而是深扎在深厚历史土壤中不断绽发新枝的参天大树。从这个角度来说,对作为现代意识生长根基的历史遗产的体验和认识,自觉和深刻到何种程度,也就决定了对现代意识的理解和把握自觉深刻到何种程度。就现代研究者的基本素质而言,对现代意识的敏快感受与对历史遗产的深广体验是不可分割、密切交融的两个方面,任何一个方面的欠缺或两个方面的割裂,都将导致研究工作现代性的削弱或历史感的失落。王富仁的研究为这种融合的实现提供了一种尝试。在他的文章中,我们可以看到作者的思想触角一方面

伸展到现代意识的各个层面（现代观念、现代价值和现代思维方式），始终坚持以现代眼光审视文化与文艺现象，这种现代眼光既包括马克思主义的基本观点和方法，又包括了世界现代社会科学中的一切有价值的东西，其核心就是人与社会的现代意义的真正全面发展的思想；另一方面，我们又看到作者的思想触角深入到历史的底层，对中国近现代历史发展进程的独特性，对作为历史滋生物的文化遗产的丰厚和沉重，作者有深入肌理的感受和体验，他深知在这块具有古老精神的土地上，现代意识向社会生活和人们灵魂深层的每一步突进，都意味着对中国沉重历史（我们自身也是这种历史的一部分）的一次苦涩体验、痛苦搏斗和艰难超越。因此，王富仁在他的文章中，用现代意识这把明快犀利的解剖刀，沉重而有力地对中国历史的经济形态、精神结构乃至作为中国社会细胞的家庭的伦理标准、人际关系进行了深入腠理的解剖，他的解剖既不是轻飘飘的，也不是冷冰冰的，而是饱含着对历史的深刻体味和对未来的深情期待的。

三、王富仁研究品格的特色之二是执着的理性精神与深刻的内在激情的统一

对于理性，历史上曾有过不同的理解：唯理论者曾片面地认为只有理性是最可靠的知识源泉；斯多葛派曾把理性当作神的属性和人的本性；18世纪法国唯物主义者和空想社会主义者则以合乎自然和合乎人性作为衡量一切现存事物的唯一标准，其目的是要建立理性的和永恒的正义王国，即资产阶级的王国。那么，今天还需要不需要理性精神？应当建立一种什么样的理性精神？对于前一个问题的回答，毫无疑问应当是肯定的，至于后一个问题，以马克思主义为核心的科学世界观以及现代生活的日益科学化、合理化为我们确定一种更深刻也更完美的理性精神提供了可能和必然。这种理性精神，就其本质来说，是批判的、创造的和发展的，它要求研究者在科学认识论和方法论的指引下，排除主观感情的偏颇和陈旧传统的束缚，对研究对象做出独立的、公正的理性判

断。这种理性精神是现代研究者研究行为的准则。在王富仁的研究中，我们看到了这种理性精神的闪光。

在对中国近现代文化发展规律和当代文艺现象的探讨中，面对形形色色的观点分歧，王富仁始终抱着一种冷静客观、求真无私的态度，认定分析立论的出发点只能是研究对象自身，他反对那种"爱之欲之生，恨之欲之死"的感情压倒理性的倾向和貌似公允实则调和的中庸观点，从而表现出一种坚定、明确、贯彻始终的清醒的理性精神。由这种鲜明的理性精神所决定，理论的清晰和明确，论证的全面和辩证，理论推演的丝丝入扣和逻辑结构的严密有力就成为王富仁研究的重要的文体特色。

但是，理性精神的执着强烈并不意味着研究态度的冰冷淡漠。诚然，文学研究不同于文学创作，它依仗的是理性思维和理性判断，不能以感情好恶定是非。但对真正成熟的研究者来说，其理论的坚定和清晰，热烈地主张着所是、攻击着所非；其思维的活跃和多向，对研究对象不抱成见的多方面的观照；其判断的严密和明确，对自身的毫不宽容的自审。以上种种，内中不也包含着一种深刻的、内在的激情——对真理的如饥如渴的追求的激情么？我们从王富仁的研究中可以触摸到这种激情流动的脉搏，王富仁把它称为"真诚"，他把发出属于自己的真诚的声音作为追求的目标。人们可以对这些独特声音是否悦耳和谐提出疑义，但却不能怀疑它的真诚，这是最可宝贵的研究品格。

四、作为王富仁研究品格的特色之三是开放的思维和自主的思考的结合

王富仁是在这样一种情况下开始自己的研究工作的：一方面，现当代文学研究积解放后三十年之丰硕成果已形成相对稳定的研究框架和思维定式；另一方面，社会的开放带来研究的开放，外来新思潮和新研究方法的巨大冲击力使研究者们的思维处于活跃而骚动的状态。面对新思潮和新的研究方法的冲击，出现了不同的心态反应：有的研究者对新思潮和新研究方法表现出强烈的乃至盲目的趋同心理，并力图以此为基点构筑现当代文学研究的新格局；有的研究者对新思潮和新研究方法表现出或明朗或隐蔽的拒绝心理；也有的研究者产生了无可选择的困惑心理。王富仁并没有简单化地将研究方法划分为"新""旧"而盲目地趋"新"或守"旧"，在他看来研究方法是否正确有力，是不能以"新""旧"来简单区分的，而应看研究方法是否适应于研究客体和研究者主体，是不是有创造性的活力和机制。因此，他既继续采用所谓传统的社会历史学方法来研究传统课题（如对《呐喊》《彷徨》的研究），并达到了新高度；也采用新的研究方法来探索新领域（如用比较文学方法研究鲁迅与俄国文学、外国文学的关系），并开拓了新思路。在《文化与文艺》中，作者承认"除了依据着马克思主义历史唯物主义原理之外，还曾直接受到皮亚杰的发生认识论的影响"，此外系统论和信息论对作者也有启发。但不论吸收什么思潮、运用什么研究方法，王富仁所追求的是"以我为主"的独立思考。在运用历史唯物主义原理研究中国近现代文化发展规律时，作者发现了在中国近现代特定历史条件下，历史唯物主义原理表现为"似乎掉转头来"的特殊形式；对皮亚杰的发生认识论，作者"离开它的个体认识发生发展的特定领域，转而观察人类文化或民族文化的发展问题"；对系统论，作者自称："我用的并非它们的自身。系统论对我的启发仅仅在于如何考察文化自身的发展和变化"；至于信息论，作者说"我几乎仅仅借用了'信息'这个词"。从这里可以看出，对一切新的东西，作者并不排斥，但也决不盲从，他所取的是一种审慎而又进取、开放而又自主的态度，这是一个现代研究者所应当和必须具备的健康积极的心态和开阔博大的胸襟。

王富仁在为自己的这本书所写的代序《一颗渺小心灵的微弱蠕动》中，曾用曲折委婉而又诚挚动人的文笔向读者"自剖其心"，描摹了自己这颗"渺小心灵"在时代的风云变幻、雷鸣电闪中的"微弱蠕动"，自认它存在的唯一价值就在于它的"真诚"；但是，一颗真诚的心是并不渺小的，它所发出的也不是"微弱蠕动"，从这本书中，我们分明看到了一颗探索心灵的强劲搏动！

原载于《太原师范学院学报》2002年第1期

《王富仁序跋集》①读后

范志强

如果把春秋时期的《孔子诗论》称作《诗序》②的话，序作为一种文体，在中国已经存在几千年的历史。从文体写作角度，序并不被当作必须掌握的重要的文章体式，但却一直非常富有生命力地、活泼泼地存在着。并产生不少脍炙人口的著名篇章，如司马迁的《太史公序》、王勃的《滕王阁序》、王羲之的《兰亭集序》、欧阳修的《五代史伶官传序》、李清照的《金石录后序》和宋濂的《送东阳马生序》等。

序无定式。从形式上，序文可韵可散，可长可短，长可达数万言③，短也可寥寥数语。有自序，有他序，有代序，有赠序；从名称上可以叫序言、自序、代序，可以叫前言、前记、弁言、题记、小引、引言、卷首语等，可谓不一而足④。正因为没有定式，没有必须严格遵守的形式与内容要求，这就给为序者在内容上提供了极大的撰写自由：可议论，可

---

① 王富仁：《王富仁序跋集》（上、中、下），汕头大学出版社2006年版。本文对王富仁先生序跋文的研究范围，仅限于此书。
② 姜广辉：《〈孔子诗论〉宜称古〈诗序〉》；载自简帛研究网，2001年第12期。
③ 众所周知，梁启超的《清代学术概论》本就是一篇序言。
④ 可参看石建初：《中国古代序跋史论》，湖南人民出版社2008年版。

抒情，可叙事，可说明，可提炼总结，也可以深入阐发，这就使序这一文体无论在形式上还是在内容上，都变得格外活泼、生动，摇曳多姿。而为序者，可能是德高望重或位高权重者，也可能是后学晚生谦恭引笔。而最为学术研究者所看重的，无疑是学界泰斗、学术权威和专家学者们的序。"由于权威们比该书的作者更有水平，更有学问，所以不论是肯定意见还是批评意见，都有点高屋建瓴的气势，三言两语，就把该书的精神提起来了。"①

作为当代学术研究最重要最有影响的专家之一，王富仁先生的序同样被同行和晚辈学者所看重，"在学界混的时间越来越长，比自己年轻的人越来越多。年轻的愿意让年老的人给自己的书写篇序言，也是人之常情……于是就弄出这一大堆序跋文"②。但与一般作序者不同的是，王富仁先生把给晚辈学者作序看作是一次很好的开阔眼界、深入思考的机会，"自己平时没有更广博的知识和更精深的研究，借着别人的研究，多掌握一些知识，多思考一些问题，虽然并非做学问的正路，但到底比仅仅缩在自己的那点知识的蜗牛壳中，永不探出头来看看更广阔的世界，要好得多……他们的书让我开阔了眼界，想了一些自己平时想不到的问题"③。

由汕头大学2006年4月出版的《王富仁序跋集》（上、中、下），共收入王富仁先生1982—2005年所作序跋七十九篇，其中上卷收录王先生为自己著作写的序跋三十二篇，中、下卷共收录为别人所作序言四十七篇。

就序的内容看，大部分自序是王富仁先生对自己学术生涯、学术观点的梳理、反思与总结（包括为段国超作《〈鲁迅论稿〉序》），对自己著作中观点的补充和说明，对现代文学史、专门史和作家流派的专题论述；为别人作序，多数篇章如他自己所说，抱持着"自己平时没有更广博的知识和更精深的研究，借着别人的研究，多掌握一些知识，多思考一些问题"的心态，在序中借题发挥，把问题引向深入，阐发自己的观点，

---

①②③王富仁：《我的序跋文（代自序）》；载自《王富仁序跋集》（上），汕头大学出版社2006年版。

也拔升了所序论著的意义。除了内容方面的特点,序这种特殊的文体,使我们在读王富仁先生的序跋作品时,更容易感受到他学术研究的态度(对己的苛刻、严肃、补充、捍卫、对人的严肃、平等、认真)、学术研究的视野与胸怀(不是就事论事,而是深入阐发)与为序的风格(为人的谦和、写作的认真、情感的真挚)。

一、丰富广博深刻的内容

对文学史、专门史的思考与论述,包括《我对20世纪中国文学的解读——〈灵魂的挣扎〉代自序》《闻一多诗论——〈闻一多名作欣赏〉代序》(2.1万字)与《〈中国诗歌经典〉序言》(6.8万字)、《中国现代短篇小说发展的历史轨迹〈中国短篇小说精选〉代序言》(3.5万)、《中国现代历史小说的发展脉络——〈中国现代历史小说大系〉代序》《〈文选〉情结与文学的循环系统——〈中国现代美文鉴赏〉序》等。

王富仁先生并没有专门的个人现代文学史著作,但仔细阅读上述每一篇长达数万言的序言,就会发现,这些序言无一不是一部专门史,无一不是基于对中国文化、中国现代文学的整体思考。《闻一多诗论——〈闻一多名作欣赏〉代序》与《〈中国诗歌经典〉序言》是对中国新诗创作及发展过程的全面考察。长达三万五千字的《中国现代短篇小说发展的历史轨迹〈中国短篇小说精选〉代序言》不仅详细梳理中国现代短篇小说发展轨迹,分析重要作家作品和流派特征,更进一步指出,"中国现代的诗歌、戏剧、长篇小说在其总体的成就上都还不能说已经超过了中国古代文学的最高成就。散文的成就是显著的,但它也没有比中国古代散文更明确、更具体的新的审美特征。既具有鲜明的现代艺术的特征又取得了比中国古代同类题材的作品更丰富的成就者,则是中国现代的中短篇小说,特别是短篇小说。也就是说,最集中现实了'五四'文学革命的实绩的,在中国现代文学史上,是中短篇小说"①。《〈中国诗歌经典〉序言》是王富仁先生为北京师范大学出版社2004年版《中国诗歌经典》(王富仁主编,李怡、杨志副主编)所作。在这篇近七万字的大序中,王富仁先生"按照我的感受和理解,重新回顾一下中国新诗的发展历史,并在此基础上提出我对中国新诗发展问题的若干意见。它不是对所有诗人及其作品成就的评价,只是中国新诗发展的一个轮廓"②。他把中国现代诗置放在具有璀璨光辉成就与伟大传统的中国诗歌史这一大的背景下,对现代诗的独特品质、发展过程、贡献及存在问题做出自己独到的评述。王富仁先生首先从民族语言系统,从胡适对中国新诗语言及新诗发展角度,论述了胡适诗歌的特点,尤其在中国新诗史上的重要地位,指出"胡适就是这样一个不是诗人的伟大诗人。可以说,现在任何一个诗歌爱好者都会写出比胡适的新诗好的新诗来,但迄今为止的任何一个杰出的中国新诗诗人都没有胡适对中国新诗的贡献更伟大……他实现的是诗歌语言基础的根本转换,但没有创造出优秀的新诗作品来。他用诗的形式表达的是一个散文家的感受和认识。他是一个勘探家,而不是一个开采家……正像开采家不能忘记、更不能鄙夷勘探家一样,后来的新诗诗人也不能忘记、更不能鄙夷胡适"③。接下来,王富仁先生选取中国现代诗歌最有代表性的早期白话诗人、冰心、郭沫若、闻一多、徐志摩、冯至、李金发、殷夫、戴望舒、卞之琳、臧克家、艾青、田间、胡风及七月诗派,穆旦、郑敏和九叶诗人和解放区长篇叙事诗等为论述重点,对中国现代诗歌发展过程,取得成就、存在问题及如何评价现代诗人及其作品,做出极富独到见解的论述。在他看来,诗歌是语言中的语言,它的艺术更依赖语言自身。它必须建立在一个民族常见、常用的语言习惯的基础上。在新诗创作开始阶段,"能够给新诗诗人带来新的

---

① 王富仁:《中国现代短篇小说发展的历史轨迹》;载自《王富仁序跋集》(上),第205页。

② 王富仁:《〈中国诗歌经典〉序言》;载自《王富仁序跋集》(上),第275页。

③ 王富仁:《〈中国诗歌经典〉序言》;载自《王富仁序跋集》(上),第282页。

感受和情思的新的事物或新的词语，还没有成为诗人生活中的有机组成部分……这些从西方引进的新的事物和词语还像放入中国语言中的坚硬的冰块，没有和中国固有的语言融为一个和谐的整体，诗人还没有用清关暖热它们，它们也没有暖热诗人的心灵。"早期白话诗人"所运用的诗歌意象主要还是中国古代生活中已有的意象，但构成现代世界和现代诗人精神世界的心的意象还没有充分纳入它们的诗歌，因而它们也不可能有较之中国古代诗歌史独特的艺术魅力"[1]。指出"到20世纪40年代，中国新诗的发展已经在两个方向上趋于成熟，《七月》《希望》派的诗歌在向内的吸收和向下向底层人民的情感延伸上，《九叶集》派的诗歌在向外的摄取和向上向纯粹的人性高度的升华上，都远远超出了中国古代诗歌所已经达到的高度，在短短十年间所产生的具有独立审美价值的诗歌作品是在中国历史上二十年、五十年乃至一百年间都不可能产生的。《七月》《希望》派的艾青，《九叶集》派的穆旦、郑敏，即使不能与屈原、陶渊明、李白、杜甫、白居易、苏轼、陆游、辛弃疾这些中古代最伟大的诗人并肩比美，至少也不亚于温庭筠、柳永、秦观、姜夔这样一些古代诗人的贡献的。"[2]在阐述中国现代诗歌发展过程之后，王富仁先生也对有关新诗的不当评价问题发表了自己的看法，"直到现在，我们的社会仍然拿着几千年中国历史积累起来的诗歌成就，作为傲视中国现代诗人的资本，不但不想理解他们的现实处境，反而让他们独自负起三千年的历史重载。到了20世纪50年代，我们眼睁睁地看着《七月》《希望》派的诗人们弄哑了自己的歌喉，而我们却埋怨中国现当代诗人们没有给我们创作出震惊世界的伟大艺术作品，却埋怨胡适的白话文革新破坏了中国优秀的诗歌传统，难道这是合理的吗？"[3]从上面的引述，我们可以看出王富仁先生这些大序都是对现代文学某一方面深思熟虑之后的学术成果，绝不是予以应付的应景之作。尽管他在很多文章里都谦虚的称自己没有系统学习研究过中文系课程，没有系统学习深入研

---

[1] 王富仁：《〈中国诗歌经典〉序言》；载自《王富仁序跋集》（上），第284—285页。
[2][3] 王富仁：《〈中国诗歌经典〉序言》；载自《王富仁序跋集》（上），第345页。

究过中国现代文学史,但如果我们把为沈庆利的《诱惑于"别一世界"》、成歌主编《端木蕻良小说评论集》、宋剑华的《基督精神与曹禺戏剧》等所作序言与上述各篇放在一起,就会发现这些序言不亚于一部资料丰富、视野开阔,见解独到、极富学理性与思辨性的中国现代文学史。

除上面所述几篇具有文学史专门史研究意义的序言之外,《王富仁序跋集》中的《我的序跋文(代自序)》《我走过的道路——〈王富仁自选集〉自序》《自我的回顾与检讨——〈先驱者的形象〉自序》《一颗渺小心灵的微弱蠕动——〈文化与文艺〉代自序》《〈中国文化的守夜人〉自序》《〈古老的回声〉自序》等,可以视作王富仁先生对自己人生历程、思想历程与学术研究历程的回顾与反思。从这些篇目,我们不仅得以了解他人生历程与当代中国,更重要的是,我们可以从中了解他的思想历程和学术研究、学术观点与当代中国政治文化思想的演变及互动关系。作为当代最重要的鲁迅研究专家、一个著名的现当代文学研究者,一个始终关注中国政治文化社会历史进程的知识分子,王富仁先生的学术生涯是与当代社会密切相连的,而其学术著作,也都是因应着我们当代文化、社会、政治进程的。这些著述产生于这一进程,或说这一进程催生了他的学术著述,同时这些著述也真切地反映了这一进程,体现了这一进程,反映了他们这一代这一类知识分子的精神历程。正因此,我们才能在这些序言中,读出他的磨难、他的痛苦、他的思考和他的丰富。

在《王富仁序跋集》中,收录四十七篇为他人著述所写序言。这些序言,涉及学术领域是宽广的,一方面是现当代文学与现当代作家研究方面的,如《〈历史旋流中的抉择〉序》《〈中国现代作家审美意识论〉序》《〈中国现代新诗与古典诗歌传统〉序》《创造社研究——魏建〈创造与选择〉序》《马云〈中国现代小说的叙事个性〉序》《中国现代作家的教育观——翟瑞青〈中国现代作家和教育〉序》《三十年代左翼文学·东北作家群·端木蕻良——〈端木蕻良小说评论集〉序》《现实空间·想象空间·梦幻空间——沈庆利〈诱惑于"别一世界"〉序》,为谢晓霞所著《〈小说月报〉1910—1920:商业、文化与未完成的现代性》所作序

《传播学与中国现代文学研究》等,这是四十七篇序言的主要内容;另一方面,也有部分篇章是在更广泛的领域内,如《〈徐忠平书法作品选集〉序》《〈孙振春歌词集〉序》《张立国、姚代亮〈补遗与沉思——中国报告文学史论〉序》《"小小说"与"大小说"——黄荣才〈小小说集〉序》及为一些诗集等所作序。尽管这些著作所及超出中国现当代文学的研究范围,但从序言内容上看,正如王富仁先生自己所说,是抱持着"自己平时没有更广博的知识和更精深的研究,借着别人的研究,多掌握一些知识,多思考一些问题"①的心态,在序中借题发挥,把问题引向深入,阐发自己的观点,也拔升了所序论著的意义。这里最有代表性的是为刘新生的《中国悲剧小说史》所作序言。在这篇长达七万三千字的序言中,王富仁先生一开篇就写道,"刘新生先生的这部《中国悲剧小说史》……勾起了我对中国悲剧美学观念的关心。""关于悲剧小说发展的历史,刘新生先生在书中已有极为详尽的叙述和论说,我想离开这个题目,说一说我对中国美学观念发展中的若干问题的看法……我的看法能附丽于刘新生先生这部力作上与读者见面,是甚感荣幸的。"②显然,正是刘新生的《中国悲剧小说史》,引发王富仁先生对中国悲剧意识与悲剧精神的思考,从而借题发挥,展开从远古神话到屈原及其《离骚》,从司马迁《史记》到唐宋诗人,从《红楼梦》《三国演义》到鲁迅、郁达夫、老舍、曹禺等一系列现代作家作品所体现的悲剧精神与美学观念的系统考察与深刻阐发。

总体看,这些序言,不论是自序部分还是为他人作序,都给我们展示了王富仁先生学术视野的开阔,学识的渊博和独到而深刻的学术思想与观点。

---

① 王富仁:《我的序跋文(代自序)》;载自《王富仁序跋集》(上)。
② 王富仁:《悲剧意识与悲剧精神——刘新生〈中国悲剧小说史〉序》;载自《王富仁序跋集》(中),汕头大学出版社2006年版,第143页。

二、真诚、热情的为序风格

序无定式，王富仁先生的序言同样如此。他的序有的长达七八万字，有的仅三言两语短至几十个字[①]；有的极富学理性思辨性，有的则富有哲理，诗意盎然。但不管是自序他序，不管是长篇还是短制，这些序言共有的最明显的风格特征就是真诚。这种真诚一是真诚地向读者解剖自己，不夸饰不掩饰；真诚地说出自己的见解，并坚持、捍卫自己的观点，不逢迎，不违心；二是真诚地面对著作者，认真地阅读，认真地学习，认真地作序；三是真诚的情感。

传统文化派的复兴，王富仁先生在80年代就在《中国近现代文化发展的逆向性特征与中国现当代文学发展的逆向性特征》中指出这种复兴存在的文化心理与问题，而在《我走过的道路——〈王富仁自选集〉自序》中，他再次强调"中国知识分子在慕外崇新的文化心态下争取来的改革开放的新局面，带来的必将是传统文化心态的重新泛滥。因为我们在有了一阵子发展之后又不那么自卑了，我们中国人又有了骄傲的资本。在这种情况下，我们有什么必要老是吹捧人家而贬低自己呢？……用传统的对抗外国的，用古代的修正现代的，就成了一个无法遏制的文化潮流"。"但传统文化就能拯救中国吗？也不能，它未能拯救古代中国，怎能拯救现代的中国呢？"在当时异常响亮的口号"21世纪是中国文化的世纪"面前，王富仁先生清醒地认识到这一口号严重问题所在，并毫不掩饰自己的观点，指出"我认为这个口号颇有文化沙文主义性质。文化是全人类的，是由各个不同民族的文化共同构成的，在原则上，不同民族的文化应当具有完全平等的地位，任何时期的文化都不能说只是那个民族的文化"[②]。这里的真诚是一种学术态度的真诚，也是一种学术

[①] 为散文集《蝉之声》所作序言仅五十余字。

[②] 王富仁：我《走过的道路——〈王富仁自选集〉自序》；载自《王富仁序跋集》（上），第15页。

的独立性的坚持。正是这种真诚,我们才会在这些序言中不断读到"有些同志对此持有不同的意见,但我至今认为是正确的","我很宝贵自己的这一观点"等。

王富仁先生作序为文的真诚性,也体现在对自我观点的反思与面对不同意见,面对学术批评的态度上。他在《我走过的道路》《自我的回顾与检讨》《一颗渺小心灵的蠕动》《本书各篇文章的内容提要及补充说明》等多篇自序中,都向读者真诚地梳理、说明、解剖、补充和纠正自己的学术观点。《鲁迅前期小说与俄罗斯文学》是他的第一本学术著作,但在《自我的回顾与检查——〈先驱者的形象〉自序》中,作者对自己这第一本著作丝毫没有偏爱之心。"最突出地表现着一个极为严重的缺点,即我总是力图把鲁迅的思想和艺术凌驾于果戈理之上……在那时,我还只是站在我认为正确的现实主义立场上……我并没有老老实实地深入到研究对象的自身本质之中去,我并没有以真诚的热情去寻找研究对象自身的特殊联系……我的热情全部灌注与用研究对象证实我已有的理论认识的正确性,把我固有观念黏附到研究对象上去。不难看出,这正是典型的教条主义方法,证实地地道道的机械论"[1]。此外对《尼采与鲁迅的前期思想》,对《中国反封建思想革命的镜子——论〈呐喊〉〈彷徨〉的思想意义》等他前期重要著述,王富仁先生都进行了严肃的反思与检讨,指出存在的学术问题。

除了自我反思与检讨,面对不同的学术观点,尤其面对学术批评,王富仁先生同样是抱着真诚的态度来接受的。

"我认为,最近汪晖同志对我和陈涌同志的综合批评是完全正确的。"这种谦虚态度绝非表面的敷衍。在大段引述汪晖对自己的批评文字后,王富仁先生接着写道:"我想想,汪晖同志从这个角度,一定会发掘出我和陈涌同志都不可能发掘出的东西,并且会对我们两人的很多片面性的结论从自己的角度做出纠正。""除了汪晖同志批评的我的这个整

---

[1] 王富仁:《自我的回顾与检讨——〈先驱者的形象〉自序》;载自《王富仁序跋集》(上),第24页。

体性质的缺点外，仅就自己应该达到的范围而言，我的这篇学位论文也有很大缺陷，即在艺术方法和艺术特征的分析上都还非常平庸和肤浅。我的审美欣赏的能力很弱，这是我不可弥补的弱点。"[1]《古老的回声》是王富仁先生一组解读古典诗词的文章。这些文章在《名作欣赏》杂志陆续刊出后，引起较大反响，同时也有一些持不同见解的读者写文章质疑讨论。对此，王富仁先生不仅认真对待这些不同见解，并在结集出版时，把这些参与讨论的文章收录书中，以使"读者对我的文章有一个戒备心理，知道我不是这方面的专家"。[2]

在为其他学者著述作序时，王富仁先生同样是秉着真诚的态度，认真地阅读，认真地学习，认真地作序。"自己平时没有更广博的知识和更精深的研究，借着别人的研究，多掌握一些知识，多思考一些问题，虽然并非做学问的正路，但到底比仅仅缩在自己的那点知识的蜗牛壳中，永不探出头来看看更广阔的世界，要好得多……他们的书让我开阔了眼界，想了一些自己平时想不到的问题。"[3]正因为这种严肃与真诚，王富仁先生在为他人著述作序时，往往需要花费很长时间对原著认真阅读，认真思考，认真作序，因此在他的序文中，我们经常会读到"虽然已经耽误了李怡该书出版的时间，但我还是一口气读完了李怡寄来的全部文稿"这类带有歉意的文字。也正因此，他的序才有着比原著更深刻的思考和阐述，有更重要的学术价值。

真诚，是王富仁先生为人为文的一贯风格，而他的真诚，更多时候体现的是一种情感，是热情。这热情是对学术的热情，对人的热情，对社会的热情，也是对人生的热情。正是这真诚，使他的序无论是自序还是他序，无论是序言内容还是行文风格，都始终饱含情感。当我们在读这些序言时，你读到的不是冷冰冰的文字，不是枯燥乏味的理论堆砌，

---

[1]王富仁：《自我的回顾与检讨——〈先驱者的形象〉自序》；载自《王富仁序跋集》（上），第38页。

[2]王富仁：《古老的回声·自序》；载自《王富仁序跋集》（上），第114页。

[3]王富仁：《我的序跋文（代自序）》；载自《王富仁序跋集》（上）。

而是有温度的、有激情的学术探究。读这些序言，不仅仅被其中的学术见解所折服，更被他的情感温暖着，感动着。

原载于《名作欣赏》2018年第6期评论版

"我的文学观"
——读王富仁及其《呓语集》[①]

于慈江

> 大学教师应该开"我的文学观"课,用于交流,而不用于确定无疑的文学原则。[②]
>
> ——王富仁

一

笔者自己为人为文多年,私底下曾琢磨出一则颇能自得其乐的人生信条:走窄门,往宽处想。作为纯粹个人的或隐私的戋戋心得和行止准则,这则细细玩味之下每每自忖堪比座右铭的信条或许并不足为外人道,然而,若是仅把它纯字面意义地暂时借用过来,倒似乎恰好可以较为形象、贴切地描述王富仁博士的为学路径或风格。

在目下中国的现代文学研究领域里,在人生储备、知识背景、研究方向与治学风格等多个方面都颇为肖似的,至少有这么两个人。这就是而今虽均已年登古稀却依然耳聪目明、精力旺盛且仍在殚思极虑、勤奋笔耕的学者王富仁与钱理群。

他俩虽一为典型的北人,一为典型的南人,样貌、举止乃至习性也迥乎其异,但年龄相若,经历相仿,都熟谙世态人情而又不稍失亦子之

[①] 王富仁:《呓语集》,中国文联出版社2000年版。
[②] 王富仁:《呓语集》,第79页。

心，都出身于对鲁迅"救救孩子"①的呼吁别有会心、对错别字和病句极为敏感的中学语文教师（钱理群曾公开地说过自己对错别字、病句等特别敏感："我还有两个习惯。第一个因为我当过中学语文老师，所以有一个本能反应，我走到哪里，看到错别字和病句就浑身不舒服，恨不得去改它。"），②都是"文革"后崛起的首批（1981届）文学硕士——王富仁本人更是紧接着再上一层楼，成为新中国培养的首位（现代）文学博士——和新锐学者，都是学有专精的响当当的鲁迅研究专家（一个堪称有趣的观察是，王富仁在其《呓语集》里多次〔如第23页，第278页，第337页，第338页〕喊出："我感到很纳罕。"而"纳罕"正是鲁迅习用的词语〔如其小说《狂人日记》里的"这真教我怕，教我纳罕而且伤心"一句话〕。在北方话的口语里，通常只会说："我〔感到〕很纳闷〔儿〕。"这从一个侧面见出，王富仁对鲁迅之为鲁迅浸润之深，已至下意识状态。），走的可谓货真价实的"窄门"，却又都能荡得开、看得远，都能从高处和大处着眼，"往宽处想"——并不孤芳自赏、自娱自乐地把现代文学及其研究看得像其自身看上去那么偏狭、闭锁和玲珑，也并不把自己局限于中规中矩、一板一眼的现代文学的作家作品研究，而是都非常注意发扬现代文学难能可贵的启蒙主义传统：战略上既本着愚公移山的精神或因了西绪弗斯永不止歇地推石上山的宿命，不倦地致力于似乎是永远都吃力不讨好的宏大神圣而又艰苦繁难的思想与精神启蒙，用它锤炼或考验自己的人格、学格、精神品格并一舒自己的悲悯胸怀；战术上也并不放过具体而微的似乎颇为琐碎单调的中学（语文）

---

①详见鲁迅：《呐喊·狂人日记》；载自《鲁迅全集》，人民文学出版社1981年版，第432页。原文如下，见于1918年4月成文的小说《狂人日记》的末尾（第13篇日记）："没有吃过人的孩子，或者还有？/救救孩子……"

②详见钱理群：《文学研究的承担——我所理解的学院派，或学术派》（2008年4月1日在"北大评刊"论坛的演讲稿），http://www.eduww.com/pkupk/ShowArticle.asp?ArticleID=18876。

启蒙教育，①用它寄托、负载或挥发自己根深蒂固的人文关怀和读（教）书育人情结——如二人曾与福建知名学者孙绍振一道，不惜放下大学名教授的身段，澄心静虑、郑重其事地对中学语文课本里的部分文本，包括鲁迅、朱自清、郁达夫、曹禺、都德、契诃夫等中外作家的经典作品，一一分别进行三人对话式解读。②

王富仁的《呓语集》一书便充分地体现了他们的这一既丰富厚实而又简约单纯别致——既可说是准散文（诗）集，也可说是准哲理诗集；既可说是准箴言录也可说是准启示录——的集子看似舒缓闲在、蓬松枝蔓，却绝对应该是王富仁锱铢累积、字斟句酌，经多年反复酝酿和推敲而成。

所谓"呓语"，通俗地讲，无非是梦言、昏话或谵语，无非是信笔由之的"胡言乱道"或乃至意识或下意识流动。很显然，王富仁以这样一个略含贬义的词语作为自己这本玄思"笔供"兼谈艺语录的书名，多少带点儿自我调侃或解嘲的意味。而在以诗体分行的形式撰写的《呓语集·小序》里，王富仁一起笔就以亦庄亦谐的嘲谑语气和游戏笔墨，开宗明义地点出了"思想"——以"为了知道别人为什么这么做，为什么这么说"为宗旨的所谓"研究的结果"③——的混沌色调或懵懂质地："人在明明白白时做事，在昏昏沉沉时思想；当你思想之后，你变得更糊涂了……"④显而易见，这段颇富哲理或棒喝意味的话是王富仁选择"呓语"一词为这本集子命名的最显在的理由。然而，王富仁的这一做法究竟有

---

①王富仁对于教育和中学教育的重视可从如下几段话里略窥一斑："在21世纪，教育的变动将是人类社会发生（的）最大的变动。这个观点似乎还没有任何一个人说过。"（王富仁《呓语集》，第79页）"假若我要写一部教育学，我的第一章的题目将是：不要强迫别人受教育！"（王富仁《呓语集》，第41页）"语文教师的任务不是教给学生说什么，而是教给他们怎样说。"（王富仁：《呓语集》，第35页）

②详见钱理群、孙绍振、王富仁：《解读语文》，福建人民出版社，2010年版。

③详见王富仁：《呓语集》，第175页。

④王富仁：《小序》；载自《呓语集》，版权页后一页。

否更为特殊的用意或所指却不得而知。若径直照字面意思或依一般常识来探赜索隐，作者无非是与鲁迅在《狂人日记》里借助狂人的"疯话"来质疑或痛斥吃人的社会的手法相仿佛，有意要借助"呓语"一词亦张亦驰、可俗可雅的伸缩度、梦幻意味和非崇高感，规避或挑战一般文体的一本正经或行文拘束，好让自己对社会与人性、文化与教育等方面存在的众多问题，能在无须闪烁其词地遮遮掩掩的氛围里畅言无忌，或一任自己天马行空般的言说或玄思在疏落、自由的字里行间信马由缰——在这个意义上，此书以《畅言集》《信笔集》或《由缰集》之类为名似亦未尝不可。而如若同时考虑到汉语文字特有的拟音象形、借代通假的结构特点或便利，"呓语"又何尝不可看成"艺语"——有关文化、文艺（文学）或其他人生艺术的反或仿"纶音佛语"式警句、箴言或天启，或乃至"异语"——另类的或在野的文字放纵、思想走神或精神漂流。

听过学富五车、腹笥丰赡的王富仁在讲坛或席间放言畅论、侃侃而谈的人或留意过他汪洋恣肆、大气磅礴、极富思辨色彩的文章或著作的人应该都知道，他思维锐敏超常，由逻辑性极强的文字或言语负载的论理和思想不仅纹理缜密深刻，密度与容量也大；看问题往往大开大合，能从宏观着眼、微观着手，角度每每与众不同得令人心神一震、眼前一亮。如笔者曾有一次借着餐前聊天请益之机，向他问及如何评价美籍华人学者夏志清的中国现代小说研究。他不假思索地当即回应说，当年夏的很多观点都很新颖，对圈内的大家都不无启发，但夏的艺术感悟力却不免有些欠缺，如把鲁迅《故乡》这篇小说的最后一部分理解成乏味冗长、脱离小说主体的议论（在夏志清的《中国现代小说史》的鲁迅评价部分，找不到类似的批评。想来应是指夏志清《论对中国现代文学的"科学"研究——答普实克教授》一文对鲁迅《故乡》的末尾一段的如下一番议论："……只是脱离小说主体的事后的想法。这是典型的'鲁迅式'结尾……鲁迅在这里试图说服自己:即使小说本身不能给人以希望,也应该对希望的可能性有所暗示。")①其实完全是味道十足的抒情啊——有王富仁自己更为详尽的几段文字可堪佐证:"有一个外国学者认为,《故乡》结尾时的议论是不必要的。②我认为,这结尾时的议论不仅仅是要表达某种思想认识,它更是一种抒情的必要。如果说开头部分给人以身未到'故乡'而心已到'故乡'的感觉,这里给人的则是身已离'故乡'而心尚未离'故乡'的感觉……在这个过程中流动着的是越来越浓郁的忧郁的情绪。直到结尾,这种忧郁的情绪仍然是没有全部抒发罄尽的。"③"小说开头和结尾的语言带有明显的抒情性,它们把中间的小说叙事置于一个封闭的抒情语言的框架中,为其中的叙事谱上了忧郁的曲调。"④"鲁迅《故乡》结尾一段的夹叙夹议,既不是'我'离开故乡时所占有的实际时间,也不是他的心理

---

①夏志清此文是20世纪60年代初对捷克汉学家普实克(Prusek, Jaroslav, 1906—1980)的《中国现代文学史的根本问题——评夏志清的〈中国现代小说史〉》一文的反驳。二文详见〔捷克〕亚罗斯拉夫·普实克:《抒情与史诗——现代中国文学论集》,李欧梵编,郭建玲译,上海三联书店2010年版。

②这位"外国学者"的意见其实并非新见或孤论,现代诗人朱湘(天用)早就有过类似的议论。在发表于1924年10月27日的《文学周刊》第145期的《〈呐喊〉——桌话之六》一文中,他"把小说中的'我'不看作一个独立的人物,简单地认为就是小说作者自己,因而批评作品'最后三段不该赘入',好像是鲁迅在进行说教似的"(引自严家炎:《区域视角与鲁迅研究——从〈故乡〉的歧解说起》,载自《鲁迅研究月刊》2003年第8期,第6页)。这方面的更详尽的讨论可参见〔日〕藤井省三:《"事实的文学"与"情感的文学"——作为再生产的批评》;载自《鲁迅〈故乡〉阅读史——近代中国的文学空间》,董炳月译,北京大学出版社2001年版,第57—58页。在1924年的朱湘之外,藤井省三又发掘出了1929年的另外一个《故乡》"画蛇添足"论的作者"A.B."。

③王富仁:《精神"故乡"的失落——鲁迅〈故乡〉赏析》;载自《语文教学通讯》2000年第21—22期,第33页,此文亦曾被收入王丽主编:《新讲台——学者教授讲析新版中学语文名篇》,中央编译出版社2001年版;钱理群、孙绍振、王富仁:《解读语文》,福建人民出版社2010年版。

④王富仁:《精神"故乡"的失落——鲁迅〈故乡〉赏析》,载自《语文教学通讯》2000年第21—22期,第33—34页。

活动所占有的实际时间，而是作者重新创造出来的。它的节奏、韵律、长度、强度，造成的是悠长沉郁的音乐感觉。"[1]王富仁的这一观点既因实事求是而不失公允，又因视角新颖而颇为别致，确实让人一新耳目。

概而言之，庄重严肃、朴直大气而又不乏亲切、幽默和随和感的王富仁待人接物谦逊低调，诚恳厚道，没有架子，不闹玄虚，立论持重，思想独立，不从众，不媚俗，不保守，不偏激，不玩噱头，不模棱两可，对知识分子的独立思考和独立人格十分在意，自己在这方面也极诚敬努力，极爱惜羽毛——有他的两段"呓语"为证：

> 对于中国人，坚持自己的独立意志是最沉重的事，因为他在实际上和精神上都要为它的后果负责。
>
> 没有独立意志的人在精神上是茫漠的——既没有失败的痛苦，也没有胜利的喜悦。
>
> （王富仁《呓语集》，第48—49页）

王富仁的《呓语集》一书把他自己的这些个人特点映衬和延展得非常透彻、充分和明晰。这既体现在这本书包罗万象的思维向度上——触角所及，无所不之，举凡文学、艺术、哲学、宗教……或政治、思想、文化、教育……或抽象的、具象的……或宏观的、微观的……无所不包，更体现在它的作者能思考和应对通常为人所忽略、不屑或规避的诸般繁难问题的出人意表上——其见地不仅每每高屋建瓴、每每独到深致、每每发人深省，尤其能深入浅出、具体而微、生动鲜活。譬如，他曾一反常识或俗见地认为："与爱直接对立的不是憎恨，而是嫉妒。/好嫉妒别人的人，就不会爱任何人了。"[2]那么，"憎恨"又如何归类呢？王富仁的看法是："憎恨是爱的一种形式——失恋的人最了解这一

---

[1] 王富仁：《鲁迅小说的叙事艺术》；载自《中国文化的守夜人——鲁迅》，人民文学出版社2002年版，第205页。

[2] 王富仁：《呓语集》，第19—20页。

点。"① 相应地,"鲁迅恨中国人,因为他爱中国人";"罗素不像鲁迅那样恨中国人,因为他也不像鲁迅那样爱中国人"。② 反过来说,"害怕恨的人,也得不到真正的爱";"他得到的是哄骗。/像中国的大人对孩子那样的哄骗"③。类似这样的巧思卓见在王富仁的《呓语集》里比比皆是,别致独到得实在让人不能不每每击节称妙!

又譬如,在论及一个词语被过度使用、负载太多太重而失去准确度和鲜活力时,王富仁是这样令人印象深刻地、极为具象化地予以表述的:

> 较之一个人,一个词语的身上更容易生虱子。
> 当一个词语的身上生了太多的虱子,这个词语的固有意义就变得模糊不清了。于是人们就只好转而去寻求更有确定意义的词语。
> 中国古代的"道德",中国现代的"革命"等等词语,都是因为身上寄生了太多的虱子而渐渐失去了自己的生命活力的。
> (《呓语集》,第153—154页)

而在另外的一个场合里,他则从整个民族乃至整个人类的高度,把这种语言"生虱子"的现象描述为不断地生成而又无法彻底地规避的"语言的陷阱":

> 有些时候,整个民族,整个人类,都会掉到一个语言的陷阱里,不论它怎样挣扎,都没法从这个陷阱中爬上来。
> 人类爬出自己的语言陷阱的方法是:造一个新词或给予一个旧词以一种全新的用法。
> 但要小心,这个新词也可能成为一个新的陷阱。
> "科学"这个词帮助人类逃出了中世纪宗教神学的语言陷阱,但到现在,它也成了一个新的语言陷阱。
> (《呓语集》,第38—39页)

---

①②③王富仁:《呓语集》,第19—20页。

至于把一个司空见惯的词语作为一个原初的点或核，向外围一波一环地诠解开来，或以新的视角观照，或做翻案文章，或干脆旧瓶装新酒，并多向度、多层面地生发、演绎成一篇五脏俱全、自成格局的类小文章片段，则以《呓语集》第134至第136页对"亵渎"一词的全方位、多角度阐释为最、为代表。类似这样的片段往往新意迭出，可圈可点之处——诸如"在中国，从古人到今人，从中国人到外国人，被批倒的极少极少，而被亵渎了的却极多极多"①之类——常常俯拾皆是，实在值得读者再三体味或反刍。

二

正因为堪称言说的放牧或思想的结晶的《呓语集》一书的内容包罗万象、密度极大、"伏笔"丛生，要想在一篇不成规模的小文里一一予以讨论和展开是不现实的。有鉴于此，本文仅对该书或隐或显地披露出来的王富仁的文学观稍加爬梳与考察。而这方面的内容即便称不上这本集子的一个主体的部分，也至少是一个比较主要的部分。

谈及文学观或文学理念，笔者曾在自己的一本书中，做过如下尚称简单明了的概括性表述："单就一位专事写作的作家而言，无论他或她本人明确地承认与否，或是否清楚地公开表述过，他或她都一定自觉不自觉地抱持着自己特定的文艺或文学理念，都一定自觉不自觉地依奉着特定的文艺或文学理论。而从写作角度观照的所谓文学理念与理论，说到底也就是作家对于文学或文学创作的基本态度、立场、识见和看法，也就是他或她在阅读、体验或写作文学作品时或隐或显地感受和浸染、认同和依奉着的美学观念或准则。具体而微或推而广之，所谓小说、散文、诗歌或戏剧写作的理念与理论，其实也就是作家在其小说、散文、诗歌或戏剧写作的体验或实践中，自然而然地形成的对于这些文学体裁

---

① 王富仁：《呓语集》，第20页。

或样式的基本态度、立场、识见和看法,也就是他或她在这一过程中逐渐累积、树立或依奉着的美学观念或准则。"①

而实际上,听上去颇为俨然、颇为正襟危坐的文学观绝非作家们的专利,任何对文学有一定兴趣、修为和鉴赏能力的人都自然而然地有着自己或朦胧或明确,或稚嫩或老辣,或先锋时尚或审慎保守的文学观,更遑论如王富仁这样一辈子专治文学的学者和教授了。所以他也才会如本文的题记所显示的那样,在其《呓语集》一书里明确地指出,讲授文学的"大学教师应该开'我的文学观'课"。另一方面,一个人所抱持的文学观也并非一定得或会形诸于笔端、键盘,变成文字。只不过是,人们通过对自己的文学观或集中或零散地予以明确界定和表述,省了一般的有兴趣与闻者或专门的研究者们不少查找、搜求和叩问的心力与辛劳罢了。无疑,王富仁的《呓语集》这本看似不免有些另类、不免予人以别出机杼之感的集子便多多少少地起到了这样的作用,提供了这方面的便利。

(一)"我的文学观"

要讨论王富仁的文学观,首先就绕不开前文曾述及的、为他所刻意强调的"我的文学观"的提法。值得特别提请注意的是,这里的关键词其实并非"文学观"——这三个字及其所含蕴的内容是并不存在什么玄虚或争议的——这个主体词,而是"我的"这个限定词。换言之,在王富仁看来,文学观首先和终极是"我的""你的""他的"或"她的",是相当个体化的饱含差异的见解或体验——所谓独得或不传之秘;它们虽然不免会有重合的或相类似的地方——所谓"英雄所见略同",但却显然都构不成所谓的"确定不移的文学原则"——它是并不存在的。对此,王富仁进一步展开说:

> 严格说来,有西方文艺思想史、中国文艺思想史而没有文艺学。

---

① 于慈江:《杨绛的小说写作理念与理论》;载自《杨绛,走在小说边上》,世界图书出版公司2014年版,第105页。

> 我们现在的文艺学严格说来应该称为"毛泽东的文艺思想""马克思列宁主义的文艺思想"等等,而不是文艺学。
>
> 迄今为止的文艺理论都还只是哪个人的或哪个文学派别的文艺理论,而没有人类共同承认的文艺理论学说。
>
> ……
>
> 在文艺学中,没有任何一个概念是完全确定的,越是基础的概念越是如此。
>
> (《呓语集》,第78—79页)

王富仁之所以对文艺学或文艺理论怀有这样斩截分明的见地,除了是就事论事的实事求是之外,部分地也是因为他认为,"文学评论家首先应当记住的一点就是:文学作品不是写给文学评论家看的,而是写给读者看的"[①];而文学研究的正途,是以作者和读者以及二者之间的关系为出发点与归宿的:

> 学院派的文学研究总是企图在作者和读者之外寻求建立起仅仅属于自我的一套文艺学和文艺学的研究方式。这种文艺学和文艺学的研究方式必然具有虚玄的特征。
>
> 文学研究是在作者和读者以及二者的关系中建立起来的。在此之外没有文艺学,也没有文艺学的研究方式。
>
> 文本只有在作者和读者的阅读中才是文学作品。阅读的方式一变,文本便不再是文学,因而人们研究的也不再是文学作品。
>
> 有些文学研究方式是做的尸体解剖的工作,[②]而不是文学研究的工作。
>
> (《呓语集》,第78—79页)

---

① 王富仁:《呓语集》,第44页。
② 慈江按:片语"是做的"似不如"做的是"更顺口。

或许正是有鉴于此，对文艺学、文学研究尤其是文学批评所能发挥的正向作用，王富仁抱持着非常审慎的、有时甚至是颇不以为然的看法：

> 在现代，当个一般的文学评论家易，当个文学作家难。
>
> （《呓语集》，第130页）

> 作家想笑，评论家说："你现在笑还不是时候，三分钟之后再笑吧！"
> 三分钟过去了，评论家对作家说："你笑吧！"
> 作家笑不出来了。
>
> （《呓语集》，第245页）

> 我在我们的很多文学评论的文章里感到：他实际是不希望我们的作家创作出杰出的文学作品来的。
> 否则，他就没有评头品足的材料了。
> 这可能是我的一个错觉。
>
> （《呓语集》，第263页）

> 文艺学不是教人怎样创作文艺作品，而是告诉人们已有的文艺作品是怎样创作出来的。
>
> （《呓语集》，第299页）

> 中国的评论家总在埋怨中国没有产生世界著名的文学作家，岂不知中国也没有产生世界著名的文学评论家。
>
> （《呓语集》，第302页）

相应地，对文学研究者尤其是文学评论家这一角色，王富仁的要求也就比较严苛——有时甚至严苛得似乎比较不那么尽情在理：

你是一个研究者吗？你就不要说它本身的好坏，请你只告诉我你发现的是什么东西！

(《呓语集》，第8页)

你是一个评论者吗？说出你的评论目的来，拿出你的标准来。你不能像鲁迅说的那种"不负责任的坦克车"，可以往各个方向上开，可以往所有的事物上轧。

(《呓语集》，第8页)

蹩脚的批评家给你的是一筐筐干瘪的结果；
好的批评家给你的是一串串闪光的分析过程。

(《呓语集》，第330页)

人若问我什么是文艺批评，我便回答——
将人生与艺术，将自我与非我，将痛苦与欢乐，将传统的与现实的，民族的与世界的，理智的与情感的，总之，将自己的一切的一切与你要批评的对象，一齐放到嘴里，嚼啊嚼啊，嚼碎嚼烂，嚼匀嚼细，一直嚼到没有，剩下来的那似有若无、似甜还苦、非此非彼、亦此亦彼的味道，我便称之为文艺批评；把这种味道用文字表达出来，于是便有了我所认为的文艺论文。

(《呓语集》，第302—303页)

不论评论家有没有实际的创作才能，但在评论别人的作品时都必须这样想：
"如果让我写这本书，我在哪些地方可以写得更好！"
只有这样，你的评论才不致（至）于是隔靴搔痒的，才不是旁观者的冷话。

(《呓语集》，第123—124页)

仅就后面的这两段"呓语"而言，王富仁所给出的标准看似平常，但若以之去要求市面上当红的文学评论家们，想来其中的绝大多数是不免会相向赧颜、退避三舍的——两段"呓语"中的第一段所要求的"将自己的一切的一切与你要批评的对象，一齐放到嘴里，嚼啊嚼啊……"说来好不轻松自在，几近玩笑，却无疑意味着以高绝一时的个人造化、艺术修为以及分析、感受能力垫底所营造出来的较为理想与纯粹的批评与赏鉴境界，远非以左右逢源、上蹿下跳、蜻蜓点水为能事的一般批评家所能企及。他们之中的另外一小部分则可能会针对上举最后一段"呓语"，"理直气壮"地提出如下的反问来替自己遮羞挡丑：难道非得要求体育教练员或乃至解说员与赛场上的运动员一较技艺以确定是否合格不可吗？因而，这一标准只好作为希图振作或有所作为的某些评论家私底下自我约束和惕厉的一种手段或一个提醒，而无法放在桌面上去堂而皇之地加以实行。

说到底，评论家这一角色浮光掠影、追蜂撵蝶的职业本质决定了他们万金油和大丸药的质地，决定了他们眼高手低、吹毛求疵而又不求甚解的本色，一如老作家杨绛在她写于20世纪40年代的一篇散文里所描述的情形："不会说话的人往往会听说话，正好比古今多少诗人文人所鄙薄的批评家——自己不能创作，或者创作失败，便摇身一变而为批评大师，恰像倒运的窃贼，改行做了捕快。英国18世纪小诗人显斯顿说：'失败的诗人往往成为愠怒的批评家，正如劣酒能变好醋。'"①

（二）思想性与艺术性、严肃性与趣味性的兼容并包或兼收并蓄

在王富仁看来，好的文学作品一定是思想性和艺术性兼容、严肃性与趣味性并包的：

> 鲁迅所有的创作都是一种建设：新文化的建设。
> 它们既是思想的，也是艺术的。
>
> （《呓语集》，第337页）

---

①杨绛：《听话的艺术》；载自《杂忆与杂写（增订本）》，生活·读书·新知三联书店2010年版，第274页。

创造性的活动里，"游戏"和"劳动"的界限消失了。

它是最高级的游戏，也是最高级的劳动。

文学艺术思想性和艺术性、严肃性和趣味性是在它的创造性中融二为一的。

（《呓语集》，第150—151页）

这其中，王富仁似乎尤其重视文学的趣味性。他强调指出，一个作家写自己感到有趣味的东西，要比写自己感到有意义的东西重要得多：

中国的评论家经常这样劝说作家：只写你感到有意义的东西！

我则这样劝说作家：只写你感到有趣味的东西！

（《呓语集》，第100—101页）

这并非意味着王富仁贬低文学作品的意义，恰恰相反，他相信有意义的文学作品一定是有思想的，是严肃的，因而是有益于读者的心灵的"充实"与"丰富"的。[①]只是他同时也自然很清楚，"严肃性和趣味性是不可分的"[②]，过度强调严肃性、思想性或所谓意义，可能会适得其反，使作品背离文学之为文学的规定性或本质，写成枯燥无味的东西："枯燥与严肃的区别在于严肃的东西是有趣味性的东西，而枯燥的东西是没有趣味性的东西。"[③]

当然，王富仁也特别注意到，虽然"任何文体形式都不是枯燥无味的，否则，它就不可能成为一种独立的文体形式"[④]，但"文体形式的趣味性是在它的读者和作者的关系中产生的，而不是从文体形式本身产生的"[⑤]：

---

① 王富仁：《呓语集》，第299页。
② 王富仁：《呓语集》，第101页。
③ 王富仁：《呓语集》，第101页。
④⑤ 王富仁：《呓语集》，第100页。

我认为，对于一些人（来说，）马克思、康德的哲学著作可能是很有趣味的，而赵树理的小说可能是枯燥乏味的，虽然对于中国的一个农村干部（来说，）情况可能恰恰相反。

（《呓语集》，第100页）

王富仁之所以特别重视文学作品的趣味性，很大程度上还在于他对文学的如下认识：

没有欣赏就没有文学，正像没有吃便没有食物一样。

（《呓语集》，第43页）

先感受它，再研究它。
不要先研究它，再感受它。

（《呓语集》，第284页）

既然文学首先需要被感受和欣赏，它的趣味性便是首要的了，否则，便唤不起读者感受和欣赏的欲望，而文学的意义——通过思想性和严肃性让读者获得心灵的充实和丰富——也自然就无从谈起了。

当然，王富仁在《呓语集》里也以可观的篇幅，不仅强调了文学的严肃性的重要，也展示了他对严肃性的独特观察：

不论一部作品的水平如何，只要这个作家的创作态度是严肃的，你也应当用严肃的态度进行评论：即使批评，也应是严肃的批评……
……这里所说的严肃与不严肃是内质的，不是表面的。

（《呓语集》，第124页）

莫里哀、果戈理、吴敬梓、鲁迅是严肃的——以喜剧形式表现出来的严肃。

(《呓语集》，第125页)

贾平凹的《废都》不失之不严肃，而失之于严肃。严肃到了不太严肃的程度。他早期的作品不如他的《废都》严肃。

(《呓语集》，第125页)

郁达夫的游记散文不如他的《沉沦》严肃；

茅盾的《子夜》不如他的《蚀》严肃。

(《呓语集》，第125—126页)

王富仁认为，看一部作品或一位作家严肃还是不严肃，不能从表面上看，要透过现象看本质——正好比同为写色、写性的两部小说《沉沦》和《废都》，却恰恰是最严肃的，后者甚至都"严肃到了不太严肃的程度"！而鲁迅和吴敬梓等人虽往往以喜剧的形式笑谑讥刺，却并不比善用正剧或悲剧的手法的作家更不严肃。

(三) 文学的建设性意义

王富仁非常重视文学的建设性意义。他认为，一个崭新的文学时代的到来的唯一标志是新东西的建树，而非旧东西的消亡：

一个文学时代的开始不是由旧的文学的灭亡标志着的，而是由一种新的东西的产生标志着的。

胡适的《文学改良刍议》、陈独秀的《文学革命论》、鲁迅的《狂人日记》的产生标志着中国新文学的产生，标志着中国文学已经进入了一个新时代，但旧文学却至今并未灭亡。

(《呓语集》，第143页)

他在评价鲁迅时，也是特意从这一角度为鲁迅辩诬的：

  有人说鲁迅只是一个破坏者而不是一个建设者。

  我感到很纳罕。

  鲁迅的小说、鲁迅的散文、鲁迅的散文诗、鲁迅的杂文是谁创作出来的呢?

(《呓语集》,第337页)

  的确,堪称硕果累累的鲁迅的伟大或巍峨正在于他不仅长于破旧,尤其专于立新——他的确是一个货真价实、披荆斩棘的旧世界(旧文学)的"破坏者",他更是一个满怀建树感、使命感的新世界(新文学)的"建设者"。正是在这个意义上,一路"破坏"下来的鲁迅虽然不幸早逝,却又在他那些不朽的作品里获得了永生。换言之,鲁迅主要不是活在了他当初的"破坏者"的声名里,而主要是活在了他极富建设性和经典意义的成果——他那些充满了生命力的作品——里。

  (四)有益于世道人心——文学的功用

  文学的功用观是一个人的文学观不可或缺的重要组成部分。对于王富仁来说,也不例外。

  在《呓语集》中,他曾大着胆子,对母校北京师范大学为该校的师范生专拟的"学为人师,行为世范"这条校训"指手画脚",认为"知识分子为人师的时代已经过去了",知识分子应该学着和大家互相做朋友,互相学习;进而认为不如索性刨去末尾的"师"和"范"两字,将剩下来的"学为人,行为世"六字作为师范生或乃至所有大学生、所有知识分子的行为准则。[①]

  其实,这条被王富仁在想象中"擅自"改了版的校训或准则又何尝不能用来概括性地指称文学的功用呢?无论如何,在王富仁看来,文学的功用其实很简单,就是"为人""为世",就是反教诲之道而行之,以读者为友,有益于世道人心——有益于丰富和充实读者的心灵,有益于读者的回味和反思,有益于使读者获得愉悦感和尽可能大的启发:

[①]详见王富仁:《呓语集》,第229页。

作家同志们，你不必来教育我，很可能我比你的年龄还大，经验还多。

讲讲你自己的故事或你知道的故事吧，

那是我除了从你的作品中能够得知外无从得知的。

（《呓语集》，第227页）

亲爱的读者们，不要希望我能给你讲出多么深奥的道理，很可能我在你面前只是一个无知的孩子，是一个想当你的学生还不够格的浅薄文人。

但我想过一些问题，愿意告诉你，让你知道我现在为什么而苦恼，为什么而喜悦。

（《呓语集》，第227页）

亲爱的读者，我们生活在同一个世界上，但互不相识。

我通过文字认识你，

你通过文字认识我。

从此我们是朋友。

（《呓语集》，第227—228页）

一个好的读者是能够最大限度地理解作者并在他读的书中获得尽量大的启发的人。

（《呓语集》，第219页）

中国文学的一个一贯的主题是同情弱者。但中国文学只热衷于表现弱者怎样受欺侮，而不愿表现他们为什么会受欺侮以及怎样才不被别人欺侮同时也不欺侮别人。

（《呓语集》，第17页）

文学是一种语言催眠术。

......
而文学的主要作用则在于你醒后的回味和反思。

(《呓语集》,第42—43页)

不论何种文学作品,都不是作者自己走路。你得领着自己的读者一同走,一直走到作品结束。

你慢下来的时候读者也愿慢下来,心里毫不焦急;你快起来的时候读者也愿快起来,一点不感劳累。当你同读者走完全程。(,)读者感到他同你在一起走完的这个心灵历程是颇有意义的,没有白白地耗费掉这段宝贵的时光。因而,下次你再约他去旅行,他们还愿同你一起走。

我们说文学作品是有趣味的,是说读者在这个过程中,一直感到心情轻松,精神愉快;我们说文学作品是有意义的,是说在这个过程结束后,读者还会怀念起这个过程中的许多环节,从而使自己的心灵变得更充实、更丰富。

(《呓语集》,第299页)

前文曾引述过小说家杨绛的话。其实,她同时也是一位西洋小说研究专家。她在叙及英国18世纪小说家菲尔丁的小说理念时,曾对亚里士多德的艺术功用观有过这样的总结:"亚理斯多德以为艺术是由感觉来动人的情感,目的是快感。"[1]而杨绛同时也曾指出,"斐尔丁写小说的宗旨,就是要兼娱乐和教诲,在引笑取乐之中警恶劝善";[2] "……萨克雷替自己规定的任务:描写'真实',宣扬'仁爱'"。[3]

相比之下,强调文学的趣味性的王富仁的文学功用观与亚里士多德

---

[1] 杨绛归纳自布茄《亚理斯多德论诗与艺术》(第5章)。引文引自杨绛:《斐尔丁的小说理论》;载自《杨绛作品集》(第3卷),中国社会科学出版社1993年版,第104页。

[2] 杨绛:《斐尔丁的小说理论》;载自《杨绛作品集》(第3卷),第104页。

[3] 杨绛:《萨克雷〈名利场〉序》,载自《文学评论》1959年第3期,第103页。

的"快感说"自是有暗通款曲、遥相呼应之处，但他对"英国小说之父"菲尔丁的"娱乐兼教诲"观的态度则肯定最多是"一半是火焰一半是海水"似的"半推半就"——对他的"教诲"观自然深恶痛绝（但又并不排斥文学的严肃性、思想性与意义），对他的"娱乐"观则必是颇有会心。至于对与菲尔丁齐名的英国19世纪小说大家萨克雷的"真实与仁爱"观，信奉文学的严肃性、信奉文学能使人的心灵更充实更丰富的王富仁想来也并没有什么推拒和反感的理由与必要，除非萨克雷因"仁爱"——所谓"仁者爱人"——一词非得往中国的儒家尤其是所谓新儒家身上挂靠。好在基督教的教义核心也是"仁爱"。

尚值得一提的是，在上引的最后一节"呓语"里，王富仁实际上谈的是作者与读者的关系。他把读者在阅读时心情随作品的情节跌宕起伏的体验、读者因作品与作家结缘而愿意继续读他或她的作品的反应，用作者邀请读者一道旅行的方式直观地予以描摩，不仅自然形象，读来也分外亲切。

（五）语言与重建

王富仁对语言特别是文学语言及其变迁极为敏感，亦极其重视：

> 儒家文化教给了中国人一套错误的说话方式和听话方式，从而严重破坏了中国的语言。
>
> "五四"新文化运动的意义在于要改变中国人的说话方式和听话方式。
>
> 鲁迅杂文在这方面取得的成就最大，它才是中国现代化的百科全书。
>
> （《呓语集》，第214页）

> "五四"新文化运动告诉我们的是：中国人要重新学说话，重新学听话。
>
> 重新学习和建立中国的语言。
>
> （《呓语集》，第215页）

语言的变化不仅表现在新词的产生、新的语法形式的出现和旧词的消亡、旧的语法形式的改变上，更表现在旧词意义和色彩的变化和旧的语法形式功能的变迁上。

"褒义词"向"反义词"的变化是语言的一种质的变化。

（《呓语集》，第215页）

或许值得一提的是，上举第三节"呓语"无疑极有见地，但其最后一句中的"反义词"似应改为"贬义词"，因"褒义词"的反义词虽当然是"贬义词"，但"反义词"一如自己的反义词——"同义词"一样，本身是中性的，无法与"褒义词"构成对立的关系，用在这里便有些勉强，容易造成语义的模糊。另外，为了意思的准确与完整，似亦应在该句末尾加上"反之亦然"四字，构成这样的表达："'褒义词'向'贬义词'的变化是语言的一种质的变化。反之亦然。"

王富仁还对文艺学（包括文学理论）与语言学的关系进行了明确的辨析，指出并不存在什么"文学语言学"，存在的只是有关文学的理论：

文学是语言的艺术，但文艺学不同于语言学。

语言学中的语言是一个正在做工的工人，文学作品中的语言是这个工人正在唱歌、跳舞、踢足球、喝酒或赌博。

语言学中的语言是大海里的水，文学作品里的语言是在大海里游泳的一条鱼。鱼喝着大海里的水但却不是水。

（《呓语集》，第127页）

语言学把文学语言纳入到语言的固有规范中去，
文艺学把文学语言从固有的语言规范中剥离出来。

（《呓语集》，第127—128页）

没有文学语言学，只是文学理论。

正像没有书法文字学只有书法艺术一样。

(《呓语集》，第128页)

王富仁之所以认为并不存在什么"文学语言学"，存在的只是有关文学的理论，主要是因为他抱持着"文学研究是句法研究而不是词法研究"[①]的基本理念。而若从语言学的角度来观照，"句法研究是外部研究而不是内部研究。/内部研究成为词法研究而不再是句法研究"[②]。王富仁认定，在人类长期形成的自然而然的原初的语言交流过程中：

> 句子是人类语言的最小单位，有小句子和大句子，但没有"单词"。
>
> 当一个儿童第一次学会叫"妈妈"和"爸爸"的时候，他叫出来的是一个句子，而不是一个单词。
>
> 所有的单词都是在一个句子中获得自己的意义的，它是被高度的（地）简化了的一个小句子。"爸爸"是"他是我的爸爸"的简化，"祖国"是"这是我的祖国"的简化。

(《呓语集》，第77页)

而由于文学写作在很大程度上是对人类生活的模拟或再现，自然而然地，"作者的写作和读者的阅读用的都是句子而不是单词和短语。一次性的（地）把握一个句子"[③]。

王富仁进而认定，"一个大句子的意义主要不是由它内部的各个词语及其关系构成的，而是与其他很多大句子的联系和区别中产生的。/任何一个读者都不分析这个大句子的内部结构而在它的整体存在中便能感知它的意义"[④]：

[①②③] 王富仁：《呓语集》，第77页。
[④] 王富仁：《呓语集》，第76页。

当你说"我渴了!"的时候,我感到的不是主语"我"和谓语"渴"的结合形式。我是在你说的不是"我饿了""我困了"等等相类似的别的句子中一次性地、整个地感受到它的意义的。

(《呓语集》,第76页)

与句子的情形相仿佛,王富仁将自己的判断进一步向文学作品的意义的生成上引申:

文学作品也是这样。
文学作品是在诸多文学作品的联系和区别中获得自己的整个意义的,而不是由它的内部诸种联系和对立单独构成的。

(《呓语集》,第76页)

必须在此提请注意的是,在做如上这样一些表述时,王富仁在行文上是非常审慎、非常严谨的:虽然他认定一个(大)句子的意义是在与其他很多别的(大)句子的联系与区别中生成的,他并没有忘记特意点出"主要"这个限定词;同理,虽然他认定"文学作品是在诸多文学作品的联系和区别中获得自己的整个意义的",他并没有忘记提醒,他的这一认定是基于文学作品的意义"不是由它的内部诸种联系和对立单独构成的"这一信念的。简而言之,王富仁并没有排斥或无视句子或文学作品的语言学意义。他只是要强调,文学作品必须首先当文学作品来整体地加以研究和分析,而不是把对文学作品的研究与分析肢解为"尸体解剖的工作"[①]。

王富仁在文学语言和口头语言之外,还特意提请人们注意影视语言的作用与影响:

现有的人类语言有三种:口头语言、文学语言、影视语言。

[①] 王富仁:《呓语集》,第76页。

注意影视语言对人类思维方式的影响。

（《呓语集》，第260页）

的确，随着电影特别是电视等现代影像技术的广泛推广和应用，新的语言形式也于焉悄然形成并潜在地影响着人们的思维与生活方式。以此为基础，可以更进一步探讨的是如下两点。其一，在"影视语言"之外，似还应特别注意"网络语言"的发生、弥漫与影响。网络语言作为具有空前弥漫性影响的崭新的文学媒介、载体和评价工具，已赢得了越来越多以文学为营生的人们的关注和认可。譬如，他们中有人甚至因而爱屋及乌地认为，"网络是自人类使用火以来最伟大的发明"。[1]其二，人们应如何看待如上列举的这几种语言的交叉或重叠部分？换言之，这样的一种分类是否绝对科学或合理？譬如，影视语言是否可以宽泛地等同或理解为文学语言？再譬如，怎样看待口头语言与网络语言的彼此容纳、催化与互动？

（六）文学与政治、哲学等的关系

大千世界至低限度，是个关系网络；文学再清高，也永远无法遗世独立，注定只能在与其他学科或门类的关系中界定自己。譬如，文学与政治便总是恩怨纠结、爱恨情仇：

> 毛泽东的文艺思想是一个伟大政治家的文艺思想，不是一个伟大文学家的文艺思想。
>
> 人们把二者混淆了起来，弄出了很多悲剧，也弄出了很多喜剧。

（《呓语集》，第60页）

在这里，王富仁仅用一两句话，仅用如此简明扼要的界定，便把自

---

[1] 70后诗人阿翔语，引自《世纪初诗歌（2000-2010）八问——阿翔、徐俊国、夏雨、黄礼孩、朵渔、江非、刘春、刘川、莫卧儿》，载自《诗探索·理论卷》2011年第2辑，第113页。

毛泽东《在延安文艺座谈会上的讲话》一文1942年发表以来，中国的文艺事业在发展过程中所遭逢的关键问题厘清了：首先和终极是一个伟大的政治家的毛泽东作为一个文学家伟不伟大不好说——容或不够伟大但一定货真价实，但他的文艺思想却显然是建基于一个伟大的政治家的立场之上的；而一个伟大的政治家的文艺思想同一个伟大的文学家的文艺思想当然完全是两回事，无法同日而语——前者成就不了伟大的文学家，最多能催化出一些应景的政治化文人，自然也就无法营造出一个真正有益于文学的持久繁荣的氛围或境界。王富仁这一言说的关键是，它所辨析的这一现象其实无关对错或道德评价，只是风马牛不相及而已。具体而言或极而言之，文学的漫无目的性其实便是目的——文学说到底是一种有益于世道人心的滋养或享受，就像无边怒放的花朵或王富仁下文所形容的漫天飞舞的蝴蝶，就像阳光、空气和水，人人可以从中获取养分、娱目养心，却不必刻意强调必须为谁服务——强扭的瓜往往不会太甜，政治对文学每每会错了意。

王富仁也指出，与毛泽东的情形可能正好相反，屈原是一位杰出的大诗人，却绝不是一位杰出的政治家：

> 为了让人理解屈原的诗，司马迁把屈原说成了一个杰出的政治家。
> 但屈原是个杰出的诗人，绝不是一个杰出的政治家。
> 若屈原是一个杰出的政治家，他就成不了这么伟大的诗人了。
> 屈原是个唯美主义者。
> 唯美主义者做不成政治家。

(《呓语集》，第59—60页)

一句话，在王富仁看来，文学与政治是水火不相容的两个极端，一个人很难兼而顾之。也即是说，杰出的政治家成不了伟大的诗人，伟大的诗人也不可能同时是杰出的政治家。王富仁的这一观察或论断当然极之有理，但无可否认地，至少就毛泽东这一个案而言，作为伟大的政治家的他的诗词也的确已经粗具了一个大诗人的气势和境界。

人类给予政治家的自由是最小的自由，因为人类给予他的权棒是一种最有力量的武器；
人类给予文艺家的自由是最大的，因为人类给予他的文艺是一种最没有实际杀伤力的武器。
狮虎只能待在笼子里；
蝴蝶可以漫天飞舞。

(《呓语集》，第18页)

王富仁如上这段"呓语"其实是在为难得一现的或最多昙花一现的文学的"百家争鸣"或"百花齐放"境界，提供存在的合理性或逻辑——正因为并没有什么实际的杀伤力，文学这只有时不免自以为是或自鸣得意得到了忘形的地步的"蝴蝶"才可以或应该满世界地"漫天飞舞"，极尽其妍。这与"只能待在笼子里"的政治这只"狮"或"虎"该受的待遇应刚好相反。然而不无讽刺意味的是，历史地看，在毫不完美的现实生活中，政治家往往获得了最大的自由，而文艺家往往被赋予了最小的自由。

在文学与政治的纠结之外，王富仁也论及了哲学与文学的关系：

老子较之庄子更是一个哲学家，庄子较之老子更是一个文学家。
庄子的哲学是一个文学家的哲学。
老子的文学是一个哲学家的文学。

(《呓语集》，第59页)

康德的美学思想是一个哲学家的美学思想；
托尔斯泰的哲学思想是一个文学家的哲学思想。

(《呓语集》，第60页)

在尼采这里,文学与哲学融为一体。

(《呓语集》,第60页)

虽然在多达九十三卷之巨的《托尔斯泰全集》中,文学作品仅是其中的一小部分,虽然文学家托尔斯泰在他的故乡往往首先是被视为哲学家的,虽然托尔斯泰后期的活动主要不以文学活动为主,但无论如何,托尔斯泰都被世人特别是中国的读者首先或完全视为文学家,一个彻头彻尾的文学家。而一个文学家的哲学思想与一个纯粹的哲学家的哲学思想相比,必然有着本质的区别。显然,王富仁认为,更文学的庄子的情形和更文学的托尔斯泰的情形相像,更哲学的老子与更哲学的康德的情形相像。

然而,从另一方面来看,曾经宣称"上帝死了"的智者尼采——"尼采说:'上帝死了,你们自己成为自己的上帝吧!'"[①]——本质上虽当然是个不折不扣的哲学家,但排斥理性、强调人的生命意志的他的哲学论述如《悲剧的诞生》和《查拉图斯特拉如是说》却已文采斐然得使他成了一个不折不扣的文学家——《查拉图斯特拉如是说》一书本身便是用散文诗的体式创作的。按王富仁如上所述的说法,即是"文学与哲学融为一体"。可见,在特定的条件下,两种截然不同的介质是可以比较完美地融合在一起的。这种情景虽然比较罕见,但绝对可以是现实中的一种境界,一种比较理想的境界。

(七)体裁论

文学的体裁是一个永恒的说不完的话题。《呓语集》里自然也留下了王富仁这方面的思考的"雪泥鸿爪":

> 故事:一个用口讲出来要比用笔写出来更好的短篇小说;
> 小说:一个不能用口讲,只能用笔写出来的故事;
> 诗歌:一段说不出来但能写出来的内心情绪;

---

① 王富仁:《呓语集》,第4页。

戏剧：按照舞台的需要创造出来的一个生活过程；
散文：不写也可以但写出来人们就爱看的一席话；
杂文：不写心里很憋闷，写出来心里才舒畅的一席话；
小品文：用文字聊天。

(《呓语集》，第298页)

王富仁对这些体裁的界定入骨传神，不仅大多深入浅出，通俗易懂，也十分形象贴切，迥异于一般的教科书或词典的抽象与板正，堪称径扼要冲，一语中的。譬如，就小说这种体裁而言，王富仁人弃我取地偏偏置人人所重视的人物、情节尤其是所谓结构或布局等最常见的小说要素不论，偏偏举重若轻地捡起最老实巴交、最老生常谈、最渺不起眼的"故事"一词来予以分说，偏偏就一下子击中了要害——一如健在的百龄老作家杨绛所总结的："小说里往往有个故事。某人何时何地遭逢（或没遭逢）什么事，干了（或没干）什么事——人物、背景、情节组成故事。故事是一部小说的骨架或最起码的基本成分，也是一切小说所共有的'最大公约数'。"[①] 此外，尤令人称道的自然还是王富仁在界定这些体裁时所用语言的朴实、平易、生动与简洁。

当然，在上面所列举的王富仁对诸多体裁的别有心得和创意的界定里，"故事""小说"和"诗歌"三种似略有可商榷和再斟酌之处。如，"故事"似应进一步改成：一个用口讲出来要比写出来更好的短篇小说。这是因为现在很多作家用电脑写作，而不光是用笔写作。"小说"似应进一步改成：一个光靠口讲不过瘾，必须写出来的故事。这是因为凡是能用笔或电脑写出来的东西，不可能不能口述出来，至不济总可以对写出来的东西照本宣科地念吧？因此，除非光靠口讲不过瘾，才有写出来的必要。"诗歌"似应进一步改成：一段冲动得必须写出来的内心情绪。这是因为与"故事"的情形同理，既然都能写出来了，怎么

[①] 杨绛：《关于小说》，生活·读书·新知三联书店1986年版，第52~53页。"最大公约数"是佛斯特《小说面面观》中的说法。

可能说不出来？起码可以照着念吧？但若情不自禁地非得把这段情绪诉诸笔端或用电脑键盘敲下来不可，则又当别论。

    诗是语言的八卦阵。
    它由一个个单词组成，但它改变了每一个单词的词典意义。
                （《呓语集》，第258页）

  是的，换一个更西化的或更理科的说法，一首诗是一个磁力场。很自然地，在这个场域里的词汇、语汇会因互相之间的反应与作用、对抗与角力而发生意义等方面的质变。但，又不尽然，不全然。明确地说"每一个单词"，有过于绝对之嫌。何况，这种改变还一定存在着程度上的不同。似应进一步修订为：它由一个个单词组成，但它通常会至少部分地或程度不同地扭曲它们的词典意义。

  当然，从另外一个角度来看，王富仁之所以会如此这般地界定诗歌，或许也暗示了他对诗歌这种文学体裁的某种戒备心理——有如下一段"呓语"可为佐证：

    中国是一个诗的国度。在任何时代，对任何事情都能创作出诗来。
    于是我得处处小心。
    我需要别人告诉我一点确实的东西，如果任什么东西都那么美，我就不知道什么真美、什么不美了。
    我会怀疑一切都是不美的。
                （《呓语集》，第291页）

    诗是倾斜的，否则这就毫无意义。
    解构主义的根本弱点就在于它忽视了诗的倾斜现象（象）。
    诗各对立因素间消元后不等于零。
    ——可以试探用消元法阐释诗的意义。
                （《呓语集》，第259页）

没错，诗不仅是情绪的外化，诗也有气场和气势，也摇曳夺目，也婆娑多姿。倾斜即是诗的一种姿势。不对称也是。对字典意义的扭曲本身就意味着一种倾斜的姿势。而用所谓"消元法"来阐释诗，的确提供了一种新颖的不无可能的可能。

诗不能用明确和朦胧来区分。
它存在于感受中。
在感受中它比任何理性语言都明确。
但它无法用任何理性语言去表达——否则，它便不是诗。

（《呓语集》，第260页）

有朦胧的明确，也有明确的朦胧。
最好的艺术都是朦胧的，但它们朦胧得很明确。
所有的宣传口号都是明确的，但它们明确得很朦胧。

（《呓语集》，第9—10页）

很自然地，王富仁如上这两段有关艺术或诗的"明确"与"朦胧"的"呓语"令人想起了当年（20世纪80年代初）的那场"朦胧诗"之争。正是在这个意义上，"诗不能用明确和朦胧来区分"一句话便有了明确的所指。事实上，"明确"也罢，"朦胧"也罢，只要是能给人以诗的感受且"无法用任何理性语言去表达"而只能用诗的语言来承载的，就是诗。另一方面，"无法用任何理性语言去表达"，说白了，其实就是"朦胧"二字。于是，自然就有了"最好的艺术都是朦胧的"的判断。在这个意义上，诗其实又是可以按"朦胧"与否来区分的。这并不矛盾。只是，这种"朦胧"必然是可感的、"比任何理性语言都明确"的——王富仁所谓"朦胧得很明确"。实际上，好的"朦胧诗"都可以归入这个范畴。

> 一切寓言的本质是：通过一种虚拟的情节揭示一种真实的关系模式。
>
> （《呓语集》，第162页）

确乎别具只眼，确乎堪称的论，寓言的本质就是以小喻大、以虚喻实、以象喻理——在不动声色之间，寓人生的道理与本真的世态于虚拟而可感的故事与情节之中。

（八）作家论

作为一位专事中国现代文学特别是鲁迅研究的资深学者，王富仁极善于一下子就把一个作家最典型、最打眼的或最能体现其某一个方面的优长或短板的特点抓住，并往往仅用极显豁自然、极通俗易懂的一句话，就能将其恰如其分地浓缩在一起——有如下数个议论古今中外作家的"呓语"片段为证：

> 陀思妥耶夫斯基为了看清人而把人放在绝无希望的困境中；
> 契诃夫为了看清人而在人的面前射入一道希望的亮光；
> 马克·吐温为了看清人而把人从他生活的环境中置换到另外一种环境中；
> 巴尔扎克为了看清人而把未必都能找到适于自己发展环境的人都置换到一个适于他发展的环境里；
> 鲁迅为了看清人而绝不让外力干扰他们的生存环境；
> 曹禺为了看清人而先用外力搅动一下他们的生存环境。
> 他们都看到了别人看不到的东西。
>
> （《呓语集》，第61页）

可见，为了透视人之为人，作家们会匠心独运地依据自己的特长和专擅，为人物设置可充分而自然地施展和回旋的故事情节与环境背景，为的是要让读者和自己看到不易看到的（所谓别人看不到的）东西——就美国作家马克·吐温而言，《汤姆·索亚历险记》和《哈克贝利·芬历险记》等小说当然是把人从他生活的环境中置换到另外一种环境中的典范，而即便人人耳熟能详的他的政治讽刺小说《竞选州长》，又何尝不是如此？只有在这另外的一种有特殊规定性的环境（如历险或竞选）中，人物所不常表露的习性、心机或冲动才会有露头的机会，而或险诈或纯良的人性这马克·吐温最想看到的东西也才得以深掘和毕现。

> 鲁迅是最会抓镜头的中国现代小说家；
> 徐訏是最会设圈套的中国现代小说家；
> 老舍是最会找同情的中国现代小说家；
> 巴金是与当时青年读者的心灵最相契合的中国现代小说家；
> 沈从文是最会选材、最会写转折的中国现代小说家；
> 张爱玲是最会为自己的小说谱曲、着色，最善于写人物的隐密（秘）心理活动的中国现代小说家……
> 他们的小说是让人看的，而只有赵树理的小说最适宜读出来让人听。
>
> （《呓语集》，第61—62页）

虽则读者千面，作家亦复如是，但能为世人称道的小说家都一定是有着自己为别人所不及的三板斧或两下子的。譬如，为王富仁所激赏的鲁迅小说的镜头感确然是超凡入圣、无可比肩的——无论是书生孔乙己就着茴香豆吃苦酒掉酸文的颟顸穷酸相，还是苦命女人祥林嫂一路潦倒下去的愁苦相，还是夏瑜的母亲坟前悼子、乌鸦兀立的悲戚状，都极具打眼的镜头感和持久的震撼力。

> 路翎对他笔下的人物提出了太高的要求。他想严峻，但没有严峻得起来；
> 鲁迅只对他笔下的人物有极低的要求，他不想严峻，但却严峻起来了。
> 给人物提出过高要求的，读者同情人物不同情作者；给人物提

出极低要求的,读者同情作者而不同情被他批评的人物。

(《呓语集》,第62页)

路翎无疑是现代文学史上极有特点的一位小说家。王富仁通过把他和鲁迅这一不世出的标杆做比对,点出了他运笔过于拘谨努力,不够放松——如对自己小说的人物责之过苛、预期太高——的毛病,颇能启人再思。

奥斯汀说的是英国女人的体面;
夏绿蒂·勃朗特说的是英国女人的奋斗;
爱米莉(·勃朗特)说的是英国女人的人性。

(《呓语集》,第110页)

冰心以一个大姐姐、小母亲的口吻说话;
肖(萧)红以一个执拗的女孩子的口吻说话;
丁玲以一个不甘落男人之后的女子的口吻说话;
张爱玲以一个对女人感到无可奈何的女子的口吻说话;
苏青以一个悲悯女人命运的少妇的口吻说话。

(《呓语集》,第111页)

如所周知,攻读硕士、博士学位期间皆以鲁迅其人其作为主要的学习和研究目标的王富仁乃是山东大学外文系(俄语)出身。这不但直接导致他的第一本专著(他的硕士论文)《鲁迅前期小说与俄罗斯文学》[①]以中外(俄)的文学影响关系为鹄的——也因此被誉为中国当代比较文学研究

[①] 王富仁:《鲁迅前期小说与俄罗斯文学》,陕西人民出版社1983年初版。

的较早的重要成果之一，①而且也使得他不仅对如上摘录的"呓语"片段所罗列的鲁迅、巴金、曹禺、老舍、冰心、沈从文、路翎、徐訏、萧红、丁玲、张爱玲、苏青和赵树理等中国的现当代文学作家如享醇醪、如数家珍，对陀思妥耶夫斯基、契诃夫等俄罗斯文学大家亦卓有研究，甚至也对巴尔扎克、马克·吐温、爱米莉·勃朗特）、夏绿蒂·勃朗特、奥斯丁等欧美的经典作家知之甚详。王富仁这样扎实深厚的跨学科背景和视野不仅在中国的现当代文学研究者中堪称绝无仅有、鹤立鸡群，就是堪与其在其他方面遥相颉颃的大家如前文所提及的学者钱理群也难望其项背。

就英美的小说名家而言，简·奥斯丁堪称经典的经典。中外对她的关注和研究堪称汗牛充栋，尤以中国的女作家兼欧美小说研究者杨绛对她的解譬最为知性，最为契合，最为切中心脾。杨绛曾指出，《傲慢与偏见》的"女作者珍妮·奥斯丁是西洋小说史上不容忽视的大家，近年来越发受到重视"。②按杨绛的描述，"《傲慢与偏见》的故事，讲18世纪末、19世纪初英国某乡镇上某乡绅家几个女儿的恋爱和结婚。主要讲二女儿伊丽莎白因少年绅士达西的傲慢，对他抱有很深的偏见，后来怎样又消

---

①该书的某些章节曾先后被收入一些比较文学的论文集，如第4章《鲁迅前期小说与安特莱夫》曾被选入张隆溪、温儒敏编选的《比较文学论文集》（北京大学出版社1984年版，第186—218页）。虽然如此，王富仁自己对比较文学研究倒似乎颇有些不以为然——有《呓语集》的两段"呓语"为证："粪坑的蛆虫终于承认了花园夜莺的艺术才能，并且决心向夜莺学习。//夜莺唱道：'美呀！香呀！春天的温馨呵！'"/蛆虫也唱道：'美呀！香呀！春天的温馨呵！'/比较文学家赞叹道：'你看，蛆虫已得夜莺艺术的三味！'"（王富仁：《呓语集》，第9页）"比较文学的最高哲学原理是：最相同的是最不相同的。"（王富仁：《呓语集》，第289页）当然，若同时参看他对比较文学在中国的发展状况有着非常正面的肯定的《关于中国的比较文学》（详见王富仁：《说说我自己——王富仁学术随笔自选集》，福建教育出版社2000年版，第125—129页）一文的话，这两段"呓语"又似乎只是一种善意的调侃。

②引自杨绛：《有什么好？——读奥斯丁的〈傲慢与偏见〉》；载自《关于小说》，生活·读书·新知三联书店1986年版，第51页。

释了偏见,和达西相爱,成为眷属"①。"通常把《傲慢与偏见》称为爱情小说。其实,小说里着重写的是青年男女选择配偶和结婚成家。从奥斯丁的小说里可以看出她从来不脱离结婚写恋爱。男人没有具备结婚的条件,或没有结婚的诚意而和女人恋爱,那是不负责任,或玩弄女人。女人没看到男方有求婚的诚意就流露自己的爱情,那是有失检点,甚至有失身份;尽管私心爱上了人,也得深自敛抑。恋爱是为结婚,结婚是成家,得考虑双方的社会地位和经济基础。门户不相当还可以通融,经济基础却不容忽视。"②

《傲慢与偏见》里的女人之所以会对"有失检点,甚至有失身份"大为戒惧,而不得不在爱情上"深自敛抑",其关键就在于事关王富仁在如上所摘录的《呓语集》片段里所说的"体面"二字。而对男人表现出来的"傲慢"深为反感,以致"偏见"极深——"傲慢与偏见"一称之字面来由,也还是因了女性的体面。在这个意义上,王富仁对奥斯丁文心的抓取可谓以点带面、一语中的,抓住了关键。

当然,对王富仁给出的"奥斯汀说的是英国女人的体面"这一判断,似还可以从如下两个方面进一步究诘。其一,《傲慢与偏见》里所表现的男人的"傲慢"又是什么或因了什么呢?不也是"体面"二字吗?而与当年英国乡镇大户人家的青年男女性命攸关的这"体面"二字背后的含义又究竟是什么呢?无非是"人性"二字(如杨绛所曾指出的,其中就包含了"骄傲"和"虚荣"四字)——也就是说,写或说人性的其实非止爱米莉·勃朗特一人。其二,奥斯丁究竟是如何"说"或写这"体面"二字的呢?按照杨绛的分析,她不是以一种欣赏的方式在说或写,而是以一种讥诮的或喜剧式的调侃的方式在说或写:"她也不是只抓出几个笨蛋来示众取笑,聪明人并没有逃过她的讥诮。伊丽莎白那么七窍玲珑的姑娘,到故事末尾才自愧没有自知之明;达西那么性气高傲的人,唯恐招人笑话,一言一动力求恰当如分,可是他也是在故事末尾才

---

① 杨绛《有什么好?——读奥斯丁的〈傲慢与偏见〉》;载自《关于小说》,第53页。
② 杨绛《有什么好?——读奥斯丁的〈傲慢与偏见〉》;载自《关于小说》,第56~57页。

觉悟到自己行为不当。奥斯丁对她所挖苦取笑的人物没有恨,没有怒,也不是鄙夷不屑……她的笑不是针砭,不是鞭挞,也不是含泪同情,而是乖觉的领悟,有时竟是和读者相视目(莫)逆,会心微笑。"①"第十一章,伊丽莎白挖苦达西,说他是取笑不得的……伊丽莎白当面挖苦了达西,当场捉出他的骄傲、虚荣,当场就笑了。可是细心的读者会看到,作者正也在暗笑。伊丽莎白对达西抱有偏见,不正是因为达西挫损了她的虚荣心吗?她挖苦了达西洋洋自得,不也正是表现了骄傲不自知吗?"②

就中国的现代文学作家来说,小说家萧红以逃婚与所托非人为始,以爱恨情仇为终,在三十一年的短暂一生里,与萧军、端木蕻良和骆宾基等人情缘纠葛,缠夹不清。把华年早夭的她看作经霜披雪、阅历甚丰的坎坷少妇自是极之自然。然而,王富仁偏偏独具只眼,竟然由仆仆的风尘看出了清纯,进而把萧红这个在滚滚红尘中漂泊一生的、为鲁迅极其疼爱的女作家看成了一个永远长不大的、涉世不深的小丫头;不仅很小,不仅很丫头(所谓"小荷才露尖尖角"),而且偏执任性,一去三回首,偏偏不收手——一个执拗的女孩子。

王富仁的这一判断自然不是基于妄自猜测或信口开河,而是基于对萧红那些包括《呼兰河传》和《生死场》在内的感伤而柔韧的充满了活泼泼的生命力的作品的深度阅读——萧红以一个执拗的女孩子的口吻说话。说什么话?当然是结构小说、叙述故事和摹写人生。值得在此提请注意的是,王富仁这里谈的自然是视角,小说的叙述视角,但又远非如此。他已由表及里,从揣摩小说叙事的"口吻"入手,把"我"或乃至所谓全知全能的小说作者视角一网打尽,为阅读萧红的小说提供了一把充满感知力和同情心的新的钥匙——一个容或会有不可小视的发现的进入角度。

---

①杨绛:《有什么好?——读奥斯丁的〈傲慢与偏见〉》;载自《关于小说》,第60页。
②杨绛:《有什么好?——读奥斯丁的〈傲慢与偏见〉》;载自《关于小说》,第60—61页。

（九）论鲁迅

在此，不妨顺便呼应一下本文开篇时曾特意提及的笔者那则"走窄门，往宽处想"的所谓信条——不论王富仁如何"往宽处想"，他首先和终极走的都是或将是鲁迅研究这道"窄门"。很自然地，《呓语集》中不仅对鲁迅评价极高，谈论鲁迅的文字也比比皆是，占了可观的比重，远远超出了古今中外的任何其他作家：

鲁迅杂文是说坏话的文学。

但别人的坏话在背地里说，鲁迅的坏话在公开处说。
于是就有了高尚和卑鄙之分；
于是就有了精美和粗俗之分。

（《呓语集》，第21页）

鲁迅的力量在于他能依照他的所有论敌的思想逻辑进行思考而他的论敌却不会或不敢于用他的思想逻辑进行思考。

（《呓语集》，第196页）

过高要求富有者，过低要求贫苦者，是三十年代左翼文学和四十年代解放区文学的大量作品缺乏思想感染力的主要原因之一。
鲁迅并不偏袒任何一方，反而更有力地表现了权势者的冷酷和贫弱者的悲哀。

（《呓语集》，第62—63页）

鲁迅是中国文化史上唯一一个不想哄骗中国人的文人。
这就是他所以伟大的地方。

（《呓语集》，第21页）

……

> 大家都看不起鲁迅，因为鲁迅为自己说话说得明白。
>
> (《呓语集》，第246页)

一如以上几段"呓语"所示，王富仁推崇鲁迅推崇得最多的，是鲁迅的严肃、公正、坦荡和赤诚：与别人不同，鲁迅就是"说坏话"也公开地说且不惮于用对方的思想逻辑思考；鲁迅在自己的作品中并不偏激地、简单化地、廉价地同情贫弱者，鄙薄权势者，反而更为真实有力地揭示了前者的悲哀和后者的冷酷；鲁迅与中国文化史上的其他文人的本质区别，在于他从来不想以哄骗的方式对待中国人——当然首先不会哄骗自己，不会自欺欺人。很显然，王富仁认为，正是鲁迅直面人生的赤诚和悲悯，是他之所以称得上伟大的地方。当然，这并不表示鲁迅不懂得什么叫明智：

> 鲁迅身处危地而知其危，故能安；
> 胡风身处危地而不知其危，故招患。
>
> (《呓语集》，第188页)

> 郁达夫明于知己而暗于知人；
> 郭沫若暗于知己也暗于知人；
> 鲁迅明于知己也明于知人。

> 胡风有勇无谋；
> 茅盾无勇无谋；
> 鲁迅有勇也有谋。

> 沈从文明于知己、明于知人，但无勇无谋（因无勇而无谋）；
> 老舍明于知己、明于知人，有谋但无勇（因过于依靠谋而无勇）；
> 鲁迅明于知己、明于知人且有谋有勇（他的谋增加了他的勇）。
>
> (《呓语集》，第196—197页)

王富仁以上这几段"呓语"既是设定一个框架来做自己的鲁迅论,也是在纵、横向的对比中兼论其他作家。在从与郁达夫、郭沫若、胡风、茅盾、沈从文以及老舍等知名作家的比对中,王富仁把鲁迅知人自知、智勇双全的睿智而踏实的形象衬托了出来。细品之下,不难感知这一对比框架的简洁、形象与说服力——譬如,胡风一生的惨痛遭际很大程度上,的确是他自己身陷危地而兀自懵懂、勇气有余而智略不足的个人局限所致。

对于鲁迅的杂文,王富仁除了如前所指出的将其界定为光明正大地"说坏话"的文学之外,他也从言论自由及中国现代报刊史的角度对它的意义与特征予以了解析,认为杂文是鲁迅敏锐而充分地利用了当时较大的言论自由度以及报刊这种当时最先进便捷的媒体的结果,因而本身也就具有斩捷、果敢、干脆、机动乃至零敲碎打(下文所谓"文化游击战")等等鲜明的特征:

> 鲁迅的杂文进行的是文化游击战。
>
> (《呓语集》,第99页)

> 鲁迅不仅是中国现代思想发展的产儿,同时也是中国现代报刊文化的产儿。
>
> 他充分利用了中国现代报刊这种最先进、最方便的文化媒体以表达他的思想观念和人生感受,从而使他成了有别于中国历史上任何一个时代的伟大文化名人。
>
> 我从这一意义上看待鲁迅杂文这种文体的意义和特征。
>
> (《呓语集》,第99—100页)

> 社会有没有言论的自由是一回事,有了自由你要不要,运用不运用这种自由又是另外一回事。
>
> 鲁迅最充分地利用了当时社会给他提供的自由,因而也显示了

当时社会的"言论自由的界限"。

(《呓语集》，第217页)

王富仁对鲁迅的诠解的新颖和独到之处，还体现在对鲁迅与梁实秋之间纠纷的本质，尤其是鲁迅"骂"梁实秋这件事的理解上：

当梁实秋说"我不革命"的时候，他是对的，但当他说"你不要革命"的时候，他就错了。——因为他与别人并不处在同一的境遇中。

鲁迅并不反对梁实秋说"我不革命"，而反对他说"你不要革命"。

(《呓语集》，第244页)

"骂人"要"骂"在有无之间。
全无，不须"骂"；
全有，不可"骂"。

鲁迅骂梁实秋是"丧家的资本家的乏走狗"，是因为他知道梁实秋是不愿作资本家的真走狗的，但他又确实用了真走狗的论调来攻击左翼作家"拿卢布"。如果他没有以这样的论调以济自己论辩之穷，鲁迅的"骂"就无所依据，毫无攻击力；如果梁实秋真的愿意当这样一个真走狗，鲁迅也就不能这样"骂"了。

那样，就等于鲁迅帮助他寻找一个真正的主子。

(《呓语集》，第87—88页)

这样的一个角度不仅把鲁迅的"骂"细化到了一个前所未有的程度，也让人能够细品鲁迅的"骂"的严肃性乃至其中所暗含的善意和热诚——鲁迅对梁氏的"骂"貌似有失厚道，其实足够迂曲而有深意焉。

质言之，按王富仁的理解，鲁迅的"骂"其实是对事不对人，针对的是某种行为所体现的落后的或有害的思想或文化传统：

> 鲁迅没有反对过任何人，他反对的是一种思想传统。
>
> 歪曲鲁迅的主要形式是把他反对一种思想传统的斗争偷换成反对某些人的斗争。

（《呓语集》，第114页）

> 只有鲁迅知道，中国现代知识分子为什么要反对儒家的文化传统；
>
> 也只有鲁迅知道，儒家的文化传统是不可能彻底被推翻的。
> ……

（《呓语集》，第248页）

（十）文学人物论

王富仁如下这节"呓语"的妙处在于，它把作家和作家笔下的人物混在一起讨论。这至少是要或能够说明，作家虚构的好的人物形象已经鲜活到可以和好的作家比肩而立的地步。而栩栩如生的文学人物的确是文学作品的灵魂的灵魂，当然值得王富仁在《呓语集》里给予一定的篇幅。

> 阿Q幸福得让人感到痛苦；
> 贾宝玉痛苦得让人感到幸福。
>
> 哈姆雷特勇敢得让人感到软弱；
> 魏连殳软弱得让人感到勇敢。
>
> 罗亭落后得让人感到先进；
> 列文先进得让人感到落后。

鲁迅深刻得让人感到浅薄；
胡适浅薄得让人感到深刻。

堂吉诃德正常得让人感到荒诞；
贾政荒诞得让人感到正常。

尼采单纯得让人感到复杂；
刘姥姥复杂得让人感到单纯。

契诃夫严肃得让人感到幽默；
林语堂幽默得让人感到严肃。

(《呓语集》，第28—29页)

　　王富仁自己曾经说过，"对立的事物是联系最紧的事物"[1]，譬如，"光明就在黑暗中"[2]，"我们在醒了的时候，才知道自己曾经昏睡"[3]。的确，对立的事物往往互为表里或因果，亦往往互相依存或转化。自然而然地，王富仁也把这种悖论式的直觉或认识，化用到了对作家或人物形象的把握和判断中去了。充满理想主义和正义感的堂吉诃德正因为太正常了，才会处处碰壁，处处"出丑露乖"，以致让那些对不正常早已习以为常的俗人感到荒诞；而拘谨暮气、伪善世故、道貌岸然的贾政也正因为言行呆板、乏味或者说荒诞到了极点——也难怪，与他来往的门下清客都是一些想沾光的或善骗人的阿谀奉承之徒[4]，反而让大家感到正

---

[1]王富仁：《呓语集》，第263页。
[2][3]王富仁：《呓语集》，第262页。
[4]详见如下一段话："(宝玉)偏顶头遇见了门下清客相公詹光、善聘仁二人走来。一见了宝玉，便都赶上来笑着，一个抱着腰，一个拉着手，道：'我的菩萨哥儿，我说做了好梦呢，好容易遇见你了！'"。语出曹雪芹、高鹗《红楼梦》第八回：《贾宝玉奇缘识金锁 薛宝钗巧合认通灵》，北京图书馆出版社2000年版，第68页。

常。同理，阿Q以所谓"精神胜利法"自得其乐或自欺欺人，幸福得飘飘然地让旁人或读者见出了痛苦；而对贾琏等只知以淫乐悦己却不知作养脂粉的行径极为不耻的贾宝玉内心至为痛苦，①表面上偏偏予人以笑卧花丛、乐不思蜀的相当幸福熙和的感觉。

王富仁的这节"呓语"的妙处还在于，它不仅捕捉到了这样的悖论，尤其捕捉得极其精准——当然，就事论事，其中视胡适为浅薄之至之徒的考评，肯定会带来仁者见仁、智者见智的很大争议。

......

  老葛朗台与严监生的区别在于：老葛朗台一面聚敛财富，一面运用财富，而严监生却只聚敛财富而不运用财富。

（《呓语集》，第172页）

  像堂吉诃德、哈姆雷特、浮士德、聂赫留朵夫、拉斯科尔尼科夫这类的人物，在中国是不会产生的，并且永远不会产生。
  文化不同。

（《呓语集》，第172页）

  《红楼梦》是伟大的，但同样是古代的。
  像贾宝玉、林黛玉这类的人物，只要搬上银幕，人们便会看到，不论演员演得多么逼真，现代青年都不会从内心深处喜欢上他们。
  他们的悲剧仍然是古代才子、佳人的爱情悲剧。

（《呓语集》，第172页）

  上引王富仁的三段谈人物形象的"呓语"都比较别致，都不是就人

---

① 详见"（宝玉）忽又思及贾琏，唯知以淫乐悦己，并不知作养脂粉"一句话。语出《红楼梦》第四十四回：《变生不测凤姐泼醋 喜出望外平儿理妆》，第404页。

物形象谈人物形象，而是都采用了宏观视角和由外部切入的方式：第一段是中外的守财奴角色的比较——老葛朗台是在开源的同时并不刻意节流，严监生却是严格遵循"开源节流"的信条；第二段是以文化为高度来说明，堂吉诃德、哈姆雷特和浮士德一类外国文学的典型人物角色在中国缺乏产生的土壤与根基；第三段是强调人物形象的古今差别——像《红楼梦》里的宝玉与黛玉这类人物，骨子里始终未脱才子佳人的古代面目或路数，与今人的欣赏习惯难免会有不严丝合缝的地方。无疑，这些思路都具有启人深长思考的提示作用。

当然，像最后一段"呓语"，如果能换一个角度，不从单纯的时代——古代与否——看起，而从经典与否切入，可能会有不同的感受。《红楼梦》正因为经过了岁月的严苛检验，成为大浪淘沙之下的有数的文学经典，它便不仅是伟大的，更是不朽的——不是因伟大而不朽，而是因持久的永恒的生命活力而不朽，而伟大。而宝黛作为《红楼梦》这样一部不朽的文学经典里的最重要的人物角色，不论现代的青年们是不是会从内心深处喜欢上他们，都无法不为其起伏不定的命运、遭际以及个人魅力所动。而经典的魅力也正在于此。

       初稿于2011年6—7月，贵州六盘水
       改定于2016年2月，北京上地

此文大部分原刊发于《北京科技大学学报》2016年第6期

客观性、主体性和现代性
——读"旧诗新解",纪念王富仁先生

姜 飞

在我们的阅读生活中,最易领会的大约是文学作品,最难领略的或许是学术著作。

文学作品的语言切近生活,不好意思用专门的概念、行话、黑话唬人,易理解,似乎人人得而言之,言之皆可成理。然而高明的文学作品却是丰富的,言有尽而意无穷,虽人人得而言之,常常也不过是肤浅地感慨或者笨拙地复述而已。

学术著作俨然凛然,貌不亲人,不过明白了概念所指、理路所由,实则比文学作品更易把握。真诚的著作诚不多出,有见识的著作更难得一见,往往是望之俨然,即之也蠢,没深度有厚度,吓人如凛然莫犯的纸老虎,仅供评职称之用。

然而在人文领域,在我们的时代,也有一些学术著作,既有见识可以新人耳目,又有深刻的经验和深度的关切为其背景、底座和线索,掘进而有学术的客观性,展开复有文学的主体性,表面看是学术著作,深入体察也是散文和诗,昨天看是学术著作,今天重读又是诗和散文。我说的是王富仁先生在20世纪90年代发表于《名作欣赏》的"旧诗新解",后辑为《古老的回声——阅读中国古代文学经典》,于2003年在成都出版。

如今王富仁先生已经辞世,谨以重读"旧诗新解"的方式,纪念这位真正的学者。

一

大约在世纪之交,我写了一些有关中国现当代文学的阅读笔记,取名为《感性的归途》,交给四川人民出版社。出版社有意出版,但是认为出单本书不如出丛书,既有名头和说法,又有体量和气势,图个好卖相。于是我又帮忙策划了一套三本的"新锐批评文丛",强调寓新锐的见识于有趣的文字之中,不能庸脂俗粉,不能面目可憎。然而当时我在命名方面的趣味显得机械,主张丛书各卷的题名整齐划一,策划案遂以《古老的回声》《感性的归途》和《远方的诗神》报给出版社。批了。《远方的诗神》是有关外国文学的,我约伍厚恺先生组织编写。《古老的回声》是有关古代文学的,我约过几位学者茶叙,文风不能达成共识,为难之际,想起我以前探讨英美新批评在中国的实践,曾读过王富仁先生写的"旧诗新解",不仅锐利睿智,而且可风可读,遂与编辑谢明香老师商议,由我去图书馆搜集文章,而她南下汕头说服作者。

王富仁先生授权了,而且好说话,连书名都同意了。十年以后,至少在广大中学语文教师那里,《古老的回声》与王富仁先生的另一本书《语文教学与文学》,已成名著。2013年,出版社编辑张丹向我征求丛书的再版意向,我谢绝再版《感性的归途》,原因是"悔少作",但我推荐他们一定再版《古老的回声》。我不好意思再有人看到《感性的归途》,但我希望能有更多人阅读《古老的回声》。再版《古老的回声》需要推荐意见,张丹托我写,我也未以人微言轻推辞。后来我知道,"旧诗新解"实为王富仁先生1991年给《名作欣赏》编辑写的信中所确定的专栏名。反复推敲,深悔当初未能径直沿用"旧诗新解"作为书名。

年轻的时候,我曾认定王富仁先生当年"在实践新批评的细读方面最深入也最有影响和规模"①，我的依据有两点：第一，王富仁先生在《名作欣赏》上发表的文章，的确重视文本细读，也显然在实践新批评的一致性原则和张力分析的方法；第二，王富仁先生在给《名作欣赏》编辑的信中也自陈，"我相信，新批评终能解决以旧有方法不易解决的问题或实际感到又说不清的问题"②。

新批评强调文本的客观性和独立性，主张离开文本的历史背景、作者意图、读者感受等外缘因素，回到文本自身。然而不论是理论还是实践，新批评都不可能绝对地切断外缘联系而就文本论文本。不过在文艺批评史上，新批评的方向却有其特定的针对性，也有深刻、显著的效用，而新批评的方向与王富仁先生在20世纪80年代的鲁迅研究中打破外缘的"政治革命"解释，"回到鲁迅那里去"③的方向却有相似之处。王富仁先生的鲁迅研究当然不是纯粹的新批评，然而"回到鲁迅"却首先是回到鲁迅的文本，以鲁迅文本为基本对象，尊重鲁迅文本的客观性。王富仁先生以纯粹的学者立场，从鲁迅文本而非从领袖言论出发，敏锐发现了既往的政治阐释与鲁迅文本之间的"偏离角"。到了90年代，王富仁先生则以新批评思维攻入"旧诗"，屡获"新解"。

王富仁先生是心有妙趣的学者，论及旧诗词，常有新比喻：白居易的《忆江南》，他认为"江南好，风景旧曾谙"与"能不忆江南"构成一个"画框"，而那幅画则是"日出江花红胜火，春来江水绿如蓝"；论及柳永的《定风波》，他评道，"如果说爱情是寻找自己的精神家园"，那么，柳永笔下的青楼爱悦则是"寻找自己的精神旅馆"。

比喻和想象，可以管窥一个人文学者的通脱和才华。不过人文学者的本分和光荣，却更多地体现为对研讨对象的深度透视和独到见识。王

---

①陈厚诚、王宁主编：《西方当代文学批评在中国》，百花文艺出版社2000年版，第94页。
②王富仁：《"旧诗新解"编者按》，载自《名作欣赏》1991年第3期。
③王富仁：《中国反封建思想革命的一面镜子——〈呐喊〉〈彷徨〉综论》，北京师范大学出版社1986年版，第9页。

富仁先生解诗如庖丁解牛，主要的刀法基本可以确定为新批评，特别是新批评的一致性原则，运用之妙，存乎一心。譬如屈原《离骚》的名句"长太息以掩涕兮，哀民生之多艰"，不论是封建时代的儒家还是革命时代的郭沫若，都倾向于将"民生"解释为"人民的生活"，从而"哀民生之多艰"自然应当解释为"同情民间疾苦"，长溯历史，无异议；然而王富仁先生则从《离骚》整体探讨，认为特立独行的屈原，其思想原是"反庸众"的，而且揆诸语境，"整个情调是自怜而非怜人"，于是断言屈原的所谓"民生"不能率尔等同于后世和现代知识分子所谓的"民生"，而是"现在所说的'人生'"。显然，如果理解为"长太息以掩涕兮，哀人生之多艰"，虽非宏大抒情，却更符合语境。当年手持放大镜细读《名作欣赏》的每一期"旧诗新解"的古代文学专家并不少，细密推敲，对他的许多"新解"甚至提出峻急的批评，然而对王富仁先生的"民生"创见，无异议。王富仁先生的新见，一是出于敏锐的直觉判断力，二则是由于践行新批评的一致性（整体性）原则，"回到屈原"的"民生"，回到《离骚》的语境。其实语境本身就构成解释的规范性，可以有效防堵过度阐释和望文生义。

在细读白居易的《赋得古原草送别》和鲁迅的《自嘲》时，王富仁先生对政治领袖单独拣出赋予革命语义以致流行于整个革命时代的"野火烧不尽，春风吹又生"，以及"横眉冷对千夫指，俯首甘为孺子牛"，也做了新批评式的一致性解读，也就是将两个已近乎滥用的名句分别遣返白居易和鲁迅的原诗，尊重语境的规范性和诗歌文本的客观性，不仅别出"新解"，而且"新解"堪称正解，毋庸置疑。当然，政治革命的征用自有其合理性与有效性，而王富仁先生的还原却是体现学术的独立和学者的固执，在中国，这是可贵的现代价值。

其实，新批评的矛盾语义（悖论）、反讽、张力，等等，都可以视为遵从一致性原则和细读原则而推论出来的次级概念。王富仁先生既深得一致性原则的旨趣，其对诗语张力的明察也就可以预料，虽然他保持一贯平易的批评作风，多用方法而少用概念。譬如岑参《白雪歌送武判官归京》，王富仁先生细致指陈"忽如一夜春风来，千树万树梨花开"中的语义张力，也就是"北风"比作了"春风"，雪压千树比作了万树梨花，然而两组意象恰成对照，一则冬寒，一则春暖，一则"冷硬严峻"，一则"情意绵绵"。王富仁先生不停步于指陈诗语内部的张力，进一步追问，为什么以"内地的春光"比喻"边境的实景"，他认为这说明"诗人在边地冷峻、紧张的军旅生活中仍然时时刻刻怀念着那暖意融融、明媚温柔的内地春光"，然而"这种怀念不是对军旅边地生活的厌恶所引起，显而易见，他是感到这里的生活自有它的意义与价值，自有它的情趣与魅力"。在此，张力分析已经是王富仁先生的解读基础，但他却不受新批评的拘囿，反而据读者感受以推测作者倾向。相对于一提边塞即苦寒厌战的刻板印象，他的解读圆通成理，且符合文本，须知若真厌恶戍边，岂有"千树万树梨花开"的"春风"体验。

再如贾岛的《寻隐者不遇》，王富仁先生意在做解构主义解读，而其基础依然是新批评式的细读和张力分析，他提出了"诗人"与"隐者"到底是"遇"还是"未遇"的问题。"寻"即已"遇"，"不遇"即"遇"；"在另外一个意义上，诗人实际上是'遇'到了隐者，因而也达到了自己的寻访目的。不过，他'遇'到的不是隐者的肉身，而是他的精神，他的情操，他心灵中的精神境界"。王富仁先生的"新解"无疑兼有个体敏锐与新法得宜的双重优势，我曾如此推荐《古老的回声》："诗无分新旧妙在解法，解无分新旧贵在师心。王富仁先生所著，援新入旧，推陈出新，其文有心而美，其思得法故深。"

二

当我说到王富仁先生"其文有心而美"的时候，我指的是他在"旧诗新解"中展现的主体性。"旧诗新解"实为"旧诗心解"。严格的新批评拒绝批评家的主体性，批评家的主体性容易引发"感受谬误"（Affective Fallacy）。然而新批评的方法对于王富仁先生而言，是为我所用的剔肉刀，当剔肉刀力有未逮的时候，他也可以让它休息片刻，而去运斤成风，破骨取髓。譬如研讨北朝乐府《木兰辞》，王富仁先生一反旧说，认为木兰并未视从军为痛苦和不幸，他一则"回到"诗歌本身，一则"回到"阅读体验，逐节细读，逐层推论，认为《木兰辞》以全部的叙述表现了"木兰蓬勃而又自然的生命力"。

回到诗歌，回到文学本体、文学内部，这是新批评；然而回到诗歌，常常也是回到阅读体验，这是主体性。有诗人、作家的主体性，有读者、批评家的主体性，文学主体论与新批评的文学本体论在概念上泾渭分明。不过也只是概念上不兼容而已，而在文学批评实践上，文学本体论与文学主体论虽然貌似感情不和，实则暗通款曲。回首80年代，新批评影响之下的"文学本体论"论争，曾迅速转变为"主体性"论争，似乎也是这个道理①。在中国语境中，新批评与主体性，携手攀肩，走到了一起。而在王富仁先生的著述中，不论是回到鲁迅还是解读旧诗，也是如此。

王富仁先生的"旧诗新解"，如果以"诗言志"的主体性规定做出判断，则其内蕴独特生命感受的解读，本身也是诗心充盈的散文，散文写成的长诗。譬如他解读屈原的生死观念，直透本质：如果放弃原则、操守、正义和个性，"放弃'博謇而好修'的习惯，就等同于放弃他自己，放弃他的生命，'亡身'也就不再是令人畏惧的东西了"。王富仁先生解读屈原，隐约之间更像是自家抒怀。不论对屈原还是对王富仁先生而言，他们更重要的是精神性的存在，或者说，主要是精神性的存在，因此在人生或者历史的特定时期，人文理想的挫折，也就成了人生的绝境。从《古老的回声》那篇"自序"可知，"旧诗新解"的写作，原本是在特殊时期的抒怀和自救："我不想自杀，就得拯救自己，就要在无路的地方为自己开出一条小路来，就要为自己的精神找到一点依托，走下去，活下去。"②王富仁先生的写作，包括纯粹的学术性和理论性写作，都有真诚的生命感作为潜流甚至主流，往往拍岸似吼，卷浪若飞，偶尔也低回沉痛，譬如所谓"旧诗"，恰似在精神困顿之时偶然发现的古

---

①陈厚诚、王宁主编：《西方当代文学批评在中国》，第75页。
②王富仁：《序》；载自《古老的回声》，四川人民出版社2014年版，第2页。

驿站，一系列"新解"，则如厕身其间暂栖治伤的三年疗程。

如果读完王富仁先生对屈原《离骚》，以及陶渊明的《拟挽歌辞》那些既是学术探讨又像自家抒怀的解读以后，再参阅他写的《我爱我师——悼李何林先生》《悼王瑶先生》《欲哭无泪——悼杨占升先生》，以及在解读杜甫的《茅屋为秋风所破歌》时对中学老师米中的叙述和怀念，可以发现他有个隐微而沉着的主体世界。他的学术写作覆盖了他的主体世界，然而有时候覆盖得不怎么严，泄露出来的部分也就让读者发现了王富仁先生的学问所蕴含的生命力量，从而理解何为真正的"为己之学"。

王富仁先生解读曹操《短歌行》的时候，认为诗以"孤独体验为本"，在解读陈子昂《登幽州台歌》的时候，更淋漓尽致细读细绎其孤独体验，甚至在解读马致远的《秋思》的时候也没忍住，大步逾越新批评的原则，泄露孤独和漂泊的主体信息："我们未必都是浪迹天涯的游子，但在生命的途程中，谁又不是一个流浪者呢？"王富仁先生在特殊时期的孤独感和漂泊无依、无枝可栖之感，或许与他与生俱来的体验有关①，或许也与他对鲁迅的理解有关，他承袭了鲁迅人格的某些方面，又在古人的诗中获得宣泄和安慰。在探讨鲁迅哲学思想的时候，王富仁先生曾说，"到了鲁迅这里，'人在空间中'已经不是一个元命题，人能不能进入到空间之中去则成了一个根本的问题，只要我们打开《呐喊》《彷徨》两个小说集，我们就可以看到，鲁迅笔下的中国启蒙主义知识分子，个个都像孤魂野鬼一样，被排斥在现实的空间结构之外"，"鲁迅的小说无比鲜明地表现了这样一个历史的事实，中国的启蒙主义知识分子已经无可挽回地失去了自己精神的故乡和文化的故乡，他们只是一些精

---

① 王富仁先生曾说："一个人生活的空间是很狭小的，一个人的生命是很短暂的，在现实生活中能够敞开心扉、随意交谈的人是很少的，直到现在，我在书外的生活中还常常感到孤独，感到寂寞，感到一种存在的悲哀，但一当我拿起书，进入到书的世界中去，我就感到我的心灵与另一些心灵结合在了一起，就感到有些充实感，这种孤独和寂寞的情绪就被阅读的趣味驱散了。"王富仁：《语文教学与文学》，广东教育出版社2006年，第101页。

神的流浪者和文化的漂泊者，他们没有自己精神的归宿和文化的归宿"，"鲁迅的这种无归属感，是直到他生命的晚年都没有改变的"①。

在写作"旧诗新解"的时期，王富仁先生的"老年人"体验也显得突兀。他解读苏轼的《蝶恋花·春景》，核心是暮年体验。他解读韩愈的《落齿》，提出意义生成的"相关性"问题，而"相关"者何，生命衰退的"萎落"体验而已。"相关性"意味着"主体性"。不过主体性表现至为沉着的，则是解读杜甫《茅屋为秋风所破歌》的那篇《一个老年人的悲哀》。如果辑录王富仁先生的散文，《一个老年人的悲哀》应当不会入选。然而那是一篇真正的散文，在学理、情感和文体上，最深切、最灵动、最特异。其实不是"一个老年人的悲哀"，而是"三个老年人的悲哀"：杜甫，米中，王富仁。王富仁先生写了朝气蓬勃的青年杜甫变成老年，写了才华横溢的青年教师米中渐入绝境，也写了自己的"老年"体验。

在《一个老年人的悲哀》中，一句"人是可怜的"，读之令人心摧。王富仁先生屡次提及"现在我也老了"，文章发表的时间为1993年，他不过五十二岁，说是"老"学者略显牵强，然而他的"老年"体验有特别的根据："进入90年代之时，我恰是五十岁，'五十而知天命'，任什么伟大的理想都只是对自己的嘲笑，我开始感到自己已经成了没有未来的人。"王佐良翻译萨缪尔·厄尔曼的《青春》，有所谓"青春气贯长虹，勇锐盖过怯弱，进取压倒苟安。如此锐气，二十后生有之，六旬男子则更多见。年岁有加，并非垂老；理想丢弃，方堕暮年。"王富仁先生的一时自感"没有未来"，不同于王佐良先生所译的"理想丢弃"，然而由此导致的"垂老"体验则是相通。

王富仁先生特殊历史时期的特定心境，进入"旧诗新解"即成主体性潜流。不过王富仁先生虽然遏制不了主体性的管涌，却也没忘记他是在解读杜诗，他兼顾了文本细读和主体体验，以此为据，对《茅屋为秋风所破歌》的最后几句提出新说，一反前人所见："我认为，我们绝不

---

① 王富仁：《时间·空间·人（二）》，载自《鲁迅研究月刊》2000年第2期。

能把这几句话当作拯世救民的豪言壮语来引用。它首先是一颗绝望心灵的痛苦挣扎，是一个再也没有回天之力的老人向现实世界发出的最后的呼吁。他在无可奈何的痛苦中，根本不能理解人生为什么会有如此多的灾难，像他这样的寒士为什么竟连起码的安定幸福的生活也得不到。'安得'是怎样得到，实际是他不知道怎样才能得到；'突兀'明确表明了它的幻想性质。所以，与其把它们视为'言志'，倒不如视为一种'抒情'，是在强烈情感冲击下发出的人生呼唤。"到此不止，王富仁先生进一步说道："我想，我的中学老师米中，尽管他不是什么圣人贤士，在他自杀之前，大概也会产生这样的愿望吧。但愿像我这样对人生并无奢望、一心一意想当好一个教师的知识分子，不再受此侮辱和迫害，那样，我死也瞑目了。"

王富仁先生解读旧诗，借重新批评，不废主体性，新批评是训练，主体性是体验，新批评体现为技术力量，主体性则体现为人文力量。

三

主体性的表现形态当然不只是情感的潜流，也有思想的向度。王富仁先生面对"旧诗"，以新批评的方式切入语词和结构，然后常做思想阐释和批评，而他在思想层面的现代性，在一定程度上大有导出"新解"的可能性。在思想的层面解读诗歌，学者往往倾向于"旧诗从旧"，"新诗从新"，因为以今律古，是古非今，皆非历史唯物主义的态度。

王富仁先生也曾表达近似的主张："我们可以用保护自然动物的需要批判施耐庵的《武松打虎》，可以用唯物主义思想批判蒲松龄的《画皮》，可以用儒家的入世观念批判陶渊明的《桃花源记》，可以用道家的出世观念批判杜甫的《三吏》《三别》；可以用卡夫卡的现代主义批判巴尔扎克的现实主义，可以用巴尔扎克的现实主义批判卡夫卡的现代主义……但所有这些批判都是毫无意义的批判，它造成的是思想懒汉的作风，是自我心理的狭隘性和封闭性，是自我个性和基本批判能力的丧失。这种批判从根本上否定了文本作者有表达自己对社会人生的感受和理解的权利，否定了他们在自己的特殊的语境中表达自己真实的思想感情的权利，从而也抹杀了文本自身的意义，把文本语言关闭在自己所应当感受和理解的语言的范围之外。实际上，这不是真正的科学的批判意识，而是'文革'及其以前流行的所谓大批判意识。这种大批判意识的一个根本的标志是批判者根本不想以平等的态度努力地感受和理解文本作者力图表达的思想和感情，不承认他们对于他们自己作品的主体性地位，而是千方百计地把自我凌驾在文本作者之上，并以自己的主观好恶否定作者自由表达自己的思想感情的权利。"①

这段话是王富仁先生写给中学语文教师的，似受了一些"主体间性"的教育理念影响，不认同以今律古、以己非人，提倡倾听和理解。然而在他写这段话之前的十余年，当他解读旧诗的时候，却也有过以今律古的批评实践，譬如以个性主义、个人独立的观念解读《离骚》，以"自由的象征"解读《采莲曲》，以"对人的生命的伟大关怀"解读《孔雀东南飞》。王富仁先生的观念和表达，是"五四"的遗产，鲁迅的遗风。不论是平等、自由，还是由其推论出的独立、个性，都体现为现代性，而以现代性的思想解读旧诗，其合理性基础则是他所阐释的"鲁迅哲学思想"，或者也可以说，是他借鲁迅的文本阐释的"王富仁哲学思想"。王富仁先生提出了"现在主义者"的概念，认为"'人'是在时间中生存的，他不是生存在'过去'，也不是生存在'未来'，而是生存在'现在'。生存在'现在'的人，首先要为'现在'而生存，而不是为'过去'和'未来'而生存。他的生存的意义和价值是对于'现在'的意义和价值，而不是对于'过去'和'未来'的意义和价值。"②"一个理想主义者只能在未来的胜利中获得自我，而一个战士则必须在现实的空间中获取自我。前者关心的是自己怎样在未来站起来，而后者关心的则是自己在现在怎样站起来"，"现在主义者关心的只是现实的空间环境和现在自我的人生选择，正视现在、正视现在的空间环境；正视自我、正

---

① 王富仁：《语文教学与文学》，第36页。
② 王富仁：《时间·空间·人（二）》。

视现在自我的生存和发展。这就是鲁迅的思想，鲁迅思想的核心。"[1]深受鲁迅影响，王富仁先生也是战士，是他所谓的"现在主义者"，以"现在主义者"的观念推论，解读旧诗的最终目的并非前述"回到"旧诗的文本内部，"还原"旧诗的历史语境，而是为今所用，解读旧诗的人，不为旧诗的过去服务，也不为过去的旧诗服务，相反，"生存在'现在'的人"对旧诗的阐释和批评，是为"生存在'现在'的人"服务，以此为前提，以今律古是合理的，以现代性的思想观念批评旧诗自然也是合理的，"解"过去的"诗"，"立"现在的"人"。

在解读岳飞《满江红》的时候，王富仁先生说道，"我每次读岳飞的这首词，当读到'壮志饥餐胡虏肉，笑谈渴饮匈奴血'的时候，心里便有一种不太舒服的感受。一个英雄驰骋疆场，奋勇杀敌，这是不难理解的，但是食肉饮血这样的句子在诗里出现仍然不能不引起人们的逆反心理，觉着它是不美的，在感情上是不能接受的。诗不但是一种感情，而且是以一种形象体现出来的感情，感情不但有它的向度，而且也有它的态势和性质"，"吃人肉、喝人血的场面是不美的，将人肉如饿鬼一般地大嚼大咽，一边喝人血一边狂笑嚎叫，就更令人胆寒"，"在这里不是吃谁的肉、喝谁的血的问题，而是这种行为所体现的心理素质的问题"，以及"人道主义和战争中的敌我问题"。或许，王富仁先生想起了鲁迅笔下的"人肉筵席"和"吃人"主题，他的审美趣味与他的价值观念是统一的，于是他彻底否定了《满江红》的这两句"壮语"。而对"靖康耻，犹未雪，臣子恨，何时灭"等句，王富仁先生在以新批评式的手术刀精细解剖之后，勾勒出《满江红》的思想意识结构："自我的生存价值就是要建功立业，所谓功业就是要为君主排忧解难。这个思想意识的结构不是审美性的，而是实利性的，它把诗人自我与读者、与整个人类的精神需求和美的理想的追求隔离开来。诗人的自我所关心的只是自己的功名，他所做的一切就是为君尽忠、为君效力"，"直到最后，'待从头，收拾旧山河，朝天阙'，仍然把收复失地、驱逐外族侵略者的伟业主要作

---

[1] 王富仁：《时间·空间·人（二）》。

为向朝廷复命、为君主尽忠的表现"。《满江红》的"壮语"不但是"人肉筵席"的一环,而且也是"奴性"的一环,"吃人"的"壮语"不美,"奴性"的"壮语"也是"无根的、虚浮的,外壮内不壮",不过是些缺乏雄伟人格底气的"夸张性表现"而已。

显然,批判"吃人"与"奴性",体现的是"五四"以来的启蒙现代性,王富仁先生以今律古,要点不在对古的批评,而在对今的明察。《满江红》的问题,是秉持启蒙现代性观念的批评者所见的问题,自然也是批评者在特定历史时期苦闷的根源。其实,王富仁先生解读旧诗,以及他的许多观念表述,常有矛盾,然而如果我们在思考的时候代入"启蒙现代性"的参数,矛盾和问题,几乎都可以解决。

王富仁先生的"旧诗新解",在一部激流澎湃的生命乐章中,是一段沉着低回的旋律,然而低回之中亦有高致,是形式论的高明,更是主体性的高张。低回的时期尚且如此,生命的全体自然昂藏。2017年5月2日,王富仁先生昂藏的生命抵达终点。有人在那个夜晚读到他的一句话,不禁百感交集:"1919年5月,我们北京的大学生感觉到的,主要不是春夏之交的温暖,而是现代世界的寒冷(在20世纪的中国,似乎最寒冷的事情都发生在最温暖的季节)。"[①]

[①] 王富仁:《时间·空间·人(二)》。

论王富仁的古代文学经典解读

韩卫娟

20世纪90年代初期，王富仁写作了一系列古代文学经典解读的文章，最初发表于1991至1995年的《名作欣赏》上，在语文教育界产生了异常深远的影响。这组文章给中学师生提供了一种极具个人体验的阅读示例，又能被包容在中高考制度的整体框架中——换言之，这些解读并不以思想层面的标新立异自炫，它展现的是解读者细腻出色的艺术感受力和将现代文本解读手法作用于古典作品所带来的清新感。有意味的是，作者提到自己写作这些作品的初衷，是在某种低气压的环境中，试图通过与中国古代知识分子的心灵沟通，寻找自我内心的慰藉和安稳。在这样的背景下，解读者收发自如的学术功力令人称赞。自然，这种"随心所欲不逾矩"的操作背后，也有王富仁当年实际任教中学所带来的个人经验和理解在内。在技术层面上，作者将现代文学的文本解读技巧应用于古典作品，以读者的身份——而非权威的阐释者或宣教者——与作品进行精神沟通，切入角度新颖，结论别具一格又平和稳妥。

王富仁的经典解读最为关键的一点，便是从自我感受出发，将阅读还原为审美体验的过程，避免一系列既有结论对阅读活动的干扰。他曾谈道：

当我们一提到岳飞的《满江红》便想到它是一首爱国主义诗词，一提到杜甫的《石壕吏》便想到它反映了战乱给人民造成的痛苦生活，一提到白居易的《长恨歌》便想到它表现了唐玄宗与杨贵妃的爱情悲剧的时候，它们的诗意特征便淡漠了。这些"主题思想"像横亘在我们心灵与诗之间的一道堤坝，使我们的心灵再也难以与诗的本身实现直接的拥抱。其原因何在呢？因为对诗的任何一种主题思想的确定，都把诗的各种丰富的内涵简化了，而诗意恰恰只有使心灵主要活动在直感的、情绪的、审美的，亦即难以言说的境地的时候，才能最有效地被表现出来。①

上文中提到的结论性描述，无疑是以往解读活动一步步提纯的结果。但结论性的描述会受制于时代或个人的局限，对一名"新读者"而言，如果对论断的接受超越了个人的体验，则未必具有积极的意义。王富仁的诗歌解读强调从自己直接感受到的诗歌意境入手，将自己的心灵直接沉浸到诗歌所展现的丰富的心理流程和繁复的意象中去，用个人感受与诗歌传达的经验直接对话。如孟浩然的《春晓》这首人人熟稔的小诗，在王富仁的分析中，它首先被定位为诗人对自己描写的外部世界保持了一定心理距离状况下的创作，展现了诗人从朦胧的无意识到建立起自我主动意识的过程，即人从沉睡到醒来的一刹那间所感受到的春的意蕴；并进一步提示到，伴随这一过程的独特的精神境界，是有着玄妙意味的，这种玄妙之处可以感同身受，却不可言传——"艺术家的目的在于使我们和他共享这种如此丰富、如此具有个性、如此新颖的感情，并使我们也能领受他所无法使我们理解的那种经验。"②从文艺学的角度看，这更接近于"直觉"论的分析方法。"所谓'直觉'，就是对解读对

---

①王富仁：《贾岛〈寻隐者不遇〉的解构主义批评——〈旧诗新解〉（十二）》，载自《名作欣赏》1993年第5期。

②柏格森：《创化论》；载自《现代西方文论选》，上海译文出版社1983年版，第110页。

象的'直接的领悟',即当下的、突如其来的、直截了当的理解、觉察。"①

王富仁的古典诗文解读,无疑为中小学语文教师提供了如何在文本面前发挥主体性、有所作为的范例。如《江南》一诗,"江南可采莲,莲叶何田田。鱼戏莲叶间,鱼戏莲叶东,鱼戏莲叶西,鱼戏莲叶南,鱼戏莲叶北"。在以往的文学史论述中,多强调乐府民歌内容的写实性和音韵之美。王富仁在《江南》诗中却读出了自由的意味以及人类对自由的向往之情。该诗的前两句描写的是莲叶茂盛丰美的样子,但后五句却很快将读者的关注点从"莲"转到了"鱼"上,鱼围绕着无穷碧绿的莲叶追逐嬉戏,是一幅自由自在的图景,而五个方位词,"间、东、西、南、北"的运用,因为涵盖了所有的方向,实则是没有方向、没有限制、无拘无束地游戏和穿行,更突显出鱼的自由和惬意。这种体验自然有着强烈的现代意味,它跨越的是历代对这首诗的分析、讨论和定评,将"现代人读古诗"变为"现代人读诗",让读者与作品猝然相遇,将中小学古诗文讲解这种知识传递活动,还原为阅读审美活动;但作者紧扣文本,只谈个人体验,不代古人立言,亦不做颠覆性结论,将重读牢牢框定在审美范畴之中。

这种稳妥性正如解读乐府长诗《孔雀东南飞》时展现的,王富仁从刘兰芝的陈述——"十七为君妇,心中常苦悲,君既为府吏,守节情不移。贱妾留空房,相见常日稀"——中感受到,这是一位意识到自我存在价值却在婆家受到了不公正待遇的女子的自我申辩。在这种申辩里,我们可以体会到刘兰芝对丈夫的埋怨和失望,这无关爱情,只是平淡如水的婚姻中常有的抱怨。在这里,王富仁从正常的人的情感取向出发,认为"一个在夫家遭受虐待和歧视而又具有自尊心的女子,是不可能产生对丈夫的真正感情上的爱的,她充其量只能遵守传统妇德,尽到一个妻子对丈夫应尽的义务"②。接下来,王富仁又分析了焦仲卿这个人物形

---

① 曹明海:《文学解读学导论》,人民文学出版社1997年版,第188页。
② 王富仁:《主题的重建——〈孔雀东南飞〉赏析》,载自《名作欣赏》1992年第8期。

象,指出男主人公在兰芝被遣归时表现出的既同情又犹疑的态度,以及在自己的母亲面前缺乏独立人格的言行,都使得他缺乏获得一名正常女子爱情的基本条件。顺着这一思路推演开来,王富仁认为,刘兰芝的死是由于相继在婆家和娘家受到了不公正待遇、自尊心受到极大伤害的结果,她对焦仲卿的眷恋,只是由于对方维系了她在人世间的一丝温情。简言之,刘兰芝的死是为了绝弃薄凉无情的人生,而焦仲卿的死则是为了证明自己残存的自我意志。《孔雀东南飞》一诗是作者对人生与命运的思考,其中亦有对理想爱情的向往,但却不是对刘兰芝和焦仲卿已有婚姻关系的歌颂。以往文学史及中学语文教学参考将《孔雀东南飞》定义为爱情主题,实际已是具有现代意味的划归和提纯操作,王富仁质疑该作品的主题,所采用的方式并非概念的拆解和历史场景的还原,他在分析人物形象时,采用了袁昌英改编同题话剧时相似的策略,为作品灌注了更多的现代心理活动和伦理原则,内涵的丰富早已突破了原有的主题归纳,实则扬弃并重构了对《孔雀东南飞》的解读理路。充分呈现"现代"所具有的丰富性,以凸显以往文本阐释的僵化和粗疏,这是王富仁的策略,也是现代文学学者重读古典作品的特色和魅力所在。

如王富仁所言:"作为一个人,总想感觉到自己,感觉到自己心灵中的东西,而感受别人,感受别人的作品,又是感受自己、感受沉埋在自己心灵深处的思想、感情和情绪的唯一途径。"[①]王富仁的古典诗文赏析,十分注重分析诗人创作时的心理状态和情感系数,行文时又将自己的生命体验和人生经历融入其中,这是古诗的新读,而解读者在古代文人和作品中进行精神追索的热切和虔诚,同样让读者心有戚戚焉。在屈原、陶渊明、杜甫、韩愈等人的作品中,王富仁读出了现代人的生存体验和精神意志。陶渊明的《拟挽歌词三首》,包含了从死者观察生者的视角及对生之意义的拷问。在传统的主流文化观中,人们更为重视的是对人生的评价,"了却君王天下事,赢得生前身后名",对死后哀荣的执着,掩盖了对人的生存状态的关注。陶渊明却注意到,生者对死者的悼

---

① 王富仁:《自序》;载自《古老的回声——阅读中国古代文学经典》,第2页。

念仪式，原本只是为了排解生者的情绪和意愿。这一由死观生的写作视角，让人猛然醒悟——对身后名的追逐，会让自己的一生系于别人的意愿，失却自身的主体性，这是因袭的重负，也是人生的异化。讨论陈子昂的《登幽州台歌》时，王富仁强调的是，诗人的孤独感是在时间与空间的四维结构中体味到的"孑然独存，无所凭依"的感觉，这是一个有着使命意识的个体，面对人生的困境，又对所从属的精神谱系的信心有所保留时的缄默与痛楚。上述解读充分融入了王富仁的个人体验，这样的文字贯穿着鲁迅《摩罗诗力说》中"任个人而排众数，掊物质而张灵明"的精神力度，在20世纪90年代初期的知识界低气压氛围中，其中包含的感慨和期许，无疑会令读者动容。

另一个例子是王富仁对杜甫《茅屋为秋风所破歌》的解读，他将这首诗理解为"一个老年人的悲哀"。在这篇赏析中，作者将自己的中学老师米中和儿时所见的一个孤寡老人的经历拿来与杜甫做比较。他们都在一连串的生活挫折和人生失意中落入人生的困境，在不断的人生理想破灭之后，他们努力打造一道最后的防线——一个精神上的"窝"。一旦这个"窝"像杜甫草堂上的那些茅草一样被风卷跑、被年轻人公然抱去，他们便陷入彻底的绝望。在王富仁看来，杜甫对茅草得失的担忧，象征着一个历经沧桑的老年人对已经改变了的社会的不信任和无助感。《茅屋为秋风所破歌》所展现的，正是这些经历了人生节节败退、物质和精神方面都极端困窘的老年人脆弱的社会应对能力，以及对如何安放自己风烛残年的困惑。将普通人的经历与文学经典的情景结合起来，引导人们去探究文字所传达的人类共同的困境，从而拉近读者和经典的心理距离，使得王富仁的经典解读带有强烈的生命体验特征。从教学层面看，王富仁的解读方案是先赢得学生对作品的整体性认可和亲近，再去处理诸如文字、音韵和思想等具体问题，以求事半功倍。

总体而言，王富仁的解读极为契合世态人情，这种世态人情无疑是遵从现代而非古代的逻辑。这批经典解读文字，更像是对鲁迅《故事新编》写作策略的致敬——在古人的躯壳中吹入现代的气息，使其鲜活，和现代人心灵相通。在艺术感悟力和历史知识背景之间，王富仁的知识结构可以保证自己的解读妥帖地处理二者的关系，但他的解读重心偏向前者；对于中学师生而言，这种文本解读的真正意义在于不为作品的先验性主题左右，在紧扣文本的前提下，表达个人在阅读时的独特体验和感受。

原载于《名作欣赏》2017年第10期

指掌之上论春秋：
王富仁先生的中国文化研究

张 俊

建设是关系到一个民族生存和发展的大事，尤其在社会转型时期，民族文化何去何从就会成为学术焦点。在20世纪80年代以来掀起的一波波文化研究热潮中，从晚清到民国期间曾经出现过的各种文化学说又宿命般地被再度提出。虽说旧曲新唱，也能热闹一时，但自我重复，毕竟难有作为。与那些人们所熟识的研究思路和方法不同，现任中国现代文学研究会会长王富仁先生的中国文化研究可谓别开生面，自成一家。现不揣冒昧，就王先生中国文化研究的主要特点、贡献以及给人的启示谈一点粗浅的看法。

十多年来，王富仁先生的中国文化研究主要在以下几个方面有所开拓和创新。

一、对中国近现当代文化进行整理分类

长期以来，在文化研究领域，多数学者关心的是中国古代文化，即中国传统文化的研究，尤其注重对儒、道、释诸家学说的精义及其对中

国社会发展的深远影响的研究。然而，经过清末一百多年来的社会变革与发展，中国文化已有了极大的丰富和发展，并形成了众多新的文化派别、文化理论和文化产品。这些新质的文化内容不仅在时间上离今天更近，而且其产生的环境和背景与今天也多有相似之处，因而对现实的影响也同样不容低估。为了弥补中国文化研究厚古薄今的不足，王先生认真系统地考察了中国近现当代文化的发展历程，发表了一系列有影响的论文。这些论文大多收集在《中国现代文化指掌图》[①]一书中。在该书"自序"中，王先生说要"弄一个像地图一样的东西"，具体说就是"给中国近现当代文化进行分类"。书中，《中国近现代文化发展的一个总体轮廓》用最为简洁的目录的方式依次列出一百多年来中国文化发展过程中出现的几乎所有重要的文化派别和文化主张。该文虽只有寥寥三千言，但精心盘点、颗粒归仓，百年文化沧桑尽收眼底。《中国传统文化与现代社会》先对晚清相继出现的洋务派、维新派、守旧派和革命派四种不同文化派别的文化战略思想加以评述，然后对因"五四"新文化运动而出现的两类文化样态（中国文化、西方文化），三种文化幻象（复古主义、国粹主义，全盘西化和中西融合）进行剖析，最后较为客观地论述了中国传统文化在中国现当代文化系统中应有的地位和价值以及它的可能的合理的存在方式。《中国现代学术文化的几大分化》描述了从"五四"新文化运动到20年代末中国文化的五次大分化，并对由此而形成的政治文化、社会文化与学院派文化，中年文化与青年文化，左翼文化与右翼文化等不同文化派别的主张、倾向和存在的价值进行了论述。《论当代中国文化界》将20世纪中国文化分为五个亚文化界：跨国文化界、京海文化界、外省文化界、准文化界和大社会文化界，并分别论述了它们的特点、作用及其局限性，等等。这些文章视野开阔，涵盖面广，从不同角度对中国近现当代文化进行分类研究，显示了作者渊博的知识修养、深厚的学术功底和非凡的综合概括能力，颇有"指掌之上论春秋"的从容和潇洒。有了这个袖珍的"指掌图"为向导，复杂的历史得以明朗，

[①] 王富仁：《中国现代文化指掌图》，人民文学出版社2004年版。

纷乱的头绪得以清晰，不同历史时期形成的不同文化派别和文化理论的性质、特点、意义等均历历在目，真可谓"会当凌绝顶，一览众山小"。

二、戳穿中国现代文化学中的种种文化幻象

由于中国近现代文化革新是因中西对抗而引起的，这样就很自然地形成了"中国文化"（实质为中国传统文化）与"西方文化"的二元对立。于是围绕中国文化的发展问题又顺理成章地形成了复古主义、国粹主义、全盘西化和中西融合几种主要的文化学说。一百多年来，这几种学说始终相持不下。当代学者对它们虽褒贬不一，取舍各异，但从未见过有人对它们的真伪问题提出质疑。而王先生却对这些影响深远的"定论"来了个釜底抽薪，认为它们不过是人为制造的文化幻象。《中国传统文化与现代社会》一文，先对"中国文化—西方文化"这个虚幻的文化框架进行拆解，指出这一框架的实质是将"旧文化"="中国传统文化"="中国文化"，并将"新文化"="中国现代文化"="西方文化"，也就是说将中国现当代出现的不同于中国传统文化的新质文化等同于西方文化。这显然是荒谬的，因为中国现当代的文化现象是不应该以与西方文化的亲疏关系来划分的。由于"中国文化—西方文化"这一虚幻的前提的存在，种种文化幻象便"理所当然"地产生了："复古主义、国粹主义"误以为中国文化就是中国古代长期占统治地位的儒家文化，并将其与外国文化的差别永久性地凝固起来。其结果是既无视中国文化是多种文化品类共时性发展的客观事实，又不利于中国文化的自我更新和发展。"全盘西化"也同样是将中国文化等同于儒家文化，并将中国文化发展的希望建立在消灭自己的基础上，这也明显不合逻辑。因为"中国文化的发展不论取着何种具体形式，都要依靠中国人的个性创造，所以中国文化永远也不可能消解自己、'全盘西化'。"[①]至于至今已被多数中国知识分子所接受的"中西融合"，也同样是建立在"中国文化—西方

[①] 王富仁：《中国现代文化指掌图》，第99页。

文化"这一文化框架中的，它的折中调和是以"复古主义、国粹主义"与"全盘西化"的尖锐对立为理论前提的。它不可能从根本上消除二者的矛盾，而是利用这种矛盾使自己具有存在的价值，因而也就不具有实质性的意义。如此新颖独特的见解，乍一听会使人诧异茫然，但细细一想，又不觉心有所悟、豁然开朗。其实，在当代文化学乃至整个当代社会科学研究领域，人们从一个虚幻的前提出发，利用词语演绎的方式推断出来的"真理"还少吗？从现实主义与现代主义的优劣之争，到社会主义的"草"与资本主义的"苗"的所谓是非之争，再到计划经济与市场经济的体制之争，等等，人们不知耗费了多少口舌和精力，甚至还付出过血的代价，可到头来我们究竟又得到了什么呢？

三、揭示中国传统文化不利于社会发展和进步的致命弱点

改革开放以来，随着中国经济实力的增强和国际地位的提高，几代中国人实现民族复兴的梦想正在逐渐变为现实。于是大胆地对西方说"不"，转而从民族文化中去寻找精神寄托以获得民族身份的自我认同感便很自然地成为一种潮流。人们不约而同地将目光投向古代文化遗产，有人甚至像当年的梁漱溟一样，认为中国文化（实质为中国传统文化）必将取代西方文化，并预言21世纪将是中国文化的世纪。然而，此时王先生却不合时宜地与这高亢的"主旋律"唱起了反调。通过对中国传统文化系统功能的研究，他一针见血地指出了中国传统文化不利于社会发展和进步的几大致命弱点。《中国传统文化对物质——自然系统的封闭性——中国传统文化系统功能刍议之一》一文，通过对中国古代文化与自然世界之间关系的考察发现：春秋战国时期的诸子学说虽然观点各异，但却体现了中国传统文化的一个总体特征："它的实质就是在自然世界与中国文化系统间确立一个高度和谐、协调和平衡的关系，并在这种关

系中把二者都凝固起来"。①正是这种古代文化对物质——自然系统的封闭性使得一个文明古国最终沦落到"一穷二白"的可悲境地。《中国传统文化对其他文化系统的封闭性——中国传统文化系统功能刍议之二》一文指出，到了春秋战国时期，当汉文化趋于成熟后，在汉族人中间"便渐渐形成了以汉文化为直接的价值判断标准衡量所有文化现象的思维习惯和思想观念"。②在漫长的中外文化交流史上，始终是"输出大于输入"，结果严重影响了民族文化的自我更新和发展。这种文化系统的封闭性直到西方列强敲开中国大门之后才被迫走向终结。在《文学·自然科学·社会科学——由法布尔的〈昆虫记〉引发的一些思考》中，王先生认为：儒家文化是为王之道，法家文化是为霸之道，它们关心的是政治，是社会人生问题，即封建专制秩序的稳定；道家文化虽然关心人与自然的关系，但它并不重视对自然世界的认识，而是强调人对自然世界的消极适应关系。这样就造成了中国古代文化科学意识薄弱和理性精神缺乏的致命弱点，使得中国人普遍屈从于神或人（圣人）的权威，而难以认同真理（实质是科学方法论）的权威。这就严重制约了自然科学和社会科学的发展，并最终妨碍了社会的进步和发展。当然，作为一个学识渊博、思想敏锐的学者，王先生并非看不到中国传统文化的可取之处。相反，他认为凡文化都具有超越性，中国传统文化作为一种文化遗产是具有认识和交流价值的。他之所以如此不留情面地去揭中国传统文化的短，无非是出于这样的考虑：反对有人借弘扬民族文化的名义，继续以文化警察的面目对待持有不同文化观念的知识分子；防止有人试图借助政治的力量将传统文化中的儒家学说上升到国教的高度，并迫使全民无条件地去信仰它、崇拜它。

---

① 王富仁：《中国现代文化指掌图》，第22页。
② 王富仁：《中国现代文化指掌图》，第40页。

四、寻找中国现当代文化学的发展出路，对中国文化未来发展的前景进行预测

既然复古主义、国粹主义、全盘西化或中西融合都是文化幻象，那么中国文化学发展的出路何在呢？王先生认为，首先要建立中国现当代文化学的一个基本前提，那就是"承认各种不同的文化样态在中国现当代文化系统中的平等权利"①，具体说就是要承认中国古代的文化遗产、中国现当代的翻译文化和中国现当代的文化创造这三种不同的文化样态的平等权利，而不应再将它们看成是一种彼此对立和排斥的关系。再者，要跳出"中国文化—西方文化"这一流弊甚广的文化框架，彻底改变在中国文化和西方文化的对立中思考一切问题的思维定式。"中国文化学理应以中国现当代这个文化格局的演化与发展为自己研究的对象，而不应以中国文化与西方文化的优劣关系为主要内容"②。同时，要完成从选择文化学向认知文化学的过渡。因为选择文化学总是幻想着能为中国选择一种优秀的文化作为中国文化的发展方向，其认知主体不具有主动性。而"认知文化学的话语基础不在对象，而在认知主体，它是以本民族成员普遍承认的公理为前提的，所以它的认知结果不再是认知对象本身，而构成中国文化的基础"③。由于认知文化学不把各种文化截然对立起来，因而它将丰富中国文化，同时也证实着中国文化的生命力。王先生的这些建议是及时的、务实的、富有创造性的，它将有助于人们从根本上摆脱目前中国现当代文化学所面临的困境，既有利于发挥知识分子认知活动的积极性、自由性和创造性，又有益于中国文化的健康发展。

那么，有没有一种可以拯救中国的文化呢？王先生认为中国知识分子那种药到病除的幻想是不切实际的，"没有一种药能够从根本上医好

---

① 王富仁：《中国现代文化指掌图》，第106页。
② 王富仁：《中国现代文化指掌图》，第103页。
③ 王富仁：《中国现代文化指掌图》，第9页。

人类的病，中药不行，西药也不行，这要通过人类自身的不断努力和人类文化的不断发展，并且不是通过哪一个或哪一类人的努力。中国也是这样。没有任何一个知识分子或一类知识分子可以包打中国当代文化"[1]。王先生之所以对中国文化的未来出路持如此冷静低调的看法，是基于对文化的本质和作用的清醒理智的认识："任何一种文化学说都是在社会思想认识或情感情绪的交流中产生的……它之所以有其作用，不在于它可以满足一切人的一切愿望，而在于它表达了人类中一部分人的一种真实而又强烈的愿望和追求。"[2]而漫长的人类文化发展史也充分证明，当一种文化学说成为一个民族唯一的文化追求时，其结果必然导致文化专制。独尊儒术的漫长的古代社会如此，短暂的"文革"也同样如此。

虽然文化是发展的，我们不可能指望用一种现成的文化去拯救中国的现实和未来，但这并不等于说中国文化的发展是随意的、无序的、不可预测的。在丢掉幻想之后，王先生立足现实、放眼未来，努力地去推测中国文化发展的种种可能性。《影响21世纪中国文化的几个现实因素》[3]一文，敏锐地抓住了世界文化格局的变化、研究生制度、中国社会的社会化、宗教意识、影视文化的发展、独子文化、多余人文化等已经引起和尚未引起人们注意的重要文化现象，并分别就它们与中国21世纪文化发展的关系展开论述，得出许多具有前瞻性的深刻见解。比如，"研究生阶层的出现将有益于21世纪中国社会上层的稳定性"；中国农村的城镇化、社会化会使中国文化出现全面社会化的特征；影视文化的发展"将大大缩小社会各阶层之间的心理距离"，等等。这些预测虽然没有对未来文化发展的具体情景做出清晰的描绘，而且也没有"21世纪将是中国文化的世纪"之类的预言那样令人振奋和骄傲，但却给人一种脚踏实地的感觉，使人在问题和困难之中依稀看到了出路和希望之所在。

---

[1] 王富仁：《中国现代文化指掌图》，第185页。
[2] 王富仁：《中国现代文化指掌图》，第212页。
[3] 王富仁：《王富仁自选集》，广西师范大学出版1999年版。

王富仁先生的中国文化研究不但以其富于创造性的思维成果吸引着我们，而且他看问题的方法也给人留下了极为深刻的印象。

如何看问题，从什么角度看问题，对于学术研究来说是十分重要的。因为这不仅仅关系到研究的切入点和侧重点问题，而且会直接影响到最终的研究结果。在从事中国文化研究时，王先生之所以能成一家之言，与他看问题的方法有很大关系。这些方法具体说来主要有以下几种。

其一，从历史出发，从事物之间的普遍联系出发，而非仅仅从事物本身出发看问题。两年前，笔者在北师大跟王先生进修中国现代文学期间，曾有幸得到他的当面指教："你什么都可以看，就是不要看现代文学。"这话看似戏言，实则在传授一种做学问的方法。即要跳出问题看问题，不要就事论事，否则就可能会"不识庐山真面目"。比如，对世纪末出现的颇有声势的否定鲁迅的文化潮流，作为鲁迅研究专家的王先生当然要做出回应。但他并不将目光盯在某个作家或学人否定鲁迅的具体观点或论据上，而是站在一旁冷静地分析了不同文化领域之所以在现阶段出现否定鲁迅倾向的深层原因，并将鲁迅放在中国现代文化发展史的大背景下加以考察，以揭示其存在的独特意义和价值。这种避"实"就"虚"的策略，既避免了与对手纠缠于具体问题而可能导致的琐碎、无聊和偏误，又从原则上、根本上一次性地彻底解决问题，使人们对那些只见树木，不见森林的非议鲁迅的言论的片面性、盲目性、暂时性和过渡性有了较为清醒的认识。①

其二，从总体倾向出发，从实际结果出发，而非仅仅从文化典籍出发看问题。当下我们所能见到的关于中国传统文化的研究多为学究式的，即仅仅从文化典籍出发理解阐释传统文化。比如，在论及儒家文化的人生价值观时，很多学者总是满怀敬意地引用"三军可夺帅也，匹夫不可夺志也"，"富贵不能淫，贫贱不能移，威武不能屈，此之谓大丈夫"等圣贤之言来论证儒家文化对独立人格精神之倡导和推崇。但王先生的目光并不仅仅停留在这些闪光的言辞上，而是将儒家文化当作一个

---

① 王富仁：《我和鲁迅研究》，载自《鲁迅研究月刊》2000年第7期。

完整的思想体系去把握，并十分看重它在漫长的中国封建社会发展历史中所起到的实际作用和效果。于是，完全不同的结论便出现了：儒家文化"仅仅以具体对象的身份及其与自我的关系为转移。'忠君''爱国''孝亲''友友'，都只是一种关系。'君'一变，忠的对象即变，国籍一变，爱的对象亦变，'亲''友'不同，但'孝''友'的态度则同。它只能造成无信仰、无特操的文化心理。"①至于中国古代文人身上所具有的那种"骨气"，其实"是没有一种理性精神做基础的，是在固有的社会价值标准的基础上表现出来的，它自身不具有独立的个性的价值。"②诚然，研究历史文化现象，势必要面对文化典籍，面对文化先师的具体言论，而且这样的研究也不失为一种基本的研究思路和方法。但如果一切从典籍出发，甚至从片言只语出发，就很可能会一叶障目，不见泰山，导致思想的僵化和偏误。

其三，从切身体验出发，从现实人生出发，而非从既定的理论出发看问题。纵观中国式教育，从某种意义上讲就是让人崇拜权威、敬畏理论、迷信经典的教育，就是叫人相信理论，而不相信自己眼睛的教育。这样的教育使一代代读书人只会从书本出发去推演一个个大而无当的抽象的结论，而不习惯面对真实的生活去思考、去探索。时至今日，不少学者在研究问题时要么靠经典作家撑腰，要么靠古代先哲壮胆，要么靠外来理论装点，总之，就是没有自己的真情实感。而王先生认为"真正理性的东西是扎根在自己的生命之中的，是在特定条件下自成系统、自我完善的东西"③。"主义，是不能成为标准和法则的，标准和法则永远存在于不断变化和发展着的人和人的要求里。"④因而，在他的文章中我们很少见到中外那些显赫的理论家的名字。当然，这不是说他不尊重他们和他们的理论，而是他不习惯用别人的理论去解释世界，他更相信的

---

① 王富仁：《中国现代文化指掌图》，第52页。
② 王富仁：《中国现代文化指掌图》，第247页。
③ 王富仁：《中国现代文化指掌图》，第246页。
④ 王富仁：《王富仁自选集》，第4页。

是自己的眼睛和大脑。从自己在上学时仅仅是因为有一些自己的想法不愿趋炎附势，因而总是受排挤、遭打击的切肤之痛中他悟出："文化是光明的，但同时又能遮蔽我们"，并由此不再相信有可以完全超越历史和环境的伟大的思想。从改革开放后大量涌入的西方话语对我们的文化生活所产生的实际影响看，他认为"西方话语对于我们不具有霸权的性质，它们不是压抑着我们的欲望要求、窒息着我们思维的自由性，而是开拓着我们的思维空间，满足着我们心灵的自由要求"①。从晚清以来，中国官方和民众普遍轻视文学艺术，过度崇拜自然科学，将科学技术与文学艺术对立起来，从而妨碍了文学艺术在社会实践中理应起到的作用的发挥，进而最终在整体上影响到中国科学技术事业发展的历史进程。为此，他大胆地对"科学技术是第一生产力"这一命题提出质疑。

综观王富仁先生的中国文化研究，有许多富有原创性的学术成果，思想的火花也随处可见。但我以为他的贡献并不仅仅在于为学术研究提供了一些新的知识和观点，更重要的是他看问题的方法对人所具有的深刻的启发意义。因为，对于真正意义上的科学研究而言，结论固然是重要的，但比结论更重要的是科学的方法。如果我们的学者们都能多一点责任感和使命感，多一点直面现实、直面人生的勇气和胆识，认真思考真问题，坦诚说出真心话，我们的人文社会科学研究就一定会走出困境，取得无愧于时代的更大的成绩。

原载于《安庆师范学院学报》2005年第3期

---

① 王富仁：《"西方话语"与中国现当代文化》，载自《文学评论》2004年第1期。

附录：

王富仁先生学术记略

1941年
6月，出生于山东省聊城市高唐县琉璃寺乡前屯村。

1962年
9月—1967年8月，就读于山东大学外语系。

1967年
毕业于山东大学外语系，任教于山东聊城四中。

1968年8月—1970年
山东解放军农场锻炼。

1970年—1978年
任教于山东聊城四中。

1977年
考入西北大学中文系，师从单演义先生攻读中国现代文学专业硕士研究生。

1981年
7月，毕业于西北大学中文系，获文学硕士学位；
9月，纪念鲁迅诞生一百周年学术讨论会在北京举行。论文《鲁迅前期小说与俄罗斯文学》由"鲁迅诞生一百周年纪念委员会学术活动组"从173篇论文中选出，编入《纪念鲁迅诞生一百周年学术讨论会论文选》；

10月，《试论鲁迅对中国短篇小说艺术的革新》在《文学评论》上发表。

1982年

考入北京师范大学中文系，师从李何林先生攻读中国现代文学专业博士研究生。1983年10月，硕士学位论文《鲁迅前期小说与俄罗斯文学》（陕西人民出版社）出版。

1984年

毕业于北京师范大学中文系，获文学博士学位并留校任教。

1985年

6月，博士学位论文摘要《〈呐喊〉〈彷徨〉综论》（上、下）在《文学评论》上发表，引发学界震动。

1986年

9月，出版《中国反封建思想革命的一面镜子——〈呐喊〉〈彷徨〉综论》并获北京市社会科学研究奖三等奖。

1987年

3月，出版《先驱者的形象——论鲁迅及其他中国现代作家》（论文集，浙江文艺出版社）；

6月，针对质疑与批判，在《鲁迅研究动态》分两期发表《关于鲁迅研究中马克思主义方法论的几个问题》。

1988年

5月，出版《鲁迅纵横观》（B.谢曼诺夫著，王富仁、吴三元合译，浙江文艺出版社）。

1989年
晋升教授。

1990年
赴香港中文大学英文系比较文学研究室访学,为期三个月;
7月,获中国比较文学学会颁发的中国比较文学研究一等奖;
12月,出版《文化与文艺》(北岳文艺出版社)。

1992年
被遴选为博士生导师。

1993年
6月,出版《灵魂的挣扎——文化的变迁与文学的变迁》(论文集,时代文艺出版社);
9月,应邀参加韩国中国现代文学研究年会。

1994年
1月,开始在《鲁迅研究月刊》连载系列长文《中国鲁迅研究的历史与现状》;
12月,《中国鲁迅研究的历史与现状》连载结束,引发热烈反响。

1996年
9月,出版《历史的沉思——鲁迅与中国现代文学论》(论文集,陕西人民教育出版社);
11月,出版《蝉之集》(散文集,北岳文艺出版社)。

1997年
1月,赴韩国高丽大学中文系任教一年;

2月，出版《蝉声与牛声》（散文集，四川人民出版社）；
8月，出版《鲁迅论集（韩文版）》（金贤贞译，韩国釜山世宗出版社）。

1998年
1月，出版《现代作家新论》（论文集，山西教育出版社）。

1999年
1月，出版《王富仁自选集》（广西师范大学出版社）；
3月，出版《中国鲁迅研究的历史与现状》（浙江人民出版社）并获北京师范大学首届科学研究奖一等奖。

2000年
4月，出版《说说我自己》（学术随笔集，福建教育出版社）；
同月，出版《呓语集》（学术随笔集，中国文联出版社）。

2001年
10月，出版《突破盲点：世纪末社会思潮与鲁迅》（王富仁、赵卓合著，中国文联出版社）。

2002年
2月，出版《〈雷雨〉导读》（中华书局）；
3月，出版《中国文化的守夜人——鲁迅》（人民文学出版社）；
5月，《中国鲁迅研究的历史与现状》获北京师范大学人文社会科学研究优秀成果奖；
10月，《中国现代主义文学论》获中国现代文学研究会首届王瑶学术奖优秀论文二等奖并当选为中国现代文学会会长；
12月，《悲剧意识与悲剧精神》获北京市第7届哲学社会科学优秀成果二等奖。

2003年
4月，出版《中国的文艺复兴》（广西师范大学出版社）；
5月，受聘为汕头大学文学院终身教授；
6月，选编出版《端木蕻良小说》（浙江文艺出版社）；
8月，出版《古老的回声——阅读中国古代文学经典》（四川人民出版社）。

2004年
1月，召集"全球化语境下的中国现当代文学"国际学术研讨会；
2月，出版《中国现代文化指掌图》（人民文学出版社）。

2005年
1月，开始在《社会科学战线》连续三期刊载《"新国学"论纲（上、中、下）》，正式提出"新国学"理念与学术构想；
3月，编选出版《鲁迅小说选读》（人民文学出版社）；
4月，《西方话语与中国现当代文化》获中共广东省宣传部优秀论文奖；
5月，主编出版《新国学研究》第1辑（人民文学出版社）。

2006年
1月，召集"中国左翼文学国际研讨会"；
4月，出版《王富仁序跋集（上、中、下）》（汕头大学出版社）；
6月，出版《语文教学与文学》（广东教育出版社）。

2011年
1月，开始《樊骏论》写作；
9月，《新国学研究》第7辑开始改由中国书店出版发行。

2017年
5月2日，先生因病在北京去世，享年七十六岁。
商务印书馆决定出版先生遗著《鲁迅与顾颉刚》《端木蕻良》《樊骏论》。

原载于《汕头大学学报》（人文社科版）2018年第6期

后记

商昌宝

　　王富仁先生的学术纪念集，就要面世了。

　　应该说，这本纪念集首先是《王富仁学术文集》的副产品。王富仁先生2017年忽然驾鹤西去，让大陆中国"有思想的学术界"又少了一个标志性的学人，这无论如何都可以说是一个重大损失，哪怕如我这样的平素跟王富仁先生没有什么交集的晚辈，也是由衷地感到惋惜。

　　王富仁先生的学术地位在转型期的中国，应该不用多说，那份知识分子的担当，那份学者的独立，那种有温度和深度的思想，有思想的学术和言论，早就流露在他那些汪洋恣意的文字中，这一点只要阅读八卷本的《王富仁学术文集》，便可一目了然。

　　在准备《王富仁学术文集》的过程中，学术界各种纪念文章纷纷公之于世，在大量阅读中，一种遗憾的心情也便产生，那就是悲伤、怀念、追忆型的各种感情抒发文字太多，冷静下来进行学理思考得太少。真正的学者需要的是学术对话和纪念，无论生前还是走后，这种想法不仅来自我和李怡老师，也是北岳文艺出版社社长续小强博士的一直主张的，于是也就催生了这本小书，一本比较不一样的纪念小书。

　　纪念集的具体选编工作主要是分两部分：一部分是李怡老师组织了

一些学者专门撰写的，书中那些未标明发表出处的文章即属于这种；另一部分是我从各种已发表的文章中进行初选，最后交由李怡老师把关最终留下的。我和李怡老师共同的选编原则是，尽量照顾到王富仁先生学术研究的领域之广，也要兼顾其学术研究的重点领域。因为这种权衡，所以选文中难免存在顾此失彼、厚此薄彼的问题。尤其是选文的初步海选是由我完成的，李怡老师只能在我的基础上进行斟酌，所以可能会遗漏掉一些重要作者的重要文章，这实在是我视野狭窄、学力不足的体现，只能恳请学界中人宽容了。

还有，王富仁先生的学术成就举世公认，当然在历史转轨的时期，在一些具体的学术见解上，也曾经形成某些"冲击"，引发不同的意见。本着尊重历史的初衷，我们也选录了有代表性的论述，这当然不是继续延续学术的论争，而是为了"纪念"那段共同经历的学术进程，而王富仁先生自己的文字就是促使这一进程健康发展的重要力量，在这里意义上说，收录历史的各种"声音"，展现当代学术史的思想辩证，同样是对先生成就的一种"纪念"。

虽然此前对王富仁先生的学术一直有所关注，但是选编这部纪念集的过程中，再一次相对比较全面地阅读学者们的各种文字，等于重新温故了20世纪80年代以来中国学术界发展的一角风景，那种历史现场感，那份沉甸甸的收获，不是用语言能表达的，相信读者也会有这种感觉。

不得不说，北岳文艺出版社及续小强社长在学术出版环境不是很景气的情况下，能够有此举，显然不是商业目的，这是北岳社及续小强社长一种学术情怀，真诚感谢他们。

最后还要说一点，感谢各位作者在百忙中奉献时间和精力，提交了论文；也感谢当年那些关注王富仁先生的学者，是他们的关注才让这本小书更加丰富。但因为时间仓促，选编者来不及一一与被选编的文章作者联系授权，尤其是一些老作者已经淡出学术界不好联系，希望各位作者多海涵，也希望相关同仁相互转告，提供通信信息，我们将赠送样书两册，算作留念。

2018年3月18日